20세기 서양 문학 연구

20세기 서양 문학 연구

김혜니

푸른사상
PRUNSASANG

20세기에는 선진 자본주의 열강들이 자국의 이익을 추구하느라 제국주의 식민지 패권 쟁탈전인 1차 세계대전(1914~1918)을 일으켰고, 1917년 제정 러시아를 종식시킨 러시아 볼셰비키혁명, 1929년 경제대공황, 1919년 파시즘이라는 전체주의 이데올로기가 빚어낸 2차 세계대전(1939~1945)이 터졌다. 이후 약 30년간에 걸친 냉전, 1980년대 말 소련과 동유럽 국가들의 공산주의 체제 붕괴 등의 사건이 일어났다. 이러한 20세기에 발생한 두 차례의 세계대전은 유럽 강대국들에게는 자멸행위였다.

정치·사회만큼이나 20세기의 문학이론도 다양하며 특색 있게 전개되었다. 캐나다의 비평가 노드롭 프라이의 작품의 근원을 탐색하고 뿌리를 찾아 파고 들어가는 원형비평 내지 신화비평과 더불어, 소쉬르의 언어학과 레비스트로스의 인류학 그리고 바르트의 기호학에 근거한 구조주의 이론들이 등장하였다. 또한 1960년대를 대표하는 비평가 레슬리 피들러는 문화비평의 시대를 열어 난해한 모더니즘의 죽음을 선언했고, 새로운 시대의 패러다임으로 등장한 대중문화를 옹호함으로써 포스트모더니즘 시대의 도래를 예고하였다. 그리고 1960년대 후반에 혜성처럼 등장한 프랑스의 자크 데리다가 해체이론을 주창함으로써 본격적인 탈구조주의 시대가 시작되었다. 그리하여 구조주의에 한계를 느낀 탈구조주의자들은 이제 개체의 가치와 소외된 주변부에 관심을 갖기 시작했으며 여기에 수많은 문학 비평가들과 문학이론가들이 참여해 힘을 보탰다. 이어 프랑스 학자 미셸 푸코의 '문명과 광기론', '지식과 권력 이론', '담론 이론'은 문학과 사회와 인생을 또다시 다른 시각으로 바라보는 탈구조주의적 시각을 제공해 주었다.

명저 『오리엔탈리즘』(1978)을 출간함으로써 데리다와 푸코에 이어 세계

문단과 학계에 지대한 영향력을 끼치며 등장한 비평가가 바로 에드워드 사이드이다. 오늘날 탈식민주의의 원조로 추앙받고 있는 사이드는 자신의 유명한 '오리엔탈리즘 이론', '문화제국주의 이론', '세속적 비평 이론'을 통해 그동안 동양을 왜곡하고 지배하며 순치시켜온 서구 제국주의를 신랄하게 비판하고, 문학비평을 곧 자신의 삶으로 가져왔던 이 시대의 보기 드문 실천비평가였다. 그는 진정 국가의 경계를 넘은 비평가였다.

1980년대와 1990년대를 거치면서 최근의 문예이론들은 인종, 젠더, 계층, 정체성 같은 사회·정치적 문제들, 그리고 문화연구적 시각에 의한 문화적 맥락과 결합해 새로운 모습을 나타내고 있다. 또 한편으로 현대 문예이론들은 시대의 급격한 변화에 대응하는 문학적 전략을 잘 보여주고 있다. 그런데 20세기의 마지막 연대의 테마들 중에 '문학의 위기', '저자의 죽음' 같은 구호가 등장하여 우리를 곤혹스럽게 했다. 이는 대중문화와 대중매체, 그리고 디지털 시대와 멀티미디어 시대로 진입하는 그 과정에서 일어난 예술가들의 필연적인 자기 성찰이라고 할 수 있다.

미국작가 토머스 핀천은 소설 『제49호 품목의 경매』(1966)에서 '0과 1 사이' 및 '매트릭스' 이론을 제시하여 테크놀로지의 오용과 남용을 인류 문명 파멸의 주요인으로 삼아 경고했다. 과학기술은 이제 GNR, 곧 유전공학, 나노기술, 로봇공학의 혁명에까지 미치고 있다. 1996년에 개발된 DNA칩은 개인의 게놈 구성을 조사·판독할 수 있게 만들었다. 그렇게 되면 인간의 마음까지 업로딩하여, 결국 SF는 현실이 되고 현실은 SF가 된다. 미래학자들은 현재 인간을 '트랜스 휴먼'으로 진단하고, 궁극적으로 인간은 그 생물학적 한계를 온전히 넘어서는 '포스트 휴먼'으로 진화해 간다고 예측하고들 있다.

이러한 멈출 줄 모르는 과학문명의 질주에 당면하여 문학이 무엇을 할 수 있을까. 그 답은 문학과 과학은 그 어느 때보다도 더 긴밀한 연관을 맺어야 한다는 것에 중심을 두어야 할 것 같다. 사실 문학작품 중에는 테크놀로지를 다룬 작품이 많이 등장하고 있다. 문학은 인류에게 과학기술의 발전에 대해 경고를 삼가지 않고 있는 것이다. 가령 아이라 레빈의 소설『브라질에서 온 소년들』, 마이클 크라이튼의『쥐라기 공원』 또는 올더스 헉슬리의『멋진 신세계』 같은 작품들은 모두 테크놀로지의 오용 위험을 경고하는 문학작품들이다. 또한 '정보시스템 이론' 작가들 중 가장 유명한 리처드 파워스의 대표작『골드버그의 변주곡』에서는 문학이 인공두뇌학, 심리학, 사회학, 컴퓨터 과학, 생태학 등과 뒤섞이고 있다.

곰곰 생각해보면 문학은 항상 위기에 처해 있었다. 문학은 고정된 실체가 아니고, 늘 변화하고 새롭게 생성되는 실체인 것이다. 즉 문학은 죽음을 통하여 거듭 문학으로 살아남게 되는 것이다. 21세기의 세계문학은 좀처럼 해답을 찾기 어려운 질문 앞에 당면해 있다. 그러나 문학이 문명보다는 인간에게, 사회발전보다는 삶의 가치 쪽에 서 있다는 것만으로도 그 존재 이유는 충분하다. 테크놀로지의 발전이 거듭 눈부시게 펼쳐질수록, 문학은 그 옆에 딱 달라붙어서 희망찬 미래의 길을 모색하여 인류에게 제시해주어야 한다. 이런 관점에서 저자는 이 책을 펴내는 데 당위성을 갖는다. 따라서 이 책이 후학도들에게 삶의 본질, 문학의 본질을 탐색하는 데 도움이 되기를 소망한다.

이화여대 중앙도서관에서
김혜니
2011년 6월 첫 날

제2부 서양 문학의 전개 양상

| 차례 |

| 차례 |

제1부 서설

1. 역사적 배경과 문학의 흐름

제2차 세계대전이 끝난 후 현대 세계의 역사적 흐름은 이전 시대의 그것과는 크게 다른 모습으로 전개되었으며, 또한 현대 사회의 발전과 변화의 속도는 이전에는 결코 상상도 할 수 없을 정도로 신속성을 띠었다. 그리하여 과연 앞으로 인류의 역사가 어떠한 흐름으로 전개되어 어떠한 방향으로 나아갈지에 대한 예측은 결코 쉽지가 않다. 오늘날의 인류는 과거의 인류가 수천 년 간 경험한 역사를 한꺼번에 경험하고 있다고 보아도 무방할 것이다. 한마디로, 제2차 세계대전 후의 현대 사회는 격변과 격동의 시대라고 말할 수 있다.

전후 수십 년 간은 '미국의 시대'였다고 할 수 있다. 제2차 세계대전을 치르면서 기존의 서방 열강들이 쇠퇴해 버린 반면, 미국은 주축국 세력의 타도에 결정적인 역할을 수행하면서 그 힘과 영향력을 극대화했다. 또한 미국은 전후의 경제적 번영으로 인하여 세계의 새로운 지배자로 등장하였다. 그러나 20세기의 막바지 그리고 21세기의 초엽에 들어서서 '미국의 시대'가 끝나가고 있다는 주장과 징후들이 제기되고 있는 것 또한 현실이다. 1980년대 이후 미국은 군사적으로 세계 최강대국의 지위를 견지하고 있고, 또한 1980년대 말에는 공산권의 붕괴로 국제 사회에서 유일한 초강대국의 지위를 누렸다. 그러나 초강대국의 지위를 뒷받침할 힘, 특히 경제력이 급속히 쇠퇴하고 있는 상황에서 '미국 쇠퇴론'이 등장하고 있다. 미국에게는 앞으로 풀어나가야 할 많은 과제와 도전이 기다리고 있는 것이다.

제2차 세계대전 이후 서유럽의 주요 자본주의 국가들은 이전에 가졌던 세계 역사에 대한 주도권을 상실했다. 그들은 전후 자본주의 질서의 재건과 공산주의의 위협에 대한 자신의 안보를 위하여 미국에 의존하게 된 것이다. 이러한 변화된 현실은 서유럽인들에게 심한 정신적 무력감과 패배주의를 안겨 주었다. 그러나 그 뒤 경제적 번영과 사회적 안정으로 서유럽인들은 점차 심리적 안정을 되찾게 되었다. 그리하여 서유럽은 이전에 누렸던 세계 역사의 주도권 회복을 위하여 통합과 결속으로 자신들의 활로를 찾고 있다.

전후 소련은 영토를 확장하고 동유럽을 자신의 세력권으로 만들면서 미국과 어깨를 겨루는 강대국으로 부상했다. 그러나 이러한 화려한 외양과는 달리 내부적으로는 공산주의 체제의 경직성과 정체성으로 심각한 모순에 직면하게 되었다. 그리하여 소련이 하나의 거대한 병자로 비유되면서 병든 소련 체제를 개혁해야 한다는 움직임이 제기되었다. 그리고 1980년대 중반 고르바초프가 집권하여 소련 사회를 개혁한 이후 소련의 공산주의 체제는 종말을 고하게 되었다. 이와 같은 그의 공헌에 국제 사회는 1989년 그에게 노벨평화상을 수여함으로써 보답했다.

전후 동유럽은 소련의 위성국이 되면서 소련을 모범으로 하는 소련식의 공산주의 체제를 이루었다. 그러나 동유럽에서의 공산주의 체제의 실험은 실패로 끝났다. 그리하여 1980년대 후반 소련의 변화와 더불어 동유럽의 공산주의 체제는 종말을 보게 되었다. 동유럽 사회는 서유럽이 오래 전에 경험했던 근대화와 민주화의 시련을 겪고 있으며 자유주의와 민주주의를 목표로 나아가고 있다.

20세기 현대 세계에서는 19세기에 성숙했던 근대 사회가 그 기저로부터 동요하여 구조와 특징이 판이한 새로운 사회가 출현하였다. 우선 현대 사회는 과학 기술의 비약적인 발달과 산업화의 결과, 물질적으로 풍요한 고도의 산업 사회가 되었다. 부가 가치가 농업에 비해 엄청나게 큰 산업화, 즉 공업화의 결과 현대 사회에서 인류는 풍요한 물질생활을 누릴 수 있게 되었으나, 반면에 인류의 정신생활은 황폐화되었다. 다시 말해서 현대 세계는 규격화되고 비개성적이며 비인간적인 사회의 모습을 띠게 되었다. 그 밖에 현대 사회는 산업 사회 형성에 따른 부산물로서 인구 폭발의 문제, 환경 파괴의 문제, 열핵무기의 대량 존재의 문제, 빈부 갈등과 같은 풀기 어려운 과제들을 안게 되었다.

정신적인 면에서 볼 때 현대 사회에서는 역사는 '흐르는 것'이 아니라 '만들어지는 것'이라는 의식이 대두하였다. 이 시기에 역사는 인간이 통제할 수 없는 것이라는 의식에서 탈피하여, 역사를 인간이 의도하는 것의 실현으로 보고자 하는 현상이 나타났던 것이다. 그리하여 현대 사회에서는, 인간은 역사의 흐름에 있어서 수동적인 존재가 아니라 적극적인 참여자 내지 개조자라는 인식이 확산되었다. 이로 인해 인간은 숙명 내지 역사에서 해방되었고, 궁극적으로 그 자신이 역사의 주인이자 지배자라는 의식을 가지게 되었다.

이러한 사회의 주요한 특색들은 그대로 현대 문화의 조류에 반영되었다. 유럽 세계에서는 '현대 문명의 위기', '서구의 몰락'이라는 소리가 대두하는 등 정신적으로 위기의식이 나타났고, 이러한 정신적 분위기는 그대로 문화에 반영되었다. 비유럽 세계, 특히 제3세계의 경우 유럽 세계보다 더 큰 전환기에 처해 있으며 모든 면에서 탈유럽적인 움직임을 보여주고 있다. 결국 20세기는 전 세계적인 규모의 거대한 새로운 시대이고 또한 전환기의 시대였다.

20세기의 현대 문화는 이러한 시대적 특징들을 반영하여 이전 시대와는 다른 새로운 모습과 전환기적 모습을 보여주었다. 유럽 세계의 경우, 새로운 것의 모색과 이를 위한 실험이 다방면에 걸쳐 행해졌다. 비유럽 세계의 경우, 유럽 세계에 대한 종속적인 성격의 문화에서 벗어나서 민족 문화 내지 전통 문화와 함께 주체의식의 확인을 토대로 하는 새로운 문화의 창조와 발전에 노력하였다.

이러한 역사적 상황 속에서 세기말의 인간 의식 세계는 변화했다. 한편에서는 과학적 기술의 유용성에 대한 신뢰, 진보의 원리와 이성에 대한 숭배가 확립되었고, 또 한편으로는 부르주아적 가치 척도에 대한 반감과 혐오, 현실 거부 같은 자아의식의 변화가 일어났다. 제2차 세계대전 종결 후 세계 역사는 약 30년 간에 걸친 냉전, 1980년대 말 소련과 동유럽 국가들의 공산주의 체제 붕괴 등의 역사적인 사건을 겪으며 흘러왔다. 이러한 세계 정세와 맞물려 문학과 문화의 근대적 감수성 역시 다양한 변화를 겪으며 오늘날까지 이르렀다.

20세기라고 해서 갑자기 새로운 시작이 보이는 것이 아닌 것처럼, 더욱이 문학을 어느 사조로 분류하여 설명하는 것은 어려운 일이다. 어느 시대이고 많은 사람의 목소리가 등장하여 주장을 펼쳤지만, 20세기는 가장 많은 사람들이 등장했던 세기라고 할 수 있다. 그중에 20세기 문학과 문화 그리고 인간 정신계에 가장 큰 영향을 끼친 사람은 니체, 프로이트, 아인슈타인, 베르그송, 마르크스 등을 꼽을 수 있다.

독일의 사상가 니체(Friedrich Wilhelm Netzsche, 1844~1900)는 쇼펜하우어(Arthur Schopenhauer, 1788~1860)의 염세주의를 대체한 '메시아적 초인 사상'을 통해 안으로만 파고들던 인간의 의지를 밖으로 무한히 펼쳐 나가게 만들었다. 오스트리아의 심리학자이며 정신분석학자인 프로이트(Sigmund Freud, 1856~1939)는 이전까지는 신의 영역에 속했던 인간의 '잠재의식'을 인간 언어를 통한 담론의 영역으로 끌어냈다. 이를 통해 잘 알려져 있지 않았던 심리의 영역을 개척하였으며, 개인 정신과 인간 사회 간의 상호작용을 새롭게 규정하였다. 프로이트의 제자 융(Karl Gustav Jung, 1875~1961)은 전체로서의 인간 공동체에 의해 공유되고 있는 지속적인 '원형적' 경험들을 발견해냈다. 그의 이러한 신화에 관한 '집단무의식' 연구는 특히 현대 작가들과 비평가들에 의해서 신화 비평이라는 장르를 성립하게 하였다.

또한 독일 출신의 유태인 아인슈타인(Albert Einstein, 1879~1955)과 프랑스의 철학자 베르그송(Henri Bergson, 1859~1941)은 시간의 상대성을 주장하면서, 순간이 영원일 수 있고 영원이 순간일 수 있듯이, 시간은 경험하는 자아에 따라서 다르게 흐를 수 있음을 설파하였다. 즉 절대 진리는 없고 모든 것이 상대적이라는 근본적 가치관의 변화를 가져온 것이다. 그리고 독일의 경제학자 마르크스(Karl Marx, 1818~1883)는 소련이 붕괴할 때까지 세계의 모든 일에 관여했다. 그는 인간의 모든 행동의 근본 원인은 경제적인 것이고, 경제생활의 주요한 특징은 생산수단을 둘러싼 관계에 의해 사회가 서로 적대시하는 계급으로 분할되는 것이라고 믿었다. 이러한 마르크스주의는 사회와 역사를 기술하는 이론적 방법이 되기도 했고, 격렬한 정치 활동을 합리화시키는 이론이 되기도 했다. 그리고 20세기 후반 러시아의 대표적 지성으로 일컬어지던 리하쵸프(Dmitry Likhachev, 1906~1999)는 문화의 구심력이 해체된 상황에서 아직 새로운 구심력이 자리 잡지 않은 시기를 '우연성이 지배하는 시기'라고 규정하고, 이 시기의 중요성을 강조한 바 있다. 이는 모더니즘, 특히 모더니티를 정의하는 데 있어 적절한 표현이 되었다.

20세기 문학은 몇 가지 특색을 지닌 사조로 논할 수가 없을 정도로 질적·양적 면에서 급속하고 다양하게 전개된다. 그리고 한 작가에게서도 각각 문학적 성향이 다양하게 변화된 작품들이 등장하였다. 그리하여 문학은 새로운 표현 형식과 양식을 동반한 광대한 실험장이 되었다. 그러므로 유럽 어느 나라를 막론하고 연대에 따라 사조의 교체를 중심으로 문학의 흐름을 정리하기는 어려운 것이다. 따라서 본 저서에서는 20세기 문학의 특징적인 조류를 살펴보고, 그 대표적 조류인 모더니즘과 포스트모더니즘을 이해한 다음, 각 나라에 따른 문학적 특색과 성향, 그리고 대표적 작가와 작품을 논의하기로 한다.

2. 모더니즘 문학

모더니즘을 논의하기 위해서는 19세기 사회의 향방을 결정지은 가장 중요한 사건 중 하나인 산업혁명을 다시 한번 살펴보아야 한다. 산업혁명의 영향력을 정리해 보면 첫째, 사회 주도 계층이 전통적 토지귀족들이 아닌 산업자본을 소유한 신흥부르주아 계층으로 바뀌었다. 둘째, 사람을 대신하여 기계가 생활의 필수적 부분이 되었다. 셋째, 대량 생산을 위한 모방과 합리성의 원칙이 강조되기 시작했다. 넷째, 인간은 자신이 만든 물건으로부터 소외되어 점차 주체성을 상실하게 되었다는 등을 꼽을 수 있다.

그 결과 이전에 주변 환경을 이끌어가던 입장에 있던 인간은 자신을 둘러싸고 있는 환경에 의해서 강한 영향을 받게 된다는 결정론적 사유의 포로가 되었다. 이리하여 산업혁명은 19세기 말에 이르러 생활의 혁신적 변화를 초래했다. 과학 발전에 따른 변화는 인간의 뇌리 속에 '기계'의 위력과 여기서 파생한 신속한 인식의 전환, 곧 인식의 '속도'라는 문제를 제기하게 되었다.

일반적으로 모더니즘은 19세기 말엽부터 시작된 인간과 인간의 삶에 대한 새로운 견해나 이론을 심미적으로 표현하고자 한 시도라고들 한다. 몇몇 이론가들은 그동안 별다른 유보 없이 모더니즘을 19세기 말엽과 20세기 초엽의 시대적 상황이나 조건을 반영한 산물로 파악했다. 말하자면 모더니즘은 19세기 말엽과 20세기 초엽에 걸쳐 문학을 비롯한 예술 각 분야에 나타나기 시작한 다양한 현상을 지칭한 것이다. 극단적으로 말한다면 모더니즘은 당시 서구 세계에 풍미했던 문학과 예술에서 일어난 거의 모든 운동이나 현상을 포괄적으로 담고 있다.

따라서 문학에 있어서 모더니즘은 자본주의적 생산 양식과 그에 따른 정치적·사회적 제도의 변화에 따르는 외적 현실과 인간의 주체적 조건의 변화들을 근본적인 새로움으로 포착하여 표현하고, 종래의 문학을 극복, 쇄신하고자 하는 문학 운동 전반을 포괄하여 부르는 명칭이다. 다시 말하여 모더니즘은 근대주의나 현대주의로 번역될 수 있는 용어로서 그 어원적으로 이미 근대화의 경험을 표현한 모든 근대 형식을 말한다.

그런데 대부분의 정의가 그러하듯 모더니즘에 관한 정의 역시 그것이 포함하고 있는 내용보다는 오히려 배제시키는 내용이 더 많다. 어떻게 보면 모더니즘은 본질적으로 정의 내리기가 불가능한 개념이라고 할 수 있다. 일정한 틀 속에 갇히기를 거부하는 태도 그 자체가 바로 모더니즘의 중요한 원칙 중의 하나이기 때문이다. 더욱이 모더니즘은 비교적 짧은 역사를 통하여 여러 가지 형태로 거듭 탈바꿈해 왔기 때문에 정확한 정의를 내리기가 더욱 힘들다. 모더니즘은 각각 처음에는 인상주의의 형태를 띠고, 다시 이미지즘과 보티시즘의 형태를 띠고, 그리고 경우에 따라서는 낭만주의나 고전주의의 형태를 띠고 나타났던 것이다. 이렇게 카멜레온처럼 변신을 거듭해 온 모더니즘은 어떤 시점에서

정의를 내리느냐에 따라 그 개념과 성격이 달라질 수밖에 없다.

그러나 흔히 모더니즘의 범주에 속하는 작품들을 살펴보면 거기에는 몇 가지 공통된 특징이 나타난다. 이러한 공통 분모가 모여 지금까지의 문학 전통, 이를테면 고전주의나 낭만주의 또는 리얼리즘과는 확연히 구별되는 새롭고 독특한 전통을 만들어냈다. 다른 문예사조나 전통의 경우도 마찬가지지만 특히 모더니즘은 어떤 단일한 예술 운동도 아니고 체계적인 단일한 사상은 더더욱 아니다.

이러한 모더니즘은 부정의 정신을 바탕으로 하는 다양한 여러 가지 조류들의 이합집산이라는 특징을 가지고 있다. 따라서 모더니즘이라는 명칭 아래의 인상주의, 미래주의, 표현주의, 초현실주의 등의 아방가르드(avant-garde) 운동과 영국·미국을 중심으로 한 주지주의 계열의 모더니즘, 1940년 이후의 모더니즘 등 매우 이질적인 성격을 갖는 문학활동들을 모두 포함한다. 그러나 그 명칭이 어떠한 것이 되었든 간에 모더니즘은 주체의 붕괴, 형태에 대한 집착, 예술의 공간화, 예술의 자기 반성적 성격이라는 공통점을 지니고 있다.

모더니즘 일반에 나타나는 미학적 형태와 사회적 전망은 이성과 법칙을 중요시하면서, 우주와 자연 및 사물을 객관적이고 변하지 않는 것으로 보는 대신, 주관과 상대성을 강조한다. 그리고 객체보다는 주체를, 외적인 경험보다는 내적인 경험을, 집단의식보다는 개인의식을 더 가치 있는 것으로 본다. 미학적 자의식, 자기 반영성이 강하게 나타나기 때문에 언어의 본질에 집착하기도 하고, 물리적 시간이 아닌 심리적 시간에 따라 경험의 동시성을 추구하며, 서술적 시간의 구조가 약화되고 공간적 형태가 강화되는 양상으로 나타난다. 이에 따라 사건들의 인과 관계가 제거되고 지각을 자극할 수 있는 이미지에 관심이 쏠리게 된다.

3. 모더니즘 문학의 범주

1) 데카당스 · 고답파 · 상징주의

프랑스어 **데카당스**(décadence)는 '타락' 혹은 '추락'을 의미하는 세기말적인 문예사조의 명칭으로, 일명 퇴폐주의라고도 한다. 이것은 뚜렷한 문학 양식이라기보다는 시인 개개인의 현실적 삶의 태도 및 입장과 관련된 개념으로 볼 수 있다. 물론 데카당스의 시적 양식은 상징주의자들보다 감각적이고 에로틱한 요소가 많이 부각되어 있기는 하다. 다른 한편, 데카당스 시인들은 스스로 투사를 자처하면서 소시민과 자본가들에게 겁을 주고 또 그들을 불안하게 만드는 것을 예술의 과제로 상정했다.

데카당스의 등장 배경에는 자본주의의 발전과 포화 상태의 문화적 환경이 자리 잡고 있다. 그들은 영원한 낙원에서 시적 영감을 찾고 일상적인 것, 평범한 것, 범속한 것에 대해서는 강한 혐오감으로 표시했는데, 그들의 이 같은 태도를 혹자는 일종의 우울증으로 표현하여 이해하기도 했다. 즉 그들은 한편으로는 자본주의 사회와 현대 문명이 가져다 준 정신적·물질적 풍요에 대해 권태와 경멸을 나타냈으며, 다른 한편으로는 연금술적 언어, 고상하고 숭엄하며 지고의 가치를 지닌 상아탑을 추구했다. 예컨대 데카당스의 또 다른 축을 이루고 있는 것은 감수성, 개인주의, 염세주의, 정신적 부조화 상태의 강조, 미적 형식들에 대한 지나친 관심 등이다.

프랑스 문단에서 활동한 덴마크 출신의 소설가이자 시인 요리스 칼 위스만스(Joris Karl Husmans, 1848~1907)의 소설 『전도顚倒』(A rebours, 1884)는 데카당스 문학의 전형적인 예이다. 이 작품은 반자연反自然의 세계를 나타내는데 이 작품의 주인공 드 에상은 일상에서 벗어나 회화, 바그너의 음악, 쇼펜하우어의 철학 세계에 심취하는 등 자신의 유미주의적 예술 이론과 삶을 일치시키려 애쓴다. 그리고 이 작품에 묘사되어 있는 인공낙원은 중세의 악마예찬을 중심으로 하고 있다.

데카당스와 유사한 흐름으로 많은 면에서 이와 중첩되는 또 하나의 모더니즘 경향의 예술 지류로 프랑스의 **고답파**(parnasse)를 들 수 있다. 파르나스는 그리스어로 '뮤즈의 처소'를 뜻한다. 프랑스 고답파는 엄밀한 의미에서 모더니즘적 양식이나 경향을 보이고 있지 않지만, 일부 상징주의 시인들이 고답파 시인으로 작품활동을 시작했기 때문에 고답파를 모더니즘에 포함하여 논의하는 것이 일반적 경향이다. 사실 고답파의 기원은 모더니즘 이전 시기로 거슬러 올라간다. 19세기 중반, 산문의 리얼리즘 경향에 발맞추어 일단의 프랑스 시인들이 '현대의 파르나스'라는 이름을 걸고 시집을 발표하였다.

데오필 고티에(Théophile Gautier, 1811~1872), 르콩트 드 릴르(Leconte de Lisle, 1818~1894) 등의 시인들은 예술 속에서 자신들의 존재 목적뿐만

아니라 가장 순수하고 고결한 현실을 발견할 수 있다고 생각했다. 이들이 예술에서 가장 큰 의미를 부여했던 것은 형식의 완성이었다. 즉 객관적 정서의 전달이라는 면에서 뿐만 아니라, 형식의 완성이라는 측면에서도 고답파는 리얼리즘, 특히 플로베르의 전통을 계승하고 있는 것이다. 고답파 시인들의 주된 관심의 대상이 되었던 것은 이국적 자연과 웅장한 역사적 · 신화적 테마들이었다. 또한 그들은 시의 공리성을 강조하는 다양한 주장들에 거세게 항의했으며 '예술을 위한 예술'을 표어로 주장했다.

모더니즘 시대의 새로운 혁명은 **상징주의** 시에 잘 반영되어 있다. 상징주의는 1880년대 파리에서 출현한 문학적 · 양식적 노선 가운데 하나이다. 표현주의, 다다이즘, 미래파 등 모더니즘의 다른 갈래들이 상징주의 시학에 의해 거부감을 표현했음에도 불구하고, 상징주의 예술이 거둔 결실과 그것에서 유래한 기법은 독창적이라고 할 수 있다. 상징주의 창시자들은 보들레르(Charles Pierre Baudelaire, 1821~1867), 랭보(Jean Nicolas Arthur Rimbaud, 1854~1891), 말라르메(Stéphane Mallarmé, 1842~1898) 등이다. 이들은 개인적 정서와 느낌, 그리고 구체적 현상 세계로부터 느껴지는 것 그 너머에 있는 보다 깊고, 보다 높은 현실을 표현하려고 노력했다. 그들은 이데아의 세계에는 이성으로는 이해할 수 없고 단지 느낄 수 있을 뿐인 그런 불가사의한 힘이 있다고 믿었다. 그러한 불가사의한 힘을 느끼고 감지하는 인간의 신체 기관은 영혼이었고, 따라서 영혼은 상징주의 글쓰기의 중심 소재 가운데 하나가 되었다.

상징주의 시의 임무는 묘사하고 진술하고 보여주는 것으로 끝나지 않고 더 나아가 연상시키고, 각성시키고, 매혹시키고, 흥분시켜야 한다. 상징주의 문학에서 음악이 중요한 위치를 차지하고 자유시의 출현으로 전통적 시작법으로부터 시가 해방되었는데, 이는 언어로 미처 표현할 수 없는 것을 연상을 통해 재현해낼 수 있다는 믿음에서 기인한 것이다. 상징주의 시인들은 시행의 음절수와 리듬을 표현 주체인 시인의 정서와 느낌에 일치시키면서 그로 인해 움직이기 시작하는 자연스런 감정을 생생하게 표현해내는 데 주안점을 두었다.

2) 인상주의 - 인식 주체

인상주의는 19세기 후반 프랑스에서 일어난 회화 부분의 한 움직임을 말하며 그 중심인물로는 모네(Claude Monet, 1840~1926), 르누아르(Pierre Auguste Renoir, 1841~1919), 시슬레(Alfred Sisley, 1839~1899), 바지유(Frédéric Bazille, 1841~1870) 등을 꼽을 수 있다. 이들은 당시 풍미하고 있던 전통적 미술 교육에 불만을 품고 독자적 길을 걷기 시작하였다. 그리고 1874년 4월 자신들의 엥데팡당 전시회 개최로 구체화되었는데, 그 자리에 출품된 모네의 그림 〈인상, 해돋이〉를 평가하면서 '본질보다는 인상'을 그렸다는 조롱투의 비판이 가해졌다. 그런데 이 같은 조롱이 20세기 미술에 지대한 영향력을 미치는 회화 운동으로 자리 잡게 된 것이다.

1850년대 이후 사진기가 발명되었고, 이로 말미암아 회화의 중요한 존재 이유 중 하나인 대상의 정확한 재현 가능성이 사라지게 되었다. 이처럼 '있는 그대로'를 이해하고 재현하는 미술이 설 곳을 잃게 되자 화가들은 새로운 고민에 빠져들었다. 그리하여 인상주의 화가들은 대상이라는 존재 그 자체를 재현하는 것이 아닌, 그 존재를 '어떻게' 표현하고 이해할 것인가에 중요한 초점을 맞추었고, 그것이 인상주의 회화를 촉발시킨 계기가 되었다.

　모더니즘 담론 속에서 인상주의가 차지하는 위상은 상당히 모호한 편이다. 왜냐하면 인상주의가 단일한 이념이나 명백한 원리를 주창한 유파가 아니라 자연발생적으로 형성되었기 때문이다. 따라서 많은 모더니즘 논자들은 인상주의를 범세계적 의미를 갖는 하나의 사조라기보다는 오히려 형식의 범주 안에서 논의하고 있기도 하다.

　문학사의 측면에서 볼 때, 인상주의 문학은 자연주의와 표현주의의 중간 단계에 나타난 경향으로 때로는 상징주의와 혼동되기도 한다. 인상주의는 현실의 재현이라는 측면에서 자연주의와 맥을 같이 하고 있지만, 관찰되는 대상을 있는 그대로가 아니라 그것을 바라보는 사람의 시각에서 표현하는 인상(impression)을 강조한다는 점에서 자연주의와 구별되는 특징을 갖는다. 또한 인상주의는 화자의 정신을 투영하고 있는 시선을 바탕으로, 그 누구도 알 수 없는 신비한 영혼의 반응을 중시함으로써, ‘주관적’ 강렬성을 기반으로 대상을 그리는 표현주의와도 다른 면모를 보인다. 그런데 인상주의적 스타일이 자연주의와 표현주의 둘 사이의 중간 단계에 위치하고 있다면, 인상주의와 상징주의는 일종의 친족성을 지니고 있다고 볼 수 있다.

　인상주의는 사실주의적 시각에서 출발하여 사물에 대한 감각적 인상을 그대로 묘사하려는 경향이다. 따라서 인상주의는 대상의 객관적 존재를 묘사하기보다는 주관적 인상을 있는 그대로 옮겨 그리는 정서적·감각적 태도를 지닌다. 다시 말하여 인상주의는 사실주의와 자연주의가 보여준 인식 대상과 인식 주체 양자 사이의 관계를 뒤틀어 놓음으로써 모더니즘적 사유를 가능케 한 것이다. 사실 인상주의는 인식 주체의 내면세계에 침잠함으로써 자아의 위치를 한층 격상시켰고, 아울러 자연을 새롭게 재현하는 방식을 제시했다.

19세기 중엽 문학계를 휩쓸던 결정론적 사유에서는 모방과 합리성이라는 이름 아래 대상이 주체의 실재를 결정하고 있었다. 따라서 인식 주체는 의지를 상실한 채, 탐험가가 아닌 기록자의 역할을 맡고 있었다. 그러나 인상주의는 우리가 인식하는 대상이 무엇인가라는 물음과 더불어 그 대상을 어떻게 인식할 것인가라는 중요한 질문을 제기했다. 이 같은 인상주의의 사유 방식의 전환은 결국 주체에 무게 중심을 두는 모더니즘 사고를 잉태하는 데 매우 중요한 역할을 하게 되었다.

서구에서는 19세기 말 신흥 부르주아지들인 상류 귀족 계급의 예술인 인상주의적 유미주의가 나타나는데 상징주의 · 예술지상주의 · 탐미주의 · 유미주의 등이 그것이다. 그리고 프랑스 상징주의의 영미적英美的 발전 양식인 이미지즘과 독일 표현주의도 포괄한다고 볼 때 인상주의는 사실주의와 표현주의적 요소를 한데 아우르는 것으로 감정과 정서의 결합을 중시함을 알 수 있다.

예술을 일종의 유희로 전화轉化시키는 인상주의적 태도는 칸트(Immanuel Kant, 1724~1804)의 『무목적의 목적설』에서 그 기원을 찾을 수 있다. 또한 20세기 후반 러시아의 대표적 지성으로 일컬어지던 드미트리 리하쵸프의 '우연성이 지배하는 시기'는 모더니즘을 정의하는 데 매우 적절하다고 할 수 있다. 그리고 프로이트의 심리분석 연구는 수많은 인상주의적인 분석적 연구에 영감을 불어넣어 주었다.

3) 표현주의 – 왜곡과 굴절, 분열과 해체

문학에서 사실주의적 경향의 복고를 표방한 사회주의 리얼리즘이 지배력을 행사하기 이전까지인 1920~1940년대까지는, 무수한 모더니즘 또는 아방가르드적 경향들이 활발히 출현하였다. 라틴어 'expressio'에서 그 명칭이 유래한 표현주의는 제1차 세계대전 전후 10여 년(1910~1925) 동안 특히 오스트리아와 독일을 중심으로 펼쳐진 모더니즘의 대표적인 흐름 가운데 하나이다.

표현주의는 예술의 척도로서의 조화와 미를 부정하고 강렬한 정서와 느낌, 특히 격한 공포와 비애 혹은 고뇌를 표현하기 위해서 자극적인 왜곡의 방법을 사용한 문학예술이다. 처음에는 미술에서 인상주의와 대조적으로 사용되기 시작하였다. 회화와 조각 등에 사용되다가 1914~1924년경에 이르러 독일에서 연극에 원용하면서부터 보편화되었다. 표현주의는 예술가의 주관적인 감정을 가장 중시 여긴다. 그러므로 표현주의의 기교와 주제는 예술가의 직접적이며 개인적인 정서와 직결되어 있으며, 동시에 하나의 운동이라기보다는 개인 예술이라는 점에 그 특징이 있다.

표현주의 운동은 독일의 〈푸른 기수〉(Der blaue Reiter) 클럽과 〈다리〉(Die Brücke) 그룹 등에 의해서 전개되었다. 표현주의는 독일 고흐(Vincent van Gogh, 1853~1890)의 거친 선과 격렬한 색, 그리고 스페인 고야(Francisco de Goya, 1746~1828)의 디자인 선에 나타난 환상적인 소묘 등과 같은 초기 유럽의 예술에서 시작되었다. 문학의 경우 표현주의는 1910~1925년에 걸쳐 다른 예술과 밀접히 연관되어 등장했다. 문학에서 표현주의는 인상주의나 상징주의가 어느 정도 인간의 수동적인 체험의 수용을 강조하고, 또한 자연주의가 철저한 객관주의에 치우친 데 반하여, 개인의 자유 의지와 순수한 내적인 몽상 체험의 표현을 강조하였다.

표현주의는 전시, 전후 시기의 정신 상황을 극단적으로 표현하려는 시도였으며, 작품은 소설보다는 운문에서 두드러지게 나타났다. 그 이유는 산문의 서술 기법 안에 비합리성과 추상성 같은 개념을 담아내는 것이 쉽지 않았기 때문이다.

표현주의는 모더니즘 예술의 한 갈래인 동시에 문화 전체가 눈앞에서 해체되어 버렸던 전시와 전후 시기의 정신 상황을 극단적으로 표현하려 했다. 그리하여 표현주의는 독특한 예술적 변형과 해체의 효과를 통해 기존의 예술적 가치의 해체를 추구했다. 표현주의 미학을 계승한 언어 예술가 중 대표적 작가인 프란츠 카프카(Franz Kafka, 1883~1924)이다. 그는 자신의 소설 『심판』(*Der Prozeβ*, 1914년경), 『성城』(*Das Schloβ*, 1922)에서 환상 세계의 구현을 통해 카오스적 상황을 외형적으로 제시하는 것에서 한 걸음 더 나아가 부조리극에 이른 현실을 역설적으로 고발하였다. 즉 표현주의 예술 전략은 어떤 체계든 자신의 부조리를 역설적으로 드러낼 수 있도록 그것을 심하게 왜곡, 굴절시키는 것이었다.

표현주의 예술에는 외침, 황홀경, 역동성, 강렬한 색채(주로 검은색과 붉은색) 등이 등장한다. 또한 전형적인 소재로는 도시의 일상, 죽음, 고통, 파멸, 그리고 지식인의 관점으로부터 바라본 사물 등이 도입된다. 공장, 탄광, 병원, 전쟁터, 혁명 등 어떤 환경에 대해서든 지식인 작가는 세대 간의 충돌, 계급 간의 충돌, 계층들 간의 충돌 같은 모순된 상황을 목격한다. 그리고 묘사 대상에 대한 작가의 태도는 놀람, 공포, 유감, 애정, 충격 같은 과장된 감정으로 과포화되어 있다.

시인의 언어와 문장은 분열과 해체를 특징으로 하며 표현 에너지는 문장 중에서 가장 두드러진 요소에 축약, 집중되어 있다. 문장의 리듬 속에서 정신 분열과 노이로제 상태가 감지된다. 그러나 전체적으로 볼 때 표현주의의 텍스트는 바로크적인 혹은 낭만주의적인 분위기를 풍긴다. 대체로 표현주의 작가 등 소설가들이 많지 않았던 이유는 산문의 서술 기법에 비합리성과 추상성 같은 개념을 담아내는 것이 용이하지 않았던 것에 기인한다.

4) 미래주의 – 기계와 속도의 미학

미래주의는 현재의 기반 위에서 미래를 지향함으로써 과거에 대한 전면적 부정을 추구하였다. 따라서 미래주의는 과거에 대한 부정의 정신이라는 모더니즘의 기본 사상을 가장 극단까지 밀고 간 예술정신이다. 미래주의는 이탈리아에서 처음 시작된 예술 운동으로써 무엇보다도 역동성과 혁명성을 강조하였다. 미래파 운동은 이탈리아의 시인 마리네티(Filippo Tommaso Emilio Marinetti, 1876~1944)가 1909년 프랑스의 《르 피가로》(*Le Figaro*)지에 "우리는 박물관과 도서관을 파괴할 것이며 도덕주의, 여성다움, 모든 기회주의적이고 공리주의적 비겁함에 대항해서 싸울 것"이며, "자동차의 소음에 귀를 기울이라"라는 요지의 미래파 선언을 발표하면서 이탈리아와 러시아를 중심으로 진행되었다.

이 선언문의 '자동차'로 상징되는 기계의 역동성과 소음이라는 말에서 현상계를 질서정연한 논리로 설명하려는 행위에 대한 반발, 그리고 '박물관'으로 대표되는 과거에 대한 일체의 부정 등은 미래주의의 중심 표어를 잘 집약하고 있다. 이탈리아 미래주의는 현실의 변화에 미적으로 대처하고자 하는 미적 모더니티, 즉 예술 사조로서 모더니즘에 대한 일반적 성찰에서와 마찬가지로, 기계와 속도의 역동성을 특징으로 하는 변화의 시기에 이를 예술로 승화시키고자 했다.

마리네티는 인간을 병들게 하는 지적 독약으로 네 가지 요소를 거론하고 있는데 첫째, 먼 곳의 기억을 노래하는 향수어린 병약한 시詩. 둘째, 여성의 아름다움을 비추는 달빛에 흠뻑 젖은 낭만적 감상. 셋째, 욕정·삼각관계·근친상간에 대한 몰입. 넷째, 과거와 고대성에 대한 지나친 집착과 애착 등이 그것이다. 따라서 이 같은 요소들과 맞서있는 개념들을 추적하면 미래주의의 지적 지향성과 그 예술이 최종적으로 목표하는 바를 발견할 수 있다.

이 가운데 첫째 항목인 먼 곳과 기억에 대한 예찬은 상징주의의 기본 방침이다. 이로 미루어 마리네티는 상징주의에 대한 전면적 도전을 시도하고 있는 셈이다. 상징주의 시학 체계에 대한 거부와 함께 그것의 자연스러운 결말을 초래한 미래주의의 주요 정신은 '자유로운 언어', '밖으로의 표출' 그리고 '구문의 파괴' 등으로 요약될 수 있다.

마르네티는 먼 곳과 기억이라는 안으로 파고드는 '내적인 삶'과 그 안에서 순수한 말을 통해 언어와 지시체 사이의 본질적인 관계를 수립하고자 했던 상징주의 '심리학'을 부정했다. 이는 언어를 기호 작용으로부터 해방시켜 자유로운 상태로 전환시키는 데 기여했으며, 그것의 예술적 표현이 바로 '자유로운 언어'이다. '구문의 파괴'는 속도가 느린 상징주의 상상력에 대한 반발이자 20세기 초에 발생한 놀라운 사회적 변화에 대한 반응이었다. 다시 말하여 상징주의 상상력이 안으로 점차 파고드는 과정이라고 한다면, 미래주의가 보여준 구문의 파괴는 상상력의 속도를 수평축을 따라 급속히 이동시키는 기법을 도입하고 있다. 수직의 이미지를 수평의 사유로 전환시킨 결과, 미래주의자들은 '독자의 얼굴에 의미를 흩뿌리는 빠른 표면'을 창출할 수 있었던 것이다. 또한 이 과정은 외화(exteriorization), 즉 '밖으로의 표출'이기도 했다. 의미의 망이 인식의 지평을 따라 무한히 확산되고 있기 때문이다.

이탈리아 미래주의의 존재를 규정하는 투쟁 정신은, 한편으로는 기계·테크놀로지·속도 등과 같은 현실의 적극적 반영이었다. 다른 한편으로는 구문의 파괴·자유로운 언어 등을 근간으로 삼는 시학으로 나타났다. 따라서 그들에게 있어서 미래는 사회·정치적으로 그들의 작품을 이해해 줄 미래인들이 사는 공간으로 상정된다. 그들이 열망하는 인간은 궁극적으로 인간이기를 포기한 '기계적 존재'였던 셈이다. 그리고 이러한 투쟁 정신은 전쟁에 대한 열광으로 표출되었다.

그런데 전쟁에 대한 미래주의자들의 열광은 역사의 아이러니를 남겼다. 전쟁으로 인해 결국 이탈리아 미래주의는 막을 내렸기 때문이다. 1915년 이탈리아가 제1차 세계대전에 참전하게 됨으로써 이탈리아 미래주의는 활동적인 구성원들을 상실하게 되었으며, 그 후에는 마르네티의 노력에도 불구하고 미래주의는 이전의 영향력을 행사할 수 없게 되었다. 이러한 예는 다다이즘에서도 찾아볼 수 있다.

이탈리아 미래주의에 대한 논의를 생각해 볼 때, 그들이 소망하는 대로 과거가 온통 사라진 그곳은 과연 어떠한 모습일까. 그런데 이탈리아 미래주의자들에게 이 문제는 중요하지 않았다. 그들에게 중요한 것은 현실을 벗어났다는 것이지, 미래를 건설하는 것이 아니었기 때문이다.

러시아 미래주의는 1913년 팜플렛 형태로 출간된 선언문 「대중의 취향에 뺨 후려치기」(*A Slap in the Face of Public Taste*)와 함께 과거를 전면 부정하며 등장하여, 자신들을 '미래인'이라고 자칭했다. 러시아 미래주의 운동은 단일한 집합체가 아니라 여러 갈래로 나뉘어 전개되었다. 러시아에서 미래주의라는 명칭을 최초로 사용한 세베랴닌(Igor Severjanin, 1887~1941)의 '자아-미래주의', 쉐르쉐네비치(Vadim Shershenevich, 1893~1942)를 중심으로 한 '시인의 다락방', 흘레브니코프(Velimir Khlebnikov,

1885~1922), 마야코프스키(Vladimir Mayakovsky, 1893~1930), 크루쵸닉흐 (Aleksei Kruchenykh, 1886~1968)를 구성원으로 한 '입체-미래주의', 보리스 파르체르나크(Boris Pasternak, 1890~1960)의 '원심분리기'(Centrifuge) 등이 출현했는데, 일반적으로 러시아 미래주의를 대표하는 것은 '입체-미래주의'였다. 입체-미래주의는 프랑스의 입체파(Cubism)와 밀접한 연관을 맺고 있다.

'자유로운 언어'와 '구문 파괴'로 과거를 비판하고 아울러 자기발생성의 근거를 마련하려 했던 이탈리아 미래주의자들과 마찬가지로, 러시아 미래주의자들 또한 과거에 대한 전면적인 부정적 입장에서 이전과 다른 자신들의 언어와 구문을 요구했다. 그러나 이에 대한 두 미래주의의 접근 방식은 서로 달랐다. 이탈리아 미래주의가 '자유로운 언어'를 통해 언어와 그 지시체 사이에 간극을 발생시키는 수평적 인식의 확대를 추구했다면, 러시아 미래주의는 아예 언어의 재현 가능성을 버리고 언어를 물질화함으로써 '언어, 그 자체'에 몰두하였다.

새로운 언어에 대한 러시아 미래주의의 반응은 구두점의 창조적 활용, 문자의 시각적 기능에 대한 강조 등의 측면에서는 이탈리아 미래주의와 유사성을 보여주고 있다. 그러나 자기 충족적 언어나 언어의 '어원'에 몰두한다는 측면에서는 이탈리아 미래주의와 차이를 보이고 있다. 러시아 미래주의자들은 자신들의 문어의 모태가 되는 슬라브어 어원에 진지한 관심을 보였다. 이는 미래로 향하는 갈 길을 가로막는 과거는 부정해야 할 대상이지만, 현재 및 미래에 대한 새로운 인식가능성을 내포한 과거는 미래의 동반자가 될 수 있다는 것을 보여주고 있는 것이다. 이러한 이상은 미래를 유토피아 사회로 그리고 있는 것에서도 확인된다.

전통에 대한 거부라는 점에서 미래주의는 모더니즘과 공통적인 성질을 지니고 있지만, 특히 기계 문명을 예찬하고 인류의 황금시대를 기대한 점에서 다른 운동과 차별성을 가진다. 이런 과거에 대한 부정과 문화적 재탄생의 시도는 필연적으로 정치적 혁명과 맞물리게 되었다. 강한 힘, 초인적 인간에 대한 지향은 국수주의와 전쟁에 대한 열광을 가져왔다. 그런데 그 힘들 사이의 갈등이 표출된 결과 전쟁에 의해 이탈리아 미래주의는 소멸되었다. 그리고 과거를 부정하고 유토피아적 미래를 소망했던 러시아 미래주의는 볼셰비키 혁명으로 인해 예술의 활동 자체도 보장받지 못하는 비극적인 결과를 낳고 말았다.

5) 다다이즘 – 예술의 죽음

이탈리아나 러시아의 미래주의와는 달리 다다가 언제 출현했는지 정확한 시기를 말하기는 힘들다. 일반적으로 다다이즘은 제1차 세계대전이 진행되던 1916년, 스위스 취리히에서 루마니아 시인 차라(Tristan Tzara, 1896~1963)를 중심으로 일어난 예술 운동으로 파악하고 있다. 따라서 모더니즘의 여러 흐름 가운데 다다만큼 전쟁과 직접 관련을 맺고 있는 것은 없다. 이 예술 운동은 독일과 프랑스 그리고 미국 등 여러 나라에 걸쳐 더욱 국제적인 규모로 발전되었다. '다다'(dada)는 프랑스어와 루마니아어로는 '목마'를, 이탈리아어로는 '입방체' 혹은 '어머니', 독일어로는 '소박성'을 뜻하기도 하지만, 자음과 모음의 동음반복으로 이루어진, 아무 뜻 없이 하는 옹알이를 의미하기도 해서, 모든 것을 의미하는 동시에 의미하거나 지향하는 것이 아무것도 없음을 나타내기도 한다.

1915~1922년 사이에 다다는 수많은 선언문을 남발하였다. 에른스트

(Max Ernst, 1891~1976), 아르프(Hans Arp, 1887~1966), 차라 등과 같은 다다의 중심인물들에 의해 발표된 다다 선언문의 내용은 무정부주의, 허무주의, 부정의 정신, 탈신성화, 자기 아이러니 등으로 요약된다. 이러한 개념들은 모더니즘의 다양한 운동들과 다다 사이의 연관성을 보여주는 동시에 또한 다다 고유의 정체성을 규정짓기도 한다.

상징주의는 절대성을, 미래주의는 미래를, 표현주의는 인식의 각성을 각각 자신들 존재 이유로 삼았었다. 하지만 다다는 의지하거나 지향하고자 하는 것이 아무것도 없음을 설파한다. 성스러운 것은 아무것도 없기 때문이다. 상징주의자들은 자연주의자들이 정확하게 그려내려고 노력하던 삶의 표면을 무시해 버리고 그 대신 '상상력의 언어'를 통해 눈에 보이지 않는 잠재의식의 세계를 출현시키려 하였다. 그러나 미래주의를 거치면서 이러한 잠재의식을 표상할 수 있는 발현체로 언어는 더 이상 적합하지 않다는 것이 증명되었다. 그리하여 미래주의는 언어 그 자체의 위상에 몰두하였다. 하지만 잠재적 상상력이나 언어의 자기 충족성도 불합리한 현실을 설명하거나 이해하는 도구로 기능할 수 없다는 사실이 전쟁을 통해 분명해졌다. 다다는 절대선을 소유할 수 없는 시대를 살아가는 불감증자들에게, 그것을 향한 예술적 노력은 무의미할 뿐이라는 것을 깨닫게 한다.

시인 차라가 보여준 창작 「동시시同時詩」(*Simultaneous Poetry*)는 예술과 반예술 사이의 위태로운 외나무다리에 서 있는 다다 미학을 더욱 구체화하였다. 이 시작품은 음악과 퍼포먼스, 그리고 단순한 리듬의 반복적 소음들로 구성되어 있는데, 텍스트의 낭송이 어우러지는 한바탕 마당극 또는 동일한 텍스트를 여러 외국어로 동시에 낭송하는 동시통역의 장면과 유사하다.

이것은 다다 미학이 보여주고자 하는 핵심을 분명하게 보여준다. 그것의 첫째는 논리의 배격이다. 논리에 대한 허무감의 표현인 논리성의 배격은 산산조각 난 현실, 그리고 이성과 전통적인 사고 질서가 붕괴된 것에 대한 한바탕의 비웃음이다. 다다이스트들은 도덕적 무질서를 객관화시킬 필요성을 절감하고 있었던 것이다. 둘째 요소는 감각의 즉각성과 직관력이다. 즉 감각의 우연성을 고양시키고자 하는 노력이 그것인데, 이는 시인이 사회적·문화적 제반 필요성으로부터 완전히 해방된, 그리고 논리와 이성의 조건반사로부터도 완전히 해방된 것을 의미한다. 셋째 요소는 주체의 자각이다. 논리가 해체되고 그 결과 감각의 우연성만 남은 상황에서는 오로지 그 감각을 느끼고 향유하는 주체만이 예술의 진정한 주인이 될 수 있다. 이렇듯 다다이스트들은 자기 자신 이외의 그 어느 통치자도 인정하지 않았다. 그들은 아무도 그리고 아무것도 믿을 만한 가치를 지니고 있지 않다고 믿었기 때문이다.

다다의 퍼포먼스는 미래주의의 그것과 상당히 유사한 점이 있지만 또한 적대 관계에 있기도 하다. 미래주의가 기계의 힘과 그것에 바탕을 둔 인식의 속도, 나아가 전쟁에 대한 찬양에 침잠했다고 한다면, 다다는 기계와 전쟁에 철저히 저항하는 입장에 있었다. 또한 미래주의가 기계에 대한 인간의 속박을 염원했던 것과 달리, 다다가 추구한 것은 인간의 절대적 자유였다.

문화는 원심력과 구심력 둘 사이의 적절한 상관관계 위에서 존재한다. 그러나 다다는 한없이 원심력만 추구한 운동이다. 구심력을 완전히 상실해 버린 예술, 그것은 혼돈이며 예술의 죽음이다. 일체의 부정과 철저한 반항적 파괴를 주장하고 실천한 다다는 그 부정의 대상에 예술의 존재 의미 자체가 포함되는 자기모순에 빠지게 되었다. 그래서 결국 예술 자체, 시 자체를 부정하지 않을 수 없는 궁지에 몰려 스스로 소멸하고 말았다.

6) 초현실주의 – 잠재의식의 세계

예술적 무의식인 초현실주의는 제1차 세계대전 후 프랑스를 중심으로 비합리적 인식과 잠재의식의 세계를 추구하여 표현의 혁신을 꾀한 전위적 예술 운동의 하나이다. 프랑스의 시인 아폴리네르(Guillaume Apollinaire, 1880~1918)가 그의 부조리극 『테레지아의 유방』(*Les Mamelles de Tirésias*, 1903, 1917 공연)의 부제로 이 말을 처음 썼고, 그 뒤 브르통(André Breton, 1892~1966)이 「초현실주의 혁명」(*La Révolution surréaliste*, 1924)에서 이 말을 사용함으로써 비로소 보편화되었다.

초현실이라는 말은 '현실', '반현실' 등과 관련이 있다. 흔히 문학을 현실의 반영이나 현실 추구라고 하는데, 그 현실은 선천적이든 후천적이든 인간성에 속하는 모든 욕망 즉 심미적인 것, 무엇이 되고 싶은 것, 본능·사상·감정 등에 관한 현상이다. 초현실이란 표현대상을 선험적인 '객관적 의지'에 두는 것을 말하는데, 객관적 의지란 인간의 의지가 주관의 세계 곧 현실을 부수고 완전한 것이 되려고 하는 힘, 말하자면 신神의 형태를 취하고자 하는 힘을 말한다. '초현실'을 표현대상으로 하는 초현실주의는 현실적인 사상과 감정과는 관계없거나 반대되는 재료로 표현하는 것이다. 가령 '권총 사격은 하나의 아름다운 멜로디'라는 표현은 현실과 반대되는 표현으로, 객관적 의지가 주관을 파괴하는 힘을 표현하는 데 적합한 재료이다.

그런데 '반현실'은 현실과 초현실과의 중간 단계에 속하는 것으로,

정확히 말하면 현실에 속하는 개념이다. 반현실도 현실적 의미를 가진 새로운 현실이기 때문이다. 이 운동의 대표자인 브르통은 「초현실주의 선언문」(1924)에서, "말이나 쓰인 언어 또는 다른 가능한 방법으로 순수한 정신의 자동작용을 통하여 참된 사고의 기능에 표현을 부여하려는 시도"라고 말하였다. 나아가 그는 초현실주의란 인간 정신을 자유롭게 하기 위한 혁명을 촉진하고 더 고차원의 목적으로 외적 현실과 내면적 현실을 종합하려는 데 있다고 선언하였다.

이러한 선언에서 자유로운 상상력을 표현하기 위해 잠재의식과 무의식에서 튀어나오는 이미지들을 어법이나 논리, 의미의 연관 등 일체의 이성의 통제를 가하지 않고 그대로 옮겨 놓는 자동기술법(automatism)이 출현했다. 그리고 신문이나 잡지 등을 닥치는 대로 아무렇게나 오려 붙이는 콜라주나 몽타주 수법이 창안되었다.

비합리적 인식과 잠재의식의 세계, 정신의 자동작용과 자유 등의 개념은 프로이트의 심층심리학이 이루어 놓은 무의식의 세계에서 영향을 받은 것이다. 이성이나 논리의 규제를 받지 않은 무의식의 세계는 의식의 세계와는 판이하게 다른 꿈의 전능全能, 사고의 비타산적인 행동의 순수 세계이다. 이러한 세계를 아무 규제 없이 심령의 자동현상을 순수하게 기록하는 방법의 하나가 자동기술법이며, 이 방법에 의한 최초의 작품이 브르통과 수포(Philippe Soupault)가 공동으로 지은 『자장磁場』(Les Champs Magnetiques, 1921)이다.

자동기술법으로 쓴 시는 낭만주의와 같은 이성의 작용도 없고, 사실주의적 모방도 아니다. 그것은 오직 무의식에서 용출하는 순수 이미지들의 대등한 나열, 병치, 공존 관계라고 할 수 있다. 초현실주의 역시 모더니즘의 일반적 원리인 불연속적 세계관, 그리고 세계 상실 및 순수

추상의 특성이 밑받침되어 있다.

인간의 정신과 사고를 혁신하려는 초현실주의자들은, 사회적 혁신까지 함께 추구함으로써 정치적으로 공산주의에 동조하기도 했다. 그러나 결국 예술의 자율성을 포기할 것을 요구하는 공산당의 입장과 충돌하게 된다. 초현실주의는 그 자체로서는 사람들에게 큰 영향을 끼친 걸작을 남기지 못했지만, 제1차 세계대전 이후 대시인들 대부분이 한때 초현실주의의 시를 많이 창작했다.

7) 이미지즘 - 과거와 현재의 상관성

이미지즘은 한편 주지주의라고도 불리는데, 일반적으로 모더니즘이라 불리는 20세기 영미 문학의 문예사조에 붙이는 명칭이다. 문학에서 주지주의는 감정이나 정서를 중시하는 주정주의와 대립되는 것으로써 여기서 '주지'라는 말은 작품 세계가 지적이라는 것이 아니라 대상을 대하는 작가의 태도가 지적이라는 뜻이다. 이미지즘은 1912년 흄(Thomas Ernest Hulme, 1883~1917), 파운드(Ezra Pound, 1885~1972), 엘리어트(Thomas Stearns Eliot, 1888~1965) 등의 젊은 시인들을 중심으로 전개되었다. 그들은 막연하고 신비스러운 정서 과잉의 시를 거부하고, 주관적이든 객관적이든 정확한 시어를 사용해 시각적이고 함축적인 심상에 치중할 것을 주장했다.

영미의 모더니즘은 프랑스 · 독일 · 이탈리아 그리고 러시아를 중심으로 한 대륙의 모더니즘과는 다른 특징을 보이고 있다. 대륙의 모더니즘은 상징주의와 인상주의를 거쳐 미래주의에 이르기까지 과거에 대한 부정, 현재의 완전한 승리, 현재와 미래의 연관성 아래서 현재의 일시성(temporality)에 대한 끝없는 집착과 승리를 주도하는 데 크게 심취해 있었다. 그런데 영미의 모더니즘을 이끌었던 작가들의 관심사는 대륙의 모더니즘과 달리 자기정체성의 문제에 관심을 집중했다. 왜냐하면 영미 모더니즘을 이끌었던 대표자들 중 상당수가 미국에서 활동을 시작했지만 귀화 과정을 거쳐 영국에서 활동한 사람들이었기 때문이었다.

따라서 영미의 모더니즘은 20세기 현대문학에 커다란 업적을 남긴 대가들이 참여하고 있었으나, 그들 사이의 결속력은 매우 취약했다. 또한 영미 모더니스트들은 교양으로서의 예술과 과거 전통의 답습에 대한 적대감을 느끼지 않았다. 그 결과 삶과 예술 사이의 경계를 해체하고자 하는 강한 욕구를 지니고 있던 대륙의 모더니즘과는 다른 차별성을 지니게 되었다.

영국에서 '새로움'이란 아주 모호한 범주이다. 그들에게 문화의 혁신이란 앞 시대의 가치를 새롭게 조망하는 것이었다. '질서'를 공고화하는 것을 중요한 가치 중 하나로 여기고 있었으며, 이는 대륙 모더니즘 입장에서 보면 모더니티 정신에 대한 명백한 위반이었다. 과거가 부정의 대상이 아니라 현재라는 시간 속에 여전히 그 영향력을 미치고 있고, 현재는 과거와의 관계 속에서 의미를 획득한다는 입장에 서 있는 영미 모더니즘의 시간관은, 영미 모더니스트들이 안고 있었던 자기정체성의 문제에 의해서 더욱 확고해져 갔다. 가령 표현주의자들이 아버지의 권위와 모방의 법칙에 두려움을 느끼고 있었다면, 영미 모더니스트들은 아버지의 재가, 자식의 입장에서 아버지와 대결을 벌인다는 진지한 모더니즘의 전통을 수립하려고 했던 것이다.

과거와 현재의 상관성에 입각한 미학을 잘 보여주는 작가는 파운드이다. 서로 다른 시간대를 연결시키면서 언어와 대상 사이의 투쟁의 장을 마련한 파운드의 초기 시학은 1912년을 기점으로 더 확장 변모되었으며, 이미지즘(imagism)이라는 표현을 최초로 사용했다. 그리고 그는 1913년 이미지를 '시간의 즉각성 안에서 복잡한 사상과 감정을 재현하는 것'으로 규정하면서 이미지즘의 세 가지 원칙을 제시하였다. 그것은 첫째, 주관적이든 객관적이든 사물을 직접적으로 다룰 것. 둘째, 재현에 도움이 되지 않는 어휘는 사용하지 말 것. 셋째, 기계적 정확함이 아니라 음악의 운율처럼 자유로우면서도 법칙을 갖도록 작품을 구성할 것 등이다.

인상주의로부터 미래주의로 이어지는 여러 과정에서 보듯이 유럽의 다양한 모더니즘 조류는 대상의 특징에 대한 이해가 아니라, 예술 질료 그 자체에 주목할 것을 요구했다. 그러나 파운드의 이미지즘은 예술 질료와 대상 사이의 연관성을 복원시킴으로써 미래주의가 '자율적 언어'나 '언어 그 자체'에 대해 관심을 기울이는 태도를 비판하였으며, 나아가 상징주의의 비직접성을 반박하고 있다. 이러한 파운드의 적대감은 대륙의 모더니즘 전체, 곧 마르네티의 미래주의, 피카소의 입체파, 그리고 표현주의에 대한 거부감까지를 포괄하는 거대 전략이었으며 나아가 자신의 새로운 모더니티 미학을 주장하고자 하는 시도였다.

마르네티를 중심으로 하는 이탈리아 미래주의가 문학을 파괴하여 수단화하려는 움직임을 보여주었다면, 파운드는 문학을 부정형의 모더니티에 가치와 구조를 부여하는 수단으로 간주하였다. 그리고 이를 위해 순간의 혼란스러운 '실재'에 그 이전과 이후의 연관성을 제공했으며, 이를 통해 문화의 기억을 되살려내려 했다. 따라서 파운드에게는 유럽의 모더니즘이 그렇게도 열광했던 현재는, 그 자체로 의미 있는 것이 아니라 과거와의 관계 속에서만 의미를 갖는 것이었다.

또한 파운드의 이미지즘은 원 텍스트와 모방 텍스트 둘 사이의 공간을 통하여 현재의 절대성을 거부하고 현대의 상관성을 표어로 삼았다. 이는 이후 엘리어트와 조이스(James Augustine Aloysius Joyce, 1882~1941)의 문학을 거치면서 영미 모더니즘의 한 특징으로 자리를 잡게 된다. 엘리어트는 논문「전통과 개인의 재능」(Tradition and the Individual Talent, 1919)에서, "시인은 표현의 재능을 갖고 있어서는 안 된다. 그는 다만 인상과 표현이 특별한 방식으로 결합되는 독특한 매개체여야 한다"고 말하고 있다. 엘리어트가 주장한 매개체로서의 시인관은 다시 독특한 시의 인식으로 표출된다. 즉 그는 "절대적으로 독창적인 시는 절대적으로 나쁜 시다. 왜냐하면 그것은 자신이 호소하고자 하는 세계와 아무런 관련도 없는 주관적 감각에 지나지 않기 때문이다."라고 언급하고 있는 것이다. 결국 엘리어트에게 있어서 새로움이란, 파운드의 초기 시에서 각인되었던 '상관성'(belatedness)과 동일선상에 위치해 있는 셈이다.

이미지즘은 미국에서 시어를 분석함으로써 시의 본질과 기능을 연구하려는 신비평(New Criticism)의 형성에 커다란 영향을 미쳤다.

8) 아방가르드 – 내용 없는 텅 빈 개념

아방가르드(avant-garde)는 일명 전위예술 운동이라고도 한다. 원래 군대 용어로, 전투할 때 선두에 서서 적진을 향해 돌진하는 부대를 뜻했다. 러시아혁명 전야에는 계급투쟁의 선봉에 서는 정당과 그 당원을 지칭하기도 했고, 예술에서는 끊임없이 미지의 문제와 대결해 이제까지의 예술 개념을 변화시킬 수 있는 혁명적인 예술 경향 또는 그 운동을 뜻했다. 아방가르드는 대략 20세기 초엽에 시작되어 제1차 세계대전을 거쳐 제2차 세계대전 직전까지 크게 풍미했다. 20세기 초엽에는 주로 이탈리아의 미래파와 프랑스의 입체파 그리고 독일의 표현주의가 크게 유행한 시기로 아방가르드가 가장 찬란하게 꽃을 피운 전성기에 해당한다. 그리고 제2차 세계대전이 터지기 직전부터 전쟁이 끝나기까지 아방가르드는 서서히 종말을 고하였다.

아방가르드라는 개념 속에는 미래파, 표현주의, 다다이즘, 초현실주의, 구성주의 등 여러 예술 운동이 망라되어 있다. 아방가르드라는 표현 그 자체로서는 아무런 내용도 없는 텅 빈 개념에 지나지 않는다. 가족의 메타포를 빌려 표현한다면 아방가르드는 한 가문의 성姓에 해당되고, 각각의 예술 운동은 그 성을 가진 가족의 구성원들에 해당되는 셈이다. 다시 말하여 아방가르드는 동일한 성 아래에 각기 자기 이름을 가진 여러 구성원들로 이루어진다. 그중에서도 다다이즘과 초현실주의, 그리고 미래파 운동은 아방가르드라는 가문을 이루는 가장 대표적인 구성원들이라고 할 수 있다.

아방가르드의 개념과 특성에 관련하여 많은 이론가들의 논의가 있는데, 그것들을 종합하여 보면 대략 세 가지로 논의할 수 있다.

첫째, 아방가르드는 기존의 모든 전통이나 인습을 급진적으로 단절하고자 한다. 물론 모더니즘 역시 과거의 전통과 인습에 비판적인 입장을 취하였다. 그러나 모더니즘은 '비전통의 전통' 또는 '전통에 대항하는 전통'의 성격을 띠면서 전통에 대한 미련을 완전히 떨쳐내지 못했다. 반면 아방가르드의 입장은 무엇보다도 보편성을 지향하는 부르주아 계층의 가치 체계를 전적으로 거부했다.

둘째, 아방가르드는 부정적인 급진주의와 체계적인 반심미주의로 특징지을 수 있다. 모든 예술 전통이나 사조 가운데서 아방가르드만큼 심미성을 철저히 거부하는 전통이나 사조는 찾아볼 수 없을 정도이다. 이러한 점에서 볼 때 아방가르드는 모더니즘에 대한 의도적이고 자의식적인 패러디라고 할 수 있다. 심미주의를 비롯한 모더니즘이 '예술을 위한 예술'을 주장했다면, 아방가르드는 바로 '반예술을 위한 반예술'을 주장했다.

셋째, 아방가르드는 예술과 삶 사이의 경계선을 붕괴시키는 데 크게 이바지한다. 무엇보다도 예술의 사회적 기능이나 정치적 의미를 강조하였다. 아방가르드주의자들의 관점에서 보면 삶과 유리된 예술은 아무런 의미가 없으며, 마찬가지로 예술과 유리된 삶 또한 의미를 지니지 못한다. 이 점과 관련하여 초현실주의를 주도한 브르통은 일찍이 "마르크스는 세계를 변혁시키라고 말하였으며, 랭보는 삶을 변혁시키라고 말하였다. 그러나 우리에게 이 두 모토는 하나다"라고 말하였다.

4. 포스트모더니즘 문학

모더니즘은 제2차 세계대전이 끝난 후 1940년 대 말엽부터 그 힘이 점점 쇠퇴하고 약화되기 시작하였다. 20세기 초엽만 하더라도 혁명적이라고 부를 만했던 전통이나 인습에 대한 도전이, 이제 그 자체로서 오히려 전통으로 굳어져 버렸던 것이다. 모더니즘에 대한 도전과 비판적 반작용의 산물이 바로 포스트모더니즘이다. 포스트모더니즘은 모더니즘의 논리적 계승이며 발전인 동시에 그것에 대한 비판적 반작용이며 단절이고, 야누스처럼 두 개의 상이한 얼굴을 지니고 있다.

포스트모더니즘은 20세기 후반을 지배하는 현상을 지칭하는 가장 핵심적이고 일반적인 용어이다. '모던', 즉 현대라는 말이 동시대를 뜻하는 것이라면, '포스트모던'은 '포스트'(post)를 해석하는 시각에 따라 그 의미가 달라진다. '나중', '후後'(post)를 뜻하는 말로 해석하면 '현대 후기', '후기 현대'를 지칭할 수도 있고, '벗어남', '탈현대'를 지칭하기도 한다.

이러한 포스트모더니즘이란 용어는 언제 그리고 누구에 의해서 처음 사용되었는지 추정하기란 쉽지 않다. 일반적으로 '포스트모던'이라는 용어를 처음 사용한 사람은 영국의 살롱화가 존 왓킨스 채프먼(John Watkins Chapman, 1832~1903)으로 알려져 있다. 그는 1870년경 인상주의 이후 서구를 휩쓴 화풍을 가리키기 위하여 이 용어를 사용하였다. 그리고 미카엘 쾰러(Michael Köhler)와 이합 핫산(Ihab Hassan, 1925~)에 따르면, 1930년 초에 이 용어를 문학이나 예술 개념으로 처음 쓰기 시작한 것 같다. 예를 들어 스페인의 문학비평가 페테리코 데 오니스(Federico de Oníz, 1885~1966)가 『스페인과 남아메리카 시선집』(*Antología de la Poesía Española e Hispanoamericana*, 1882~1932)이란 저서를 편집하면서 이 책의 서문에 '포스트모데르니시모'(Postmodernismo)라는 용어를 처음 사용한 것으로 알려져 있다. 그런데 오니스가 말하는 '포스트모데르니시모'라는 용어는 단지 20세기 초엽 스페인 문화권을 중심으로 일어나기 시작한 반反모더니즘의 경향을 가리키려고 사용했을 뿐이다. 그러므로 포스트모데르니시모는 오늘날 사용하는 의미의 포스트모더니즘과는 차이가 많다.

이후 모더니즘 운동에서 떨어져 나간 분파를 지칭하는 데 사용되었고, 1960년대 엘리트 문학에 도전한 대중 문학을 가리키는 뜻으로 사용되기도 했다. 그러다가 포스트모더니즘이라는 용어를 좀 더 본격적으로 문학에 도입한 것은 1960~1970년대에 들어와서이다. 이 용어는 특히 레슬리 피들러(Leslie Fiedler, 1917~2003)와 이합 핫산 같은 미국 비평가들과 이론가들이 문학과 문화 현상을 가리키는 용어로 사용하면서부터 널리 유행하기 시작하였다.

구체적으로 포스트모더니즘은 지난 20세기 동안 서양의 예술과 삶과 사고를 지배해 온 모더니즘에 대한 반동으로 1960년대 중반부터 나타나기 시작한 새로운 시대정신, 패러다임을 통틀어 말한다. 포스트모더니즘은 특히 모더니즘을 통해 수립된 고급문화와 저급문화의 엄격한 구분과 예술 각 장르 간의 폐쇄성에 대해 반발했다. 그리하여 작품의 유기적 통일성과 일관성을 부정하고 임의성·대중성을 중시하며, 이념과 중심을 벗어나는 경향을 강하게 나타냈다. 이로 인하여 동시에 주변적인 것, 곧 대중문화·제3세계 문학·페미니즘 문학 등이 부상했다.

20세기 후반, 고도로 발달한 자본주의 사회에서는 대량 생산과 대량 소비가 이루어지며 나아가 전 세계를 하나로 이어주는 대중 매체가 발달하였다. 이러한 시대를 배경으로 한 포스트모더니즘은 주로 유럽 대륙을 중심으로 이루어졌던 문예사조에 반해서 사상 처음으로 유럽 이외의 지역, 특히 중남미와 미국이 주도권을 잡고 전개한 문학 예술 운동이다.

포스트모더니즘 문학 이론의 선구자로는 보르헤스(Jorge Luis Borges, 1899~1986)를 들 수 있다. 보르헤스는 1961년 사무엘 베케트(Samuel Beckett, 1906~1989)와 공동으로 포멘터상을 수상했다. 그러면서 프랑스에서 그의 작품에 대한 번역과 연구가 활발해졌고, 미국 문학계에서도 보르헤스 문학 세계에 관심을 갖기 시작했다. 폴 드 만(Paul de Man, 1919~1983)은 《뉴욕 북 리뷰》(*New York Review of Books*)에 기고한 글 (1964. 11. 19)에서 보르헤스의 픽션 세계가 경험의 재현이 아니라 지적인 가설이라고 특징짓는다. 드 만에 의하면 보르헤스 소설의 중심에는 불한당, 표절과 같은 범죄 행위, 스파이, 그리고 자신의 존재를 위장하는 사람들이 있는데, 이는 진정한 존재와 외면을 혼동하게 만든다고 한다. 드 만이 주장한 또 다른 특징은 보르헤스의 시적인 복제이다. 이는 마치 모방적으로 재생산되는 현실의 속성들을 소유하고 있는 것처럼 창안된 형식을 제시하는 것에 기반을 두고 있는데, 이전의 이러한 유사한 현실은 거울에 또 다른 이미지를 야기한다는 것이다. 드 만은 그 거울의 구조는 고요하고도 무서운 무한을 표현한 것으로서, 그것이 바로 보르헤스의 산문에 사악한 성질을 부여한다는 것이다.

포스트모더니즘 시대의 미국 문학에서 보르헤스가 일으킨 반향을 이해하는 데 매우 중요한 또 다른 논문은 존 바스(John Barth, 1930~)가 《아틀란틱》(*Atlantic*)에 기고한 「고갈의 문학」(*The Literature of Exhaustion*, 1967. 8)이다. 이 글은 단순히 '소설의 죽음'이나 '문학적 백조의 노래'를 다룬 것이 아니라, 오히려 새로운 문학의 가능성을 다룬 것이다. 다시 말해 그가 말한 '고갈'이라는 것은 소설이나 문학의 종말을 의미한다기보다는, 오히려 특정한 어느 한 문학 형태가 이제 더 이상 생존불능한 상태에 놓여 있다는 사실을 의미한 것이다. 그러므로 바스는 '고갈'이 절망의 원인이 된다기보다는 오히려 새로운 문학에의 무한한 가능성을 약속해준다고 말한다. 그러면서 그는 이런 새로운 가능성의 문학을 대표하는 작가로 아르헨티나의 소설가 보르헤스와 아일랜드 출신의 프랑스 작가 베케트를 손꼽고 있다. 말하자면 이들 작가들은 다른 작가들과 달리 '기교면에서 현대적인 예술가'로 범주화된다고 평가한 것이다.

즉, 이 글에서 바스는 문학의 세 가지 범주를 구분하면서, 보르헤스와 베케트의 문학을 프랑스 누보 로망 소설가들과 같다고 평가했다. 시대의 흐름에 뒤처지지는 않으나 아직까지 인간적인 심성을 간직하고 있는 우리들 마음에, 인간 조건에 대해서 웅변적이고 인상적으로 이야기하는

데 성공한 문학이라는 평가이다. 바스의 이런 입장은 후에 집필된 『소생의 문학』(*The Literature of Resuscitation*, 1980)에서도 재천명되고 있다.

포스트모더니즘의 특징을 간략하면 첫째, 근본적으로 상대적 세계관을 바탕으로 하고 있으며, 그 어느 것도 확실하고 절대적이지 않다. 둘째, 종합적이고 총체적인 인식을 거부한 결과 표현 양식이 단편적이다. 셋째, 서양의 전통적인 형이상학 체계인 진리, 주체, 초월적 이성들을 거부한다. 규범과 경전에 도전하며 그 결과 엘리트주의와 남성 우월주의를 부정하고, 대중문화 · 여성 문화 · 제3세계 예술 · 소수민족예술 · 민중예술 · 이방인의 문화에 대해 관심을 가진다. 넷째, 예술 고유의 재현 양식을 문제시하여 예술의 본질은, 본질적으로 재현할 수 없는 것이라고 믿는다. 따라서 반사실주의의 성격을 가지며 무형태성을 강조한다. 또한 예술을 놀이 개념으로 보고 행위와 참여를 강조한다. 독창적 글쓰기가 어려워짐으로 '다시 쓰기'나 장르를 파괴하는 '혼성 모방'과 '패러디'가 창작의 주요 모티브가 된다는 것 등이다.

5. 21세기 문예사조의 전망[1]

　　21세기의 문예사조의 문턱에서 여러 논자들이 나름대로 21세기를 전망하는 목소리를 내놓고 있다. 그리고 도처에서 어지러운 21세기 구호들이 난무하고 있다. 새로운 세기가 시작되면 언제나 그 전 시대의 성격을 거스른 반동이 태동되곤 한다. 그런 면에서 보면 21세기 문학의 흐름은 20세기의 반동으로부터 시작될 것이 틀림없다. 그러나 우리의 21세기 문학은 단절 속에서 새로운 것을 만드는 창조성이 아니라, 끝없이 중층적으로 쌓아 올라가는 지속성을 바탕으로 새로운 특징을 드러낸다고 생각해 볼 수 있다.

　　20세기 초 모더니즘 시대에는 '국제화', '보편화' 등의 용어가 유행했다. 그러나 오늘 21세기에는 '세계화'라는 용어가 남용될 정도로 거론되고 있다. 이 용어들을 곰곰 살펴보면 차이점이 드러난다. 곧 '국제

---

1 저자가 『에세이 문학』, 2010(겨울, 통권112)에 기고한 글의 일부임.

화'나 '보편화'는 겉으로는 세계 모든 나라들을 아우르는 의미를 띠고 있지만, 속으로는 세계를 이끌어 나갈 중심이 상정되어 있었다. 그리고 그 중심에는 서구 혹은 유럽 문명이 자리하고 있었다. 때문에 아시아나 아프리카 대륙에 있어서 '국제화'라는 것은 곧 '서구(유럽)화'를 의미했다. 모더니즘이 제국주의 이데올로기와 필연적인 연관을 갖게 되는 것도 바로 그러한 속성 때문이다.

그러나 '세계화'는 '국제화'와는 분명 구별된다. '세계화'는 모더니즘 시대의 바로 그러한 한계를 극복한 용어이다. 곧 '세계화'는 중심문화가 존재하지 않고, 세계가 하나의 그물망처럼 평등하게 연결되는 것을 뜻한다. 그런데 흔히들 '세계화=미국화'라는 의심의 눈초리를 보내고 있다. 유럽학자들조차도 미국이 '세계화'를 주도하고 있고, 세계화가 곧 미국화라고 생각하고 있다. 그러나 모든 나라가 국경을 초월해 서로 뒤섞이고 연결되는 '정보화'와 '세계화' 현상 때문에 미국은 오히려 초강대국의 힘을 잃어갈 수도 있을 것이다.

유럽 제국의 경제적 수탈과 정치적 간섭, 그리고 문화적 헤게모니를 밀어낸 자리에 이제는 막강한 영향력을 가진 미국 경제와 정치, 그리고 급속도로 확산되고 있는 미국 문화가 슬그머니 대신 들어와 앉아 있기는 하다. 이처럼 전 세계가 단지 한 나라의 문화를 받아들여 하나의 단일한 촌락을 이룬다면 그것이야말로 다양성의 종언을 의미한다.

새로운 주류로 자리 잡게 될 혼합문화와 혼합예술은 새로운 개념과 새로운 가치를 창출하면서 우리를 새로운 인식의 세계로 데려갈 것이다. 경계해체와 크로스오버, 또는 퓨전과 하이브리드는 이제 부인할 수 없는 범세계적 현상으로 자리 잡았다. 이 글은 이제 그러한 시대적 변화를 최근 문예사조의 현상을 통해 가늠해 보려는 시도로 써본 것이다.

1) 사이버리즘(Cyberism)

사이버(cyber)는 컴퓨터 및 컴퓨터 통신의 일반화와 맥을 같이 한다. 원래 '인공두뇌학'이라는 의미를 갖는 '사이버네틱스(cybernetics)'에서 온 이 접두사는 각종 단어들과 결합하여 컴퓨터 통신과 관련된 새로운 용어들을 출현시켰다. 이와 관련하여 사이버리즘은 사이버(cyber, 가상 혹은 인공)와 이즘(ism, 주의 혹은 경향)의 합성어로 '가상주의' 혹은 '인공주의'로 해석할 수 있다.

사이버리즘은 이전의 리얼리즘이나 모더니즘과 마찬가지로 하나의 단일한 개념이 아니라 다양한 개체적 의미들의 복합적 실체이다. 가령 모더니즘이 데카당스, 인상주의, 표현주의, 미래주의, 다다이즘, 초현실주의, 이미지즘, 아방가르드 등의 총체적이고 복합적인 실태로 파악되는 것처럼 사이버리즘 역시 포괄적인 문학의 범주를 지니고 있다. 그리고 아직 정보화사회가 완전하게 정착되지 않은 현 단계에서 사이버리즘을 문예사조의 층위에서 다루기는 어렵다. 여기서 말하는 사이버리즘은 단지 동사적인 개념으로 문학운동을 지시하는 것으로 사용하고 있는 것이다.

그런데 사이버와 관련하여 그 무엇보다도 널리 쓰이고 있는 용어는 아마도 '사이버스페이스'일 것이다. 이 용어는 윌리엄 깁슨(William Gibson)이 1984년 발표한 소설 『뉴로맨서』(Neuromancer)에 처음 등장했는데, 인터넷과 같이 컴퓨터가 서로 연결되는 가운데 생성되는 일종의 가상적 공간을 지칭한다. 말하자면 사이버공간이란 문학적 상상의 세계 속에 존재하는 것과 같은 가상의 공간이지만, 컴퓨터 화면을 통해 눈으로 확인할 수 있는 가시적인 공간이기도 하다. 즉, 존재하면서도 존재하지 않고, 존재하지 않으면서도 존재하는 공간이 바로 '사이버 공간'이다.

한편 일부 특정한 사이버 공간 안에서는 현실 세계가 있는 그대로 모사 또는 재현되기도 하는데, 이로 인해 우리에게 주어지는 것이 이른바 '가상 현실'이다. 가상 현실의 공간 안에서는 시각·청각·심지어 촉각까지도 실제 세계가 주는 것과 유사한 현실감을 느낄 수 있게 된다. 물론 이 가상 현실의 공간 안으로 진입하기 위해서는 특수한 장치들이 필요하다. 데보라 루이스와 알렉산더 모로우는 사이버 공간이 현실 공간만큼의 현실성을 얻게 되는 극적인 순간이 곧 오게 될 것이라고 장담하고 있기도 하다.

현 단계에서의 사이버리즘은 컴퓨터와 '가상 공간', '가상 현실'이라는 새로운 문학 환경을 모태로 한 전위적인 문학 실천운동이며 동시에 그것을 지지해 주는 미학적 가치 판단이라고 할 수 있다. 그리고 포스트모더니즘이 모더니즘을 이어가면서 고쳐갔듯이, 사이버리즘 역시 포스트모더니즘을 이어가면서 고쳐가는 중층적 지속성을 지닌다고 할 수 있다.

윌리엄 깁슨의 사이버펑크 소설 『뉴로맨서』는, SF소설이라는 문제를 떠나서, 우리가 현재 부분적으로나마 인간복제 시대에 살고 있다는 점에서 더욱 관심을 불러일으킨다. 오늘날 인간과 같은 외형을 가진 로봇이 개발되어 가고, 또한 인간처럼 생각하는 인공 지능이 개발되고 있다. 분명한 점은 이러한 변화가 우리 인간에게 필연적으로 다가오고 있다는 점이다. 『뉴로맨서』에서는 기계가 인간화된다. 주인공 케이스는 사이버스페이스에서 육체를 떠나 자유롭게 정보의 바다를 떠돌아다닌다. 그에게 육체란 단지 사이버스페이스에 접속하는 도구일 뿐이다. 그리고 현실 세계는 육체의 감옥에 갇힌 폐쇄된 공간이다. 그가 정보를 수집하고 네트에 접속하는 데 불완전한 육체는 오히려 방해될 뿐이다. 이처럼 케이스에게 육체와 정신은 완전하게 구분되고, 육체 없이 정신만으로 독립하여 존재할 수 있으며, 육체는 개인의 정체성을 확인하는 데 있어서 불필요한 존재인 것이다. 사이버스페이스에서 출발한 가상 현실 담론은 테크놀로지가 양산하는 미래 전망 가운데 현재로서는 가장 대표적인 것이다.

사이버 공간 안에서 연재되었던 김민영의 소설 『옥스타칼니스의 아이들』(1997)에서는, 어느 날 머드 게임에 중독된 한 사람이 가상 현실 속에서 빠져나와 현실 세계 안에서 국회의원을 살인하는 것으로 시작된다. 이 소설은 수수께끼를 풀어나가는 과정을 다룬 추리소설이기도 하지만, 다른 한편으로 가상 현실이 완벽하게 구현되었을 때의 상황을 보여주는 환상소설이기도 하다. 이 소설은 크게 가상 현실 속에서의 삶과 현실 세계 속에서의 삶이 병치되는 구조로 이루어져 있는데, 주인공 원철은 바로 두 공간 사이를 넘나들고 있다. 원철은 현실 공간 안에서는 전문 컴퓨터 프로그래머로, 가상 현실 공간 안에서는 보로미어라는 무사로 살아간다. 가상 현실에 대한 체험은, 어느 날 무료로 배달된 머드 게임의 일종인 '팔란티어'에 접속함으로써 시작된다. 시각 · 청각 · 후각 · 미각 · 촉각 등 모든 감각뿐만 아니라, 행동까지도 철저하게 제어하는 이 게임 프로그램, 놀랄 정도로 완벽한 가상 현실을 구현하는 이 게임에 빠져들면서 원철의 삶은 가상 공간 안에서의 삶과 현실 공간 안에서의 삶으로 양분되며, 소설의 전개 역시 양쪽 세계를 넘나들며 전개된다.

『뉴로맨서』에서는 기존의 전통을 무시하고 정신과 육체, 인간과 비인간의 경계를 무너뜨리고 있다. 그리고 『옥스타칼니스의 아이들』에서는 현실과 가상 현실의 경계를 무너뜨리고 있다. 그러나 이들 두 작품은 미래에 충분히 일어날 수 있는 기술시대가 우리에게 던지는 철학적인 사유를 구체화하여 보여주고 있기도 하다. 즉 『뉴로맨서』에서는 인간의 정신과 육체, 인간과 기계가 조화로운 공존의 가능성을 탐색하여야 함을 역설하고 있는 것이다. 그리고 『옥스타칼니스의 아이들』에서는 컴퓨터를 이용하여 인간 사회를 지배하고자 할 정도로 고도의 지능과 정치적·경제적으로 힘을 소유한 자에게, 우리 인간들이 과연 어떻게 대처할 것인가 하는 문제의 메시지를 남기고 있다.

2) 트랜스내셔널리즘(Transnationalism)

21세기에 들어서면서 세계문단에 트랜스내셔널리즘 문학이 관심사로 떠오르고 있다. '트랜스내셔널리즘'이라는 용어는 20세기 초 랜돌프 본(Randolph Bourne)이 각기 다른 문화들 사이의 관계를 새로운 시각으로 보자는 의미에서 만들어냈다. 오늘날 세계는 국민국가 혹은 단일민족의 개념이 빠른 속도로 해체되고, 이민과 이주가 급증하면서 '경계해체시대'를 맞고 있다. 디지털 위성 텔레비전으로 각국의 문화가 안방까지 침투하고 있고, 국가와 국가 간의 경계는 사라져가고 있다. 더욱이 50개의 독립된 자치주를 갖고 있는 다인종, 다문화 사회인 미국의 경우, 국민국가 간의 경계는 이미 오래 전에 해체된 상태다.

20세기가 표방하고 있는 '다국적 기업'은 21세기 세계화에 당면하여 '트랜스내셔널 기업'으로 변화되고 있다. 다국적 기업은 한 나라에 본부가 있고 다른 나라들에서 반 독립적으로 운영되고 있는 기업을 의미한다. 이에 반해 '트랜스내셔널 기업'은 그 어느 국민 국가에도 속하지 않은 그야말로 세계적인 기업을 말한다. 그러나 혹자는 아무리 '세계화'를 부르짖어도 경제적 측면에서 글로벌 평등이란 없다고 하기도 한다.

　그것은 문화적 측면에서도 크게 다르지 않을 것이다. 가령 신종 학문으로서의 트랜스내셔널 미디어 연구는 세계화와 긴밀한 연관을 갖는 위성방송과 케이블방송이 야기하는 문화제국주의를 연구하는 것이다. 사실 문화의 평등한 공존은 인간의 이상일 뿐, 현실에서 문화는 먹고 먹히는 필사적인 생존 싸움을 하고 있는지도 모른다. 그러나 이 다문화주의 시대에 문화가 각자의 문을 닫고 타문화를 배척하는 일이 벌어져서는 결코 안 될 것이다. 에드워드 사이드(Edward W. Said)가 『문화와 제국주의』(Culture and Imperialism, 1993)에서 지적하고 있듯이 "문화란 충돌하고 갈등하면서도 궁극적으로는 서로 겹치고 혼합되는 속성을 갖고 있기 때문"이다.

　트랜스내셔널리즘 문학이란 우선 이민문학과 디아스포라문학을 들 수 있다. 이민자들이나 국외 거주자들은 국경을 초월해 두 나라 사이에 위치해 있으며, 두 나라의 문화를 모두 포용하고 있기 때문이다. 여기서 디아스포라는 강제 해외 이주의 경우를 말하고, 트랜스내셔널리즘은 자발적인 이민의 경우를 말한다고 볼 수 있다. 이러한 의미에서 교포문학 또는 이민문학은 트랜스내셔널리즘에 속한다고 볼 수 있다. 따라서 중국의 맥신 홍 킹스턴(Maxine Hong Kingston)과 에이미 텐(Amy Tan), 그리고 한국의 차학경과 이창래의 문학은 트랜스내셔널리즘에 속한다고 할 수 있다. 즉 미국인이면서도 중국인과 한국인일 수 있고, 서구인이면서도 동양인일 수 있다는 것이다.

　맥신 홍 킹스턴은 이민 제1세대의 딸이다. 그녀의 작품 성공은 미국 내에서 변방지대에 머물러 있었던 아시아계 작가들이 점차 목소리를 낼 수 있는 전거가 되었고, 아시아계에 대한 관심이 미국문화의 중심으로 확산될 수 있게 하는 계기가 되었다. 특히 그의 소설 『중국 남자들』(*China Men*, 1980)은 트랜스내셔널리즘적 시각으로 읽히는 작품이다. 이 작품은 다양한 이데올로기적, 제도적, 상징적인 제약과 봉쇄 속에서 미국 역사에서 배제된 타자나 주변인으로서의 중국계 미국 남성을 다시 복원시키려는 시도를 담고 있다.

또한 이창래(Chang-rae Lee)의 소설 『네이티브 스피커』(*Native Speaker*, 1995)역시 트랜스내셔널리즘적 작품이라고 할 수 있다. 주인공 헨리 박(박병호)은 한국계 미국인이다. 그는 아버지 세대에 미국으로 이민 온 정치적 야망을 가진 한국계 미국인이다. 그는 아버지 세대에 미국으로 이민 온 정치적 야망을 가진 한국계 시의원인 존 쾅을 감시하고 그의 모든 정치적 행동을 그의 정적에게 보고하는 일을 맡는다. 그 과정에서 한국인 아버지와 어머니에 대한 과거의 회상, 미국인 부인 릴리아와의 갈등, 아들 미트의 죽음, 미국인과 이민한국인 사이의 갈등과 표현의 차이 그리고 정치적 침묵이 그려지고 있다.

최근 트랜스내셔널리즘은 국경을 넘나드는 미디어를 연구하는 트랜스내셔널 미디어 문화연구로 확대되고 있다. 트랜스내셔널 미디어 문화연구는 각 나라의 미디어와 문화가 서로 어떠한 상호 영향을 주고받는가를 연구하는 학문이다. 이들은 타문화에 대한 무조건적인 적대감보다는, 타문화에 대한 이해와 포용이 중요하다고 말한다. 또한 문화제국주의나 문화적 정체성 같은 용어는 제대로 검증받지 않은 것들이라고 지적하면서, 그런 성급한 판단은 문화적 정체성을 하나의 고정된 것으로 보기 때문에 일어난다고 비판한다.

현재 우리는 거의 빛의 속도로 국가 간의 국경이 사라져가고 있는 '트랜스내셔널' 시대에 살고 있다. 그래서 트랜스내셔널리즘은 간혹

글로벌리즘과 같은 의미로 사용되기도 한다. 트랜스내셔널리즘은 바로 그와 같은 문화적 접촉과 상호작용을 긍정적으로 연구하는 새로운 문예사조라고 할 수 있다. 이제 우리 한국문학도 국경을 초월해서 세계로 뻗어나갈 때가 되었으며, 교포문학 또한 트랜스내셔널리즘적 시각에서 새롭게 해석되고 평가받아야 할 때가 되었다.

제2부 서양 문학의 전개 양상

1. 영국 문학

1) 시대적 배경과 문학의 흐름

영국의 20세기는 사회적·도덕적으로 이전의 빅토리아 여왕 시대의 분위기와 뚜렷한 대조를 보였다. 도덕적 행동 규범, 신사의 전통, 교양적 취향 등의 모든 생활 양식에 도전하고 거부하는 기운이 일었던 것이다. 또한 미래에 대한 어두운 회의의 그림자가 짙게 드리워져 있었다. 따라서 끊임없이 변화하는 20세기를 단일한 용어로 고정시키기는 어렵지만 대략 불안, 근심, 초조의 시대라고 할 수 있다. 20세기 초엽은 정치적·사회적·경제적·문화적 모든 분야에서 19세기와는 다른 삶의 탐색기·시험기였다. 이러한 시험기를 거쳐서 1920년부터 중반기까지는 모든 예술 양식이 복합적인 사상과 기법의 충돌로 혼돈의 상태로 흘렀다.

제1차 세계대전이 끝난 후의 영국은 겉으로는 전쟁의 승리자였지만, 경제적으로는 극심한 불황을 겪게 되었다. 나아가 대외경쟁이 심화되면서 해외시장의 상당 부분을 상실하게 됨에 따라, 1920년대의 영국의 경제 상황은 악화일로를 걷게 되었다. 이러한 와중에서도 그동안 끌어오던 국내 문제들을 해결하며 사회 개혁을 이루어나갔다.

사실주의와 자연주의적 경향이 19세기 중반과 후반의 영국 문학을 지배한 후 여기에 대한 반발적 경향이 로제티(Dante Gabriel Rossetti, 1828~1882)와 스윈번(Charles Swinburne, 1837~1909)으로 대표되는 라파엘전파前派의 '예술을 위한 예술'[1]의 심미주의로 나타나게 되었고, 나아가 월터 페이터(Walter Pater, 1839~1894)와 오스카 와일드(Oscar Wilde, 1854~1900)는 기존 사회의 도덕관에 예속된 문학을 그 족쇄로부터 해방시키려 했다.

20세기로 접어들면서 빅토리아 여왕 시대의 문학적 전통과 선을 긋는, 일시적인 문학 현상과는 확연히 다른 다양하고 복합적인 조짐들이 감돌고 있었는데, 이것이 바로 모더니즘이라는 통칭의 문예사조이다. 이후 '모더니스트'로 불리는 작가들은 언어, 문체, 형식, 기교 등의 대담한 실험을 통해 형이상학적인 기법으로 사회와 인간의 내면적·외면적 생활을 묘사하면서 미래의 희망을 제시했다. 이와 더불어 종교와 예술과 사회를 함께 조화시키려는 시도가 역시 계속되었다.

---

1 예술을 위한 예술 : 예술지상주의라고도 하며 심미주의·탐미주의·유미주의 등과 연결된다. 예술의 유일한 목적은 예술 자체 및 미(美)에 있으며, 도덕적·사회적 또는 그 밖의 모든 효용성을 배제하고 예술의 자율성과 무상성(無償性)을 강조한다. 이런 점에서 종종 악을 절대적 목적으로 해서 모든 것을 없애버리고 신도 부정하는 악마주의(Satanism, Diabolism)로 연결되기도 한다. 예술상의 심미적 태도가 실생활에 영향을 미치게 되면, 개인주의나 귀족주의와 결부되어 이른바 '댄디'(dandy)를 이상으로 삼아 생활 자체를 미화시키려는 댄디즘이 나타난다. 댄디즘은 그 자체로 문학적 방법을 획득한 사조라기보다 다른 사조와의 연관 속에서 변화해 간 사조라고 볼 수 있다.

2) 시

20세기 영국의 시는 크게 에드워드조 시대의 시인들, 조지조 시대의 시인들과 이미지스트들, 전쟁 시인들로 나눌 수 있다. 에드워드조 시대의 시인들로는 로버트 브리지스(Robert Bridges), 윌리엄 버틀러 예이츠(William Butler Yeats) 등이 활약했다. 조지조 시대에는 존 메이스필드(John Masefield), 데라 메어(Walter De la Mare), 에드워드 토머스(Edward Thomas), 애버크롬비(Lascelles Abercrombie) 등이 있다. 이들의 시는 1912~1922년 사이에 5회에 걸쳐서 간행된 시화집 『조지조 시대의 시』(*Georgian Poetry*)에 수록되어 있기 때문에 이들을 '조지조 시대의 시인들'이라고 부른다. 이들은 전통적인 서정시를 많이 썼지만 어떤 주의나 주장을 가지고 시 창작 활동을 한 것은 아니었다.

한편 『조지조 시대의 시』와 거의 같은 시기에 새로운 시 운동인 '이미지즘'이 전개되었다. 이미지즘은 흄의 사상적 영향과 에즈라 파운드의 주장 속에서 일어난 자유시 운동이었다. 1914년 잡지 《이미지스트들》(*Des Imagist*)이 간행되었고, 다음 해는 에이미 로웰(Amy Lowell)이 《이미지스트 시인들》(*Some Imagist Poets*)을 편집해서 이 운동을 도왔다. 이미지즘 운동의 주장은 일상어를 정확하게 사용할 것과 새로운 리듬의 창조와 제재 선택의 자유로움, 명확한 영상의 표현, 선명한 윤곽, 그리고 집중력을 중시했다. 이 운동은 빅토리아조의 시와 조지조 시대의 타락된 형식주의에 대한 반항이기도 했다. 이미지즘은 1912년경부터 시작되었지만 도중에 파운드가 떠나자 미국의 여류시인 로웰이 주재했으나 1918년경에 끝났다. 그러나 이 운동은 그 후에도 여러 가지 시형으로 계속되었다. 이미지즘파의 시인들 중에는 파운드와 로웰 외에도 올딩턴

(Richard Aldington), 플린트(Frank Stuart Flint), 플레처(John Gould Fletcher), 로렌스(David Herbert Lawrence) 등이 활약했다.

전쟁 시인들 가운데 많은 시인들이 종군했고, 또한 전사한 시인들도 있었다. 전쟁 시인들 대부분은 전쟁의 비참함을 목격하고 전쟁에 반대하는 시를 썼다. 전쟁의 현실은 시인들에게 현실 세계의 부조리를 노골적으로 보여주었고, 또 한편으로는 이것과 대조적인 형태로 자연과 생명의 의미를 강렬하게 부각시켰다.

먼저 시詩 분야에서 활동한 20세기 영국 문학의 대표적인 작가 토마스 하디(Thomas Hardy, 1840~1928)는 『웨섹스 시집』(*Wessex Poems*, 1878), 『과거와 현재의 시집』(*Poems of the Past and Present*, 1882), 그리고 서사극시 『제왕들』(*The Dynasts*, 1912) 등을 출간하였다. 알프레드 하우스먼(Alfred Edward Housman, 1859~1936)은 『쉬롭셔 청년』(*A Shropsire Lad*, 1896), 『마지막 시집』(*Last Poems*, 1922)과 사후 동생이 출간한 『유고 시집』(*More Poems*, 1936) 등을 내놓았다. 제라드 맨리 홉킨스(Gerard Manley Hopkins, 1844~1883)는 최초의 시 「독일호의 침묵」(*The Wreck of the Deutschland*, 1875)을 비롯하여 소네트의 수작 「신의 장관」(*God's Grandeur*, 1877) 등을 발표했고 대표작으로 「시신의 위안」(*Carrion Comfort*), 「어떤 극한도 이렇지는 않으리」(*No Worst, There Is None*) 등을 발표하였다. 데이비드 하버트 로렌스(David Herbert Lawrence, 1885~1930)는 소설로 명성을 얻었지만 대학 시절부터 시를 쓰기 시작하여 세상을 뜰 때까지 시 창작을 하였다. 그는 총 8권의 시집을 남겼는데, 주요 시집으로 『보라! 우리 마침내 당도했도다』(*Look! We Have Come Through*, 1917), 『새와 동물, 그리고 꽃들』(*Birds, Beasts and Flowers*, 1923), 『마지막 시편들』(*Last Poems*, 1932) 등이 있다. 특히 시 「음울한 슬픔」(*Brooding Grief*)은 객관적

상관물을 통해 순간적 영상을 이미지즘의 압축 기법으로 묘사하고 있다. 윌리엄 버틀러 예이츠(William Butler Yeats, 1865~1939)의 후기 시는 주로 상상의 세계를 상징 수법으로 노래하고 있는데, 『쿨 호수의 백조』(*The Wild Swans At Coole*, 1919)로부터 시작된다. 이후 『마이클 로바티즈와 무용가』(*Michael Robartes and the Dancer*, 1921), 『탑』(*The Tower*, 1928), 『나선형 계단』(*The Winding Stair*) 등을 내놓았다. 토마스 스턴 엘리어트(Thomas Sterns Eliot, 1883~1965)는 대표적 장시 『황무지』(*The Waste Land*, 1922), 『속빈 사람들』(*The Hollow Men*, 1925) 등을 발표했다.

그리고 30년대 시인으로 위스턴 휴 오든(Wystan Hugh Auden, 1907~1973)은 『시편들』(*Poems*, 1928), 『웅변가들』(*The Orators*, 1932), 『보라, 길손이여』(*Look, Stranger*, 1936), 『또 다른 시간』(*Another Time*, 1940), 『당분간』(*For The Time being*, 1944), 『상실의 시대』(*The Age of Anxiety*, 1947), 『아킬레스의 방패』(*The Shield of Achilles*, 1955) 등 많은 시작품을 출간하였다. 또한 스티븐 스펜더(Stephen Spender, 1909~1995)는 『시집』(*Poems*, 1933) 등을 출간하였다.

40년대 시인 딜런 토머스(Dylan Thomas, 1914~1953)는 자신의 체험과 정서와 관능을 초현실주의 수법과 프로이트와 융의 심리학을 원용하면서 강렬한 이미지와 언어유희에 결부시키는 시를 썼는데, 대표적 시집으로 『사死의 등장』(*Death and Enterance*, 1946) 등이 있다. 여류시인인 이디스 시트웰(Edith Sitwell, 1887~1964)은 그녀 자신이 추상시 혹은 실험시라고 선언한 초기 대표작 「파사드」(*Facide*, 1922)를 비롯하여 폭격을 상징적으로 노래한 「거리의 노래」(*Street Song*, 1942), 「카인의 그림자」(*The Shadow of Can*, 1957) 등을 통해 근대문명이 초래한 여러 가지 인간의 고뇌를 묘사하였다.

50년대 이후의 신경향의 시인 필립 라킨(Philip Larkin, 1922~1985)은 시집 『덜 속은 사람들』(*The Less Deceived*, 1955)을 출판한 이래 '신시 운동'을 대표하는 『성령강심제주週의 결혼식』(*The Whitsun Weddings*, 1964)을 내놓아 인간과 환경을 예리하게 관찰하고 있다. 톰 건(Thom Gunn, 1929~2004)의 시집 『운동감각』(*The Sense of Movement*, 1957)은 질주하는 폭주족의 젊은 열정을 그리고 있다. 그리고 신경향 시인은 아니지만 50년대 후기에 등장한 테드 휴즈(Ted Hughes, 1930~1998)의 시집 『새』(*Crow*, 1970)에는 신화적 경향의 뛰어난 시가 수록되어 있다.

■ 알프레드 에드워드 하우스먼(Alfred Edward Housman, 1859~1936)
　　　　　　　　　- 「가장 사랑스런 나무」(*Loveliest of Trees*)

하우스먼은 서부 웨일스 지방의 우스터셔에서 태어났다. 그는 옥스퍼드 대학의 세인트 존 칼리지에서 고전 공부를 하고, 졸업 후 1892년까지 특허청 공무원 생활을 했다. 그 후 런던의 유니버시티 칼리지의 라틴어 교수가 되었으며, 말년에는 케임브리지 대학의 라틴어 교수를 지냈다. 생전에 그는 탁월한 고전 연구가였는데, 이는 그의 시 창작에도 큰 영향을 미쳤다.

하우스먼은 많은 시를 남기지 않았지만 63편의 서정시를 담고 있는 『쉬롭셔 청년』(*A Shropshire Lad*, 1896)을 발표하여 명성을 얻었다. 이어 긴 침묵 끝에 두 번째 시집 『마지막 시집』(*Last Poems*, 1922)을, 그리고 세 번째 『유고 시집』(*More Poems*, 1936)이 그가 세상을 뜬 후 발표되었다.

고전 문학의 권위자인 그는 간결하고, 명징한 시어를 선택하였으며, 감정을 절제하려 노력했다. 또한 그의 시는 토마스 하디의 시들에서처럼 주제에 있어서는 염세주의적이고 정신에 있어서는 극기주의적 경향을 보여주었다. 그리고 역설과 아이러니의 어조를 즐겼다. 나아가 그는 감미로운 선율을 사용하여 영국의 아름답지만 무심한 자연을 배경으로 인간의 한정된 시간적 삶 속에서의 사랑과 우정, 배신과 비운의 운명, 죽음 등의 비애적인 인간 조건을 다루었다.

시 「가장 사랑스런 나무」는 고전시에서의 명료성과 절제되고 정련된 시어의 간결성을 보여주고 있다.

> 나무들 중 가장 사랑스런 벚나무가 지금
> 가지를 따라 꽃이 만발하여,
> 부활절을 맞아 흰옷을 입고서
> 숲의 승마길 옆에 서 있네.
>
> 이제 나의 일흔 평생 중
> 스물은 다시 돌아오지 않으리,
> 그러니 일흔 봄에서 스물을 빼면,
> 겨우 쉰이 내게 남을 뿐.
>
> 만발한 꽃들 보기에
> 쉰 봄이 너무나 짧으니
> 숲 있는 곳으로 나는 가야지
> 눈처럼 피어 있는 벚꽃을 보러.

—「가장 사랑스런 나무」 전문

■ 토마스 스턴 엘리어트(Thomas Sterns Eliot, 1883~1965)
― 『황무지』(*The Waste Land*, 1922)

엘리어트는 미국 미주리 주州 세인트 루이스 시의 영국 청교도 가정에서 7남매 중 막내로 태어났다. 엘리어트는 가문의 전통에 대한 자부심과 경제적 풍요로움 속에서 성장했다.

1906년 하버드 대학에 입학하여 문학학사 학위를 받고, 다시 대학원에서 철학을 전공하여 1910년 석사학위를 받았다. 이후 프랑스 파리 소르본 대학에서 1년간 유학, 다시 하버드에서 박사학위를 마쳤으나 전쟁으로 인해 수여받지 못했다. 1914년 그는 런던에서 에즈라 파운드를 만나 문학적 수업에 많은 영향을 받았다. 1915년 미모의 발레리나 비비안 헤이우드(Vivienne Haigh-Wood, 1888~1947)와 결혼해 영국에 정착했고, 1927년에는 영국 국교로 개종하고 영국으로 귀화했다.

엘리어트는 평론집 『랜슬롯 앤드루스를 위하여』(*For Lancelot Andrews*)의 서문에서 자신이 문학적으로는 고전주의, 정치적으로는 왕당파, 종교적으로는 영국성공회라는 입장을 밝힌 바 있다. 그의 초기 시는 영국의 형이상학시와 프랑스 상징시에서 많은 영향을 받았고, 신화를 바탕으로 현대 문명의 퇴폐상을 그려냈다.

1910년 22세 때 그는 최초로 시 「알프레드 프루프록의 연가」(*The Love Song of J. Alfred Prufrock*)를 발표했는데 별로 주목받지 못하다가, 1914년 파운드의 주선으로 잡지 《시》(*Poetry*)에 게재하여 주목을 받았다. 1921년 『황무지』를 집필하기 시작한 그는 신경과민으로 시달리게 되어 스위스에서 정신병 치료를 받았다. 『황무지』는 파운드의 대대적인 수정을 거쳐, 엘리어트가 창간한 문학 계간지 《클라이터리언》(*The Criterion*)에 1922년 발표하였다. 그리고 이 시는 그에게 다이얼(Dial)상을 안겨주었다.

이후 「텅 빈 인간들」(*The Hollow Men*, 1925), 「성회 수요일」(*Ash Wednesday*, 1930) 등 기독교에서 정신적인 위안을 찾는 시들을 발표하고, 계속하여 대작인 『사중주』(*Four Quartets*, 1943)를 발표했다. 이 작품으로 현존하는 가장 위대한 영국의 시인이자 문학가로 인정받아 1948년 영국의 문화훈장인 메리트훈장과 노벨문학상을 받았다. 만년에는 시보다는 시극으로 영역을 넓혀 『성당에서의 살인』(*Murder in the Cathedral*, 1935), 『가족재회』(*Family Reunion*, 1939), 『칵테일 파티』(*Cocktail Party*, 1950) 등을 발표했다.

1965년 77세를 일기로 세상을 떠나 미국 이민 이전의 조상의 고향인 이스트 코커의 성 마이클 교회에 묻혔다.

시 『황무지』에서 '황무지'의 의미는 전쟁의 황폐와 유혈의 황무지라기보다는 서구인의 정신적 불모 상태, 즉 어떤 소생의 믿음도 인간의 일상생활에 중요함과 가치를 제공해 주지 못하고, 성性이 2세를 위한 것이라기보다는 한갓 쾌락을 위한 것이 되었고, 죽음을 통해 영원한 생명을 얻을 수도 없는 비극적 상태를 나타낸다. 『황무지』의 배경 전설은 고대 '성배 전설聖杯傳說'[2]에서 연유한 것이다.

이 시는 5부로 나뉜다. 이 시는 이전의 엘리어트 시에서 느껴지던 미온적인 낭만주의가 자취를 감추고 여러 가지 상징들이 단편적이고 함축적으로 구사된다. 그는 이 시에서 고대 원시 문화를 적용하여 성배 전설, 고대 종교와 제사에 등장하는 곡물신, 특히 오시리스(Osiris)

---

2 성배전설(聖杯傳說) : 이 전설에 의하면 어부왕(漁夫王)은 저주로 말미암아 병들고 성불구(性不具)가 된다. 그 결과 그가 다스리는 나라에는 강물이 마르고 들에는 곡식이 생산되지 않아 황무지가 된다. 이 저주는 왕의 병이 나을 때까지 계속된다. 그리고 왕과 나라를 구하려면 마음이 순결한 기사(騎士)가 황무지 한복판에 있는 위험성당(危險聖堂)으로 가서 어려움을 무릅쓰고, 예수가 최후 만찬 때 썼고 후에 십자가에서 창에 찔렸을 때 흘린 피를 받았다고 하는 성배를 찾아내야 한다. 성배를 찾게 되면, 그 힘으로 어부왕이 회복되고 황무지에 다시 풍요가 찾아온다는 것이다.

신화[3]를 바탕으로 식물이 철 따라 소생하는 신화, 인간의 재생 신화, 그리스도교의 부활 신화 등을 그의 시의 상징적인 주제로 사용했다. 또한 '의식의 흐름'과 같은 방법을 사용하고, 단테(Alighieri Dante), 셰익스피어(William Shakespeare), 보들레르(Charles Pierre Baudelaire) 등 고전 시구에 대한 암시가 많은 것이 특징이다.

> 쿠메[4]의 한 무녀가 독 안에 매달려 있는 것을 내 눈으로 보았다. 그때 아이들이 "무녀 당신은 무엇이 소원이오?"라고 묻자, 그녀는 "난 죽고 싶다."라고 대답했다.
>
> — 한층 훌륭한 예술가 에즈라 파운드에게

4월은 가장 잔인한 달,
죽은 땅에서 라일락을 키워내고,
추억과 욕망을 뒤섞으며,
봄비로 잠든 뿌리를 뒤흔든다.
차라리 겨울은 우리를 따뜻하게 했었다.
망각의 눈[雪]으로 대지를 덮고,
마른 구근(球根)으로 가냘픈 생명을 키웠으니.

---

3 오시리스(Osiris) 신화 : 오시리스는 그리스식 발음이고 이집트어로는 우시르(Usire)라고 한다. 오시리스는 땅의 신 게브(Geb)와 하늘의 신 누트(Nut)의 아들로 누이동생 이시스(Isis)와 결혼했다. 후에 형의 지위를 노린 아우 악의 신 세트에게 살해되어 몸이 갈기갈기 찢겨졌는데, 이시스가 이 조각을 모아 신비한 방법으로 부활시켜 저승에 가서 왕이 되었다. 이집트의 신들 가운데 제1신으로 불리며, 제5왕조(기원전 2400년경?) 때부터는 파라오도 죽은 후에는 오시리스로 간주되었다. 이집트에서는 사람이 죽은 후에는 모두 오시리스가 된다고 믿었으며, 메마른 땅에서 작물을 키워내는 작물의 신으로도 여겨졌다. 오시리스와 이시스는 로마 등지에서도 신봉되었는데, 그리스 신화에서는 술의 신 디오니소스와 동일하게 간주되었다. 실제로 오시리스가 머리에 쓴 깃털 사이에는 술병이 놓여 있다.

4 쿠메 : 나폴리 서쪽 12마일에 있는 고대 항구 도시. 무녀(巫女)로 유명함.

여름은 소낙비를 몰고 슈타른베르가제[5]를 건너와
우리를 놀라게 했다.
우리는 주랑(柱廊)에서 머물렀다가,
해가 나자 공원에 들러
커피를 마시고 한 시간 가량 지껄였다.
내가 러시아 사람이라고요. 천만에 나는 리투아니아 출신이지만 순수한 독일
인이에요.
어렸을 때, 종형(從兄) 태공(太公) 댁에 유숙했었는데
종형은 나를 썰매에 태워 데리고 나간 일이 있었죠.
난 무서웠어요. 마리, 마리,
꼭 붙들어, 라고 그는 말했어요. 그리고 미끄러져 내려갔지요.
산에서는 마음이 편하지요.
밤에는 대개 책을 읽고, 겨울에는 남쪽으로 갑니다.
이 엉켜 붙은 뿌리들은 무엇인가? 돌더미 쓰레기 속에서
무슨 가지가 자란단 말인가? 인간의 아들이여,
너희들은 말할 수 없고, 추측할 수도 없어, 다만
깨진 영상의 무더기만을 아느니라, 거기에 태양이 내려쬐고
죽은 나무 밑엔 그늘이 없고, 귀뚜라미의 위안도 없고
메마른 들 틈엔 물소리 하나 없다. 다만
이 붉은 바위 밑에만 그늘이 있을 뿐,
(이 붉은 바위 그늘 밑으로 들어오라).
그러면 내 너에게 보여주마,
아침에 네 위를 성큼성큼 따르던 너의 그림자도 아니고,
저녁 때에 네 앞에 솟아서 너를 맞이하는 그 그림자와도 다른 것을,
한 줌 흙 속의 공포를 보여주마.
바람은 가볍게
고국으로 부는데
아일랜드의 우리 님
그대 어디서 머뭇거리느뇨

---

5 슈타른베르가제 : 독일의 뮌헨에서 몇 마일 남쪽에 있는 휴양지. 호수.

"1년 전 당신은 나에게 히야신스를 주셨지.
그래서 사람들은 나를 히야신스 소녀라고 불렀답니다."
—그러나 그때 당신이 꽃을 한 아름 안고 이슬에 젖은 머리로
밤늦게 히야신스 정원에서 나와 함께 돌아왔을 때,
나는 말이 안 나왔고 눈도 보이지 않았고, 나는
산 것도 죽은 것도 아니었고, 아무것도 몰랐었다.
다만 빛의 한복판, 그 정적을 들여다보았을 뿐이었다.
바다는 황량하고 님은 없네.

— 『황무지』 부분

■ 위스턴 휴 오든(Wystan Hugh Auden, 1907~1973)

- 「자장가」(*Lullaby*)

오든은 북부 영국의 요크에서 내과의사의 아들로 태어났다. 그가 1살
때 그의 가족은 버밍엄으로 이주했다. 그곳에서 그의 아버지는 공중보
건학 교수로 재직했다. 그는 학구적인 분위기에서 다양한 책을 탐독하
며 성장했으며, 특히 아버지의 영향으로 오든의 시들에서는 마치 의사
처럼 병든 현 사회의 온갖 병폐와 악습, 그리고 인간의 육체적 · 정신적
질병을 과감하게 수술대 위에 올려놓고 있다.

그는 점차 영시에 심취하게 되면서 엘리어트와 같은 현대 시인에게
영향을 받게 되었다. 그리고 스티븐 스펜더의 도움으로 『시편들』(*Poems*,
1928)을 출간하였다. 이후 옥스퍼드를 졸업한 후 그는 베를린에 가서, 베
르톨트 브레히트(Bertolt Brecht)의 영향을 받았다. 1937년 스페인의 좌파
정부인 공화군과 독일의 나치즘 및 무솔리니(Benito Amilcare Andrea
Mussolini)의 파시즘을 등에 업은 군부가 주도한 국민군과의 사이에 스페
인 내전이 벌어졌다. 그러자 그는 공화군을 지지하는 정치적인 시인 「스
페인」(*Spain*)을 발표했다.

1956년 그는 옥스퍼드 대학의 시학 교수로 선출되었고, 1972년 거처를 뉴욕에서 옥스퍼드로 옮겼다.

1930년대에 오든은 이미 동시대의 대표적인 시인으로서 명성을 날리고 있었다. 그의 시세계는 자본주의 사회의 병폐가 가져온 사회의 병인을 진단하는 데 있어서 마르크스의 공산주의 철학, 그리고 인간 개인의 병증을 진단하는 데 있어서는 프로이트의 심리학을 바탕으로 삼았다.

그의 대표작으로는 『보라, 길손이여』(Look, Stranger, 1936), 『또 다른 시간』(Another Time, 1940), 『상심의 시대』(The Age of Anxiety, 1947), 『아킬레스의 방패』(The Shield of Achilles, 1955) 등이 있다.

오든의 시들은 다분히 정치적·사회적 비판의 색채를 띠고 있지만, 인간의 사랑을 주제로 한 시들도 적지 않다. 그는 전쟁의 화염이 휩쓸고 있는 불안한 시대 상황 속에서 개인 간의 사랑은 점점 왜곡되고 단절되어, 현대 문명 자체가 황폐화되어 감을 노래했다. 시 「자장가」는 남녀 간의 육체적인 사랑의 불꽃이 영원한 생명력을 가지는 것은 아니지만, 그럼에도 불구하고 이러한 사랑이 메마른 영혼에 따스한 생명의 입김을 불어넣어 주어, 사람을 견딜 수 있게 해주는 중요한 위안제임을 노래한다.

> 그대의 잠든 머리를 베라, 내 사랑이여.
> 인간다운 내 믿음직하지 못한 팔에;
> 시간과 열병을 불태운다
> 생각에 잠긴 아이들로부터
> 개인의 미를, 그리고 무덤은
> 어린아이도 덧없음을 입증한다.
> 허나 내 팔에 동이 틀 때까지,
> 살아 있는 그 몸을 뉘여라,
> 사멸해야 하는, 죄인의 몸, 하나 내겐
> 순순한 아름다움 그 자체인 것을…

미, 한밤, 환상은 죽는다:
그대의 꿈꾸는 머리 언저리에 살포시
부는 새벽 바람이
눈과 고동치는 심장이 축복하고,
인간 세상이 충족함을 발견할 수 있는,
그런 아름다운 날을 보여주게 하라…

― 「자장가」 부분

■ 스티븐 스펜더(Stephen Spender, 1909~1995)

― 「급행열차」(*The Express*, 1933)

스펜더는 영국 런던에서 태어났으며, 어머니 집안은 유대계였다. 옥스퍼드 대학 재학 중 위스턴 휴 오든, 루이스 맥니스(Louis Macneice), C. 데이 루이스(C. Day Lewis) 등의 학우들과 친교를 맺게 되었다. 그리고 오든이 이끄는 '오든 그룹'(Auden Group)에서 활약했다. '오든 그룹'의 구성원들은 모두 옥스퍼드 대학 출신의 지식인으로서 감상의 경향과 관념적인 색채를 가장 강하게 가지고 있었다. 그들의 의식은 '외부'로 향했고 그들의 지주는 마르크스주의였다. 당시 영국 지식인들은 유럽의 지식인들 중에서도 가장 전위적이었는데 그중에서도 '오든 그룹'이 가장 대표적이었다. 그리고 제2차 세계대전까지 가장 오랫동안 마르크스주의를 신봉한 작가는 스펜더였다.

1929년 그는 독일에서 지내면서 나치 대두 전야의 체험에서 엘리어트 등 20년대의 '황무지' 의식에 대항해 적극적인 반파시즘 운동을 벌였으며, 30년대 모더니즘 시인의 대표자가 되었다. 1937년 한때 공산당에 입당하여 스페인 내란에 참가한 후, 차츰 인도주의적 자유주의의 입장을 취하게 되었다. 그리하여 평론 『창조적 요소』(*The Creative Element*, 1953),

『근대의 투쟁』(*The Struggle of the Modern*, 1963)을 통하여 그의 강한 윤리적 변화를 보여주었다. 1953년 이후에는 오랫동안 문예잡지 《인카운터》(*Encounter*)의 편집에 종사하면서 평론 활동을 하였다.

대표적인 작품으로는 『시집』(*Poems*, 1933)을 비롯하여 장시 『비엔나』(*Vienna*, 1934), 시극 『재판관의 심문』(*Trial of a Judge*, 1938), 그 밖에 자서전 『세계 속의 세계』(*World within World*, 1951) 등이 있다. 그의 시는 같은 시기에 활동한 다른 시인들에 비해 개인적이고 고백적인 성격의 서정성이 짙다는 특징이 있으며, 시법에 있어서도 각운脚韻 등에 구애받지 않는 자유로운 시를 창작하였다.

『시집』에 수록되어 있는 「급행열차」는 '기차'로 상징되는 현대 기계 문명을 예찬함으로써 기계 문명에 내재한 발전적 동력에 대한 찬미와 미래에 대한 긍정적 기대를 표현하고 있다. 작가의 기계 문명에 대한 기대감과 예찬은 작품에서 기차를 여왕에 비유하는 부분을 통해 드러난다. 또한 철로 위를 달리는 급행열차의 생동감 있는 소리와 함께 어두운 곳에서 밝은 곳으로 나아가는 역동적인 모습을 표현한 부분에서도 기계 문명의 긍정적 태도를 엿볼 수 있다. 이처럼 작가가 기차를 희망적이고 예찬적으로 표현한 배경에는 기계 문명을 통해 미래의 삶이 한층 밝아질 것이란 낙관적 기대가 있기 때문이라고 할 수 있다.

처음에는 강력하고 명백한 선언
피스톤의 검은 성명(聲明)이 있고 나서, 조용하게
여왕처럼 미끄러져 그녀는 역을 떠난다.
인사도 없이 억제된 마음으로
교외에서 초라하게 밀집된 집들과 가스 공장을 지나
그리고 마침내 공동 묘지 비석에 새겨진
죽음의 따분한 페이지를 지나간다.

도시를 넘으면 환히 트인 시골이 있고
거기에서 그녀는 속도를 더해 신비와
대양의 기선이 갖는 밝은 침착함을 갖는다.
그녀가 노래하기 시작한 것은 바로 이때
─처음에는 나직히 그리고 나서 더 높게 마침내는 재즈처럼 미쳐서─
커브에서 소리치는 기적의 노래와
귀머거리 터널과 브레이크, 또 무수한 나사의 노래
그리고 언제나 경쾌하고 공기처럼 밑으로
차륜의 의기양양한 운율이 달린다.
선로의 금속성 풍경 속으로 달리며 그녀는
하얀 행복의 새로운 세대로 돌진한다.
이 속에선 속도가 기이한 형체를, 넓은 커브를,
그리고 대포의 탄도처럼 깨끗한 평행선을 던지고
그리하여 마침내 에든버러나 로마보다 더 멀리
세계의 정상을 넘어 그녀는
단지 낮게 파도치는 언덕 위에
한 가닥 밝은 인광이 흐르는 밤에 도착한다.
아, 불꽃 속의 혜성처럼
어느 참새의 노래도
꿈의 새 순이 터지는
어떤 나뭇가지와도 비길 수 없는
노래에 싸여 그녀는 황홀하게 움직인다.

— 「급행열차」 전문

3) 소설

20세기에 들어오면서 영국 소설은 중대한 전환점을 맞이하게 된다. 20세기 전반기의 영국 소설가들은 그들이 추구하는 방향에 따라 두 부류로 나뉜다. 첫째, 19세기 빅토리아 여왕 시대의 기존의 소설 양식과 기법을 여전히 계승하는 일군의 작가들이 있는데 허버트 조지 웰스(Herbert

George Wells), 존 골드워디(John Galsworthy), 아놀드 베네트(Arnold Bennet) 등이다. 이들은 조지 엘리어트(George Eliot), 새커리(Thackeray) 등의 빅토리아 여왕 시대의 소설가들처럼 전지적 시점을 사용하여 소설에 개입하고 평가를 내리며 도덕적 교훈을 강조하였다. 인물의 성격 묘사는 사실적이기는 하지만 피상적인 수준에 머물렀다. 둘째, 기존의 전통적 소설 양식의 답습을 거부하는 실험적 작가들이 등장했다. 그들은 기존 소설들의 한계를 지적하며, 이를 혁신하고자 노력했는데 조지프 콘래드(Joseph Conrad), 데이비드 로렌스(David Herbert Lawrence), 버지니아 울프(Virginia Woolf), 제임스 조이스(James Joyce) 등이다.

이들 현대 소설이 빅토리아 여왕 시대의 소설 전통과 대별되는 이유는 첫째, 기존의 전지적 시점에서 벗어나 복합적 시점을 사용함으로써, 작가의 직접 개입을 차단하고 훈계조의 도덕적 설교를 배제했다는 점이다. 둘째, 현대 소설 역시 빅토리아 여왕 시대의 소설처럼 리얼리즘을 표방했지만, 그 접근 방식을 달리했다는 점이다. 곧 전통적 리얼리즘은 주인공들이 살고 있는 환경에 대한 세밀한 묘사에 치우치거나, 주인공들의 심리적 갈등을 묘사하더라도 피상적 수준에 머물렀다. 그러나 현대 소설의 리얼리즘은 피상적인 외관 묘사에 머무르지 않고, 주인공의 내면세계, 즉 의식의 세계, 나아가 꿈의 세계로까지 침잠해 들어갔다. 이를 성취해내기 위해, 현대 소설가들은 '의식의 흐름'[6]이라는

---

6 의식의 흐름(stream of consciousness) : 미국의 심리학자 윌리엄 제임스(William James)가 사용한 심리학상의 용어이다. 인간의 의식과 심리의 활동은 단편적이 아니고 흐름으로써 연속적인 리듬을 가지고 있다는 것이다. 문학의 분야에서는 의식의 흐름의 미묘함과 신속함을 나타냄으로써 인간 존재의 심층부를 포착하려고 한다. 소설의 표현 방법으로서는 상징주의적 문체, 파괴적 어법, 자유로운 연상 등을 사용한다. 리처드슨(Dorothy Richardson)이 소설에서 '내적 독백'의 수법을 사용했고 조이스의 『율리시스』, 울프의 『등대로』 등에서는 '내적 독백'의 수법으로 20세기의 소설에 새로운 국면을 개척했다.

기법을 사용했다. 뿐만 아니라 인간의 심층적 내면세계, 꿈의 세계, 무의식의 세계에 대한 그들의 탐색은 프로이트와 융의 심리 이론과 밀접한 관련을 맺었다.

20세기 현대 소설가의 대표적 작가와 작품은 우선 영국의 첫 노벨문학상 수상자이며 20세기 초두의 작가 러디어드 키플링(Rudyard Kipling, 1865~1936)의 정글의 규율에 잘 통하고 있는 소년을 그린 『정글북』(The Jungle Books, 1894), 라마승僧을 따라 여행을 떠나는 고아의 이야기 『킴』(Kim, 1901) 등을 내세울 수 있다. 다음으로 허버트 조지 웰스(Herbert George, 1866~1946)를 들 수 있는데, 그는 SF소설로 과학의 진보에 대한 것과 정치적 논평들이 혼합된 『타임머신』(Time Machine, 1895), 『투명 인간』(The Invisible, 1897), 『우주전쟁』(The War the World, 1898) 등을 출간하여 선풍을 일으켰다. 또한 인류의 이상과 진보에 관한 상상소설 『예상』(Anticipations, 1901), 원자 폭탄이 출현하는 과학소설 『해방된 세계』(The World Set Free, 1914), 인류 생존에 대한 인간의 능력을 의심하는 염세적 작품 『막다른 지경에서』(Mind at the End of Its Techer, 1945) 등을 출간했다. 조지프 콘래드(Joseph Conrad, 1857~1924)는 해양소설 『로드 짐』(Lord Jim, 1900)을 비롯하여 『청춘』(Youth, 1902), 『어둠의 심부』(Heart of Darkness, 1902), 『노스트로모』(Nostromo, 1904), 『밀정』(The Secret Agent, 1907) 등을 출간했다.

1932년 노벨상을 수상한 존 골즈워디(John Galsworthy, 1876~1933)는 장편소설 시리즈 『포사이트가 이야기』(The Forsyte Saga, 1906~1921)의 3부작인 『자산가』(The Nan Property), 『재판』(In Chancery), 『셋집』(To Let) 등을 내놓았다. 데이비드 로렌스(David Herbert Lawrence, 1885~1930)는 자전적 소설 『아들과 연인』(Sons and Lovers, 1913), 『무지개』(The Rainbow,

1915), 『사랑하는 여인들』(*Women in Love*, 1920), 『채털리 부인의 사랑』(*Lady Chatterley's Lover*, 1928) 등을 내놓았다. 윌리엄 서머셋 모옴(William Somerset Maugham, 1874~1965)은 자전적 장편 『인간의 굴레』(*Of Human Bondage*, 1915), 『달과 6펜스』(*The Moon and Sixpence*, 1919), 단편집 『스파이 이야기』(*Ashenden*, 1928), 토마스 하디(Thomas Hardy, 1840~1928)와 휴 월폴(Hugh Seymour Walpole, 1884 ~1947)을 모델로 하였다고 하여 물의를 일으킨 『과자와 맥주』(*Cakes and Ale*, 1930), 희곡 『순환』(*The Circle*, 1921), 시나리오 『사중주』(*Quartet*, 1948) 등 많은 작품을 남겼다. 버지니아 울프(Virginia Woolf, 1882~ 1941)는 처녀작 『항해』(*The Voyage out*, 1915)를 비롯하여 『댈로웨이 부인』(*Mrs. Dalloway*, 1925), 『등대로』(*To The Lighthouse*, 1927), 공상 역사소설 『올랜도』(*Oelando*, 1928), 여권 신장을 논한 『자기만의 방』(*A Room of One's own*, 1928), 후기 작품으로 『세월』(*The Years*, 1937), 『막간幕間』(*Between The Acts*, 1941) 등을 출간하였다.

제임스 조이스(James Joyce, 1882 ~1941)는 단편집 『더블린 사람들』(*Dubliners*, 1914)을 비롯하여 첫 장편이었던 『젊은 예술가의 초상』(*A Portrait of the Artist as a Young Men*, 1916), 『율리시스』(*Ulysses*, 1922), 그 밖에 희곡 『추방인들』(*Exiles*, 1919), 시집 『1페니짜리 사과』(*Poems Peny each*, 1927) 등을 출간하였다. 엘더스 헉슬리(Aldous Huxley, 1894~1963)는 관념소설 『크롬 옐로』(*Crome Yellow*, 1921), 생존의 의의를 상실한 1920년대 지식인과 부유한 부인의 허무주의를 묘사한 작품 『광대춤』(*Antic Hay*, 1923), 1920년대 지식인들을 풍자적으로 표현한 『연애 대위법』(*Point Counter Point*, 1928), 반유토피아 소설 『멋진 신세계』(*Brave New World*, 1932), 그리고 반자전적 소설 『가자에 눈이 멀어』(*Eyeless in Gaza*, 1936)

등을 내놓았다. 그 밖에도 『원숭이와 본질』(*Ape and Essence*, 1948), 『섬』(*Island*, 1962) 등을 발표하였고, 많은 평론을 썼다. 풍자적 작가 조지 오웰(George Orwell, 1903~1950)은 공산주의를 비판한 소설 『동물농장』(*Animal Farm*, 1945), 미래 세계를 예견한 『1984』(*Nineteen Eighty-Four*, 1949) 등을 내놓았다.

또한 1983년 노벨문학상을 수상한 윌리엄 골딩(William Golding, 1911~1993)의 『파리대왕』(*Lord of the Flies*, 1954), 『끝없는 추락』(*Free Fall*, 1959), 『투명한 암흑』(*Darkness Visible*, 1979), 『성인 의식』(*Rites of Passage*, 1980) 등이 있으며, 2001년 노벨문학상 수상자인 비디아다르 네이폴(Vidiadhar Surajprasad Naipaul, 1932~)의 『비스워스 씨를 위한 집』(*A house for Mr. Biswas*, 1961), 『누구를 죽여야 하나』(*Tell me who to Kill*, 1971), 『세계 속의 길』(*A way in the world*, 1994) 등이 있다.

■ 러디어드 키플링(Rudyard Kipling, 1865~1936)
— 『킴』(*Kim*, 1901)

키플링은 영국 봄베이에서 태어나 일찍부터 인도의 저널리즘계에서 활약하면서 중국, 일본, 미국, 호주 등 세계를 여행하였다. 인도를 배경으로 체류 영국인의 생활이나 경험담, 미신 같은 것을 이야기한 단편집 『고원설화』(1888)를 캘커타에서 출간하여 명성을 얻었다. 1907년 영국에서는 최초로 노벨문학상을 수상하였다.

소설 『킴』에서 '킴'은 화살강을 찾아가는 라마승을 따라 자신도 붉은 황소를 찾아 나서면서 시작된다. 그래서 이 소설은 라마승과 킴이라는 두 가지 스토리가 존재한다. 라마승의 '찾기'는 소설 내내 지속된다. 라마승이 박물관 관장의 만류를 뿌리쳤던 이유는 부처가 쏜 화살을 맞고 물이 나왔다는 성스러운 강을 찾아 죄를 씻고자 하는 자신의 의지 때문이었다. 마지막에 성스러운 강을 찾으면서 라마승의 이야기는 끝난다. 성스러운 강에서 라마승은 킴을 위해 해탈의 경지에 오른다. 소설의 줄거리는 다음과 같다.

한때 영국군 기수였던 킴의 부모는 킴이 3살 때 세상을 떠난다. 죽기 전에 킴의 부모는 그에게 미래에 붉은 황소와 준마를 탄 장교가 돌봐줄 것이라고 유언한다. 아버지가 남긴 것이라고는 아버지의 신분증명서와 킴의 출생증명서뿐이었고, 킴을 돌봐주던 아주머니가 그 증명서를 킴의 부적 안에다 잘 꿰매준다.

어느 날 늙은 라마승이 암리차르에 온다. 킴은 불상을 보여주겠다는 라마승을 따라 라할 박물관에 간다. 거기서 박물관 관장은 학식 높은 라마승을 알아보고는 그들을 성대하게 대접하면서 라마승에게 남아주길 바란다고 말한다. 그러나 라마승은 부처가 쏜 화살이 떨어져 물이 솟아났는데 그 물에 목욕을 하면 죄를 씻을 수 있다는 전설을 지닌 화살강을 찾으러 간다며 그의 청을 거절한다. 킴은 라마의 제자가 되어 함께 화살강을 찾아 떠나면서 붉은 황소의 행방도 수소문한다.

한편 여행을 떠나기 전, 말 장사꾼 마하부는 킴에게 백마 혈통 증명서를 어느 영국군관에게 전해달라고 부탁한다. 기차를 타러 우무바라에 도착한 킴은 증명서를 군관에게 넘겨줬는데, 거기서 자신이 가져다 준 서류가 북방의 반란군 토왕을 정벌하고자 하는 군사 정보였다는 사실을 몰래 듣게 된다. 그러나 자신과는 상관없는 일이라고 생각하여 라마를 따라 세상 여행을 한다. 얼마 후 그들은 망과 숲으로 들어가게 된다. 그런데 멀리 초원에 영국군 부대의 깃발이 보인다. 그리고 그 녹색 깃발 위에는 붉은 황소가 커다랗게 새겨져 있다. 킴은 장막 가까이 다가갔다가 누군가에게 잡혀 웨이커트 신부에게 넘겨진다. 알고 보니 그곳은 원래 킴의 아버지가 생전에 머물렀던 부대였고, 웨이커트 신부는 그의 부모 결혼식을 주관했던 분이다.

증명서를 보고 킴의 신분을 알게 된 신부는 킴을 공부시키기로 한다. 라마는 킴과의 작별을 아쉬워한다. 얼마 뒤 라마승은 킴을 제일 좋은 학교에서 공부시키도록 신부에게 300루피를 보낸다. 킴은 학교 앞에서 라마승과 아쉬운 작별을 한다.

라마승은 꼬박꼬박 학비를 보내왔고 킴도 열심히 공부한다. 여름방학 때, 킴은 변장을 하고 학교를 몰래 빠져나왔다가 우련히 마하부를 죽이려 하는 두 사람을 만난다. 그는 암살 사실을 바로 마하부에게 알렸고, 마하부는 경찰을 불러 두 사람을 잡아들인다. 마하부는 크라이튼의 지시대로 킴을 레이건의 보석 상점에 보내어 여름방학이 끝날 때까지 킴에게 담력과 관찰력 훈련을 시킨다.

17살이 되어 학교를 졸업한 킴은 마하부와 함께 무녀를 찾아간다. 그곳에서 마하부는 무녀에게 킴이 다치지 않도록 보호 마법을 걸어달라고 부탁한다. 그리고 킴에게 각종 연락 암호를 가르친다. 크라이튼은 킴에게 먼저 라마와 6개월 간 여행을 하고, 그 후에 진짜 활동에 참여하라고 한다.

킴과 스승은 북쪽의 설산으로 화살강을 찾으러 간다. 기차에서 킴은 E.23을 고행승으로 변장시켜 위험에서 벗어나게 해준다. 하사룬비에서 만난 R.17바푸는 킴의 솜씨를 크게 칭찬하며 킴에게 북쪽 산지로 가서 두 명의 외국인을 만나달라고 부탁한다. 힘들게 설산을 지나 그들은 마침내 외국인이 가지고 있던 비밀의 물건을 손에 넣는다.

스승과 제자는 쿠루얼의 한 노부인 집에서 여독을 풀게 된다. 킴은 금방 기운을 회복했지만 라마는 이틀 밤낮을 먹지도 마시지도 못한 채 강에 들어갔다가 간신히 구출된다. 라마승은 성스러운 강물에 들어감으로써 자신의 마음이 몸을 벗어나 만물과 하나가 되었으며, 100년을 명상한 끝에 인연을 깨달았다고 말한다. 초탈의 경지에 오른 라마승은 가부좌를 틀고 앉아 무릎 위에 손을 얹고는, 자신이 사랑하는 사람을 위해 얼굴 가득 조용히 미소를 짓는다.

■ 조지프 콘래드(Joseph Conrad, 1857~1924)

- 『로드 짐』(*Lord Jim*, 1900)

콘래드는 폴란드 태생으로 본명은 요제프 콘라드 코르제니오브스키(Jozef Konrad Korzeniowski)다. 당시 폴란드는 러시아의 지배에 있었는데, 그의 아버지는 열렬한 애국주의자로 독립 운동을 하다가, 그의 가족 전부 러시아로 유형을 가게 되었다. 그리고 그는 11살의 나이에 고아가 되었다. 이후 콘래드는 그의 비극적인 가족사로 인해 러시아를 비롯한 억압자들과 제국주의자들에 대한 강한 증오심을 갖게 되었다.

그는 독일, 스위스, 이탈리아 등지를 구경하면서 아드리아 해를 처음

본 후 바다에 대한 동경심을 품게 되었다. 그리고 그의 나이 17세 때 조국을 등지고 프랑스 마르세유로 가서 해양생활을 하게 된다. 이후 영국에 귀하하여 영국인이 되었다. 1894년까지 서인도제도, 동남아시아, 오스트레일리아를 비롯하여 아프리카의 오지 콩고 강 상류 등을 여행하였다.

『나시서스 호의 흑인』(The Nigger of the Narcissus, 1897)이 호평을 받으면서, 잘 알려진 그의 대표작 『로드 짐』을 내놓았다. 그는 해양 작가로 알려져 있지만, 그의 본령은 윤리적인 데 있었다. 문명 속에 가려진 죄악을 들추어내고, 물욕 때문에 이르게 되는 정신적 파탄, 그 배덕의 세계를 날카롭게 지적했다. 그의 최고의 작품으로 일컬어지는 『노스트로모』(Nostromo, 1904)는 윤리적인 갈등 자체가 인간 삶의 진실이라는 주제를 펼치고 있다. 이밖에 한 무정부주의자의 이야기인 『밀정』(The Secret Agent, 1907), 19세기 억압적인 러시아를 배경으로 한 『유럽의 눈 아래에서』(Under Western Eyes, 1911), 『운명』(Chance, 1912)을 비롯하여 산문시 『바다의 거울』(The Mirror of the Sea, 1906) 등을 내놓았다.

『로드 짐』은 난파하는 배에서 비겁하게 탈출한 자의 내면 갈등을 다루면서 명예심에 대한 개념을 탐구하고 있다. 19세기의 사실주의 소설들, 특히 19세기 말의 하디 소설의 주인공은 극복할 수 없는 사회적 환경의 힘이나 제도적 모순에 대해 항거하지 않았다. 물론 하디는 20세기 현대 소설의 특징인 인간의 소외 문제를 표면화시켰다. 하지만 콘래드는 인간이 봉착한 내면적 갈등과 소외의 문제를 밀도 있게 다루어냈다는 데서, 20세기 현대 소설의 선각자로 평가 받는다.

콘래드의 소설은 전통적인 사회적 인습이나 제도와 같은 외부 세력과의 대치하는 주인공의 힘은 약화되는 반면, 도덕적으로 갈등하는 주인공의 영혼을 조명하며 인간의 심부에 내재한 악의 문제에 초점을 맞추었다. 콘래드는 이러한 인간의 내면세계를 탐색하기 위하여 기존의 전지적 또는 1인칭 화자의 시점으로부터 탈피하여 다양한 시점의 실험을 시도했다. 즉 그는 이야기를 사건이 발생한 인과관계에 중점을 맞추면서 시대순으로 진행시키지 않았다. 이는 이제까지 전통적 소설에 사용되어 온 보편적인 서술 기법의 고정된 틀로부터 벗어난 새로운 기법이었다. 그리고 그는 기억보다는 인상주의 화가들처럼 연상 작용을 사용했다. 소설의 내용은 다음과 같다.

바다의 유랑자 짐은 동양의 여러 항구에서 선박 용구상의 수상점원으로 일을 한다. 그는 영국 목사의 아들이었지만 바다의 모험에 대한 동경으로 가득 차, 결국 상선의 고급 선원을 양성하는 훈련선에 탑승하게 된다. 그는 탑승 훈련 중 무역선과 수크너 선이 충돌하자 생명을 구할 기회를 맞이하지만 주저하여 즉각 하선을 하지 못한다. 이후 그는 정식으로 천 톤이 넘는 파트나 호의 일등 항해사가 되어 탑승하게 된다. 하지만 이 배의 독일인 선장은 비겁하고 무책임한 사람이었으며, 주 기관장은 술고래였다.

어느 날 이 배는 성지 순례를 위해 말레이 지방의 각처에서 온 800명의 회교 순례자들을 태우고 메카로 가게 된다. 운항 중 이 배의 몹시 낡은 선박 밑 철판이 터져 물이 차오르게 된다. 선장은 이 사실을 승객들에게 비밀에 부칠 것을 명령했고, 짐도 혹시 이 사건이 승객들을 동요케 할까봐 걱정한다. 선장을 비롯한 선원들은 배가 곧 침몰할 위기에 닥쳤다고 보고, 비상용 보트 7척을 풀어내 순례자들의 안전은 아랑곳하지 않고 도망친다. 사고 당시 짐은 "뛰어내려" 하는 소리에 자신도 모르게 뛰어내렸지만, 그곳에 남아 용기 있는 행동을 하지 못한 데 대하여 내내 죄책감을 느끼게 된다.

그후 선원들이 무책임하게 버리고 간 이 배가 한 함선의 구조에 의하여 무사히 항구에 견인되어 온다. 승객들은 자기들의 생명을 포기한 채 도망간 선장을 비롯한 선원들을 즉결재판에 넘겼고, 그들과 함께 짐은 선원의 면허장을 취소한다는 판결을 받는다.

재판이 끝난 후 짐은 죄책감에 시달려 안정을 찾지 못하다가 동인도 지역에서 무역상을 하는 스타인을 만나게 되고, 그의 소개로 파투산이라고 하는 원주민 지역의 파견 소장이 된다. 이곳에서 짐은 원주민 추장 그리고 그의 아들과 절친한 사이가 된다. 그러다가 그들을 도와 이 마을의 안정과 평화 유지에 공을 세운다. 이러한 공훈으로 이 마을 사람들은 그를 '투안 짐' 곧 '로드 짐'이라고 부른다.

그런데 오스트레일리아 연안 지역에서 해적생활을 하던 폭악한 인물 부라운이 무장을 한 16명의 부하를 이끌고, 원주민 지역에 나타나 약탈의 야욕을 드러낸다. 부라운은 짐이 없는 틈을 타 마을을 공격하지만, 추장의 아들이 이끄는 마을 사람들에게 밀려 산꼭대기에서 포위당한다. 부라운은 마을의 탈환이 여의치 않자 짐과 협상한다. 부라운은 도망갈 수 있는 퇴로를 터주면 퇴각하겠다고 말한다. 그 말을 믿고 짐은 추장의 허락을 얻어 퇴로를 열어준다. 그러나 부라운은 퇴각하는 척하면서 추장 아들의 병력들을 뒤에서 공격한다. 이 전투에서 추장 아들은 마을 사람들이 지켜보는 가운데 머리에 총을 맞고 즉사한다.

이에 마을 사람들의 분노가 거세진다. 결국 짐은 비굴한 삶보다 명예로운 죽음을 택하기로 결심한다. 그는 이제 자신이 받아들여야 할 책임을 알았기 때문에, 그리고 그것으로부터 회피하는 것이 얼마나 비겁한 행위인지 알았기 때문에, 영웅적인 죽음을 맞이하기 위하여 자발적으로 추장 앞에 나타난다. 그리고 마을 사람들의 분노와 외침 가운데 추장의 총을 맞고 담대하게 죽어간다.

■ 데이비드 로렌스(David Herbert Lawrence, 1885~1930)

– 『아들과 연인』(Sons and Lovers, 1913)

로렌스는 노팅엄셔의 이스트우드에서 태어났다. 그의 아버지는 성격이 거친 노동자였으나, 어머니는 한때 교사이기도 했던 감성적이고 자상한 성격이었다. 이러한 차이 때문에 부부 간의 갈등이 컸다. 로렌스는 병약하여 아버지처럼 육체적인 노동을 할 체질이 되지 못했지만, 학업에는 재능을 보여 어머니의 기대를 받고 성장했다.

13세에 그는 장학생으로 노팅엄 고등학교에 진학했으나 폐렴을 앓게 되었고, 21세에 노팅엄 유니버시티 칼리지에서 2년 동안 공부하여 교사 자격증을 받아, 런던 남부에 위치한 크로이든에서 약 3년 동안 교사생활을 했다. 1911년 그는 첫 번째 소설 『하얀 공작』(*The White Peacock*)을 쓰기 시작했으나, 같은 해 그의 어머니가 암으로 세상을 떠났다. 이후 자서전적 소설 『아들과 연인』(1913)을 출간했는데, 호평을 받게 되면서 문인으로서의 지위를 굳혔다. 1915년 『무지개』(*The Rainbow*)가 출간되었으나, 영국 정부는 이 작품을 외설물로 판금조치를 내렸다. 이 사건을 계기로 그는 진독일계라는 의심을 받고 곤경 속에 빠지게 되었다.

이후 뉴멕시코 타오스라는 곳에 정착한 그는 멕시코를 방문한 경험에서 얻은 아즈텍 문명에 대한 고고학적 지식을 바탕으로 『날개 돋힌 뱀』(*The Plumed Serpent*, 1926)을 썼다. 이어서 『채털리 부인의 사랑』(*Lady Chatterley's Lover*, 1928)을 플로렌스에서 발표하였으나, 이 작품 역시 외설 문학으로 판금조치가 취해져 곤혹을 치르게 되었다. 이후 그는 44세의 이른 나이로 프랑스 남부의 방스에서 생을 마감하고, 그의 유해는 그가 이상향으로 삼았던 뉴멕시코 타오스에 묻혔다.

『아들과 연인』은 로렌스의 젊은 시절의 직접적인 체험을 투영시킨 자서전적인 성격을 띤 소설이다. 특히 그는 이 소설에서 인간이 겪는 영혼과 육체 사이의 갈등과 부모와 자식 사이의 복합적인 애증의 감정, 그리고 인력人力과 반발 등의 문제를 인간 심리의 내면적 탐색을 통하여 보여주고 있다. 많은 평자들은 이 작품을 프로이트의 심리학의 관점에서 연구하였다. 로렌스는 이 소설에서 주인공 폴이 육체와 영혼이 화합하고 조화된 사랑을 추구하지만, 부모의 애정고착에서 벗어나 독립적인 자아로 성장하지 못할 때, 그의 사랑이 어떻게 좌절되는지를 보여주고 있다. 소설의 줄거리는 다음과 같다.

결혼한 지 8년째 되는 31살의 모렐 부인은 광부인 남편과 베스트우드라는 탄광촌에 살고 있다. 그녀는 7세의 윌리엄과 5세의 안네, 2명의 아이를 두고 있고, 셋째 아이를 임신 중이다. 모렐 부인은 양가집에서 태어났으며 아버지를 닮아 자존심이 강하고 사립학교의 조교로 일한 적이 있는 여성이다. 그녀는 23세 때의 크리스마스 파티에서, 운명적으로 현재의 남편 모렐을 만난다. 모렐은 교양 있는 상류층 숙녀에게 마음이 끌렸고, 그의 부인은 엄격한 금욕주의자였던 아버지와는 다른 육감적인 남자에게 호감을 갖게 되어, 다음 해 크리스마스에 그와 결혼한다.

처음 몇 개월 동안 그녀는 행복했으나, 시간이 흐르면서 집안일에 등한시하고 술 마시기를 좋아하는 남편에게 정이 떨어진다. 그리하여 점차 그녀의 관심은 자식들에게 옮겨진다. 이때 태어난 아이가 셋째인 폴이다. 남편과 아내 사이의 갈등과 언쟁은 점점 더 심해진다. 그녀는 단순하고 관능적인 남편에게 책임과 도리를 강조하지만, 그는 자식들에게 곧잘 화를 내고 때로는 손찌검까지 서슴지 않는다. 한번은 부부싸움 중에 모렐이 서랍을 내던지는 바람에 그녀는 피까지 흘리는 봉변을 당하기도 한다.

아이들이 점점 성장하여 예전보다 손이 덜 가자 그녀도 시간을 내어 부인 조합에 가입한다. 윌리엄은 13세 때 어머니의 주선으로 조합 사무소에 일자리를 얻는다. 그리고 윌리엄은 20살 때, 런던의 큰 선박회사 관련 변호사 사무소에 취직하여 부모의 곁을 떠난다. 큰아들이 떠나자 폴에 대한 어머니의 관심은 더욱 각별해진다. 윌리엄은 자신이 사귀고 있는 젊은 여성에 대한 소식을 어머니에게 보낸다.

이즈음 폴은 노팅엄에 있는 한 외과 의료기구 제조상에서 일하며, 아버지를 대신하여 가족의 생계를 돕고 있다. 이러한 상황에서 여자에게 빠져 있던 윌리엄은 약혼녀를 데리고 집에 찾아온다. 어머니는 윌리엄의 약혼녀를 좋게 보지 않는다. 그리고 상류사회의 티를 내는 그녀의 거만함은 가족들의 비위를 거스르게 한다. 윌리엄은 어머니의 반대에도 불구하고 결혼 의사를 굽히지 않는다. 그러다가 폐렴을 앓고 있던 윌리엄이 갑자기 죽고, 폴이 어머니의 사랑의 대상이 된다.

한편 폴은 어머니와 지인 관계에 있는 농장에 초대받게 된다. 그곳에서 농장주인 부부의 자녀들과 친하게 지낸다. 그중에서도 폴은 밀리엄이라고 하는 수줍어하고 순수해 보이는 소녀와 사귀게 된다. 폴은 이후에 여러 차례 농장을 방문하게 되고 더욱 밀리엄과 친밀한 교감을 느끼게 된다. 그런데 폴이 밀리엄에게 사랑을 표현하려고 할 때는, 미묘하게도 그녀에게서 육체를 거부하는 듯한 순결하고 성스러운 성모 마리아 같은 속성을 느끼게 된다. 한편 모렐 부인은 자식이 그녀에게 점점 빠지게 되자 상대적으로 박탈감과 소외감을 느끼게 된다. 그리하여 모렐 부인은 폴이 밀리엄과 사귀는 것을 반대하게 되고, 어머니와 아들 간의 사이에 긴장이 조성된다.

밀리엄과의 만남에서 육체적인 열정과 순결한 영혼 사이에서 갈등하고, 어머니의 강력한 반대로 고민하던 폴은 밀리엄의 소개로 클라라라는 기혼 여성을 알게 된다. 그녀의 남편은 그의 직장에서 일하고 있었는데 그녀는 남편과 별거하고 여권 운동에 종사하고 있다. 폴은 밀리엄과의 사랑은 육체가 배제된 정신만의 사랑을 강요하고 있다고 느낀다. 그래서 폴은 밀리엄에게 애인 관계의 작별을 고하고, 친구 사이로 남자고 말한다. 그 후 폴과 클라라는 자주 만나게 되고, 육체적·관능적 관계에 탐닉한다. 폴의 어머니는 그들의 관계를 강하게 반대하지는 않았지만, 좀 더 나은 환경의 여성과 사귀기를 권유한다.

이러한 관계로 인해 폴과 클라라의 남편은 서로 피투성이가 되는 지경에 이르기도 하는 싸움을 벌인다. 그러는 사이에 아들에 대한 사랑이 지극하던 어머니가 암으로 죽게 되고, 클라라의 남편은 장티푸스로 병원에 입원한다. 이 소식을 들은 폴은 클라라의 남편에 대한 이상한 동류의식을 느낀다. 이러한 연민에서 폴은 클라라의 남편을 찾아가 위로하고, 클라라에게도 이 사실을 알려준다. 이러한 폴의 주선에 의하여 클라라 부부는 다시 결합하게 된다. 결국 어머니의 죽음 속에서 다시 외톨이가 된 폴은 밀리엄에게서도 클라라에게서도 안주하지 못한 채 고독의 어둠 속에서 다시 생을 계속한다.

■ 서머셋 모옴(William Somerset Maugham, 1874~1965)
- 『달과 6펜스』(The Moon and Six pence, 1919)

모옴은 프랑스 파리 태생의 영국 소설가이다. 아버지는 프랑스 주재 영국 대사관 고문 변호사였고, 어머니는 아버지보다 20세 연하의 아름다운 여성이었다. 모옴이 8세 되었을 때 어머니가 폐결핵으로 숨졌고, 2년 뒤 아버지마저 암으로 사망하자, 영국으로 돌아가 남잉글랜드의 켄트 주에서 목사로 있던 숙부와 살게 되었다.

어려서부터 말을 더듬었던 모옴은 학우들에게 심한 놀림을 받았고, 선생님들에게는 꾸지람을 받았다. 모옴은 14살 때 캔터베리의 왕립학교를 졸업하자, 독일 하이델베르크 대학에 입학하여 철학과 연극에 깊은 관심을 기울였다. 그리고 그는 작가로 진출하려는 포부를 안고 귀국했다.

그러나 숙부의 권유에 따라 1892년 런던의 성 토마스 병원 부속의대에 입학하게 되었다. 이 시절 런던의 빈민굴인 램버스에서 조수로 의료 종사했는데, 이때의 경험을 기초로 자연주의적 경향의 소설 『램버스의 라이자』(*Liza of Lambeith*, 1897)를 발표하여 크게 주목을 끌었다. 이후 희곡 『프레데릭 부인』(*Lady Frederick*, 1907)이 우연하게 상업 극장에서 상연되어 성공하면서 대가로서 문학계에 등장했다. 이어서 자전적 장편 『인간의 굴레』(*Of Human Bondage*, 1915) 창작에 몰두하였다. 모옴은 제1차 세계대전 중에 첩보원으로서 러시아에 잠입하여 활동하였는데, 이때의 경험을 소재로 한 단편집 『스파이 이야기』(*Ashenden*, 1928)를 내놓았다.

그의 작품은 연극적 요소가 강한 것이 특징이다. 스토리 없이 밋밋하게 전개되는 소설을 비판하면서 체홉식의 방법을 거부하고 줄거리가 명확한 작품을 썼다. 그의 작품이 호쾌하고 해학적 요소가 많은 것은 그런 이유 때문이다. 또한 그는 위선을 증오하면서 인간의 이중성을 날카롭게 비판하는 작품을 썼다. 그의 대표적인 소설로는 『달과 6펜스』를 비롯하여 『과자와 맥주』(*Cakes and Ale*, 1930), 동양의 신비주의에 관심을 보인 『면도날』(*The Razor's Edge*, 1944) 등 장편소설 20편 외에 단편소설 100여 편, 희곡 30여 편, 평론집 10여 편이 있다.

『달과 6펜스』는 런던 증권회사의 사원인 스트리클랜드라는 중년 남자가 갑자기, 17년 간이나 같이 살던 부인과 자식을 버리고 파리에 가서 화가가 되고, 다시 타히티 섬에 건너가 토인 여자와 동거생활을 하면서, 나병으로 고생하다가 대작을 남기고 죽는 운명을 그린 내용의 이야기를 담고 있다.

주인공 스트리클랜드는 이기주의의 화신이다. 우인友人의 친절을 무시하고, 우인의 아내를 태연하게 빼앗고, 은혜를 원수로 갚고도 아무런 가책을 느끼지 않는다. 또한 부인과 자식을 버리고 토인 여자와 동거하면서도 아무런 가책을 느끼지 않는다. 잔인하고 악마적으로 예술에만 파고드는 주인공의 모습은 예술지상주의의 권화權化라고 할 만한 인물인 동시에 철저하게 냉정한 자기 중심주의적인 인간 유형을 드러낸다. 이 작품에서 '달'은 주인공 스트리클랜드의 광적인 예술에 대한 열정을, '6펜스'는 그가 헌신짝처럼 내버린 세속적인 인간 관계를 상징한다.

이 작품은 모옴이 청년기를 보냈던 세기말 유미주의의 감화를 많이 받아 쓴 것으로 평가하고 있다. 스트리클랜드는 모옴의 분신, 또는 어느 의미에서는 모옴의 이상적인 인간상으로 생각할 수 있다. 또한 토인의 아내 역시 모옴의 이상적인 여성상으로서 『인간의 굴레』에 등장하는 셀리와 같은 타입의 여성이라고 할 수 있다. 소설의 줄거리는 다음과 같다.

> 주인공 찰즈 스트리클랜드는 영국 사람이다. 이 작품의 화자가 스트리클랜드의 아내와 잘 알고 있는 사이기 때문에, 갑자기 가출한 스트리클랜드를 영국에 데려오기 위해 파리로 출발하는 데서 이 작품은 시작된다.
>
> 화자는 파리에 도착하여 스트리클랜드를 찾아내어 그의 가출 이유를 물어보는데, 그 대답을 듣고 놀란다. 스트리클랜드는 그의 아내가 상상하는 바처럼 젊은 여자와 파리로 사랑의 도피행을 한 것이 아니다. 그는 단지 그림을 그리고 싶어서 17년 동안이나 함께 살았던 아내와 두 자식을 버리고 가출했다는 것이다.
>
> 스트리클랜드는 이미 청춘을 보낸 중년 남자이며, 사회적으로도 어엿한 주식회사의 사무원이며, 아내와 두 자녀까지 둔 터이다. 그래서 화자의 생각으로는 이제 새삼 그림을 그리겠다는 것은 너무 때가 늦었다고 생각한다. 이런 까닭에 화자는 그에게 따지듯이 묻는다. 그러자 그는 대답하기를 "나는 말하고 있지 않는가. 그림을 그리지 않고는 견딜 수 없다고. 물에 빠진 사람은 헤엄을 잘 치든 못 치든 그런 말을 하고 있을 틈이 없는 거야. 어떻게 해서든지 물에서 나오지 못하면 빠

져 죽고 마는 것이지."라고 말한다.

화자는 스트리클랜드의 말을 듣고 그의 가슴 속에서 투쟁하고 있는 어떤 거센 힘을 느끼는 듯했다. 모름지기 강하게 압도되는 듯한 힘이 그의 의지로써는 어쩔 수 없는 격렬함으로 그를 사로잡았다. 글자 그대로 악마가 붙어 있어 실제로 금방이라도 화자를 찢어버릴 것처럼 느껴졌다. 그리하여 화자는 스트리클랜드를 데려오는 일에 성공하지 못하고 런던으로 돌아온다.

그리고 5년의 세월이 흐른 뒤, 화자는 파리에서 스트리클랜드의 친지인 네덜란드 화가 다크 스토루브라는 사람을 방문하게 된다. 스토루브가 스트리클랜드와 절친한 사이였다는 말을 듣고, 화자는 그에게 어떤 친근감을 느낀다. 스토루브는 스트리클랜드의 천재성을 일찌감치 간파하고 있었다고 말한다. 그러나 그 자신은 어리석을 정도로 호인이다. 그는 스트리클랜드에게 극진히 친절하다. 그러는 가운데 스트리클랜드가 열병으로 괴로워하자, 아내 브랑슈가 극력 반대하는 데도 불구하고 그를 자기 집에 데려온다. 일이 이렇게 되자 소름이 끼칠 정도로 그를 싫어하던 브랑슈도 어쩔 수 없이 스트리클랜드를 간호하게 된다. 그 결과 스트리클랜드는 브랑슈에게 정열을 느끼고, 스토루브가 없는 틈을 타 그녀를 강제 추행한다. 브랑슈는 마침내 스트리클랜드의 이기주의와 비정함을 슬퍼하며 음독자살하고 만다. 스토루브는 아내의 죽음에 절망하여 고향 네덜란드로 돌아가 버린다.

그 뒤 스트리클랜드는 마치 자기 영혼의 고향을 발견한 자처럼 남태평양의 타이티 섬으로 간다. 그 남태평양 세계에 동화하여 원주민 여자 아타를 아내로 맞아 예술에 몰두한다. 그러다가 그는 불가사의한 멋진 벽화를 남기고 마지막에 나병에 걸려 죽는다.

■ 버지니아 울프(Virginia Woolf, 1882~1941)

－『등대로』(*To the Lighthouse*, 1927)

버지니아 울프는 빅토리아 여왕 시대의 전통에 충실한 지식인이며 총 65권으로 이루어진 『전국인명사전』(*Dictionary of National Biography*, 1882~1891)을 책임 편집한 레스리 스티븐(Leslie Stephen)의 4남매 중 셋째 딸로 태어났다. 그녀는 정규대학을 다니지 못했지만, 어려서부터 당시 최고 지성들이 모이던 아버지의 거대한 서재에서 교육을 받으며 학구적인 분위기 속에서 자랐다. 부모가 세상을 뜬 뒤로는 남동생 에이드리언을 중심으로 '블룸즈버리 그룹'(Bloomsbury Group)이라는 지적 집단을 만들었으며, 1905년부터는 《타임스》(*Times*)지 등에 문예비평을 기고했다.

1912년 정치학자이며 경제 전문가인 레너드 울프(Leonard Woolf)와 결혼했고, 1917년 출판사를 인수해 문인들의 작품을 출판하여 성공했다. 그런데 1941년 『막간』(*Between the Acts*)을 완성한 후 우즈 강에서 투신자살하였다. 원인은 소녀 시절부터 겪어온 심한 신경증이 재발한 데 있었던 것으로 알려져 있다. 그녀는 소설을 쓰면서 망상과 우울증에 시달리기도 했다. 그럴 때마다 남편 레너드 울프가 그녀의 버팀대가 되어 주었다. 그는 이러한 그녀의 광기는 천재적인 작가의 몫이라고 위로하였다고 한다.

그녀의 대표적인 작품으로는 『등대로』를 비롯하여 『댈로웨이 부인』(*Mrs. Dalloway*, 1925), 공상 역사소설 『올랜도』(*Orlando*, 1928), 『세월』(*The Years*, 1937) 등이 있다. 특히 그녀는 비평집 『일반 독자』(*The Common Reader*)를 통하여 전통적인 사실주의소설에 반기를 들며 실험적 소설 기법을 제시했다. 그것은 곧 '의식의 흐름' 기법으로 통칭되고 있다. 『등대로』는 울프가 그녀의 실험적인 소설 기법을 가장 훌륭하게 구현해냈다는 점에서 대표적 작품으로 인정받고 있다. 따라서 이 소설의 구성과 기법은 기존의 소설 양식들과는 확연한 차이를 보여준다. 종래의 소설들이 연대기순으로 일어난 사건의 순서와 인과율에 따라 줄거리를 전개시켜 나간 것과는 달리, 이 작품에서는 전통적인 입장에서 볼 때, 이렇다 할 만한 사건이나 플롯이 발견되지 않는다.

이 작품에서 버지니아 울프는 철학 교수인 램지 부부와 막내아들 제임스, 딸 컴을 비롯한 자식들과의 관계, 그리고 그들의 등대로의 여정을 둘러싼 가정사를 다루고 있다. 이 소설은 사이에 일어난 에피소드를 포함하여 3부로 구성되어 있다. 제1부에서는 12시간 동안에 일어나는 하루의 일상을 다루고 있고, 제2부에서는 그 후의 10년 간의 경험이 시적인 아름다운 산문으로 상징적으로 그려져 있으며, 제3부에서는 살아남은 사람들이 등대로 가는 것을 그리고 있다. 제3부에서는 추억이 사람들의 의식을 지배하고, 현재가 과거에 의해 바꿔 놓여지고 있다. 즉죽은 사람의 환영이 살아남아 있는 사람들의 마음속에서 되살아나 그들의 행동을 결정한다. 이와 같이 이 작품은 삶과 죽음의 중복과 시간적 연쇄의 파괴, 모든 사람들의 의식이 혼합되어 서로 울리며 연주하는 일대 교향악과 같다. 따라서 이 작품은 줄거리 정리가 별 의미를 주지못하지만, 상대적으로 난해한 작품이기 때문에 이해를 돕기 위해 내용을 간추리면 다음과 같다.

제1부 「창문」: 스코틀랜드 서해안 한 섬에 여름 별장을 가지고 있는 램지 부부가 그들의 자식들과 여름을 보내고 있다. 이 별장에는 램지 부부와 그 자식 이외에도 다수의 지인들이 머물고 있다. 램지 부인은 딸인 화가 릴리와 식물학자 윌리엄이 함께 산책하는 것을 보고 그들이 결혼했으면 하고 바란다. 그러나 릴리는 혼자 있기를 좋아하고, 결혼에 구애받는 생활을 원치 않는 강한 자의식을 가진 여성이다. 램지 부인은 내일 날씨가 좋으면 보트를 이용하여 바다 저편에 있는 등대로 여행하자고 막내아들 제임스에게 말한다. 저명한 철학 교수인 램지는 이들 모자간의 이야기를 듣고서 평소의 그의 냉철한 태도로, 내일 날씨는 좋지 않을 것이라고 말한다. 램지는 다소 권위적이고 폭군적이며 자기본위적인 아버지이다. 반면 램지 부인은 이제 50대가 되었지만 아직 여성적인 매력과 미모를 간직하고 있다. 자녀들을 애정으로 대하는 그녀는 가정을 결속시켜 주는 중요한 가교의 역할을 한다. 막내아들 제임스는 아버지가 어머니와 함께 하는 것을 싫어한다. 왜냐하면 어머니가 자기에게 동화를 읽어 주고 사랑해 주는 시간을 아버지에게 빼앗기는 것이 싫기 때문이다. 따라서 제임스가 등대로 여행갈 꿈에 가슴이 부풀어 있을 때 아버지가 날씨의 변덕을 빌미삼아 여행의 불가능을 시사하자, 그는 아버지에 대

한 적개심을 품는다. 한편 릴리는 상상력이 절정에 다다른 순간 그림을 완성하려 하지만 자신의 상상력이 정체되어 죽어 있음을 느낀다. 그리고 그녀는 그림이 잘 완성되지 않자 마음을 태운다. 결국 날씨가 좋지 않아 램지 가족의 등대로의 여정 계획은 연기되고, 그들은 별장을 떠난다.

제2부 「세월」 : 시간은 흘렀다. 등대에 가지 못한 채 10년이 지났고, 또 전쟁을 겪어야만 했다. 그동안에 램지 부인은 죽고, 맏아들 앤드류는 1차 대전에 참전하였다가 전사한다. 맏딸 플루도 아이를 낳다가 죽고 만다. 아무도 없는 램지 일가의 여름날은 쓸쓸하기만 하다. 별장 곳곳은 비바람에 시달려 집은 한없이 황폐해져 있다. 벽지가 너저분하게 벗겨지고 책장들에는 곰팡이가 피어 있다. 이러한 별장을 지키고 있는 가정부는 어느 날, 램지 가족이 다시 찾아온다는 전갈을 받는다. 램지 가족이 마침내 10년 만에 이곳에 도착하고, 여류 화가 릴리와 시인 카마이켈 등도 합세한다. 별장을 찾아온 릴리는 침대 위에서 눈을 뜬다. 거의 무너져가는 이 집의 음침한 하룻밤이 밝아온 것이다. 변한 것이 있다면 일찍이 램지가의 만찬회 손님이었던 고독한 노인 카마이켈이 한 권의 시집을 내어 성공을 거두었다는 사실 정도이다.

제3부 「등대」 : 10년 뒤 사람들이 다시금 램지네 별장에 모였을 때, 램지는 이미 70이 넘은 노인이 되어 있다. 그리고 막내아들 제임스는 16세, 딸 캄은 17세이다. 이곳 별장에 함께 온 화가 릴리는 이제 40이 넘은 미혼 여성이다. 램지의 아들과 딸 세 사람은 오래 전에 계획만 했다가 중단되었던 등대의 여행을 실행에 옮기려 한다. 그동안 릴리는 해안에 머무르면서 그림을 완성하려고 계획한다. 릴리는 그들이 점차로 해안에서 멀어지면서 등대 가까이 다가가는 것을 지켜보며, 10년 전에 미완성으로 남겨두었던 그림의 완성에 심혈을 기울인다. 등대로 여정을 계속하는 동안 램지는 늘상 자식들에게 그랬듯이, 아들 제임스의 배 다루는 솜씨가 시원치 않다고 못미더워하며 간섭을 하여 제임스의 화를 돋운다. 때문에 제임스는 아버지에 대한 반감이 더욱 고조된다. 그러나 배가 등대에 가까워지면서 아버지는 아들에 대한 배 다루는 기술을 칭찬해 주었고, 아들도 아버지에 대한 적의를 해소한다. 가족 간의 갈등이 해소되고, 결국 램지네 가족 일행은 등대에 도달한다. 그곳은 그들에게 지난 과거 행복했던 날을 생각나게 한다. 그들 일행은 램지 부인을 생각하기도 하고, 또 각자 제 나름대로의 생각에 잠기며 산책한다. 일찍이 램지 부인이 등대지기에게 선사하기로 했던 선물을, 지금은 램지가 전달하기로 되어 있다.

잔디밭에서 그림을 그리는 릴리는 아직껏 독신이다. 그는 혼기를 놓친 40대의 여인이었고, 그림조차 변변치 않아 고민하고 있다. 그녀의 마음속에는 램지 부인의 일이 어제의 일처럼 기억 속에 남아 있는 것이다. 미친 듯이 어머니의 이름을 불렀고, 몇 차례씩이나 어머니의 망령이 서 있는 환상에 사로잡히곤 한다. 잠시 뒤 그녀는 다시금 화필을 손에 든다. 돌층계를 바라본다. 거기에는 아무도 없다. 자기 앞에 놓인 캔버스를 본다. 그것은 막연하기 그지없다. 그러나 잠시 뒤에 뜻하지 않는 확신이 용솟음친다. 릴리는 그 순간 분명히 그것을 눈으로 본 것처럼, 캔버스 위에다 한 줄기 줄을 똑바로 긋는다. 그녀는 초월적인 비전의 순간에 다다라 그림을 완성시킨다.

■ 제임스 조이스(James Joyce, 1882~1941) - 『젊은 예술가의 초상』 (*A Portrait of the Artist As a Young Man*, 1916)

조이스는 아일랜드의 더블린에서 태어났다. 아버지는 평범한 세무 관리였으며 어머니는 예술적인 재능이 있는 독실한 가톨릭 신자였다. 조이스는 6세 때 클롱고우스 우드 기숙학교에서 3년 동안 공부하였으나, 아버지가 세무 관리직에서 물러나자 재정 형편이 어려워져 학교를 그만두었다. 약 2년 후 그는 더블린의 벨베디어 중학교에 다니게 되었다. 이 두 학교는 모두 가톨릭 예수회 계열의 학교였고, 그는 성직자가 될 것을 생각해 보기도 하였으나, 1898년 더블린의 가톨릭 유니버시티 칼리지에 들어가 언어학을 공부했다.

가톨릭 대학을 졸업한 그는 켈트 신화나 아일랜드 민간 설화에 의존하는 아일랜드 문단의 편협성에 반발하고 유럽 문학 작품에 심취하게 되었다. 그는 단테, 입센, 플로베르 등의 작가를 좋아했으며, 한편으로 국내에서는 아일랜드 문예부흥 운동을 주도한 예이츠, 싱 등과 친분 관계를 유지하기도 했다. 그는 성장 과정에서 그의 주위의 종교 · 정치 · 조국, 심지어 가족까지도 인간의 굴레라고 생각했다. 그리고 독립 운동으로 소란했던 조국과 가족을 떠나 대륙으로 방랑생활을 하면서 37년 동안 망명자로 살았다.

제1차 세계대전을 스위스에서 겪고 난 후 1920년 파리에 정착하였으나, 제2차 세계대전으로 독일군이 파리에 진주하자 다시 취리히로 갔고, 그곳에서 59세의 나이로 세상을 떠났다.

제임스 조이스는 빈곤과 고독 속에서 눈병에 시달리면서, 이전의 작가들이 시도하지 않았던 새로운 문학 작품을 계속 집필하였는데, 작품 대부분이 아일랜드와 더블린, 그리고 더블린 사람들을 대상으로 한 것이었다. 그의 대표 소설로는 『젊은 예술가의 초상』을 비롯하여 『율리시스』(*Ulysses*, 1922), 『피네건의 경야經夜』(*Finnegans Wake*, 1939), 단편집 『더블린 사람들』(*Dubliners*, 1814), 연애시집 『실내악』(*Chamber Music*, 1907) 등이 있다.

『젊은 예술가의 초상』은 조이스가 10년에 걸쳐 쓴 자서전적 소설이다. 주인공 스티븐 디달러스가 자유와 새로운 예술을 추구하기 위하여, 그리스 신화에 나오는 다이달로스의 도움을 기원하면서, 예술의 도시 파리로 떠나게 될 때까지 발전해 가는 의식을 다룬 소설이다. 전체 5장으로 구성되어 있는데 제1장에서는 주인공 스티븐의 학창 시절 동안 겪게 되는 시련과 적응, 제2장에서는 사춘기에 당면한 주인공의 성에 대한 관심과 성적 체험, 제3장에서는 주인공의 육체적 죄에 대한 죄책감과 고해성사, 회개를 위한 종교적 수련의 정진, 제4장에서는 주인공이 신부의 길을 포기하고 예술가의 길을 선택, 제5장에서는 대학생활에서 인식론의 예술철학을 확립하고 진정한 자유인과 예술인이 되기 위해 가정·조국·종교를 버리고 파리로 떠나려는 결단 등을 다루고 있다.

조이스는 이 소설에서 신화적 구조와 독특한 문체, 그리고 '의식의 흐름' 기법을 사용해 주인공 스티븐이 주위 환경으로부터 고립되고 소외당하면서도 정신적으로 성장해 가는 과정을 효과적으로 표현했다. 의식의 흐름은, 과거가 차례차례 제시되는 기존의 연대기적 시간과는 구별되는 새로운 시간, 즉 과거와 현재, 회상과 예상이 교차하기도 하고 동시에 진행되기도 하는 다층적 시간을 통해 인간의 의식에 관한 새로운 관점을 제시했다. 이 작품을 통해 조이스는 사실주의 소설 속에 인상주의적 심리소설을 시도한 것이다. 작품의 줄거리는 다음과 같다.

주인공 스티븐은 아버지에게서 동화를, 어머니에게서는 피아노 연주를 들으며 감성적으로 자란다. 초등학교에 갈 나이가 되자 그는 클롱고우스 우드 기숙학교에 입학한다. 그는 신체적으로 약했기 때문에 운동장에서 뛰노는 급우들과 어울릴 수 없었기에 자연스럽게 내성적인 성격으로 변모한다. 그래서 그는 독서에 심취한다. 한 번은 자전거 보관소에서 누구와 부딪쳐 안경을 깨뜨린다. 눈이 보이지 않아 라틴어 작문을 하지 못하고 있는데, 교감인 신부가 들어와서 아이들의 학습 상황을 감독하게 된다. 그러다가 스티븐이 작문을 하지 않고 있는 것을 보고, 그 이유를 묻는다. 스티븐은 교감에게 이유를 말씀드렸는데도 불구하고, 교감은 일부러 안경을 깨뜨린 것이라고 혹독하게 채찍으로 때린다. 고민 끝에 스티븐은 교장 선생님을 찾아가 그가 정직했음을 말하고, 그는 영웅처럼 아이들의 환호를 받는다.

스티븐은 아버지의 경제적 형편 때문에 학업을 계속할 수가 없어, 집으로 돌아와 독서와 산책으로 소일한다. 그의 가족들은 그들이 살던 블랙로크에서 더블린으로 이사한다. 그는 더블린의 거리에 익숙해지면서 주변 세계의 불결하고 위선적인 모습을 차츰 발견해 나간다. 이후 스티븐은 벨베디어 중학교에 다니게 된다. 그리고 그는 급우와 논쟁을 벌리는 가운데 테니슨보다 바이런이 더 위대한 시인이라고 주장한다. 이에 급우들은 바이런은 불륜을 저지른 자이고 부도덕한 반항시인이기 때문에 좋아하면 안 된다고 비난한다. 아버지와 선생님들은 그에게 가톨릭 신자로서 신사가 될 것을 촉구하였으나, 그는 이러한 훈계가 공허하게 들린다. 그리고 독립 운동에 충성하라는 그들의 구호도 듣기 싫다. 그는 더블린 거리를 거닐다가 육체적 욕구가 치밀어 거리의 여성과 육체관계를 갖는다. 그리고 그러한 행동에 대해 심한 죄책감에 빠진다.

스티븐은 학교의 성 프랜시스 자비에르를 숭모하는 피정 시간에, 인간이 저지른 죄에 대해 신의 엄중한 심판이 내릴 것이라는 강론을 듣는다. 이에 그는 죄책감으로 인해 신부에게 고해성사를 한다. 이후 그는 아리스토텔레스와 토마스 아퀴나스의 철학과 신학 공부를 열심히 하게 되고, 이를 본 예수회 신부들로부터 성직자가 될 것을 권유받는다.

그는 교장선생님으로부터 수사가 될 것을 권유받았지만, 자신의 갈 길은 그 길이 아니라는 것을 확신한다. 그는 이 사회와 종교의 짜여진 틀로부터 탈출하기 위하여 예술가의 길로 들어서기로 결심한다. 그러나 대학에 진학하라는 부모님의 뜻을 받아들인다. 그는 선생님과 대학 진학 문제를 상담하다가 번민 속에서 바닷가로 향한다. 더블린의 바닷가에서 전설적인 명장 '다이달로스'의 이름을 부르며 마치 날개를 타고 하늘로 끌려 올라가는 기분을 느낀다. 그는 자신의 내부에서 영혼의 외침을 듣는다. 그리고 바닷가에서 홀로 고독에 잠겨 있을 때 한 소녀를 본다. 마치 천사와 같은 그녀에게서 다시 그의 영혼이 불타는 것을 느낀다. 그는 그녀에게서 미를 창조할 예술가의 혼을 느낀다.

스티븐은 대학 강의 시간이 늦는 것에는 신경을 쓰지 않고 상념에 잠기며 거리를 지나가고 있을 때, 한 친구가 그에게 반사적으로 자기 자신에게만 감싸여 있다고 말한다. 대학에서 친구 다빈은 그에게 조국과 민족을 사랑하는 아일랜드인이 되라고 충고한다. 그러나 그는 이 나라는 태어나자마자 인간의 영혼을 날지 못하게 그물을 덮어씌운다고 대답하면서, 이러한 그물로부터 탈출하겠다고 대답한다. 그는 도서관 계단에 서서 비상하는 새들의 모습을 보고 자유와 탈출의 상징을 발견해낸다. 그리고 친구들에게 완전한 고독을 감수해야 할지라도 단호하게 가정과 조국 그리고 교회를 떠날 결심을 고백한다. 그는 결국 친구들과 어머니의 간곡한 만류를 뿌리치고, 새들이 새로운 보금자리를 찾아 떠나듯이 예술가의 혼을 불태울 수 있는 새로운 둥지를 찾아 떠난다.

■ 엘더스 레오날드 헉슬리(Aldous Leonard huxley, 1894~1963)
　　　　　 - 『연애 대위법』(Point Counter Point, 1928)

헉슬리는 영국 남부 서리 주 고달밍에서 태어났다. 그의 할아버지는 유명한 생물학자 토마스 헉슬리이고, 그의 외가도 명문가였다. 옥스퍼드 대학에서 영문학을 공부하고, 1938년에는 미국으로 건너가 캘리포니아에 정착했고, 그곳에서 초기의 신비주의적 풍자소설을 썼다.

1915년 대학을 졸업하고 출판사에 근무하면서 1916년 첫 시집 『불타는 수레바퀴』(*The Burning Wheel*)를 출간했으나, 소설가로서 위치를 확고하게 해준 책은 당시 영국 문인과 지식층의 허식을 신랄하고도 재치 있게 비꼰 『크롬 옐로』(*Crome Yellow*, 1921)와 『어릿광대춤』(*Antic Hay*, 1923)이었다. 1928년 발표한 『연애 대위법』(*Point Counter Point*)은 보통 그의 대표작으로 간주되고 있는데, 온갖 유형의 1920년대 지식인들이 풍자적으로 묘사되어 있다.

헉슬리는 현대인과 현대 사회가 물질주의와 기계 문명으로 위험한 상태에 놓여 있다고 생각했고, 특히 자연과학에 의해 인간이 억압되고 사회가 통제되는 데 대한 강한 거부감을 지니고 있었다. 그의 작품들에는 이러한 현대 사회의 정신적 · 도덕적 혼란에 대한 신랄한 풍자가 다양한 문체, 풍부한 어휘, 백과사전적인 지식 등을 통해 드러나 있다. 그의 소설은 인물과 사건들이 일관성 있게 구성되어 있지 않고, 인물들의 대조적인 의견과 행동의 충돌로써 성격보다 관념이 두드러지게 나타나는 관념소설의 경향을 보였다.

이밖에 대표적인 작품으로는 『멋진 신세계』(*Brave New World*, 1932), 『가자에 눈이 멀어』(*Eyeless in Gaza*, 1936), 그리고 많은 평론집이 있다.

『연애 대위법』은 제1차 세계대전 후 이상과 목적을 잃은 지식인의 혼미한 상태를 여러 가지 부류의 인물을 등장시켜 다양하게 그리고 있다. 이 소설은 예전 소설과 달리 줄거리다운 줄거리가 전개되지 않고 주인공이라고 여겨지는 인물도 없다. 단지 인물 몇 쌍의 비틀어진 애욕도를 평행적으로 그리고 교차시켜 보여줌으로써, 전후 지식인들의 수렁에 빠진 생활상을 보여주고 있다. 이 작품에서 '대위법'은 음악 용어로서,

두 개 이상의 선율이 동시에 연주되어, 전체로서 하나의 조화 있는 음악적 표현의 효과를 높이는 수법이다. 곧 이 작품은 소설의 음악화를 시도했다고 할 수 있다.

종래의 소설 구성은 어떤 주된 인물이 등장하여 사건이 발생하고 전개되어 정점에 이르고 결말을 맺었다. 헉슬리는 이러한 종래의 단순한 구성으로는 현대인의 복잡한 삶의 참모습을 드러내는 데 한계가 있다고 생각했다. 이러한 주장은 이 소설의 등장인물이며 자신의 자화상이라고 할 수 있는 「필립 퀴올즈의 노우트에서」라는 제목을 붙인 본문 제 22장에 구체적으로 언급되어 있다. 헉슬리가 이 작품에서 새롭게 고안한 실험적 기법은 동시에 여러 사항을 진행시킴으로써 테마를 교차시키고, 또 소설에 소설가를 등장시킴으로써 미학을 논하게 한다는 것이다. 즉 관념소설을 지향하면서도, 한편에서는 여러 쌍의 애욕도를 마치 베틀 속의 실처럼 교묘히 교차시키는 시도로 구체화하고 있는 것이다. 따라서 이 실험적 구도와 관념을 지탱하고 있는 것은 이야기의 줄거리가 아니라 테마 그 자체라고 할 수 있다. 작품의 줄거리는 다음과 같다.

옥스퍼드 출신의 지식인 월터 비들레이크는 학대하는 남편으로부터 도망친 불우한 유부녀 마조리 커링과 동거생활을 하고 있었다. 그런데 그녀가 임신하자 월터는 귀족의 딸로서 미모의 미망인 루시와 깊은 관계에 빠진다. 한편 월터의 누이 엘리나는 작가인 필립 퀴올즈와 결혼하여 자식까지 있지만, 지적으로는 전능자이면서도 현실적으로는 냉정한 방관자인 남편에 회의를 느끼고, 우익 단체의 영수이며 행동적인 에베레드 웨블리에게 마음이 끌리고 있다. 엘리나는 여러 번 주저하다가 마침내 웨블리를 받아들이기로 결심하고, 남편이 집을 비운 사이에 그를 기다린다.

그런데 우연히 스팬드렐이라는 사람이 나타나고, 또 시골에 있는 외아들이 병들었다는 전보가 온다. 스팬드렐은 소년 시절 어머니의 재혼에 의해 허무한 생활에 빠지게 되었고, 이로 인해 인생에 절망하고 있는 운명론자이다. 엘리나는 스팬드렐에게 부탁하여 웨블리와의 약속을 지키지 못하게 되었음을 전화를 걸어 알려주라고 하면서 급히 시골로 떠나간다. 그러나 스팬드렐은 웨블리에게 전화하지 않고, 오히려 그를 적대시하는 공산주의자 일리지에게 전화한다.

웨블리는 엘리나와 약속한 시간에 도착하여 방안으로 들어가다가 뒤에서 쏜 총에 맞아 죽는다. 그의 시체는 차에 실려 광장에 버려진다. 그리고 살해자 수사는 미궁 속으로 빠진다. 그러나 스팬드렐은 우익 단체의 본부에 전화하여, 시간과 장소를 알려 주면서 그 시간, 그곳에 범인이 있을 것이라고 알려 준다. 그곳은 스팬드렐의 집 주소이다.

그 지정한 시간에 스팬드렐은 소설가 램피온 부부와 함께 베토벤의 레코드를 듣고 있다. 그 곡이 끝나갈 즈음에 노크 소리가 들리고, 스팬드렐이 밖으로 나갔는데 갑자기 권총 소리가 들린다. 스팬드렐은 쓰러져 있었고, 그가 숨질 때 음악도 끝난다.

그날 밤 스팬드렐과 램피온으로부터 경멸을 당하고 지내던 《데니스 발랩》이라는 문예잡지의 편집자가 비서인 비아트리스와 함께 욕조 안에서 아이들처럼 짓궂은 장난을 치고 있다. '하늘나라는 이와 같은 자의 것이니라.'

■ 조지 오웰(George Orwell, 1903~1950)

– 『동물농장』(Animal Farm, 1945)

오웰의 본명은 에릭 브레어이며, 세관인 아버지의 임지였던 인도 벵골에서 태어났다. 1907년 귀국하여 수업료 감액 조건으로 사립기숙학교에 입학하였는데 그곳에서 상류 계급과의 심한 차별감을 맛보았다. 이후 장학금으로 이튼을 졸업했으나 대학에 진학하지 않고 미얀마의 경찰관으로 버마에 부임하였다. 그러나 영국 제국주의의 식민지 관리에 대한 잔혹상을 통감하고 사표를 내고 1927년 귀국하였다. 이후 사회주의자로 전향하여 스페인으로 건너가 공화제를 지지하는 의용군에 투신하여 바르셀로나 전선에서 목에 총상을 입었다. 그 뒤 좌익 내부의 격심한 당파 싸움에 휘말렸다가 박해를 벗어나 귀국했고 다시 전향하여 평생 동안 반공주의자 및 반전체주의자가 되었다.

그는 불황 속의 런던 부랑자생활과 파리 빈민가생활을 실제로 체험하면서 그것을 바탕으로 처녀작 『파리, 런던의 밑바닥 생활』(Down and Out in Paris and London, 1933)을 썼다. 이 작품에 등장하는 아름다운 오웰 강의 이름을 따서 조지 오웰이라는 필명을 쓰게 되었다. 또한 식민지 백인 관리의 잔혹상을 묘사한 소설 『버마의 나날』(Burmese Days, 1934), 러시아 혁명과 스탈린의 배신에 바탕을 둔 『동물농장』(1945), 전체주의의 논리가 필연적으로 불러올 결과를 냉철하게 파헤친 『1984년』(Nineteen Eighty-Four, 1949) 등을 발표하였다. 그의 전체주의의 가상적 위험에 대한 경고는 동시대 사람들과 후세대 독자들에게 깊은 감명을 주고 있다.

『동물농장』은 '모든 동물이 평등한 이상사회'를 건설한다는 목표 아래 농장의 동물들이 합심하여 착취하는 주인인 인간들을 무너뜨리고 그들 자신의 평등주의 사회를 세운다. 그러나 결국 동물들 중 영리하고 권력지향적인 지도자 돼지가 혁명을 뒤엎고 독재정권을 수립한다. 그러자 동물들은 인간이 주인이었던 옛날보다 더 억압받고 무력하게 된다는 내용이다. 스탈린주의를 비판한 최초의 문학 작품으로, 정치 풍자소설로는 『걸리버 여행기』 이후 가장 훌륭한 작품으로 꼽히고 있다. 소설의 줄거리를 간략하면 다음과 같다.

'매너 농장'의 존스 씨는 밤이 되어 닭장에 자물쇠를 채우긴 했지만, 너무 술에 취해 있어서 출입구를 닫아야 하는 것을 잊어버린다. 존스 씨의 침실에 불이 꺼지자 농장 건물 전체에 웅성웅성 동요가 일기 시작한다. 늙은 수돼지 메이저의 이상한 꿈 이야기를 들은 동물들은 인간을 추방하자고 외친다. 돼지들 가운데 가장 똑똑한 세 마리는 나폴레옹, 스노우블, 스퀼러이다. 혁명의 주동자 메이저가 죽은 뒤에 나폴레옹이 중심이 되었고, 스퀼러가 선전 부장이 된다. 죽은 메이저의 뜻은 '동물 활동' 이라는 방침으로 요약된다. 6월이 되자 반란이 일어나게 되고, 농장은 '동물농장' 이라고 이름이 바뀌게 된다.

동물농장의 주인공이 된 동물들은 희망에 가슴이 부풀어 일에 열중한다. 그들의 지도자는 수퇘지 나폴레옹과 스노우블이다. 충실한 말 복서를 비롯해 모든 짐승이 힘껏 일했기 때문에 농장은 크게 번영한다. 원래의 농장주였던 존스 씨는 이웃의 응원을 얻어 농장을 되찾으려 했지만 동물들의 의해 실패하고 만다.

그러나 돼지들의 세력이 자꾸만 커짐에 따라 세력 다툼이 생긴다. 이론가인 스노우블은 풍차를 건설하여 농장을 기계화할 계획을 추진한다. 그러나 음모가인 나폴레옹은 그를 추방하고, 그를 따르는 동물들을 차례로 처형하여 독재자가 된다. 생산은 향상되었지만 돼지와 개 이외의 동물들의 생활은 좀처럼 좋아지지 않는다. 드디어 겨울이 되었는데 식량은 없고 모든 동물들은 희망을 잃게 된다. 나폴레옹을 배반한 자에게는 사형이 선고된다.

나폴레옹은 자기 힘을 과시하기 위하여 풍차를 완성했으나, 인간들의 침략으로 파괴된다. 충성스러운 말 복서는 싸움터에서 부상과 피로로 인해 중태에 빠지게 된다. 그러자 복서는 도살장으로 보내지고 복서의 사망이 공표된다.

다른 동물들 사이에서 배가 고프다는 불만이 일어난다. 지난 날의 '두 개의 발은 적이고, 네 개의 발은 동지이다' 라는 구호를 잊었는지, 이웃의 농장주들과 거래를 시작한 나폴레옹은 인간과 합동 파티를 연다. 두 발로 서서 인간들과 술잔을 나누는 그 꼴을 보면, 이제는 어느 편이 인간이고 어느 편이 돼지인지 분간조차 할 수 없다. 농장 이름도 전처럼 '매너농장' 이라 고쳐 부르기로 한다. 돼지와 인간의 협력이 필요해진 것이다.

■ 윌리엄 골딩(William Golding, 1911~1993)

－『파리 대왕』(Lord of the Flies, 1954)

골딩은 영국 콘월 주의 학식 있는 집안에서 태어났다. 1930년에 옥스퍼드 대학에서 자연과학을 공부하다가 2년 후 문학으로 전공을 바꾸었다. 제2차 세계대전 때에는 영국 황실의 해군으로 복무하였다. 제대 후 한 학교에서 교직생활을 하며 글쓰기에 전념하였다.

대표 소설로는 1983년 노벨문학상을 수상한 『파리 대왕』을 비롯하여

『계승자들』(The Inheritors, 1955), 『끝없는 추락』(Free Fall, 1959), 『투명한 암흑』(Darkness Visible, 1979), 『성인 의식』(Rites of Passage, 1980) 등이 있다.

『파리 대왕』은 골딩이 쓴 첫 번째 장편소설로 정식으로 출판되기까지 20여 곳 넘는 출판사에서 거절당했다. 하지만 일단 소설이 출판되자 평론계와 독자들 모두에게 큰 반향을 일으켰다. 골딩은 이 작품을 통하여 영국의 전통적인 디스토피아 소설의 형식 위에 현실주의적 기법을 첨가하여 초현실주의적인 배경과 가능할 듯하면서도 현실 세계에서 존재할 수 없는 아이들의 존재를 형상화시켰다. '파리 대왕' 이라는 단어의 어원은 히브리어로 '악마' 라는 뜻이다. 작품 속에서는 인간 본성의 사악함을 비유하는 말로 사용되었다. 골딩은 자신이 만들어낸 현대적인 신화를 통해서 인간 본성에는 사악함이라는 씨앗이 자리 잡고 있다는 것을 보여주고 있다. 따라서 이 작품은 현대 문명의 최고 지점에서 신화 같은 고난의 결말 속으로 던져지는 인류의 모습을 잘 그려주었다는 평가를 받고 있다. 소설의 줄거리는 다음과 같다.

미래의 세계에서 1차 핵전쟁이 일어난다. 그러자 전쟁을 피해 아이들을 비행기에 태워 다른 곳으로 옮기던 중, 인도양 상공에서 비행기가 피격되어 추락한다. 그리하여 아이들은 황량한 무인도에 떨어지게 된다. 비행기가 섬에 추락했을 때 아이들은 자신들을 간섭하는 어른이 아무도 없었기 때문에 속박되지 않는 자유로움에 만족감을 느낀다. 하지만 얼마 안 가서 아이들은 질서와 조직의 규율이 필요함을 느끼기 시작한다. 곧 아이들은 문명사회 놀이의 규칙을 모방하여 랠프를 그들의 임시 대장으로 정하고 하나의 작은 사회를 구성한다. 랠프를 중심으로 그 인물 주변에는 피기, 사이먼, 잭이 있다. 그들은 모닥불을 피워 구조 요청을 보내지만 바다에는 그들을 구해 줄 어떤 배도 지나가지 않는다. 그들은 어쩔 수 없는 상황에서 오두막을 짓기 시작하고 나무 열매와 바다에서 고기를 잡아 끼니를 때운다. 그러면서 여러 사람이 함께 이렇게 살아간다면 계속 잘 살아갈 수 있다고 생각한다. 하지만 그러한 평화는 오래가지 않는다. 문명 사회의 생활 규칙은 아이들을 제어

하기에 힘들었고, 마침내 아이들의 추악하고 어두운 폭력성이 하나 둘 나타나기 시작한다. 지도자가 되지 못한 것을 억울해하던 잭은 합창단원들로 사냥대를 조직한다.

잭은 사냥을 매우 좋아한다. 그는 선혈이 낭자한 살육 속에서 점점 더 야만스러워지고 그럴수록 권력에 대한 욕망도 커져간다. 결국 그는 야심에 가득 차서 아이들을 자기 쪽으로 끌어들이는 동시에 랠프파를 반대하고 나선다. 그러던 어느 날 아이들은 정체를 알 수 없는 짐승들을 목격하게 된다. 아이들은 두려움에 떨며 돼지를 잡아 피를 몸에 바르고, 그 머리를 잘라 짐승에게 바치는 제물로 막대기 끝에 꽂아 세워둔다. 저녁이 되고 천둥이 치며 비가 오기 시작하자 아이들은 두려움을 잊기 위해 원시인처럼 미친 듯이 춤을 추기 시작한다.

한편 홀로 뒤떨어졌던 사이먼은 돼지 머리에 파리 떼가 새까맣게 앉은 광경을 보고 장엄한 제물이 무서워 보이는 파리 대왕이 되었다고 생각한다. 두려움 때문에 잠시 실신했던 사이먼은 다시 깨어나서, 모두가 두려워한 그 짐승의 정체가 낙하산에 매달려 있는 시체라는 사실을 우연히 알게 된다. 이 사실을 빨리 알리기 위해 사이먼은 아이들에게도 달려갔지만 미친 듯이 춤을 추고 있던 아이들은 광기 속에서 사이먼을 짐승이라 여겨 죽인다.

나날이 이성을 잃어가는 잭 쪽의 아이들은 랠프와 피기가 있는 곳을 공격해 온다. 결국 피기는 바다로 떨어져 죽고, 랠프는 수세에 몰려 홀로 숲 속으로 숨는다. 그러자 잭은 숲에 불을 지른다. 섬은 온통 화염에 휩싸이고 때마침 지나가던 함정이 이 섬을 발견한다. 한 영국군이 섬으로 올라왔고 랠프는 군인 덕분에 구출된다.

랠프는 마침내 성인들의 세계로 돌아갈 수 있게 된다. 그리고 그의 눈에 비친 이 섬은 또 다른 핵전쟁이 일어나고 있는 잔혹한 세상이었음을 깨닫는다.

■ 비디아다르 네이폴(Vidiadhar Surajprasad Naipaul, 1932~)
　　　－「누구를 죽여야 하나」(*Tell me who to Kill*, 1971)

네이폴은 영국 식민 통치 아래 있던 트리니다드에서 태어났다. 그의 할아버지는 영국 통치 시절에 인도에서 서인도제도의 트리니다드로 이주한 후 계약 노동자 신분으로 농장에서 일했다. 당시 트리니다드는 영국의 식민지이자 많은 인종들이 섞여 사는 문화적 정체성이 전혀 없는 곳이었다. 트리니다드는 이곳에서 성장한 네이폴의 작품에 훗날 많은 영향을 끼쳤다. 1950년 그는 트리니다드 정부의 지원으로 옥스퍼드 대학에 입학하였고, 3년 후 영문학 문학사 학위를 받았다. 졸업 후에는 런던에 남아서 작가가 되는 꿈을 키웠다.

그는 어려서부터 문학에 관심이 많았고, 1950년대는 BBC 방송국의 자유 기고가로서 아시아나 아프리카 지역의 사건들을 보도하는 한편 틈틈이 글을 썼다. 그리하여 여러 종류의 문학상을 수상했다. 이런 뛰어난 업적으로 1990년 영국 엘리자베스 여왕에게 기사 작위를 받기도 했다. 네이폴은 제1회 데이비드 코헨상 수상 등 화려한 경력 위에, 2001년 드디어 노벨문학상을 수상하였다.

그는 식민지 통치를 벗어난 후 발생한 문화 충돌과 혼동을 직접 겪은 피지배민족으로서 현실을 사실적으로 잘 묘사하였다. 그의 작품 배경과 어린 시절은 그를 후기식민지주의의 대표적인 작가로 만들었다. 후기식민지주의란 식민지가 독립 후에도 제국주의적 영향에서 완전히 벗어나지 못하고 각종 혼돈을 겪는 상황을 말한다. 그의 작품은 대부분 식민지 사람들의 힘든 생활과 그들이 영국으로 이주한 후 사회에 섞이지 못하는 괴리감, 분열감을 묘사하였다. 이것의 대표적인 작품이 장편 『비스워스 씨를 위한 집』(*A house for Mr. Biswas*, 1961)이다.

그의 대표적 소설로는 『자유 국가에서』(*In a free state*, 1971), 『게릴라』(*Guerrillas*, 1975), 『강의 굴곡』(*Abend in the river*, 1979), 『도착의 수수께끼』(*The enigma of arrival*, 1987), 『세계 속의 길』(*A wayin the word*, 1994) 등이 있다. 이 가운데 『자유 국가에서』는 단편과 중편의 모음집인데 프롤로그 「파이리어스의 떠돌이」(*The tramp at Piraeus*), 「무리를 떠나 하나로」(*One out of Many*), 「누구를 죽여야 하나」, 에필로그 「룩소르의 서커스단」(*The*

Circus at Luxor) 등 4개의 단편과 「자유 국가에서」의 중편이 모여져 한 권의 책으로 엮어진 것이다. 이 다섯 개의 작품들은 작가의 연대기라 할 수 있는데, 첫 번째의 단편인 프롤로그 「파이리어스의 떠돌이」와 에필로그 「룩소르의 서커스단」은 작가가 여행을 하면서 쓴 글에서 일부를 단편소설로 완성하였기 때문에 소설의 연개성이 강하다. 그러나 다른 세 편은 독립된 작품이다. 이렇게 한 권의 책으로 엮은 『자유 국가에서』에 의해 네이폴은 영국 최고 권위의 부커상을 수상하였다.

「누구를 죽여야 하나」는 식민 통치에서 벗어난 후 사람들이 살아가는 모습과 정서를 사실적으로 그리고 있다. 소설 속에서 주인공은 누가 자신의 삶을 망가뜨렸는지를 끊임없이 질문한다. 복수를 하고 싶지만 누가 자신의 원수인지를 알 수가 없다. 주인공이 할 수 있는 것은 그저 "누구를 죽여야 하나?"라고 묻는 것뿐이다. 작품의 줄거리는 다음과 같다.

동생 데이요의 결혼식에 참석하기 위해 나와 프랭크는 기차를 타고 런던으로 향하고 있다. 나는 동생 데이요를 생각할 때면 그날 저녁이 생각나곤 한다. 그날은 비가 계속 내리고 공기가 매우 습해서 정원에서는 역겨운 냄새가 났다. 아버지는 팔짱을 낀 채 흔들의자에 앉아 계셨고 불쌍한 내 동생은 말라리아에 걸려 바닥에서 온몸을 바들바들 떨고 있었다. 나는 그때 동생이 죽을 거라고 생각했었다. 그러나 동생은 병을 잘 견뎌냈다.

나는 형제 중에 넷째이자 두 번째 아들이다. 형이나 누나들은 모두 아버지와 마찬가지로 글을 깨치지 못했고, 나이가 차면 결혼해서 돼지 같이 살아갔다. 나는 어릴 적 많은 사람들이 집을 떠나 공부하고 오는 것은 모두 허세라고 생각했다. 하지만 결국 내가 틀렸다는 것을 깨달았다. 나는 이미 늦었지만 사랑하는 동생만큼은 나처럼 되지 않고 전문직에 종사하여 부자가 되길 바랐다.

아버지에게는 도시에서 변호사와 함께 일하고 있는 동생이 있었다. 기독교 신자였고 스티븐이라는 기독교식 이름을 가지고 있었기에 종종 아버지의 조롱을 사곤 했다. 그러면서도 스티븐은 우리 집의 자랑거리였다. 그의 방문은 우리 집의 큰 행사나 다름없어서, 어머니는 닭을 잡으시고 아버지는 아끼시는 좋은 술을 꺼내놓으셨다. 스티븐에게는 공부도 썩 잘하고 유학도 갈 예정인 나와 비슷한 또래의 아들이 있었다. 나는 스티븐이 데이요를 도시의 좋은 학교로 보내 주길 바랐었다. 스티븐은 동생 데이요를 귀여워했고, 그의 교육 문제에 관심을 보였다. 하지만 그의 진짜 관심은 오직 아들에게만 쏠려 있다는 것을 나는 알고 있었다.

어느 일요일 오후 스티븐 가족이 예고 없이 불쑥 찾아왔다. 스티븐의 가족들이 차에서 내리는 광경을 본 순간 우리 집이 어떤 꼴인지 떠올랐다. 급히 좀 치울 양으로 정신없이 달려갔지만 결국 치울 용기마저도 없어졌다. 어머니는 스티븐에게 무슨 재미있는 농담을 하듯이 웃으시면서 연락을 줬으면 나를 시켜 청소라도 했을 것이라는 말씀을 하셨다. 스티븐 가족 앞에서 보이는 어머니의 어리석음을 도저히 참을 수 없어 나는 방을 뛰쳐나왔고, 그 방 안의 모든 사람들을 죽이고 싶다는 복수심에 가득 찼다.

이날 스티븐이 온 것은 데이요를 도시로 데려가 공부시키기 위해서였음을 알고 나는 매우 기뻤다. 하지만 이도 잠시, 데이요는 스티븐의 집에서 괄시를 받았고, 더 이상 참지 못하여 집으로 돌아왔다. 나는 나의 힘으로 동생을 공부시키기 위해 여기저기서 돈을 빌렸다. 한편으로 스티븐 가족에 대한 복수심이 불타올랐지만 어쩌지는 못했다. 캐나다로 유학 가 있던 스티븐의 아들은 공부가 아니라 방탕한 생활을 하기 시작했고 그렇게 그는 순식간에 무너져 버렸다.

나는 데이요가 걱정이 돼서 영국으로 가서 함께 살며 돌보기 시작했다. 우리는 싼 지하방을 얻어 살면서 데이요는 공부하고 나는 죽을힘을 다해 돈을 벌었다. 낮에는 담배공장에서, 밤에는 바에서 일하다가 한밤중에나 집으로 돌아왔다. 그렇게 4년 동안 모은 2,000파운드로 나는 훈제고기 상점을 인수하였다. 하지만 가게는 유색인종에 대한 차별로 언제나 문제가 끊이질 않았고, 나는 번 돈을 고스란히 모두 날려 버렸다. 게다가 이것은 전초전에 불과했다. 알고 보니 동생은 착실히 공부를 했던 것이 아니라 계속 밖으로 돌았던 것이었다. 그 사실을 알게 된 순간 데이요를 실컷 때려 줄 작정이었지만 그 수척한 얼굴과 상처투성이의 마음을 보니 다 이해할 수 있었다.

데이요는 마음을 다잡고 다시 착실하게 지내기 시작하였다. 그즈음 데이요는 함께 공부하는 친구 집에서 지냈다. 그러던 어느 날 친구와 싸우다가 실수로 살인을 했다. 어차피 망친 나의 인생, 나는 동생 대신 죄를 뒤집어쓰고 옥살이를 했다. 그 후 동생은 그럭저럭 일이 잘 풀려서 백인여성과 결혼했고, 나는 교도소에 부탁해서 데이요의 결혼식에 가는 것이다.

4) 희곡

19세기 말엽 영국 드라마는 기존의 빅토리아 여왕 시대의 극적 전통인 감정의 잉여를 보여주는 선정적인 감상주의의 극이나 풍자가 곁들여진 해학극 등에서 탈피했다. 그리하여 20세기 현대극을 예시하는 새로운 극들이 타나나기 시작했다. 이 극들은 당시의 사회 문제를 묵계적으로 덮어두기보다는 드러내어 파헤치고자 하는 경향들을 보였다. 이러한 계열의 극작가로는 헨리 존스(Henry Jones, 1851~1929), 아서 피네로(Sir Arthur Pinero, 1858~1934) 등이 있다. 이들은 작품 속에서 다양한 사회 문제를 다루었는데, 이는 입센의 영향을 많이 받았다. 또한 그들은 프랑스의 19세기 극작가인 외젠 스크리브(Eugene Scribe, 1791~1861)가 창시한 '잘 만들어진 극'(well-made play)[7]의 영향을 받았다.

---

7 잘 만들어진 극(well-made play) : 엄격하게 규정된 기술상의 원칙에 따라 대중의 취향에 맞게 만들어진 연극. 1825년경 프랑스의 극작가 외제느 스크리브(Eugene Scribe, 1791~1861)와 그의 제자 빅토리앵 사르두(Victorien Sardou, 1831~1908)가 발전시켜 거의 19세기 동안 유럽과 미국 무대를 지배했다. 프랑스의 '잘 만들어진 극'의 플롯은 일부 등장인물들에게만 알려진 어떤 비밀을 중심으로 전개된다. 절정(Climax)에서 그 비밀이 드러나며 악한은 파멸하고 주인공은 승리한다. 주인공과 그의 적수 간의 갈등(Conflict), 특히 '기지 겨루기'(duel of wits)를 중심으로 전개되는 행위는 역전(Reversal)을 통해 절정으로 치닫는 강렬한 구성을 지닌다. 오해들과 명성을 손상시키는 편지들, 정확하게 시간을 맞춘 입장과 퇴장, 그리고 다양한 수법들이 서스펜스(Suspense)에 이바지하고 있다. 대단원(Denouement)은 항상 공들여 준비되기 때문에 조작된 행위의 테두리 안에서는 믿을 만한 것이다. 스크리브의 『물잔』(Le Verre d'eau)과 사르두의 『종이조각』(Les Pattes de mouche)은 그들의 가장 유명한 극들 중 하나이다. 영국에

누구보다도 입센의 영향을 깊이 받았으면서도 영국의 현대극을 선봉에 이끌면서 자신의 극적 세계를 추구한 작가는 1925년 노벨문학상을 수상한 조지 버나드 쇼(George Bernard Shaw, 1856~1950)이다. 쇼는 『바바라 소령』(*Major Barbara*, 1914)을 비롯하여 『피그멜리온』(*Pygmalion*, 1913), 『상심의 집』(*Heartbreak House*, 1920), 『므두셀라로 돌아가라』(*Back to Methuselah*, 1921), 『성녀 조운』(*Saint Joan*, 1923) 등의 희곡을 내놓았다.

엘리어트는 영국 현대극에 시극 양식의 복원을 시도하여 20세기 희곡계를 군림했다. 대표적 시극으로는 『대 성당의 살인』(*Murder in the Cathedral*, 1935), 『가족 재회』(*The Family Reunion*, 1939), 『칵테일 파티』(*The Cocktail Party*, 1949) 등이 있다.

20세기 중반기인 1950년대에 접어들면서 영국 극계에 주목할 만한 작가가 등장하는데, 제2차 세계대전 후의 시대 상황을 대변하는 극작가 존 오스본(John Osborne, 1929~1994)이다. 정신적 공황 상태에 처한 젊은이들의 허탈감과 분노, 그리고 좌절감을 담아낸 이른바 '성난 젊은이들'(Angry Young Men)[8]을 대변하는 대표작 『성난 얼굴로 돌아보라』(*Look Back in Anger*, 1956)를 발표했다.

서 '잘 만들어진 극'은 윌리엄 윌키 콜린즈(William Wilkie Collins, 1824~1889)에 의해 답습되었는데, 그는 이 연극의 방식을 "관객을 웃게 만들어라. 관객을 울게 만들어라. 관객을 기다리게 만들어라."로 간결하게 요약했다. 이러한 전통에 서 있는 대표적인 영국 작가와 작품으로는 아서 윙 피네로(Sir Arther Wing Pinero, 1855~1934)의 『2번째 탱거리 부인』(*The Second Mrs. Tarngueray*, 1893) 등을 꼽을 수 있다.

8 성난 젊은이들(Angry Young Men) : '이유 없는 반항', 또는 '방황하는 세대' 등의 새로운 명칭으로 일컬어지는 1950년대를 풍미한 영국 전후 세대의 표상. 즉 제2차 세계대전의 종전과 더불어 젊은이들은 사회적 부의 형평과 혜택을 기대하고, 사회적으로 비천한 계층임에도 상류문화에 대한 동경으로 교양적 허세를 무릅쓰고 대학 교육까지 받는다. 그러나 사회적 장벽을 극복하는 데 한계를 느끼게 됨으로써 사회와 주변 세계에 대해 냉소적인 태도를 취하게 되는 세대를 일컫는다.

한편에서는 20세기에 들어서서 두 번에 걸쳐 일어난 제1, 2차 세계대전은 사람들을 거의 허무주의 극점으로까지 내몰았다. 이와 더불어 전통적 기독교 신앙에 대한 회의와 이러한 공백을 대체할 새로운 믿음의 부재는 사람들에게 부조리를 인식하게 하였다. 이러한 삶의 부조리성을 인식하고 극작 활동을 한 작가들로 사무엘 베케트(Samuel Beckett, 1906~1989), 외젠 이오네스코(Eugene Ionesco, 1909~1994), 해럴드 핀터(Harold Pinter, 1930~2008), 아뛰르 아다모프(Arthur Adamov, 1908~1970), 장 주네(Jean Genet, 1910~1986), 에드워드 올비(Edward Albee, 1928~), 페르난도 아라발(Fernando Arrabal, 1932~) 등을 꼽을 수 있다. 이러한 부조리극은 극문학계에 있어서 하나의 유파를 형성하지는 않았지만, 1950년대 한 시대의 주조를 이룬 공통된 경향을 보여주었다. 그 가운데 사무엘 베케트의 대표작『고도를 기다리며』(*Waiting For Godot*, 1952)는 인류에 회자되는 많은 문제점을 시사하였다. 또한 해럴드 핀터의『생일파티』(*The Birthday Party*, 1958) 역시 그 난해성으로 인해 다양한 접근과 해석이 내려지고 있다.

존 오스본 이후, 아놀드 웨스커(Arnold Wesker, 1932~)는 노동자 문제를 파헤치는『보리가 든 치킨 수프』(*Chicken Soup with Barley*, 1958),『부엌』(*The Kitchen*, 1959) 등을 무대 위헤 올려 이름을 날렸고, 조 오튼(Joe Orton, 1933~1967)은 장막극『슬론씨 접대하기』(*Entertaining Mr. Sloane*, 1964),『약탈』(*Loot*, 1965) 등을 내놓아 명성을 얻었다. 헤롤드 핀터 이후 영국극을 주도하는 대표적인 극작가로, 1960년대 극을 쓰기 시작하여 전후 대표적인 부조리 극작가로 손꼽히는 톰 스토파드(Tom Stoppard, 1937~)를 들 수 있는데, 그는 실험극『로젠크란츠와 길든스턴 죽다』(*Rosencrantz and Guildenstern Are Dead*, 1966) 등을 내놓았다.

또한 서사극을 쓴 로버트 볼트(Robert Bolt, 1924~1995)의 『전천후의 사나이』(*A Man for All Seasons*, 1960), 에드워드 본드(Edward Bond, 1934~)의 『북쪽 깊숙이 가는 좁은 길』(*Narrow Road to the Deep North*, 1968), 피터 셰퍼(Peter Shaffer, 1926~)의 『태양의 나라의 정복』(*Royal Hunt of the Sun*, 1964), 1975년 작품부문 토니상과 뉴욕 비평가협회상을 수상한 『에쿠우스』(*Equus*, 1973), 역시 이브닝 스탠더드 희곡상과 극비평가협회상을 받은 『아마데우스』(*Amadeus*, 1979) 등 있다.

그리고 반사실주의 기법과 여성주의적 주제로 널리 알려진 현대 영국을 대표하는 여성 작가 카릴 처칠(Caryl Churchill, 1938~)의 『최상의 여성들』(*Top Girs*, 1982), 『한 무리의 새들』(*A Mouthful of Birds*, 1986) 등이 있다. 또한 세계적인 명성을 얻고 있는 여성 극자가 팀버레이크 워텐베이커(Lael Louisiana Timberlake Wertenbaker, 1951~)는 다양한 시대와 장소를 배경으로 현대인의 모습을 그리고 있는데, 필로멜라의 신화를 다시 쓴 『나이팅게일의 사랑』(*The Love of the Nightingale*, 1989), 『들판에 앉은 세 마리의 새』(*Three Birds Alighting on a Field*, 1991) 등 많은 작품을 써서 영국 극작계를 세계적인 위치에 올려놓고 있다.

■ 조지 버나드 쇼(George Bernard Shaw, 1856~1950)

　　　　　　　　　　　　－ 『바바라 소령』(*Major Barbara*, 1914)

쇼는 더블린에서 가난한 청교도 부모 밑에서 태어났다. 그의 아버지는 알코올 중독자였고, 무책임한 가장이었다. 반면 어머니는 음악적인 재능이 있는 여성으로 쇼에게 큰 영향을 미쳤다. 11살 때 그는 신교의 웨슬리언 스쿨에 입학하고, 센트럴 모델 보이즈 스쿨 등을 전전하지만, 14세 때 학교를 중도에 떠났다. 이후 그는 독학으로 문학 작품들을 탐독하였고 오페라에 심취하였다.

쇼는 젊어서 잡지 《새터데이 리뷰》(Saturday Review)에 연극비평가로, 문예비평가로, 음악평론가로 명성을 쌓았다. 그리고 1891년 입센에 대한 평론서인 『입센문학의 정수』(The Quintessence of Ibsenism)를 펴냈다. 또한 그는 헨리 조지(Henry George)의 『진보와 빈곤』(Progress and Poverty), 칼 마르크스(Karl Marx)의 『자본론』(Das Kapital)을 통해 사회주의 사상에 매료되었다. 그리하여 1884년 점진적 사회주의 단체인 페비언 소사이어티(Fabian Society)를 결성하는 데 주도적인 역할을 했다. 이 시기에 그는 『무기와 인간』(Arms and The Man, 1894), 『악마의 제자』(The Devil's Disciple, 1897) 등을 발표했다.

그는 사회주의자로서 그리고 아일랜드인으로서 영국의 기존 제도, 사회적 편견 및 인습의 개혁을 주장하였으며, 궤변적 논리와 날카로운 기지와 풍자의 필을 든 사회비평가였다. 그는 1925년 노벨문학상을 수상하였다.

그의 저작 『인간과 초인간』(Man and Superman, 1903)의 서문에서 드러나듯, 그는 사무엘 버틀러(Samuel Butler), 쇼펜하우어(Arthur Schopenhauer), 입센(Henrik Ibsen), 니체(Friedrich Wilhelm Nietzsche), 바그너(Wilhelm Richard Wagner), 마르크스 등의 다양한 분야의 인물들에게서 영향을 받아 희곡의 사상 체계를 이루어냈다.

쇼는 초기 시절 프랑스 전통의 '잘 만들어진 극'의 영향을 받았으나, 1900년경에 기존의 플롯 중시의 극으로부터 벗어나 자유로운 양식의 사상극을 창안하였다. 그의 극들의 특징을 살펴보면, 입센의 영향을 받아 현실 세계를 사실주의적으로 비판해냈다는 데 있다. 그리고 입센의 영향을 받은 쇼는, 남성우월주의 사회가 여성들의 지적 능력과 천재적 상상력을 억압함으로써 오히려 사회의 발전을 저해해 왔다고 주장했다.

쇼는 한때 패비언 사회주의자(Fabian socialist)로서 부의 균형적인 분배를 주장하였지만, 급진적 프롤레타리아 계급의 부르주아 계급에 대한 혁명을 주장하는 마르크스의 공산주의와는 거리가 있다. 그는 하층 계급 사람들이 빈곤과 사회적 불평등 때문에 충분한 교육 기회를 갖지 못하고 있다고 보며, 이러한 사회적·경제적 불평등은 사라져야 한다고 역설한다. 다시 말해 교육 기회의 불평등이 계급 차별을 유지시키는 근본적 요인이라고 보았다.

그의 대표적 희곡으로는 『바바라 소령』(*Major Barbara*, 1914)을 비롯하여 『피그멜리온』(*Pygmalion*, 1913), 『상심의 집』(*Heartbreak House*, 1920), 『므두셀라로 돌아가라』(*Back to Methuselah*, 1921), 『성녀 조운』(*Saint Joan*, 1923) 등이 있다.

희곡 『바바라 소령』의 줄거리는 다음과 같다.

[서막] 일요일 아침 이스트 앤드 지역에서 청중에게 강연을 하고 있던 희랍어 전공 대학 교수인 아돌퍼스 커즌스는 구세군 악대의 연주 소리에 방해를 받는다. 그는 구세군 구호소에서 바바라라는 여성 소령의 주일 예배 강연이 있다는 이야기를 듣는다. 그는 우연히 강연을 듣고 그녀에게 매료되어, 기독교를 믿지 않으면서도 그녀를 보기 위해 구세군에 자원한다. 그리고 그는, 그녀가 가난한 자들을 위해 구세군에서 일하고 있지만, 고급 주택에 사는 군수재벌 언더셰프트 가문의 딸이라는 것을 알게 된다.

[1막] 교양 있는 상류층 브리토마트 부인은 그녀의 아들 스티븐에게 20여 년 동안을 떨어져 사는 아버지 언더셰프트에 대한 이야기를 꺼낸다. 그녀는 그녀의 딸 사라가 로맥스와 결혼하려고 하는데, 이에 대한 자금과 자식들의 부양 비용을 남편에게 요청하려고 한다. 그녀의 남편인 언더셰프트는 동업자인 라자러스와 함께 무기와 대포 판매로 유럽을 휘어잡고 있다. 언더셰프트는 이날 저녁에 브리토마트

부인의 저택에 초대받는다. 두 딸들 사라와 바바라는 로맥스와 커즌스와 함께 와 있다. 등장한 언더셰프트는 오랜 기간 떨어져 살아서 자신의 아들 스티븐과 장래의 사위들을 혼동한다. 언더셰프트는 가난 속에서 영적 구원을 외치는 비현실적 기독교 도덕관을 반박하고, 부의 축적에 의거한 자신의 직업적 윤리관을 제시한다. 그리고 그는 딸 바바라에게 자신은 그녀가 일하는 구세군 보호소를, 그리고 딸은 자신이 경영하고 있는 대포 공장에 서로 방문해 보는 것이 어떠냐고 제의한다.

[2막] 웨스트햄 구세군 보호소에는 무료 급식을 기다리는 부랑자들과 실직자들이 모여 있다. 이들은 이곳에서 소란을 피우고 있다. 그녀는 아버지 언더셰프트가 오자 구세군 보호소로 안내한다. 언더셰프트는 가난이 자랑할 것은 못 되며, 인류를 구원할 수 있는 것은 돈과 화약이라고 말한다. 그리고 그는 구세군에 막대한 기부금을 내고자 한다. 그러나 딸인 바바라는 출처가 정당치 못한 돈은 기부금으로 받을 수 없다면서 강력하게 거부한다. 구세군 단장인 베인즈 부인은 보저 위스키 양조회사에서 구세군에 오천 파운드의 거금을 기부했다고 듣는다. 이때 언더셰프트도 오천 파운드를 기부하려고 한다. 바바라는 출처가 의심스러운 기부금을 거부할 수 없는 빈약한 구세군 현실에 회의를 느끼고, 구세군 빼지를 때며 그만두려 한다.

[3막] 다음날 브리토마트 저택에 온 가족이 모여 언더셰프트의 대포공장에 함께 견학가기로 한다. 브리토마트 부인은 언더셰프트가 들어왔을 때 아들 스티븐이 대포공장의 상속자가 되어야 한다고 요구한다. 그러나 그는 이 회사의 전통상, 자신이 그랬던 것처럼 양자만이 경영을 할 수 있다고 말해 서로 언쟁을 벌인다. 스티븐은 자신은 사업보다는 정치를 할 것이라고 말한다. 그들은 울릿지에 있는 군수공장으로 향한다. 그들은 현대식 건물과 시설에서 흡족한 급료를 받으며 일하는 근로자들의 복지 환경의 위용에 놀란다. 언더셰프트는 변변치 않은 급식과 빵을 제공하면서 공허한 영혼 구제의 함성을 외치는 구세군에 비해, 자신은 이곳에서 종업원들에게 최고 수준의 급료와 처우를 해주고 있다고 말한다. 그리고 최악의 죄악은 빈곤이라고 말한다. 모든 범죄가 빈곤에서 싹트기 때문에 먼저 건실한 생활 조건을 만든 후에, 안정된 직장에서 교회에 가고 신앙생활을 해야만이 인간이 개선될 수 있다고 믿는다. 커즌스는 구원은 현실성과 힘에 바탕을 두어야 된다고 하면서, 자신이 이 회사 경영에 참여할 것을 결심한다. 바바라도 현실적인 수단없이 구호에 불과한 헛된 선교에 한계가 있음을 깨닫고, 정신을 구제하기 전에 물질적 충족이 이루어져야 함을 느낀다. 그녀는 자신의 '삶의 행로가 지옥을

일으켜서 천당으로 이끌고, 인간을 일으켜서 신께로 향하게 함에 있다'고 믿는다. 그래서 그녀는 구세군 제복을 포기하지 않겠다고 선언한다.

■ 존 오스본(John Osborne, 1929~1994)
　　- 『성난 얼굴로 돌아보라』(Look Back in Anger, 1956)

오스본은 상업 미술가였던 아버지와 술집 여종업원의 아들로 런던에서 태어났다. 아버지가 일찍 세상을 떠나게 되자, 보험금으로 벨몬트 칼리지에서 기숙하면서 공부하였다. 그러나 중도에 학업을 포기하고 영국 연극협회에 가입하여 연기 생활을 하면서 희곡을 창작하였다. 그의 첫 번째 희곡은 친구요, 스승이며 그의 첫사랑이었던 여배우 스텔라 린든과 함께 썼던 『그의 내부의 악마』(The Devil Inside Him, 1950)였다. 이후 런던 왕립극장에서 상연된 『성난 얼굴로 돌아보라』로 그는 소위 '성난 젊은이들'을 대변하는 청년문학의 기수가 되었다. 이밖에 오스본의 대표작으로는 종교개혁이 지도자를 다룬 서사극인 『루터』(Luther, 1961), 희곡 작품집 『영국을 위한 연극』(Plays for England, 1962), 좌절된 변호사의 장광설로 당시 사회를 비판하는 『인정받지 못할 증언』(Inadmissible Evidence, 1964), 동성연애자인 오스트리아의 한 장교를 묘사한 『나를 위한 애국자』(A Patriot for Me, 1965) 등이 있다.

『성난 얼굴로 돌아보라』는 전후 세대의 분노와 환멸, 좌절감과 노여움을 집약하고 있다. 또한 실질적인 변화나 진보가 없는 노동당 정부의 집권 10년에 대한 전후 젊은 세대의 허탈상태의 분위기를 잘 나타내고 있다. 작가의 리얼리즘은 바로 이와 같은 젊은이들의 환멸과 노여움과 절망을 표현하고 있으며, 주인공 지미 포터는 다름 아닌 1950년대의 젊은이의 상징이며 대변자이다. 작품의 줄거리는 다음과 같다.

[제1막] 영국 중부 도시의 한 조그만 아파트에서 주인공 지미 포토는 아내 엘리슨, 그리고 친구 클리프와 함께 살고 있다. 막이 오르면 지미와 클리프가 안락의자에 파묻혀 신문을 읽고 있다. 그 옆에서는 지미의 아내 엘리슨이 빨래감을 쌓아 놓고 다리미질에 열중하고 있다. 엘리슨은 어딘가 우아함이 엿보인다. 실제로 엘리슨은 유복한 중산층 계급의 외동딸로서, 부모의 반대에도 불구하고 파티에서 만난 지미와 결혼한 것이다.

신문 읽는 것도 시들해진 지미는 이것저것 이치에 맞지 않는 불만을 털어놓는다. 무의미하게 반복되는 일요일이 지루하다고 투덜거린다. 그에게는 똑같은 신문의 서평도 교회의 종소리도 짜증난다. 친구 클리프가 그에게 영화 구경을 가고 제안하나 거절하고, 클리프의 바지가 구겨진 것을 보고 그를 게으르다고 조롱하며 엘리슨에게 그의 바지를 다려줄 것을 요청한다.

지미와 클리프는 똑같이 25살이다. 지미가 예민하고 고집이 세고 자존심이 강하고 복잡한 성격인데 반해 클리프는 온건하며 동정심이 많고 편안한 성격이다. 또한 지미는 하층계급 출신이지만 대학을 중퇴했고, 클리프는 아예 대학을 가지 못한 젊은이다. 이 둘은 작은 사탕가게를 운영하고 있다. 그러나 지미는 그 일에 열성을 기울이지 않고 있다.

지미는 엘리슨을 비난할 뿐만 아니라 그녀의 오빠에 대해서도 욕설을 하는 등 늘 그랬던 것처럼 그녀를 괴롭힌다. 드디어 미칠 것 같다고 엘리슨이 소리친다. 그러한 엘리슨을 클리프가 동정하고, 지미는 클리프를 다리미판 쪽으로 밀쳐 결국은 그 법석통에 엘리슨이 팔을 데고 만다. 클리프는 엘리슨을 위로하며 비누를 상처에 발라주고 붕대를 감아준다.

이런 상황에서 엘리슨은 남편 지미에게도 아직 말하지 않았던 사실, 즉 그녀가 임신했다는 것을 클리프에게 말하며 의논한다. 그러면서 엘리슨은 남편이 싫어할까 봐 숨기고 있다고 말한다. 그러나 클리프는 그녀에게 남편에게 알리도록 조언한다.

사실 지미는 아내 엘리슨을 사랑한다. 그래서 지미는 엘리슨에게 "예쁜 눈의 다람쥐"라고 말하면서 자기의 행동을 사과한다. 이때 엘리슨의 친구 헬레나에게 전화가 걸려온다. 헬레나는 인근 지역에서의 공연차 왔다가 엘리슨에게 전화를 한 것이다. 엘리슨은 그녀를 집에 오게 하여 아래층 방에 묵게 하려 한다. 그러자 지미는 차라리 자기들 부부의 방에 재우도록 하라는 등 거친 언사를 내뱉고 나가 버린다.

[제2막] 2주 후의 저녁 무렵, 이 집 한 방에 묵게 된 헬레나는 종종 엘리슨 방을 찾게 됨으로써 네 사람이 공동으로 사는 모습이 보여진다. 엘리슨은 차를 끓여 테이블 위에 놓고, 헬레나는 샐러드를 만들어 들고 온다. 헬레나는 매력과 품위가 엿보이는 여성이다. 그녀들은 저녁 식사를 준비하며 지난 얘기들을 나눈다. 엘리슨이 헬레나에게 지미의 가난했던 시절, 지미를 처음 만났을 때 그가 기름 묻은 턱시도를 입고 자전거를 타고 왔던 일, 모두가 그를 거들떠보지도 않았으나 왠지 신선하고 연약해 보여 끌리게 되고 동정을 갖게 되었다는 것, 가족의 반대를 무릅쓰고 결혼을 했다고 이야기한다. 지미가 전화를 받으러 나간 사이 헬레나는 엘리슨의 아버지에게 딸을 데려가 달라는 전보를 친다.

전보를 받고 곧바로 다음 날 밤에 도착한 엘리슨의 아버지는 허술하고 더러운 방에 사는 딸의 생활을 보고 애처러워한다. 결혼을 반대했다는 이유 때문에 지미는 항상 엘리슨의 부모마저 비난해 왔다. 그리고는 점점 그녀를 괴롭혀서, 임신한 사실마저 숨기게 되는 상태까지 와 버린 것이다. 엘리슨의 아버지 레드 픈 대령은 40년간 군대생활을 하여 엄격하고 보수적이지만 한편 퍽 온화하고 이해심이 있는 인물이다. 엘리슨은 아버지의 설득으로 짐을 챙기면서 장난감 다람쥐는 그대로 놔둔다. 그녀의 환상을 그곳에 두고 가려는 것이다. 그녀는 헬레나도 같이 떠나는 것으로 알았으나 공연 때문에 머물겠다는 말에 내심 놀란다.

엘리슨이 떠나자 헬레나는 장난감 곰을 안고 즐거워한다. 지미가 돌아오자 헬레나는 엘리슨이 임신했다는 사실을 듣는다. 지미와 헬레나는 서로 다투다가, 그녀는 지미를 끌어안고 뜨겁게 키스한다.

[제3막] 몇 달 후 일요일. 지미와 클리프가 1막과 같은 안락의자에 앉아서 신문을 보고 있다. 지미는 여전히 무료함을 얼버무리듯 불평을 늘어놓는다. 정치와 사회, 그리고 종교까지 여전히 그의 불만이 안 미치는 곳이 없다. 그러다가 클리프와 엉켜 싸운다. 클리프도 이제는 이 집을 떠나 새 생활을 시작하겠다고 말하고, 지미도 그가 떠나면 헬레나와 함께 즐거운 삶을 새롭게 살자고 말한다. 헬레나는 지미가 아내와 친구로부터 버림 받고 절망적인 상태에 빠진 것을 동정하여 그를 사랑하게 될 때, 갑자기 엘리슨이 지친 모습으로 돌아온다. 엘리슨은 헬레나에게 지미의 아이를 유산하고 그 고통 가운데서 지미의 고뇌를 이해하게 되어 다시 돌아오게 되었다고 말한다. 헬레나는 엘리슨의 임신 사실을 남편에게 알려 애정을 다시 확인하도록 하라고 조언한다. 그때까지 트럼펫을 불다가 들어온 지미가 엘리슨과 헬레나가 교회에 가기 위해 외출 준비를 하는 것을 보고 몹

시 화를 낸다.

이제는 헬레나와의 언쟁이 맹렬하게 벌어진다. 헬레나도 지미가 시대를 잘못 타고난 것으로 이해하며, 엘리슨이 돌아왔으니 이제 자신은 떠나기로 마음먹는다. 지미는 자신의 고독한 심경을 비로소 아내에게 솔직하게 고백한다. 그러면서 결혼 전에 느꼈던 넓은 영혼 그리고 엘리슨의 사랑만 있으면 아무 문제가 없다고 생각했노라고 진실하게 말한다. 엘리슨 역시 아기를 잃은 고통 속에서 지미만을 생각했다고 고백한다. 이렇게 하여 이제 두 부부는 행복과 불행도 결국은 둘만의 문제임을 인식한다. 둘은 언제 또 꺼질지 모르는 애정이지만 다람쥐와 곰의 환상 속에서 서로 의지하며 다시 새로운 삶을 약속한다.

■ 사무엘 베케트(Samuel Beckett, 1906~1989)

  - 『고도를 기다리며』(*Waiting For Godot*, 1953)

베케트는 아일랜드의 더블린 근교 폭스록의 부유한 청교도 가문에서 태어났다. 어렸을 때부터 그는 가정교사를 두고 교육을 받았으며, 더블린에 있는 얼스포트 스쿨을 거쳐 13세 때 북아일랜드에 위치한 포토라 왕립학교에 다녔다. 이후 1923년 더블린에 있는 트리니티 대학에 입학하여 프랑스어를 전공하면서 프랑스어와 프랑스 철학에 관심을 갖게 되었다. 1926년 재단 장학금으로 프랑스에 건너가 그곳 생활에 매료되었고, 자신의 예술의 꿈을 펼칠 곳으로 파리를 동경하게 되었다. 1928년 트리니티 대학을 졸업하자 베케트는 파리 고등사범학교에서 강사생활을 했다. 1930년 더블린의 트리니티 대학으로 되돌아와 교수생활을 하였는데, 다음 해 교수직을 그만두고 런던에서 방황한 후, 1936년 파리에 정착했다. 이때 베케트는 아일랜드 출신으로 예술적 성취를 위하여 파리에 정착한 제임스 조이스와 교유하게 되면서 그의 영향을 많이 받았다.

그는 예술에만 전념하며 일체 텔레비전 출연, 언론 인터뷰 등 모든 것을 차단했다. 1969년 건강 악화로 튀니지에서 요양하던 중 노벨문학상 수상 소식을 듣게 되는데 이때에도 수상식 참가를 비롯하여 일체의 인터뷰를 거절했다. 그의 대표적인 작품으로는 사회의 추상적인 이미지에 복종하는 『승부의 끝』(*Fin de partie*, 1956), 주인공이 자신의 목소리와 함께 홀로 있는 『마지막 테이프』(*La Dernière*)와 『재』(*Cendres*, 1958), 단말마의 고통 속에 있는 존재가 가련한 기쁨에 매달리는 『오! 아름다운 나날』(*Oh! les beaux jours*, 1961), 몇 가지 작품을 모은 『희극과 다양한 막』(*Comédie et actes divers*, 1964) 등이 있다.

『고도를 기다리며』는 구성이나 이야기 수법을 무시한 추상정인 희비극으로서, 소위 '앙티테아트르'[9]라고 불리는 반연극의 선구적 작품이다. 이 작품 속에는 허무주의적이고 비극적인 세계 인식이 깔려 있다. 앙상한 나무 한 그루만이 서 있는 황량한 무대, 특별한 줄거리도 극적인 사건도 없는 내용은 난해한 작품으로 오인하는 논평을 받기도 했다. 그러나 작품의 토대가 되는 기다림의 상황은 오히려 의미가 정해져 있지 않음으로 인해 보편성을 띠게 된다. 기다림은 부조리한 상황에서 인간이 존재할 수 있는 최선의 방법인 것이다. 그 자체가 바로 우리 인간이 살아가는 현장이며, 실존의 문제인 것이다. 삶의 목적 자체가 불명확한 상태에서 확정된 시간을 구분한다는 것 자체가 무의미한 일인지도 모른다. 그들이 주고받는 비논리적인 대화는 황폐한 사회에서 비인간화된 인간 존재의 무의미한 행동의 반복일 뿐이고, 불확실한 기다림

---

9 앙티테아트르(anti-théàtre) : 제2차 세계대전 후 프랑스를 중심으로 유럽과 미국 각국에 퍼진 하나의 공통적 경향으로, 전통적 극작법을 외면하고 참된 연극, 고유의 수법으로 인간 존재에 접근하는 연극을 말한다. 전통적 연극에서 중요시하는 인물의 성격이나 내용의 전개가 무시되고 주제까지도 거부하며 명칭이나 시간, 장소는 임의로 결정하고, 극히 일상적인 대화나 동작이 반복되고 넌센스와 코믹한 색조가 강하게 나타난다. 이러한 비현실적인 이미지의 연속을 통해 인간의 보편적인 고뇌, 인간 존재의 부조리, 그로 인한 불안감 등을 표현하려고 한다.

은 끊임없는 인간의 고뇌를 반영하는 것이다.

등장인물인 블라디미르와 에스트라공, 그리고 럭키와 포조의 성격은 대립적인 동시에 상호 보완적인 쌍을 이루고 있다. 이것은 영혼과 육체를 가진 인간의 양면성을 상징하면서 불가분의 존재이고 상호 보완적 존재의 모습인 것이다. 그리고 행동 능력을 상실한 기계화된 인간의 모습을 상징한다.

베케트의 작품은 이 세상에 존재하면서도 존재의 이유를 알지 못하는 인간이 지닌 내면세계의 허무적 심연을 추구하며, 죽음을 기다리고 있는 절망적인 인간의 조건을 일상적인 언어로 허무하게 묘사하고 있다. 이 작품에 사용된 시적 이미지들이나 상징들의 다양한 함의성을 둘러싸고 많은 해석들이 쏟아져 나오고 있다. 그럼에도 불구하고 베케트 자신은 그의 극에 대한 정의를 관객들의 상상의 폭에 내맡기고 있다. 2막으로 구성된 이 극의 줄거리는 다음과 같다.

[제1막] 막이 오르자 저녁 무렵 한 그루 나무가 서 있는 시골 오솔길이 무대 위에 보인다. 에스트라공이 자신의 신발을 힘겹게 벗으려고 애를 쓸 때 블라디미르가 등장하여 그가 장화를 벗는 것을 도와준다. 아무 생각없이 내뱉는 듯한 대화가 두 인물 사이에 오고간다. 대화의 관점은 옮겨져 이 두 인물은 어떤 고도와 만나기로 약속되어 있음을 기억한다. 하지만 만날 장소, 날짜, 그리고 고도가 무엇인지 확실히 생각나지 않는다. 고도를 기다리며 이 두 걸인은 그럭저럭 시간을 보내는데 지쳐 버린다. 두 사람은 시간을 보내면서 잠을 자기도 하고, 다투고 이내 화해한다. 그리고 스스로 목을 매 볼까 하는 공상을 하기도 한다. 에스트라공은 블라디미르와 함께 고도에 관해 이야기를 나누면서 홍당무를 맛본다.

이때 무시무시한 비명이 울리면서 다른 한 쌍의 인물이 무대에 등장한다. 주인인 포조는 짐을 가득 짊어진 럭키의 목을 줄로 묶고 그 끈을 잡고 있다. 럭키의 무거운 짐에는 접의의자, 소풍바구니 등이 들어있고 포조는 채찍을 들고 있다. 포조는 자신이 이 땅의 주인이라고 소개하고는 자신과 비슷한 사람들과 잠시 한담하며, 쉬어가기 위해 멈추어 선다. 포조는 사실인지 거짓인지 분간할 수 없는 말로 자신의 노예관계를 설명한다. 그리고 석양의 모습을 시적으로 표현하기 위해 가련할 정도로 애를 쓴다. 에스트라공과 블라디미르에겐 혼란과 지루함이 더할 뿐이다. 포조는 이 두 사람에게 감사의 뜻을 표하기 위해 럭키에게 올가미 춤과 같은 우스꽝스러운 동작을 하도록 명령하고 다른 사람들에게는 사색하라고 한다. 하지만 이 세 사람은 오히려 럭키의 엉뚱한 독백을 강제로 멈추게 해야 하는 상황에 이른다. 그 후 포조와 럭키는 두 인물에게 작별을 고하고 무대를 떠난다. 에스트라공은 "아무일도 일어나지 않고, 아무도 오가지 않는다"라고 중얼거린다. 곧이어 한 소년이 등장하여 블라디미르에게 오늘 저녁에 고도는 오지 못하고, 내일 확실히 올 것이라고 전한다. 이제 두 사람은 밤을 보내기 위해 몸을 숨기러 간다.

[제2막] 다음 날, 같은 시각, 같은 장소. 하지만 전 날에 벌거벗고 있던 나무에 몇 개의 잎이 달려 있다. 블라디미르가 무대에 등장하고 노래를 부른다. 이어 무대에 등장한 에스트라공은 매일 밤 반복하여 두들겨 맞는 일에 화를 낸다. 곧이어 이 두 사람은 서로 화해를 하고, 지난 시간들과 전날에 있었던 일을 기억해내려고 애쓴다. 그러나 이 두 사람은 과연 전날과 같은 장소에 있는 것일까 하는 의구심을 갖는다. 1막에서와 같이 이 두 주인공은 먹고, 자고, 신발을 신으려고 애를 쓰고, 모자를 서로 교환하고, 포조와 럭키의 흉내를 내며 논다. 에스트라공이 무대에서 나가려는 순간, 깜짝 놀라 다시 돌아온다. 잠시 이리저리 살펴본 후, 두 사람은 서로 다투고 이내 화해한다. 그리고 체조를 하듯이 몸을 움직이고는 하늘의 가호를 빌면서 나무의 모습을 만든다.

이 순간, 다시 포조와 럭키가 등장한다. 하지만 포조는 장님이 되어 있고 럭키는 벙어리가 되어 있다. 럭키는 넘어지고, 그 상태에서 포조를 끌고 간다. 오랫동안 고심하고 난 뒤, 에스트라공은 그를 도우려 하지만, 넘어지고 만다. 그리고 블라디미르 역시 그 뒤를 이어 넘어진다. 네 사람은 서로서로 뒤죽박죽 엉겨 버린다. 겨우 사태가 수습된 뒤, 포조는 에스트라공과 블라디미르를 전혀 기억하지 못하고, 또한 럭키는 벙어리였다고 주장한다. 언제부터 럭키가 벙어리가 되었냐는 질문에 포조는 화를 내고, 럭키와 함께 무대를 떠난다. 다시 둘만 남게 된 블라디미르와 에스트라공은 포조가 거짓말을 한 것일까, 포조가 혹 고도는 아닐까, 이 모든 것이 한낱 꿈이 아닐까 하는 의문에 휩싸인다. 전날과 같이 소년이 무대에 등장하고는 자신은 이곳에 결코 온 적이 없다고 주장하며, 전날과 똑같은 메시지를 남기고 퇴장한다. 전날처럼 이 두 인물은 자살을 해 볼까 생각한다. 다시 밤을 지새우기 위해 몸을 피해야 하고, 다음날 다시 돌아와야 한다.

■ 해럴드 핀터(Harold Pinter, 1930~2008)

- 『생일파티』(*The Birthday Party*, 1958)

2005년 노벨문학상을 수상한 핀터는 영국 런던 교외인 해크니에서 태어났는데 부모는 헝가리계 유태인이었다. 핀터는 1930년대를 런던의 이스트 앤드의 빈곤한 지역에서 보냈다.

핀터는 해크니 다운즈 문법학교에 다녔으며, 대학에 입학하는 대신 연극에 대한 관심으로 왕립극예술원에 들어갔다. 그러나 그는 이 속에서의 연극 수업에 적응하지 못하고 2학기만에 그만두었다. 이후 1951년 센트럴 언어 연극학교에서 연극배우 수업을 받으며, 1953년에는 왕립극장에 들어가게 되었다. 이곳에서 유명한 여배우인 비비언 머천트(Vivien Merchant, 1929~1982)와 만나 결혼하였다.

이후 극단 배우생활을 청산하고 희곡을 쓰기 시작하였다. 주요 작품으로는, 『생일파티』를 비롯하여 『벙어리 웨이터』(*Dumb Waiter*, 1959), 『관리인』(*The Caretaker*, 1960), 『귀향』(*The Homecoming*, 1965), 『옛 시절』(*Oid times*, 1971) 등이 있으며, 라디오극 『불꺼진 밤』(*A Night Out*, 1965), 텔레비전극 『지하』(*The Basement*, 1967) 등을 내놓기도 했다.

『생일파티』는 난해성 때문에 비판을 받았으나 점차적으로 주요 작품으로 인정받게 되었다. 이 극의 주요 접근 방법을 열거해 보면, 먼저 골드버그의 검은색 세단을 장례 운구차, 즉 죽음의 사자로 보는 알레고리적 해석이 있다. 그리고 매그와 스탠리의 관계에 골드버그를 위협적 존재인 아버지상(father figure)으로 보는 오이디푸스 콤플렉스의 심리학적 해석, 또한 획일화된 사회에서 영혼이 죽어가는 예술가의 죽음으로 보는 사회 비평학적 해석 등이 있다. 이 극의 해석이 다층적·다면적으로 겹친다는 것은, 한 면에 치우쳐 평가하는 것이 무리임을 말해 주고 있는 것이다. 따라서 논자들은 이 극을 흔히 '위협 희극'이라 부른다.

작가는 극중 인물들에 대해 그 어떤 확정적 단서를 제공하지 않는다. 매그, 스탠리, 골드버그, 맥칸 모두가 과거에 매달려 과거를 회상하며 현실을 직시하려 하지 않는다. 아무튼 그의 고백에 따르면 스탠리는 한때 성공한 피아노 연주자였지만, 지금은 서야 할 무대를 잃어버리고 해변가 하숙집에서 은거하며 지내고 있다.

이러한 스탠리가 두 불청객들인 골드버그와 맥칸과 마주해야 하는 순간 극의 불안감은 고조된다. 골드버그와 맥칸은 외부로부터 침입해 들어온 강압적인 공권력이나 폭력의 상징으로 볼 수 있다. 이들은 '보다 원대한 사회'를 위하여 개인의 개성과 자유, 상상력을 희생하고 조직의 틀 속으로 개인을 짜맞추려는 사회의 규범, 또는 집단적 공권력을 상징한다고 볼 수 있는 것이다. 스탠리는 마침내 이러한 세뇌적 강압 과정을 통하여 사회가 원하는 전형적 인간으로 재생한다. 이 극의 제목 '생일파티'가 의미하는 것은 바로 사회가 개조한 새로운 인간의 탄생을 의미하는 것이라 할 수 있다. 작품의 줄거리를 살펴보면 다음과 같다.

[1막] 어느 해변가 마을에서 부부가 하숙집을 경영하고 있다. 남편 피티는 해변가 접이의자를 대여하는 일을 하며, 부인 매그는 하숙을 돌본다. 부인이 시장에 가야겠다고 말하자, 남편은 누군가 두 사람이 투숙할 집을 찾고 있다고 말한다. 부인은 위층에서 자고 있는 스탠리가 잠자리에서 일어났는지 궁금해하면서, 불러서 깨우자 스탠리가 내려온다. 그녀는 스탠리에게 정체불명의 두 사람이 이곳에 머물게 될 것이라고 말한다. 스탠리는 그들이 누구인가 궁금해하는 한편, 불안해한다. 스탠리는 이곳 해변가 선창에서 한때 피아노 연주를 했었다. 그런데 로우어 에드몬토 연주를 기점으로 사람들이 그의 연주에 등을 돌렸다. 옆집에 사는 루루가 와서 스탠리에게 함께 산책을 가자고 하지만 그는 꿈쩍도 하지 않는다. 그는 공기가 쾌청한 바깥보다도 오히려 답답한 실내를 즐기는 듯하다.

루루가 나가자 정체불명의 두 사나이인 골드버그와 맥칸이 들어온다. 그들은 매그에게 이곳에 다른 투숙객이 있는지 묻는다. 그녀는 스탠리에 대해서 말하며, 피아니스트로서의 그의 이력에 대해 기억을 더듬어 설명하지만, 그가 앞서 밝힌 것과는 많은 차이를 보인다. 이것은 인간의 기억이 얼마나 믿을 만한 것이 못 되는가를 느끼게 해준다. 그러면서 그녀는 그들에게 오늘이 그의 생일이라고 말한다. 그러자 그들은 대뜸 그를 위해 생일파티를 해주자고 제안한다. 마침내 스탠리가 등장하자, 그녀는 이들 두 사나이를 그에게 소개해 준다. 매그는 생일 선물로 작은북을 건네준다. 하지만 스탠리는 오늘이 자신의 생일이 아니라고 말한다. 스탠리는 드럼을 목에 걸고 치면서 점점 격정에 사로잡힌다.

[2막] 매그는 생일파티가 준비되었다고 말하고 손님으로 루루를 초대한다. 골드버그와 맥칸 그리고 스탠리 사이에 알 수 없는 긴장이 감돈다. 그들의 대화는 무엇인가 엇나가고 있다. 스탠리는 그들이 여기에 투숙하게 된 데 대해 무언가 잘못되었다고 말하면서 불만을 토로한다. 그러자 골드버그와 맥칸은 그에게 취조 심문하듯이 질문을 퍼부어댄다. 그가 왜 조직을 떠났는지, 왜 그가 자신들을 배반했는지, 왜 여기에 오게 되었는지, 그의 아내가 어디에 있는지 등등의 의문을 제기하는 질문들을 던진다. 나아가 그가 자신들의 고국을 저버렸다고 말하면서 그가 생각 없는 죽은 시체에 불과하다고 모욕을 가한다. 매그가 들어오고 생일파티가 열리자 루루가 들어온다. 그들은 축배를 들고, 재미삼아 술래잡기 놀이를 한다. 돌아가며 술래를 하다가 마침내 스탠리가 잡혀 술래가 된다. 스탠리가 눈에 눈덮개를 하자 맥칸은 그의 안경을 깨뜨린다. 맥칸은 또한 작은북을 스탠리가 가는 곳에 놓고는 짓밟아 망가뜨리게 한다. 스탠리는 이때 매그에게 다가가 그녀를 목조르고 맥칸과 골드버그가 뜯어말린다. 스탠리가 연이어 루루에게 다가가자 그녀는 비명을 지른다. 불이 나간 어둠 속에서 그는 루루를 식탁 위에 엎어 놓고 덮친다. 햇불이 그에게 비쳐지자 그는 정신이 나간 듯 낄낄 웃는다.

[3막] 매그는 어제 저녁에 무슨 일이 일어났는지 모르는 듯하고 심한 두통을 호소한다. 그리고 스탠리가 아직 이층에서 안 내려왔는지 묻는다. 골드버그가 등장하고 매그는 멋진 차가 밖에 대기하고 있음을 본다. 그녀는 다시 장 보러 가겠다고 말한다. 맥칸은 서류 가방 두 개를 가지고 들어오고 출발할 준비를 마친 듯하다. 피티는 스탠리가 병원 치료를 받아야 한다고 말하지만, 골드버그는 정신요양원인 몬티로 데려가겠다고 말한다. 골드버그가 맥칸에게 건네는 대화에서, 그는 제도권 교육을 충실히 받았으며 전통적 가족관을 따르라는 아버지의 유언을

받들고 있음을 알 수 있다. 루루가 나타나서 어제 밤 스탠리가 그녀를 유혹했다면서 분개하자 그는 오늘 떠난다고 말한다. 그녀는 자신이 이용당했다고 말하자, 그는 대수롭지 않다는 듯 이를 무시해 버린다. 스탠리가 정장을 입고 평소와는 달리 말끔하게 면도를 한 모습으로 들어온다. 맥칸은 그가 '새 사람'이 되었다고 말한다. 그리고 그를 데리고 가기 전에, 그들은 그를 다시 새 인간으로 만들겠다고 떠벌인다. 그는 무슨 말을 하려 하지만 입을 열지 못하고 신음 소리만 낼 뿐이다. 피티가 어디로 데려가는지 묻자 다시 그들은 몬티로 간다고 말한다. 그들이 탄 차는 사라졌고, 매그와 피티의 대화는 처음과 똑같이 스탠리가 아직 자고 있는 지로 되돌려진다. 그녀는 제정신이 아닌 것 같다.

■ 톰 스토파드(Tom Stoppard, 1937~) - 『로젠크란츠와 길든스턴 죽다』(*Rosencrantz and Guildenstern Are Dead*, 1966)

스토파드는 체코슬로바키아에서 태어났는데 2세 때 나치의 체코 침공으로 인해 그의 가족이 모두 싱가폴로 도피하였다. 그런데 그곳에서 다시 일본의 싱가폴 침입에 당면하여 인도로 도피하였다. 이런 상황에서 아버지가 세상을 뜨고, 그와 어머니는 인도에서 눌러 살게 되었다. 그리고 인도에서 외국인 기숙학교에 다니면서 다양한 문화적인 체험을 하였다. 그러다가 어머니가 영국군 소령과 결혼하면서 그는 스토파드라는 성을 갖게 되었다. 이후 이들 가족은 1946년 영국으로 이주했고, 스토파드는 영국에서 고등학교 교육을 받았다. 17세에 학업을 중단하고 브리스톨에서 저널리스트로 일했다. 이때 스토파드는 연극에 관한 기사를 쓰면서 연극계에 발을 딛게 되었다.

그의 대표적 희곡 작품으로는 『로젠크란츠와 길든스턴 죽다』를 비롯하여, 위기에 처한 학계를 재치 있게 조명한 『점퍼들』(*Jumpers*, 1972~73), 앙드레 프레빈이 음악을 맡은 『착한 아이는 모두 사랑 받는다』(*Every Good Boy Deserves Favour*, 1978~79), 예술과 현실을 다룬 그의 최초의 낭만적 희극 『진실한 것』(*The Real Thing*, 1982) 등이 있다.

스토파드는 다양한 표현 양식과 더불어 전통적 주제에 대해 변화를 환기시키는 변주를 시도하여 새로운 형식적인 극에 접근하고 있다. 또한 그는 전후의 대표적인 부조리 극작가로 손꼽히고 있다. 사무엘 베케트의 작품이 기법 면에서 부조리한 특성을 구현하고 있고, 해럴드 핀터의 작품이 모호한 언어를 통해 부조리극의 특성을 강조하고 있는 반면, 스토파드는 베케트와 핀터의 특징을 부분적으로 차용하여, 이를 바탕으로 극적인 기법을 실험하였다. 나아가 와일드(Oscar Wilde)에게서 유희성을, 피란델로(Luigi Pirandello)에게서는 메타드라마의 특성을 차용하였다. 그리하여 그는 부조리 극작가라는 한정된 의미의 가치 평가를 포함하여, 다른 한편으로는 다양한 실험정신을 발휘하는 텍스트에 대한 텍스트라는 뜻을 함축한 메타드라마 작가 혹은 아방가르드 작가로 평가되고 있다.

또한 스토파드는 기존 작가들의 기법이나 그들의 작품을 차용하여 패러디하고 때로는 비틀어서 다른 성격의 작품을 만들어냈다. 그의 독특한 무대미학은 이러한 이중고리에서 비롯된다. 즉 진부한 소재를 기존의 변형시킨 틀 속에 넣어서 독창적으로 재구성한 논리에 따라 참신한 작품으로 만들어내는 것이다. 그리고 그의 극작 기법은 브레히트의 '소이 기법'과 관련하여 '거리두기'(distancing)[10]라고 일컫는다.

---

10 거리두기(distancing) : 작가가 자신의 목소리를 내지 않고 뒤로 물러서서 객관적인 거리를 유지한다는 것. 작가는 자신의 논지를 설명하지 않고, 등장인물로 하여금 서로 논박하게 하면서, 궁극적으로는 관객들이 고정된 관점에 대해 상대적인 시각을 가질 수 있도록 하는 것이다. 그리하여 거리두기는 작품에 대해 독단적인 결론을 거부함으로써, 열린 결말에 대한 모티브를 제공한다. 따라서 브레히트의 '소이 기법'과 관련성은 작가가 자신의 작품에 주관적으로 개입하지 않고 관객으로 하여금 인식, 각성하도록 장치시킨다는 점이다.

『로젠크란츠와 길든스턴 죽다』는 그의 가장 유명한 작품으로서 셰익스피어의 『햄릿』에 등장하는 두 주변 인물들을 주인공으로 내세운 희비극이다. 또한 인물의 유형과 이들이 벌리는 유희적인 특징은 베케트의 『고도를 기다리며』와 많이 닮아 있다. 『고도를 기다리며』에서 블라디미르와 에스트라공이 공허한 말장난이나 놀이를 통하여 시간을 보내는 것으로 실존이라는 문제에 대응하는 것처럼, 로젠크란츠와 길든스턴도 동전던지기 등의 게임을 하면서 시간을 보내고자 한다. 또한 이 작품은 피란델로(Luigi Pirandello, 1867~1936)의 『작가를 찾는 여섯 명의 등장인물』(Sei personaggi in cerca d'autore, 1921)을 패러디하면서 유희적인 측면을 드러내고 있다. 해설을 곁들이며 줄거리를 따라가면 다음과 같다.

[제1막] 로젠크란츠와 길든스턴은 클러디어스 왕의 명을 받아 햄릿을 대신하여 영국의 엘시노아 궁전으로 떠나게 된다. 가는 도중 그들은 무료함을 달래기 위해 동전던지기 놀이를 하는데 동전은 언제나 앞면만 나온다. 이로 인해 그들은 두려움을 느낀다. 왜냐하면 언제나 앞면만 나온다는 것은 이미 그들이 확률의 법칙에 의한 지배를 받지 않는 세계에 속해 있음을 말해 주고 있기 때문이다. 이때 유랑극단의 배우를 만나게 되는데, 길든스턴은 단장과 내기를 걸어 돈을 모두 딴다. 그런데 유랑극단이 떠나고 나서 로젠크란츠는 줄곧 앞면만 나왔던 동전이 처음으로 뒷면이 나왔음을 알게 된다. 따라서 연극배우들의 공연을 관람할 때는 로젠크란츠와 길든스턴은 관객의 입장에 놓이게 된다.

그런데 그들이 떠나고, 갑자기 동전이 처음으로 뒷면이 나오면서 이들은 본연의 세계인 『햄릿』으로 돌아간다. 그리하여 그들은 관객의 입장이 아닌, 등장인물의 입장으로 바뀌게 되면서 텍스트 밖에서부터 안으로 들어가게 된다. 그리고 바로 이어지는 『햄릿』의 세계에서 햄릿은 이상한 행동을 보이고 오필리아는 놀라서 달아난다. 이 모습을 보고 있는 로젠크란츠와 길든스턴 앞에 클로디우스와 거어트루드가 나타나서 햄릿이 이상한 행동을 하는 원인을 밝혀내도록 지시한다. 갑자기 바뀐 황경으로 인해 혼란스러워진 이들은 자신들의 의지대로 행동하는 것이

어렵다는 것을 깨닫는다. 그리고 클로디우스의 지시를 따르기만 하면 모든 것이 순조롭게 진행될 것이라고 생각한다. 그리하여 이들은 자신들에게 부여된 임무에 대해 이야기하면서 학창시절의 친구인 햄릿을 위해 그의 기분을 북돋아주자고 다짐한다.

[제2막] 로젠크란츠와 길든스턴은 역할놀이(role-playing game)를 통하여 클로디우스의 지시대로 햄릿의 광기에 대한 원인을 찾아내고자 한다. 이것은 자신들의 시간도 보내고 생각들을 정리하기 위한 수단이 된다. 질문하고 대답하는 게임의 과정을 통해 길든스턴은 자신들에게 왜 이처럼 수수께끼 같은 임무가 주어졌으며, 그리하여 그들이 어떻게 곤경에 처하게 되었는지를 이해하고자 한다. 그러나 그들은 자신들이 처한 상황을 이해하는 데 실패한다. 다만 자신들이 정처 없이 표류하는 존재라는 것에 대해 막연하게 비애감을 느낀다. 이에 길든스턴은 어렴풋이 존재에 대한 허무를 느끼게 되고, 닫힌 세계에 던져진 존재를 인식하게 된다. 즉, 게임을 통하여 자신의 정체성에 대한 인식의 지평을 넓혀나가게 되는 것이다.

한편 로젠크란츠와 길든스턴은 유랑극단 배우들의 연습을 지켜보게 된다. 배우들 가운데 두 명의 스파이가 영국으로 추방당하고 영국 왕은 그들이 가져간 편지에 적혀진 대로 처형을 명령하는 장면을 연습한다. 이것을 지켜보다가, 로젠크란츠는 두 명의 스파이 역을 맡은 배우들이 자신과 같은 옷을 입고 있음을 알게 된다. 실제의 죽음과 연극 속의 죽음에 대해 논하다가 단장은 처형을 기다리고 있는 두 명의 스파이들을 단도로 찌른다. 조명이 꺼지고 나서 잠시 후에 다시 조명이 밝아지면서 로젠크란츠와 길든스턴은 자신들이 쓰러져 있음을 알게 된다. 이에 길든스턴은 자신들의 한계 상황에 대해 더욱 불안함을 느낀다.

[제3막] 영국으로 향하는 배 위. 로젠크란츠와 길든스턴은 시간을 보내기 위하여 다시 동전놀이를 시작한다. 그때 길든스턴은 자신들은 지금 클로디우스가 명령한 임무를 수행하고 있음을 상기시키면서, 영국에 도착하여 왕에게 전해 줄 편지를 지니고 있다는 사실을 밝힌다. 그리고 영국 왕을 만났을 때 어떻게 행동해야 될지 고민하다가 이들은 왕의 반응을 예상하기 위하여 또다시 질문하고 답하기 게임을 한다. 게임을 하면서 왕의 역할을 맡은 길든스턴은 자신들이 영국으로 보내진 이유를 알아보려 한다. 이 과정에서 클로디우스가 은밀하게 보낸 편지를 읽게 되는데, 그 내용은 햄릿을 죽이라는 내용이다. 이들은 햄릿이 곧 죽을 운명에 처했음을 알게 된다. 그러나 이들이 잠든 사이에 햄릿이 나타나 편지를 바꾸어놓음으

로써 정작 죽음에 임박한 사람은 자신들이라는 것을 모른다. 결과적으로 로젠크란츠와 길든스턴은 자신들의 죽음이 적혀있는 편지를 영국 왕에게 스스로 가져가는 아이러니를 자초하게 된다. 그러나 얼마 후, 해적들의 습격을 받게 되고 그 사이를 틈타서 햄릿은 도망을 간다. 그런데 이들은 햄릿이 죽은 것으로 여긴다.

햄릿이 사라져 버렸기 때문에 로젠크란츠와 길든스턴은 더욱 난감하게 된다. 이들은 또다시 질문하고 대답하는 게임을 하면서 지금까지의 상황을 영국 왕에게 보고하는 연기를 한다. 이 과정에서 다시 편지를 읽게 된 길든스턴은 이번에는 편지의 내용이 바뀌어서 자신들이 죽음에 처하게 된 것을 알게 된다. 이 두 사람은 자신들이 이해할 수 없는 사건에 부딪혔을 때 자유의지를 가지고 행동하는 것처럼 보이지만, 실제로는 자신들의 힘으로는 어쩔 수 없는 운명의 덫에 걸려 있다. 길든스턴은 피할 수 없는 숙명을 받아들여야 된다는 것을 감지하고 존재와 죽음이라는 형이상학적인 질문에 대해 궁극적인 인식을 얻게 된다. 그들은 왕이 분부대로 행동하다가 영문도 모르고 죽음에 처해진다. 이렇듯 이 작품은 고정된 텍스트라는 틀에 갇혀 있으면서 아무리 벗어나려 하여도 주어진 운명의 틀을 결코 벗어날 수 없는 인간 존재를 그리고 있다.

■ 팀버레이크 워텐베이커(Timberlake Wertenbaker, 1951~)
　　　 – 『나이팅게일의 사랑』(*The Love of the Nightingale*, 1989)

워텐베이커는 미국에서 태어나 프랑스와 미국에서 교육을 받았고 런던에 정착하여 생활하고 있다. 아버지가 타임지의 해외특파원이었기 때문에 세계 여러 지방에서 생활했다. 그녀는 영국과 미국을 오가며 저널리스트로 활동했고, 그리스로 건너가 그곳에서 불어를 가르치며 생활하기도 하였다.

그의 대표적 희곡으로는 『나이팅게일의 사랑』을 비롯하여, 남장을 한 채 이슬람 국가들을 최초로 답사한 19세기의 여성 탐험가 이사벨 에버하르트(Isabelle Eberhardt, 1877~1904)의 생애를 그린 『새로운 기관』(*New Anatomies*, 1981), 19세기의 유복한 집안의 여성이 세상에 대한 호기심으로 집을 떠나 여러 가지 경험을 하는 『메리 트라버스의 우아함』(*The Grace of Mary Traaverse*, 1985), 현대 영국 예술계를 배경으로 한 『들판에 앉은 세 마리 새』(*Three Birds Alighting on a Field*, 1991), 신데렐라 이야기를 다시 쓴 『재투성이 아가씨』(*The Ash Girl*, 2000), 최신작 『믿을만한 증인』(*Credible Witness*, 2001) 등이 있다.

워텐베이커 작품 세계는 동시대 극작가들과는 달리 시대와 장소에 구애받지 않고 다양한 현대인들의 모습을 보여주고 있다. 즉 주제를 담아내는 배경들은 무대라는 장치와 제한된 시간과 표현 방법에도 불구하고 고대 그리스에서 초기 호주 유형지까지, 이슬람과 일본인, 현대 런던의 예술계까지 망라하고 있다. 그리하여 독자들로 하여금 다음 작품에서는 어떤 배경과 주제를 다루게 될까 호기심을 유발시킨다. 이러한 그의 극작품에서는 일관되게 정체성을 찾는 여성과 연극의 사회적인 기능에 대한 주제가 거의 빠짐없이 등장한다. 또한 그녀의 작품에서는 새로움과 전복의 즐거움을 맛볼 수 있다. 그 밖에도 언어의 문제를 자주 언급한다는 것, 그리고 어떤 대가를 치루더라도 다양한 경험을 원하는 파우스트형 여성인물들이 등장한다는 데 특징이 있다.

『나이팅게일의 사랑』은 그리스 신화를 소재로 한 작품이다. 아테네의 아름다운 공주 필로멜라를 형부인 테레우스가 겁탈한 뒤 자신의 비행을 감추기 위해 그녀의 혀를 자른다. 신화에서는 필로멜라가 자신이 당한 일을 옷감에 수를 놓아 언니인 프로크네에게 알리지만, 워텐베이커는 필로멜라로 하여금 실물크기의 인형을 만들어 인형극을 보여줌으로써 진실을 전달하게 한다. 연극을 통해 진실을 전달하게 함으로써 극장이 정치적으로 침묵당한 사람들에게 목소리를 내게 해주는 공간이 될 수 있음을 암시하고 있는 것이다.

또한 필로멜라는 테레우스와 프로크네의 큰 아들인 이티스를 죽인다. 장자를 죽인다는 것은 가부장제 사회에서는 상대방에게 가장 큰 복수를 행하는 것이기 때문이다. 결말에서 여성 코러스들은 신화의 결말에 이의를 제기한다. 본 신화에서는 필로멜라와 프로크네가 새들이 된다. 혀가 없는 필로멜라는 제비가 되고, 프로크네는 나이팅게일이 된다. 그러나 워텐베이커는 필로멜라가 나이팅게일이 되고 프로크네는 제비가 되는 것으로 설정한다. 이는 남성의 폭력에 의해 말과 노래를 잃어버린 채 침묵을 강요당한 여성에게 언어를 되찾아주려는 의도가 깔려 있다고 할 수 있다. 해설을 곁들면서 작품의 줄거리를 따라가면 다음과 같다.

극은 아테네를 배경으로 시작된다. 아테네는 이웃나라와 전쟁을 벌였는데 트레이스의 왕인 테레우스의 도움으로 승리하게 된다. 그 보답으로 아테네 왕 판디온은 테레우스 왕에게 원하는 것은 무엇이든지 다 들어주겠다고 약속한다. 이에 테레우스는 왕의 두 딸 중 언니인 프로크네를 원해고, 그녀를 아내로 맞아들인다. 프로크네는 테레우스와의 사이에 아들 이티스를 낳고 트레이스에서 살아간다. 그러나 테레우스는 프로크네를 침묵시킨다. 결혼한 지 5년이 지나고 프로크네는 "언어가 어디로 갔지"라고 스스로 자문할 정도로 말이 없어진다. 여성 코러스는 프로크네가 날마다 혼자 앉아서 슬픔에 잠겨 있으며, 지루함과 향수병에 시달리고 있다고 말한다. 프로크네는 남편과는 대화를 할 수가 없고 아들과는 할 말이 없다고 한다. 테레우스는 프로크네를 외롭게 내버려 두었고 아들은 대화를 나누기에는 아직 어린 것이다. 그래서 프로크네는 테레우스에게 서로 대화가 잘 통하는 동생 필로멜라를 데려다 달라고 부탁한다.

테레우스는 아내의 부탁으로 필로멜라를 데리러 아테네에 온다. 그리고 필로멜라와 함께 공연 중이던 연극 『힙폴리투스』(Hippolytus)를 보게 된다. 연극을 감상하고 난 후 필로멜라는 어머니 페드라와 의붓아들 힙폴리투스의 엇갈린 사랑에 안타까워하며 그들을 이해하지만, 테레우스는 그런 그녀의 생각을 옳지 못한 것이라고 무시한다. 그런데 테레우스는 필로멜라와 함께 트레이스로 돌아가던 중

정욕을 이기지 못하고 필로멜라를 강간하고 스스로를 페드라에 비유한다. 즉 테레우스는 페드라가 의붓아들인 힙폴리투스를 사랑하듯이 자신도 처제인 필로멜라를 사랑하는 것이라며 자신의 사랑을 페드라의 사랑에 비유한 것이다.

그러나 페드라는 힙폴리투스를 사랑했지만 그를 소유하려고 폭력을 행사하지는 않았다. 페드라는 사랑의 여신 아프로디테의 힘에 사로잡혀 절망적으로 힙폴리투스를 사랑하지만, 테세우스는 단지 욕정에 사로잡힌 것이다. 그러므로 테레우스가 자신을 페드라에 비유한 것은 잘못된 것이라고 생각한다. 필로멜라는 처음엔 언어로서 테레우스에게 저항하지만 결국 폭력적인 테레우스에게 혀를 잘린다. 필로멜라는 테레우스의 남성으로서의 자존심에 상처를 입히는 데는 성공했지만 진실을 알리지는 못한 채 혀가 잘려 영원히 침묵할 수밖에 없게 된다.

시간이 지나 여성들만의 축제인 박카스 축제가 열린다. 이는 1년에 한 번 열리는 것으로써 여성들이 남성보다도 술을 많이 마실 정도로 자유가 허용되는 날이다. 따라서 억압당한 여인들이 광기 속에서 분노를 표출할 수 있다. 그리고 이 축제는 남성이 엿보는 것이 금지된다. 이 축제에서 필로멜라는 실물크기의 인형을 만들어 자신의 억울한 사정을 '극'을 통하여 보여줌으로써 자신이 억울한 남성 폭력의 희생자임을 세상에 드러낸다. 이러한 여성들만의 박카스 축제에 어리지만 남성인 조카 이티스가 침입한다. 그리고 이티스는 박카스 축제에서 자유롭게 즐기는 여성들을 용납하지 못하고 전부 죽여버리겠다고 협박한다.

이에 필로멜라는 이티스를 죽인다. 프로크네는 이티스의 죽음을 방관한다. 이는 유리피데스의 『박카스의 여인들』(*The Baccae*)에서 어머니인 아가베가 디오니소스 신에 사로잡혀 아들인 펜테우스를 죽이는 장면과 연관이 있다. 그리하여 이티스는 죽음을 당하여 제물로 바쳐진다. 가부장 사회에서 장자를 죽이는 것은 여성들의 남성들에 대한 가장 큰 복수이다. 복수를 마친 필로멜라는 나이팅게일로, 프로크네는 제비로 변신한다. 여기서 필로멜라를 나이팅게일로 변신시킨 것은 남성의 폭력에 의해 잃어버린 언어를 되찾아주는 것이라는 의미로 해석할 수 있다. 그런데 필로멜라는 이티스가 죽기 전에 "무엇이 옳은 것이냐"는 질문에 구체적인 대답 대신 노래를 함으로써 대답을 회피한다. 이것은 필로멜라가 조카인 이티스를 죽인 것이 과연 옳은 행동인가 하는 물음을 던진 것이다. 이는 여성이 권력을 가진다면 남성처럼 행동할 것인가에 대해 확답을 하지 못한 채 막을 내리는 열린 결말이라고 할 수 있다.

2. 미국 문학

1) 시대적 배경과 문학의 흐름

　　미국의 역사는 유럽의 여러 나라에 비해 짧기 때문에 문화적 배경이 복잡하지 않다. 미국인의 도덕적 기초는 칼뱅주의인 퓨리터니즘(Puritanism)에서 온다. 영국인 이민뿐만 아니라 프랑스의 신교도인 위그너(Huguenot)[1]도 박해를 많이 받았으며, 그들의 이민 목적이 대부분 종교적 박해로 인해 신앙의 자유를 찾으러 대륙에서 온 것인 만큼 그들의 신앙생활은 철저했다고 볼 수 있다. 미국 문화의 배경에는 엄격한 종교적 색채가 오랫동안 계속되었다. 철학자이며 종교가이기

---

1 위그너(Huguenot) : 프랑스의 프로테스탄트를 부르는 호칭. 어원은 불분명하여 여러 설이 있으나, 독일어 'Eidgenossen'에서 나온 말이라는 설이 가장 유력하다. 위그너 지지자들은 위그너 전쟁(1562~1598)을 일으켜 가톨릭 교도와 격렬하게 싸웠다. 그리하여 프랑스 국왕 앙리 4세에 의한 '낭트 칙령'(Édit de Nantes)으로 신앙의 자유를 획득하였다. 그러나 그 뒤 프랑스의 정치가 리셜리외(Armand Jeandu Plessis Richeleu, 1585~1642)와 루이 14세의 억압을 받고, 1685년에는 낭트 칙령도 폐지되어, 국외로 망명하는 자가 많았다.

도 한 랠프 월도 에머슨(Ralph Waldo Emerson, 1803~1882)도 이러한 환경에서 나왔다고 할 수 있고, 나다니엘 호손(Nathaniel Hawthorne, 1804~1864)의 문학도 여기에 근거한다.

미국은 대륙과 어느 정도 거리를 유지하려고 노력하여 1823년 먼로(James Monroe, 1758~1831) 미국 제5대 대통령은 불간섭 선언을 하였다. 이런 요소와 함께 미국인은 대륙에서 수입되는 사상에 반기를 들고 미국적인 것을 찾으려는 운동, 즉 미국 낭만주의 문학 운동이 일어났다. 이는 유럽 문학을 배격하고 미국적인 것을 찾으려는 미국의 지적 독립이라고 할 수 있다. 이 사조는 남북 전쟁(1861~1865)이 발발할 때까지 계속되었다.

남북 전쟁의 결과는 미국사에 있어 하나의 분수령을 이룬다. 그 전까지의 전원적인 미국은 도시적 미국으로 변화해 갔다. 도시화·공업화는 또한 사회 문제를 야기했다. 1866년 미국에 노동조합이 생기고 도시 빈민들이 생겨 지식인들 사이에는 비판적 사회관을 가져왔다. 공업화는 국내 시장의 협소함을 느껴 미국도 1800년대 말에는 쿠바, 괌, 필리핀, 하와이를 합병하는 제국주의로 기울었다. 먼로 독트린은 폐지되고 1899년에는 문호개방주의를 선언하였다.

특히 제1, 2차 세계대전에 참전하여 승리하는 데 결정적인 역할을 한 미국은 20세기에 이르도록 이민의 홍수를 이루었다. 이들 이민들과 함께 결국 유럽 여러 나라의 정신적·문화적인 것이 들어오게 되었다. 이민을 온 사람들의 미국인이 되려는 변화 과정이 미국의 문화사이며 사회사이기도 하다. 그리고 유럽뿐만 아니라 세계의 여러 나라들이 미국을 세계의 중심 국가로 받아들이게 되었다. 그리하여 소련 붕괴 이후 미국은 지구상의 유일한 강대국으로 부상하였다. 미국이 세계를 프론

티어 정신으로 이끈다면 세계의 평화에 이바지할 것이다. 그러나 팽창주의로 간다면 세계는 다시 혼란에 빠질 것이다. 그것이 21세기 미국과 다른 나라의 과제 중 하나이다.

세계 문학이 앞으로 21세기에 어떤 전개를 펼치게 될지는 아무도 모른다. 그러나 예전보다 훨씬 좁아진 세계에 미국의 역할은 클 것이고, 이것 또한 세계 문학의 다른 페이지 위에 기록될 어떤 것이 될 것이다.

2) 시

20세기 미국 시단의 융성은 시카고 그룹(Chicago Group)[2]과 뉴잉글랜드계의 시인들에 의한 것이다. 더불어 그 융성을 도와준 것은 1910년대에 일어난 이미지즘(Imagism) 운동과 여류시인 몬로(Harriet Monroe, 1860~1936)가 1912년 창간한 시 잡지 《포에트리》(*Poetry : A Magazine of Verse*)이다. 이미지즘 운동은 런던의 영미 시인들 사이에서 시작한 것으로 낭만주의를 배척한 흄의 사상에 공감하는 시인들에게 관심을 불러일으켰다. 미국 이미지즘 운동의 대표적 시인은 에즈라 파운드이다. 그는 '장시의 연작시'인 『휴 셀윈 모벌리』(*Hugh Selwyn Mauberley*, 1920)를 써서 풍자와 비극적 상실에 대한 갈등을 그렸다. 두 부분으로 된 연작

---

2 시카고 그룹(Chicago Group) : 첫째는 1910년경부터 제1차 세계대전에 걸쳐 시카고를 중심으로 활약한 중서부 출신 작가들인 앤더슨(Sherwood Anderson), 델(Floyd Dell), 드라이저(Theodore Dreiser), 싱클레어 루이스(Sinclair Lewis), 샌드버그(Carl Sandburg) 등을 가리킨다. 그들은 리얼리즘의 정신에서 창작을 행하고 여태까지 동부가 중심이 되었던 미국 문학에 새로운 기운을 불러일으켰다. 둘째는 현대 미국 비평계의 그룹으로 크레인(Ronald Salmon Crane), 올슨(Edward Olson) 등 시카고 대학 관계의 사람들을 가리킨다. 아리스토텔레스의 비평 원리를 부활시키려는 그들의 입장 및 그 실천은 『비평가와 비평』(Critics and Criticism)에 잘 드러나 있다.

시인 이 작품은 1920년경의 런던의 한 시인의 삶과 개성, 시대, 작품 등을 탐구하고 있다. 이후 파운드의 작품 세계는 '『칸토스』의 시대'라고 할 수 있다.

또한 시카고 그룹의 시인으로는 매스터스(Edgar Lee Masters, 1869~1950), 샌드버그(Carl Sandburg, 1878~1967) 등을 꼽을 수 있다. 매스터스는 『스푼 리버 화사집』(*Spoon River Anthology*, 1915)을 통하여, 어느 마을의 묘지에 잠들고 있는 사람들을 각자의 독백에 의해서 묘사하는 색다른 설정으로 시를 썼다. 그리고 자유 시형에 의해서 일상의 생활 현상을, 리얼한 시적 이미지로 포착한 점에서 특징을 드러냈다. 그는 시를 미국화 또는 대중화했으며, 특히 흑인의 리듬을 포착한 점은 새로운 시대의 시를 개척한 것으로 인정받았다. 샌드버그는 『시카고 시집』(*Chicago Poems*, 1916)을 통하여 시카고 그룹의 대표적 시인의 위치를 차지했는데, 시대의 상징이라고 할 수 있는 근대 도시 시카고의 분위기를 풍부한 속어의 사용과 대담한 이미지에 의해서 표현하는 데 성공했다.

미국 시의 흐름에는 서부적인 것과 뉴잉글랜드적인 것으로 대별된다. 그 가운데 뉴잉글랜드풍의 대표적 작가로 프로스트(Robert Frost, 1875~1963)를 꼽을 수 있다. 그의 대표 시집으로는 『소년의 마음』(*A Boy's Will*, 1913), 『보스턴의 북』(*North of Boston*, 1914) 등이 있다.

1920년대로 들어서자 시 창작은 여러 가지 형태로 정착하기 시작했다. 그 가운데 퓨지타브 그룹(The Fugitives Group)의 커밍스(Edward Estlin Cummings, 1894~1962)와 크레인(Hart Crane, 1899~1932)의 활약이 두드러졌다. 미국의 다다이스트라고 불리는 커밍스는 기발한 형식으로 활자를 추상화풍으로 배열하거나 소문자만으로 시를 쓰기도 했다. 대표적인 시로는 「앤드」(&, 1925), 「1 곱하기 1」(*1×1*, 1944) 등이 있다.

크레인의 작품은 주로 현대 페시미즘(pessimism)에서 탈각하여 새로운 통일과 조화를 구하려는 형이상학적인 요소를 포함하고 있다. 그는 위기를 잉태한 20세기를, 강과 바다의 사상과 이미지를 통해 하나의 조화로운 전체적 비전으로 만들려고 했다. 그의 시집으로 『흰 건물들』(*White Buildings*, 1926), 『다리』(*The Bridge*, 1930) 등이 있다.

또한 1920년대는 뉴욕의 할렘을 중심으로 하는 소위 '흑인 문예부흥'이 일어났는데, 흑인 시인으로서는 토머(Jean Tomer), 휴즈(Langston Hughes), 맥카이(Claude Mckay), 본탐(Arna Bontemps), 칼린(Countee Cullen) 등 뛰어난 시인들이 나와 『아메리카 흑인 시선집』(*Anthology of Verse by American Negroes*, 1924), 『노래하는 어두움-흑인 시인선집』(*Caroling Dusk, an Anthology of Verse by Negro Poets*, 1927) 등을 출간했다. 또한 휴즈는 시집 『피곤의 블루스』(*The Weary Blues*, 1926) 등을 내놓았다.

1930년대에는 프롤레타리아 문학이 급격히 등장했다. 매클리시(Archbald Macleish)의 문명 비판을 시도한 서사시 『정복자』(*Conquistador*, 1932), 사회 문제를 다룬 시극 『공포』(*Panic*, 1935), 『도시의 함락』(*The Fall of the City*, 1947) 등이 등장했다. 그 밖에 초현실주의의 시인 패천(Kenneth Patchen)과 전위시인 렉스로스(Kenneth Rexroth) 등의 시작 활동도 계속되었다.

한편 남부 농본주의를 배경으로 한 잡지 《퓨지티브》(*Fugitive*)를 통한 남부 시인들의 활약도 주목된다. 이 그룹의 회원인 랜섬(John Crowe Ransom), 테이트(Allen Tate), 워런(Robert Penn Warren) 등은 테니스 주 내쉬빌의 밴더빌트 대학에서 20세기의 산업 기계 문명에 저항해서 전통적인 남부의 농본주의적인 가치와 미덕의 재평가를 주장했다. 그리하여 그들은 개성적이면서도 통일적이고 전투적인 시·비평·사상 등의 활동을 전개했다. 그들은 1928년 『퓨지티브 시집』(*Fugitive Anthology*)을 발표했고, 1930년에는 남부 농본주의 선언의 에세이집 『나의 입장』(*I'll Take My Stand*)을 출간했다. 1930년대의 후반에는 《사던 리뷰》(*Southern Review*), 《시워니 리뷰》(*Sewanee Review*), 《케년 리뷰》(*Kenyon Review*) 등에 비평가 브룩스(Cleanth Brooks), 버크(Kenneth Burke), 시인 윈터스(Yvor Winters), 블랙머(Richard P. Blackmur) 등이 가세하여 이른바 《뉴크리티시즘》(*The New Criticism*)의 폭넓은 비평 활동이 전개되었다. 그 그룹의 비평은 20년 대의 엘리어트, 리처즈(Ivor Armstrong Richards), 앰프슨(William Empson) 등의 영국 비평가들의 흐름을 헤아리는 엄밀한 텍스트 중심주의의 심미적 비평, 특히 제2차 세계대전 후의 문학 비평에서 큰 힘을 발휘했다.

이후 1950년대 중반에 등장한 비트 세대(Beat Generation)는 재즈, 마약, 섹스 등에 도취되는 하나의 예술 운동을 일으켰는데, 이 시대에 활약한 시인으로는 올슨(Charles Olson, 1910~1970), 펄링게티(Lawrence Ferlinghetti, 1919~1997) 등이 있다.

1960년대에 미국 문단의 주류는 《뉴요커》(*New Yorker*)파로 불리는 작가들과 유대계 미국 작가들이 차지하게 되었다. 여전히 나이 든 큰 시인들인 프로스트, 파운드, 매클리시, 랜섬, 테이트, 윌리엄스, 마리언 모어(Marianne More) 등이 왕성한 작품활동을 했다. 또한 50년대에 시집 『인생 연구』(*Life of Unlikeness*, 1959) 등을 발표했던 로웰(Robert Lowell)은 60년대 시단을 대표했다. 그리고 『바람에 붙이는 말』(*Wonds for the Wind*, 1958) 등을 통해 소년의 의식을 초현실주의풍으로 묘사한 레트키(Theodore Roethke, 1908~1963) 역시 60년대 시 분야의 중요한 위치를 장식했다. 또한 1987년 노벨문학상을 수상한 러시아계 미국 시인 조지프 브로드스키(Joseph Brodsky, 1940~1996)의 러시아어 시집 『아름다운 기원의 결속』(1977), 『로마의 슬픈 노래』(1982), 영문 번역 시집

『시선집』(*Selected Poems*, 1973), 『연설의 일부』(*A Part of Speech*, 1977) 등이 있다.

■ 로버트 프로스트(Robert Frost, 1875~1963) — 「눈 내리는 밤 숲가에 멈춰 서서」(*Stopping by Woods on a Snowy Evening*)

프로스트의 아버지는 뉴잉글랜드 출신으로 샌프란시스코에서 신문 편집을 하고 있을 때, 프로스트가 태어났다. 10세 때 아버지가 병으로 세상을 떠나자 어머니와 뉴잉글랜드로 돌아왔고, 어머니는 교사를 하면서 아들을 키웠다. 그는 고학으로 더트머드 대학과 하버드 대학에서 공부했는데, 특히 고전어에 관심을 가졌다. 20세 때 투고시가 일류 잡지에 실리자, 이후 학교 교사를 하면서 시 창작에 전념했다. 38세 때 할아버지로부터 물려받은 농장을 팔아 영국으로 건너가 영국 조지 왕조의 시인들과 친교를 맺은 것이 시 창작의 새 출발이 되었다. 15년 후 그는 다시 미국으로 건너 와 신진작가로 활동했다. 그는 뉴햄프셔 주의 언덕에 농장을 사서 정착했으며, 시 창작을 계속했다. 그리고 1917~1938년까지 어머어스트 대학에 특별 교수를 지내며 많은 창작활동을 했다. 그동안 퓰리처상을 4번이나 수상하였으며, 케네디 대통령 취임식 때는 자작시를 낭송한 미국의 계관시인적 존재가 되었다.

그는 파운드나 엘리어트 등이 주도한 신시 운동과 기교 혁신에 반대하고 전통적인 형식적 제약 속에서 시 쓰기를 좋아했다. 그의 시는 겉으로는 단순해서 쉽게 접근하게 된다. 그러나 실제로는 깊은 뜻이 담겨 있다. 그리고 언어와 감정의 절제를 중시하였다. 그는 시적 진술에서 자아의 개입을 피하고, 교훈을 전달할 때도 진정한 의도는 함축적 비유로 가리고 있다. 삶의 문제를 다루면서도 자기 나름대로 해결책을 드러내지 않는다. 인생에서 비극과 희극, 미와 추, 혼돈과 통일이 함께 하듯 어느 쪽이든 극단을 피하고 있다. 이런 점에서 그는 중도주의적이라고 할 수 있다.

그의 대표시집으로 『소년의 의지』(*A Boy's Will*, 1913), 『보스턴의 북쪽』 (*North of Boston*, 1914) 등이 있다. 「눈 내리는 밤 숲가에 멈춰 서서」는 시적 화자가 시각 이미지와 함께 자연 속으로 빠져들어 갔다가, 청각 이미지와 함께 인간의 현실로 돌아오는 것으로 묘사 되어 있다.

> 이게 누구의 숲인지 나는 알 것도 같다.
> 하기야 그의 집은 마을에 있지만—
> 눈 덮인 그의 숲을 보느라고
> 내가 여기 멈춰 서 있는 걸 그는 모를 것이다.
>
> 내 조랑말은 인가 하나 안 보이는 곳에
> 일 년 중 가장 어두운 밤
> 숲과 얼어붙은 호수 사이에
> 이렇게 멈춰 서 있는 걸 이상히 여길 것이다.
>
> 무슨 착오라도 일으킨 게 아니냐는 듯
> 말은 목 방울을 흔든다.
> 방울 소리 외에는 솔솔 부는 바람과
> 솜처럼 부드럽게 눈 내리는 소리뿐.
>
> 숲은 어둡고 깊고 아름답다.
> 그러나 나는 지켜야 할 약속이 있으며,
> 잠자기 전에 몇 십 리를 더 가야 한다.
> 잠자기 전에 몇 십 리를 더 가야 한다.
>
> ─「눈 내리는 밤 숲가에 멈춰 서서」 전문

■ 에즈라 파운드(Ezra Pound, 1885~1972)

– 『칸토스』(Cantos, 1917~1972)

파운드는 20세기 초 영미 시에 지대한 영향을 준 미국 시인이다. 아이다호 주 광산촌 헤일리에서 태어난 그는 18개월 때 가족과 함께 뉴욕으로 옮겼다. 해밀턴 대학과 펜실베이니아 대학에서 철학과 비교 문학을 전공한 후, 잠시 교직에 머물다가 23세 때 유럽으로 갔으며, 이후 런던에서 10여 년을 살았고, 다음에는 파리에서 4년, 이탈리아에서 20여 년을 살았다.

1909년 런던의 시인 클럽에서 문학비평가이자 시인인 흄을 만났는데, 윤곽이 명확한 표현을 주장하는 그의 반낭만주의에 동조해 이미지즘 운동을 전개하면서 신문학 운동의 중심 인물이 되었다. 그는 주관적이든 객관적이든 '사물'에 대해서는 직접적으로 처리할 것, 묘사에 기여하지 않는 언어는 절대 쓰지 말 것, 리듬에 관해서는 메트로놈(metronome)의 흐름에 따르지 말고 음악적인 어구의 흐름에 따를 것 등, 이미지즘의 기초가 되는 세 개의 원리를 주장했다. 상징파와 같은 애매한 표현을 피하고 조각처럼 구상적인 언어를 구사한 『퍼소나』(Personae, 1909), 장시의 연작시 『휴 셀윈 모벌리』(Hugh Selwyn Mauberley, 1920), 대하 서사시 『칸토스』(The Cantos, 1917~1970) 등의 시를 발표했다.

제2차 세계대전 중 로마에서 무솔리니를 지지하는 선전 방송을 한 죄로 체포되어 재판을 받았는데, 정신이상자로 판정되어 13년 간 병원에 감금되었다. 이후 시인들의 석방 운동으로 1958년 풀려나 이탈리아로 돌아가 브루넨버그 성에 머물렀다. 1961년에는 우울증과 패배감으로 극심한 신경 쇠약증에 빠졌다. 1972년 베니스 병원에서 세상을 떠나 성 미카엘 묘지에 안장되었다.

『휴 셀윈 모벌리』이후의 파운드의 작품 세계는 『칸토스』시대이다. 1917년 잡지 《시》에 「첫 3편의 칸토스」를 발표하고 1925년 「16편의 칸토스 초고」를 출간한 후 『칸토스』를 마무리짓는 데 무려 55년이나 걸렸음에도 불구하고 결국 미완성으로 남았다. 『칸토스』의 대부분은 1920년대 이후에 쓰여졌는데, 전체 109편의 완성된 『칸토스』와 8개의 초고와 단편으로 남아 있는 『칸토스』를 합하면 대략 23,000행의 시를 이룬다. 이 『칸토스』는 밀턴(John Milton)의 『실낙원』(*Paradise Lost*, 1667)의 10,465행과 파운드 자신이 쓴 『황무지』의 433행에 비교하면 엄청난 시행이다.

『칸토스』는 시간적으로 고대와 원시 시대까지 거슬러 올라가고, 공간적으로는 미국·런던·지브롤터·이탈리아·그리스·중국·아프리카·러시아·일본 등을 포괄한다. 화자의 어조는 대화체·서정시·서사시·예언 등의 복합된 다원성을 지닌다. 그 내용으로는 고대 중국의 법률, 미국의 토머스 제퍼슨(Thomas Jefferson)과 존 애덤스(John Adams)의 어록, 중세 베니스의 금전출납부에서의 발췌, 에드워드 왕 시대의 런던에 대한 소묘, B.C. 18세기 중국 상商나라의 첫 임금 칭탕[成湯]의 표의문자, 더글러스의 가격과 구매력에 대한 설명, 시기스문도 말라테스타(Sigismundo Malatasta)가 자신의 건축가에게 하는 지시, 치질에 대한 설명, 신비한 비전의 순간 등 실로 다양한 소재를 포함한다.

말하자면 파운드는 이 대하 서사시를 통해 정의 사회와 창조적 문명의 거듭되는 기반을 보여주고자 하였다. 즉 존재의 혼동과 공포 가운데 인간 정신을 유지하는 것이 무엇인지에 대해 질문을 던지고 있는 것이다. 다음은 『칸토스 1~2』의 내용이다.[3]

---

3 김영민, 『에즈라 파운드』, 건대출판부, 1998, pp. 93~95.

「칸토 1」의 주요 소재는 르네상스 시대의 『오디세이아』의 제11권 「사자의 책」 인 네쿠이아(Nekuia)의 라틴어 번역이다. 파운드는 1906년, 1908년, 1910년에 안 드레아스 디부수(Andreas Divus)의 라틴어로 번역된 이 책을 입수하여, 앵글로색슨 어의 운율을 가미하여 작품 『칸토스』 전반에 흐르는 시간과 전통의 층을 만든다.

「칸토 1」은 ① 그리스어 원전이 ② 르네상스 시대의 라틴어를 거쳐 ③ 앵글로 색슨 고대 영어의 영웅시(heroic verse)의 ④ 20세기 영어로의 번역으로 전환된 네 가지 층이 존재한다. 이 시는 호머의 분위기를 느끼게 해주면서 앵글로색슨의 고 대 영어의 리듬의 에너지를 물씬 느끼게 해주는 시인데, 호머의 아프로디테에 바 치는 두 번째 호머의 찬가를 G. D. 크레텐시스(Cretensis)가 라틴어로 번역한 것의 구절로 끝을 맺는다.

특히 이 시는 호머의 오디세우스 전통의 문맥에서 시작되는데, 오디세우스는 예언자 티레시아스(Tiresias)에게서 자신의 운명에 대해 듣고자 지하 세계로 내려 간다. 호머의 『오디세이아』 제10권에, 키르케가 오디세우스에게 거대한 대양을 지나 커다란 검은 포풀러와 버드나무로 가득 찬 페르세폰(Persephone)의 어두운 관목숲이 있는 좁은 해안으로 항해하라고 말한다. 여기서 배를 해변에 정박한 오 디세우스는 자신의 고향으로 돌아가는 길을 알아내기 위해서 예언자 티레시아스 의 그늘을 찾아야 한다.

이러한 문맥에서 「칸토 1」은 시간의 심연과 어두운 앎의 숲을 탐구하기 위해 항해하는 오디세우스/파운드의 인생과 시의 여정의 시작이다. "모든 동료를 잃을 것이다"라는 티레시아스의 예언은 거의 30년이 지난 피사의 사원의 수용소에서 쓰여진 「칸토 74」에서 현실화된다.

「칸토 2」에서는 부라우닝, 소델로, 그리고 다른 음유 시인, 고대 시인과 중국시의 전통 등 빠른 속도로 타임머신을 타고 독자를 과거로 휘몰아간다. 이러한 시간 속에 서 파운드는 시적 묘사를 통해 신화를 현실화하는 능력을 물씬 느낄 수 있게 해준다.

제23행에 오디세우스가 『오디세이아』 제11권에서 만나는 여왕 중의 한 사람인 타이로(Tyro)의 신화가 등장한다. 타이로 여왕은 테살리아의 에니페우스(Enipeus) 강의 모습으로 자기에게 온 포세이돈의 사랑을 받는다. 그리고 파운드는 이 시의 중심적인 신화인 바다의 변화를 소개한다. 이 신화의 원전은 오비드의 『변형』 제3 권인데, 디오니소스(Dionysus)에 관한 이야기다.

선원 무리들이 소년 디오니소스를 납치하여 노예로 팔려고 하자, 이 소년은 낙 소스(Naxos)로 데려가 달라고 간청하여 선원들이 배의 항로를 바꾼다. 이때 그는 마술을 걸어 선원을 물고기로 변신시킨다. 이 이야기의 화자는 선원 가운데서 신을 알아보는 유일한 인물인 아코테스(Acoetes) 선장인데, 술의 신 바카스(Bacchus)인 디오니소스는 이 선장에게 자신을 숭배하는 컬트의 제사장으로 삼는 상을 준다. 아코테스가 디오니소스 이야기를 테베의 펜테우스(Pentheus) 왕에게 전하자, 왕은 디오니소스의 신성을 부인하고 아코테스를 죄수로 감금한다.

아코테스가 눈도 깜짝하지 않는 펜테우스 왕에 대한 경고로 이야기를 마치자, 시의 리듬은 파운드 자신이 만들어낸 신화를 도입하면서 또 다른 변형을 구현한다.

연상 작용을 일으키듯 바다의 요정인 일류티어리아(Ileuthyeria)가 바다의 신인 트리톤(Triton)의 무리로부터 도망쳐 산호(coral)로 변신되는 신화와, 아폴로 신으로부터 도망쳐 월계수(laurel)로 변신되는 다프네의 신화로 치환되며, 다시 타이로 신화로 되돌아온다.

— 「칸토스」 1~2

■ 랭스턴 휴즈(Langston Hughes, 1902~1967)

– 「피곤의 블루스」(*The Weary Blues*, 1926)

미국계 흑인 시인인 휴즈는 미주리 주 조플린이라는 작은 읍에서 태어났다. 휴즈는 중학교 졸업반 때 우연히 문예반장으로 뽑힌 이후부터 시 쓰기를 즐겼다. 센트럴 고등학교와 링컨 대학에 가서도 《크라이시스》(*The Crisis*)지 등에 「니그로, 강에 대해 말하다」(*The Negro Speaks of Rivers*, 1921) 등 우수한 시를 발표하였다.

콜롬비아 대학을 중퇴한 후 여러 가지 직업에 종사하면서 시 창작을 하였다. 그리고 1920년대 흑인 문예부흥 시대부터 활약하기 시작하여 블루스와 민요를 기조로 하는 자연스럽고 감동적인 시를 많이 써서, 흑인의 슬픔과 기쁨을 드러냈다. 제2차 세계대전 이후에는 극작과 오페라의 대본을 썼으며, 대학에서 강의도 하였다. 그리하여 흑인 문학의 선구자로서의 큰 위치를 차지하였다.

1950~60년대에 휴즈는 흑인 인권 운동가로, 흑인 작가로, 흑인 시 낭송가로 전국을 누비고 다니며 피해의식에 젖어 있는 흑인들에게 용기를 주었다. 그의 시 낭송은 재즈를 결합시킴으로써 선풍적인 인기를 끌었다. 시 낭송을 할 때 재즈를 배경 음악으로 하거나, 즉흥 재즈 연주회를 곁들이는 식이었다. 60년대에 미국에서는 흑인 인권 운동이 거세게 일어났는데 휴즈는 그 중심에 서 있던 인물이었다. 백인 사회의 편견과 질시를 극복하고 흑인으로서의 자존심을 세우는 데 일생을 바친 시인이 바로 그였다.

그의 대표 시집으로는 『피곤의 블루스』(*The Weary Blues*, 1926), 『유태인의 화려한 의상』(*Fine Clothes to the Jew*, 1927), 『흑인의 어머니와 다른 드라마적 낭송』(*The Negro Mother and Other Dramatic Recitations*, 1931), 『할렘의 셰익스피어』(*Shakespeare in Harlem*, 1942), 『편도 차표』(*One-Way Ticket*, 1949), 『엄마에게 물어보렴』(*Ask Your Mama*, 1961), 그의 사후에 나온 시집 『팬더와 래시』(*The Panther and the Lash*, 1967) 등이 있다.

백인들은 모든 특권을 누리고 있었고, 흑인은 모든 것으로부터 소외되어 있었다. 학비를 벌어 보려고 직업소개소를 샅샅이 훑고 돌아다녔으나 드넓은 뉴욕에서 흑인을 고용하는 음식점이나 심부름센터는 없었다. 그는 휴학을 하고는 본격적으로 일자리를 찾아 나섰다. 근교의 채소 농장에서 간신히 일자리를 구한 휴즈는 그 위에 허드슨 강을 오르내리는 배의 잡역부로 취직하였다. 그 시절에 썼던 시 중 제일 유명한 것이 「피곤의 블루스」이다.

> 나른한 곡조를 지친 듯 내뱉으며
> 달콤한 목소리로 흥얼흥얼대는

니그로의 연주를 나는 들었네.
어느 날 레스녹 가로 내려가
낡은 가스등 희미하고 어둠침침함 속에
　　니그로 느릿느릿 몸을 흔드네
　　니그로 느릿느릿 몸을 흔드네
저 피곤의 블루스 가락에 맞춰
상아 건반에 검은 손을 얹어
낡은 피아노 멜로디 따라 신음하게 하였지.
　　　오 블루스여!
휘청대는 악기를 향해 몸을 흔들며
그는 서글픈 재즈 가락을 음치처럼 연주했네.
　　　달콤한 블루스여!
흑인의 영혼으로부터 울려나오는
　　　오 블루스여!
깊은 음성에 우수의 가락을 담는
저 니그로의 노래, 낡은 피아노의 신음을 나는 들네.
　　"이 넓은 천지에 아무도 없어
　　나 자신 외에는 아무도 없어
　　나 이제 찡그린 얼굴 그만두고
　　내 고통 선반 위에 올려 놓네."
딱, 딱, 딱, 마룻바닥 두들겨대며.
몇 소절을 연주한 후, 다시 노래하네.
　　"피곤의 블루스 불러보나
　　나 만족할 수 없어
　　피곤의 블루스 불러보나
　　만족할 수 없어
　　조금도 행복하지 않네.
　　죽어 버렸으면 좋겠네."
밤이 깊도록 그는 그 곡조를 부른다.
별은 스러져 가고 달도 스러져 간다.
가수는 연주 멈추고 잠자러 간다.

피곤의 블루스 머릿속에 메아리치고 있으나

그는 바위처럼 시체처럼 잠들었다.

— 「피곤의 블루스」 전문

■ 조지프 브로드스키(Joseph Brodsky, 1940~1996)
– 「6년 후에」(*Six Years Later*, 1968)

브로드스키는 러시아계 미국 시민이다. 그는 레닌그라드의 유태인 가정에서 태어났다. 15세 때 집안 사정으로 학교를 자퇴하고 사회에서 각종 일을 하면서 가정을 도왔다. 이 시기에 그는 독학으로 폴란드어와 영어를 배웠다. 동시에 많은 문학 작품을 탐독했으며, 자신의 시를 짓기 시작하였다. 하지만 여러 가지 원인으로 당시 러시아에서는 단지 그의 시 몇 편만이 정식으로 발표되었다. 그의 작품 대부분은 필사본으로 만들어져 비밀간행물을 통해 전해졌다.

저명한 여류 시인 안나 아흐마토바(Anna Andreyevna Akhmatova, 1889~1966)는 그의 시들을 칭찬했다. 그러나 경찰과의 끊이지 않는 마찰로 2번이나 정신병원에 드나들었으며, 심지어는 국방보안위원회(KGB)에도 그의 서류가 올라가 있었다. 그리고 러시아 당국은 '사회의 기생충'이라는 죄명으로 그에게 5년의 노동형을 선고하고 농장으로 보냈다. 안나 아흐마토바 등의 저명한 작가들이 이의를 제기한 덕분에 그는 1년 반 후 레닌그라드로 돌아올 수 있었다.

1972년 당국이 강제추방령을 선고하자 그는 비엔나에서 잠시 머문 후 미국으로 망명했다. 이후 미시건 대학에서 시 창작 교수생활을 시작하였으며, 1977년 미국 국적을 취득하였다. 그의 대표적 시집으로는 러시아어 시집 『황야의 정거장』(1970), 『아름다운 기원의 결속』(1977), 『로마의 슬픈 노래』(1982) 등이 있고, 영문 번역 시집 『시선집』(*Selected Poems*, 1973), 『연설의 일부』(*A Part of Speech*, 1977) 등이 있다. 그는 1987년 노벨문학상을 수상하였다.

시 「6년 후에」는 시각적인 감각이 돋보이는 시이다. 이 시는 은유법과 상징들을 서로 연결하여 독특하고 신비로운 한 폭의 그림을 만들어 내고 있다. 이 시는 표면적으로는 사랑을 노래하고 있으며, 연인과 사랑한 6년 동안의 감정을 표현한 것처럼 보인다. 그러나 시적 화자는 6년을 함께 한 후 "모든 새롭고 신기한 것은 이토록 낯설어지고"라고 말한다. 즉 익숙한 낯설음과 둘 사이에 생긴 이름 모를 간격으로 완벽하게 하나였던 마음이 분리된 것이다. 이것은 세월이 흐름에 따라 사랑이 변하였으며, 한때는 생명의 모든 것이 결합되어 있었던 두 영혼이 점차 소원해지는 것을 의미한다.

함께 한 삶이 이다지도 길어
1월의 둘째 날이
이제 다시 화요일이 되었으니
깜짝 놀란 그녀의 눈썹은
비 오는 차창의 와이퍼처럼 치켜 올라가
그녀의 뿌연 슬픔이 걷히고,
구름 한 점 없는 거리가 저만큼 보였다.

새로운 모든 것들이 이다지도 낯설어
잠의 혼란은
분석가들이 파고들지 모를 그 어떤 심연도 무색케 하고
내가 입김을 불어 촛불을 껐을 때
그녀의 입술이 내 어깨에서 떨어져 내려
별 생각 없이, 내 입술을 더듬어 찾았다.

함께 한 삶이 이다지도 길어

그녀와 나, 우리는 그림자를 연결하여 문을 만든다.

그 묵직하고 한때 존재하지 않았던

일할 때도 잠잘 때도 항상 닫혀 있는

하지만 문은 다시 나타나고 우리는 그것을 지나서

앞을 향해, 미래를 향해, 밤을 향해 흘러간다.

—「6년 후에」 부분

3) 소설

1917년 러시아 혁명은 그 후 미국에 영향을 미쳤고 사회주의의 침투를 경계한 나머지, 정부는 사상 탄압의 방향을 추진했다. 1929년 주식의 대폭락이 일어났고, 1932년 실업률은 최고를 기록했으며, 세계를 끌어들인 대불황이 시작되었다. 유럽에 활동의 거점을 두고 있던 많은 예술가들도 부득이 귀국하지 않을 수 없었다.

미국 소설은 19세기 초에 호손(Nathaniel Hawthorne, 1804~1864), 멜빌(Herman Melville, 1819~1891) 등과 같이 뛰어난 작가들이 등장하면서, 영국의 영향으로부터 독립되었다. 이 시기의 대부분의 소설의 소재는 서부 개척과 같은 미국적인 것이었으며, 그 바탕에 청교도 정신이라는 공통점을 가지고 있었다. 남북 전쟁이 끝난 후에는 남부 지방적인 색채가 강한 트웨인(Mark Twain, 1835~1910), 도시적인 사건들을 중심 소재로 다룬 하우웰즈(William D. Howells, 1837~1920), 유럽과의 국제적 관계를 중심 소재로 다룬 제임스(Henry James) 등이 등장하여 사실주의 문학을 꽃피웠다.

그 뒤를 이어, 농업사회로부터 산업사회로 변화하고 세계 각지로부터 들어온 이민들이 급증하는 등 미국 사회가 대변동을 겪는 과정에서, 인간이 유전과 환경의 절대적인 영향을 받는 힘없는 한 개체에 불과하다고 간주하는 자연주의 문학이 생겨났다. 노리스(Frank Norris, 1870~1902), 크레인(Stephen Crane, 1871~1900), 드라이저(Theodore Dreiser, 1871~1945) 등이 대표적인 작가이며, 본인의 의지와는 반대로 결국은 거대한 힘에 희생당하는 인물들을 주로 다루었다. 드라이저의 대표작으로는 출세욕으로 살인을 범한 한 청년의 비극을 주위의 사회와 결부시켜 해석한 『아메리카의 비극』(*An American Tragedy*, 1925) 등이 있다.

제1차 세계대전 이후에는 헤밍웨이(Ernest Hemingway, 1899~1961), 피츠제럴드(Francis Scott Fitzgerald, 1896~1940), 패소스(John Dos Passos, 1896~1970) 등과 같이 소위 '길 잃은 세대'(Lost Generation)[4]가 등장한다. 각각 대표작을 꼽아보면 헤밍웨이의 『무기여 잘 있거라』(*A Farewell to Arms*, 1929), 『누구를 위하여 종은 울리나』(*For Whom the Bell Tolls*, 1940), 『노인과 바다』(*The Old Man and the Sea*, 1952) 등을 들 수 있다. 피츠제럴드는 『위대한 개츠비』(*The Great Gatsby*, 1925)를 내놓았고, 그리고 패소스는 『맨하튼의 환승역』(*Manhattan Transfer*, 1925), 『북위 42° 선』(*The 42nd Parallel*, 1930) 등을 포함한 3부작 『유에스에이』(*U.S.A.*, 1938) 등을 내놓았다. 전쟁에 참전한 후 정신적인 후유증으로 유럽을 방황하며 작품활

---

4 길 잃은 세대 : 거트루드 스타인(Gertude Stein)이 헤밍웨이에게 "당신들은 모두 길 잃은 세대"라고 한 말에서 비롯되었다. 제1차 세계대전 이후의 세대를 의미하지만 특히 전쟁 중에 성인이 되어 1920년대에 문학적 명성을 얻은 미국 작가들을 일컫는다. 자신들이 물려받은 가치관이 더 이상 전후 세대와 연결되지 못하고, 편협하고 물질주의에 물들고, 정서적으로 황폐해 보이는 미국이라는 나라에 정신적 소외를 느끼기 때문에 '길을 잃은 세대'인 것이다. 이에 속하는 대표적 작가는 헤밍웨이, 피츠제럴드, 패소스, 포크너 등이다.

동을 하기도 했던 그들은 문제의 실험, 의식의 흐름, 몽타쥬 기법[5] 등을 사용하고 소설의 소재를 인간의 내면적인 문제에서 찾았으며, 미국 모더니즘 문학을 이끌었다.

이들 작가와는 약간 성향을 달리했지만 같은 세대에 속하는 포크너도 전후 세대에 대한 강한 혐오감과 예술의 가치에 대한 신뢰라는 점에서 '길 잃은 세대'에 동조했다. 특히 20세기 초엽부터 1930년대에 걸쳐 꾸준히 작품활동을 한 포크너(William Faulkner, 1897~1962)는 미국 남부 지방을 배경으로 미국 모더니즘의 정수를 보여주었다. 그의 대표작으로는 모더니스트의 걸작으로 평가받는 『음향과 분노』(The Sound and the Fury, 1929), 『압살롬, 압살롬!』(Absalom, Absalom!, 1936) 등이 있다. 그는 1949년 노벨문학상을 수상하였다.

'길 잃은 세대'의 뒤를 이은 스타인벡(John Steinbeck, 1902~1968)은 30년대의 사회주의 리얼리즘을 대표하는 작가로서 사회의식이 강렬한 작품과 온화한 휴머니즘이 넘치는 작품들을 썼다. 그는 1962년 노벨문학상을 수상하였는데, 대표적인 작품으로는 『분노의 포도』(The Grapes of Wrath, 1939), 『에덴의 동쪽』(East of Eden, 1952) 등이 있다. 또한 유태인계 작가인 샐린저(Jerome David Salinger, 1919~2010)의 『호밀밭의 파수꾼』(The Catcher in the Rye, 1951)은 전후 미국 문단의 걸작으로 평가받았다.

---

5 몽타주(montage) 기법 : 프랑스어로 '조립하는 것'을 의미하는데 특히 영화감독들이 사용하면서 영화와 텔레비전의 화면 조립 기법 혹은 편집 방법의 하나를 말하는 영화 기법 용어가 되었다. 따로따로 촬영된 필름의 단편을 창조적으로 접합해서 현실과는 다른 영화적 시간과 공간을 만들어내는 기법이다. 영상 몽타주는 이야기를 시간적 순서에 따라 전하기 위해 장면과 장면을 결합하거나, 또는 감동을 주거나 사고의 연계를 보여주기 위해 이미지를 나란히 연결하기도 한다. 문학적으로는 독립된 심상들을 결합해 전체적으로 하나의 통일된 주제를 이루도록 하는 기법이다.

그리고 1930년대 노벨문학상을 수상한 싱클레어 루이스(Sinclair Lewis, 1885~1951)의 장편 『메인 스트리트』(*Main Street*, 1920)와 『베빗』(*Babbitt*, 1922), 1938년에 노벨문학상을 수상한 펄 벅(Pearl Sydenstricker Buck, 1892~1973)의 『대지』(*The Good Earth*, 1931) 등에 의하여 미국 소설 문학은 세계 문학의 중심부에 자리하게 되었다.

1950년대 이후에는 라이트(Richard Wright, 1908~1960)를 대표로 흑인 작가들이 등장하여 이른바 '할렘 르네상스'라 불리는 흑인 문학의 전성기를 이루면서 미국 내의 소수 인종들이 목소리를 낼 수 있는 중요한 계기를 마련했다. 라이트의 대표작으로는 『엉클 톰의 아이들』(*Uncle Tom's Children*, 1938), 『토박이』(*Native Son*, 1940), 『흑인 소년』(*Black Boy*, 1945) 등을 들 수 있다.

또한 1960년대 이후에는 케네디 대통령과 킹 목사의 암살, 흑인 민권 운동과 폭동, 월남 참전 반대 시위 등과 같은 혼돈스러운 사회 상황이 연속되었다. 그러면서 케시(Ken Kesey), 긴즈버그(Allen Ginsberg) 등을 중심으로 비트족이 형성되기도 하였다. 그들은 주로 청년층이었고 장발에다 맨발로 걷는 것을 좋아하고 재즈를 듣고 마리화나를 애용하고 음주와 섹스에 도취되었다. 그들은 규격 외의 생활 속에서 전위예술을 지향했다. 또한 그들은 기존의 모든 사회 제도를 거부하고 동양의 선사상 연구 등을 통하여 새로운 영감의 근원을 찾고자 노력했다.

그와 동시에 유태계작가들은 인종적인 차이 때문에 느끼는 그들의 소외감을 불안정하고 복잡한 사회 속에서 현대 미국인들이 느끼는 소외감으로 확장, 승화시키는 작품들을 발표하여 대중들로부터 공감을 불러일으켰다. 그 대표적인 작가로는 벨로우(Saul Bellow, 1915~2005), 맬라머드(Bernard Malamud, 1914~1986) 등이 있다. 벨로우는 1976년 노벨문학상을 수상하였는데, 대표작으로는 『오기 마차의 모험』(*The Adventures of Augie march*, 1953), 『허조그』(*Herzog*, 1964), 『샘믈러 씨의 행성』(*Mr. Sammler's Planet*, 1970) 등이 있다. 맬라머드는 『마법의 통』(*The Magic Barrel*, 1928), 『심부름센터』(*The Fixer*, 1966) 등을 내놓았다.

1950, 60년대 흑인 문학의 대표자로 볼드윈(James Baldwin, 1924~1987)을 들 수 있다. 그는 『산에 올라가서 알려라』(*Go Tell It on The Mountain*, 1953)를 비롯하여, 파리를 무대로 하여 동성애를 다룬 『조반니의 방』(*Giovanni's Room*, 1959), 흑인과 백인여자의 연대와 인종 사이에 횡행하는 증오와 동성애 등 충격적인 제재를 취급한 『또 하나의 나라』(*Another Country*, 1962)를 발표해서 주목을 끌었다.

1970년대 이래로 문화적 다양성과 중심의 부재를 강조하는 포스트모더니즘의 현상이 미국 소설의 특징이 되었다. 포스트모더니즘은 미국 작가들로 하여금 작품의 형태, 내용, 기교 등에서 새로운 것을 모색하고 창조하는 계기를 마련하였다. 이의 대표적 작가인 핀천(Thomas Pynchon, 1937~), 코진스키(Jersey Kosinski, 1933~1991), 쿠버(Robert Coover, 1932~), 보네거트(Kurt Vonnegut, 1922~2007) 등은 주목받을 만한 작품을 발표하였다. 그들의 대표작으로는 핀천의 『제49호 품목의 경매』(*The Crying of Lot*, 1966), 20세기 문학의 걸작으로 꼽히는 『중력의 무지개』(*Gravity's Rainbow*, 1973) 등이 있다. 또한 코진스키는 『그곳에 있음』(*Being There*, 1971)을 비롯하여, 『블라인드 데이트』(*Blind Date*, 1977), 『69번 가의 은둔자』(*The Hermit of 69th Street*, 1988) 등 많은 작품을 연속적으로 발표했다. 쿠버는 『점보 악곡과 수창』(*Pricksongs and Descants*, 1969), 『영화 보는 밤』(*A Night at the Movies*, 1987), 『베니스의 피노키오』(*Pinocchio in Venice*, 1991), 가장 최신작인 『유령 마을』(*Ghost Town*, 1998) 등을 내놓았다. 보네거트는 『실뜨개』(*Cat's Cradle*, 1963), 『제5도살장』(*Slaughterhouse—Five*, 1969), 『명사수 딕』(*Deadeye Dick*, 1982), 『갈라파고스』(*Galapagos*, 1985), 그리고 소설과 수필의 중간 정도에 자리하는 『시진』(*Timequake*, 1997) 등을 내놓았다.

또한 흑인 여성 작가들인 워커(Alice Walker, 1944~)와 모리슨(Toni Morrison, 1931~), 중국계 여성 작가 킹스턴(Maxine Hong Kingston, 1940~)과 탠 (Amy Tan, 1952~), 한국계 작가 차학경(Theresa Hak Kyung, Cha, 1951~)과 이창래(Chang Rae Lee, 1965~) 등과 같은 아시아계 작가들이 특수한 자신들의 정체성에 관한 주제를 다루면서 소수 집단의 문학을 이끌고 있다. 워커는 『자주 빛』(*The Color Purple*, 1982), 『나의 동반자의 신전』(*The Temple of My Familiar*, 1989), 『환희의 비밀을 간직하며』(*Possessing the Secret of Joy*, 1992), 『내 아버지의 미소에 담긴 밝은 빛』(*By the Light My Father's Smile*, 1998) 등을 발표하였다. 1993년 노벨문학상을 수상한 모리슨은 첫 소설 『가장 푸른 눈』(*Then Bluest Eye*, 1970)에 이어 『솔로몬의 노래』 (*Song of Solomon*, 1977), 『빌러비드』(*Beloved*, 1987), 『사랑하는 사람들』 (*Beloved*, 1987), 『재즈』(*Jszz*, 1992), 『낙원』(*Paradise*, 1997) 등을 출간하였다. 킹스턴은 자서전 소설 『여인무사—귀신들 사이에서의 소녀 시절 회상록』(*The Woman Warrior—Memoirs of a Girlhood Among Ghosts*, 1976), 『중국 남자들』(*China Men*, 1980), 『여행의 왕 손오공—그의 해적판』 (*Tripmaster Monkey—His Fake Book*, 1989) 등을 출간하였다. 탠은 첫 소설 『조이럭 클럽』(*The Joy Luck Club*, 1989) 과 『부엌 귀신의 아내』(*The Kitchen God's Wife*, 1991), 『접골 의사의 딸』(*The Bonesetter's Daughter*, 2001) 등을 내놓았다. 한국계 미국작가 차학경은 『딕테』(*Dictee*, 1982) 그리고 이창래는 『네이티브 스피커』(*Native Speaker*, 1995)와 『제스처 인생』(*A Gesture Life*,

1999) 등을 내놓았다.

■ 티어도어 드라이저(Theodore Dreiser, 1871~1945)
　　　– 『아메리카의 비극』(An American Tragedy, 1925)

드라이저는 인디애나 주 태러허트의 가난한 독일계 이민 가정에서 태어났다. 아버지는 독실한 천주교 신자였고 어머니는 체코 출신의 유복한 청교도 집안 출신이었다. 드라이저는 아버지의 강권에 의해 가톨릭 교구학교에 진학해 6년 동안 엄격한 교리 교육을 마치고, 공립학교에 입학하면서 처음으로 종교 서적이 아닌 문학 서적들을 접하게 되었다.

15세에 홀로 시카고로 떠나온 드러이저는 중학교 은사 필딩(Fielding) 선생의 도움으로 잠시 동안(1889~1890) 인디애나 대학에 다녔으나, 학업을 계속하기에는 부담이 너무 컸다. 그러나 이 시기에 그가 읽은 스펜서, 헉슬리, 다윈 등의 저서는 이후 그 자신의 세계관을 형성하는 핵심적인 사상의 단초를 제공해 주었다.

1892년 《데일리 글로브》(Daily Glove)지에 들어감으로써 기자생활을 시작한 드라이저는 몇몇 신문사를 거치면서 공황 이후의 불안한 사회상을 현장에서 목도하게 된다. 그의 첫 장편 『시스터 캐리』(Sister Carrie, 1899)는 주인공 캐리가 부도덕한 행동을 하고도 벌을 받지 않는다는 사실에, 반도덕적이라는 이유로 1912년까지 발매 금지가 되었다. 이후 대기업가인 여크스(Yerkes)를 모델로 한 주인공 코우퍼우드(Cowperwood)의 이야기인 삼부작 『자본가』(The Financier, 1912), 『거인』(The Titan, 1914), 『금욕주의자』(The Stoic, 1947 사후 출간)를 잇달아 발표했다.

그의 대표작인 『아메리카의 비극』은 '젊은이의 양지'라는 제목으로 영화화되어 한국에서도 상영되었다. 이 작품은 미국 자본주의 상승기의 사회와 개인의 모순을 현대의 어두운 면으로 표현하고 있는데, 곧 죄는 주인공 클라이드에게 있는 것이 아니라 입신출세주의에 물든 사회와 그릇된 도덕률에 책임이 있으며 이것이야말로 미국의 비극이라는 것을 보여주고 있다. 줄거리는 다음과 같다.

소년 클라이드는 캔자스 시의 가난한 전도사의 아들이다. 몽상가인 부모는 물질생활에는 관심이 없고 가두에서 북을 치며 전도에만 열중하고 있다. 종교 가정에서 태어난 클라이드는 양친의 생활에 반발하고 정신적인 것보다는 물질적인 것에만 큰 욕망을 갖게 된다.

약방의 사환에서 호텔의 벨보이로 직업이 바뀌면서 클라이드의 순진한 마음은 차츰 강한 물욕으로 변해 간다. 눈이 내리는 어느 날 놀기 좋아하는 친구들이 모여 바람잡이 소녀를 유혹해 드라이브를 한다. 돌아오는 길에 친구의 운전 부주의로 한 소녀를 치어 죽게 한다. 당황한 나머지 도망치다가 자동차는 크게 파손된다. 클라이드는 겁이 나서 부상자를 버리고 뺑소니친다.

클라이드는 시카고에 일하는 동안 숙부와 만나 그가 경영하는 공장에 고용되어 과장으로 승진한다. 숙부인 그리피스는 클라이드에게 관심을 표하고 있지만 사촌인 길버트는 클라이드에게 무관심하다. 그러나 클라이드는 적극적으로 사회활동을 하여 차츰 인기가 좋아진다. 따라서 길버트도 사촌의 존재를 무시할 수 없게 된다. 이러는 가운데 클라이드는 같은 공장에서 일하는 여공 로바타에게 끌리어 두 사람은 서로 사랑하게 된다.

한편 클라이드는 숙부의 소개로 그 지방의 상류 사회에 진입하게 되고, 부호의 딸인 산드라하고도 친숙한 사이가 된다. 클라이드는 부(富)와 가통(家統)에 강한 유혹을 받는다. 그때까지도 너무 가난에 찌들어 왔기에 그 앞에 펼쳐질 화려한 미래를 꿈꾸게 된 것이다. 그런데 여공 로바타가 클라이드의 아이를 임신하게 되고 로바타는 클라이드의 출세에 방해자가 된다.

클라이드는 로바타를 구슬려 자신도 곧 뒤따라가겠으니 고향에 가 있으라고 말한다. 그러나 클라이드는 그녀를 방문하기는커녕 편지 한 장 보내지 않는다. 기다리다 못해 로바타는 의사와 상담하게 되고, 의사는 두 사람이 빨리 결혼하라고 권한다. 로바타는 클라이드에게 결혼을 요구하고 만일 이에 응하지 않으면 모든 것을 공개하겠다고 협박한다. 이에 클라이드는 마지못해 결혼을 약속한다.

그러나 클라이드는 기묘한 계획을 세운다. 어느 날 저녁 인기척이 없는 산속의 호수로 로바타를 유인해 보트를 타고 호심까지 노 저어 간다. 클라이드는 로바타를 죽이려는 계획을 실행하려 두려움이 엄습해 와 결단을 내리지 못하고 마지막 순간에 마음을 바꾸어 먹고 포기한다. 클라이드의 표정에서 불안을 느낀 로바타는 일어서서 클라이드 쪽으로 움직이게 되고, 그 바람에 보트는 전복된다. 구조를 요청하는 로바타의 소리를 뒤로하고 클라이드는 헤엄쳐 나온다.

클라이드는 곧 경찰에 체포된다. 사실 클라이드는 그녀를 자진해서 구출하지 않았을 뿐 그녀를 살해한 것은 아니다. 재판이 진행되는 동안 주된 문제는 클라이드가 로바타의 죽음에 책임이 있는가 하는 것이다. 재판 그 자체는 공정하지 않고 신문은 그를 향한 대중의 분노를 선동한다. 결국 클라이드는 재판에서 사형 선고를 받는다. 그리하여 어머니의 탄원에도 불구하고 클라이드는 전기의자에 앉아 22세의 나이로 생애를 마친다.

클라이드의 어머니는 이전의 전도생활을 계속한다. 클라이드가 부모님의 가두 전도에 도움을 준 것처럼 지금은 클라이드의 여동생 아들이 그들을 돕고 있다.

■ 어니스트 헤밍웨이(Ernest Hemingway, 1899~1961)
－『노인과 바다』(*The Old Men and The Sea*, 1952)

'길 잃은 세대'를 대변하는 작가 헤밍웨이는 시카고에서 태어났다. 아버지는 수렵 등 야외 스포츠를 좋아하는 의사였고, 어머니는 음악을 사랑하고 신앙심이 돈독한 여성이었다. 이러한 부모의 기질은 헤밍웨이의 인생과 문학에 미묘한 영향을 주었다. 헤밍웨이는 제1차 세계대전 동안 적십자 야전병원의 수송차 운전병이 되어 이탈리아 전선에 종군 중 다리에 중상을 입었다.

그의 첫 소설 『태양은 다시 떠오른다』(*The Sun Also Rises*, 1926)는 파리와 스페인을 무대로 찰나적이고 향락적인 삶을 살아가는 미국 젊은이들을 그리고 있다. 이 소설의 주인공들은 모두 '정신적인 불구자'를 상징하며, 희망을 상실한 채 공허한 세상을 어떻게 살아가야 할지 알고 싶어 몸부림치는 사람들이다. 조국을 위해 용감히 싸웠지만 평화가 찾아오자 아무런 소용이 없게 되어 버린 주인공들은 '국적 이탈자'가 되어 희망과 포부도 없이 절망 속에서 그저 하루하루를 즐기려고 한다.

『무기여 잘 있거라』(A Farewell to Arms, 1929)는 1928년 그의 아버지가 권총 자살하고 완성한 반전 애정 소설이다. 잔인한 전쟁의 소용돌이 속에서도 사랑으로 삶의 의지를 불태우는 사람들의 이야기를 그려 국외에서도 전쟁 문학의 걸작으로 반향을 불러일으켰다. 『누구를 위하여 종은 울리나』(For Whom the Bell Tolls, 1940)는 스페인 내란을 배경으로 한 최대의 장편으로 독자들의 마음을 크게 사로잡았다. 『노인과 바다』(The Old Man and the Sea, 1952)는 대어大漁를 낚으려고 분투하는 늙은 어부의 불굴의 정신과 고상한 모습을 간결하고 힘찬 문체로 묘사한 단편이다. 이 작품으로 1953년 퓰리처상을 받고, 1954년 노벨문학상을 받았다. 또한 『킬리만자로의 눈』(The Snow of Kilimanjaro, 1936) 등의 단편에서는, 심리적 사실주의와 상징주의를 면밀히 혼합시켜 쉽게 읽히면서도 삶에 대한 은유로 가득 찬 필력을 과시했다.

1953년 아프리카 여행을 하던 헤밍웨이는 두 번이나 비행기 사고를 당해 중상을 입고, 이후 전지요양에 힘쓰다가 1961년 7월 갑자기 엽총 사고로 세상을 떠났는데, 세간에서는 자살로 추정하고 있다.

단편 『노인과 바다』는 나이 많은 쿠바인 어부가 길고 끈질긴 투쟁 끝에 거대한 물고기를 잡아 배에 매달고 항구로 돌아오게 된다. 그러나 돌아오는 도중에 상어들이 따라와 그 물고기를 뜯어 먹는 바람에 뼈만 남게 된다. 이를 통하여, 투쟁의 용기와 패배의 극기주의라는 작가의 위대한 메시지를 보여주고 있다.

노인 산티아고는 멕시코 만에서 작은 배를 띄우고 고기잡이를 생업으로 살아간다. 그의 모습은 수척하고, 열대 지방의 강한 광선으로 인해 양 볼은 주름이 잡히고, 양손에는 여기 저기 깊은 상처투성이다. 어디를 보나 늙고 쇠약한 몸인데, 두 눈만은 맑게 빛나 불굴의 투쟁력을 엿보이게 한다. 마노린 소년은 이 노인과 늘 함께 배를 타고 고기잡이를 나간다. 소년은 다섯 살 때부터 이 노인과 일하였으며 지금은 훌륭한 조수가 되었다.

어느 여름이 끝날 무렵 매일같이 고기 한 마리 잡히지 않는 날이 40일이나 계속되자, 소년의 부모는 소년에게 노인 어부와 결별하고 다른 배를 타게 한다. 노인은 그날부터 혼자 고기잡이를 떠나지만 계속 80일이나 고기 구경을 못한다. 드디어 85일째 되는 날, 노인은 멀리 나가 한번 운을 걸어보려고 어부들이 '큰우물'이라고 부르는 깊은 바다로 나간다. 그리고 그곳에 낚시를 던진다. 노인은 바다라는 곳은 자비로운 여성으로, 때로는 거칠기도 하지만 그것은 달이 하는 장난이라고 믿고 있다. 여성이 달에 지배되는 것처럼 바다도 달에 지배된다는 것이다.

노인이 85일째 되는 오늘만은 꼭 대어를 낚고야 말겠다는 생각을 하고 있을 때 툭하고 강한 흔들림이 온다. 그 중량감으로 틀림없이 대어임을 예감한다. 조금만 낚싯줄을 당겨보면 바로 무게가 손에 전해진다. 노인이 양손에 힘을 주고 온힘을 다하여 줄을 당겼지만, 물속의 고기는 까딱하지 않고 천천히 멀리 헤엄쳐간다. 배는 북서쪽으로 서서히 끌려간다. 어부의 작전은 고기를 뱃머리까지 끌고 와서 작살로 찌르는 것인데 고기는 모습도 나타내지 않고 조용히 배를 끌고 간다. 낚시에 걸린 것은 정오였는데, 이미 네 시간이 지났는데도 변함없이 배는 북서쪽으로 끌려갈 뿐이다. 노인은 소년이 함께 있었더라면 하고 분해한다.

고기는 해가 졌는데도 진로를 바꾸지 않는다. 해가 뜨기 전에 또 다른 낚시에 고기가 걸렸지만 어부는 칼로 줄을 끊고 다만 하나의 목표 달성에만 집중한다. 일생에 한번 있는 이 기회를 놓치지 않기 위하여 모든 것을 희생해도 좋다고 생각한다. 날이 밝았는데도 고기는 조금도 지치지 않은 것 같다. 줄을 잡은 어부의 왼손에는 쥐가 일어난다. 그때 줄의 방향이 바뀌어 고기가 수면에 모습을 드러낸다. 배보다도 2피드는 더 긴 대어다. 육지도 보이지 않는 망망대해에서 생전 처음 보는 대어와 싸우는 그에게는 오직 오른손 하나뿐이다. 그런데도 고기는 조금도 흐트러짐을 보이지 않고 또 힘 있게 배를 끌고 간다. 이렇게 이틀째의 날도 저문다. 어부는 오른손에 줄을 쥔 채 잠이 든다.

그때 돌연히 오른손 바닥이 타는 듯 뜨거워진다. 줄이 손바닥에서 미끄러져 바다로 끌려간다. 대어가 발악하자 배는 좌우로 흔들린다. 세 번째 태양이 떠오를 때에는 고기는 크게 원을 그리며 배 주위를 돈다. 고기는 몇 차례 배에 접근한다. 어부는 작살을 던져 고기의 움직임을 멈추게 하려 하지만 팔에 힘이 빠져 정신이 흐릿하다. 온힘을 다해 고기를 끌어 당겨 배에 묶고 노를 젓기 시작할 때 설상가상으로 상어떼의 습격을 받는다. 3일의 사투 끝에 얻은 고기는 끊임없이 습격해 온 상어떼의 밥이 된다. 다음 날 아침 항구에 도착했을 때는 18피드의 뼈만이 뱃전에 묶여 있다. 오두막집에는 온 힘을 다한 노인이 죽은 듯 잠들어 있다.

■ 프란시스 스콧 피츠제럴드(Francis Scott Fitzgerald, 1896~1940)
　　　 – 『위대한 개츠비』(*The Great Gatsby*, 1925)

피츠제럴드는 '잃어버린 세대'의 대표적 작가의 한 사람이며, 1920년대 미국 재즈 시대의 분위기와 매너(manners)를 전형화한 작가이다. 그는 미네소타 주 세인트폴에서 태어나, 그 지방의 로마 가톨릭이 설립한 학교에서 소년 시절을 보냈다. 프린스턴 대학에서 교육을 받았고 이런 환경으로 인해 상류 사회의 일원이 되었다. 제1차 세계대전에 참전하였다가 전쟁이 끝나고 뉴욕으로 건너가 본격적으로 작품 창작에 들어갔다. 그러다가 그의 처녀작이며 '길 잃은 세대의 선언'이라고 인정을 받은 『낙원의 이쪽』(*This Side of Paradise*, 1920)을 발표하여 명성을 얻었다. 이후, 속물 여성들의 물신주의들 다룬 『아름답고 저주받은 사람들』(*The Beautiful and Damned*, 1922), 『밤은 아름다워라』(*Tender is the Night*, 1934) 등을 발표하여 20세기 미국 사회의 무절제한 삶과 소비풍조를 고발하였다.

대표작 『위대한 개츠비』는 상징주의와 심리적 사실주의를 결합시킨 작품이다. 이 작품이 성공하자 또다시 피츠제럴드는 파리에서 환락의 생활에 빠졌다. 그러다가 1930년대의 경제공황과 더불어 그의 인기도 떨어져서 독자들의 관심을 사지 못했다. 그는 마침내 거지와 같은 신세가 되었고 관절염까지 얻어 앓아눕게 되자 두 번이나 자살을 기도하였다. 그 뒤 알코올 중독과 병고에 시달리는 불우한 나날을 보냈다. 할리

우드를 무대로 한 작품 『최후의 대장군』(The Last Tycoon, 1941)을 쓰던 중 심장마비로 세상을 떠났다.

『위대한 개츠비』는 화자인 닉 캐러웨이의 관점을 통해 1920년대의 매력과 도덕적 추악함을 그대로 보여준다. '개츠비'는 돈으로 사랑과 행복을 살 수 있다는 미국적 신념을 상징한다. 주인공은 물질만능의 세계와 그것을 신봉하는 사람들을 그의 환상적 이상의 세계로 변화시키려고 노력하지만 결국 실패하고 만다. 상징적인 이미지의 구사 등을 통해 과거의 위대한 '미국의 꿈'이 오늘에 이르러 얼마나 큰 비극으로 바뀔 수 있는가를 보여주고 있다. 작품의 줄거리는 다음과 같다.

닉은 중서부의 출신인데 뉴욕의 증권회사에 입사하여, 뉴욕 근교 웨스트 에그 마을의 해협이 내려다보이는 자그마한 집을 빌려 산다. 그 이웃에는 호화로운 대저택이 있는데, 이 저택은 30대의 제이 개츠비의 집이다. 큰 부자인 개츠비는 그 저택에서 밤마다 성대한 파티를 벌리고 있다. 그런데 어느 날 밤, 닉은 그 집 마당에서 홀로 하늘의 별과 해협 건너편을 바라보고 있는 개츠비의 모습을 보게 된다.

해안 건너편에는 닉의 대학 동창인 부호의 아들 톰 부캐넌이 살고 있는데, 그의 아내는 닉의 친척인 데이지이다. 닉은 톰의 집에서 베이커 양이라는 골프 선수와 알게 되어 교제를 계속하고 있다. 그런데 톰은 자동차 판매업자 윌슨의 아내인 마톨과 밀회를 즐기고 있다.

어느 날 개츠비가 파티 초대장을 보내와 갔더니, 개츠비가 닉에게 말을 건다. 그 다음에 만났을 때는, 개츠비가 부탁이 있으니 나와 교제 중인 베이커를 만나달라고 한다. 그녀를 만났더니, 용건은 닉이 사는 집에서 데이지와 개츠비를 만나게 하라는 것이다. 데이지가 결혼하기 전에 무척 가난한 군인이었던 개츠비는 그녀와 사랑하는 사이였다고 한다. 그리고 데이지도 일단 다른 사람과 결혼을 했으나 개츠비를 잊지 못하는 듯했다. 즉 개츠비가 옛날 가난한 소위 시절에 데이지는 톰이라는 큰 부자와 결혼하였던 것이다.

개츠비는 단순한 사내로서 돈이 데이지의 마음을 변화시켜 톰과 결혼한 것으로 생각하고, 온갖 수단을 써서 큰 부자가 된다. 그리고 일부러 데이지 집 맞은편에 있는 대저택을 사들이고 매일 밤 파티를 열어, 어떻게 해서라도 그녀의 관심을 끌어 사랑을 되찾으려 했던 것이다. 물론 그는 아직 독신이다. 공교롭게도 이웃에 사는 닉이 데이지와 또한 사촌 형제 관계에 있었기 때문에 닉의 주선으로 개츠비는 데이지와 재회할 기회를 갖는다. 단순한 개츠비는 그녀를 만나고, 그녀의 태도로 미루어 보아 그녀의 사랑을 다시 찾은 것으로 믿어 버린다.

그러나 어느 무더운 여름 날, 모두들 함께 뉴욕으로 갔다가 돌아오는 길에, 데이지가 운전하는 개츠비의 차가 톰의 정부를 치어 죽이고 달아난다. 이 사건으로 말미암아 그 여자의 남편은 개츠비가 일부러 자기 부인을 치어 죽인 것으로 오해하여 사살한다. 데이지는 개츠비의 장례식에 얼굴도 비치지 않고 남편과 여행을 떠난다. 개츠비의 사랑은 정녕 가엾고 허무한 것이었다. 닉은 이와 같은 동부의 현실에 싫증을 느끼고, 중서부의 고향으로 다시 돌아간다.

■ 존 더스 패소스(John Dos Passos, 1896~1970)

― 『맨하튼의 환승역』(*Manhattan transfer*, 1925)

'길 잃은 세대'의 대표적인 작가 패소스는 포르투갈계 이민자의 아들로 시카고에서 태어났다. 아버지는 이민을 와서 변호사로 성공하였고, 어머니는 남부 귀족 출신이었다. 패소스는 유년 시절을 아메리카, 유럽 및 멕시코 등 각 지역에서 지냈고, 1916년 우수한 성적으로 하버드 대학을 졸업한 뒤 유럽을 방랑하였다. 제1차 세계대전 때는 야전 위생부대에 지원하여 프랑스와 이탈리아 전선에서 전쟁을 경험하였다. 이러한 경험은 그로 하여금 군대와 전쟁을 혐오하게 하였다. 그리하여 그의 전쟁 소설은 헤밍웨이와 달리, 군대 기구의 비인간성을 파헤치고 그 기구로 유린당하는 개인의 운명을 묘사하는 거시적인 사회 소설의 특징을 띠었다.

그는 특히 저항 소설가로서 주목을 받았는데, 처녀작 『어느 사나이의 인생에의 자각』(*One Man's Initiation*, 1917)은 제1차 세계대전을 다룬 최초의 미국 소설이다. 이후 발표한 『3명의 병사』(*Three soldiers*, 1921) 역시 제1 차 세계대전을 다룬 반전 소설이며, 『북위 42°선』(*The 42nd Parallel*, 1930), 『1919』(*Nineteen Nineteen*, 1932), 『거금』(*The Big Money*, 1936)으로 이루어진 3부작 『유에스에이』(*U.S.A.*)는 1900~1920년대 말의 경제공황기를 배경으로 그 시대를 대표하는 남녀 12명의 생애를 그린 급진적 사회 소설이다. 그는 1926년 공산당의 평론지 《뉴매시즈》(*New Masses*, 1926) 창간에 전력을 쏟았고, 그 무렵부터 좌익극단 '뉴플래이 라이츠 시어터'(New Playwrights Theatre)의 창립을 도왔으며, 스스로 『쓰레기 수거인』(*The Garbage Man*, 1926) 등의 급진주의적인 희곡을 쓰기도 했다.

그는 작품을 통해 좌익의 관점에서 현대 사회 경제 체제를 폭넓게 고발했다. 뿐만 아니라, 소설의 보편적인 서술 외에 '뉴스영화', '역사적 중요 인물의 소묘', '카메라의 눈'이라는 세 가지의 실험적 기법을 효과적으로 구사해 20세기 소설의 문제작가로 꼽혔다.

제2차 세계대전 때는 특파원 기자로 활약하기도 했으나, 결국 패소스는 스탈린주의에 환멸을 느끼고 자유민주주의를 옹호하는 입장으로 바꾸었고, 만년에는 반공적 보수주의자가 되었다.

『맨하튼의 환승역』은 많은 등장인물들이 이합집산하고 있어서 일관된 통일성이 없다. 또한 인상파 수법으로 복잡한 뉴욕의 모습을 독자에게 떠올리게 하고 있다. 그중 비교적 많이 등장하는 인물은 여배우 에렌과 신문기자 지미이다. 이 두 사람을 중심에 두고 복잡한 줄거리를 따라가 보면 다음과 같다.

경리사원 샛차는 병약한 아내 수지가 입원해 딸을 분만했기 때문에 병원을 방문한다. 새로 태어난 딸에게는 그의 어머니의 이름을 따서 에렌이라고 이름 짓는다. 아내는 병원생활이 지겨워 거의 신경질적으로 변한다. 그리고 얼마 후 아내

수지가 세상을 뜨자 샛차는 혼자서 딸 에렌을 키운다. 그는 딸에게 큰 기대를 걸고 열심히 일한다. 에렌이 성장하여 무대에 서게 되고 마침내 존 오글소프라는 남자배우와 결혼하게 된다. 그러나 결혼생활은 불행했고, 오글소프는 배우로서는 뛰어났지만 배신자다.

지미 하프는 어머니와 함께 유럽으로부터 미국에 왔지만, 마침내 어머니가 병으로 세상을 떠나자 돈 많은 숙부에게 맡겨진다. 지미는 그것이 싫어서 신문기자가 된다. 지미는 마침 여배우 에렌이 투숙하고 있는 호텔에 기거하게 되어, 이를 인연으로 서로 친분이 시작된다. 에렌은 남편과 함께 있는 것이 고통스러워 집을 뛰쳐나온 것이다. 그러다가 에렌은 술을 폭음하는 대학생 스탄과 사귀게 된다. 스탄은 대학을 쫓겨나 더욱 술에 빠진다. 에렌은 젊은 변호사나 부자들이 후원하려고 해도 스탄을 사랑하기 때문에 이에 응하지 않는다. 그러는 동안 그녀는 여배우로서 인기를 얻어 호텔생활을 버리고 호화 아파트로 입주한다.

제1차 세계대전이 일어난다. 전쟁으로 어수선한 뉴욕에도 남녀의 애증은 끊임없이 야기된다. 에렌이 남편과 정식으로 이혼하자, 연출가들의 유혹이 끊임없이 계속된다. 연출가 하리 콜드와이저는 에렌에게 청혼한다. 에렌은 배우로서의 지위를 보존하기 위해서는 연출가에 대해 너무 심한 태도를 지속할 수 없다. 그래서 어느 날 밤 에렌은 그 연출가 하리와 함께 식사를 하게 된다. 그런데 그때 애인인 스탄이 나타나 흥분한 나머지 권총으로 하리를 위협한다. 주변 사람들 덕택에 그 상황은 수습되었지만, 그 후 하리는 더욱 열렬하게 에렌에게 구혼하게 된다.

자포자기한 스탄은 아파트에 기름을 붓고 그곳에 불을 질러 크게 화상을 입는다. 이로 말미암아 스탄은 죽고 에렌은 마음에 큰 상처를 받는다. 스탄의 친구인 지미와 함께 있는 것만이 에렌에게는 작은 위안이 된다. 지미는 에렌을 애초부터 좋아했다. 에렌과 지미는 전쟁 중 유럽으로 가서 함께 적십자 활동에 가담한다. 그 후 그들은 결혼하여 아들을 얻고 함께 귀국한다.

전쟁이 끝난 후 지미는 희망을 잃고 직업도 포기하고 에렌과 헤어진다. 에렌도 이젠 인생에 지쳐 옛날 법률가와 합한다. 지미는 직업도 가정도 버린다. 맨하튼을 떠나기 위해 페리를 기다리는 동안 그는 몇 달만에 인생의 행복을 다시 맛본다. 다음 날 아침 돈 한 푼 없는 지미는 콘크리트 거리를 걸으면서 마음속으로 유쾌함을 느낀다.

■ 싱클레어 루이스(Sinclair Lewis, 1885~1951)

　　　 - 『메인 스트리트』(*Main Street*, 1920)

　루이스는 미국 미네소타에서 의사의 아들로 태어났다. 1908년 예일 대학 재학 중 영국 등지를 여행하고 사회주의 단체에 가입하는 등 활동적인 생활을 하였다. 예일 대학을 졸업한 그는 《워털루 신문》, 《월터 평론》 등 신문사에서 기자와 편집 일을 하면서 여가 시간에 소설을 썼다.

　그러다가 장편소설 『메인 스트리트』를 내놓음으로써 미국 문단에 명성을 얻었다. 이후 『베빗』(*Babbitt*, 1923)을 출간하면서 최고 작가 지위를 획득하게 되었다. 계속하여 『에어로스미스』(*Arrowsmith*, 1925) 등을 통하여 1930년 노벨문학상을 수상하였다. 그런데 『메인 스트리트』와 『베빗』에서는 미국 중산 계급을 억압적이고 무료하며 편협한 사람들로 묘사하여, 미국 사회를 조롱했다는 비난을 받기도 하였다. 그러나 오늘날 『메인 스트리트』나 『베빗』은 누구나 지성인이라면 꼭 읽어야 할 필독 도서가 되었다. 따라서 '메인 스트리트'는 '속악성'의 대명사가 될 정도로 유명하다.

　『메인 스트리트』는 이익만 추구하는 저속하게 경직된 한 마을의 생활 방식을 들춰냄으로써 미국의 생활을 신랄하게 풍자한 장편소설이다. 소설에서 작가는 '메인 스트리트'를 직접 비난하지 않고 여주인공 캐롤의 활동과 의식을 통해서 그런 곳에서의 삶이 얼마나 추악한지를 점차적으로 드러내고 있다. 줄거리는 다음과 같다.

　　캐롤 밀프더는 미네소타 주에서 태어난다. 그녀의 아버지는 개방적인 법관이었다. 그러나 캐롤이 9살 때 어머니가, 13살 때 아버지가 세상을 떠난다. 또한 얼마 후, 언니마저 시집을 가버리자 그녀는 고아가 된다. 세월이 흘러 날씬하고 아름다운 소녀로 성장한 캐롤은 학교에서 선생님과 학생들에게 주목받게 된다. 대학을 졸업한 후, 그녀는 도서관학을 공부하여 석사학위를 받고, 성바오로 공공도서관에서 일한다. 3년 동안 평탄한 직장생활을 하면서, 그녀는 많은 책을 읽는다. 그러다 그녀는 우연한 기회에 불혹의 나이에 든 윌 케니컷이라는 의사를 만난다. 그리고 그의 끈질긴 구혼 끝에 결혼한다.

캐롤은 남편을 따라 그의 고향 마을로 간다. 이기적이고 인습으로 가득한 그 마을을 보며 캐롤은 비관에 빠진다. 고독한 시간 속에 그녀는 중학교 교사인 노처녀 웨다, 그리고 자신의 일을 도와주던 비아와 친구가 된다. 사람들은 마을을 바꾸어 보려는 그녀의 생각을 알고는 속으로 비웃는다. 몇 년 동안 그녀는 고통 속에서 계속 변화의 계획을 실행해 간다. 새로운 시정대회당을 만들고, 파리박멸 운동에 참가하며, 도서회의 보고를 바꾸고, 도서관 직무위원회와 희극단 등을 만든다. 그러나 이런 개혁들은 그 마을에 별다른 변화를 가져오지 못한다. 오히려 그 마을이 가지고 있던 철학과 원한들만 캐롤을 점점 조여온다.

그러던 어느 날 캐롤의 집에서 열리는 살롱에 그 마을 독신 변호사 폴커가 참가한다. 그녀는 이 점잖은 은자(隱者) 같은 사람을 점점 좋아하게 된다. 얼마 뒤 폴커도 그녀에게 사랑을 고백해 온다. 그러나 캐롤은 결국 폭풍 같은 그 사랑을 거절한다.

남편 윌에게는 좋아하는 것이 다섯 가지 있다. 의사 일과 땅 매수, 운전과 사냥, 그리고 캐롤이다. 그런데 그런 남편도 아내의 원대한 꿈을 이해하지는 못한다. 결혼 후에도 남편은 여전히 그녀를 사랑해 주지만 캐롤은 그곳의 생활이 너무 무료하고, 남편이 말하는 그 마을의 철학에 염증을 느낀다. 아들 휴가 태어난 후로 그녀는 아이 키우는 일에만 전념한다.

비아는 본스타와 결혼하여 아들을 낳는다. 그러나 얼마 뒤 비아와 그녀의 아들이 성홍열에 걸려 죽게 되자 캐롤은 가슴 아파한다. 친한 친구 웨이다의 신랑 레이가 전장에서 고급장교가 되어 돌아오고 웨이다는 남편의 지위를 자랑스러워한다. 그러나 이 모든 것은 영원히 변치 않는 마을 생활의 작은 장식일 수밖에 없다. 그러던 중 캐롤은 마을의 20살 정도 된 젊은 청년 애리카와 사랑에 빠진다. 그 둘에 관한 소문이 마을에 퍼져나간다. 하지만 남편은 인내와 따뜻한 마음으로 그녀를 인도해 주고, 남편의 사랑에 감동한 캐롤은 다시 남편 곁으로 돌아온다.

초여름 폴라사 선생이 '마을번영 운동'을 벌이지만 캐롤은 전혀 흥미가 없다. 그녀는 아들 휴를 데리고 마을을 떠나고, 워싱턴의 군인보험국에서 문서를 정리하는 일을 한다. 얼마 지나지 않아 일에 싫증을 느낀 그녀는, 그곳 역시 자신이 살던 마을인 메인 스트리트와 같은 색채가 진하게 배어 있음을 깨닫는다. 2년 후 그녀는 다시 마을로 돌아온다. 마을은 여전히 하루하루 평탄하고 무료한 생활이 반복되는 곳이지만, 그래도 캐롤은 이곳을 바꾸겠다는 자신의 신념을 버릴 수가 없음을 깨닫는다.

■ 펄 벅(Pearl Sydenstricker Buck, 1892~1973)
- 『대지』(*The Good Earth*, 1931)

여류소설가 펄 벅은 웨스트 버지니아 주 힐스보로에서 태어났다. 태어난지 얼마 후 부모를 따라 중국으로 건너가, 그곳에서 성장하여 부모님의 뒤를 이은 선교사가 되었다. 그러나 그 후 선교생활에 싫증을 느껴 그 일을 중단했다. 1917년 그녀는 젊은 농업경제학자 존 로싱 벅(John Losing Buck)과 결혼하면서, 남편을 따라 중국의 낙후지역인 완베이 쑤저우[宿州]에서 2년 반을 지냈다. 그곳에서 그녀는 소박하지만 글을 모르는 가난한 농민들을 만났다. 그리고 온갖 어려움과 천재지변에서 벗어나고자 몸부림치는 농민들의 모습을 직접 목격했다. 대지와 가장 친한, 대지의 자식들인 농민들은 생사와 희로애락에 상관없이 언제나 진실하고 속이 깊었다. 그 모습에 감동한 펄 벅은 자신의 의사를 제대로 표현할 줄 모르는 중국 농민들을 도와주기도 결심하였다. 그것이 그녀가 『대지』를 쓰게 된 동기였다.

그녀는 1938년 노벨문학상을 수상함으로써 미국 역사상 노벨문학상을 수상한 첫 여류작가가 되었다. 그러자 일부 남성작가들의 질투와 조롱, 질시가 있었기에 그녀는 많은 논쟁에 휩싸이기도 했다. 그래서 그녀의 『대지』는 그녀의 나이 40이 넘어서야 정식으로 출판되었다. 그녀는 이 작품으로 퓰리처상과 하웰즈(Howells) 최고 소설상을 수상했다.

대표작인 『대지의 집』(*The Good Earth*)은 3부작으로 『대지』(1부작),

『아들들』(*Sons*, 2부작, 1932), 『분열된 집』(*A House Devided*, 3부작, 1935)
으로 이루어져 있다. 펄 벅은 줄곧 중국인의 삶을 써왔으며 그들의 힘
든 운명과 오랜 세월 같이 지내왔고 굶주림도 겪었다. 그녀는 중국인의
삶을 순수하고 객관적인 태도로 자신의 지식 안에 주입시켜 유명한 농
민 서사시 같은 『대지』를 탄생시켰다. 작품의 줄거리는 다음과 같다.

    왕룽은 중국 안후이의 한 농촌 마을에서 태어난 농민의 아들이다. 늙고 병든
아버지는 아들이 집안일 잘하고, 아이도 잘 낳아주며, 밭일도 잘하는 여자를 얻었
으면 한다. 이웃마을 대부호 황씨 집에서 일하는 하녀 아란이 바로 그런 여자다.
10년 전 떠돌이생활을 하던 부모가 부잣집에 팔았던 아란은 이제 20살이다. 왕룽
은 황씨 댁을 방문하여 그녀를 얻어 오게 된다. 얼굴은 못생겼지만 튼튼하고 성실
하며 말이 별로 없었기 때문에 왕룽 부자는 아란을 아주 만족스러워한다.
    결혼 후 아란은 성실하고 조용한 여종처럼 하루 종일 손에서 일을 놓지 않는
다. 왕룽은 더욱 기분 좋게 농사를 짓는다. 얼마 뒤 아란은 임신을 하고, 만삭이
되자 누구의 도움 없이 혼자 아이를 낳는다. 아란이 아들을 낳자 가족들은 모두
기뻐한다. 아란은 아이를 낳은 다음날에도 예전처럼 열심히 일을 한다. 부부는 더
욱 부지런히 일을 한 덕분에 왕룽은 적지 않은 돈을 모을 수 있게 된다. 그들은 땅
도 살 수 있었다. 다음 해에도 수확이 좋아 왕룽은 더 많은 돈을 벌었으며, 아란은
그에게 또 아들을 낳고 가정은 날로 행복해진다.
    왕룽에게는 같은 마을에 사는 게으른 숙부가 있다. 그는 수시로 왕룽에게 돈을
꾸러온다. 왕룽은 숙부가 자신에게 불운을 가져다 줄 것이라고 직감한다. 과연 그
불운 때문인지 아란이 낳은 셋째 아이는 딸이다. 그뿐 아니라 심한 가뭄으로 비옥
한 땅이 황토로 변해 버린다. 땅을 팔면 끼니는 잠깐 해결할 수 있지만 왕룽은 그
렇게 하고 싶지 않다. 그에게 땅을 판다는 것은 미래의 생계 수단이 사라지는 것
과 같다. 그래서 가족은 장쑤[江蘇]의 한 도시로 피난을 갈 수밖에 없다. 그곳에서
아란은 가족을 이끌고 거리에서 구걸을 하고, 왕룽은 그날그날 인력거를 빌려 종
일 소처럼 일하며 돈을 번다. 그렇게 그들은 하루하루 연명해 간다.
    봄이 온다. 그들은 고향에 가고 싶은 마음이 간절했지만 돌아갈 돈이 없다. 얼
마 뒤 전쟁이 그곳을 덮쳤고, 가난한 사람들은 부자들의 집을 습격한다. 왕룽은
이를 틈타서 약간의 돈을 수중에 넣는다. 아란 역시 부잣집 벽 틈에서 보물을 발

견하지만 그 사실을 남편에게 말하지 않는다.

마침내 그들은 고향으로 돌아온다. 왕룽은 이웃집 친서방의 땅을 사서 그와 함께 농사를 짓는다. 숙부의 가족들이 왕룽의 집에서 먹을 것만 축내고 있었지만 도적이 된 숙부 때문에 왕룽은 차마 그들을 쫓아내지 못한다. 어느 날 밤, 왕룽은 아내의 가슴 속에 있던 보물을 발견한다. 뜻밖의 재물로 그는 가난한 사람으로부터 땅을 사들이고 소작인을 고용하여 지주가 된다. 얼마 뒤 아란은 또 아들과 바보 딸을 낳는다.

7년째가 되자 왕룽은 게을러진다. 유유자적 놀고먹기만 하는 생활은 그의 성격까지 변화시킨다. 기녀 허화를 데려오기까지 하여 집안에서 아란의 위치를 위태롭게 한다. 집안은 극도로 문란해지고 아란의 존재는 사람들의 시야에서 멀어진다. 아란은 허화와 그녀의 몸종 진달래와는 전혀 말도 하지 않고, 힘이 다 빠져 죽을 때까지 묵묵히 일만 한다. 아란이 죽자마자 폐인이 되다시피한 늙은 왕룽의 아버지도 세상을 떠난다. 날이 갈수록 자식들도 커간다. 방탕한 생활을 하는 큰 아들, 사리사욕에 얽매여 고리대금업자가 된 둘째 아들, 이 두 자식 다 자기 마누라와 매일 싸운다. 큰 딸은 시집을 가고, 셋째 아들은 군벌이 된다. 왕룽은 점점 늙어가고 이제 그의 집에는 그와 바보 딸, 그리고 첩 허화만 남아 있다. 어느 날 아들들이 땅을 팔자고 상의하자 왕룽은 크게 화를 낸다. 그럼에도 아들들은 속으로 회심의 미소를 지으며 아버지를 구슬린다.

■ 윌리엄 포크너(William Cuthbert Faulkner, 1897~1962)
　　　　　　　－ 『음향과 분노』(The Sound and the Fury, 1929)

포크너는 미시시피 주 뉴올버니에서 태어났다. 1902년 가족이 옥스퍼드로 이주한 뒤 말년까지 살았는데, 이곳은 미시시피 주 가공의 지방인 요크나파토파 카운티(Yoknapatawpha County) 연작물의 모델이 된 곳이다. 어릴 때부터 공부보다는 장난에 관심이 많아서 학업에 흥미를 잃고 고등학교 1학년 때 중퇴하였다. 포크너는 1914년 예일대학 법과를 졸업하고 문학에 관심을 기울이고 있던 필립스톤이라는 친구와 사귀게 되었다. 그를 통해 조셉 콘래드(Joseph Conrad, 1857~1924), 셔우드 앤더슨(Sherwood

Anderson, 1876~1941), 에즈라 파운드(Ezra Pound, 1885~1972), 로버트 프로스트(Robert Frost, 1874~1963) 등을 소개 받게 되었고 독서에 몰두하였다.

이탈리아, 프랑스 등지를 여행하고 돌아와 풍자소설 『모기들』(*Mosquitos*, 1927)을 썼으며, 이 무렵부터 요크나파토파의 인간을 묘사한 연작을 쓰기 시작했다. 제1부작 『사토리스』(*Sartoris*, 1929)는 포크너가 자신의 가족을 모델로 한 사토리스 가家 이야기로, 남북 전쟁 후 고뇌하는 사토리스 가 사람들, 특히 귀환 병사인 청년 베이어드의 실의적인 생활과 고뇌를 그렸다. 제2부작 『음향과 분노』에서는 현대인의 고뇌를 내적 독백과 의식의 흐름을 통한 모더니즘 기법으로 그려냈다.

이 작품을 기점으로 하여 그는 대작을 쓰기 시작했는데, 그 가운데 대표적인 작품으로 『압살롬, 압살롬!』(*Absalom, Absalom!*, 1936), 현대의 그리스도를 묘사하여 퓰리처상을 받은 『우화』(*A Fable*, 1954)를 비롯하여 스노프 가의 3부작 『작은 마을』(*The Hamlet*, 1940)과 그 속편인 『마을』(*The Town*, 1957), 『저택』(*The Mansion*, 1959)을 발표하였다. 1962년 요크나파토파 카운티 연작의 마지막을 장식하는 메르헨풍의 작품 『약탈자』(*The Reivers*, 1962)를 출간하여 호평을 받았다. 그는 1949년 치열하고 떠들썩하게 노벨문학상을 받았으며, 1954~1961년 국무부의 문화 사절로 세계 여러 나라를 순방하였다.

그의 작품은 형식면에서 대담한 실험적인 수법을 쓴 것으로 평가받는다. 특히 포크너의 작품 구성은 시간과 공간이 매우 치밀하면서도 교묘하게 직조되어 있다. 이것은 작품을 읽는 재미를 제공하면서 동시에 그의 시간관을 읽어낼 수 있다. 그는 남부의 전통을 누구보다 깊게 탐구하고 애정을 지닌 작가였다. 인간 영혼의 순결성에 대한 옹호, 현대인의 고뇌와 그 극복 과정을 진실하게 그려낸 점은 포크너를 최고의 작가 대열에 들게 하였다.

『음향과 분노』는 4부로 된 장편으로 1부 '벤지'(Benjy) 장은 1928년의 이야기, 2부 '쿠엔틴'(Quentin) 장은 18년을 거슬러 올라가 1910년, 3부 '제이슨'(Jason) 장과 4부 '딜지'(Dilsey) 장은 다시 1928년의 이야기이다. 각 부는 각각 특정인을 중심으로 하루에 일어나는 일을 서술하고 있다. 이 작품은 귀족 콤프슨 가의 몰락상을 그린 작품인데, 자아와 세계와의 관계에 대해 깊이 탐색하고 있다. 작품 속에서 4개의 장을 병렬 배치한 것은 콤프슨 집안의 역사를 시간의 흐름을 정지시켜 놓고 총체적으로 나타내어 인간 삶의 허무를 극대화시키려는 의도로 볼 수 있다. 이 소설의 제목은 셰익스피어의 『멕베스』(*Macbeth*)의 5막 5장 "Life is a tale by an idiot-fulling sound and fury, signifying nothing!"에서 따온 것으로 알려져 있다. 줄거리는 다음과 같다.

[제1부] 3남 벤지가 이야기하는 소위 '백치의 이야기'이다. 그의 의식은 감각적·평면적이고 시간은 혼란되고 있지만, 과거 30년 간의 콤프슨 가의 역사를 전하고 있다. 콤프슨 가는 미시시피 주에 거주하는 대지주였지만, 남북 전쟁 후 차츰 몰락해 현재의 주인인 제이슨은 무위도식하고 있다. 여주인인 아내는 신경질적이며 자기중심적이어서 남편과의 사이는 좋지 못하다. 장남인 쿠엔틴은 신경이 날카로운 청년이지만 어느 의미로는 작가 포크너의 분신이라 할 수 있는 중요한 인물이다. 그 외에 두 아들이 있지만, 그중 벤지는 백치이고 세상을 건강하게 살아갈 수 있는 사람은 아버지의 대를 이은 제이슨뿐이다. 외동딸인 캐디는 불량소녀다. 그 외에 사랑채에 기거하는 충직한 하녀 딜지 가족이 있다.

[제2부] 하버드 대학생인 장남 쿠엔틴이 자살하기까지의 의식이 서술되어 있다. 큰형인 쿠엔틴은 여동생 캐디를 누구보다 사랑하고 있다. 캐디는 어린 소녀티를 벗어나 결혼 적령기에 도달한다. 그러한 여동생이 자신의 실수로 처녀 상실을 감춘 채 1910년 은행원과 마음에도 없는 결혼을 한다. 오빠는 이 결혼을 저지하려고 근친상간을 범했다고 거짓말하는 계획을 세웠으나 이 계획이 실패하자 찰즈 강에 투신자살한다.

[제3부] 2남 제이슨의 의식이 서술되고 있다. 캐디는 사생아 딸을 낳게 되는데, 큰오빠의 이름을 따라 쿠엔틴이라 이름 짓는다. 그 후 캐디는 은행원과 이혼하고 영화인과 결혼하였으나 이도 다시 이혼, 독일 장교와 재혼한 후 소식이 없다. 캐디의 딸인 쿠엔틴은 외가에서 성장해 이 소설의 주된 시간적 배경인 1928년에는 17세가 되고 있다. 쿠엔틴도 어머니의 피를 이어받아 다감한 여자로서 마을 남자들과 사귀어 어머니처럼 마을에 소문이 자자하다.

콤프슨 가는 젊은 제이슨의 힘에 의존하고 있다. 그는 상업을 하여 어느 정도의 돈을 저축했고 또 캐디로부터 보내온 쿠엔틴의 양육비도 쓰지 않고 7천 불이나 되는 거금을 책상 서랍에 보관하고 있다. 쿠엔틴은 유리창을 깨고 들어가 그 돈을 훔치고, 마을을 지나던 서커스단원인 남자와 함께 도망친다. 제이슨은 이를 추적하여 이웃 마을까지 갔으나 결국 붙잡지는 못한다.

[제4부] 콤프슨 가의 하녀인 흑인 가족 딜지를 중심으로 한 객관적 묘사가 전개된다. 그녀의 인내와 애정은 자기중심적인 콤프슨 가의 사람들과 현저한 대조를 이룬다. 제이슨은 자신이 고용하고 있는 흑인 가족이 탄 마차와 만난다. 즉 딜지는 벤지를 데리고 부활절 예배를 드리기 위하여 흑인 교회에 가는 중이다. 가끔 이 마차에 편승했던 벤지는 말은 못하지만 응얼거리며 울부짖고 고함을 지른다. 이 모습은 '벤지' 장과 대조를 이루면서 인간들의 삶이 '소음과 광란'에 불과할 따름이란 것을 역설하게 된다. 제이슨은 저주받은 콤프슨 가의 비운을 통감한다. 그러나 마침내 그의 표정도 진정된다.

■ 존 스타인벡(John Steinbeck, 1902~1968)

– 『분노의 포도』(The Grapes of Wrath, 1939)

스타인벡은 미국 캘리포니아 주 몬터레 설리너스에서 군청의 출납 관리였던 독일계 아버지와 초등학교 교원인 어머니 사이에서 태어났다. 스타인벡은 두 민족의 기질을 함께 공유했는데 외할아버지의 영향을 많이 받아 켈트 민족적 의식이 강했다. 가정이 어려워 고등학교 시절부터 농장 일을 거드는 등 고학으로 스탠포드 대학 생물학과에 진학하였으나, 1925년 학자금 부족으로 중퇴하고 문필생활에 투신하였다.

뉴욕으로 옮겨와 신문기자가 되었으나, 객관적인 사실 보도가 아닌 주관적 기사만 썼기 때문에 해고되어 갖가지 막노동으로 생계를 이어가기도 했다.

스타인벡은 '길 잃은 세대'의 뒤를 이은 30년대의 사회주의 리얼리즘을 대표하는 작가로서 사회의식이 강렬한 작품과 온화한 휴머니즘이 넘치는 작품들을 썼다. 『미지의 신에게』(*To a God Unknoen*, 1933)를 비롯하여 『빨간 망아지』(*The Red Pony*, 1933), 『승산 없는 투쟁』(*In Dubious Battle*, 1936), 『생쥐와 인간』(*Of Mice and Man*, 1937), 『긴 골짜기』(*The Long Valley*, 1938), 『달은 지다』(*The Moon Is Down*, 1942), 『통조림 공장가』(*Cannery Row*, 1945), 『바람난 버스』(*The Wayward Bus*, 1947), 『에덴의 동쪽』(*East of Eden*, 1951), 『불만의 겨울』(*The Winter of Our Discontent*, 1961) 등을 출간하였다. 그는 대표작 『분노의 포도』로 1939년 퓰리처상을 수상하였다. 그리고 1962년에 노벨문학상을 수상하였다.

그의 작품은 반항적인 주제를 담은 것에서 희극적인 것까지 매우 다양하지만, 대부분 시적 서정성이 짙게 깔려 있는 목가적 분위기가 중심을 이룬다. 현실성에 상징과 비유가 교묘히 조화를 이루고 있어 시적 분위기를 한껏 풍긴다. 그리고 노동자, 농민에 대한 따뜻한 휴머니티가 바탕에 깔려 있으며, 지적인 세계에 특유의 감수성을 불어넣은 휴머니즘이 중심을 이룬다.

『분노의 포도』는 스타인벡의 작품 가운데 사회주의적 경향이 가장 짙은 소설이다. 이 소설은 극심한 가뭄과 무서운 모래 폭풍으로 삶의 터전인 농토를 잃어버린 오클라호마의 가난한 농부들의 비극적인 운명을 그린 작품이다. 또한 서부 농촌 지대의 대불황 시대를 자연주의적 기법으로 표현한 사회주의적 사실주의소설이라고 할 수 있다. 스타인벡의 사실적 체험과 문학적 재능이 집대성되어 있는 이 작품은 그 박진감이나 영향력에 있어서 30년대를 대표하는 최대 걸작이라고 할 수 있다. 이 작품은 30장으로 구성된 장편소설로 전체를 3부로 나눌 수 있다. 소설의 줄거리는 다음과 같다.

[첫째 부분(제1~11장)] 오클라호마 주 셀리노 지방의 농민인 탐 조드의 둘째 아들 탐은 4년 간 교도소에 갇혀 있다가 가석방되어 고향으로 돌아온다. 고향 땅은 무서운 가뭄과 맹렬한 모래폭풍으로 밭은 온통 모래로 덮혀 있다. 농민들은 은행 빚을 갚을 수 없어 토지를 빼앗기고 소작인으로 전락한다. 은행은 대규모 목화밭을 만들기 위해 트랙터로 집을 밀어내고 땅을 뒤집어 소작인들을 절망적인 상황으로 몰아넣는다. 그러자 점차 농민들은 삶의 터전인 농토를 포기하고 고향을 떠나게 된다.

탐의 집도 완전히 부서져 폐허가 되고 집에는 아무도 없다. 탐은 아직 그 지역을 떠나지 못한 뮬리 그레이브스로부터, 자기 가족이 백부의 집으로 옮겼고 일가가 곧 서부로 떠날 것이라는 소식을 전해 듣고, 다음 날 아침 백부의 집으로 간다. 아버지는 낡은 승용차를 트럭으로 개조하고 있고, 어머니는 아침을 준비하고 있다. 조드 가족은 캘리포니아에서 과일 따기 인부를 구하고 있다는 광고에 끌려 서부에 가기로 합의한다. 그리하여 식량과 가재도구를 챙겨 트럭을 타고 새벽에 떠난다. 이렇게 조드 일가의 이주는 시작된다.

[둘째 부분(제12~18장)] 서부로 뻗은 국도는 이주민들로 넘친다. 도중에 할아버지가 일사병으로 숨을 거둔다. 그들은 근처 길가에 구덩이를 파고 종이에 쓴 성서의 한 구절을 병에 담아 함께 묻는다. 고지대를 지나 다리를 건너면 곧 캘리포니아 주이지만, 앞에는 사막이 가로 놓여 있다. 그런데 큰아들 노아는 사막을 건너갈 용기가 없어서인지 자신은 캘리포니아에 가지 않고 그냥 강가를 배회하면서 살아가겠다는 말을 탐에게 남기고 홀로 자취를 감추고 만다. 조드 일가는 더위를 피해 밤사이에 사막을 횡단하려고 떠난다. 한밤중 검문소에서 검문을 하였으나 어머니가 중환자가 있으니 빨리 보내달라고 애원하여 통과한다. 어머니는 할머니의 죽음을 알고도 시간을 지체할까 봐 가족들에게 알리지 않았던 것이다.

[셋째 부분(제19~30장)] 조드 일가는 할머니를 공동묘지에 매장하고 마을 변두리에 있는 실업자 수용소에 들어간다. 그곳에서 탐은 보안관의 다리를 걸어 넘

어지게 한다. 그런데 탐은 가출옥한 사람이기 때문에 잡히면 바로 교도소로 끌려가게 되어 있어서 대신 케이시가 체포되어 끌려간다. 그리고 이런 북새통을 이용하여 여동생 남편 코니가 도망쳐 버린다. 그녀는 남편 코니를 단념할 수 없어 앙탈을 부리며 어머니의 애를 태운다.

조드 가족들은 밤늦게 위드패치 캠프에 도착한다. 그들은 이 캠프에 한 달 남짓 산다. 여동생은 코니의 애를 가졌고, 동생 앨은 어느 처녀와 연애를 시작한다. 그러나 식량이 바닥이 났기 때문에 그들은 북쪽으로 가서 일자리를 구해야만 한다. 그리고 그들은 후퍼 농장으로 가서 복숭아 따는 일을 하게 된다.

후퍼 농장에서 탐은 감옥에 들어갔다 나온 케이시를 만나게 된다. 그는 임금 시비 때문에 경찰에 쫓겨 다니는 몸인 데다가 파업의 지도자로 낙인이 찍혀 있다. 그런데 그들이 이야기하는 동안 갑자기 사람들이 달려들어 곡괭이로 케이시를 내리쳐 쓰러뜨리고 만다. 이에 탐은 생각할 겨를도 없이 곡괭이를 빼앗아 케이시를 때린 자의 머리를 후려친다. 상대가 넘어지는 동시에 탐 역시 옆에서 누군가가 내려친 몽둥이에 얼굴을 맞고 도망쳐 겨우 가족들이 있는 오막살이에 들어와 숨는다.

아침이 되자 가족들은 탐의 사건을 알게 되고, 탐은 자기가 사람을 죽인 것 같으니 도망쳐야 한다고 우기지만, 어머니는 더 이상 가족들이 흩어져서는 안 된다고 주장한다. 그래서 그들은 가재도구 속에 탐을 숨기고 무사히 그 농장을 빠져나온다. 탐은 근처의 야산에 숨고 그 가족들은 이튿날부터 열심히 일하여 약간의 돈을 벌어 매점에서 고기와 우유를 사고 어린 루스와 윈 필드에게 과자를 사준다. 그런데 루스가 과자 때문에 싸우다가 아이들을 겁주기 위해 오빠가 사람을 죽이고 숨어 있다고 큰소리를 친다. 이에 어머니는 마침내 탐에게 위험이 닥쳐올지 몰라 어디로든 떠나라고 이른다. 이리하여 모자는 서로 기약 없이 헤어진다.

조드 일가는 목화 따는 일을 하지만, 너무 많은 일꾼들이 모여들기 때문에 일거리가 많지 않다. 그런데 비가 오기 시작한다. 임신한 여동생은 한기에 떨며 자리에 눕는다. 비가 계속 내려 둑까지 올라온다. 다음 날엔 캠프에 물이 차기 시작하고 사흘째가 되자 물은 국도에까지 올라와 캠프는 마치 섬같이 된다. 남자들은 둑을 쌓아 올린다. 여동생은 아기를 낳다가 사산을 한다. 백부는 죽은 아기가 든 사과상자를 물위에 조용히 띄워 보낸다.

다음 날 아침 물이 더 올라오자 그곳을 떠나기로 결심하고, 일가는 물결을 헤치고 국도까지 올라간다. 언덕 위에 창고가 있기에 그곳으로 갔는데, 그 창고에는 목화를 따다가 병든 채 엿새 동안 아무것도 먹지 못해 죽어가는 남자와 그 옆에 앉아 있는 어린 사내아이가 있다. 어머니와 잠시 의논하고 난 뒤 여동생은 누워 있는 남자에게 자신의 젖을 내놓고 "자!" 하고 말하면서 한 손으로 그 남자의 머리를 들어올리고 "자! 빨아요!" 하면서 그의 머리를 쓰다듬는다. 이때 그녀의 입가에는 야릇한 미소가 떠오른다.

■ 제롬 데이비드 샐린저(Jerome David Salinger, 1919~2010)
  － 『호밀밭의 파수꾼』(*The Catcher in the Rye*, 1951)

뉴욕에서 태어났으며, 유태인 아버지를 두었지만 유대 전통과는 강한 연대를 맺지 않은 유태인계 작가이다. 프린스턴 대학과 스탠포드 대학을 중퇴하고 제2차 세계대전 때는 지원 입대하여 보병 상사로 노르망디(Normande) 상륙작전에 참가했다. 귀환한 후 계속 단편소설을 발표했다. 1940년 그의 첫 단편 「젊은이들」(*The Young Folks*)을 발표하면서 문단에 등단한 이래 계속해서 많은 유명 잡지에 작품을 발표했는데, 작품 수는 많지 않지만 그의 유일한 장편 『호밀밭의 파수꾼』은 전후 미국 문단의 걸작으로 평가되고 있다.

그의 대표적 소설은 첫 단편집인 『9개의 단편』(*Nine Stories*, 1953), 매력적인 여자 대학생의 정신편력을 다룬 『프라니와 쥬우이』(*Franney and Jewey*, 1961), 『목수들이여, 서까래를 높이 올려라』(*Raise High the Roof Beam, Carpenters*, 1963) 등 3개의 단편집이 있다.

『호밀밭의 파수꾼』은 작가 체험을 소재로 쓴 성장 소설로, 불행한 10대 문제아 홀든 콜필드가 학교에서 퇴학당하고 집으로 돌아가기까지 3일 동안의 기록이 주요 줄거리를 이루고 있다. 주인공 홀든의 정신적 방황은 청소년기의 불안정한 이중성을 상징적으로 말해 주며, 작가는 주인공의 이중성을 단순 명료하게 형상화함으로써 소설적 설득력을 높이고 있다. 따라서 이 소설의 특징은 허위와 위선으로 가득 찬 세상, 성인들의 '가짜' 세계에 눈떠 가는 과정을 10대들이 즐겨 쓰는 속어와 비어를 사용해서 사실적으로 묘사한 점이다. 줄거리는 다음과 같다.

　　16세의 소년 홀든 콜필드는 조숙한 도시 소년이다. 그의 아버지는 어느 유명한 회사의 변호사이며, 어머니는 능력 있고 교양 있는 여성으로 두 사람은 행복한 생활을 보내고 있다. 홀든에게는 10세 되는 깜직한 여동생 피비가 있다. 또한 동생 앨리는 집안의 귀재였으나 3년 전 병으로 죽었다. 가족들은 앨리에 대한 추억이 간절하다.

　　홀든은 창작력이 있으며, 이지적이지만 이상한 충동에 사로잡히는 '광기'를 지니고 있다. 그리고 그의 마음속에는 늘 여자가 점령하고 있다. 그는 두 번이나 퇴학당한 끝에 대학 예비교인 펜시 학교에 다닌다. 그러나 여기서도 퇴학을 당한 홀든은 스펜서 선생에게 작별 인사를 하고 마지막 밤의 기숙사 생활을 애클리와 스트라드레이터라는 두 명의 기숙사생들과 함께 보낸다. 그런데 그날 밤 스트라드레이터는 홀든의 여자 친구와 만나는 약속을 한다. 그래서 둘은 다투게 되고 홀든은 그에게 심하게 얻어맞는다. 홀든은 짐을 꾸려 펜시 학교의 압박과 폭력에서 탈피하여 현대 문명의 중심지인 뉴욕으로 도피한다.

　　홀든은 뉴욕에서 고독하게 지내고 있으나 집으로 돌아가지 않고, 사흘 동안 밤낮을 가리지 않고 열광적으로 방황한다. 그러면서 온갖 음침하고 퇴폐적 모험을 전개하고 성인들의 변태적 행위를 목격하기도 한다. 이러는 사이 홀든은 더욱 우울해지고 몸과 마음이 병든다.

　　그러다가 밤늦게 가족이 사는 아파트에 몰래 들어가 여동생 피비를 만난다. 피비는 사랑으로 홀든을 맞이한다. 그리고 오빠에게 장차 무엇이 되고 싶은지 말하라고 한다. 홀든은 넓은 호밀밭에서 놀고 있는 어린이들이 낭떠러지에서 떨어지지 않도록 지켜 봐주는 파수꾼이 되겠다고 말한다. 그런 다음 홀든은 옛 은사인 앤톨리니를 찾아간다. 그는 동정적인 태도로 홀든을 타이른다. 소파에 누워 있는 홀든이 눈을 뜨자 어둠 속에서 앤톨리니가 옆에 앉아서 그의 머리를 쓰다듬고 있다. 그래서 그 집을 뛰쳐나온 홀든은 정거장에서 그날 밤을 보낸다.

　　다음 날 거의 걸을 수도 없었던 홀든은 서부로 가서 은둔자의 생활을 하고 싶은 충동을 받는다. 그래서 마지막으로 여동생 피비의 학교에 찾아갔으나 만나지 못하고, 그가 어렸을 때 자주 다녔던 박물관에서 만나자는 부탁을 하고 기다린다. 피비는 여행 준비를 하고 나와 오빠 혼자서 가는 것에 반대한다. 결국 홀든은 여동생의 사랑으로 구제된다. 그리고 그는 피비가 동물원 회전목마를 타고 노는 모습을 즐겁게 바라본다. 그러나 육체적으로 체력이 약해지고 심리적으로 상처를 입은 홀든은 결국 요양원에 입원한다.

■ 리처드 라이트(Richard Wright, 1908~1960)
- 『토박이』(*Native Son*, 1940)

라이트는 미시시피 주의 나체즈 근방의 농장에서 태어났다. 미국에서 태어난 대부분의 흑인이 그렇듯이 고난스러운 어린 시절을 보냈다. 그는 정상적인 과정의 교육을 받을 수는 없었지만, 닥치는 대로 책을 읽으면서 지식에 대한 열정을 보였다. 프루스트(Marcel Proust), 제임스(Henry James), 스타인(Gertrude Stein)과 같은 실존주의자와 모더니스트에 대한 글들을 읽고 큰 영향을 받았다. 1927년 시카고로 이주한 이후, 라이트는 공산주의에 관심을 갖고 1930년대 좌파의 정치적 주장에서 문학적 목소리와 이데올로기적 친연성을 발견하게 된다. 그리하여 1936년 시카고의 '흑인연합극단'(the Negro Federal Theater)의 문학과 언론에 대한 분야의 일을 맡아 연극을 만드는 데 관여했다. 그러나 1937년 공산당과 결별하게 되는데, 이유는 작가로서의 그의 자유를 통제하려는 시도 때문이었다.

라이트는 백인 비평가 중심의 비평에 의해 오랫동안 폭력을 선동하는 좌파 작가로 분류되어 정당한 평가를 받지 못했다. 그러다가 미국의 흑인인권 운동이 고조된 1960년대와 70년대에 재평가되기 시작했다. 그리고 1980년대에 와서 본격적으로 조명을 받게 되었다. 이는 미·소 냉전의 종식과 탈식민 문학 이론이 등장하면서부터이다. 이러한 경향에 맞물려 그의 전 작품에 대한 무삭제 출판이 이루어지면서, 이와 함께 90년대는 라이트 문학의 새로운 부흥기를 맞이하게 되었다. 현재 라이트의 문학은 모더니즘, 마르크스주의, 정신분석학 등과 관련되어 다양한 비평적 접근의 대상이 되고 있다.

그의 대표작으로는 인종적 파벌과 폭력이 횡행하는 남부에 대한 네 개의 중편소설 모음집 『엉클 톰의 아이들』(*Uncle Tom's Children*, 1938)을 비롯하여, 『흑인 소년』(*Balck Power*, 1945), 『야만의 휴일』(*Savage Holiday*, 1954), 『기나긴 꿈』(*Long Dream*, 1958) 등이 있다. 그는 자서전 『흑인 소년』을 출판한 후 세상을 떠날 때까지 파리에서 머물렀다. 1950년대에는 유럽과 아프리카 지역을 여행하면서 생고르(Leopold Senghor), 세제르(Aime Cesaire) 등 네그리튜드(Negritude) 운동을 주도한 시인과 소설가들을 만났다. 이러한 만남은 그로 하여금 물리적 억압에 의한 전지구적 차원에서의 사회적·심리적 인식의 폭넓은 각성을 안겨 주었다.

소설 『토박이』는 1부 '공포', 2부 '도주', 3부 '운명'으로 구성된 자연주의적 특성을 강하게 드러낸 작품이다. 주인공 비거 토마스는 미국 젊은 흑인 청년의 모습을 전형적으로 나타내고 있다. 비거의 폭력성은 미국 흑인 대다수의 무의식 속에 잠재해 있는 심리적 상황을 적절히 드러내고 있는 것이다. 백인이 지배하는 인종적 차별과 폭력이 무시로 자행되는 미국 사회에서 그가 흑인으로서 겪는 굴욕과 공포, 분노와 증오 등이 복합적으로 내면화하면서 무의식 속에 잠재되어 있다가 표출된 것이다. 작품의 줄거리는 다음과 같다.

주인공 21세의 비거 토마스는 시카고의 빈민가에서 성장한 선량한 흑인이다. 그는 방이 하나뿐인 아파트에서 어머니와 여동생 그리고 남동생과 함께 지내고 있다. 돈도 없고 백인들의 병적인 흑인 혐오에 시달리고 또 흑인을 복종시키려는 강한 의욕에 짓밟혀, 토마스는 현실 세계에서 도피하여 공상의 세계에 젖어 지내는 청년이다. 그는 일자리를 구하고 싶지만 흑인이기 때문에 쉽게 일자리를 찾을 수 없다. 그러던 중 흑인에게 이해심을 갖고 있던 노부부의 운전수로 고용된다.

토마스의 주인인 이 노부부에게는 말괄량이 외동딸 매리 달튼이 있다. 그 처녀와 그의 애인인 공산주의자는 토마스에게 호감을 갖고 있다. 어느 날 세 사람은 술을 마시고 크게 취한다. 토마스는 두 사람을 차에 태우고 귀가 도중 청년을 내려 주고 집에 도착하지만, 그때까지도 매리는 의식을 차리지 못한다. 토마스는 노부부에게 눈치 채지 않도록 매리를 조용히 침실로 데리고 가려 한다. 만취한 딸은 아랑곳없이 고성을 지른다. 어머니는 눈이 어두웠지만 손으로 더듬어 딸의 방에 들어온다. 백인의 침실에 흑인이 들어와 있다는 것은 그것만으로도 이미 중대한 문제다. 토마스는 엉뚱한 오해를 사게 될까 봐 두려워하다가 엉겁결에 발광하는 딸에게 요를 씌우고 위에서 누른다. 토마스의 필사적인 노력으로 만취한 딸은 조용해지고, 장님인 어머니는 그 방에 흑인이 있다는 것도 모르고 딸이 잠들어 있는 것을 확인하고 돌아간다.

그러나 매리는 잠든 것이 아니라 담요 밑에서 숨이 끊어진 것이다. 선의의 행동이 최악의 범죄를 낳은 것이다. 날이 밝고, 토마스는 어찌할 줄 모른다. 마침내 토마스는 매리의 시체를 보일러실 밑, 석탄 속에 파묻는다. 다음 날 아침 하녀가 보일러실에 불을 지폈기 때문에 시체는 아무도 모르는 사이에 화장되고 만다.

딸이 실종되자 수사가 시작된다. 용의자로 몰리게 된 사람은 당연히 애인인 공산주의자와 운전사 토마스다. 토마스는 혐의를 벗어나려고 하지만 점점 더 혐의는 깊어간다. 결국 보일러실에서 작은 골편이 발견되고, 토마스는 도망간다. 신문의 기사에는 토마스의 행위를 성범죄라 못박고 그를 잡기 위해 3천 명의 자원자들이 모이게 된다. 토마스는 흑인 강간 살인범으로 불리게 되고, 수백 명의 흑인들이 해고되고, 흑인 거주지는 습격당하고 폐쇄되며, 길거리에서 흑인들이 폭행당하는 일이 생긴다. 토마스는 도피 중 자신의 애인도 살해하고, 계속 도망친다. 큰 빌딩이 많은 시카고의 중심지에서 토마스는 교묘하게 추적자를 빼돌리고 도망쳐 마침내 빌딩 옥상에 갇히게 된다. 그러나 마침내 형무소에 갇힌 토마스는 먹는 것도 말하는 것도 거부한다. 그리고 공상의 세계에서 사는 인간이 된다.

매리의 애인인 공산주의자는 공산당에서 변호사를 불러와 그의 변론을 맡게 한다. 검사는 폭행, 살인 그리고 강도를 추궁하지만 토마스는 이를 전면 부인한다. 재판은 흑인과 백인의 편견으로 몰고 간다. 그가 범한 죄는 개인의 죄가 아니라 사회의 죄라는 변호사의 변론도 허사가 되어 토마스는 사형을 선고받는다. 죽음에 직면한 토마스는 적도 사랑하는 경지에 이른다.

■ 솔 벨로우(Saul Bellow, 1915~2005) – 『허조그』(*Herzog*, 1964)

벨로우는 캐나다의 퀘벡 주 라친에서 태어났다. 그의 부모님은 모두 러시아에서 이주해 온 유태인이었다. 그의 본명은 솔로몬 벨로우즈(Solomon Bellows)이며, 몬트리올 빈민가인 레이첼 마켓 지역에서 성장하였다. 1924년 벨로우 가족들은 시카고로 이사하였고, 이후 벨로우는 자신을 시카고 사람이라고 여겼다.

시카고에서 벨로우는 콜럼버스 초등학교, 사빈 중학교, 툴리 고등학교를 다녔는데 이때부터 작가가 되고자 하는 꿈을 갖게 되었다. 1933년 시카고 대학에 진학하였으나 '고전으로의 복귀'라는 학문적 분위기가 싫어 자퇴하고, 1935년 노스웨스튼 대학교로 진학하여 1937년 사회학과 인류학에서 우등학위를 받았다.

1939년 시카고 페스탈로치 프뢰벨 사범대학과 미네소타 대학 등에서 강의를 하였고, 1948년 구겐하임 장학금을 받은 뒤 파리에 머물며 유럽 여행을 하기도 하였다. 1950년 뉴욕으로 되돌아와 뉴욕 대학에서 강의하였고, 프린스턴 대학의 창작 과정 펠로우(Creative Writing Fellow)가 되었다. 이후 1953년 바드 대학의 미국 문학 교수가 되었다.

1962년 노스웨스튼 대학교의 명예 문학박사, 1963년 바드 대학 명예 문학박사, 1972년에는 하버드와 예일 대학으로부터 명예 문학박사 학위를 받았다. 이후 시카고 대학으로부터 종신 교수직을 제안 받고 뉴욕에서 시카고로 되돌아왔다. 1968년 프랑스 문예 대훈장을 받기도 했다.

1941년 첫 단편 『아침 독백 2편』(*Two Morning Monologue*)을 비롯하여 다수의 소설 작품을 발표하였는데, 특히 『허조그』와 『샘플러 씨의 행성』(*Mr. Sammler's Planet*, 1970) 등으로 3회에 걸친 전미 도서상을 수상하였고, 『훔볼트의 선물』(*Humboldt's Gift*, 1975)로 퓰리처상을 수상하였으며, 드디어 1976년 노벨문학상을 수상했다. 이후 『학생처장의 12월』(*The Dean's December*, 1982), 『죽음보다 더한 실연』(*More Die of Heartbreak*, 1987), 『어떤 도둑질』(*A Theft*, 1989), 『벨리로사 비밀 조직』(*The Bellarosa Connection*)을 펭귄판으로 출간하였고, 이어서 『나를 기억하게 하는 것』(*Something to Remember Me By*, 1990)을 출간하였다. 1994년에는 논픽션집 『총정리 : 희미한 과거로부터 불확실한 미래까지』(*It All Adds Up : From the Dim Past to the Uncertain Future*, 1994)를 출판하였다.

『허조그』는 매사추세츠 주의 한 시골 마을인 루데이빌에서 시작하여 그곳에서 끝이 나는데, 소설 첫머리에서 현재를 잠시 언급한 후 과거로 향한다. 모우지즈 허조그는 40대 후반의 유태계 미국인으로 시카고에 있는 한 대학의 조교수이다. 아내를 거스바흐라는 친구에게 빼앗기고 이혼까지 당한 허조그의 애절한 모습은, 베트남 전쟁 초기 미국 사회의 가정 붕괴라는 폭풍의 전조와 그것에 휘말려든 지식인의 고뇌를 예견한 작품이라고 할 수 있다. 소설의 줄거리는 다음과 같다.

"본연의 자세 그대로 '나' 라는 사실, 정해진 대로 살아간다는 사실, 그리고 이 세상에 살아 있는 한 나는 만족한다"고 허조그는 중얼거린다. 아버지가 유산으로 남겨 준 이 매사추세츠 주의 산장에서 그는 홀로 고독을 씹고 있는 것이다. 그것은 패배와 혼돈의 지난 날이다. 그러나 일어서야 하는 것이다.

허조그는 유태계 미국인으로서, 사상사를 전공한 중년의 대학 교수다. 장래를 촉망받은 소장파 학자이며 여자도 좋아하는 편이다. 첫 부인 데이지와는 이혼했고, 두 번째 부인 매들린과 결혼한다. 그러나 그녀는 낭비벽이 심하고 변덕쟁이다. 전원에 살고 싶다고 고집을 부려 허조그로 하여금 대학에 사표를 내게 한다. 그리고는 시골서 얼마 살더니 이번에는 시카고로 이사 가자고 조른다. 이런 변덕을 1년 정도 부리고 나더니 느닷없이 이혼을 선언한다. 심적 불안 상태에 놓이게 된 허조그는 매들린의 숙모 젤다를 찾아가, 그들 부부 간의 화해를 요청하지만 그녀는 모든 잘못은 그에게 있다면서 거절한다. 곧 젤다에 의하면, 여성은 남편으로부터 성적인 만족과 더불어 경제적 안락을 기대할 권리가 있다고 주장한 것이다.

허조그는 충격을 달래기 위해 유럽 여행을 하고 돌아와 보니, 매들린은 그의 친구이며 방송국에 근무하는 거스바흐와 동거생활을 하고 있다. 또한 자기와 매들린과의 사이에 태어난 딸 준을 데리고 가서 살고 있다. 준의 안전을 걱정하는 허조그는 계모 토우비가 혼자 살고 있는 옛 집을 방문하여, 아버지가 자신과의 불화 끝에 자신을 쏘아 죽이려고 하던 권총을 찾아내어 매들린이 살고 있는 곳으로 향한다. 그러나 창문을 통해 정성껏 딸을 목욕시키는 거스바흐의 모습을 보고는 그들을 살해하려는 생각을 포기한다. 허조그는 거스바흐의 처 피비에게 가서 그와의 이혼을 권유해 보지만 거절당한다. 그녀는 자신의 아이들을 아비 없는 자식으로 만들고 싶지 않았기에 자신의 부부생활을 포기한 것이다.

거듭되는 충격으로 허조그는 노이로제 증세에 걸려 성불구자가 되고 만다. 형제들은 그를 이해하려 들지 않고, 대부분의 친구들은 첫 번째 아내의 편이다. 현재 허조그의 유일한 대인 관계는 40대에 가까운 꽃집 여주인 라모나돈셀뿐이다. 그러나 매들린과의 쓰라린 경험으로 해서 허조그는 이 아름다운 여인에게까지 불신감을 지니게 된다.

허조그는 괴로운 나머지 자살까지 생각한다. 그러나 그런 상태에 처해 있으면서도 초월적인 존재에 매달린다든가, 그 안에 삶의 가능성이 있다고는 생각하지 않는다. 그는 돌아가신 어머니, 두 명의 아내, 애인들, 담당 정신 분석 의사, 친구들, 헤겔, 니체, 하이데거, 마르틴 부버 같은 철학자나 신학자, 심지어는 신에 이르기까지 수많은 대상에게 별의별 편지를 쓴다. 그 편지들은 물론 머릿속에서 상상한 것으로써, 회답이 올 리 없는 것들이다.

그는 정신 착란 상태에서 소년 시대를 회상한다. 그 오랜 고난의 생활 —. 허조그는 매들린에게서 딸을 데려오기 위해 변호사와 협의를 계속하지만 일이 뜻대로 되지 않는다. 불안과 초초, 내적으로나 외적으로 지치기만 한 나날들, 이런 상황에서 그는 노이로제 증세를 보이며 친구를 만나게 된다. 친구는 허조그에게 죽음에 직면한 셈치고 재생해 보라고 권한다. 그리고 그 권고대로 허조그는 점차 인간 신뢰에의 단계에 설 수 있게 된다. 1주 간에 걸친 착란의 결과, 그는 아내와 결합하지도 못했고, 딸을 데려오지도 못했으나, 그런대로 정신적 안정만은 회복할 수 있었다.

그는 지금 매사추세츠 주의 그 산장에 앉아 있다. 이 산장은 매들린이 변덕을 부리며, 아버지가 남긴 유산 전체를 들여 야단스럽게 수리해 놓은 곳이다. 그래서 더욱더 고독감을 느끼게 해주는 산장이다. 그러나 이제 허조그는 그 고독을 이길 수 있는 힘이 생겼고, 이 세상을 살아갈 자신이 생긴 것이다. 그는 중얼거린다. "본연의 자세 그대로 나라는 사실, 정해진 대로 살아간다는 사실, 그리고 이 세상에 살아 있는 한 나는 만족한다."

■ 버너드 맬라머드(Bernard Malamud, 1914~1986)
－『마법의 통』(The Magic Barrel, 1958)

맬라머드는 뉴욕 브루클린의 가난한 유태인 이민 부부 사이에서 태어났다. 뉴욕 시립대학과 콜럼비아 대학에서 석사학위를 받았다. 국제 조사국 직원으로 일하다가 다시 브루클린으로 돌아와 고등학교 교사가 되면서 소설을 쓰기 시작하였다. 1949년에 오레곤 주립대학에 부임하였고, 1961년 버몬트 주에 있는 베닝턴 대학 교수가 되었다. 그 후 하버드 대학 영문과 교수를 지냈다.

그는 브루클린을 무대로 유태인을 주인공으로 한 성격 묘사 중심의 소설을 썼으며, 샐린저, 벨로우와 함께 유태계 대표적인 작가로 꼽힌다. 그는 전후 현대인의 심리 묘사와 인간 소외를 집요하게 추구하였다.

첫 작품 『천재』(The Natural, 1952)는 인정을 받지 못했지만, 그의 이웃인 불쌍한 브루클린 사람들의 애환과 슬픔을 담은 두 번째 작품 『점원』(The Assistant, 1957)은 성공하여 작가로서 인정을 받았다. 그리고 그의 첫 단편집 『마법의 통』은 전미도서상을 받았다. 이후 계속하여 장편 『또 하나의 인생』(A New Life, 1961), 『바보』(The Idiot's First, 1963) 등을 내놓았다. 또한 1967년 풀리처상을 받은 장편 『수리공』(The Fixer, 1967)을 통해서는 실화를 바탕으로 러시아계 유태인 노동자가 정당하지 못하게 감옥으로 간 것을 날카롭게 비판하였다. 『세입자』(The Tenants, 1971)는 유태인과 흑인이 도시 중심부의 빈민가에서 펼치는 갈등을 다루었다. 『신의 영광』(God's Grace, 1982)은 빈정대는 유머를 치밀하게 묘사하여 유태인에 대한 그의 끊임없이 계속되는 연민을 담은 단편집이다. 1983년에는 『맬라머드 단편집』(The Stories of Bernard Malamud)이 간행되어 미학술원의 금메달을 부여받았다.

맬라머드는 한결같이 유태인생활을 그린 유태인 작가이다. 미국에서 독일계 유태인은 사회적으로 문제되지 않지만, 19세기 동유럽에서 이민을 온 러시아계 유태인은 가난하고 사회적 대접도 형편없어 일정한 마을을 이루고 살았다. 브루클린이 바로 그런 곳이다. 맬라머드는 이러한 러시아계 유태인 2세이다. 러시아계 유태인들의 역사는 그대로 박해의 역사였으며, 미국으로 건너와서도 공황을 모질게 겪었다. 맬라머드는 유태인의 이러한 애환을 그리고 있지만, 유태인들이 품고 있는 사회적 불만을 제재로 삼지 않으면서 자신의 독특한 리얼리즘의 세계를 구축하고 있다. 유태인으로서, 유태인 곁에서, 그들의 삶을 세밀하게 관찰해 온 맬라머드였기 때문에 잔잔한 휴머니즘이 떠나지 않는 것이다.

『마법의 통』은 유태인 사회에서 한 특징이 되고 있는 쉴레미일[6]들의 삶을 그리고 있으며, 유머 속에서 유태인의 애환을 담으려는 작가의 의도가 반영되어 있다. 이 작품은 주인공 핑클이 엉뚱한 일에 휘말려 스스로 최악의 선택을 하는 과정을 그리고 있지만, 그 선택은 최악이 아니라, 가치 있는 선택이었음을 은연중 드러내고 있다. 작가는 이러한 의도를 위하여 사건을 비튼다. 그리하여 자신이 원하지 않는 쪽으로 일이 진행되는 상황을 만들어 놓고, 이 낭패감 속에 핑클은 자신을 되돌

---

6 쉴레미일(Schlemiel) : 유태인의 특이한 인물 유형 중 하나로, 이는 하는 일마다 제대로 되는 것이 없고 엉뚱한 방향으로 나아가게 되는 인물을 말한다. 마치 머피와 같은 성격을 지닌 인물이다. 유태인들이 쉴레미일을 사랑하는 것은 그들에게 특유의 여유와 해학이 있기 때문이다.

아볼 기회를 갖는다. 그리고 이것을 계기로 하여 진정한 주제인 '인간애'로 발전시킨다. 그러므로 성찰의 이전 단계는 유머가 지배하는 분위기이고, 이후의 상황은 진지한 분위기로 나아간다. 그리고 마침내 타락한 여자를 찾아가는 랍비의 모습을 보여주는 데까지 이른다. 작품의 줄거리는 다음과 같다.

예시바 대학 신학부 6년생으로 졸업을 몇 달 앞두고 있는 리오 핑클은 졸업과 함께 랍비(rabby)직에 취임하기로 되어 있다. 그런데 랍비가 되어 회중(會衆)을 모으는 데 결혼을 해두는 편이 좋을 것이라는 충고를 친지에게 듣게 된다. 그래서 신문 광고를 보고 중매업자 피니 살츠만에게 전화를 한다. 살츠만은 핑클의 하숙집으로 낡은 서류 가방을 끼고 찾아온다. 핑클은 6년 간 공부만 하느라 여자와 교제하지 못했기 때문에 지혜를 빌리고자 한다는 의사를 밝힌다.

살츠만은 매우 허름한 가방에서 카드 다발을 꺼내 놓고 멋진 상대라고 말하면서 24세 된 미망인을 추천한다. 핑클이 고개를 젓자 실망한 살츠만은 아버지가 의사인 27세의 여교사를 추천한다. 세 번째 여자는 19세의 다리가 불편한 여자이다. 핑클은 살츠만에게 그만 돌아가 달라고 하자, 그는 우울한 눈빛으로 나간다. 다음 날 종일 핑클은 마음이 무겁다. 저녁에 살츠만이 다시 와서는 멋진 신부감을 찾았노라고 말한다. 핑클은 릴리 H라는 여교사에게 조금 관심을 가지게 된다.

토요일 오후에 핑클은 릴리 허션과 강변로를 걸으면서 오랫동안 이야기를 나눈다. 그러면서 핑클은 그녀가 정작 관심을 가진 것은 핑클 자신이 아니라 랍비라는 신비로운 직업이었음을 알게 되고, 분한 마음과 무력감에 젖는다. 그녀는 랍비가 신의 존재를 율법 안에서 깨닫고 있는 신비로운 존재라고 생각하고 있었다.

그날 밤, 핑클은 살츠만에 대한 분노와 절망감에 젖는다. 그러나 릴리와의 만남은 자신을 진정으로 바라보게 되는 계기가 된다. 그는 지금까지 아무도 사랑해 본 적이 없기 때문에 신을 사랑할 수 없는지도 모를 일이었다. 그 후 일주일 간은 침울하게 보낸다. 그러면서 차츰, 자신은 불완전하지만 이상은 그렇지 않다는 생각이 들었고, 이제 자신을 새로이 알게 되었으니 성공할 가망도 많을 것이라 생각한다. 바로 그날 밤, 살츠만이 나타난다. 핑클은 화가 나서 여자의 나이를 속였으며, 자신이 랍비가 될 것을 과장되게 선전한 것에 대해 심하게 꾸짖는다. 살츠만은 변명을 늘어놓다가 다른 여자들의 사진이 든 봉투를 두고 황급히 나가 버린다.

3월이 된다. 핑클은 그동안 거들떠보지도 않던 사진 봉투를 열어 본다. 사진은 모두 실망스러운 것이다. 사진을 도로 넣으려다 싸구려 스냅 사진 한 장이 떨어졌는데, 그 여자의 얼굴은 그에게 강렬한 인상을 준다. 그래서 그는 살츠만을 다시 만나게 된다. 그는 그 스냅 사진을 보이자, 살츠만은 그녀는 자신의 귀여운 딸인 스텔라인데 타락한 계집이라고 욕을 퍼붓는다. 그래도 핑클은 자신의 마음속에 자리한 그녀가 지워지지 않는다. 그래서 결국 그는 스텔라를 착한 마음으로 돌아가게 하고, 자신은 자기대로 신에게 귀의하려고 마음먹는다.

어느 봄날 저녁, 핑클은 스텔라와 만나기로 한 가로등 밑으로 꽃다발을 들고 나타난다. 스텔라는 담배를 피워 물고 있다. 아버지를 닮은 눈에 천진함을 가득 담고 있는 모습을 멀리서 보며, 핑클은 자신의 속죄를 그린다. 핑클은 꽃다발을 내밀면서 달려 간다. 길모퉁이에서 살츠만이 벽에 기대어 사자(死者)에 대한 기도를 올리고 있다.

■ 토마스 핀천(Thomas Pynchon, 1937~)

– 『중력의 무지개』(Gravity's Rainbow, 1973)

핀천은 미국 뉴욕 주 롱아일랜드 글렌 코브에서 태어났다. 그는 특이하게도 모든 인터뷰와 개인적인 논평을 거부하고 자신의 정체를 사람들에게 드러내기를 좋아하지 않았다. 그래서 그의 개인적인 신상에 대해 상세히 알려진 바 없고, 문서상에 드러난 바도 거의 없다.

핀천은 고등학교를 졸업한 후 코넬 대학에서 공업물리학을 전공하다 2학년 때 해군에 입대하였다. 그는 해군 통신부에 근무하다가 제대한 후, 1957년 복학하여 영문과로 전과해서 최우등으로 코넬 대학을 졸업하였다. 그래서 전액 장학금으로 대학원 입학 자격을 얻게 되었다. 하지만 그는 1960년 진학을 포기하고 보잉항공사에서 기술문서를 작성하는 일을 약 2년 6개월 이상 담당하였다. 따라서 그의 작품에는 상당한 수학적 · 물리적인 개념들뿐 아니라 항공기 및 통신 정보 관련 기술을 비롯한 기타 다른 과학기술적인 개념들이 많이 사용되고 있다.

그는 대학 시절부터 주로 단편소설을 중심으로 창작활동을 계속했는데, 1939~1960년 사이에 《케논 리뷰》(*Kenyon Review*) 등에 여러 편의 작품을 발표했다. 대표적 소설 작품으로는 『중력의 무지개』를 비롯하여 장편 『브이』(*V*, 1963), 『49호 경매의 외침』(*The Crying of Lot 49*, 1966), 기존에 발표했던 단편들을 모은 단편집 『늦게 깨닫는 자』(*Slow Learner*, 1984), 『바인랜드』(*Vineland*, 1990), 장편 『메이슨과 딕슨』(*Mason and Dixon*, 1997) 등이 있다.

핀천은 과학기술적인 방식으로 우리의 삶을 탐구하려는 소설가이다. 그의 소설에서 과학기술적인 개념들이 많이 활용되는 것은 그가 유달리 과학기술에 관심이 많기 때문이다. 그가 우선 차용하고 있는 대표적인 원리는 엔트로피의 법칙이다. 핀천 작품에서 발생되는 많은 정보들은 엔트로피의 원리와 동일한 방식으로 작동한다. 그리고 만사가 언제나 인과법칙에 따라 운행되는 것이 아니라는 하이젠베르크(Werner Karl Heisenberg)의 불확실성의 원리가 작품에 드러나고 있다. 그 밖에도 괴델(Kurt Gödel)의 불완전성 이론, 아인슈타인(Albert Einstein)의 상대성 이론 등의 개념도 파악된다. 이 대부분의 과학·물리 이론은 문학 텍스트 내부에 적용되어, 작품 내에서의 일반 사건과 사물에 작용하며 영향을 미치는 실질적인 물리적 작용 원리이다. 『중력의 무지개』는 대략 400여 명의 많은 인물들이 등장하여 복잡하고 혼란스러운 구성을 띤다. 그러나 플롯의 중심은 슬로스롭이 로켓과 자신과의 관련성을 추적하여 나가는 데 있다. 그 밖에 다른 등장인물들의 이야기가 그 플롯과 반복되고, 그 플롯으로부터 변형됨으로써 전체적인 통일 구조를 갖는다. 슬로스롭을 중심으로 내용을 요약하면 다음과 같다.

제2차 세계대전은 20세기의 막강한 힘의 존재인 로켓의 지배를 받고 있다. 이러한 상황 속에서 타이런 슬로스롭은 연합국의 북부독일 정보교환 기술부인 아흐퉁(ACHTUNG) 소속의 미군 장교로 런던에 근무한다. 그에게는 기이하게도 초음속 로켓인 V−2가 투하되는 지점과 그가 이성과 관계했던 장소가 정확히 일치하고, 그의 성기가 발기되는 장소가 곧 그 로켓이 투하된 지점이라는 것을 예측 가능하게 하는 신비한 능력이 있다. 그 때문에 그는 로켓과 발기와의 관계 규명을 위해 심리전 부대(PISCES)의 정보원으로 활동하면서도 그 기관의 연구 대상이 되고 있다. 하지만 V−2 로켓의 장착 지점을 예견하는 그 신비로움의 내막을 알지 못하던 슬로스롭은 로켓에 대한 탐구의 진척에 따라 자신과 00000로켓과의 관련된 음모를 차츰 알게 된다.

슬로스롭은 자신이 어릴 적, 아버지가 아들의 장래 하버드 대학 등록금을 조건으로, 자기를 잠프 교수의 이미폴렉스 지(Imipolex G) 반응 실험 대상으로 다국적 기업연합인 화벤(I. G. Farben)에 제공하였다는 사실을 확인하게 된다. 잠프는 인조 합성물질인 이미폴렉스 지 연구를 계속하여 끝내, 그것을 V−2인 슈바르츠게뢰트(Schwarzgerät)에 장착하게 된다. 이렇게 슬로스롭은 자신도 모르게 유아기 때 이미폴렉스 G가 자신의 성기에 이식된 이후, V−2 로켓에 성적 흥분 반응을 보인 것이다. 그 이후로 역시 자신도 모르게 기업들을 조종하던 백색 재앙단(The White Visitation)의 음모에 빠져든다. 그리하여 이미폴렉스 G를 부품으로 하여 제작한 V−2 로켓 00000호와 그것에 반응을 보이는 슬로스롭과의 상관 관계를 규명하여 노벨상을 받고자 하는 포인츠맨(Ned Pointsman)의 연구 대상이 된다.

이 작품에서 중요한 다른 인물은 포인츠맨과 로저 멕시코(Roger Mexico)이다. 포인츠맨과 멕시코는 과학적 사고 방식에서 이분법적 대립의 성향을 나타낸다. 포인츠맨은 과학을 모든 것의 기계적 설명에 의존하는 것이라고 본다. 포인츠맨은 0과 1사이의 중간에 대해서는 생각하지 않는다. 반면 멕시코는 숫자와 방정식에 충실한 통계학자이지만, 0과 1사이의 영역의 가능성을 모두 인정한다. 그는 인간 두뇌를 단순 기계로 보는 파블로프의 기계학적 관점을 반박한다. 그는 포인츠맨의 이분법적 획일적 선택을 지양하며 임의성과 가능성을 열어 놓는다. 작품의 끝에서는 로저 멕시코가 고립된 슬로스롭을 구출하기 위해 다른 대항 세력들과 더불어 커스헤이번으로 향한다.

슬로스롭은 리비에라(Riviera)에서 자신이 정보를 위해 철저히 이용당하면서 감시 받고 있다는 사실을 깨닫고 근무 이탈을 하게 된다. 이후 그는 로켓과 자신의 관계 규명을 위해 제2차 세계대전 당시 독일 점령 지역이었던 지대(Zone)에 들어가 많은 사람들을 만나게 된다. 그 지역 안에서 슬로스롭은 여러 번 자신의 정체를 바꾸며 많은 사건과 사람들을 접하게 되는데, 그것은 모두 별개의 에피소드들로 짜여지지만 궁극적으로 슬로스롭의 로켓 추적 이야기와 평행을 이룬다.

슬로스롭은 이안 스커플링(Ian Scuffling)이라는 가짜 신분으로 로켓에 대한 정보를 캐면서 노드하우젠(Noedhausen)에 도착하여 로켓에 대해 많은 정보를 얻게 된다. 그는 이미폴렉스 G에 대한 서류를 읽게 되며, 거기서 1944년에 노드하우젠의 지하 로켓 공장 미텔베르케(Mittelwerke)로부터 온 프란츠 푀클라(Franz Poekler)에 대한 언급 부분을 발견한다. 그는 이 서류들을 통해서 자신을 따라다니는 것이 '유아 타이론 슬로스롭'(Infant Tyrone Slothrop)에 대한 잠프의 실험에 관계된 이미폴렉스 G이며, 이것이 그의 발기를 일으킨다는 사실을 알게 된다.

그리고 슬로스롭은 경우에 따라서 바그너풍의 헬멧을 쓴 로켓맨이 되기도 하고, 또한 러시아 군복을 입어 그 옷 속에 들어 있는 신분증 때문에 맥스 쉘프직(Max Schelpzig)으로 행세하기도 한다. 그 과정 중에 그는 헤레로족의 지도자인 엔지언(Enzian)의 이복형제이며, 러시아 첩보원인 치처린(Tchitcherine)을 만나게 된다. 치처린의 아버지는 일본과 전쟁 중 태평양으로 건너가던 과정에서 러시아 함대의 휴식을 위해, 1904년 남서 아프리카로 가게된다. 그리고 거기서 흑인 여자로부터 혼혈아를 낳게 되는데, 그가 엔지언이다. 치처린은 개인적으로 이복동생인 엔지언을 죽이고 그의 슈바르츠 코만도(Schwarz-kommando)를 제거해야 한다는 강박관념에 사로잡혀 있다. 이러한 개인적인 목적 외에 로켓의 위치를 알아내라는 소련 정부의 명령을 받고 있다. 하지만 막상 그가 엔지언을 만났을 때에는, 그에게 말을 건네며 그에게서 담배 반 갑과 생감자 3개를 얻어내고 지나쳐 버리고 만다.

로켓 제조 중심지인 컥스헤이번을 향하던 중 슬로스롭은 돼지영웅 플페차준가(Plechazunga)가 된다. 그가 독일 북부 지방의 축제에 참가하여 뚱뚱하다는 이유로 마을 사람들에 의해 돼지 의상을 우연히 입게 되는데, 플레차준가는 10세기 바이킹 해적의 침입 당시 그들을 물리친 영웅이다.

마침내 쇠퇴성을 보이는 백색 재앙단의 슬로스롭에 대한 연구가 실패한다. 그래서 슬로스롭은 자신에게 가하려고 하는 거세 시도를 다행히 피하게 된다. 그렇지만 슬로스롭의 그의 존재는 해체되고 다양성의 의미를 부여하는 존재로 변모된다. 슬로스롭은 궁극적으로 자신과 V-2 로켓과의 이상한 관계를 깨달으면서, 인간이 탑승한 우주 비행을 시도한 미친 고트프리드(Gottfried)에 의해 만들어진 로켓 00000호에 대해 알기 위해 개인적인 탐구를 수행한다.

블리세로(Blicero) 명령에 의해 만들어진 00000호의 발사 소식과 엔지언의 00001호의 발사 소식은 푀클러를 비롯한 여러 인물이 블리세로에 대한 회상의 형식을 통해 간접적으로 알게 된다. 그런데 그 1945년에 발사된 로켓은 상승과 하강 곡선을 그리며 떨어진다. 로켓이 떨어지는 장면은 시공을 초월하여 소설의 처음 시작 장면을 연상시키며 1970년 미국 LA의 오르페우스(Orpheus) 영화 스크린의 이미지로 나타난다.

■ 저지 코진스키(Jerzy Kosinski, 1933~1991)
– 『그곳에 있음』(Being There, 1971)

코진스키는 폴란드 중부의 공업도시인 로즈에서 러시아 유태인인 아버지와 독일계 출신의 어머니 사이의 외아들로 태어났다. 그가 살고 있던 로즈 지역은 독일과 유태계 출신 이주민들이 함께 거주하던 지역이었다. 때문에 제2차 세계대전의 시발 지점이었던 폴란드에서 태어난 코진스키는 직접적으로 전쟁의 고통을 겪었다. 당시의 상황이 유태인에 대한 박해로 이어지고 있었기 때문에 생명의 위험을 느낀 코진스키의 부모는 가족을 분산시켰고, 외아들 코진스키를 소련 국경 근처의 한 시골 농부의 부인에게 피난을 보냈다. 그러나 그 부인이 곧 사망하여 6세의 어린 코진스키는 전쟁이 끝나 12세가 되는 6년 동안 홀로 정처 없는 유랑생활을 했다. 그러다가 한 심술궂은 농부가 그를 변기통 속에 집어던져 버려 이때의 충격으로 언어 기능을 상실하였다.

1945년 전쟁이 끝나고 그는 한 소련 장교의 주선으로 천신만고 끝에 부모를 다시 만났다. 병약해진 코진스키의 건강을 회복시키기 위해 그의 부모는 그를 스키장으로 요양 보냈는데, 그곳에서 뜻밖에 스키 사고를 일으켜 두개골이 골절되는 중상을 입었다. 그런데 아이러니컬하게도 이

고통의 기간이 코진스키의 언어 능력을 회복시켜 주어 다시 말을 할 수 있게 되었다. 이러한 상황은 그의 작품들 안에서 나타난다.

코진스키는 1950~1955년까지 로즈 대학에서 역사와 정치학을 전공하여 두 개의 석사학위를 취득하였다. 그리고 소련에 관한 연구 활동을 통해 바르샤바에 있는 폴란드 과학 아카데미에서 박사과정을 이수하면서 교수 활동을 하는 등 젊은 나이에도 불구하고 상당한 출세의 과정을 거듭했다. 1958년에는 포드 재단의 도움으로 콜롬비아 대학의 박사과정에서 공부할 기회를 얻게 되면서 코진스키의 미국생활은 시작되었다. 나치 체제와 공산주의 체제를 체험한 그는 새로운 미국생활의 체험과 더불어 자신의 인생 체험을 진지하게 표현하기 위해 본격적으로 작가의 길에 들어서게 된다.

제2차 세계대전 동안 자신이 겪은 소년 시절의 비극적 체험을 생생하게 표현한 『색칠한 새』(*The Painted Bird*)를 1965년 시민권자가 되던 해에 발표함으로써 미국 작가로서의 첫 발을 내딛었다. 이 작품은 성공을 거두어 이듬해 프랑스에서 최우수 외국소설상을 수상하게 되었으며, 이 작품으로 구겐하임 재단(Guggenheim Foundation)의 특별회원이 되었다. 이어 『고독한 발걸음』(*Steps*, 1968)과 『자아의 예술』(*The Art of the Self*, 1968)을 내놓으면서 미국 내에서 전미 도서상(National Book Award)을 수상했다. 이후 『악마의 나무』(*The Devil, Tree*, 1973), 『블라인드 데이트』(*Blind Date*, 1977), 『수난극』(*Passion Play*, 1979), 『핀볼』(*Pinball*, 1982), 『69번가의 은둔자』(*The Hermit of 69th Street*, 1988) 등을 발표하였다. 고질적인 심장 질환을 앓던 코진스키는 1991년 자택의 욕실에서 자살함으로써 센세이션을 불러일으켰다.

『그곳에 있음』을 발표하면서 코진스키는 공산 사회와 자본주의 사회에서의 체험을 통해 느꼈던 현대적 의미의 미국 정치·사회에 대해 비판했다. 더불어 매스미디어라는 보이지 않는 권력 구조를 통해 개인에게 벌어지는 통제와 억압을 통렬하게 풍자했다. 이 작품 속에 등장하는 상황들은 너무나 엄청난 일들의 연속이다. 다시 말하여 이 작품은 현대 문명을 바라보는 작가의 시점과 이방인으로서 망명한 작가가 상상하고 있던 미국이라는 거대한 사회 속에서 벌어지고 있는 모순들을 들춰내고 있다. 그리하여 제3자 입장에서 미국을 우회적으로 비판했다고 볼 수 있다. 작품의 줄거리는 다음과 같다.

　　주인공인 정원사 챈스는 노인의 집에서 양육되면서, 40세가 넘을 때까지 세상에 대해서 아무런 관심 없이 살아가고 있다. 그는 자신이 어느 방향으로 오가는지도 가늠하지 못한 채 정원 밖에서 들리는 자동차 소리도 무시하고 자신의 방과 정원만을 오가며 살아간다. 반평생을 노인의 집에서 정원사 노릇을 하면서도 아무런 불편을 느끼지 않으며, 외부 세계와는 철저히 단절된 상황 속에서 살아온다. 그에게 세상 밖의 소식을 전해주는 것은 오로지 자기의 침실에 있는 TV 화면에 등장하는 장면들이다. 그는 리모콘으로 TV 채널을 바꾸면서 그 화면이 삶의 실제적인 모습이라고 착각한다. 이때까지 그를 움직이게 하는 것은 노인의 집에서 일하는 흑인 가정부 루이즈뿐이다. 챈스는 노인에게서 자신의 부모에 대한 이야기와 의사 소통할 수 있는 방법을 익히기는 했지만, 그것을 어떻게 활용하는지 모르며, 세상에서도 그는 이미 잊혀진 존재가 되어 있다.

　　그런데 노인이 사망하게 된다. 챈스는 시체를 응시하면서 "안녕히 계세요"라는 말을 하는 것이 전부이다. 노인의 죽음에 의해 챈스의 실체를 밝힐 수 있는 모든 단서들이 사라지고, 그의 존재에 대해서 알 수 있는 가능성은 없어지고 만다. 노인이 사망하자 챈스를 돌보던 루이즈마저 떠나고 챈스만이 이 집에 남게 되고, 노인의 유산을 관리할 변호사들이 챈스의 정체를 캐기 시작한다. 그러자 그의 평온했던 삶은 위기에 부딪친다. 그리고 사실상 존재하면서도 존재하지 않은 것이나 다름없던 챈스의 삶이 처음으로 존재하는 것처럼 보이게 하는 계기를 마련하게 된다.

　　변호사 토마스 프랭클린은 챈스에게 이름을 묻자, 그는 불안해한다. 챈스라는 이름은 노인과 관계되는 그 어떤 문서 속에도 발견되지 않았고, 챈스가 반평생을 노인의 집에서 살았다는 사실은 증명할 수 없게 된다. 그리하여 챈스는 노인의 집에서 쫓겨나 자신이 한 번도 밟아 본 일이 없는 바깥 세계로 나가게 된다. 그는 길거리로 나온 후 이내 가벼운 접촉사고를 당하게 되어 미국의 유명한 재무법인의 의장이었던 벤자민 랜드(Benjamin Rand)라는 한 재벌의 집으로 실려 가게 되고, 여기서부터 그의 존재에 대한 오해로 인해 그의 운명은 급격한 반전을 이룬다.

챈스는 랜드 씨 일가에 머물게 되고, 랜드 부부는 챈스의 옷차림만을 보고 그를 상당한 경륜이 있는 몰락한 사업가로 단정한다. 챈스는 랜드 씨 부인인 엘리자베스 이브에게 자신의 이름을 밝히고 자신의 직업이 정원사임을 밝힌다. 그러나 부인은 그 이름을 예전에 명망 있는 사업가였던 사람의 이름으로 오해한다. 그래서 랜드 씨의 질문에 대해 챈스가, 갈 곳이나 연락할 곳이 없는 자신의 처지를 솔직하게 말하자, 부인은 오히려 "진정한 사업가가 가질 수 있는 아주 멋진 비유"라고 답하면서 추켜세운다. 랜드 씨는 계속되는 랜드의 솔직한 답변에 대해 경탄하면서 공황 상태에 있던 당시의 미국 경제에 대해 조언자로 나서 줄 것을 부탁한다.

랜드 씨의 주선으로 미국의 대통령을 만나게 된 챈스는 대화를 이해하지 못하고 있던 중 대통령이 무심코 던진 "경제의 최근 침체 상황에 대해 어떻게 생각하느냐"는 질문에 "정원에서는 성장에 때가 있는 법"이라는 동문서답을 한다. 그러나 대통령의 '경제 불황기'와 챈스의 '악천후 계절'이 일치하여, 미국의 현실을 비유적으로 지적한 것이라며 찬사를 듣게 된다. 이리하여 챈스와의 대화가 대통령의 경제 관련 담화 연설문에 그대로 사용되면서 챈스의 이름은 TV와 신문 매체의 주목을 받게 된다. 그에게 인터뷰의 요청이 왔고, 자기의 정체성에 대해 아는 바가 전혀 없는 챈스는 자신의 이력에 대해 이야기를 하지 않는다. 급기야 매체 담당자는 챈스의 경력을 임의로 꾸며내는 소동을 벌이게 된다.

랜드 씨 집에 머무르게 된 챈스는 각종 매체와 기관의 인터뷰를 받게 되면서 개인 비서까지 두는 상황에 이른다. 그는 유엔 자선위원회가 주최하는 파티에 초대받아 가서도 러시아 대사를 비롯한 각국 대사들의 질문을 받는데, 별다른 말을 하지 않고 그저 솔직한 자신의 모습에 대해 답하게 되고, 질문을 하는 당사자들은 자의적인 해석을 덧붙여 그를 과대평가한다.

한편 챈스의 말을 연설에 인용했던 대통령은 챈스의 정체에 대해 주변 조사를 하지만 그에 대해서 어떤 기록도 남아 있지 않다는 비서진의 보고에 의문을 갖게 된다. 소련의 정보기관에서도 '마치 그가 존재한 것이 없었던 것 같다'는 결론이 나게 되자 그처럼 중요한 인물에 대해 아무런 기록이나 흔적들이 남아 있지 않은 것에 대해 당혹해한다. 그러면서 혹시 챈스가 미국에 쿠데타를 일으키기 위해 갑작스럽게 나타난 인물이 아닌가 추측하지만 결국 아무런 단서도 발견하지 못한다. 단지 그들이 발견한 것은 챈스가 3일 전 랜드 씨의 저택에 나타나기 이전의 흔적은 어떤 것도 없으며, 그가 하는 모든 일은 단지 방안에서 리모콘을 돌리면서, 심지어 랜드 부인이 와서 이야기를 하는 중에도 TV에서 시선을 떼지 않는다는 것뿐이었다.

결국 챈스를 미국 대통령 후보로 선출할 논의가 진행된다. 그에게 어떠한 정보도 얻을 수 없지만, 역설적으로 아무런 배경이 없다는 것이 보다 설득력을 얻을 수 있다는 말에 회의에 참석한 사람들은 대부분 동의한다. 이제 스스로에 대한 어느 정도의 인식을 하게 되는 챈스는 갑자기 세상의 조명을 받게 된 자신의 이미지가 타인에 의해 뒤바뀌어 있는 것에 대해 상당한 혼란을 느낀다. 하지만 연회장 바깥의 정원을 산책하면서 평온함을 느낀다.

■ 로버트 쿠버(Robert Coover, 1932~)
- 「마법의 부지깽이」(*The Magic Poker*, 1969)

쿠버는 아이오와 주 찰스 도시에서 태어났다. 전시에 인디애나를 거쳐 일리노이 주 헤린에 정착하였고, 써든 일리노이 주립대학과 인디애나 대학을 졸업하였다. 대학을 다니는 동안 학교 신문을 편집하면서 시와 단편소설들을 습작하였으며 후에 시카고 대학에서 인문학 분야의 석사학위를 취득하기도 했다.

대학을 졸업하면서 그는 해군 사관후보생으로 입대하여 1953~1957년까지 약 3년 간 유럽에서 근무했다. 해군을 제대하고 진지하게 작가로서의 삶을 시작했다. 초기에 그는 실험적인 기법을 이용한 단편소설에 집중하였는데 이 시기에 완성한 작품으로는 그의 작품활동에 이정표가 되었다고 할 수 있는 『패널게임』(*Panel game*)과 같은 작품이 있다. 극단적인 알레고리를 사용한 이 작품은 후에, 『점보 악곡과 수창』(*Pricksongs and Descants*, 1969)에 포함되었다.

1962년부터 아내의 고향인 스페인의 타라고나에서 살다가 1966년 생계가 어려운 형편에서 뉴욕 지역의 200여 개의 대학에 강의를 구하는 편지를 보냈다. 그리하여 가까스로 바드 대학에 강의를 맡게 되어 미국으로 돌아왔다. 귀국 후 타라고나에서 머무르는 동안 집필한 『브루노파의 창립』(*The Origin the Brunists*, 1966)을 출판했다. 100여 명의 사망자를 낸 광산촌 사고를 중심으로 짜인 이 소설은 1966년 윌리엄 포크너상을 수상하게 되었고, 그는 미국 현대 작가로서 자리를 굳히게 되었다. 그리고 경제적인 안정을 찾은 쿠버는 1962년 《에버그린 리뷰》(*Evergreen Review*)에 발표했던 단편소설 「둘째 아들」(*The Second Son*)을 발전시켜 두 번째 소설 『유니버설 야구단 단장 J 헨리 워』(*The Universal Baseball Association, Inc., J Henry Waugh, Prop.*, 1968)를 완성했다.

이후 아이오와 대학과 프린스턴 대학에서 강의를 하며 소설 창작에 매진했다. 그리하여 사회의 규범과 연극계의 인습을 격렬하게 풍자한 희곡집 『신학적인 견해』(*A Theological Position*, 1972)를 발표했는데, 그 가운데 실려 있는 단막극 「그 아이」(*The Kid*)로 1972~1973년 사이에 오비상(Obie Awards)을 세 번이나 받았다. 또한 당시 부통령이었던 리처드 닉슨(Richard Nixon)을 화자로 등장시켜 논란의 여지가 많은 역사적·정치적 문제를 다룬 『공개 화형』(*The Public Burning*, 1966)을 발표하여 전미도서상(National Book Award)을 수상했다. 그 밖에 그의 대표작으로 『정치적 우화』(*A Political Fable*, 1980), 『제럴드의 파티』(*Gerals's Party*, 1986), 그리고 영화 대본과 비디오 영상 기법을 차용한 소설 『영화 보는 밤』(*A Night at the Movies*, 1987), 『베니스의 피노키오』(*Pinocchio in Venice*, 1991),

『존의 아내』(*John's wife*, 1996), 『들장미』(*Briar Rose*, 1997), 가장 최신작 『유령 마을』(*Ghost Town*, 1998) 등이 있다.

「마법의 부지깽이」는 『점보 악곡과 수창』에 실린 첫 번째 단편이다. 이 작품 속에 쿠버는 내적 독백, 모자이크 등 다양한 실험적 기법으로 정교한 구조물을 짜놓았다. 쿠버는 '나'라는 화자가 등장하는 파편을 중간 중간 삽입하여 이야기에 나오는 잭피쉬 섬과 등장인물들, 날씨, 일어나는 사건이나 그 배열까지 자신의 창조물임을 끊임없이 말한다. 이것은 소설 속에 저자가 등장해 소설 쓰기의 어려움을 털어 놓거나 글쓰기의 과정에 대해 언급함으로써 독자에게 지금 읽고 있는 것이 사실이 아닌 허구라는 사실을 상기시켜 주는 다분히 자의식적인 메타픽션적 글쓰기의 하나이다. 독자들은 이러한 독백을 통해 우리들의 인생이 얼마나 허구적이며 픽션은 또 얼마나 사실적인지를 절실하게 깨닫게 된다. 허구적인 인간의 경험을 전달하는 도구로서의 언어에 대한 쿠버의 불신과 자기 반영은 「마법의 부지깽이」에서 파편적 내러티브로 나타난다. 전체 스토리는 마치 모자이크판에 흩어져 있는 이야기의 파편과 같이 이루어져 있으며, 각각의 파편들은 저자가 생성해 가고 있는 '스토리텔링'(Storytelling)의 일부이지만 결코 하나의 결론을 가지는 완성품을 만들기 위한 과정은 아니다.

또한 이 작품은 마법의 부지깽이와 금바지를 입은 공주의 전설로부터 캐런, 금색 바지를 입은 여자, 그리고 그녀들이 섬에 도착하는 순간부터 집 안 어딘가에서 그녀들을 바라보고 있는 짙은 감색 재킷을 입은 남자, 부지깽이에서 갑자기 나타나는 정체를 알 수 없는 검은 바지에 회색 터틀넥 셔츠를 입은 남자, 풀숲에 엎드려 그녀들을 기다리는 이상한 생물이나, 집 안 어딘가에 숨어 있는 털복숭이인 관리인의 아들 등 수많은 유사한 인물들이 등장한다. 해설을 곁들이면서 줄거리를 소개하면 다음과 같다.

(우선 쿠버는 소설의 모티브가 되는 마법의 부지깽이와 관련된 전설을 들려준다. 전설은 마법의 부지깽이와 금바지를 입은 어떤 아름다운 공주의 이야기이다.) 한 아름다운 젊은 공주가 살고 있는데 그 공주는 너무 꽉 달라붙는 금바지를 입고 있어서 아무도 그녀의 바지를 벗길 수가 없다. 멀리서부터 많은 기사들이 찾아와 온갖 수단과 방법을 다 동원해 공주의 바지를 벗기려 하지만 결국 실패하고 만다. 그중 한 기사는 검을 공주의 바지에 집어넣어 찢어 보지만 안타깝게도 그의 검만 부러지고 만다. 마침내 왕은 공주의 바지를 벗기는 기사에게 공주를 시집보내기로 하는 포고를 내리고 포상으로 마법의 부지깽이를 선사하기로 한다.

그 포고를 들은 한 기사가 "만일 내게 그 마법의 부지깽이가 있다면 공주의 바지를 벗기는 건 문제도 아니었을 것"이라는 불평을 한다. 그런데 마침 그때 길가 수풀 속에 숨어 있던 한 이상한 털북숭이 작은 괴물이 이 말을 듣게 된다. 사실 그 괴물은 왕국의 비밀의 방에서 몰래 키워진 왕궁 관리인의 아들인데, 그 말을 듣고는 자신이 그 부지깽이를 훔쳐 공주를 차지하기로 결심한다.

다음날 털북숭이가 벌거벗은 채 왕의 앞에 나타나서는 자신이 바지를 벗겨 공주를 차지하겠다고 말한다. 털북숭이는 공주가 사람들 앞에 나오자 마법의 부지깽이를 꺼내 공주를 가리킨다. 갑자기 공주의 몸에 달라붙어 있던 금바지가 궁전 바닥에 떨어지고, 초조해하며 떨고 있던 공주는 얼떨결에 마법의 부지깽이에 키스를 한다. 그러자 갑자기 '펑!' 하는 소리와 함께 흰색과 진한 감색의 빛나는 갑옷을 입은 한 잘생긴 기사가 나타난다. 그 기사는 검을 꺼내 관리인의 아들인 털북숭이를 죽이고, 왕에게 자신이 괴물에게서 공주를 구했다고 고한다. 하지만 왕은 오히려 그 기사가 공주를 과부로 만들었다고 나무란다.

(소설의 마지막 부분에서 이 전설이 등장한다. 앞에서 읽어 온 이야기들은 이 전설로부터 나온 변형된 스토리이다.) 금바지를 입은 아름다운 공주는 금색 바지를 입은 여자로, 부지깽이에서 나타난 기사는 감색 옷을 입은 잘생긴 남자로, 관리인의 아들은 정체를 알 수 없는 털북숭이 괴물로 바뀌어 새로운 이야기가 구성된다. 또한 전설의 차용을 통한 새로운 텍스트의 전개를 위해 섬이 등장한다. 섬 역시 전설의 형태로 제시된다.

한 부유한 미네소타 출신의 가족이 캐나다 국경에 있는 레이니(Raony) 호수 가운데에 있는 섬을 산다. 그들은 섬에 집을 짓고 객실과 보트 하우스, 관망대, 부두를 건설한다. 또한 발전기와 실내 화장실이 있는 목욕탕과 하수도 시설을 설치하고 관리인을 둔다. 섬은 잭피쉬 섬(Jackfish island)이라 불렸던 것 같지만 전설로는 알 수가 없고, 그 가족은 쇠부지깽이를 섬에 버린 채 떠나 찾아오지 않는다. (이 이야기 또한 전설이기 때문에 확실치 않으나 자신이 섬을 창조했다는 작품 속 언급을 통해 공주의 전설에서 작가가 만들어낼 수 있는 플롯을 전개시키기 위한 작품 배경으로 간주할 수 있다.)

(이어 잭피쉬 섬을 배경으로 하여 공주와 부지깽이 전설에서 변형된 이야기가 펼쳐진다.) 하루는 두 자매, 캐런(Karen)과 금색 바지를 입은 여자가 황폐한 섬을 방문한다. 그들은 자신들의 꿈을 생각하면서 그리고 결혼에 세 번이나 실패한 자신의 처지를 슬퍼하면서 섬에서 길을 헤매며 객실을 찾아간다. 가는 길에 뱀을 만나 무서움에 떨기도 하지만 무사히 집에 도착해서는 몇 개 안 남은 성한 창문들을 깨고 테라스에서 사색에 잠겨 호수를 바라보기도 한다. 그들은 육각형의 로지아에 있는 돌로 된 벽난로 위에 자신들의 이름을 남기고, 오래된 녹색 피아노에 앉아보기도 한다. 자매는 우거진 수풀에서 우연히 마주친 이상한 괴물을 죽이는데, 사실 죽였는지는 확실하지 않다. 결론 부분에 섬에 남겨진 쓰러진 생물체를 정황상 괴물로 추정해 볼 수 있을 뿐이다. 아름다운 쇠부지깽이를 주워 기념품으로 가져간다.

위의 이야기가 일상적인 두 자매의 방문 이야기에 속한다면 또 다른 하나는 환상이 어우러진 이야기이다. 몇 년이 지나고 공주처럼 아름다운 젊은 두 자매가 섬에 찾아온다. 금색 바지를 입은 여자는 수풀 속에서 부지깽이를 주워 키스한다. 그 순간 검은 바지에 흰색 터틀넥 셔츠를 입은 잘 생긴 남자가 미소를 띠우며 갑자기 나타나서 그녀의 손에 키스한다. 그들은 집으로 들어가 그림을 그리고 다 망가진 피아노를 치기도 하고, 부지깽이를 가지고 장난을 치며 함께 시간을 보내면서 이상한 일들을 겪게 된다.

이와 동시에 두 자매가 도착하면서부터 계속 집에서 그들을 지켜보는 키 큰 남자를 중심으로 이야기가 전개된다. 흰 터틀넥 셔츠와 짙은 감색 재킷을 입은 그 남자와 두 자매는 집에서 그림을 그리며 시간을 보낸다. 금색 바지를 입은 여자가 벽과 문과 나무에 새겨진 이름들을 보고 이 섬에 사람들이 많을 줄 알았다고 하자 그는 이 섬에 살던 사람들은 오래전에 여길 떠났다고 말한다. 그리고 이 섬에는 한 번도 관리인이 있은 적이 없으며 그것은 전설에 불과하다는 것이다.

(위의 이야기들은 흩어진 각 스토리의 파편들을 임의로 대략 엮은 것인데 이 중 어느 것이 중심 에피소드라고는 말할 수 없으며, 쿠버는 또 다른 전혀 반대의 이야기와 명확치 않은 결말을 삽입함으로써 애써 정리한 이 이야기들의 실체를 허물어뜨린다. 그 이야기는 다음과 같다.) 이상한 생물이 살고 있는 산림지대의 섬이 있는데 사람들 사이에서 관리인에 대한 소문이 무성하게 퍼지고 있다. 몇몇 사람들은 과거에는 관리인이 있었으나 지금은 없다고 말했고, 또 몇몇 사람들은 한 번도 관리인이 있었던 적이 없었으며 그것은 유치한 전설일 뿐이라고 말하기도 한다. 그 중에는 관리인이 그 섬에 살고 있는데, 그 섬에서 일어나고 있는 비극적인 일들은 그 때문이라고 하는 사람들도 있다. 그러나 확실한 것은 전설에 나오는 마법의 부지깽이를 찾으러 왔든, 사랑하는 사람을 잃고 복수를 하러 왔든 그 섬을 방문한 사람은 누구든지 다시 돌아가지 못한 채 그들의 이름만이 벽과 천장에 혹은 나무에 새겨져 남아 있다는 것이다. 다만 보트 앞에서 부지깽이를 들고 끝이 나는 여러 에피소드들에서 두 자매가 부지깽이를 가지고 돌아간다. (그렇다면 이 결말은 전복될 수 있는 가능성이 존재하게 된다.)

■ 커트 보네거트(Kurt Vonnegut Jr, 1922~2007)

— 『시진』(*Timequake*, 1997)

보네거트는 미국의 대표적인 포스트모더니즘 작가, SF 작가, 대중 작가 등 다양한 호칭을 지니고 있다. 본래 독일인의 자손이었는데 19세기 중반에 미국으로 건너와 인디애나 주의 유복한 중류가정에서 태어났다. 그의 집안은 대대로 건축가였는데 제1차 세계대전과 함께 무너지기 시작했고, 뒤이은 경제공황으로 경제적·물리적으로 부모님이 거의 폐인이 되는 고난을 겪었다.

그 이후 보네거트는 1940년 코넬 대학에서 생화학을 전공하지만 주로 학교 신문사에 글을 기고하며 시간을 보냈다. 그러다가 1943년 일등병으로 제2차 세계대전에 참가하고 그곳에서 경제공황 못지않게 중요한 영향을 끼치게 되는, 1945년 2월 13일에 일어난 드레스텐 폭격사건을 겪게 되었다. 그는 포로가 되어 지하실에서 작업 중이었기 때문에 수많은 시민과 도시 전체를 잿더미로 만드는 재앙에서 운 좋게 목숨을 구하게 되었다. 그러나 이 사건으로 인해 그의 정신적 충격은 더욱 심화되었다.

이러한 충격적인 사건 이외에도 20세기 후반의 미국은 1950년대의 한국 전쟁과 매카시 선풍(McCarthyism), 1960년대의 베트남 전쟁, 말콤 X(Malcom X) 및 케네디(Kennedy) 형제 그리고 마틴 루터 킹 주니어(Martin Luther King, Jr) 목사의 암살, 각종 인종폭동, 학원소요 그리고 1970년대의 닉슨(Nixon) 대통령의 워터게이트(Watergate) 사건과 인간의 달 착륙, 냉전 시대의 산물인 강대국들의 핵무기 생산경쟁 등 인류를 불안과 혼돈의 무질서로 몰고 가는 엄청난 사건들로 가득 차 있었다. 이러한 사건들은 단지 미국에 국한된 것이 아닌 전 세계에 거대한 파장을 일으켰으며, 이 시대를 정치적 · 사회적 · 문화적 격변기로 장식시켰다.

보네거트는 미국의 젊은 세대들이 이에 대해서 분노하고 있음을 목격하고, 이러한 비극적 경험이 후손들에게 대물림되어서는 안 된다고 생각했다. 그리하여 그는 끊임없이 나쁜 경험에 의한 정신적 상처를 치료하려고 노력하며, 부조리와 모순 그리고 급변하는 사회 속의 불안감을 벗어나는 방법을 강구하게 되었고, 나름대로 작품에 반영하였다. 그의 작품은 겉보기로는 전반적으로 어두운 종말론적인 분위기를 띄고 있지만 기본적으로 그의 글은 도덕을 바탕으로 한 '사랑'이라고 할 수 있다.

이후 보네거트는 시카고 대학에서 인류학 석사과정을 공부하다가 학업을 중단하고, 신문사에서 리포터로 일하였다. 그러다가 제너럴 일렉트릭사에서 3년을 일한 후, 1950년에 작가가 되기로 결심하고 케이프 코드(Cape Cod)로 이주하였다.

대표적 작품으로는 첫 작품 『자동 피아노』(*Player Piano*, 1952)를 비롯하여 『타이탄의 요정들』(*The Sirens of Titan*, 1959), 『실뜨개』(*Cat's Cradle*, 1963), 『제5도살장』(*Slaughterhouse-Five*, 1969), 『태초의 밤』(*Mother Night*, 1961), 『챔피언의 아침식사』(*Breakfast of Champion*, 1973), 『슬랩스틱』(*Slapstick*, 1976), 『제일버드』(*Jailbird*, 1979), 『명사수 딕』(*Deadeye Dick*, 1982), 『시진』 등과 더불어 단편집 『원숭이 집으로 오세요』(*Welcome to the Monkey house*, 1968)와 『고양이 집 속의 카나리아』(*Canary in a Cathouse*, 1961) 등이 있다.

소설 『시진』은 보네커트의 자전적 경험과 시진이라는 독특한 상상력, 그리고 인간에 대한 세밀한 성찰이 한데 어우러진 것으로 마치 멋진 친구로부터 온 편지와도 같은 소설이다. 그리고 보네커트가 직접 '이 글은 자신의 마지막 작품'이라고 말하고 있듯이 지금까지의 작품을 총 망라한 그의 야심작이라고도 할 수 있다. 그래서 이 작품에서도 역시 다른 작품들과 비슷하게 그의 분신이라고 할 수 있는 공상과학 소설가 킬고어 트라우드(Kilgore Trout)의 등장, 외계인 부블링(Boobooling) 등장, 그의 가족사의 언급, 반복되는 여러 문구들로 채워져 있다.

이 작품에서 작자는 과거에 발생한 사건이나 지나가버린 인생을 시간의 변동이라는 상상력을 동원해 현대 문명에 물들여진 인간들의 냉담함과 무관심함을 새롭게 인식시키고 있다. 그리고 이런 상황에서 벗어나기 위해서는 인간들이 아름답고 따뜻한 의식(awareness)을 지녀야 한다는 메시지를 전달한다. 따라서 이 소설은 시간과 인간의 자유의지에 대한 깊은 성찰을 담고 있다. 그런데 이 소설은 지금까지 그가 쓴 어느 소설들보다 시간, 사건, 경험, 에피소드 등이 한층 심하게 뒤섞여 있고 줄거리, 인물 성격, 주제 등을 파악하는 일을 전적으로 독자의 몫으로 남기고 있다. 해설을 곁들이면서 줄거리를 따라가 보기로 한다.

　이 작품에서 말하는 '시진'은 우주가 팽창하기를 잠깐 멈추고 순식간에 수축하여 2001년도 2월 13일에 존재하는 모든 것, 모든 사람들을 정확하게 10년 전인 1991년 2월 17일로 돌려놓는 것을 말한다. 모든 인간은 앞으로 어떤 끔직한 일들이 일어날 것인가를 정확히 알고 있으면서도 이를 전혀 바꾸지 못한 채 기계처럼 10년 전의 모든 일들을 그대로 다시 반복한다. 인간들은 과거의 실수나 사고를 막아보려는 자유의지를 사용하지 않으며 아예 자유의지라는 것은 존재하지도 않은 것처럼 보인다. 오랫동안 자유의지를 사용하지 않은 인간들은 10년의 반복된 기계적이고 수동적인 삶이 갑자기 끝날 때 모두 일제히 힘없이 의지 없이 바닥에 쓰러지게 된다. 또한 2001년 2월 13일 비행기 조종, 자동차 운전 등을 하는 순간 1991년 2월 17일 과거로 돌아갔다가 다시 원래의 시간, 곧 자유의지의 발동을 특히 필요로 하는 상황으로 돌아온 사람들은 그동안의 수동적인 삶에 익숙해져서 의지의 발동에 실패하여 비행기 추락, 자동차 사고의 큰 재난을 당하게 된다.

　다시 말하여 사람들이 갑자기 원래의 시간 2001년 2월 13일으로 돌아와서 의지의 발현을 실패하는 행동양식을 시진 이후의 '무관심 반응'이라고 부른다. 많은 사람들이 '무관심 반응'을 겪게 되어 큰 재난을 당하게 된 것이다. 자유의지가 갑자기 발현되는 때를 유일하게 인지하는 트라우트는 사람들에게 "여러분은 자유의지를 가졌습니다"라고 소리치고 이 말이 통하지 않으면 "당신은 아팠었지만 지금은 나아졌고 이젠 할 일이 있습니다"라는 간절한 경고를 필사적으로 외친다. 또한 트라우트는 연극이란 사람들이 인위적으로 만들어 놓은 시진이라고 말하며 "모든 세상은 무대이며 모든 사람은 단지 배우일 뿐이다"라고 말한 셰익스피어야말로 최고의 작가라고 말하기도 한다.

　이 작품에 등장하는 다양한 삽화들은 주제를 형상화하면서 그 윤곽을 드러낸다. 가령, 초반부에서 인간의 예술과 과학의 창조 과정을 외계인 부불링을 통해 은근한 비난을 쏟는다. 수만 명의 사람을 죽일 수 있는 원자폭탄의 발명가 안드레이 사카로우(Andrei Sakharow)와 이이들을 보살피는 소아과 의사인 그의 아내 중 과연 누가 평화상을 받을 자격이 있는가에 질문함으로써 세상의 모순을 깨닫게 한다. 또한 행복감이 절정에 이르렀을 때 자신을 총으로 쏴달라고 말했던 미국의 유명한 재즈 피아니스트 팻츠 월러(Fats Waller) 등을 통해서 인생을 살아간다는 것이 얼마나 헛된 것이며 인간이 처한 상황이 얼마나 아이러니한가에 대한 예리한 풍자를 그치지 않는다. 그러다가 작품의 후반부로 접어들면서 작가의 냉소적이고 풍자적인 목소리를 조금 낮추고 트라우트가 '무관심 반응'을 앓고 있는 사람들에게 사랑으로 외치듯 과학에 앞서는 인간의 의식, 상상력, 사랑, 친절의 중요성을 기계주의적 무관심에 빠져 있는 독자들에게 따뜻한 사랑의 목소리로 부드럽게 설파한다.

작자는 자신이 과거에 사랑했던, 이미 고인이 되거나 잊혀진 주위 사람들의 사랑을 잔잔한 '웃음'을 통해 축복하거나 회상을 하는데 이것 역시 사랑의 메시지를 전하는 그의 또 다른 수법이다. 마지막으로 이 소설의 후반부에서 그는 작가의 목소리를 빌어서 우리에게 말하길 '무관심 반응'에서 벗어날 수 있는 방법을 간접적으로 친절히 암시해 주기도 한다.

■ 토니 모리슨(Toni Morrison, 1931~) – 『빌러비드』(*Beloved*, 1987)

흑인여성 모리슨의 본명은 클로이 앤터니 워퍼드(Chloe Anthony Wofford)이다. 그는 오하이오 주 로레인에서 태어났다. 부모님은 원래 미국 남부 알라바마 주의 소작농이었다. 워싱턴에서 흑인들을 위한 학교인 하워드 대학에서 학사학위를 받았다. 그 후 코넬 대학에서 대학원 과정을 거치며 포크너와 울프를 연구했다. 1955년 문학석사 학위를 받은 후 모리슨은 휴스턴의 텍사스 서든 대학교에서 영문학을 가르쳤다. 그 후 모교인 하워드 대학에서 강의를 하였고, 뉴욕의 출판사에서 선임편집장으로 일하였다. 문학에 대한 사랑과 이혼 후의 힘든 생활은 그녀를 창작의 길로 접어들게 하였다.

1970년에는 드디어 토리 모리슨이라는 이름으로 첫 장편소설 『가장 푸른 눈』(*The Bluest Eye*)을 발표하였고, 그 후 계속하여 그녀의 가장 뛰어난 작품이라고 알려진 『빌러비드』 등 많은 작품을 발표하였다. 그리고 1993년 노벨문학상을 수상하였다.

토니 모리슨은 작품을 통해 흑인들의 모습을 다채롭게 표현하였다. 『빌러비드』에 등장하는 세스의 생활은 흑인에게 전해져 내려오는 유령 이야기와 함께 얽혀 있다. 작품은 흑인들의 실생활과 옛날 이야기가 함께 섞여 기괴하게 보이는 줄기에 믿을 만한 사실이 빛깔로 덮여 있다. 주인공 세스는 딸이 노예가 되는 운명을 벗어나게 하기 위하여 자신의 손으로 딸을 죽인다. 이 소설의 내용은 황당무계하지만, 결국 누구나 수긍할 수 있는 현실적 이야기가 된다. 모리슨은 이 소설에서 흑인들이 사용하는 구어와 속어를 많이 이용하고, 때로는 백인들의 문법에서 벗어나기도 한다. 나아가 흑인들의 영어와 문화는 그녀만의 독특한 특징을 더욱 부각시켜 강한 개성을 지니게 한다. 소설의 줄거리는 다음과 같다.

노예 제도가 폐지된 지 십여 년이 지난 1874년 오하이오 주, 세스는 아들들도 모두 떠나보내고 찾아오는 방문객도 없이 딸 덴버와 함께 흑인 커뮤니티 블루스 톤가 124번지에서 살고 있다. 어느 날 예전에 같은 농장에서 노예로 있었던 폴 디가 이곳을 찾아오면서 세스의 아픈 과거가 조금씩 드러난다.

농장주 가이너가 죽고 친척인 학교 선생이 농장을 맡게 되면서 평온했던 농장 분위기는 급속도로 악화된다. 세스는 동물 같은 대우와 고문을 견디며 살아간다. 그러던 어느 날, 노예들을 다른 곳으로 팔려는 학교 선생의 계획을 알게 된 세스는 남편 할과 도망치기로 결심한다. 세스는 아이들을 미리 시어머니에게 보내고는 약속 장소에서 남편을 기다리지만 남편은 오지 않는다. 결국 세스는 만삭의 몸으로 홀로 도망간다. 매질로 생긴 등의 상처에서는 피고름이 흐르고 다리도 퉁퉁 부어올라 기어가다시피 가고 있을 때, 그녀는 에이미라는 백인여성을 만나 상처를 치료받고, 강가의 조각 배 안에서 무사히 출산을 한다. 마침내 세스는 여러 사람들의 도움을 받아가며 시어머니 집인 오하이오 124번지에 도착한다.

하지만 그곳에서도 평안한 삶은 그리 오래가지 않는다. 백인 노예 사냥꾼이 세스를 찾아온 것이다. 세스는 사냥꾼을 보는 순간 두 딸아이를 헛간으로 데려가 죽인다. 딸들이 자신처럼 노예로 살아가느니 죽는 것이 낫다고 생각했던 것이다. 하지만 덴버만은 죽지 않고 살아남아 세스와 함께 감옥으로 가게 된다. 그녀는 딸아이를 죽이지 않으면, 노예 주인이 딸아이의 육체를 짓밟을 뿐만 아니라 정신과 영혼마저도 병들게 할 것이라고 생각한다. 비록 극단적이기는 하지만, 죽게 된다면 소멸되는 것은 육체일 뿐 영혼과 정신은 자유롭게 될 것이라고 그녀는 믿는다. 때문에 세스는 딸을 구하는 방법은 죽이는 것뿐이라고 생각했던 것이다.

세스는 형기를 마치고 출소하여 자신 때문에 충격으로 돌아가신 시어머니의 장례식을 치른다. 세스를 이해할 수 없었던 마을 사람들은 장례식 날 아무도 오지 않는다. 이에 대한 앙심으로 세스는 마을 사람들과 교류를 끊고 오랫동안 고립된 생활을 한다.

한편 폴 디는 주인 가이너의 죽음 후 많은 시련을 겪다가 우여곡절 끝에 도망에 성공한다. 그는 세스를 찾아와 함께 새 삶을 시작하자고 한다. 덴버와 함께 셋이서 서커스 구경을 다녀오던 날, 그들은 흑인 소녀 빌러비드를 만난다. 124번지에 출몰하던 유령이 가족 앞에 드디어 모습을 드러낸 것이다.

처음부터 이상한 점이 많았지만 빌러비드의 출현으로 덴버는 외로움에서 벗어나고, 세스는 죽은 딸아이가 환생한 것이라 생각한다. 한편 폴 디는 세스가 딸을 죽인 사실을 알고, 자신이 옳았다고 반박하는 세스를 비난하고 집을 나와 혼자 산다. 세스는 환생한 딸에게 왜 자신이 죽여야만 했는지를 설명하려고 애쓰고, 딸과 오랜 시간을 함께 하려다 일자리도 잃는다. 친밀했던 세스와 빌러비드의 관계는 점점 싸움으로 변해간다. 빌러비드는 어떻게 자신을 버릴 수 있었는지를 비난했고 세스는 용서를 구하면서 상황을 설명하려고 애쓴다. 세스는 나날이 말라가고 빌러비드는 나날이 살쪄간다.

마침내 덴버는 도움을 청하기로 결심하고 마을 여자들의 도움으로 124번가의 유령을 쫓아낸다. 또다시 딸을 잃은 허탈감에 몸져 누운 세스에게 어느 날 폴 디가 찾아온다. 그는 그녀가 얼마나 소중한 존재인지를 알려주면서 새로운 삶을 함께 하자고 제안한다.

■ 맥신 홍 킹스턴(Maxine Hong Kingston, 1940~)

– 『중국 남자들』(*China Men*, 1980)

킹스턴은 캘리포니아의 스톡톤에서 이민 제1세대의 딸로 태어났다. 그녀의 아버지는 학자였고 어머니는 중국에서 의과대학을 졸업했다. 그러나 그들은 미국에서 노동자 신분으로 전락한다. 그녀는 이러한 사실을 자서전적 소설인 『여인무사―귀신들 사이에서의 소녀 시절 회상록』(*The Woman Warrior―Memoirs of a Girlhood Among Ghosts*, 1976)과 『중국 남자들』 에서 털어 놓고 있다. 그녀는 영어를 잘하기 위해 혀 수술까지 받았고 9세쯤에는 영어로 시를 지을 수 있을 정도로 영어를 유창하게 하였다.

집안 형편이 어려워 장학금으로 1962년 버클리 대학 영문과를 졸업했고, 2년 후 버클리 대학에서 몇 년간 교편생활을 했다. 이후 1967년 가족들과 함께 하와이에 정착하여 고등학교 및 대학에서 몇 년 동안 영어, 작문, 수학을 가르쳤다. 하와이에서 7년 동안 거주한 후 다시 캘리포니아로 돌아와 현재 모교에서 창작 강의를 하고 있다.

그녀는 작품으로 많은 상을 받아 미국 작가로서의 위상을 굳혔고, 『여인무사』로 전미 도서 비평가상을 수상하였다. 또한 『중국 남자들』 역시 《타임》지의 베스트셀러가 되었고, 논픽션 분야에서 전미 도서상을 받았다. 이후 거의 10년 후에 나온 『여행의 왕 손오공―그의 해적판』 (*Tripmaster Monkey―His Fake Book*, 1989)으로 서부 펜클럽상을 받았다.

킹스턴의 이 세 작품은 기본적으로는 모두 같은 주제를 다루고 있다. 그녀는 이 세 작품에서 일관되게 적대적이고 반목하는 백인 주류의 미국 사회에서 중국계 미국인의 정체성 찾기, 잃어버린 중국계 조상들의 역사 복원, 소수민족으로서 미국에서 당하는 인종적 편견에 대한 고발 등의 시대 정신을 담고 있는 것이다.

『중국 남자들』은 6장의 주요 이야기들과 12장의 짧은 이야기들로 짜여 있다. 6장의 긴 이야기들은 미국으로 이민 와서 새 삶을 개척하는 킹스턴의 조상들과 미국에서 태어난 가족에 대한 전기적인 이야기로 각 장마다 다른 인물들을 다루고 있다. 그리고 12개의 짧은 장들은 킹스턴

이 대부분 개작한 중국의 고전 문학과 서구 문학으로 구성되어 있고, 그 외에 역사적인 사실과 사건들, 신문의 시가들이 첨가되어 있다.

이 작품을 통해 작자는 다양한 이데올로기적·제도적·상징적 제약과 봉쇄로 미국 역사에서 배제된 타자나 주변인으로서의 중국계 미국 남성을 다시 복원시키려는 시도하고 있다. 그리하여 우선 신화를 교묘하게 개작해서, 중국 남자들이 정신적으로 거세되고 굴욕감을 갖게 된 것에 대해 인종적인 항의를 한다. 더불어 중국 남성들이 여성들에게 강요하는 가부장적 유교질서에 대한 페미니스트적인 항의를 곁들이고 있다.

특히 첫 장인 「발견에 관해서」(On Discovery)는 이 작품의 전체적인 의미를 개괄하는 역할을 하고 있다. 이 장에서의 탕아오(Tang Ao) 변형 신화는 총체적인 상징성을 지닌다. 즉 중국 남자들은 물질적인 부를 추구하기 위해 미국에 왔지만, 전통적으로 여성의 직업으로 간주했던 식당, 세탁소 등에서 백인들을 위해 봉사함으로써 거세당하고 노예화되는 정체성 상실의 고통을 겪게 되었음을 비유적으로 시사해 준다. 또한 이 신화는 억압자들을 흉내냄으로써 억압을 전복시키는 페미니스트의 전략, 즉 중국 여성이 수세기 동안 겪어온 고통을 남성에게 겪도록 함으로써 중국의 가부장 전통의 부당함을 보여주고 있다. 그러나 인종적·사회적 시각에서 보자면, 탕아오의 이야기는 중국계 남자 조상들이 미국에서 겪은 노예화된 상황을 보여준다고 할 수 있다.

그리고 「중국에서 온 아버지」(The father from china)와 「미국의 아버지」(The American Father)에서는 중국 우화 '각시귀신'(Ghostmate)이 등장한다. 이 이야기는 아름다운 여인의 환대를 받은 젊은 나그네가 결국 깨어나 보니 그 부인이 귀신임을 발견한다는 내용이다. 나그네가 결국 그 여인이 허상임을 발견하듯, 「중국에서 온 아버지」에서는 아메리칸 드림을 쫓아 미국에 왔지만 현실은 세탁소의 노동자이고, 금발 여인들과의 성적 만족을 기대해 보지만 갈취를 당할 뿐 거절당한다는 의미를 드러내주고 있다. 더불어 중국 남자들은 자신들이 백인에게서 학대당한 분노와 모멸감을 자신보다 더 약자들인, 자신의 가족인 여성들과 아이들에게 분출함으로써 소수민족 여성들이 다층적인 억압을 당하게 되는 이중의 굴레를 폭로하고 있기도 한다.

이 작품의 마지막 장인 「듣기에 관해」에서 작가가 전하는 메시지는 주목할 만하다. 작가는 "이제 나는 듣고 있는 젊은이들을 지켜볼 수 있다"라고 말하면서 이 책을 끝맺는다. 이는 타자들의 목소리에 귀 기울일 필요성을 강조하고 있는 말이다. 즉 다른 언어, 여러 다른 목소리, 여러 해석이 서로 이야기되고 들려져서 조화를 이루어야 하고, 단일함이 아닌 다양성을 향해 나아감으로써 여러 가능성의 문을 열고, 문화 간의 역사적·심리적·언어적 경계를 허물어야 함을 주장하고 있는 것이다.

『중국 남자들』의 주요 6장은 「중국에서 온 아버지」, 「미국의 아버지」, 「샌들우드 산맥의 증조부」(*The Great Grandfather of the Sandalwood Mountains*), 「시에라네바다 산맥의 조부」(*The Grandfather of the Sierra Nevada Mountains*), 「더 많은 미국인을 만들기」(*The Making of More Americans*), 「베트남에 있는 남동생」(*The Brother In Vietnam*) 등의 이야기가 전개된다. 그 가운데 3편의 내용을 소개하면 다음과 같다.

「중국에서 온 아버지」

아버지 바바는 황실에서 주최하는 과거 시험을 준비하던 중 1911년 시험제도가 바뀜으로써 시험을 볼 수 없게 되자, 아이들을 가르치는 교편생활을 하며 생계를 꾸려간다. 그러나 그는 교편생활에 만족하지 못할 뿐만 아니라 학생들마저 좀처럼 그의 말을 듣지 않는다. 그 후 2년 동안 아들과 딸이 태어난다. 1924년 바바 가족의 모든 남자들, 즉 화자의 할아버지를 포함한 할아버지의 형제들, 그리고 화자의 여러 삼촌들이 모두 금산(Gold Mountain)을 향해 출발한다. 이때 바바도 미국으로 입국하기 위해 다른 사람의 여권을 위조해서 쿠바에 갔다가 뉴욕으로 간다. 샌프란시스 만에 도착한 아버지는 에인젤 섬에 있는 이민국에서 신체검사를 받고 감옥과 같은 대기소에서 막연히 미국 입국을 기다린다. 그곳에서 일본인들은 하루 이틀이면 입국이 허가되지만 중국인들은 마냥 기다린다. 그러던 중 한 명이 목매달아 죽기도 하고 한 여자가 자살했다는 소문이 돌기도 한다. 마침내 아버지의 입국이 허가된다.

(장면이 바뀌어) 중국에서 상당한 능변으로 통하는 학자이자 선생이었던 에드는 붓글씨를 쓰는 대신 세탁소 장부 정리를 하고 있다. 미국에서 구속받지 않는 생활을 즐기는 에드는 서구식 예법을 따르고, 금발 여성들의 환심을 사기 위해 200달러짜리 옷을 사 입고, 그 여성들과 영화를 보러 가기도 하고, 댄스파티에서 춤을 추기도 한다. 그 후 에드의 아내는 남편과 이별한지 15년 만에 학위를 취득하고 미국에 온다. 남자들만의 공간에 에드의 아내가 나타나자 남자들은 더 이상 외식할 필요가 없어졌고, 그동안 지키지 않았던 명절은 어김없이 에드의 아내에 의해서 지켜진다. 그러던 중 에드의 아내가 와서 부담을 느낀 친구들이 세탁소 동업자들의 명단에서 에드를 제외시키자 이에 실망한 에드는 아내와 함께 캘리포니아로 간다.

「미국의 아버지」

화자는 아버지가 여러 가지 재미있는 마술을 보여주곤 했던 어린 시절을 회상한다. 그러나 화자의 아버지는 은행에 저축한 돈, 이층짜리 집, 뒤뜰이 있는 또 다른 집을 모두 잃게 되고, 운영하던 도박장마저도 경찰의 불시 습격으로 문을 닫게 된다. 그 후로 아버지는 계속 우울한 생활을 하며 한밤중에 어머니와 가족들에게 심한 욕설을 퍼붓거나 아니면 혼자 지하실의 우물곁에 혹은 다락방에 멍하니 있곤 한다. 화자의 어머니는 아버지가 좀처럼 일자리를 구하려 하지 않자, 세탁소를 빼앗긴 것도, 집을 잃게 된 것도, 도박장을 잃게 된 것도 모두 아버지의 성격 탓이라며 자주 말다툼을 벌인다.

「샌들우드 산맥의 증조부」

박궁과 다른 중국인들은 하와이까지 가는 길에 배의 갑판 밑에서 힘겨운 생활을 하며 사탕수수 농장이 가져다 줄 경제적인 부와 미래를 꿈꾼다. 그러나 하와이에 도착한 이들은 선전과는 달리 덥고 습한 기후, 무성하게 자라 끝도 보이지 않는 사탕수수밭, 백인들의 멸시, 12시간의 혹독한 노동 때문에 고생한다. 그럼에도 불구하고 박궁은 점차 농장생활과 적은 임금에 적응해 간다. 박궁은 타지에서의 설움과 고향에 대한 향수를 달래기 위해 오두막집 옆에 작은 정원을 만들어 중국에서 키우던 야채와 꽃들을 심고 가꾼다. 또한 박궁과 그의 동료들은 작업이 없는 날에는 시내에 나가 각자 나름대로 옷을 사거나, 도박을 하고, 사진을 찍으면서 타향살이에 대한 설움을 해소한다. 또한 이들은 하와이 섬에서 용을 만들어 설날을 기념하고 자신들의 방식대로 잔치를 벌이면서 백인들과 원주민들의 문화 사이에서 중국인들만의 문화를 만들어간다. 그리고 박궁의 동생 박숙궁(Bak sook Goong)은 가족에 대한 그리움을 달래기 위해 원주민 여인을 아내로 맞이한다. 박궁은 폐허가 된 마을에서 그가 직접 겪은 귀신 체험담이나, 부유한 아낙네들을 놀린 사기꾼 장뭉국(Chan Moong Gut)의 이야기, 고양이 귀를 가진 아들의 비밀을 땅 속에 묻은 왕의 이야기 등을 말해주며 동료 중국인들이 시름에 젖을 때마다 그들을 웃기고 감동시킨다. 결국 박궁은 많은 돈을 모아 중국으로 돌아오고, 박숙궁도 원주민 부인을 함께 데리고 중국으로 온다.

■ 이창래(Lee Chang-rae, 1965~)

– 『네이티브 스피커』(*Native Speaker*, 1995)

이창래는 3세 때 부모를 따라 뉴욕으로 이민을 간 한국계 미국 작가이다. 그는 10세 때쯤 온 가족의 통역을 도맡아 하는 '네이티브 스피커'가 된다. 그가 철저한 미국인이 된 것은 그의 가족이 한국에서 미국으로 이주한 이방인으로서 미국생활에 적응하는 가장 중요한 문제가 되었기 때문이다. 이후 그는 예일 대학 영문과에 진학하고 작가가 되었다. 그리고 미국 동부 명문 프린스턴 대학 교수로 임용되었다.

그는 부모의 나라인 한국을 중요한 글쓰기의 대상으로 생각했다. 그의 작품 가운데 미국에서 주목받고 있는 것은 한국인의 정체성에 대한 한국 이민 사회의 애환을 그린 『네이티브 스피커』와 『체스츄어 인생』(*A Gesture Life*, 1999)이다. 그 가운데 『네이티브 스피커』는 그에게 헤밍웨이상, 펜 문학상, 반스 앤 노블 신인작가상 등 각종 문학상을 휩쓸게 했다. 그는 이 소설 속에서 다민족·다문화 사회인 미국으로 이민 온 한국인 2세를 통해, 한국인에 대한 그의 정서가 어떻게 소설에 이용되고 극복되는지 보여주고 있다. 이 정서는 이창래가 기억하는 부모님의 기대와 그들의 삶, 미국인으로서 미국에서의 한국인은 무엇인가 그리고 아시아계 미국인에 대한 미국인들의 편견들이다.

『네이티브 스피커』의 주인공 헨리 박(박병호)은 한국계 미국인이다. 그는 아버지 세대에 미국으로 이민 온 정치적 야망을 가진 한국계 시의원인 존 광(John Kwang)을 감시하고 그의 모든 정치적 행동을 그의 정적에게 보고하는 일을 맡는다. 그 과정에서 한국인 아버지와 어머니에 대한 과거의 회상, 미국인 부인 릴리아와의 갈등, 아들 미트의 죽음, 미국인과 이민한국인 사이의 갈등과 표현의 차이 그리고 정치적 침묵을 그리고 있다. 따라서 이 작품은 이창래가 서문에서 말하고 있듯이 휘트먼의 『풀잎』(*Leaves of Grass*)에서 많은 영향을 받았다. 휘트먼의 정신은 자기 나라의 광범위하고 다양한 삶의 방식을 미국에 동일화시키는 것이다. 이창래는 이 작품을 통하여 소수민족으로서의 한국인이 미국에서 어떻게 살아가느냐는 질문과 방식을 한국인과 미국인에게 던지고 있다. 그러면서 초기의 미국적 상황이 아니라 다문화·다민족 그리고 이들의 차이를 인정하는 순환되는 문화와 역사 속에서, 미국이라는 희망과 약속의 땅이 미국적 상황이 어떻게 변화되고 이를 어떻게 극복했냐 하는가를 보여주고 있다. 소설의 내용은 다음과 같다.

헨리의 부인 릴리아는 남편에 대해 분석한 메모를 남기고 여행을 떠난다. 이 기록에는 미국인 아내가 본 한국인 2세의 남편에 대한 다양한 내용들이 쓰여 있다.

주인공 헨리 박은 의뢰인 혹은 특정 기관의 청탁을 받고 뒷조사를 하는 회사에서 일한다. 그곳에서 헨리는 책임자 데니스 호아글랜드(Dennis Hoagland)로부터 재미교포 정치가인 존 광의 뒷조사 지령을 받고, 존 광의 선거 사무실에 자원봉사자로 지원한다. 헨리는 그의 아내 릴리아와 행복한 가정생활을 보내지 못하고 있다. 그 이유는 그들의 아들 미트가 우연한 사고로 질식사한 것과 그의 직업에 대한 불안감 때문이다. 존 광은 동양의 떠오르는 별이며 뉴욕 북부 선거구의 황태자이다. 존은 2년 전에 두 번째로 출마하여 시의원에 당선되었고, 그 다음 민주당 예비 선거에서 시장 경선에 출마를 선언한다. 여기서 존과 뉴욕 시장 디 로스(De Roos)와 대립한다.

헨리는 우울증의 초기 증상을 보이게 되는데, 필리핀 출신 정신분석학자 에밀 루잔(Emile Luzan) 박사를 만나면서 자신의 중요한 문제를 이야기하게 된다. 이 우울증은 야채상점을 운영하였던 아버지와 전통적인 한국인 어머니, 아내와의 내밀한 사연, 그리고 비닐봉지로 장난하다가 질식사한 아이에 대한 이야기들에서 드러난다.

헨리가 존 광의 선거 사무실에 잠입하면서부터 뉴욕은 한국인과 백인의 대결, 더 나아가 흑인, 황인들의 관계로 복잡해진다. 헨리는 미국에 이민 온 한국인 2세이지만 한국인들에 대한 미국인의 입장과 생각으로 시의원 선거 사무실에서 자원봉사자로서 일하게 된 것이다. 존과 헨리의 관계는 곧 미국에서의 한국인의 존재와 그들의 희망을 말해 주고 있다. 존의 출세는 헨리에게 한국인은 미국에서 이미 무시할 수 없는 존재이며 미국인의 마지막 인종이 될 것이라고 생각하게 한다.

헨리는 정서적 이방인 혹은 부친 콤플렉스를 가지고 있다. 그런데 존은 한국에서 미국으로 이민 온 후 출세를 한 인물이다. 헨리의 아버지는 한국 일류대를 나왔지만, 미국에 이민을 와서 야채상점을 운영한다. 하지만 헨리의 눈에 비친 존의 모습은 언제나 야망에 찬 소수민족 정치가이며, 이익 집단들의 대변자, 막강한 대리인, 뭔가 목소리 높은 사람 혹은 의로운 사람이다.

헨리는 존이라는 인물에 대해서, 미국을 사랑하는 사람 그리고 사회적 부정으로 인해 희생당한 사람들의 대표자로 평가한다. 문제는 헨리가 한국계 미국인 아버지의 한국적인 가부장적 사고와 행동에 반발하면서, 반대로 존을 통해 가족의 진정한 의미를 상상하고 있다는 것이다. 즉 한국인의 구세대인 헨리의 아버지가 생각하는 가족은, 가족이라는 순수한 개념일 뿐이다. 그런데 헨리에게 존의 연설은 아메리칸 드림의 실현 그 자체이다. 존의 연설은 미국인들은 누구라도 평등하게 대우받고, 공정한 노동을 하며, 개인 재산을 소유할 수 있고, 불우한 이웃에게 베풀면서 행복하게 살 수 있는 사회를 이룩하는 것을 주요 내용으로 하고 있다.

헨리의 미국인 아내는 첫 아들의 사망 이후 2세 생산을 계속 거부한다. 그리고 아버지의 한국적 교육 방식에 의해 헨리는 아첨꾼, 염치를 아는 외국 소년, 동화주의자, 끊임없이 겁에 질리고 슬픈 얼굴을 한 신참자의 전형적 모습만 남아 있다. 그래서 헨리는 존이 그가 찾는 바람직한 인물로 다가온다. 존에게는 한계가 없어 보인다. 존은 공장을 임대해 기계 부품을 직접 조립하고 판매하는 사업에 성공하고, 41세에 대학에서 법률학과 영문학 학위를 취득하는 열정을 보이고, 변호사 자격증까지 획득한 인물이다. 이러한 사실을 헨리는 끊임없이 기록으로 작성하고 그의 상관에게 보고할 준비를 하고 있다.

선거철에 떠도는 적대감, 흑색선전, 민족적 갈등 그리고 아내와의 불완전한 대화 등이 헨리를 괴롭힌다. 우선 한국인에 대한 적대감은 미국 사회가 흑백 사회로 전환되고, 한국인들은 동양인 혹은 유색인 취급을 받게 된다. 이러한 미국인의 권리 주장 혹은 적대감에 봉착한 존은 헨리에게 새로운 가족이라는 의미를 이해하게 만든다. 사실 헨리의 부모에게 인권 혹은 권리는 없다. 이민 1세대에게 시민의 권리는 그들과 상관이 없다. 그들에게는 한국인이라는 자부심보다는 삶 그 자체의 노예 같은 생활이 전부이다. 그런 부모와 영어를 모국어로 사용하는 다음 세대들인 자식들은 당연히 갈등을 가져오게 된다. 헨리의 머리 속에는 언제나 이런 부모와의 갈등이 아내 릴리아의 사건과 교차되면서 나타난다.

헨리는 자신의 임무를 충실하게 실천한다. 그것은 곧 존에 대한 비밀 기록을 찾아내는 것이다. 이 기록들은 헨리가 준비한 자료이지만 혼자만 알고 있는 사실이기도 하다. 존은 한국 전쟁 당시 가족과 헤어지고 하우스 보이로 생활하다가 몰래 미국에 온 후 뼈저린 굶주림과 소매치기 전과 그리고 미국을 전부라고 생각하고 있는 인물이었음이 그가 조사한 내용이다. 이 사건 혹은 그가 발견한 신미국인의 비밀은 헨리가 아내와의 관계를 새롭게 만들어가게 노력하는 계기가 된다. 아내 릴리아는 헨리에게 부모에 대한 강박 관념을 이해시키고 부모님이 남긴 유품을 통해 가족의 역사를 읽어낸다. 그들은 서로를 이해할 수 있는지를 확인하고 있다. 헨리는 언어치료사인 아내를 통해 진정한 네이티브 스피커가 되어 간다.

존은 흑색선전과 선거 사무실의 폭탄 투척으로 인하여 희생자가 발생하자 좌절을 느낀다. 이제 헨리는 존의 선거 자금에 대한 상세한 정보를 제출해야 한다. 헨리는 결국 존이 시의회의원 당선 이후 사업의 실패와 선거 기부금을 전용하였음을 알게 된다. 이러한 사건이 언론에 폭로되자 존은 술집 여자 종업원과 자동차를 몰다 사고를 내고 잠적한다. 존은 선거를 치르기도 전에 주위 사람들로부터 따돌림을 받는다. 존은 결국 가족과 함께 다시 고국으로 돌아간다.

그 사건 이후 헨리는 신미국인으로서 자신의 정체성이 무엇인지 이해한다. 헨리는 데니스에게 보고하는 정보 제출을 거부하고 자신의 직업을 포기한다. 그동안 헨리는 불안한 유색 인종의 결합, 선거전에 나타나는 미국의 다양성과 차이, 존이라는 자랑스러운 한국인에 대한 회의, 보이지 않는 미국인의 힘, 콩글리쉬로 전달되는 한국인들의 언어, 말의 도시 미국, 존의 귀향을 통한 미국인의 존재를 목격한 것이다.

그는 영어를 모국어로 사용하면서 새로운 삶을 아내와 계획한다.

4) 희곡

미국의 희곡은 19세기까지 별로 활발하지 못했다. 그러다가 20세기에 들어와서 유진 오닐(Eugene O'Neill, 1888~1953)이 극작 활동을 시작하면서 주목받기 시작했다. 1936년 노벨문학상을 수상한 오닐은 1920년 브로드웨이에서 『지평선 너머』(*Beyond the Horizon*)를 상연하여 각광을 받았다. 이 작품은 '착한 사람은 행복한 결말을 맞이하고 악한 사람은 불행한 결말을 맞는다'는 멜로드라마풍의 사고를 부정하고 인생에 있어서의 새로운 연극적인 아이러니를 드러내고 있다. 그의 대표적 작품으로는 『황제 존스』(*The Emperor Jones*, 1920), 『털 원숭이』(*The Hairy Ape*, 1922), 『느릅나무 밑의 욕망』(*Desire under the Elms*, 1924), 『상복이 어울리는 엘렉트라』(*Mourning Becomes Electra*, 1831), 그리고 1940년에 집필하여 1956년에 초연된 자전적 작품 『밤으로의 긴 여로』(*Long Day's Journey into*

Night) 등이 있다.

오닐의 눈부신 활약과 병행해서 상징극풍의 희곡을 쓴 앤더슨(Maxwell Anderson, 1888~1959)과 『계산기』(*The Adding Machine*, 1923)로 알려진 사회파의 극작가 라이스(Elmer Rice, 1892~1967) 등이 미국 극단에 큰 자리를 차지하였다. 20년 후반에는 로슨(John Howard Lawson)이 이끄는 급진주의적인 극단 '신 극작가 극장'이 등장하여 30년대로 들어서자, 킹슬리(Sidney Kingsley, 1906~1995), 오데츠(Clifford Odets, 1906~1963), 헬먼(Lillian Hellman, 1905~1984) 등의 사회주의적인 극작가의 활동이 대단히 활발해졌다. 킹슬리의 빈민가의 상황을 생생하게 묘사한 『막다른 골목』(*Dead End*, 1935), 오데츠의 무대와 관객 사이의 제4의 벽을 타파해서 극적 효과를 무성하게 하는 실험적인 스트라크극 『레프티를 기다리면서』(*Waiting for Lefty*, 1935), 헬먼의 공업화에 의한 남부 사회의 비극을 그린 『작은 여우들』(*The Little Foxes*, 1939) 등은 모두 현실 사회의 인식과 예리한 예술적 감수성의 결합이 만들어낸 그 시대의 기념비적인 극 작품이라고 할 수 있다.

계속해서 제2차 세계대전과 경제 불황의 소멸에 의해 사회극이 후퇴한 시기에 신인 두 사람이 눈부시게 등장해서 연극계는 활황을 띠게 되었다. 그 작가 가운데 한 사람은 남부 출신 테네시 윌리엄스(Tennesse Williams, 1911~1983)이다. 그는 몰락하는 남부를 묘사한 『유리동물원』(*The Glass Menagerie*, 1944), 강렬한 남부의 특징을 묘사하여 퓰리처상을 받은 『욕망이라는 이름의 전차』(*A Streetcar Named Desire*, 1947) 등을 썼다. 그리고 그 후 발표한 『장미의 문신』(*The Rose Tattoo*, 1950), 다시 퓰리처상을 받은 『뜨거운 양철지붕 위의 고양이』(*Cat on a Hot Tin Roof*, 1955) 등이 있다. 또 한 사람의 작가는 아서 밀러(Arthur Miller, 1915~2005)이다. 그는 『세일즈맨의 죽음』(*Death of a Salesman*, 1949)으로 등장했다. 이어서 그는 『도가니』(*Crucible*, 1953)와 『다리에서 보는 전망』(*A View from the Bridge*, 1955) 등을 남겼다. 윌리엄스가 남부의 특수한 풍토성을 탐구하고 승산이 없는 싸움을 거는 주인공의 고독과 절망 속에서 시詩를 발견한 데 반해서, 밀러는 거대한 사회기구의 밖에서 살 수 없는 소시민의 비극을 다루었다.

이후 60년대의 정체기를 타파하고 등장한 작가와 작품은 에드워드 앨비(Edward Albee, 1928~)의 『버지니아 울프를 누가 두려워하느냐?』(*Who's Afraid of Virginia Woolf*, 1962), 퓰리처상을 받은 『미묘한 균형』(*A Delicate Balance*) 등이 있다.

1945~1960년까지는 테네시 윌리엄스와 아더 밀러의 시대로서 사실주의 양태의 연극이 계속 강세를 보였던 시기이다. 그런데 1950년대 말이 되면서 미국 연극은 커다란 전환과 변혁을 맞이하게 된다. 전반적인 예술 미학이 변화를 겪는 분위기에서 1960년대의 실험극이 등장한 것이다. 이 실험극은 제도권의 권위와 모순에 반발하면서 사회 정의를 실현하려는 민권 운동이나 여성 운동과 시기적으로 맞물리면서 새로운 표현 방법을 뒷받침해 줄 도덕적 에너지를 얻게 되었다. 로버트 코리건(Robert Corrigan)은 60년대의 실험극을 포스트모던 하다고 규정하면서 포스트모던 연극이라고 칭하였다.

1963년에 처음 만들어져 1973년 해체할 때까지 미국의 실험극 운동을 대표하여 많은 극작가와 연극인을 배출한 극단으로 오픈 티어터(The Open Theatre)를 들 수 있다. 오픈 티어터는 변신 기법과 집단 창작 등 미국 현대극의 신기원이 될 만한 많은 기법들을 개발하여 후대 극작가들에게 큰 영향을 미쳤다. 이 극단을 대표하는 극작가와 작품으로는 장 클로드 반 이탈리(Jean-Claude Van Itallie, 1936~)의 『미국 만세』(*America*

Hurrah, 1966)가 있다. 이 작품은 각각 따로 공연되었던 『인터뷰』 (*Interview*), 『TV』, 『모텔』(*motel*) 등을 냉소적인 제목의 삼부작으로 하여 공연되었다. 그리고 미간 테리(Megan Terry)와 샘 셰퍼드(Sam Shepard) 등을 들 수 있다. 또한 60년대 부조리극을 쓴 작가로 반드시 거명해야 할 작가로 아더 코피트(Arthur Kopit, 1937~)의 작품 『오 아빠, 아빠, 가엾은 우리 아빠, 엄마가 아빠를 옷장에 가두었어요. 그리고 나는 무척 슬퍼요』(*Oh Dad, Poor Dad, Mamma's Hung You in the Closet and I'm Feelin' So Sad*) 등이 있다. 코피드는 이 작품으로 아담스 하우스상을 수상하였다.

또한 1960년대는 흑인, 여성 소수민족 등 마이노리티 계층들이 자신들의 권리와 사회에서의 위치를 당당하게 주장하고 나서는 한편, 이에 동조하는 백인 지식인들이 반전 운동을 통해 미국의 외교정책을 비난하고 나서는 등 실로 정치·문화·사회 전반에 있어서의 주변적인 것의 부상과 반란이 일어났던 반문화의 시대였다.

그리하여 70년대 초두는 데이비드 레이브(David Rabe, 1940~)의 월남전 3부작인 『파블로 허멀의 기초 훈련』(*The Basic training of Pavlo Hummel*, 1971), 『막대기와 뼈다귀』(*Sticks and Bones*, 1971), 『퍼지지 않는 낙하산』 (*Streamers*, 1976) 등이 연극계를 장식하였다. 또한 샘 셰퍼드의 소위 퍼포먼스, 메타드라마, 자기반영성의 극이라 칭하는 『천사의 도시』(*Angel City*, 1976), 『기아 계층의 저주』(*Curse of the Starving Class*), 『매장된 아이』 (*Buried Child*) 등이 공연되었다.

샘 셰퍼드와 함께 1970년대 미국 연극계의 주요 흐름을 이끌어가고 있는 데이비드 매미트(David Mamet, 1947)가 등장했다. 그의 대표작으로는 『시카고의 성도착증』(*Sexual Perversity in Chicago*, 1975), 뉴욕 극비평가 협회상과 오비상을 수상한 『아메리카 들소』(*American Buffalo*, 1975), 1984년 퓰리처상을 수상한 『글렌게리 글렌 로스』(*Glengarry Glen Ross*) 등이 있다.

페미니즘은 급진 페미니즘, 진보적 페미니즘, 유물론적 페미니즘, 사회주의 페미니즘, 막시스트 페미니즘, 레즈비언 페미니즘 등 여러 가지 입장을 견지하면서 등장했다. 미국의 페미니즘 연극의 대표적인 작가와 작품으로는 1981년 퓰리처상을 수상한 베스 헨리(Beth Henley, 1952~)의 『마음의 범죄』(*Crimes of the Heart*, 1979)와 역시 1983년에 퓰리처상을 수상한 마샤 노만(Marsha Norman, 1947)의 단막극 『굿나잇 마더』(*Good' night, Mother*) 등을 들 수 있다.

■ 유진 오닐(Eugene O'Neill, 1888~1953)
   － 『느릅나무 밑의 욕망』(*Desire under the Elms*, 1924)

오닐은 뉴욕에서 아일랜드인인 부모 사이에서 태어났다. 아버지는 유랑극단의 배우 제임스 오닐이었고, 어머니는 부유한 가정 출신이었다. 그러나 이들 부부의 결혼생활은 불행했다. 오닐은 프린스톤 대학을 입학하여 1년 후 중퇴하고, 여러 가지 일에 종사하면서 파란만장한 삶을 경험했다. 그러나 무절제한 생활 때문에 24세 때 결핵에 걸려 1년 가까이 요양소에서 치료한 끝에 겨우 건강을 회복하였다. 그는 요양소에서 스웨덴의 극작가 스트린드베리(August Strindberg, 1849~1912)의 작품을 읽고 근대극의 본질을 깊이 이해하게 되었고, 이후 극작에 전념하게 되었다. 1920년 『지평선 너머』(*Beyond the Horizon*)가 브로드웨이에서 공연되면서, 그는 '현대 미국 연극의 아버지'라는 평가를 받게 되었다.

오닐은 미국 최초의 일류 극작가일 뿐만 아니라 연극에서 주제를 개발하고 여러 가지 무대 기법을 실험한 첫 번째 예술가이다. 그는 형식이나 내용에 있어서 새로운 실험을 거듭하면서 인간의 사랑과 욕망을 대담하게 묘사한 많은 명작을 썼다. 그리하여 그는 퓰리처상을 네 번 수상하였으며, 극작가로서는 처음으로 1936년 노벨문학상을 수상하여 미국 문학을 세계적 수준으로 끌어올리는 데 크게 공헌했다.

오닐의 초기 작품들은 대개 단막극으로, 냉혹한 자연주의 기법을 사용했지만 그 바탕에는 낭만적인 정서가 흐르고 있다. 그의 대표적 작품으로는 『황제 존스』(*The Emperor Jones*, 1920), 『털 원숭이』(*The Hairy Ape*, 1922), 늙은 아버지와 세 아들, 그리고 젊은 계모를 중심으로 가족 간의 끝없는 욕망과 갈등을 그린 『느릅나무 밑의 욕망』, 『상복이 어울리는 엘렉트라』(*Mourning Becomes Electra*, 1931) 등 기법으로나 사상적으로 원숙한 작품들을 내놓았다. 이후 1940년 집필하여 1956년에 초연을 한 오닐의 자전적인 작품 『밤으로의 긴 여로』(*Long Day's Journey into Night*)는 오닐이 죽은 3년 후인 1956년 네 번째 퓰리처상을 안겨 준 작품이다.

희곡 『느릅나무 밑의 욕망』은 뉴잉글랜드 지방 농민의 토지에 대한 강한 집착과 추잡한 본능과의 투쟁을 그려 그 주제가 비도덕적이라고 상연이 금지된 적도 있다. 그러나 세속적으로는 도덕의 극치인 부모와 자식 간의, 형제 간의 싸움이지만 그 개인에게는 그들 나름대로의 꿈과 욕망이 있다. 오랫동안 경작한 농토를 버리고 금광으로 달려가는 장남과 차남 그리고 부초처럼 떠돌아다니면서 가난에 지쳐 안정된 가정을 구하려는 이탈리아 소녀, 죽은 어머니의 애정을 그리워 하는 3남, 고독한 가운데 무엇인가 희망을 갖는 늙은 농부 등 모두 꿈과 현실 사이에서 고통 받는 인간적 비극을 내포하고 있다. 그 줄거리는 다음과 같다.

1850년 초여름 느릅나무숲이 우거진 뉴잉글랜드의 한 시골에 캐보트라는 농부가 살고 있다. 장남 시메온과 차남 피타는 전처 소생이고, 3남 이벤은 후처 소생이다. 캐보트는 토지를 개간하는 데 한 평생을 바친 사나이로 전처도 후처도 노예처럼 혹사시켜 모두 일찍 죽는다. 이제 혹사당하는 사람은 세 명의 자식들이다. 세 사람은 모두 아버지를 미워했으며 그중에도 3남 이벤이 가장 심하다. 어머니가 아버지 때문에 죽었을 뿐 아니라 원래 땅의 절반은 어머니 소유였기 때문이다. 따라서 이 땅을 상속받을 사람은 자신뿐이라는 생각을 이벤은 가지고 있다. 그러나 이 주장은 아버지도 형들도 받아들이지 않는다.

어느 날 아버지는 말 한마디도 없이 집을 나가 며칠 후에 새로운 아내 아비를 마차에 태워 돌아온다. 아비는 가난한 이탈리아 이민자의 딸로 35세이며, 그녀는 가난이 지겨워 75세의 캐보트와 결혼한 것이다. 아비는 남편이 죽으면 토지는 당연히 자신의 소유가 될 거라는 속셈으로 결혼에 응했다. 아비의 속셈을 안 이벤은 아비도 미워하기 시작한다. 장남과 차남은 이 분위기가 싫어서 캘리포니아의 금광으로 떠나겠다고 말한다. 그 여비를 이벤이 마련해 준다. 그는 죽은 어머니가 느릅나무 밑에 묻어둔 돈을 꺼내 형들에게 주며, 그 대신 토지 상속의 권리를 양보한다는 증서를 받아둔다.

캐보트는 토지 상속자가 새로운 아내인가, 아니면 3남인 이벤인가를 조만간 결정해야만 한다. 장남과 차남이 떠나 마음이 약해진 캐보트는 아들에게 물려줄 수밖에 없다. 어느 날 그가 아내에게 이 이야기를 하자, 아비는 놀랜다. 그리고 아비는 새로운 작전을 짠다. 만일 자신이 어린애를 낳으면 남편은 그 자식에게 재산을 상속하리라고 생각하지만, 그러나 노령인 남편에겐 그러한 능력이 없다. 그래서 아비는 이벤에게 접근하기 시작한다. 아비는 드디어 남자애를 낳아 그 계획에 성공하는 듯하다. 그러나 이벤은 아비의 계획을 간파하고 아비를 힐난한다. 사실 아비는 처음에는 계획적으로 이벤에게 접근했지만 지금은 진실로 애정을 갖고 있다. 이벤의 애정을 되찾는 유일한 방법은 새로 태어난 아들을 죽여 버리는 것이라고 생각하고 아비는 어린애를 살해한다. 이벤은 이 사실을 알고 내 자식이기 때문에 죽였다고 아비를 힐난하고 경찰을 부른다.

아비는 이벤의 애정을 되돌리는 일 이외에는 아무 생각이 없었으며 이벤도 흥분에서 깨어나자 아비에 대한 애정으로 가득 찬 자신을 깨닫는다. 경찰이 아비를 체포하려 하자 이벤은 죄는 두 사람에게 있다고 말하고 함께 연행된다. 캐보트는 모든 사실을 알고 더 이상 참을 수 없어 이곳을 떠나기로 결심하고 느릅나무 밑에 죽은 아내가 숨겨둔 돈을 찾지만 그 돈이 이미 없어진 사실을 안다. 돈이 없어진 것은 그로 하여금 이곳을 떠나지 말라는 하늘의 뜻이라 생각하고 모든 것을 체념하고 홀로 느릅나무 밑에 서 있다.

■ 시드니 킹슬러(Sidney Kingsley, 1906~1995)

- 『막다른 골목』(*Dead End*, 1935)

킹슬러는 미국 뉴욕에서 태어났다. 그는 일찍이 연극에 관심이 많아서 코넬 대학에서 공부하면서도 사회 문제를 다룬 극을 발표하였다. 졸업 후, 군무에 종사하기도 하였으나, 연극에의 열망을 버리지 못하여 배우 등을 하면서 연극 창작에 몰두하였다. 그리하여 『흰옷을 입은 사람들』(*Men in White*, 1932)을 내놓아 브로드웨이에서 351회에 이르는 장기 공연에 성공하였다. 또한 이 작품은 영화로 만들어지기도 하였다. 그러면서 이 작품으로 퓰리처상을 수상하고 극작가로서 유명해졌다. 그 뒤 30년 미국 연극계를 이끈 오데츠(Clifford Odets, 1906~1963), 헬먼(Lillian Florence Hellman, 1905~1984) 등 다수의 좌익적 색채가 강한 사회극 작가와 함께 작품활동을 하면서 『막다른 골목』을 발표하여 연극계에서 그의 명성을 굳혔다. 이후 그에게 항상 사회적 양심을 주제로 삼는 리얼리즘 작가라는 칭호가 붙여졌다.

계속해서 군수산업을 다룬 『천만인의 유령』(*A Ghost of Ten million men*, 1936), 『애국자』(*A Patriots*, 1943) 등을 발표하였고, 전후 작품으로, 경찰을 무대로 너무 일에 충실한 나머지 인간성을 잃어버린 형사의 비극 『탐정이야기』(*Detective Story*, 1949), 소극 『광인과 애인』(*Lunatics and Lovers*, 1954) 등을 발표하였다. 이 밖에 영화 시나리오 등에도 관심을 기울려 작품을 내놓았다.

빈민굴의 삶을 그린 3막극 『막다른 골목』은 1935년 10월 ~ 1937년 6월까지 연속 상연된 작품으로, 환경에 따라 흔들리는 인간의 모습을 밀도 있는 사실주의적 필치로 묘사한 걸작이다. 뉴욕의 이스트 강을 바라보는 빈민가를 무대로 많은 소년소녀들을 등장시켜, 대도시의 뒷면에 가려진 악의 온상을 사실적으로 그리고 있다. 이 작품은 미의회에서 슬럼가 일소 법안의 성립을 촉진시키는 힘이 되기도 하였다. 줄거리는 다음과 같다.

뉴욕 이스트 강 부두가 끝나는 막다른 골목, 왼쪽에는 호화로운 아파트가 솟아 있으나 맞은편에는 지저분한 빈민가가 있다. 빈민가에 살고 있는 어린이들은 더러운 냇가에 뛰어들어 헤엄도 치고 또 때로는 도박을 하면서 나날을 보내고 있다.

빈민가 사람 중에는 장학금을 받아 대학을 마치고 건축가가 된 짐푸디라는 절름발이 청년이 있다. 그는 이곳의 환경이 어린이들에게는 좋지 않다는 것을 통감하고 '민중의 집'을 설계하고 있는 순수한 청년이다. 하지만 자신의 뜻을 실천하려는 구체적인 방법은 제시할 수가 없다. 그는 지금 실업중이어서 공공주택의 설계를 헛되이 그렸다 다시 폐기하는 신세에 지나지 않기 때문이다. 짐푸디는 맞은편 아파트에서 잭이라는 부자와 살고 있는 아름다운 여성 게이에게 가망 없는 연정을 품고 있다. 가난한 생활을 경험한 일이 있는 게이는 짐푸디를 좋아하지만 그와의 결혼은 바로 빈곤으로 되돌아가게 된다는 것을 잘 알고 있다. 그러면서도 게이는 짐푸디를 만나고 있다. 짐푸디는 미국이 세계에 자랑하는 대건축물을 가지고 있고, 겉으로는 호사한 모습을 하고 있지만 200만이나 되는 사람이 악과 타락이 득실거리는 빈민가에서, 인간 이하의 생활에 허덕이고 있는 현상에 대한 울분을 그녀에게 토로하기도 한다.

그런데 어느 날, 마테인이라는 청년이 사람들의 눈을 피하여 이 빈민가에 나타난다. 그는 짐푸디의 소꼽친구였지만, 현재는 폭력단에 속해 여덟 사람이나 살해한 악한의 하수인으로서 4200달러의 현상금이 붙어 있는 인물이다. 마테인은 위험을 무릅쓰고 옛집으로 돌아와 7년 만에 어머니를 찾았지만 어머니는 자식의 죄를 신문을 통해 이미 알고 있었기 때문에 자식을 저주하면서 만나려 하지 않는다. 마테인은 또한 옛날에 사랑한 여자를 만나려 하지만 그녀는 이미 매춘부가 되어 어디론가 사라져 버린 후이다. 한편 짐푸디는 마침내 사랑하는 게이가 그 돈 많은 남자와 결혼하려는 것을 알게 된다. 짐푸디는 그녀와의 사랑이 이루어지지 않은 것은 전적으로 돈 때문이라고 생각한다. 그래서 돈을 마련하려는 생각으로 현상금을 탐내 마테인을 경찰에 밀고한다. 마테인은 경찰관의 부주위를 틈타 권총을 꺼내어 경찰을 위협하면서 짐푸디를 겨눈다. 그곳에 두 명의 경찰이 가세하여 마테인을 사살한다.

그 장면을 보러온 빈민가의 어린이들은 아파트에 살고 있는 부잣집 어린이를 놀리고 시계를 빼앗기도 한다. 그러자 부잣집 어린이의 아버지가 달려나온다. 그리고 어린이들 중 우두머리인 타미를 붙잡았는데 타미가 칼로 그 아버지에게 상처를 입히게 되는 불상사가 일어난다. 경관은 붙잡힌 한 어린이로부터 부잣집 아버지에게 상처를 입힌 아이가 타미라는 말을 듣고 그를 찾아 나선다.

밤이 되어 짐푸디는 게이를 불러내어 막대한 상금을 탔다고 말하면서 둘이서 새로운 생활을 꾸미자고 제의한다. 하지만 게이는 이를 거부하고 돈 많은 남자와 배를 타고 여행을 떠난다. 짐푸디는 그녀와의 이별을 아쉬워하며 그녀를 전송한다. 그리고 그날 밤, 아파트의 부잣집 아들의 시계를 빼앗은 타미를 제2의 마테인으로 만들지 않겠다고 마음먹는다. 그리고 양친도 없이 사랑하던 동생마저 경찰에 잡혀가서 어쩔줄 몰라하는 타미의 누나 도리나와 함께 경찰서로 간다. 타미는 경찰에 쫓기다가 이미 자수한 상태이다.

경찰서에서 타미의 누나는 자기의 동생은 아무것도 모르는 철부지인데다 또 본인도 후회하고 있으니 소년원에 보내는 것만은 면해 달라고 애원하지만 받아들여지지 않는다. 그 상황을 지켜보고 있던 짐푸디는 경찰에게 어릴 적에는 용감하고 페어 플레이 정신을 갖고 있던 옛 친구 마테인이 나쁜 짓을 하게 된 것도 결국은 환경의 영향을 받게 된 탓이라고 설득하고, 타미를 소년원으로 보내는 것만이 좋은 방법이 아니라고 역설한다. 그러나 타미는 연행된다. 짐푸디는 울고 있는 타미의 누나를 위로하고 이젠 더 필요 없게 된 현상금을 타미의 석방을 위해 사용하기로 결심한다.

■ 테네시 윌리엄스(Tennessee Williams, 1911~1983)

– 『욕망이라는 이름의 전차』(*A Streetcar Named Damed Desire*, 1947)

테네시는 미시시피 주 콜럼버스에서 외판원인 아버지와 목사의 딸인 어머니의 사이에 태어났다. 그는 어려서부터 몸이 약해서 어머니의 과잉보호를 받았는데, 아버지는 그런 아들을 '미스 낸시'라고 불렀다. 소년 시절 세인트 루이스로 이사했으며 그 후 미주리 대학과 워싱턴 대학을 중퇴하고, 아이오와 주립대학에서 연극을 전공했다. 졸업 후 할리우드의 한 영화사에서 일하게 된 후부터 극작을 시작하였다. 그 후 『유리 동물원』(*The Glass menagerie*, 1944)과 퓰리처상을 받은 『욕망이라는 이름의 전차』에서 명성을 얻고, 계속해서 『장미의 문신』(*The Rose Tattoo*, 1950), 또한 다시 퓰리처상을 받은 『뜨거운 양철지붕 위의 고양이』(*Cat on a Hot Tin Roof*, 1955) 등의 걸작을 썼다. 이 작품들은 모두 장기 흥행은 물론, 원작에 충실한 영화로 널리 감상되었다.

『욕망이라는 이름의 전차』에서는 미국 남부의 몰락한 지주의 딸 블랑시를 등장시켜 지나간 남부 미국의 세련된 문화란 허울일 뿐, 거칠고 타산적이며 행동적인 삶이 자리 잡아 가고 있음을 보여준다. 블랑시는 사라져 가는 과거 남부의 문화적 교양과 전통에 얽매여 욕정을 억누르고 귀부인답게 행동하려고 애쓰면서 사회로부터 고립되어 외롭게 살아간다. 그런 그녀가 뉴올리언스에 사는 동생 스텔러를 찾아갔을 때, 그곳에서 구원은커녕 죽음 직전의 지옥과 같은 체험을 하게 된다. 한 가닥 희망을 안고 온 블랑시를 파멸하게 한 것은 '극락'이라는 미명 아래 깔려 있는 현실의 기만성이다. 블랑시는 서서히 미쳐서 정신병원에 가게 된다. 이러한 과정을 통해 윌리엄스는 여자의 성의 좌절과 분열을 보여주고 있다. 줄거리는 다음과 같다.

뉴올리언스 시의 환락가에는 그 이름과는 달리 보잘것없는 주택이 줄을 잇고 있다. 어느 날 저녁 블랑시라는 여인이 '욕망'과 '묘지'라는 이름의 전차를 번갈아 타고 '극락' 동네에 살고 있는 여동생을 찾아온다. 그녀의 여동생 스텔러는 남편인 폴란드에서 이민 온 스탠리와 이 도시에 있는 2층집 아래채를 얻어 살고 있다. 거칠고 난폭한 노동자인 스탠리는 놀고 먹으면서 스텔러를 혹사시키지만 그녀는 잘 견디어내고 있다. 왜냐하면 남편과의 강렬한 성생활에 만족하고 있기 때문이다. 블랑시는 동생의 집이 너무 초라하고 폴란드인과 결혼해 살고 있는 것에 실망한다. 그런데 이미 결혼한 스텔러에게는 언니보다 남편이 더 소중하다.

블랑시는 고등학교 영어 선생을 하다가 과로 때문에 몸이 쇠약해져 교육장의 배려로 휴가를 받아 놀러 왔다고 말한다. 그러나 사실은 학생을 유혹했거나 그와 비슷한 일로 파면된 것 같다. 부모로부터 받은 유산도 그녀의 사치와 낭비벽으로 모두 탕진하고 없다. 그 외에 또 여러 가지 어두운 과거가 있는 듯하다. 지금 블랑시에게 남은 것은 자존심과 피로한 육체뿐이다.

더럽고 협소한 거주처, 폴란드 태생의 교양 없는 스탤러의 남편, 빈곤한 생활, 이 모든 것이 언니인 블랑시의 자존심을 상하게 하는 것뿐이다. 그런데 겉으로는 얌전하고 정숙한 척하는 블랑시는 남성에게 유혹적인 몸짓을 한다. 신문 모금을 온 소년을 보고 "너는 입에 군침이 돌게 하는구나"라고 말하는 행동은 그 대표적인 경우이다. 그러는 사이에 블랑시는 스탠리의 군대 친구이며 직장 동료이고 포카 친구인 밋치를 유혹하여 친해진다. 밋치는 부모에게 효도하는 청년으로 어머니를 안심시키기 위하여 빨리 결혼하려고 생각하고 있다. 그의 눈에는 블랑시가 교양 있는 여자로 보여 두 사람의 관계는 급속히 진행된다. 그러나 곧 밋치는 블랑시가 너무 나이가 들었고 어두운 과거를 갖고 있음을 확인하고 그녀와의 관계를 끊는다. 밋치와 결혼해서 안정된 생활을 하려는 마지막 희망까지 잃어버린 블랑시는 점점 신경쇠약 증세를 더해 간다. 과거에의 환상은 더욱 그녀를 몽상에 빠지게 한다. 이런 상황에서 블랑시는 동생이 병원에서 아기를 낳고 있을 때, 동생의 남편 스탠리에게 동물적으로 강간을 당하고 완전한 파멸의 구렁 속에서 발광하게 된다.

동생 부부의 사이에 어린애가 태어나자 언니인 블랑시는 점점 귀찮은 존재가 된다. 블랑시는 자포자기하지만 즐거운 여행을 떠나기로 한다. 자존심과 현실 사이의 처참한 모순 때문에 블랑시는 횡설수설하면서 광기를 더해 간다.

그리고 몇 주 후 스탠리가 부른 정신병원 의사가 간호사를 대동하고 블랑시를 데리러 온다. 여행의 동행자가 온 것으로 착각한 블랑시는 의사와 간호사을 보고 잠시 이를 거부한다. 마침내 "누군지는 알 수 없어도 나는 늘 이렇게 모르는 사람의 친절을 받아 살아왔다"고 말하면서 순순히 이에 응한다. 여동생 스텔러는 울면서 슬퍼하지만 그 한때가 지나고 나니 이제는 남편과 단 둘이 되었다고 좋아한다. '욕망'이라는 이름의 전차를 타고 온 블랑시는 다시는 돌아올 수 없는 '묘지'의 여행을 떠난다. 살아 있는 삶은 짧고 한번 지나 버린 시간은 다시 돌아오지 않는다.

■ 아서 밀러(Arthur Miller, 1915~2005)

－『세일즈맨의 죽음』(*Death of a Salesman*, 1949)

아서 밀러는 뉴욕에서 태어나 14년 동안 할렘(Harlem)가에서 살았는데, 그 당시 할렘은 여러 인종이 모여 사는 꽤 부유한 중산층 거리였다. 1929년 대공황이 닥칠 때까지 밀러 가족은 의류제조업을 하던 아버지 덕분에 어느 정도 유복한 생활을 했지만, 경제공황은 그의 가정에 큰 타격을 주었다. 그리하여 밀러는 고등학교를 졸업한 후 갖가지 잡일로 학비를 벌었다. 학업에는 그다지 흥미가 없던 밀러는 겨우 미시간 대학에 입학하여 극작의 경험을 쌓았다. 대학을 졸업한 후 그는 다시 뉴욕으로 돌아와 문필생활을 시작했다. 그러다가 『세일즈맨의 죽음』을 발표하여 퓰리처상을 수상했으며, 전후 연극계를 짊어진 작가로 명성을 얻었다.

그는 첫 번째 아내와 불화로 1956년 이혼하고 배우 마릴린 먼로(Marilyn Monroe, 1926~1962)와 전격적으로 결혼하여 세상 사람들의 관심을 모았다. 그러나 다시 1961년 이혼하였다.

아서 밀러 희극론의 특징은 첫째, 현대 비극의 가능성을 소시민 주인공에서 찾고 있다. 둘째는 그의 비극은 강한 사회성을 띠고 있다. 셋째는 그의 비극에서는 부정적·비관적 견해만 볼 수 있는 것이 아니라 비극적 주인공이 인간성을 성취하고자 하는 노력을 통해 인간 불멸의 의지와 보통 인간의 진솔한 면을 잘 드러내준다. 넷째는 그의 비극에는 인간에게 인생을 어떻게 살 것인가에 대한 교훈과 희망을 주는 교화 작용이 있다는 점이다.

그 밖에 그의 대표작으로는 『도가니』(*The Crucible*, 1953), 『다리에서 보는 전망』(*A View from the Bridge*, 1955), 『전락 이후』(*After the Fall*, 1964),

『미국 시계』(*The American Clock*) 등이 있다.

『세일즈맨의 죽음』은 자본주의 사회를 비판한 작품으로 사회와 인간과의 관계, 사회라는 거대한 메커니즘 속에서 인간은 어떻게 살아야 할 것인가를 문제 삼고 있다. 주인공인 시대에 뒤떨어진 늙은 세일즈맨은 사회에서 탈락되어 감에 따라 정신적 평형을 잃는다. 게다가 아들에게 기대했던 꿈마저 깨지자 마침내 보험금을 타내려고 자동차를 폭주시키다 죽어 버린다. 이 극은 특히 현실과 회상이 교차하는 교묘한 무대 처리가 뛰어난 작품이다. 작품의 줄거리는 다음과 같다.

주인공 위리 로망은 사회적 지위나 수입 면에서 중산층의 하부에 자리하고 있으며, 아주 작은 뜰이 있는 교외에 살면서, 언젠가는 한번쯤 운이 트일 날이 있을 것이라는 기대감을 갖고, 오로지 자식의 입신출세만을 꿈꾸고 있다. 모든 점에 있어서 아버지의 전형적인 인물로 그의 언행에 친근감을 주는 인물이다.

로망은 뉴욕에 있는 어느 영업회사에 근무하는 세일즈맨이다. 이전의 사장과는 특별한 친밀 관계가 있어서 회사에서 중용되었다. 그러나 36년 간 근무하는 동안 사장은 죽고 그의 아들이 사장이 된다. 그의 임무는 보스턴을 중심으로 뉴잉글랜드 지방에 회사 상품의 판로를 개척하는 일이다. 그런데 로망은 이제는 60세가 넘어 외판원으로서 성적이 떨어져, 젊은 사장은 그의 고정급을 정지시키고 실적 비율급으로 바꾸어 놓는다. 몇 십 년 근속했다 해도 성적이 부진할 때는 파면시킨다는 것이 젊은 사장의 방침이다.

로망에게는 아내인 핀다와의 사이에 두 명의 아들이 있다. 장남인 비프는 고등학교 시절에는 유망한 선수였지만 졸업반에서 수학 성적이 나빠 낙제를 했고, 그 후 직업을 전전하며 34세가 된 현재도 안정된 생활을 하지 못하고 있다. 차남 해롤드는 영리회사에 취업해 아파트에 안주하고 있다. 모든 것을 바쳐 자식의 출세에만 진력해 온 아버지는 비프가 안정되지 못하고 있는 것이 괴롭다.

십수 년 전 비프는 고등학교 졸업시험에서 수학에 낙제점을 받은 문제로 아버지와 상의하기 위해, 보스턴에 출장 중인 아버지를 방문하기 위해 호텔로 간다. 아버지는 출장 중에 현지의 애인을 두고 있다. 비프는 그곳에서 출장 중의 아버지의 부정을 알게 된다. 소년의 가슴 속에 우상이었던 아버지의 이미지는 완전히 산산조각이 나고 만다. 이때부터 비프는 대학 진학의 꿈을 버리고 자포자기하여, 일정한 직장도 없이 34세가 되고 만다.

로망의 생활은 고통스런 주택의 할부금, 냉장고의 월부, 보험료 등등 현재의 수입으로는 당해낼 수가 없다. 생활고와 근심거리 등으로 미칠 지경이어서 이제는 자동차 운행조차 위험할 정도다. 아내의 요구를 따라 그는 젊은 사장에게 외판에서 내근으로 바꾸어 달라고 부탁했지만, 한마디로 거절당했을 뿐만 아니라 좀 지나친 말을 주고받다가 그만 회사에서 파면된다.

오랜만에 집에 온 장남은 사실 절도죄로 3개월 간 형무소에 있었다고 말한다. 비프는 아버지에게 의지하면서 직장을 구해 봤지만 만사가 뜻대로 되지 않는다. 장남은 이 집안의 불행의 모든 원인은 평범한 샐러리맨 아버지가 지나치게 자존심을 갖고 자식들에게 너무 큰 기대를 걸었던 것에 있다고 아버지를 원망한다.

로망은 과거에 운명을 개척할 기회가 있기는 했다. 그의 형이 세일즈맨을 그만두고 광산으로 가라고 했을 때였다. 로망은 형의 권유대로 세일즈맨을 포기할 생각은 있었다. 그러나 그의 자존심이 그것을 용납하지 않았다. 그는 세일즈맨으로서 성공하고 있다고 허세를 부렸다. 형은 가버리고 동시에 기회도 놓쳐버린 것이다.

로망의 환각 작용은 점점 더 악화된다. 아프리카로 건너가 다이아몬드 채굴에 성공한 형의 모습이 떠오른다. 로망은 돌연 자동차를 타고 전속력으로 다이아몬드의 꿈을 꾸며 시내를 질주한다. 자동차 사고로 죽은 로망을 매장하는 날에 장지에는 아내와 두 아들, 그리고 한 사람의 이웃뿐이다. 아내인 린다는 집 할부금이 오늘로 끝났는데, 막상 이 집에 살 사람이 떠나 버렸다고 슬퍼한다.

■ 아더 코피트(Arthur Kopit, 1937~) – 『오 아빠, 아빠, 가엾은 우리 아빠, 엄마가 아빠를 옷장에 가두었어요. 그리고 나는 무척 슬퍼요』(Oh Dad, Poor Dad, Mamma's Hung You in the Closet and I'm Feelin' So Sad, 1960)

코피트는 미국 연극에서 부조리극을 논할 때 반드시 거론되는 작가 중 한 사람이다. 그는 친구들과 인형극 놀이를 하면서 연극에 관심을 보였다. 그는 특히 TV보다는 라디오 듣기를 좋아했는데 이것이 그의 상상력을 키워주는 계기가 되었다. 1955년 고등학교를 졸업하고 하버드 대학의 장학생으로 전기공학을 전공하였다. 그러나 대학에서 문예

창작 강좌를 듣고는 극작가가 되기로 결심하여 대학 재학 중 희곡을 쓰기 시작했다. 이후 하버드 대학에서 문학사의 학위를 받고 졸업하였다. 이 밖에 그의 대표적 작품으로 『인디언』(*The Indians*, 1968년 초연), 『날개』(*Wings*, 1978) 등이 있다.

『오 아빠, 아빠, 가엾은 우리 아빠, 엄마가 아빠를 옷장에 가두었어요. 그리고 나는 무척 슬퍼요』는 코피트가 유럽을 여행하는 동안 콘테스트에 출품하기 위해 쓴 작품이다. 이 작품은 「프랑스 잡종 전통에 의거하여 쓴 의사 고전풍의 비극적 소극」(*A Pseudoclassical Tragifarce in a Bastard French Tradition*)이라는 부제가 붙어 있으며, 3장으로 구성되어 있다. 이 작품은 미국의 여가장주의에 대한 괴기한 풍자라고 할 수 있는데 지나치게 소유욕이 강한 어머니와 이로 인해 성장이 저지당한 아들의 소용없는 반항에 대한 하나의 환상극이다. 겉으로는 슬랩스틱 코미디처럼 보이는 연극의 이면에는 진지한 내면적 주제가 숨겨져 있다. 코피트는 이 작품으로 아담스 하우스상을 수상하였다. 해설을 곁들이면서 줄거리를 간추리면 다음과 같다.

이 극은 카리브 해의 어느 호텔을 배경으로 전개된다. 주인공인 로즈페틀 부인은 아들 조나단과 두 개의 거대한 식충식물(Venus flytrap) 그리고 말을 할 줄 아는 로잘린드라는 피라냐(piranha) 물고기와 함께 여행을 다닌다. 그런데 그녀는 관에다 넣은 남편의 박제한 시체를 늘 가지고 다닌다. 여행지에 도착하면 그녀는 그 시체를 옷장의 옷걸이에 걸어둔다. 그녀는 외부 세계는 위선과 탐욕으로 가득 차 있다고 여긴다. 그래서 외부 세계에 환멸을 느끼고 자기만의 세계를 구축하여 그 속에 안주하면서 자신을 지켜나가고 있다. 그리고 그녀는 금전적인 가치 이외의 모든 것을 거부하며 주위에 있는 모든 사람을 지배하려고 한다. 그녀의 애완물인 식충식물과 식인 물고기는 모든 것을 삼키고 억압하려는 그녀의 걷잡을 수 없는 충동을 상징한다.

1장에서 로즈페틀 부인은 자기 아들을 앨버트, 에드워드, 로빈슨 등 여러 가지 다른 이름으로 부르며 그를 타락된 세상에서 보호하려고 한다. 일생을 어머니의 억압 하에서 살아온 아들은 말을 더듬는 행동으로 자신의 병적인 증상을 나타낸다. 그는 외부 세계와 단절된 채 책과 우편, 동전 수집을 통해 자기만의 세계를 만든다. 그러나 그는 창문 너머 거리를 훔쳐봄으로써 외부 세계에 대한 호기심을 갖게 된다.

2장에서는 로잘리라는 어린 여성이 등장하여 로즈페틀 부인의 닫힌 세계를 끊임없이 침범한다. 조나단은 외부 세계에 대한 호기심을 만족시키기 위해 망원경으로 지나가는 비행기를 바라보면서 지낸다. 그러다가 로잘리의 모습을 보게 된 것이다. 그녀는 조나단에게 자신감을 불어넣어 주면서 어머니의 감옥에서 탈출하라고 권유한다. 그러자 조나단은 자신감을 회복하면서 더 이상 말을 더듬지 않게 되고 걷잡을 수 없이 말을 쏟아 놓는다. 이때 로즈페틀 부인이 들어와 "인생은 거짓말이야"로 시작되는 부정적인 인생관을 펼쳐 놓으며 로잘리를 나가게 한다.

3장은 조명, 음향, 소도구, 행동 등이 총동원되어 부조리하고 혼란된 상황의 정점을 보여준다. 밤에 조나단이 혼자 있는데 시계 소리가 점점 빨라지고, 사방에서 웃음 소리, 기침 소리가 가득 채워진다. 드럼 소리, 폭죽 소리, 축제 음악이 계속 들리자 조나단은 창문으로 다가가 문을 닫는다. 그러나 창문은 흔들거리다가 깨져 버리고 웃음 소리가 다시 실내를 침범한다. 이것은 로즈페틀 부인의 노력에도 불구하고 외부 세계가 끊임없이 이들을 침범하고 있음을 의미한다. 식충식물은 거대하게 자라서 조나단을 삼키려 하고 식인 물고기도 소리친다. 로즈페틀 부인은 자신에게 반한 로즈어버브 선장을 데리고 들어와 박제해 놓은 자신의 남편을 보여준다. 그러면서 그에게 "인생은 옷장 고리에 걸린 남편이에요"라고 말하여 그의 혼을 빼놓고 자기가 겪은 환멸을 그대로 경험하게 한다.

로즈페틀 부인이 인생에 환멸을 느끼게 된 경험이 다음과 같다. 어느 날 집으로 돌아가다가 우연히 어떤 남자를 바라보게 된다. 그 남자는 창가에 서서 눈에서 콘택트 렌즈를, 귀에서 보청기를, 입에서 의치를 빼고, 또한 머리에서 가발을 벗고 옷을 벗은 후, 타월로 몸을 덮어씌우고서 큰 거울 앞에 서서 자신의 모습을 응시하였다. 그 이후 그녀는 자신을 외부 세계로부터 차단시켜 왔던 것이다. 그리고 남편이 비서와 바람을 피우다가 죽은 후 시체조차 외부 세계에 넘겨주지 않고, 그것을 외부 세계와 싸움에서 승리한 승전 기념물로 간직해 왔다.

로즈페틀 부인과 로즈어버브 선장이 나간 후 조나단은 또다시 혼란스러운 세계를 경험한다. 식충식물이 그에게 달려들고 녹음기는 돌아가고 밖에서는 축제의 불빛이 비치고 식인 물고기도 소리친다. 그는 마침내 도끼로 식충식물을 죽이고 어항도 깨뜨려 버린다. 이때 로잘리가 다시 들어와 그를 유혹한다. 조나단을 사이에 두고 두 세력의 싸움이 시작된다. 로잘리는 조나단을 어머니와 둘이서 나눠 갖지 않고 혼자서만 소유하기를 원한다. 즉 그의 어머니가 대표하는 생명력을 상실한 소외의 세계와 로잘리가 대표하는 사랑과 더러움까지도 모두 포함하는 정열의 세계와의 대립이다. 로잘리가 어머니의 방에 들어가 조나단을 유혹할 때 옷장의 문이 열리고 아버지의 시체가 그들에게 쓰러진다. 조나단은 환상을 유지하고 어머니의 세계를 보호하기 위해 그녀를 목졸라 죽인 후 그 위에 동전과 우표를 덮는다. 그리고 그가 도망가려는 순간 힘없이 축 늘어져 있던 시체인 그녀의 팔이 그의 발을 붙잡는다. 이것은 조나단이 어머니의 양태를 답습하여 로잘리를 죽이고, 그의 외부 세계와의 통신 수단인 우표, 재화의 교환 수단인 동전, 정보의 전달 매체인 책 속에 파묻히게 한 것이다. 이러한 의사소통의 수단은 조나단에게 있어서는 오히려 고립된 세계를 더 고착시키는 수단이 될 뿐인 것이다.

이때 해변가에서 사랑을 나누는 연인들에게 모래를 끼얹어 방해를 하고 돌아온 로즈페틀 부인이 들어와 "이것은 무엇을 의미하는 거지?"라고 말한다.

■ 데이비드 매미트(David Mamet, 1947~)

- 『글렌게리 글렌 로스』(*Glengarry Glen Ross*, 1984)

매미트는 시카고에서 노동문제 변호사였던 아버지 슬하에서 태어나 아버지로부터 많은 영향을 받고 자랐다. 10세 때 부모가 이혼하자 그는 큰 충격을 받았다. 그리고 13세 때 시카고의 어느 빈궁한 구역에서 생활하면서 다양한 인생 경험을 쌓았다. 아버지는 그가 변호사가 되기를 희망하였으나 이를 물리치고 버몬트 주에 있는 고다드 칼리지에 진학하여 영문학과 연극학을 공부하였다. 그리고 고다드 칼리지에서 첫 번째 작품을 썼다. 잠시 뉴욕에서 연기 수업을 쌓기도 한 그는 다시 시카고로 돌아와 '세인트 니콜라스 컴퍼니'(St. Nicholas Company)라는 극단을 만들고 그곳에서 왕성한 작품 창작활동을 하였다. 생활고에 시달리는 그는 극작품을 쓰면서 한편으로는 요리사, 선원, 택시 기사, 캡션 작가, 공장 노동자 등을 전전하였다. 그러한 그의 경험은 그의 작품에 생생하게 반영되어 있기도 하다.

그의 작품은 대부분 시카고에서의 공연을 통해 각광을 받은 다음 뉴욕에서 공연하여 성공을 거두었다. 대표적인 작품으로는 『시카고의 성도 착증』(*Sexual Perversity in Chicago*, 1975 공연), 『오리 변주곡』(*Duck Variations*, 1975 공연), 『아메리카 들소』(*American Buffalo*, 1975 공연), 그리고 1984년 퓰리처상을 수상한 『글렌게리 글렌 로스』 등이 있다. 그는 현재까지도 계속 많은 극작품을 창작하고 있으며, 영화 대본 작가, 감독, 배우 등으로 활약하고 있다.

매미트가 작품에서 다루고 있는 주제는 인간 관계이다. 이 주제는 작품에 따라 인간 관계 형성의 어려움, 인간 관계 붕괴의 두려움, 인간 관계의 부재, 좋은 인간 관계의 시도 등으로 나타난다. 그리고 이 관계는 남녀 관계, 동료 관계, 스승과 제자 관계 등의 변형된 형태로 표현되면서 대도시라는 공간 속에서 황폐하고 메말라 버린 인간적 정서를 그리고 있다.

그의 작품의 특징은 외설적이고 폭력적인 언어의 사용이다. 이는 사무엘 베케트와 헤럴드 핀터의 영향을 받았다고 평가받고 있다. 그러나 대부분 그의 등장인물들이 사용하는 언어는 그들의 진정한 감정을 숨기기 위해 사용되는 위장이다. 즉 그들이 내뱉는 말들은 그들의 정서적·존재적 공허를 메우기 위해 의미 없이 발설하는 파편들인 것이다.

『글렌게리 글렌 로스』는 인간 관계와 사업 윤리를 주제로 하고 있다. 시카고의 부동산 판매회사를 중심으로 세일즈맨들의 치열한 경쟁과 비도덕적인 사업 윤리를 그리고 있다. 이 작품에서 상품으로 제시되는 캐딜락은 타락한 성공 윤리의 상징이다. 곧 무한 경쟁을 유도하는 현대의 물질주의 사회에서 미국의 꿈이 얼마나 왜곡되고 타락할 수 있는지를 보여주고 있는 것이다. 이 작품에서 세일즈맨들은 쓸모없는 땅을 팔 뿐 아니라 결국 자신까지도 팔아 버리게 된다. 그만큼 이 작품은 매미트가 그려낸 미국적 삶의 가장 비관적이고 황폐한 모습을 보여준다. 그런데 언어에 대한 매미트의 감각은 이 작품에서도 탁월하게 발휘된다. 욕설이 난무하는 회사에서의 세일즈맨의 언어는 이들의 좌절과 분노, 그리고 경쟁에 끊임없이 쫓기는 불안한 심리 상태의 표출이다. 해설을 곁들여 줄거리를 따라가면 다음과 같다.

[1막] 시카고의 어느 중국 식당에서 벌어지는 세 개의 장으로 이루어져 있고, 각 장은 두 사람의 등장인물 간에 긴장된 인간 관계가 펼쳐진다.

1장에서는 자꾸만 실적이 떨어져 가는 50대 셸리 르빈이 젊은 지점장 윌리엄슨에게 사정을 좀 봐 달라고 간청하고 있다. 부동산 세일즈맨에게 가장 중요한 것은 '리드(lead)'라는 우수고객 명단인데 이것을 분배하는 권리가 바로 지점장인 윌리엄슨에게 있었기 때문이다. 윌리엄슨은 자신의 지위를 이용하여 세일즈맨들을 조종한다. 최우수 세일즈맨에게는 캐딜락을 수여하고, 실적이 좋지 못한 세일즈맨은 해고하는 행사가 벌어지고 있어서, 모든 세일즈맨들은 죽기살기로 덤벼들고 있는 상황이다. 윌리엄슨은 각 세일즈맨의 실적을 게시판에 올리고 우수한 실적을 올린 사람에게만 리드를 준다. 그래서 리드를 받으려면 게시판에 이름이 올라야 하고 게시판에 이름이 오르려면 실적을 올려야 한다. 그런데 실적을 올리려면 또한 좋은 리드를 가지고 있느냐 없느냐에 달려 있다. 따라서 실력이 좋은 세일즈맨은 계속해서 리드를 받고 능력이 부족한 세일즈맨은 계속 뒤처지는 악순환이 계속되는 것이다. 즉 부익부 빈익빈의 악순환은 이들이 몸담고 있는 자본주의 사회의 두드러진 현상이기도 하다. 타락한 젊은 매니저 윌리엄슨은 리드 한 건당 50불을 요구한다. 그런데 그것도 100불을 지불하고 리드 두 개를 동시에 사야 한다는 조건이 붙어 있다. 그리고 판매 커미션의 20퍼센트를 자기에게 지불해야 한다는 조건을 내놓는다.

2장은 또 다른 50대 세일즈맨인 애러노우와 모쓰가 회사의 부당한 처사에 울분을 표출하다가, 회사에 앙갚음하는 길은 회사 주인에게 손해를 입히는 것이라는 결론에 도달한다. 영악하고 교활한 모쓰는 회사를 털기로 하고 그 계획을 애러노우에게 발설한 후 회사에 직접 침투하도록 그에게 올가미를 씌운다. 애러노우는 모쓰의 계획을 들었다는 이유만으로 공모자가 되도록 연루시키는 기술은 마치 세일즈맨이 고객을 유혹하여 꼼짝 못하게 하는 전략이다.

3장은 이 회사에서 가장 유망한 세일즈맨으로 꼽히고 있는 로마가 등장한다. 그는 식당에서 링크라는 어수룩한 남자에게 자신의 개인적인 이야기를 정신없이 늘어 놓아 경계심을 풀게 한 후 플로리다에 있는 글렌게리 하이랜드(Glengarry Highlands)라는 쓸모없는 땅을 팔아넘긴다.

[2막] 도둑이 들어 엉망이 되어 버린 사무실에 형사가 와서 한 사람씩 조사를 하고 있는 가운데 로마가 들어와 자신이 어제 성사시킨 건수의 서류를 도둑이 훔쳐 갔다고 분통을 터뜨린다. 그때 르빈도 들어와서 큰 계약을 성사시켜 캐딜락은 자기의 것이라고 자랑한다. 그러나 로마의 계약은 링크가 해약을 하겠다고 찾아올 때 위기에 봉착한다. 공처가인 링크는 부인의 강압에 못이겨 해약을 하러 왔지만 로마는 시간을 끌어 그 위기를 넘기려고 르빈과 즉흥적인 연기를 한다. 이러한 그들의 결사적인 시도는 윌리엄슨이 나와서 방해를 하는 바람에 무산된다. 화가난 두 사람은 책상에 앉아서 머리만 굴리면서 동료를 방해하는 윌리엄슨을 공격한다. 이런 과정에서 간밤에 사무실에 침입하여 리드를 훔친 사람이 모쓰의 사주를 받은 르빈이었다는 것이 밝혀진다. 들통이 난 르빈은 돈으로 윌리엄슨의 입을 틀어막으려고 하다가 형사가 있는 방에 들어가게 된다. 로마는 링크가 왔을 때 즉흥적인 연기로 자신을 도와주려 했던 르빈이 윌리엄슨에 의해 희생당하게 되자 비정한 경쟁 사회에 대한 분노를 터뜨리며 "빌어먹을 … 이곳은 사람들이 사는 세계가 아니야 (…) 이곳은 개 같은 곳이야…"라고 외친다.

■ 마샤 노만(Marsha Norman, 1947~)

- 『굿나잇 마더』(Good night, Mother, 1984)

마샤 노만은 켄터키 주 루이빌에서 외동딸로 태어났다. 어머니는 독실한 감리교 신자였다. 외동딸이었기 때문에 그는 외롭게 성장했고, 그 외로움을 주로 독서로 달랬다. 이것이 그녀로 하여금 글을 쓰게 하는 계기가 되었다. 처음에 그녀는 신문에 에세이나 리뷰를 기고하였다. 그러다가 루이빌 배우 극단의 연출자로부터의 권유로 극을 쓰기 시작했다.

그녀는 켄터키 중앙주립병원에서 문제 청소년들의 상담을 맡아 왔는데 이러한 경험을 토대로 『출옥』(*Getting Out*)을 내놓아 좋은 반응을 얻었다. 그녀는 첫 번째 남편과 이혼한 후, 1978년 두 번째 남편과 결혼하면서 뉴욕으로 이주하여 거듭 좋은 작품들을 내놓았다. 그의 대표적인 작품으로는 『굿나잇 마더』를 비롯하여 『어둠 속의 여행자』(*Traveler in the Dark*) 등이 있다.

60년대 급진주의 페미니스트 연극이 전통적인 남성 위주의 연극에서 자신들을 해방시킬 새로운 형식을 추구한데 반해, 80년대 여성 작가들은 말하려는 내용의 진실성을 숨기지 않으면서 전통적인 구조와 양태를 견지하는 방법을 모색하려고 노력하였다. 또한 60년대 급진적 극 형태가 대중들의 외면을 받고 많은 여성들에게 다가가지 못하였다는 사실을 참작하여, 80년대 이후의 많은 여성 극작가들은 대중들에게 쉽게 다가갈 수 있는 형태를 통해 중요한 페미니스트 메시지를 전달할 수 있는 방법을 모색하게 되었다.

노만에게 퓰리처상을 안겨준 단막극 『굿나잇 마더』는 제씨라는 딸과 델마라는 그녀의 어머니 사이에서 어느 날 저녁에 일어나는 일을 다루고 있다. 이 작품에서 노만은 페미니스트 연극의 두 가지 전략, 즉 가부장제 사회의 횡포에 의해 희생이 되는 여성의 묘사와, 이런 상황에서 여성의 자주성을 쟁취하려는 주인공의 노력이 그려지고 있다. 또한 여성들이 다른 여성에 의해 억압받는 상황을 제시하기도 한다. 즉 어머니 델마는 과소유욕과 과보호의 욕심에서 딸 제씨에게 고통을 안겨주고 있는 것이다. 그리고 델마는 제씨에게 전적으로 의존함으로써, 제씨는 자신이 누구를 위해 사는가에 대한 의문을 제기하게 한다. 이 연극에서는 남성은 무대 위에 등장하지 않지만 여성을 등한시하거나 권리를 무시하는 행동을 통해서 고난의 근원이 되는 것으로 그려지고 있다. 해설을 곁들여 줄거리를 요약하면 다음과 같다.

여느 때와 다름없는 조용한 주말 저녁 제씨는 평소와 다름없이 집안일을 하다가 델마에게 아버지의 총이 어디 있느냐고 묻는다. 델마는 제씨에게 강도를 걱정할 필요가 없다고 말한다. 이에 제씨는 "나는 자살할 거예요"라고 말한다. 처음에 이 말을 농담으로 받아들였던 델마는 제씨의 의도가 진지한 것을 깨닫고 자살을 결심하게 된 이유를 캐묻는다. 어머니와 딸의 대화를 통해 이 가정이 안고 있는 문제, 그리고 제씨라는 여성이 남성중심사회에서 살아오면서 느껴온 고뇌와 좌절이 서서히 밝혀진다.

제씨와 혈연으로 연관된 세 명의 남자는 다같이 착취와 방만한 행동을 일삼음으로써 제씨를 괴롭힌다. 우선 제씨의 아버지는 가족에 대해 전혀 신경을 쓰지 않거나 인간 취급을 하지 않음으로써 가족을 괴롭힌다. 아내 델마와의 관계는 그가 여성을 인간으로서가 아니라 물건으로 취급하고 있는 것을 알 수 있게 한다. 그는 아내에 대해 "진흙탕에 앉아 있는 여자를 끌어다가 부엌에 데려다 놓았더니 계속 그곳에 머물러 있다"고 말한다.

제씨와 그녀의 남편 쎄실의 관계도 그녀의 부모 관계를 그대로 답습한다. 쎄실은 제씨라는 여성이 결코 자기가 찾던 여인이 아니라는 이유로 떠나 버린다. 자신이 가진 여성의 스테레오타입에 부합되지 않는다는 것이다. 그리고 제씨의 아들인 리키는 어머니가 가진 마지막 귀중품인 두 개의 반지를 훔쳐서 도망가 버린다. 제씨는 아버지와 남편에게 버림을 받은 후 아들의 사랑으로 보상을 받으려 했다. 그런데 제씨의 기대는 아들이 집을 떠나 청소년 범죄에 연루됨으로써 무참히 무너진다.

제씨의 오빠인 도슨은 그녀의 프라이버시를 침해함으로써 그녀를 학대한다. 우편물을 허락없이 뜯어보며 심지어 식료품 가게의 외상 장부에 있는 이름까지도 자기의 이름으로 고쳐 버려서 세상에서 제씨는 존재하지 않는 것처럼 되어 버린다. 이런 억압된 환경에서 살아 온 제씨는 남성에 의해 부과된 왜곡된 자아상을 갖게 된다. 마침내 제씨는 자신을 "쓰레기"라고 표현한다. 또한 "난 지쳤어요. 상처받았고, 슬프고, 이용당한 느낌이예요"라고 탄식한다. 그녀는 이 세상이 "공평하지 않아"라고 외치지만 개선할 방법이 없다. 왜냐면 생명을 제외하고는 모든 것을 다 빼앗겼기 때문이다. 드디어 그녀는 "내 생명은 내게 남아 있는 유일한 것이고 나는 이제 그 생명을 마음대로 하려는 거예요. 내 생명은 이제 멈출거예요"라고 말한다. 그녀가 자신의 삶에 가할 수 있는 유일한 통제는 그것을 중단시키는 일밖에 없고 중단시키는 행위야말로 그녀의 의지를 발휘할 수 있는 유일한 방법이기 때문이다.

이렇듯 제씨는 자신의 정체성을 회복하고 인간이 되는 유일한 길이 자신의 목숨을 끊는 데 있다고 설명하면서 어머니의 만류를 뿌리치고 자기 방으로 들어가 목숨을 끊는다.

3. 프랑스 문학

1) 시대적 배경과 문학의 흐름

서양의 어느 나라도 그렇듯이, 프랑스의 20세기 역시 제1, 2차 세계대전의 영향 아래 정치·사회·경제·문화 등이 기존과는 판이하게 다른 환경으로 변화하였다. 제1차 세계대전 후의 문학은 일반적으로 '불안의 문학'이라는 말로 표현할 수 있다. 전쟁은 기존의 진리나 사회 제도, 경제 조직 등 인간 정신의 지주가 되는 것을 근본적으로 파괴했다. 이러한 방향 상실감에서 인간들의 위기 극복은 불안으로부터의 탈출, 전통과 기성 가치의 파괴라는 모습으로 나타난 것이다. 이러한 불안의 문학은 다다이즘(Dadaisme)과 쉬르레알리즘(Surréalisme)의 문학 운동을 일으켰다. 다다이즘은 전위(Avant-Garde)라고 불리는, 일체를 부정하는 문학 운동이다. 기성의 예술적·문학적 이념 및 문법까지도 부정하고 다만 그때그때 그 장소에서의 심경에 비춘 이미지를 그 어떤 것에도 구애받지 않고 종이 위에 옮겨 놓는, 이른바 일체의 것을 파괴하는 문학 운동인 것이다.

그러나 일체의 것을 부정한다는 파괴주의를 내세운 다다이즘을 그 자체까지도 해체해 버리게 되어, 그것은 결국 쉬르레알리즘으로 변화하게 되었다. 이 운동은 제2차 세계대전까지 계속되는데, 쉬르레알리즘에 있어서의 초현실이란 결론적으로 말하여 프로이트의 정신분석에서 문제되는 의식하의 세계를 말한다. 다다이즘이나 쉬르레알리즘은 다같이 문학의 새로운 방향을 모색한 점에서 공통된다. 그러나 전자는 기존의 것을 파괴하려는 데 역점을 두고, 후자는 파괴에 의하여 새로운 이질적 현실을 창조하려는 데 중점을 둔 것이다.

1939년 9월 나치스(Nazis) 독일이 폴란드의 침입을 개시함으로써 결국 제2차 세계대전이 일어나고 말았다. 독일은 파리를 포함한 프랑스 본토 대부분을 점령지구로 하여 군정을 선포하였다. 이러한 상태는 1944년까지 계속되었고, 독일군 점령하의 4년 간은 프랑스 국민에게나 문학에 있어서 최대의 시련기였다. 따라서 제2차 세계대전의 프랑스 문학의 특징은 '레지스탕스(Résistance) 문학'이라고 할 수 있다. 대부분 젊은 세대의 작가들은 광범한 레지스탕스의 전열에 참가하여 작품과 행동으로 점령군에 저항하였다.

제2차 세계대전 후 프랑스 문단에 실존주의(Existantialisme)가 화려하게 등장했다. 실존주의 문학이 활발하게 전개된 것은 전쟁 후의 비참함을 경험한 유럽인들에게 있어서, 인간의 존재에 대하여 새로운 성찰이 필요하다는 욕구가 일었던 까닭이다.

1950년대에 이르러 프랑스의 문단은 정치적인 안정과 새로운 경제적 발전을 배경으로 실존주의 문학을 포함한 형이상학적인 문학이나 인간의 조건을 다룬 소설에 대한 반동이 일어났다. 따라서 소위 '경기병의 세대'라고 일컫는 작가군이 화려하게 등장하였다. 그들은 정치는 물론 일체의 가치와 이상에 환멸을 느끼고 어떤 것에도 마음을 주지 않는 슬기로움과 경쾌함, 조소와 우수를 속성으로 하는 작중인물을 등장시켜, 말과 행동을 통하여 그 시대의 고뇌와 불안을 표현하였다.

'경기병 세대'의 작가군들은 '새로운 물결'을 일으켜 시대를 무시함으로써 현대의 심각한 정신 상황을 표현하려 하였다. 그들은 예술 전반에 걸쳐 새롭게 '누벨 바그'(nouvelle vague) 풍조를 일으켜 참여에서 일탈로, 사상에서 유희로, 철학에서 풍자로 전환시키고, 심각성을 비웃고 경쾌함을 자랑하였다. 또한 '누보 로망'(nouveau roman) 혹은 '앙티로망'(Anti-roman)이 등장하면서 소설 장르에 전례 없는 혁명을 일으키게 되었다.

2) 시

보들레르(Charles Pierre Baudelaire, 1821~1867)에서 비롯하여 베를렌느(Paul Verlaine, 1844~1896), 랭보(Jean Nicolas Arthur Rimbaud, 1854~1891), 말라르메(Stéphane Mallarmé, 1842~1898)에 이르러 절정에 이르렀던 상징주의는 20세기로 넘어오자 거의 빛을 상실하고 그 흔적만을 남겼다. 그런데 20세기 첫 페이지를 화려하게 장식하면서 쉴리 프뤼돔(Sully Prudhomme, 1839~1908) 시인에게 1901년 노벨문학상이 내려졌다. 그리고 지성의 시인으로 알려진 발레리(Ambroise-Paul-Toussaint-Jules Valéry, 1871~1945)는 상징주의 시인이라고 단정할 수 없지만, 상징주의적 색채를 많이 가미한 시를 내놓았다. 대표적인 시와 시집으로는 장시 『젊은 파르크』(La Jeune Parque, 1917), 시집 『매혹』(Charmes, 1922) 등이 있다. 말라르메의 제자인 사맹(Albert Samain, 1858~1900)과 레니에(Henri de Régnier, 1864~1935)는 상징주의의 지나친 기교와 난해성을 완화하고 일종의 고전적인 순수미를 가미한 신상징주의(Néo-Symbolisme)를 출현시켰다. 한편 노아이유 백작부인(Comtesse de Noailles, 1876~1933)을 중심으로 한 로맨틱한 서정을 가미한 신낭만주의(Néo-Romantisme)의 움직임도 등장했다. 또한 이 시기의 시단에 대가로 군림한 기독교적인 서정시인 프랑시스 쟘므(Francis Jammes, 1868~1938)가 등장했다.

1916년 아직 전쟁이 치열한 시기에 스위스로 피난하고 있던 루마니아의 젊은 시인 트리스탕 차라(Tristan Tzara, 1896~1963)가 다다이즘이라는 문학 운동을 일으켰는데, 그것이 전후에 파리로 전파되어 앙드레 브르통(André Breton, 1896~1966), 루이 아라공(Louis Aragon, 1897~1982), 폴 엘뤼아르(Paul Éluard, 1895~1952) 등의 동반자를 얻고 다음해에 《문학》(Littérature)라는 기관지를 발간하여 전 유럽적인 운동으로 발전되었다.

초현실주의 시인으로는 기욤 아폴리네르(Guillaume Apollinaire, 1880~1918)의 시집 『알콜』(Alcools, 1913), 『칼리그람』(Calligrammes, 1918), 앙드레 브르통의 시집 『자기장』(Les Champs magnétiques, 1921), 『잃어버린 발자취』(Les Pas perdus, 1924), 『미친 사랑』(L'amour fou, 1937) 등이 있다.

그러나 이후 아라공, 엘뤼아르계의 몇몇 시인들을 남기고 대부분 시인들은 다시 인간 내면의 세계를 노래하는 시풍으로 복귀하였다. 전쟁 후 가장 큰 명성을 누린 시인은 앙리 미쇼(Henri Michaux, 1899~1984), 자크 프레베르(Jacques Prévert, 1900~1977), 르네 샤르(René Char, 1907~1988) 등이다. 특히 프레베르는 대중이 읽고 공감할 수 있는 시를 써서 오랜 전쟁에 지친 프랑스 대중들의 마음을 사로잡았고, 또한 반교회적 · 우상파괴적 · 무정부주의적인 시를 써서 젊은이들을 열광하게 하였다. 또 특별한 시인으로서 장 주네(Jean Genet, 1910~1986)를 들 수 있다.

■ 쉴리 프뤼돔(Sully Prudhomme, 1839~1907) - 「백조」(Le Cygne)

프뤼돔의 본명은 아르망 프뤼돔(Armand Prudhomme)이며 파리에서 태어났다. 2세 때 아버지를 여의고 우울한 어린 시절을 보냈다. 초등학교를 졸업한 후 그는 파리의 유명한 보나바 중학교에 진학했다. 그는 특히 수학을 잘해서 파리에서 가장 유명한 대학 중 하나인 파리 종합공과대학에 진학하기로 결심했다. 그런데 불운하게도 심각한 눈병에 걸리게 되어 과학에 대한 꿈을 접고 대신 문과로 진학하였다. 학교를 졸업한 후 잠시 공증인으로 일하다 나중에 한 회사의 엔지니어로 일하면서 여가 시간에 시를 쓰기 시작했다.

초기 프뤼돔의 작품은 고답파의 영향을 크게 받아 세심하고 정교했다. 그의 시는 사랑과 종교, 과학과 예술을 논하면서 시인의 사상과 관점까지 독자들에게 전달하고자 하는 강한 교육적 성격을 띠고 있었다. 이 시기 그는 「깨진 항아리」, 「백조」, 「은하수」 등 좋은 시를 썼으며, 시집 『부賦와 시』(Stances et poèmes, 1886), 『시련』(Les Épreuves), 『고독』(Solitudes, 1869), 『헛된 애정』(Vaines Tendresses, 1875) 등을 출간하였다.

『백조』는 개인의 감정을 드러내지 않은 채 객관성과 냉정, 무아를 주창한 고답파의 정신을 따른 것이다. 그리하여 시의 형식미와 정교함을 강조하면서도 생활에서 동떨어진, 사회로부터 도피하는 예술을 주장했다. 그런 고답파의 예술 감각을 가장 전형적으로 보여주는 시가 바로 「백조」이다. 깊고 고요한 물결조차 없는 호수 위를 새하얀 백조가 유유히 헤엄치는 모습이야말로 시인의 마음속에 있는 미의 상징이라고 할 수 있다.

깊고 고요한 푸른 호수는 거울처럼 매끄럽고,
유영하는 백조의 큰 물갈퀴는 물속에서,
쉼이 없구나. 깃털은
햇빛 아래 녹는 봄눈 같고
커다란 날개 미풍에 떨리지만,
미동도 하지 않는 하얀 모습은 한 척의 느린 배와 같네.
갈대를 바라보던 아름다운 목,
홀연 길게 빼더니 물속으로 집어 넣기도 하고,
홀연 한 줄기 식물처럼 우아한 곡선을 뽐내기도 하고
검은 부리는 눈부신 목 안에 감추는구나.
때로는 구불구불 느리게 나아가고.
그늘진 소나무 숲을 따라 가면,
두터운 물풀이 실을 뽑아내듯 몸을 끌어당기고
백조는 천천히 여유롭게 물 위를 저어 가네.
다시 오지 않을 세월을 위해 울던 깊은 물,
시인은 마음속 동굴의 소리를 듣고, 흥분한 백조
느릿느릿 헤엄치고, 버들잎 하나
소리 없이 하얀 어깨를 닦아 주었네.
때로는 어두컴컴한 숲을 피해,
아름답게, 깊고 푸른 강가에서 헤엄쳐 나와서는,
그 아름다움의 흰색을 찬미하기 위해,
백조는 햇빛이 빛나는 연못을 택하네.
시간이 지나자 호수와 물가의 경계는 모호해지고
모든 것이 아득한 망령으로 변하자
아무런 움직임도 없는 붓꽃과 동심초,
멀리 하늘까지 울려 퍼지는 산청개구리의 울음 소리,
길고 긴 붉은 빛이 하늘 끝을 황금빛으로 물들이고,
달빛 아래 찬란히 빛을 내는 꾀꼬리,
이 새는, 유백색과 자홍색으로 빛나는,
아름다운 밤의 색이 어슴푸레해지는 호수에서,
다이아몬드 속 은색 병처럼

날개로 머리를 감싼 채
두 세상 사이에서 깊은 잠을 잔다.

— 「백조」 부분

■ 폴 발레리(Ambroise-Paul-Toussaint-Jules Valéry, 1871~1945)
- 「석류」(*Les Grenades*, 1920)

발레리는 남 프랑스 항구도시 세트에서 태어났고 아버지는 코르시카 출신, 어머니는 제노바 출신이어서 그의 전 작품에는 지중해적이고 아폴로적인 분위기가 조성되어 있다. 1884년 몽펠리에로 옮겨 그곳의 대학에서 법률을 공부하면서 보들레르 이후의 근대시를 탐독하였다. 1980년 피에르 루이(Pierre Louýs, 1870~1925), 앙드레 지드(André-Paul-Guillaume Gide, 1869~1951)와 사귀고, 1892년 파리로 올라와 스테판 말라르메(Stéphane Mallarmé, 1842~1898)의 '화요회'에 자주 출입하여 그를 스승으로 소위 '상징주의 삼인조'(Trio du symbolisme)의 한 사람으로 작품활동에 들어 갔다. 그리하여 전위적 문학잡지 《라 콩크》(*La Conque*), 《라 시렝크스》(*La Syrinx*), 《라 플륌》(*La Plume*) 등에 시를 발표하였다.

그러나 그는 시창작 자체에 대한 의욕보다는 시작을 포함한 일체의 정신적 활동의 본질에 흥미를 갖게 되었다. 이로부터 그는 정신 활동의 근본 원리를 파악하고, 인식의 지적 작업과 예술의 작업을 다 같이 가능하게 하는 근본 태도를 규명하기에 몰두하여, 이른바 주지주의 철학을 확립했다. 그리고 『다 빈치의 방법 서론』(*Introduction à la Méthode de Léonard de Vinci*, 1895), 『테스트 씨와의 저녁 시간』(*La soirée avec M. Teste*, 1896)을 집필했다. 이후 20년 간의 침묵 속에 수학·역학 등 추상과학적 지능 훈련에 파묻혔다.

그러다가 친구 앙드레 지드의 권유를 받아 오랜 침묵을 깨고 다시 시 창작을 시작하여 장시 『젊은 파르크』(La Jeune Parque, 1917), 흩어진 옛 시를 모아 『구시첩』(Album de vers anciens, 1920)을 간행한 후, 계속해서 『해변의 묘지』(Le Cimetière marin, 1920), 『매혹』(Charmes, 1922) 등을 발 표하여 당대 최고 시인으로 명성을 날렸다. 이후 아카데미 회원에 당선 하고, 콜레쥬 드 프랑스(Collège de France) 교수 임명 등 영광에의 길을 걸었다. 그 밖에 저서 『바리에테』(Variétés, 1924~1944)는 그의 탁월한 모랄리스트 문명비평가로서의 면모를 보여주었다.

시집 『매혹』의 제목 'charmes'는 라틴어 'carmen'에서 온 말인데 시, 주문呪文, 교훈적 표현 방식이라는 세 가지 뜻을 지니고 있다. 이 시집의 결정판은 22편의 시를 담고 있는데 「석류」는 그 가운데 수록되어 있다. 그가 추구하는 것은 장인匠人으로서의 시인이다. 그는 무의식적인 동작 에 예술의 바탕을 두는 초현실주의와는 반대로, 임의적인 난해함과 계 획적인 시구의 생략만을 인정했다. 그에게는 한 편의 시를 완성한다는 것은 말로써 하나의 건축물을 완성하는 것과 같고, 그것은 또한 자기를 형성한다는 것을 뜻한다. 그에게 있어서 시는 시인의 천재성에서 자연 스럽게 우러나오는 것이 아니라, 시인 자신이 의식적으로 갈고 닦는 연 습 속에서 탄생한다.

「석류」는 면밀하게 관찰하여 쓴 시이면서, 동시에 그렇게 관찰된 사 물과 그 사물을 바라보는 자아의 유사성을 노래한 관념시이기도 하다. 4연에서 시적 자아는 이러한 석류와 자아가 유사함을 발견하고 이 석 류와 같은 건축물을 꿈꾸게 된다. '은밀한 건축물'은 영혼의 연마를 거 쳐 탄생하는 시를 의미한다고 할 수 있으며, 따라서 외적 관찰의 대상 이었던 석류는 비로소 내면을 비추는 거울 같은 존재로 새로이 인식되고 있다.

> 넘치는 알맹이들에 못 이겨
> 반쯤 벌어진 단단한 석류들,
> 자신의 발견물로 터질 듯한
> 최고의 이마들을 보는 것 같구나!
>
> 너희들이 견뎌 온 나날의 태양이,
> 오, 입 벌린 석류들아,
> 긍지로 다져진 너희들로 하여금
> 루비의 간막이들을 찢게 하였을 때,
>
> 껍질의 건조한 금빛이
> 어떤 강한 힘의 요구에 따라
> 과즙의 빨간 보석들을 터뜨릴 때,
>
> 이 빛나는 파열은 그 옛날
> 내가 지녔던 영혼에게
> 자신의 은밀한 건축물을 꿈꾸게 한다.

— 「석류」 전문

■ 폴 엘뤼아르(Paul Eluard, 1895~1952)

– 「자유」(*La Liberté*, 1942)

엘뤼아르는 순수한 파리인이다. 중학교 시절에 폐를 앓아 요양생활을 하면서 시를 읽기 시작하여 일찍 시를 창작했다. 제1차 세계대전에 종군한 후 앙드레 브르통 등과 함께 쉬르레알리즘 운동을 일으켰다. 1930년 아라공이 공산당에 입당할 때 그를 따르지는 않았으나, 1937년 만국박람회의 강연에서는 "시란 공동성을 띠게 될 때 비로소 살[肉]을 가지며 피[血]가 흐르게 된다. 이 공동성은 인간 상호 간의 행복과 평등이란 것으로부터 나오는 것이다"라고 말하여 좌익 진영에 가담하였다. 그는 아방가르드로부터 다다이즘으로, 쉬르레알리즘으로부터 레지스탕스로 프랑스 시의 흐름을 따라 걸어온 시인이라고 할 수 있다.

그의 작품으로는 쉬르레알리즘 운동을 일으키면서 쓴 시집 『동물과 그들의 인간, 그리고 인간과 그들의 동물』(*Les Animaux et leurs hommes, les hommes et leurs animaux*, 1920), 『고통의 수도』(*Capitale de la douleur*, 1926), 제2차 세계대전 중 레지스탕스에 투신하여 쓴 시집 『시와 진실』(*Poésie et Vérité*, 1942), 『살아야 할 사람들』(*Dignes de vivre*, 1944), 『독일군 주둔지에서』(*Au rendez-vous Allemand*, 1945) 등이 있다.

『시와 진실』에 수록되어 있는 「자유」는 프랑스 저항시의 백미로 알려져 있다. 엘뤼아르 시에는 개별적인 언어의 중요성보다는 언어가 모여서 암시해 주는 이미지의 효과가 더욱 중요하다. 그의 시는 대상을 명명하는 것이 아니라 대상의 분위기를 암시하는 것이기 때문이다. 그러나 암시의 작용을 하는 이미지는 눈으로 볼 수 있고, 손으로 만져서 느낄 수 있는 시어로 구성되어 있다.

이 시에서는 일상생활에서 흔히 볼 수 있는 여러 가지의 다양한 대상과 이미지가 풍부하게 전개되어 있다. 얼핏 보아 상호 연관이 없는 듯하지만, 각 요소들은 다양성 속에서 일관된 질서와 조직적인 구조로 연결되어 있다. "나는 너의 이름을 쓴다"라는 구절의 반복을 통해 시인은 일관되게 자유에 대한 열정과 의지를 표현한다. 즉 시인은 시간적으로는 초등학교 시절부터 현재까지, 공간적으로는 지상의 미세한 사물에서 저 하늘에까지 모든 것에 자유를 쓰고 있다. 시인이 모든 사물 위에 '자유'라는 이름을 쓴다는 것은 곧 모든 사물을 '자유'라는 이름으로 명명한다는 뜻이다.

나의 초등학교 시절 노트 위에
내 책상 위에, 나무 위에
모래 위에 눈 위에
나는 너의 이름을 쓴다.

내가 읽은 모든 책의 페이지 위에
흰 종이 위에
돌과 피, 종이와 재 위에
나는 너의 이름을 쓴다.

부(富)와 허상(虛像) 위에
무인(武人)의 무기 위에
제왕(帝王)들의 왕관 위에
나는 너의 이름을 쓴다.

밀림 위에, 사막 위에
새 집 위에, 금작화 위에
내 유년기의 메아리 위에
나는 너의 이름을 쓴다.

밤의 경이로움 위에
낮에 먹은 흰 빵 위에
약혼 시절 위에
나는 너의 이름을 쓴다.

남빛 헌 누더기 위에
태양이 지루하게 머무는 연못 위에
달빛이 환히 비추는 호수 위에
나는 너의 이름을 쓴다.

여명의 입김 위에

바다 위에, 배 위에
가파른 산 위에
나는 너의 이름을 쓴다.

(…)

욕망 없는 부재(不在) 위에
벌거벗은 고독 위에
죽음의 계단 위에
나는 너의 이름을 쓴다.

회복된 건강 위에
사라진 위험 위에
추억하기 싫은 희망 위에
나는 너의 이름을 쓴다.

이 한마디 말의 힘으로
나는 내 삶을 다시 시작하고,
너를 알기 위해서
너의 이름을 불러 주기 위해서 나는 태어났다.

오, 자유여.

— 「자유」 부분

■ 기욤 아폴리네르(Guillaume Apollinaire, 1880~1918)
　　　　　　 – 「미라보 다리」(le Pont Mirabeau, 1913)

아폴리네르는 로마에서 태어난 폴란드인이지만 프랑스로 귀화하였
다. 아버지는 이탈리아 장교, 어머니는 로마에 망명한 폴란드 여인이었
다. 아폴리네르는 모나코에서 중고등학교 과정을 공부하고, 친구들과

함께 《복수자》(*Le Vengeur*)라는 신문을 경영하여 일찍부터 그의 얽매이기 싫어하는 독립적 성격을 나타냈다. 1899년 파리로 가서 부유한 집 가정교사로 있으면서 라인 강변과 독일, 오스트리아 일대를 여행할 기회를 가졌다.

제1차 세계대전 때 입대하여 1916년 전선에서 머리에 파편을 맞아 후송되었다. 제대 후 파리로 돌아와 초현실주의 희곡 『티레지아스의 유방』(*Mamelles de Tirésias*)을 집필하였다.

그는 필립포 마리네티의 미래파, 피카소의 데포르마시옹(*déformation*), 그리고 흑인 예술 등의 영향을 받고 예술 개혁의 선구적 역할을 하였으며, 1917년에는 초현실주의 운동을 일으켰다. 그러나 전쟁 중의 상처가 완치되지 못해 제1차 세계대전 중 세상을 뜨고 말았다.

그의 대표적 시집으로는 『알코올』(*Alcool*, 1913), 『칼리그람』(*Calligrames*, 1918) 등이 있고, 그 밖에 환상적 단편소설과 예술론이 있다. 유명한 시 「미라보 다리」는 『알코올』에 수록된 작품이다.

아폴리네르는 보들레르와 랭보의 영향을 받았고, 초현실주의에 영향을 주었지만, 사실 그 자신은 일찍 세상을 뜬 관계로 확고부동한 시 이론을 전개하지 못했다. 그러나 그는 극히 일상적이면서도 매우 평범한 사물을 시적 대상으로 승화시키는 데에 천재적인 소질을 보였다. 「미라보 다리」의 "미라보 다리~흘러간다"라는 시구는 사랑과 강물의 유사성을 말하고 있다. 그 유사성이란 '흘러간다'라는 속성이다. 그에 있어서 사랑이란 흐르는 강물처럼 시간이 흘러감에 따라 사라지는 것, 덧없는 것이다. 그러나 아폴리네르는 낭만주의 시인들과는 달리 시간의 흐름을 멈추고자 하지는 않는다. 그는 오히려 시간이 흐르면 사랑도 지나간다는 것을 순순히 받아들인다. 세월과 나, 강물과 다리의 대립적인 상태는 7연에 오면 다시 시간과 사랑은 흘러가지만 세느 강과 미라보 다리로 상징되는 자연은 변하지 않는다는 이야기로 이어진다. 이처럼 이 시에는 대립과 그 대립적인 것의 반복, 그리고 공존 등의 주제가 담겨 있다.

> 미라보 다리 아래 세느 강이 흐르고
> 우리들의 사랑도 흘러간다.
> 그러나 괴로움에 이어서 오는 기쁨을
> 나는 또한 기억하고 있다.
>
> 밤이여 오라 종이여 울려라.
> 세월은 흐르고 나는 여기 머문다.
>
> 손에 손을 잡고서 얼굴을 마주 보자.
> 우리들의 팔 밑으로
> 미끄러운 물결의
> 영원한 눈길이 지나갈 때
>
> 밤이여 오라 종이여 울려라.
> 세월은 흐르고 나는 여기 머문다.
>
> 흐르는 강물처럼 사랑은 흘러간다.
> 사랑은 흘러간다.
> 삶이 느리듯이
> 희망이 강렬하듯이
>
> 밤이여 오라 종이여 울려라.
> 세월은 흐르고 나는 여기 머문다.
>
> 날이 가고 세월이 지나면

가버린 시간도
사랑도 돌아오지 않고
미라보 다리 아래 세느 강만 흐른다.

밤이여 오라 종이여 울려라,
세월은 흐르고 나는 여기 머문다.

— 「미라보 다리」 전문

■ 생 존 페르스(Saint-John Perse, 1887~1975)

− 「지난 일」(Le Passer)

생 존 페르스의 본명은 알렉시스 생 레제 레제(Marie-René Alexis Saint-Léger Léger)이며 프랑스령인 서인도제도의 과들루프 섬에서 태어났다. 아버지는 그곳에서 농장을 경영하였으나, 1899년에 지진과 경제적 위기로 농장을 접고 모두 프랑스로 이주했다. 1914년 그는 외교부에 들어가 중국 주재 대사관의 서기관을 지냈다. 그러면서 서양인의 신분으로 중국에 있는 동안 중국 역사에 중요한 기록을 남겼다.

페르스는 1900년대 초부터 시를 쓰기 시작했다. 그러다가 1922년 장시 「원정遠征」(Anabase)을 발표하고 명성을 얻었다. 1950년 한 유명 잡지에서는 페르스를 특집으로 다루기도 했으며, 1958년에는 그의 모든 시가 국제 또는 국내의 문학상을 받았다.

그의 시들은 모두 규모가 크고 아름다우며 역사시의 힘찬 기백을 가지고 있다. 문명 사회의 신비, 아름다운 이국적인 풍경, 강대하면서도 엄숙한 자연의 힘에 대한 이야기, 그 위에 신비한 종교적인 감정까지 더해져 독자로 하여금 마치 재미있는 역사 이야기를 읽는 것 같은 느낌을 들게 한다.

1960년 페르스는 "시의 웅장함과 풍부하고 다채로운 상상으로 모두를 환상 속으로 이끌었다"는 평을 받으며 노벨문학상을 수상하였다.

그의 대표적인 시집으로는 『비』(*Pluies*, 1944), 『눈』(*Neiges*, 1944), 『바람』(*Vents*, 1946), 『항로 표지』(*Amers*, 1957), 『새』(*Oiseaux*, 1962), 『단테를 위하여』(*Pour Dante*, 1965) 등이 있다.

시 「지난 일」은 지난날들을 찬미하며 모든 것이 제자리를 찾고, 모든 것이 잘 이루어진 노년의 모습을 묘사하고 있다. 시인은 운명의 제단을 이야기하면서 비록 황혼의 나이에 들어섰지만 마음만은 여전히 청춘임을 보여주고 있다. 이러한 내용을 특징 있는 인쇄 양식을 통하여, 독특한 용어로, 극도로 정제된 시구와 함께 음악성을 곁들여 보여주고 있다. 그리하여 페르스 시 속의 모든 시구는 그 새로운 느낌으로 사람들을 감동하게 만든다.

> 황혼의 시절이여, 우리가 왔소 ─ 대장부의 발걸음은 귀결점을 향한다. 창고는 이미 가득 채웠으나 쭉정이는 없애고 정리를 해야 하는 시간.
> 내일, 작물을 훔치는 폭풍과 번개가 솜씨를 발휘할지니…하느님의 지팡이가 그 뜻을 땅 위에 쓰게 될 것이다. 평화의 동맹을 맺을 것이다.
> 아! 영웅이 나타나 비참한 하늘과 거대한 숲을 대지 위에 세우기를 바란다. 숭고한 영혼들이 모여 우리에게 가르치듯이…밤의 엄함도 그의 온화함을 드러내어 라벤더가 보이는 길과 그 위에 있는 뜨거운 바위를 덮어 주기를.
> 가장 높은 가지에 호박으로 된 나뭇잎을 달아 주었다. 그 가장 높은 나뭇잎은 상아로 된 가지 끝에서 부딪치기도 흩어지기도 하며 흔들거린다.
> 그들의 번개가 땅에서 번쩍이고 우리의 행동은 점점 더 은밀해진다.
> 후대의 사람들은 겹겹이 서 있는 혈암과 용암 위에 성을 건설한다. 후대의 사람들은 성벽 위에 옥조각상을 세운다.
> 어려웠던 과거의 위업이 우리를 위해 노래한다. 길이 새로운 손으로 열리고 횃불은 높은 산봉우리에서 또 다른 높은 산봉우리로….
> 이 노래는 규방의 노래도 아니고 밤을 지키기 위한 노래도 아니다.

그것은 헝가리 왕후의 노래, 장식마저 녹슬어 버린 대로 내려오는 장검의 날로 붉은 옥수수를 탈곡하며 부르는 노래.

장엄한 목소리로 부르는 날카로운 검의 노래처럼, 황혼의 유일한 노래처럼, 벽난로를 마주하고 자신의 길을 찾는다.

마주하고 있는 영혼의 자부심은 순전한 파란색의 거검(巨劍) 속에서 자란 영혼의 자부심.

우리의 생각은 깊은 밤에 이미 깨어났다. 마치 여명이 오기 전에 왼쪽 어깨에 아장을 얹고 붉어오는 하늘을 맞는 거대한 천막 속의 목동처럼.

이곳은 바로 우리의 유산. 담 밑에는 이 땅의 과일을 쌓고, 저수지에는 하늘에서 끌어 온 물을 가득 담고, 사막에는 거대한 돌로 만든 맷돌을 놓는다.

—「지난 일」부분

■ 자크 프레베르(Jacques Prevert, 1900∼1977)

– 「고엽」(Les Feuilles Mortes)

프레베르는 뇌이쉬르센 태생으로 파리에서 자랐다. 아버지는 보험회사에서 일을 하였지만, 직장을 잃게 되자 가족은 심한 경제적 어려움으로 이사를 거듭하다가 남부 지중해의 도시 툴롱으로 옮겨갔다. 프레베르는 아버지를 따라다니며 파리의 빈민가를 자주 둘러보게 되었는데, 이는 그가 훗날 쓰게 되는 시나리오와 시에 지대한 영향을 미치게 되었다. 서민들의 일상적 삶에 대한 세밀한 관찰은 그가 대중의 시인이 되는데 결정적인 역할을 한 것이다.

그는 뒤늦게 초등학교에 입학하게 되지만, 1914년 제1차 세계대전이 일어나던 해 공부를 그만두었다. 그 결정적인 이유는 그가 다닌 사립학교가 기독교 교육을 중시하였는데, 매주 교리문답 시간에 그는 엉뚱한 질문과 대답을 하여 벌을 받곤 하였기 때문이다. 이후 그는 종교계에 대한 반감을 지니게 되었다.

프레베르는 20세쯤부터 시를 썼다. 1926~1929년경까지 초현실주의 운동에 가담하여 시법을 배웠다. 30년경부터 잡지 《코메르스》(*Commerce*)와 《비퓌르》(*Biffure*) 등에 시를 발표하면서 시나리오를 썼다.

1940년대부터 시인으로서 본격적인 활동을 시작한 그의 시는 반교회적·무정부주의적·우상 파괴적 어조를 지녔기에 프랑스의 젊은이들을 열광케 하였다. 또한 그는 가벼운 주제로 공원과 거리를 메운 연인들의 소박한 사랑을 노래한 연애시도 썼다. 무거운 주제의 시로는 인간의 어리석음과 위선, 그리고 전쟁에 대해 신랄하게 비판하는 풍자시를 썼다.

오랜 전쟁에 지친 프랑스 대중은 쉽고, 감미롭고, 영상 친화적인 그의 시에 한껏 매료되었고, 대중의 호응에 힘입어 그는 계속 시를 썼다. 사실상 보들레르 이래의 상징주의 시와 앙드레 브르통과 루이 아라공, 폴 엘뤼아르 등이 이끌었던 초현실주의 시는 일반 대중이 읽고 이해하기가 쉽지 않았다. 그러나 프레베르의 시는 아무런 부담없이 읽혔고 그것이 큰 특징으로 작용하였다.

그의 대표적 시집으로는 『이야기』(*Paroles*, 1946), 『광경』(*Spectacle*, 1951), 『런던의 매력』(*Charmes de Londres*, 1952), 『인간의 빛』(*Lumières d'homme*, 1955), 『비 오는 날 맑은 날』(*La Pluie et le beau temps*, 1955), 『잡동사니』(*Fatras*, 1966), 『시선집』(*Choix de poésies*, 1969), 『이것저것』(1972) 등 많은 시집을 발간하였다. 또한 사후에도 『밤의 태양』(*Soleil de nuit*, 1980), 『제5의 계절』(*La Cinquième saison*, 1984)이 출간됐고, 1992년에는 플레이아드 판으로 전집이 출간되었다.

프레베르의 시는 노래로 만들어진 것이 많다. 그중에서도 특히 조제프 코스머(Josef Kosma, 1905~1969)가 곡을 붙인 「고엽」은 이브 몽땅의 감미로운 목소리에 실려 전파를 탄 이후 세계적인 애창곡이 되었다.

낙엽은 끝없이 쌓여드네

추억과 회환과 함께

그러나 내 사랑은 말없이 변함없이

언제나 웃으며 삶에 감사하지

난 너무나 그대를 사랑했지 너무도 아름다운 그대를

어떻게 그대를 잊을 수 있으리

그 시절 삶은 더 아름다웠고

태양은 지금보다 뜨거웠지

그대는 나의 가장 따사롭던 여인

하지만 후회해 무엇하리

그대가 부르던 그 노래

언제나 언제나 내 귀에 울리네

—「고엽」 제3연

■ 장 주네(Jean Genet, 1910~1986)

- 「사형수」(*Le Condamné á mort*, 1942)

장 주네의 생애는 참으로 파란만장했다. 파리의 빈민구제국 소속의 작은 산부인과에서 사생아로 태어난 주네는, 가정부인 어머니에게 생후 7개월 만에 버림받았다. 그 뒤 빈민구제위원회 피후견인인 시골 목수 집안에 위탁아로 들어가, 프랑스어와 작문을 잘하는 초등학교 시절을 보내지만 나쁜 손버릇으로 인해 어긋난 학교생활을 하게 된다. 초등학교 졸업으로 그의 학업도 위탁아생활도 끝이 났다. 그 후 직업훈련원에 들어갔지만 2주 만에 탈출하였고, 다시 장님 작곡가의 집에 안내자 겸 비서로 들어가서는 주인의 돈을 유용했다는 혐의로 6개월 만에 쫓겨났다. 그 이후로도 그의 인생은 꼬이기만 했다. 정신 감정을 거쳐 문제아 치료 감호 시설에 수용되었으나, 한 달만에 탈출하여 돌아다니다가 철도 무임승차 및 부랑자로 체포되었다. 청소년 미결감에 갇힌 그를 빈민구제국은 농장의 일꾼으로 보내지만 다시 탈출하여 이로부터 2년 6개월이나 지속된 감화원생활 중에 또 한 번 탈출을 시도했다. 이때는 부랑죄와 보호관찰법 위반에 절도죄가 추가되었다. 너무 추워서 담요 한 장을 훔친 죄과였다. 감화원에서 그는 동성애자가 되었다.

10세 때 이미 절도죄로 구속되어 악명 높은 메트레 소년원에서 보낸 그는 전과 10범이 되기까지 주로 절도죄를 범하여 소설 『도둑일기』(*Journal du voleur*, 1949)를 쓰기도 했다. 그는 여러 도시를 떠돌아다니며 소매치기, 남창 노릇, 걸식, 마약 밀수 등을 하며 살았는데 책을 늘 들고 다니며 읽던 문학 지망생이기도 했다. 글을 쓰기 시작한 곳도 복역하던 프레슨의 교도소 감방이었다. 그의 생애가 이러했기 때문에 그의 소설에 나오는 인물 또한 범죄자와 부랑자가 아니면 살인청부업자, 포주, 성도착자 등이었다. 시의 공간적 배경은 일반적으로 교도소 내 작업실, 사창가, 도시의 뒷골목 같은 곳이었다. 1948년 10번째 기소되어 자동적으로 종신형이 선고되었을 때 사르트르, 장 콕토, 보봐르 등이 프랑스 대통령에게 청원하여 집행유예로 풀려나기도 했다. 그는 생의 후반기에 반전 운동가와 민권 운동가가 되어 창작과 사회참여를 동일시하였다.

주네의 최초의 출간 작품은 친구의 사형 집행에 큰 충격을 받고 쓴 시 「사형수」다. 이 시는 인쇄 기술이 있는 감방 동료의 도움을 받아 교도소 안에서 자비로 출간되었다. 이후 소설 『꽃들의 노틀담』(*Notre-Dame-des-Fleurs*, 1944), 『장미의 기적』(*Miracle de la rose*, 1946), 『장례식』(*Pompes funèbres*, 1948), 『도둑일기』, 희곡 『엄중한 감시』(*Haute surveillance*, 1949), 『하녀들』(*Les Bonnes*, 1947), 『발코니』(*Le Balcon*), 『흑인들』(*Les Nègres*, 1958), 『병풍들』(*Les Paravents*, 1961), 시집 『장송곡』(*Marche Funèbre*, 1945), 『갤리선』(*La Galère*), 『사랑의 노래』(*Un Chant d'Amour*, 1950) 등을

출간했다. 그 밖에 방송극, 예술론, 발레 대본, 정치 평론 등을 발표했다. 장 콕토는 그를 "프랑스의 대작가의 한 사람"이라고 평했고, 장 폴 사르트르는 "악의 성자"라고 칭했다. 프랑스 굴지의 출판사인 갈리마르에서 1951~1979년까지의 그의 작품집을 다섯 차례에 걸쳐 내주었고, 1984년에는 국가문학대상인 '그랑프리 나시오날 데 레트르'(Grand Prèmi Nacional des Lettres)상을 수상하였다.

　장시 「사형수」는 친구의 사형 집행에 큰 충격을 받고 쓰게 되었는데, 주네의 상상 속에서는 사형집행일을 40일 늦춘다. 그동안 그는 친구와 놀고 이야기하고 사랑한다. 이 시는 교도소 담장 안 풍경을 그리는 데서 시작하여, 동성애를 통해 성욕을 해결하는 극히 외설스런 표현을 거리낌 없이 노골적으로 묘사하고 있다.

> 감옥 안뜰 포석 위로 내 마음 모는 바람,
> 나뭇가지 걸린 채 흐느끼며 우는 천사
> 대리석에 칭칭 감긴 하늘나라 둥근 기둥
> 내 밤 찾아와서 구원의 문 열어 주네
>
> 죽어 가는 가여운 새 다 타 버린 재의 향취,
> 담장 위에 잠든 듯한 눈망울에 담긴 추억,
> 하늘나라 위협하는 고통스런 그 주먹손.
> 나의 손에 찾아와서 그대 얼굴 내려 주네.
>
> (…)
>
> 저녁 무렵 내려와서 갑판 위에 무릎 대고
> 뭇 선원들 둘러 놓고 모자 벗고 노래하면,
> 아베마리아 그 노래에 뱃놈 모두 채비하네.
> 탐욕스런 손안에서 펄떡이는 홍두깨를

울퉁불퉁 뱃놈들이 바지 속에 불뚝 세운
아름다운 소년 선원 그대에게 꽂을 물건,
사랑이여 사랑이여 그 열쇠를 훔쳐 내어
저 돛대가 떨고 있는 그 하늘을 열어 주게.

(…)

피의 축제 모두모두 미소년을 파견하여
첫 시험을 받고 있는 그 아이를 받쳐 주네.
새로 솟는 그대 고민 그대 공포 잠재우고
단단해진 나의 음경 얼음인 양 빨아 주게.

그대 뺨을 치는 양근 부드럽게 물어 주고
부푼 남근 입 맞추고 그대 목에 찔러 넣게.
나의 양물 덩어리 단 한숨에 삼키고서
사랑으로 목이 메어 토해내고 토라지게.

성스러운 기둥인 양 무릎 꿇고 경배하고
문신 넣은 나의 몸통 눈물로써 찬미하게.
나의 성기 꺾어져도 장검보다 더 잘 치니
그대에게 파고드는 내 몸둥이 숭배하게.

— 「사형수」 부분

3) 소설

프랑스의 19세기를 군림한 소설가인 에드몽 공크르(Edmond Louis Antoine Huote de Goncourt), 도데(Alphonse Daudet), 모파상(Guy de Maupassant) 등이 모두 1900년 이전에 세상을 떠나고, 졸라(Émile Zola) 역시 1902년에 세상을 떠났다. 그리하여 19세기부터 계속 작가 활동을 하며 대가의 지위를 누린 작가들로는 아나톨 프랑스(Anatole France, 1844~1924), 피에르 로티(Pierre Loti, 1850~1923), 폴 부르제(Paul Bourget, 1852~1935), 모리스 바레스(Maurice Barrès, 1862~1923) 등이었다. 그 가운데 부르제와 바레스는 질서와 전통의 수호를 지향하는 데 반하여, 아나톨 프랑스는 후배 로맹 롤랑(Romain Rolland, 1866~1944)과 더불어 사회주의적인 개혁 내지 혁명의 편을 들어 서로 대립하고 있었다. 그런데 아나톨 프랑스는 1921년 노벨문학상을 수상하였다.

1900년에 30세 전후였던 세대로 이 시기에 등장한 작가는 로맹 롤랑, 앙드레 지드(André Gide, 1869~1951), 마르셀 프루스트(Marcel Proust, 1871~1922), 알렝 푸르니에(Alain-Fournier, 1886~1914), 발레리 라르보(Valéry Larbaud, 1881~1957) 등이 활약하면서 지적 모험을 도입하였다. 그러나 이 시기에 대가의 명성을 떨친 작가는 로맹 롤랑뿐이었다. 그리고 나머지 작가들은 다음 세대와 더불어 그 영향력을 발휘했다. 로맹 롤랑의 대표적 작품으로는 『베토벤의 생애』(*la Vie de Beethoven*, 1903)와 연재소설 『장 크리스토프』(*Jean-Christophe*, 1904~1912) 등이 있다.

세계 공황(1929~1932) 때부터는, 소설은 사회 묘사를 통해 개인의 권익을 옹호하는 방향으로 선회하는 경향을 보였으나, 특별한 문학적 유파는 존재하지 않았다. 각 소설가들은 자기의 개성적인 기법으로 작품 활동을 했기 때문에 어떤 유파로 분류할 수는 없다. 그러나 일반적으로 인간의 의식을 탐구한 대표적 작가와 작품으로 우선 마르셀 프루스트를 들 수 있다. 그는 방대한 거작 『잃어버린 시간을 찾아서』(*A la Recherche du Temps perdu*, 1913~1929) 이외에, 단편집 『기쁨과 세월』(*Les Plaisirs et les Jours*, 1896), 유고 장편 『장 상퇴이유』(*Jean Santeuil*, 1952년 간행)를 내놓았다. 또한 앙드레 지드는 『배덕자』(*L'Immoraliste*, 1902), 『전원교향악』(*La*

Symphonie pastorale, 1919), 『좁은 문』(*La Porte étroite*, 1909) 등을 내놓았다. 그리고 프랑수아 모리악(François Mauriac, 1885~1970)은 『문둥병자에의 키스』(*Le Baiser akanlu Lépreux*, 1922), 『사랑의 사막』(*Le Désert de l'amour*, 1926), 『테레즈 데케루』(*Thérèse Desqueyroux*, 1927), 『검은 천사들』(*Les Anges Noirs*, 1936), 『바리새 여인』(*La Pharisienne*, 1941) 등을 출간하였다.

사회 속의 인간을 다룬 대하소설의 대표적 작가와 작품으로는 조르즈 뒤아멜(Georges Duhamel, 1884~1966)의 대하소설 『파스키에 댁의 기록』(*La Chronique des Pasquier*, 1933~1945), 쥘르 로맹(Jules Romains, 1885~1972)의 대하소설 『선의의 인간들』(*Les Hommes de bonne volonté*, 1932~1947), 로제 마르탱 뒤 가르(Roger-Martin du Gard, 1881~1961)의 『티보 가의 사람들』(*Les Thibault*, 1922~1940) 등이 있다.

윤리 탐구를 통해 행동적 휴머니즘을 보여준 대표적 작가와 작품으로는 생텍쥐페리(Saint-Exupéry, 1900~1944)의 『야간 비행』(*Vol de nuit*, 1931)과 『어린 왕자』(*Le Petit Prince*, 1943), 앙드레 말로의 『정복자』(*Les Conquérants*, 1928), 『인간의 조건』(*La Condition Humaine*, 1933), 『모멸의 시대』(*Le Temps de mépris*, 1935) 등을 들 수 있다. 또한 앙리 드 몽테를랑(Henry de Montherland, 1896~1972) 역시 『꿈』(*Le Songe*, 1922)과 『투우사』(*Les Bestiaires*, 1926), 『독신자들』(*Les Célibataires*, 1934), 4부작 『젊은 처녀들』(*Les Jeunes Filles*, 1936~1939) 등을 통해 인간의 윤리 문제를 탐구하였다.

제2차 세계대전 전후부터 1960년대 초까지 프랑스를 중심으로 일어났던 서양 문학의 한 흐름으로 실존주의 문학이 등장했다. 실존주의의 대표적인 작가와 작품으로는 사르트르(Jean-Paul Sartre, 1905~1980)의 『구토』(*La Nausée*, 1938)와 카뮈(Albert Camus, 1913~1960)의 『이방인』(*L'Éuanger*, 1942) 등을 들 수 있다. 또한 1950년대 말에서 1960년대 프랑스 문학에서 소설 혁신 운동을 주도한 한 흐름이 등장했는데, 바로 누보 로망(Nouveau Roman)이다. '새로운 소설'이라는 의미를 가진 이 말은 나탈리 사로트(Nathalie Sarraute, 1902~1999)의 소설 『미지인의 초상』 (*Portrait d'un Inconnu*, 1947)에서 사르트르가 '앙티로망(반소설)'이라는 호칭을 사용한 것에서 비롯되었다. 새로운 소설로서의 누보 로망이란 1950년대의 소설들 가운데 전통적인 소설 양식에 회의를 갖고 있는 어떤 유형의 소설을 특히 지칭하는 것이다. 누보 로망의 대표적 작가와 작품 으로는 로브 그리예(Alain Robbe-Griller, 1922~2008)의 『질투』(*la Jalousie*, 1957), 『미로 속에서』(*Dans le labyrinthe*, 1959)와 나탈리 사로트(Nathalie Sarraute, 1902~1999)의 『마르트로』(*Martereau*, 1953)와 『플라네타리움』(*Le planétarium*, 1959) 등이 있다.

■ 아나톨 프랑스(Anatole France, 1844~1924)

– 「크랭크빌」(*Crainquebille*, 1901)

프랑스의 본명은 티보(Thibaut)이며 '프랑스'라는 필명은 아버지의 이름 프랑소와를 줄인 말이기도 하지만, 조국 프랑스를 열렬히 사랑했 기 때문에 붙인 이름이기도 하다. 아버지가 헌책장사를 하고 있었기에, 그는 어렸을 때부터 도서 목록과 소개문들을 정리하면서 책 속에 파묻 혀 살았다. 그리하여 그는 문학과 철학, 예술사와 종교 문제 속에서 어 린 시절을 보내면서 해박한 지식을 넓혔다. 그리고 그는 죽을 때까지 책과 인문 과학을 사랑했다.

1894년 드레퓌스 사건(Dreyfus Affair)으로 그는 좌파 성향을 띠게 되었 고 드레퓌스 사건의 정당성을 주장하는 투쟁에 참여하기도 했다. 러시 아 혁명 시기에 그는 사회활동에 적극 참여하면서 프랑스 사회당 구성원이 되었고, 좌익지식분자와 노동자계급의 추앙을 받았다. 1921년에는 프랑스 공산당에 가입했다. 1924년 그가 세상을 떠났을 때, 야프랑스 정부는 그의 장례식을 성대한 국장으로 치러 주었다.

그의 대표 소설로는 큰 명성을 얻은 『실베스트르 보나르의 죄』(Le Crime de Sylvestre Bonnard, 1881)를 비롯하여 『타이스』(Thais, 1890), 『페도크 여왕의 불고기집』(La Rôtisserie de la Reine Pédauque, 1893), 『펭귄 섬』(L'île des Pingouins, 1908), 『목마른 신들』(Les dieux ont soif, 1912) 등의 장편소설과 단편소설 「크랭크빌」 등이 있다.

「크랭크빌」은 아나톨 프랑스의 전형적인 창작 스타일을 보여주는 대표작이다. 그의 소설에는 생동감으로 가득 찬 이야기는 없지만, 일상에서 볼 수 있는 평범한 생활의 단면을 진솔하게 보여주고 있다. 이 소설은 미묘한 운치로 넘치며 우아한 유머를 사용하여 품격 높은 분위기를 유지하고 있다. 소설의 줄거리는 다음과 같다.

주인공 크랭크빌은 소매상인데 경찰에게 대들었다가 재판소에서 심리를 받게 된다. 그곳에서 그는 너무나도 신성하고 장엄한 법의 형식을 본다. 마음속으로 존경이 넘쳤고, 어쨌든 아무 잘못도 없다고 생각하는 그였지만 온몸에 스며드는 공포를 참을 수 없다.

그가 어떻게 죄를 지었는지 한 번 살펴보면 다음과 같다. 어느 날 노상을 하고 있는 그의 가게에 한 여인이 와서는 꾸물거리며 채소를 고르고 있다. 그런데 경사가 오더니 자리를 비키라고 명령한다. 그러나 크랭크빌은 15개의 동전을 받을 때까지 기다려야 했기 때문에 좀 머뭇거리며 혼잣말로 오늘 '진짜 재수 없다'며 스스로를 원망한다. 그러는 와중에 주변에 사람들이 몰려들자 경사는 자신의 권세를 부려 보고 싶었는지 그 가엾은 소매상인을 지목하고는 "죽일 암소"라며 욕을 하고 체포한다. 누군가 크랭크빌을 변호했지만 아무 소용이 없다.

유치장에 갇힌 크랭크빌은 그 안이 생각보다 깨끗하다는 사실에 놀랐지만, 자신의 채소수레 걱정을 하느라 다른 것은 머릿속에 들어오지 않는다. 웃을 수도 울

수도 없는 심판이 끝나고 크랭크빌은 최종 15일 감금과 50프랑의 벌금형에 처해진다. 크랭크빌이 사생아이며 그의 어머니가 술주정뱅이 장사꾼이었기 때문에 이런 판결이 나온 것이다. 크랭크빌은 그런 사악한 유전을 타고 났기 때문에 경사처럼 변호할 권리를 가질 수가 없다.

크랭크빌의 눈에 감옥은 놀랍고 신기한 것으로 가득하다. 법정에서는 엄중해 보이는 형식 때문에 감히 스스로 옳다고 주장하기 힘들다. 그리고 이런 판결이 난 이유가 법관들의 잘못 때문이라고 하기는 어렵다. 그들이 말하는 판결 이유를 이해할 수는 없었지만 그래도 그는 자신의 잘못을 인정해 버린다.

감옥에서 나온 크랭크빌은 그동안 겪은 일들이 영광스럽지는 않았지만 그렇다고 부끄럽지도 않았기 때문에 다시 수레를 끌고 거리로 나와 채소를 판다. 그러나 과거의 단골들은 이제 발길을 끊어 버린다. 어느 날 그런 상황에 너무 화가 난 나머지 더 이상 자기 채소를 사지 않는 한 부인과 말다툼을 한다. 그 일로 지금까지 채소를 팔아 왔던 몽마르트 거리에서 쫓겨난다.

결국 동전 한 푼도 제대로 벌 수가 없을 만큼 가난해진다. 그는 살던 건물에서도 쫓겨나 차고 안에 있는 차 밑에서 살아간다. 하루 종일 아무것도 먹지 못하며 남들이 버린 터진 마대를 몸에 걸친다. 절망 속에서 그는 갑자기 유치장에서 보냈던 며칠이 기억난다. 아무것도 하지 않아도 먹고 마실 수 있었으며, 게다가 깨끗하기까지 했다. 그는 그곳에 들어갈 방법을 강구한다. 거기에 특별한 비결이 필요한 건 아니지 않는가? 또 못 들어간다는 법 있나?

경찰에게 다가간 그는 대놓고 욕을 한다. "죽일 암소야!" 그러나 크랭크빌이 어떻게 놀리든 마음이 아주 넓은 듯한 그 경찰은 그의 쪽은 아예 쳐다보지도 않는다. 크랭크빌은 어쩔 수 없이 고개를 숙이고 비를 맞으며 깜깜해진 곳을 홀로 외롭게 걸어간다.

■ 로맹 롤랑(Romain Rolland, 1866~1944)

– 『장 크리스토프』(Jean-Christophe, 1904~1912)

롤랑은 프랑스의 중앙에 위치하는 클라므 시에서 태어나 루이 르 그랑 학교를 거쳐 천재들이 다니는 고등사범학교에 진학했다. 그곳에서 예술사를 전공하였고, 소르본느 대학에서 음악사를 전공하였다. 작가로서 우선 사극을 발표했지만 성공하지 못하고, 위인전 『베토벤』(*Beethoven*, 1903), 『미켈란젤로』(*Michel-Ange*, 1906), 『톨스토이』(*Tolstoi*, 1911) 등을 써 대중을 감동시켰다. 이후 그는 기관지 《반월수첩》(*Cahiers de la Quinzaine*)에 동참하여 『장 크리스토프』를 연재하였다. 한편 당대 세계의 가장 위대한 정신들인 톨스토이, 고리키, 간디, 릴케 등과 교우하면서 사회 정의를 위한 영웅적인 휴머니즘의 성향을 보였다.

제1차 세계대전 전에 스위스로 건너가 전쟁 중 그곳에 머무르며 『싸움을 넘어서』(*Au-dessus de la Mélée*, 1915)를 발표하여 전쟁에 휩쓸린 유럽을 향하여 자유 · 평화 · 우애 · 문명의 옹호를 부르짖는 메시지를 던졌다. 또한 대전 중에 자유정신을 위하여 싸우는 이야기를 기록한 『클레랑보』(*Clérambault*, 1920)를 발표함으로써 문명 옹호의 투사로 등장했다. 그 후 다시 방대한 작품 『홀린 넋』(*L'Ame enchantée*, 1922~1927)을 발표하였다. 이후 『샤를르 페기』(*Ch. Péguy*, 1945) 등을 출간하고, 80세에 가까운 나이에 스위스를 떠나 고향으로 돌아왔다. 그는 1915년 노벨문학상을 수상했다.

『장 그리스토프』는 전 10권의 대하소설인데, 주인공 장 크리스토프는 베토벤 또는 작자 자신의 정신을 이상화한 것이다. 파리에서 스위스로 그리고 로마를 거쳐 다시 파리로 편력하는 주인공은 '고뇌를 거쳐 환희'에 이르는 영혼으로 성장한다. 이 소설은 세기말에서 제1차 세계대전에 걸친 사회 및 시대에 대한 일대 문명 비평의 글이기도 하다. 일종의 교양소설로서 강하게 윤리적 및 사회적인 문제를 제기하고 있고, 수법상으로는 소위 음악소설로서 이념에 의해 앞 세대의 자연주의를 부정하고 있다. 줄거리는 다음과 같다.

제1권 「새벽」 : 독일 라인 강 기슭의 작은 마을에서 태어난 장 크리스토프는 어린 시절부터 가난과 굴욕 속에서 자란다. 주정뱅이 아버지 때문에 숱한 고생을 한다. 그러나 음악가인 조부와 아버지의 핏줄을 이어받아 어릴 때부터 음악적 재능이 뛰어난 신동이다. 그리하여 음악 속에서 위안을 얻고, 위대한 고인들의 천재가 되살아남을 느낀다.

제2권 「아침」 : 집안이 몰락하자 장 크리스토프는 14세 때 가장으로서 피아노 교사를 하여 일가를 먹여 살리지 않으면 안 되게 된다. 보잘것없는 일에 얽매이면 매일수록 그는 자유와 자립을 갈망한다. 디네라는 친구를 만나 헌신적인 우정을 나누던 중, 피아노 교습을 받던 소녀 미나에 대한 사랑에 사로잡힌다. 그러나 결혼은 불가능하다. 이러한 청년기의 위기를 겪는 동안에 그의 의지가 단련된다.

제3권 「청년」 : 새로운 파란의 세월이 전개된다. 정열과 신비에 가득 찬 편력, 미망인 사빈을 사랑하나 그녀는 죽는다. 그 뒤에 그가 다시 열중했던 여점원은 그를 속이게 되고, 결국 질투로 하여 자존심이 강한 그는 격분한다.

제4권 「반항」 : 장 크리스토프는 소도시에 가득 찬 교활한 인간들로 하여 여러 가지 환멸적인 경험을 겪는다. 그를 돌보던 대공(大公)에게 쫓겨나고, 어느 오케스트라단은 그의 교향악시를 표절 개작하고, 익명투서가 그를 중상, 비방하는 등 결국 그에게 체포령이 내린다. 그는 고향을 등지고 떠난다.

제5권 「장터」 : 장 크리스토프는 파리로 피신한다. 그러나 거기서도 가는 곳마다 개인주의가 판을 치는 사회의 무질서에 그만 구역질을 느낀다. 음악은 고색창연하고, 문학은 패덕적이며, 정치는 전제적이고 비양심적이다.

제6권 「앙토아네트」 : 그러던 중에 올리비에라는 다정스럽고 수줍음이 많은 영리한 프랑스 청년을 만나 친교를 맺는다. 올리비에는 누나 앙토아네트의 협조를 받으며 살고 있다. 앙토아네트는 동생 올리비에의 장래를 위하여 희생적인 생활을 감내하고 있다.

제7권 「집 안」 : 장 크리스토프는 몽파르나스에서 올리비에와 함께 기거하며 이 젊은 프랑스 친구에게서, 일견 경박한 듯이 보이는 외모 밑에 가리워져 있는 근면하고 씩씩한 프랑스의 참모습을 차차 배우게 된다.

제8권 「사랑하는 여인들」 : 그는 마침내 음악가로서 명성을 얻게 된다. 그러나 친구 올리비에가 결혼하자 고독한 생활을 하게 된다. 그러다가 어느 여류 피아니스트와 절친해지고, 이어 어느 여배우의 애인이 된다. 그런데 올리비에의 아내가 집을 버리고 나간다.

제9권 「불타는 가시덤불」 : 절망에 빠진 올리비에는 보다 큰 대의를 위하여 목숨을 바친다. 그는 5월 1일의 폭동에 가담하여 죽는다. 크리스토프는 기운을 잃고 스위스의 브라운이라는 신교도 집으로 피신한다. 브라운의 아내 안나는 청교도적인 순결 속에 불타는 정열을 지닌 여인이다. 마침내 크리스토프와 안나는 불륜에 빠지게 되고, 친구 아내와의 불륜에 크리스토프는 가책으로 인하여 절망에 빠진다. 그러나 곧 창작 의욕이 소생되어 불타오르듯이 그의 심혼을 고취시킨다.

제10권 「새 날」 : 파란 많은 생애의 만년에 이르러 항상 음악에서 안식을 구하던 크리스토프는 마침내 마음의 평화를 얻는다. 그는 마지막 숨을 거둘 때 고향의 라인 강을 추억한다. 엄한 아버지의 사랑으로 그의 어린 시절의 꿈에 귀를 기울여 주던 라인 강의 물결을.

■ 마르셀 프루스트(Marcel Proust, 1871~1922) - 『잃어버린 시간을 찾아서』(*A la recherche du temps perdu*, 1913~1927)

프루스트는 파리 근처의 오퇴유에서 태어났다. 아버지는 위생학의 대가로 파리 대학 교수였고, 어머니는 알자스 출신의 유태계 금융업자 집안 출신으로 섬세한 감성과 풍부한 교양을 갖춘 여성이었다. 또한 철학자 베르그송(Henri Louis Bergson)은 외가 쪽으로 친척이었다.

리세 콩도르세(Iycée Condorcet) 고등중학에서 파리 대학 법학부로 진학하였고, 그 시절에 문학적 재능을 나타내어 동인잡지와 상징파의 문예지 등에 시와 에세이와 단편소설을 발표하였다. 그 대부분은 아나톨 프랑스가 서문을 쓴 1896년에 처녀 출판한 『즐거움과 나날』(*les Plaisirs et les Jours*)에 수록되었다.

그의 대표적인 작품으로는 『잃어버린 시간을 찾아서』와 단편집 『즐거움과 나날』 등을 비롯하여, 유고 장편 『장 상퇴이유』(*Jean Santeuil*, 1952년 간행) 등이 있다.

『잃어버린 시간을 찾아서』는 20세기 전반의 소설 중 그 질과 양에 있어서 최고의 것으로 일컬어지는 작품이다. 이 작품은 제임스 조이스의 『율리시스』와 더불어 근본적인 소설의 형식과 여러 가지 기본 원칙들을 변화시켰다. 이 소설은 순간이라는 일회성의 연속적인 삶의 본질을 생생한 기억 속에서 찾고자 하였다. 그리하여 무의식적인 기억의 환기, 감각의 교란을 통한 방법으로 참된 현실의 본질을 찾으려고 했던 상징주의의 세계관과 맥락을 같이한다는 평가를 받고 있다. 이 작품은 모두 7편 16권으로 되어 있는데 그 가운데 제2편 『꽃피는 아가씨들의 그늘에서』(*A l'ombre des Jeunes Filles en fleurs*, 1918)는 1919년 공쿠르상을 수상하였다. 그런데 그는 『소돔과 고모라』(*Sodome et Gomorrhe*, 1922)를 겨우 마치고 숨을 거두었다. 그러나 작품의 간행은 중단되지 않고 1927년까지 계속되었다.

『잃어버린 시간을 찾아서』는 '나(마르셀)'의 1인칭 고백 형식으로 쓰인 '시간'의 파노라마이다. '나'가 침대에서 깨어나는 순간인 '어떤 현재'의 독백으로부터 시작되어, 어느 날 우연히 홍차에 마들렌 과자를 적셔 먹는 순간 주인공이 과거의 무의식적인 기억을 떠올리며, 순간을 통해 영원한 시간에 이르는 길을 깨닫게 된다는 내용이다. 다시 말하면 탁월한 지성과 예민한 감수성을 지닌 마르셀이 절대적 행복을 추구하는 드라마라고 할 수 있다.

인생은 결국 '잃어버린 시간'에 불과했기 때문에 프루스트는 서서히 좀먹고 파괴해 가는 '시간'의 힘을 뿌리칠 수 있는 절대적인 그 무엇을 갈망한다. 따라서 이 작품은 시간을 다시 회복시킬 수 있는 방법, 그리고 과거가 무의식적 기억의 도움을 받아 예술 속에서 회복되고 보존될 수 있는 방법에 대해 탐구한다. 등장인물들을 고정된 존재로 그리는 것이 아니라 정황과 지각에 의해 점차 드러나고 형성되는 유동적인 존재로 그려냄으로써 소설 기법의 혁신을 이루었다는 평가를 받고 있다.

이 작품의 중심 사상은 '표면적 자아'와 '내면적 자아'로 설명된다.

표면적 자아는 시간을 따라 서서히 변화하고 굳어져 버리며 절대로 시간을 벗어날 수 없는 자아이다. 그래서 표면적 자아는 다시는 과거로 돌아갈 수 없는 자아이다. 반면 내면적 자아는 끊임없이 유동하는 의식의 주체로서의 자아이며, 공간과 시간을 초월한 존재, 시간을 초월할 수 있으나 잠시도 고착시킬 수 없는 변모하는 자아이다. 현재의 자아로 보면 과거의 자아는 이미 죽은 것이며, 삶이란 결국 변모와 망각으로 인하여 끊임없이 자아의 일부가 죽어가는 과정이다. 이 과정에서 '뜻하지 않은 추억'은 시간을 초월해 과거의 순간을 현재에 되살려 놓고, 현재의 자아는 그 과거의 순간을 다시 살기 위해 시간을 초월해 그 순간 속에 잠긴다. 작품의 줄거리는 다음과 같다.

제1편 『스완 댁 쪽으로』(2권) : '콩브레'[1]와 '스완의 사랑' 등 2부로 나뉜다. 제1부에서는 마들렌 과자를 차에 적셔 가면서 몇 모금 차를 마시는 동안에, 아득한 옛시절 지금과 똑같이 마들렌 과자와 차를 마셨던 일이 되살아남으로써 잊혀졌던 그 당시의 경험이 현재 속에 소생된다. 그리하여 한 잔의 찻잔 속에서 홀연 어린 시절의 고향이 떠오르고, 그곳을 배경으로 전개된 '나' 마르셀의 모든 체험을 비롯하여 '되찾은 시간'에 이르는 16권의 작품 세계의 실마리가 그 한 잔의 차로부터 풀려 나간다. 그 어린 시절의 고향 콩브레는 두 갈래 산책길이 갈라져 있었다. 그 하나는 부르주아 사회를 대표하는 부유한 사교계 스완 댁으로 향하는 길이다. 다른 하나는 역시 어린 마르셀의 공상을 자극시켜 주던 귀족 사회를 대표하는 명문가 게르망트 일가의 성관으로 향하는 길이다.

제2부는 3인칭 형식으로 쓰여진 한 에피소드로서, 스완이 사랑하는 작곡가 반 투이유의 소나타를 통하여, 실제로는 별로 좋아하지 않는 오데트를 사랑하게 된다. 그리고 질투와 고뇌 등을 맛본 뒤에 그녀를 점차 잊게 되는 이야기가 펼쳐지고, 사교계생활이 아름답게 묘사된다. 소년 마르셀은 몇 해 후 파리에서 스완의

---

1 콩브레(Combray) : 실지로는 일리에(Illiers)와 오퇴유(Auteil). 일리에 촌은 1971년 프루스트 출생 100주년을 기념하여 일리에 콩브레로 개명하였다.

딸 질베르트를 만나 처음으로 사랑을 느낀다.

제2편 『꽃피는 아가씨들의 그늘에서』(3권) : 마르셀은 종종 질베르트를 만나기 위해 스완 댁으로 놀러 간다. 그러나 결국 질베르트는 그에게서 멀어지고 그도 차츰 그녀를 잊게 된다. 그는 노르망디의 발베크 해수욕장에서 한 무리의 아름다운 소녀들을 만난다. 그 가운데 한 소녀 알베르틴느에게 마음이 끌린다.

제3편 『게르망트 댁 쪽으로』(2권) : 청년 마르셀은 파리의 게르망트 공작부인의 살롱에 출입할 기회를 노린다. 알베르틴느와 다시 만나 사이가 가까워진다. 드디어 공작부인의 살롱에 소개되어 생 제르맹 가의 호화로운 귀족 사회를 관찰하게 된다.

제4편 『소돔과 고모라』(3권) : 이 표제는 구약성서 속에 기록되어 있는 도시의 이름으로서, 소돔과 고모라는 동성연애를 하였기 때문에 신에게 벌을 받아 멸망하게 된다. 여기서는 '소돔'은 샤를뉘를, '고모라'는 알베르틴느를 가리키고 있다. 온순함과 잔악함이 두루 섞인 공작의 동생 샤를뉘는 동성애에 빠져 있는 변태 성욕자이다. 그는 피서지에서 청년 음악가 모렐의 꽁무니만 따라다니고 있고, 공연한 질투로 괴로워한다. 알베르틴느와 헤어지려고 한 마르셀은 다시 발베크로 가서 예의 소녀들을 만나는데 알베르틴느가 '고모라의 여자'라는 놀라운 사실을 알고, 이전의 스완처럼 반대로 고뇌에 찬 정열에 사로잡힌다.

제5편 『갇혀진 여자』(2권) : 마르셀은 알베르틴느와 파리에서 동거생활을 시작하고 하녀들하고만 접하는 생활을 한다. 마르셀은 그녀를 방에다 가두어두고 다른 사람과 만나지 못하게 한다. 그는 그 여자를 버리고 자유를 되찾고 싶지만, 그 여자의 악습을 생각하면 할수록 더 감시를 엄히 하여 둘의 사이는 견딜 수 없게 된다. 드디어 두 사람이 화해하는데 곧 그 여자는 모습을 감추어 버린다.

제6편 『사라진 알베르틴느』(1권) : 마르셀은 고민하며 알베르틴느를 찾는다. 그 여자는 돌아올 생각을 하였을 때 낙마사고로 죽는다. 그녀가 죽은 뒤에도 마르셀은 그 여자의 과거 행실에 대한 질투에서 벗어나지 못한다. 그리하여 마르셀은 어머니와 함께 일찍부터 동경하던 베니스 여행에 나선다. 어느 날 갑자기 질베르트가 파리의 사교계에 모습을 나타낸다. 그녀는 마르셀의 친구 생 루와 결혼하게 된다. 그런데 생 루 또한 변태 성욕자이다. 어느 날 마르셀은 질베르트와 함께 꿈이 깃들어 있는 그리운 콩브레 마을을 방문하게 된다. 두 갈래 길은 예나 다름없고, 스완의 집 방향으로 나 있는 길에는 꽃이 아름답게 피어 있다. 이 길목에서 질베르트는 어린 날 자기가 마르셀을 한없이 좋아했었다고 고백한다. 마르셀은 깊

은 감동을 받는다. 마르셀의 망각 속에 알베르틴느는 묻혀 버리게 된다.

제7편 『되찾은 시간』(2권) : 마르셀은 파리에서 멀리 떨어진 외딴 마을에서 요양생활에 들어간다. 작가가 되겠다는 희망은 점차 잃어가고 건강도 상실한 상태이다. 그로부터 10년이 흘러간다. 제1차 세계대전이 일어났고 변태 성욕자인 샤를뤼스는 친독파로 지목되어 모든 사람으로부터 경멸을 받지만 아랑곳하지 않고 여전히 남색(男色)에만 몰두한다. 생 루는 전장에서 전사한다. 어느 날 병든 마르셀은 게르망트 대공부인의 만찬회에 초대를 받는다. 마르셀은 그 저택에 들어가려다 그만 돌에 걸려 쓰러지게 된다. 쓰러져 있으면서 그는 일찍이 베니스의 어느 성당 앞에서 그처럼 쓰러졌던 일을 생각한다. 그 베니스는 현재와 과거와 미래를 통하여 공통되는 본질적인 곳이다. 잃어버린 때가 이제 발견되기 시작한 것이다. 만찬회에서 만난 친구들은 모두 늙어 있고, 어떤 비애가 서려 있다. 죽은 생 루와 질베르트 사이에서 태어난 아가씨도 있다. 마르셀은 다시금 조금 전 돌에 걸려 쓰러졌던 때의 자기 모습을 생각해 본다. 그때 그의 의식 속에는 과거와 현재, 그리고 미래가 있었으며, 자기가 해야 할 바가 무엇이라는 깨달음이 있다. 이리하여 그는 추억에 의한 행복, 죽음과 시간 파괴를 초월한 영원한 세계의 존재를 알게 된다. 그리고 예술가로서의 자기 사명을 자각하게 된다.

■ 앙드레 지드(André Gide, 1869~1951)

- 『전원교향악』(*La Symphonie pastorale*, 1919)

앙드레 지드는 파리에서 태어났다. 파리 법과대학 교수인 아버지는 남부 지방 출신이며 조상 대대로 내려온 신교도였다. 어머니는 북부 지방 노르망 출신으로 윗대는 구교를 신봉했지만 할아버지 때부터 신교로 옮긴 기독교 신자였다. 그의 나이 11세 때 아버지가 세상을 떠난 후, 홀어머니 밑에서 자라면서 어머니의 엄격한 종교적 교육에 견딜 수 없는 혐오감을 지니게 되었다. 그는 20세를 전후로 발레리 등과 교우하면서 '말라르메의 화요회'에 출입하였고, 상징주의 문학청년으로 변모했다. 22세 때 처녀작 『앙드레 왈테르의 수첩』(*Les Cahiers d'André Walter*, 1891)을 내놓았으나 별다른 주목을 받지 못했다. 그리고 그 해 폐결핵 증세를 보여 알제리로 여행을 떠났다. 그러면서 해방과 쾌락에 도취된다. 이는 어머니 슬하에서 받아온 타율과 구속과 체면의 모랄 그리고 그것이 지배하는 부르주아 세계와 문명에서의 탈출을 의미하는 것이었다.

이후 본격적인 소설 『배덕자』(*L'Immoraliste*, 1902), 『좁은 문』(*La Porte étroite*, 1909), 『교황청의 지하도』(*Les Caves du Vatican*, 1914), 『여성 학교』(*L'Ecole des Femmes*, 1929), 『사전꾼들』(*Les Faux-Monnayeurs*, 1929), 『로베르』(*Robert*, 1929), 『쥬느비에브』(*Geneviève*, 1936) 등을 발표했다. 그는 1947년 노벨문학상을 수상했고, 1907년 문예지 《누벨 르뷔 프랑세즈》(*Nouvelle Revue Française*, 약칭, N.R.E.)를 창간했다. 이 문예지는 현재도 속간되고 있으며, 20세기 전반 프랑스 문학사에 지드의 문학 생애와 아울러 특기할 만한 가치를 남기고 있다.

『전원교향악』은 첫 번째 노트와 두 번째 노트로 이루어진 고백체 소설이다. 지드의 모든 작품에는 기독교적 문제가 드러나 있는데 이 작품에서도 신앙적 갈등을 볼 수 있다. 목사인 아버지와 아들의 신앙적 대립이 잘 묘사되어 있는 것이다. 즉 그것은 자유로운 사랑에 의한 종교인 신교와 율법에 의한 종교인 구교의 대립으로 나타난다. 지드는 신앙에 지치고 통제와 금기를 내세우는 기성 도덕에 거부감을 느끼면서 정신이 육체를 초월할 수 없음을 깨닫는다. 아울러 종교가 모든 것을 해결해 주는 것도 아니며, 오히려 당시 사회가 지닌 모순과 부작용은 엄격한 종교와 도덕이 인간의 자유를 구속하는 데에서 시작된다고 믿었다. 그래서 일체를 어린아이와 같은 청정무구한 심정으로 바라보고 자유롭고 활달하게 행동하는 자유로운 사랑의 종교를 역설했다.

이 작품의 첫 번째 노트는 정신적 장님이 육체적 장님을 파멸의 구렁 바로 앞까지 이끌고 가는 과정이며, 두 번째 노트는 무서운 속도로 잔혹한 각성의 과정을 기록하고 있다. 한마디로 말하면 이 작품은 필연적으로 유래하는 인간의 궁극적인 문제들, 즉 진정한 자유와 행복에 대한 하나의 도덕적 모델을 제시한 것이라고 볼 수 있다. 소설의 줄거리는 다음과 같다.

시골 목사인 '나'는 예고 없는 한 소녀의 출현에 의해 어느 불쌍한 노파의 죽음을 지켜보고, 그 노파의 조카딸인 한 눈먼 소녀를 집으로 데려와 맡아 기르게 된다. 그 아이는 장님일 뿐만 아니라 말하지도 못하고 지능도 발달되지 못한 상태이다. 집에 데리고 온 아이를 아내는 마치 물건 대하듯이 한다. 나의 가족은 그녀의 이름을 제르트뤼드라고 지어 부른다. 제르트뤼드와 같은 아이를 돌본다는 것은 매우 어려웠으나, 나는 신앙의 힘으로 그 어려움을 헤쳐나간다. 나는 그녀를 헌신적으로 돌보며 그녀에게 세상의 아름다움을 일깨워준다. 처음에는 성과를 얻기 어려웠으나 그 뒤의 진보는 빠르다. 제르트뤼드는 눈으로 보지는 못하지만 마음의 눈으로 세상의 빛깔과 모양을 깨닫는다. 그리고 인간적인 사랑이 얼마나 고귀한 것인지도 알게 된다.

이렇게 시간이 지나는 동안 나와 제르트뤼드 사이에는 알 수 없는 사랑이 싹튼다. 그런 두 사람을 지켜 보는 아내 아멜리는 알 수 없는 불안을 느끼기 시작한다. 나는 제르트뤼드가 자랄수록 자신도 모르게 그녀를 소녀가 아닌 한 여성으로 느끼는 자신과 마주하게 되고, 그녀에 대한 마음 때문에 신앙과 인간적인 사랑 사이에서 방황한다. 언젠가부터 장남인 자크도 제르트뤼드에게 사랑을 느끼기 시작하고 그녀와 결혼하고 싶다고 말한다. 이미 제르트뤼드를 사랑하게 된 나는 자크의 말에 놀라면서, 완강하게 그녀에 대한 애정을 버릴 것을 강요한다. 아멜리는 나의 행동이 아들에 대한 배려가 아니라 질투라는 것을 알아차린다. 이것은 결국 집안의 불화와 갈등으로 이어진다.

제르트뤼드는 자크가 자기를 사랑하고 있음을 안다. 그러나 목사와 자신의 사랑이 죄가 되지 않는다고 생각한다. 자신에게는 자신을 그토록 믿고 사랑을 아끼지 않은 목사의 존재가 필요했기 때문이다. 자크는 제르트뤼드에 대한 사랑을 버리지 못하고, 모태 신앙을 버린 채 가톨릭으로 옮겨간다.

나는 친구인 의사 마르탱으로부터 제르트뤼드의 개안 수술을 권유받는다. 나는 제르트뤼드가 시력을 회복하게 되면 늙고 초라한 자기의 모습을 보고 실망할 것을 두려워했으나, 결국 개안 수술에 동의한다. 수술은 성공하고 제르트뤼드는 그토록 아름답게 생각했던 세상의 모든 것을 자기 눈으로 볼 수 있게 되어 너무나 즐거워한다. 그러나 정작 더욱 아름다워야 할 인간의 모습은 절망과 고뇌에 차 있음을 본다. 그리고 아멜리의 얼굴 표정을 통해 자신과 나의 사랑이 죄임을 깨닫게 되고 자신 때문에 수없이 겪었을 아멜리의 고통, 해서는 안 될 사랑으로 인한 자책감에 시달리게 된다. 그리고 그녀는 자신의 눈이 멀었을 때는, 자신이 사랑하는 사람은 나라고 생각하였다. 그러나 눈을 뜬 제르트뤼드는 자신이 진정으로 사랑하였던 사람은 내가 아니라 아들인 자크였음을 깨닫게 된다.

결국 자크를 사랑할 수도, 나를 사랑할 수도 없는 처지에 놓인 그녀는 자신 때문에 그토록 행복하던 한 가정이 무너졌다는 사실에 심한 죄책감을 느낀다. 그 죄책감이 그녀로 하여금 자살이라는 극단적인 선택을 하게 만든다. 자살 시도의 여파로 그녀는 폐렴에 걸리게 되고, 나에게 자신이 사랑한 사람은 자크였다는 말을 남기고 숨을 거둔다. 나는 울고 싶었으나 마음이 사막보다 더 메말라 있음을 느낀다. 나는 아멜리 곁에 무릎을 꿇고 그녀에게 나를 위해 기도해 달라고 부탁한다.

■ 프랑수아 모리악(Fançois Mauriac, 1885~1970)

　　　　　　　　　　　　　－ 『사랑의 사막』(Le Dsert de l' Amour, 1925)

모리악은 프랑스 보르도에서 태어나 일찍이 아버지를 여의고, 어머니 밑에서 엄격한 가톨릭 가정의 교육을 받고 자랐다. 가톨릭 초등학교와 중학교를 거쳐 보르도 대학을 졸업하였다. 그 후 고문서古文書 학교에 들어가 잠시 공부하였는데 이 무렵 장 콕토를 만나 교류하였다. 그는 어린 시절부터 종교 문화와 문학에 빠져 지내다가 나중에 시인으로 문단에 데뷔했다.

그는 1912년부터 소설을 쓰기 시작하여 1922년 중편소설 『나병환자에게 입맞춤』(Le Baiser au Lpreux)으로 문단의 주목을 받았고, 1925년에 발표한 『사랑의 사막』은 그에게 아카데미 프랑세즈의 소설 대상을 안겨주었다. 이 밖에 그의 대표적 소설로는 『불의 강』(le fleuve de feu, 1923), 『독사떼의 얽힘』(*le Nœud de vipères*, 1932), 『밤의 끝』(*la Fin de la Nuit*, 1935), 『검은 천사들』(*Anges noirs*, 1936), 『바다의 길』(*les Chemins de la Mer*, 1939), 『바리새 여인』(*la Pharisienne*, 1941) 등이 있다.

정의감이 넘쳤던 모리악은 종교적인 한계를 뛰어넘어 정의와 진보의 편에 설 줄 아는 사람이었다. 제2차 세계대전 동안 그는 프랑스 레지스탕스 활동을 했고, 전쟁 후에도 뛰어난 기자로 활약했다. 그는 정치적으로 드골을 적극 지지하며 민족 독립에 매진하여 '레지옹 도뇌(Legion d'Honneur) 대십자훈장'을 받았다. 그는 주로 부르주아 가정의 내재된 비극을 지적했기 때문에 '공통 묘사의 대가'라고 불렸다. 따라서 "영혼을 파고드는 분석과 예술적 강렬함으로 인간의 삶을 해석했다"는 평으로 1952년 노벨문학상을 수상하였다.

모리악의 대부분 소설은 고향 보르도를 배경으로 하고 있다. 그는 신을 믿지 않는 사람들의 비참한 운명을 연구하는 데 온힘을 쏟았고, 소설 속에서 사람의 삶에 대한 욕망과 신앙의 열정 사이에서 발생하는 모순과 고통스러운 심리를 집중적으로 분석했다. 『사랑의 사막』은 바로 이 주제를 반영하는 고전적 작품이라고 할 수 있다. 이 소설에서 아버지와 아들이 동시에 한 과부를 사랑하게 되고, 결국 깊은 상처를 입은 채 헤어진다. 그러다가 17년 후 아들은 어느 바에서 우연히 그 과부를 만나게 된다. 소설의 줄거리는 다음과 같다.

> 레이몽 쿠레지는 수년 간 오직 복수하겠다는 한 가지 생각으로 마리아 크로스와 다시 만나길 간절히 소망한다. 그리고 몇 번이나 길에서 그 여자인 줄 알고 비슷한 사람을 뒤따라가기도 한다. 그런데 세월이 흐르자 그의 간절한 소망은 희석되어 간다. 그런 뒤 우연히 어느 바에서 술을 마시던 그는 그 여인을 다시 보게 된다. 그러나 그는 그녀를 만났지만 분노나 기쁨의 감정은 느끼지 않는다. 대신 다시는 돌아갈 수 없는 예전 그때의 감정으로 빠져든다.

나이 열일곱 살이었던 1월, 노면 전차에서 레이몽은 맞은편에 앉아 있는 어떤 여자를 유심히 보기 시작했다. 그는 그녀가 자기와는 전혀 무관한 여인이라는 사실에 안심했다. 그들을 연결시킬 어떤 일도 할 필요가 없었기 때문에, 레이몽은 차분하게 그녀를 바라볼 수 있었다. 그녀의 이마는 매우 정갈하여 그는 별을 쳐다보고 있다는 느낌을 받았다. 그 이후로 그는 늘 같은 자리에서 그녀를 보았고, 다음날 그녀를 보지 못하게 될 거라는 의심은 하지 않았다. 그는 늘 그녀의 맞은편에 앉았으며, 매번 새로운 자세를 취하곤 했다.

그러나 그는 그 여인이 과부 마리아 크로스이며, 아버지의 정부라는 사실은 모르고 있었다. 그때 그의 아버지는 그녀와의 관계를 더 발전시켜야 하느냐 아니면 그만두어야 하느냐의 갈림길에서 고뇌하고 있었다. 상상 속에서 그의 아버지는 자식들과 아내를 단호하게 버릴 수 있었다. 아버지는 이미 자신과 아내, 딸, 아들을 갈라놓고 있는 사막이 얼마나 큰지 측정할 수 없을 정도였다. 아버지는 가족들이 자기가 하는 말을 전혀 귀담아 듣지 않는다고 느끼고 있었기 때문이다. 아버지의 머릿속에는 마리아와의 만남과 그녀에게 고백하는 모습만이 끊임없이 펼쳐졌다. 매번 만날 때마다 이번 만남에서는 반드시 자신의 운명이 바뀔 것이라고 믿었다. 그러나 아버지가 그녀를 만나면 그가 상상했던 일은 하나도 일어나지 않았다.

전차에서 뜻밖의 만남으로 레이몽과 마리아는 말을 나누게 되었다. 마리아의 마음속에는 망설임과 부끄러움, 즐거움이 한데 섞인 모호한 감정이 일었다. 그러나 얼마 지나지 않아 레이몽과 그의 아버지는 자신들이 같은 비밀을 지니고 있다는 사실을 알아챘다. 그것은 바로 마리아를 향한 연정이었다. 그들에게는 그녀의 나쁜 평판이 아무 상관이 없었다. 그들은 그런 상황을 두고 토론을 벌였고 아버지는 아들의 환상을 깨뜨리기 위해 노력했지만, 사실 불쌍한 아버지 역시 현실과는 동떨어진 환상에 사로잡혀 있었다.

생각을 바꾼 레이몽은 그녀를 냉대해서 안달하게 만들어 그녀의 욕정을 일깨우려 했다. 그러나 그가 진정으로 그녀를 소유하려 했을 때, 그는 거절당했다. 그 일로 그는 깊은 상처를 입었다. 그 후 긴 시간이 흐른 뒤 마리아는 그의 삶에서 사라졌다.

바에서 둘은 다시 만나지만 레이몽은 자신과 이 여인 사이에, 소년 시절의 모든 감정과 애욕을 쏟아 부었던 이 여인과의 사이에 황량한 사막이 가로놓여 있음을 알아차린다. 그가 특별히 마련한 아버지와 마리아와의 만남에서도 똑같은 결말을 얻는다.

그의 아버지는 마지막에 자신은 영원히 마리아를 소유할 수 없음을, 또한 그녀를 소유하기 전에 자신이 죽을 것임을 깨닫는다. 또한 아들은 자신의 삶의 일부이며, 운명 역시 자기 삶의 일부라는 사실을 깨닫는다.

■ 조르즈 뒤아멜(Georges Duhamel, 1884~1966)
　－『파스키에 댁의 기록』(*La Chronique des Pasquier*, 1933~1945)

뒤아멜은 파리에서 태어났으며 20여 년간 40여 번이나 이사한 약제사인 아버지를 따라 유럽 각지를 돌아다녔다. 고학으로 의과대학을 졸업하고 박사학위를 취득하였지만, 이미 대학 시절 샤를르 빌드락(Charles Vildrac, 1882~1971), 쥘르 로맹(Jules Romains, 1885~1972) 등과 함께 아배이파派(Groupe de I'Abbaye)를 만들고 파리 교외의 크레테이유에서 문학적 공동생활을 하며 유나니미즘(Unanimisme, 전일주의) 운동을 전개하고 작품을 자비로 출판하였다.

제1차 세계대전이 일어나자 군의관으로 출정하여 전쟁 중 200여 번이넘는 수술을 받았다. 이 체험으로 『순국자들의 생애』(*la Vie des Martyrs*, 1917)를 출간하고, 물질문명을 비판한 『문명』(*la Civilisation*, 1918)을 발표하여, 개인을 말살하고 비인간화하는 일체의 것에 반대하는 기본 작품 세계를 보였다. 그리고 『문명』으로 공쿠르상을 수상하였다. 이후 유럽을 편력하기 시작하였으며, 아메리카와 아프리카를 여행하면서 도처에 많은 우정을 맺었다. 이것에 힘입어 그는 알리앙스 프랑세즈(Alliance française)의 회장이 되었고, 1935년 아카데미 프랑세즈 회원이되었다.

그의 대표작은 연작 장편 『살라벵의 생활과 모험』(전5권, *Vie et Aventure de Salavin*, 1920~1932)과 대하소설 『파스키에 댁의 기록』(전10권), 『내 생애의 광명』(전5권, *Lumières sur ma vie*, 1950) 등이 있다. 『파스키에 댁의 기록』에서 생물학자 로랑 파스키에는 뒤아멜의 모습을 띠고 있고, 그를 통하여 뒤아멜 자신의 성장과 청년기의 환멸 및 인생의 수련 과정을 엿볼 수 있는 거의 자전적 소설이다. 또한 전10권이 하나하나 독립된 소설의 체제를 갖추고 있어, 따로 떼어 읽기에 조금도 불편함이 없다.

이 소설은 20세기 초 파리의 한 가정 전체의 역사를 다루고 있는데, 서민 출신의 이 집안은 노동에 의해서 차츰차츰 일어난다. 그 가족을 파괴시킬 온갖 성질의 대립에도 불구하고, 마지막까지 한데 결속되어 있다. 뒤아멜은 이 '중산 계급의 서사시' 속에 자기 평생의 체험을 쏟아 넣은 것이다. 따라서 이 작품의 배경을 통해 현대 사회의 모습을 여실히 들여다볼 수 있다. 그 배경 속에는 집단보다는 오히려 개인의 운명이 더 부각되고 있다. 현대 사회의 복잡한 메커니즘 속에서 개인이 어떠한 운명을 밟는가에 주제를 두고 있는 것이다. 기이한 아버지의 변덕, 형제들의 이기주의, 우정에서 겪은 실망, 선생님들의 비루함, 성공이 안겨 주는 쓴 맛 등을 진솔하게 보여주고 있다. 인쇄업을 하면서 공동생활을 하다가 파탄을 겪는다는 작자의 자서전적인 행적을 거쳐 생물학자가 된 파스키에는 사회의 부정과 싸워 그 지위가 위태롭게 된다. 과학자로서 높은 지위에 오르나 억울하게 중상을 받은 것이다. 그러나 파스키에는 절망하지만 인생을 사랑하고 있다. 이 작품에서는 작자 뒤아멜이 신앙을 잃으면서 합리정신 이상의 것을 개인의 존엄에 대한 확립 속에 구하려고 하는 과정이 묘사된다. 소설의 줄거리를 간략하면 다음과 같다.

제1권 『르 아브르의 공증인』 : 파스키에 집안은 꿋꿋하게 가난을 인내하며 살아왔는데, 어느 날 이 집안을 궁핍함에서 끌어내 줄 만한 어떤 유서가 있다는 통지를 받는다. 그런데 그 절차가 오래 걸린다. 그러자 집안사람들의 상상력이 열을 띠기 시작한다. 특히 파스키에 씨의 상상력이 그러하다. 그는 공상가이고, 빈정거리기 좋아하고, 쾌활하고, 허세를 잘 부리고, 종잡을 수가 없고, 아무리 어려운 처지에 빠져도 늘 태연한 인물이다. 그런데 그렇게도 기대하고 있던 유산은 보잘것없는 적은 것이다.

제2권 『야수의 정원』 : 이 내용은 파스키에 댁의 옆에 있는 동물원의 짐승들 이야기이다. 이 짐승들의 모습은 마치 인간의 영혼 속에서 으르렁거리고 있는 야비한 본능이기도 하다. 15세가 된 로랑은 자기 아버지의 나쁜 행실을 알아내고 공박하려고 하지만, 말없이 아주 헌신적인 어머니는 아무 불평 없이 남편의 나쁜 행실을 참고 견딘다.

제3권 『약속의 땅을 바라보며』 : 파스키에 씨는 의학 박사학위를 따고 크레테이유에서 사는데, 거기서 이내 미치광이 같은 괴상한 행위로 악평을 자아낸다. 자식들이 성장하자 장남 조제프는 사업으로 돈을 버는 쪽을 선택하고, 차남 로랑은 파스키에를 존경하여 과학 연구 쪽을 선택한다. 이렇게 자식들의 운명은 서로 다른 방향으로 갈라진다. 또한 그의 딸 세실르는 천재적 음악가로 자인한다.

제4권 『성 요한 제일(祭日)의 밤』 : 그러나 가족은 흩어지지 않는다. 아들 중 장남이며 대사업가 조제프가 교외에 사들인 큰 별장에서 피로연을 열자 온 가족들은 빠짐없이 참석한다. 그리고 그들은 어느 여름 밤이 그들의 마음 속에 던져주는 모든 동요에 저항한다. 즉 세실르는 자기를 어려서부터 사랑하고 있는 쥐스탱 웨유와 결혼하지 않기로 하며, 로랑도 그의 스승 상시에도 그들이 다 같이 홀딱 반해 있는 예쁜 여학생 로르 데그루와 결혼하지 않기로 한다.

제5권 『비에브르의 황야』 : 병이 나은 로랑과 그의 친구 쥐스탱 웨유는 지식인의 푸리에(Fourier)식 공동생활체를 만들려고 결심한다. 이러한 시도는 회원의 개인주의와 무규칙 때문에 실패한다. 크레테유 수도원의 창립 당시, 뒤아멜이 실제로 체험한 것과 비슷한 사건을 소설로 옮겨 놓은 것이다.

제6권 『선생님들』 : 쥐스탱 웨유는 노동자들 속에서 살기 위해 루베에서 노동자가 된다. 로랑은 다시 학업을 시작한다. 그는 자기의 두 지도 교수의 대립을 목격하는데, 이 두 교수는 의견의 차이만큼, 성격이 맞지 않아서 반목하고 있다. 로랑은 쥐스탱에게 두 교수의 반목을 이야기를 한다. 소설 전체가 그의 편지로 장식된다.

제7권 『우리들 사이의 세실르』 : 세실르는 대음악가들의 작품을 천재적으로 연주한다. 그러는 가운데 어느 단순한 지식인과 결혼하는데, 남편의 무미건조함이 이내 세실르의 마음을 거스른다. 이에 화가 치민 남편은 뻔뻔스럽게도 세실르의 동생인 예쁘고 발랄한 여배우 쉬잔느에게 치근거린다. 자신의 일로 고민에만 빠져 있던 세실르는, 자기 아이의 몸이 좋지 않은데도 충분한 주의를 기울이지 않는다. 그러다가 아이는 복막염으로 세상을 뜨고 만다. 이 타격으로 세실르는 오래전부터 마음 속에 꿈틀거리고 있던 도덕적인 그리고 특히 종교적인 변화를 이룬다. 즉, 세실르는 예술인에서 신앙인으로 변모한다.

제8권 『망령들과의 싸움』 : 망령들이란, 로랑이 정객들의 보호를 받고 있는 연구소의 한 청년을 해고했기 때문에, 그리고 특히 경솔하게도 이러한 사소한 사건에 관해서 암시적인 기사를 썼기 때문에 직면해야만 되는 치사스러운 분규, 끊임없이 악화되어 가는 분규를 말한다. 이해관계자들이 조직적으로 벌이는 신문의 캠페인이 로랑에게 변명을 강요하고 이어서 모든 직책을 내놓지 않을 수 없게 한다. 로랑은 생물학자로서 조용히 중요한 연구만을 하기 바랐다. 그런데 그의 연구자로서의 길이 끊겨져 버린다. 이 고달픈 싸움 속에서 그는 쥐스탱 웨유의 우정과 자클리느 벨렉의 사랑으로 격려를 받는다. 그가 모르는 사이에 갑자기 닥쳐 온 전쟁 때문에, 그는 여자와 결혼하지 못하게 된다.

제9권 『쉬잔느와 청년들』 : 전쟁이 끝나고, 로랑은 결혼을 하여 아들 한 명을 얻고 다시 연구소로 돌아온다. 그의 매력적인 여동생 쉬잔느가 새 소설의 주인공이 된다. 그녀는 연극계에 투신하여 성공한다. 그러나 홧김에 계약을 파기하고, 네슬르 라 발레의 열렬한 찬미자들한테로 옮겨갈 것을 수락한다. 한편 보드뱅의 집안사람들(전쟁으로 실명한 아버지와 8명의 자식들)은 환상과 즐거움, 노래, 끊임없는 즉흥으로 넘쳐 흐르는 애정어린 결속으로 살고 있다. 그중 세 총각들로부터 열렬한 사랑을 받고 있는 쉬잔느는, 그들 속에서 즐거운 생활을 하고 있는데, 또다시 현실에 사로잡힌다. 그녀는 남미로 순회공연을 갈 것인가, 아니면 이 즐거운 집에 눌러앉아 있을 것인가 고민한다. 그러다가 결국 쉬잔느는 절망한 세 총각들을 두고 떠난다. 그녀도 가슴이 찢어질 것만 같았고, 생활을 무시함으로써 자기 자신의 인생을 망치지나 않을까 번민한다.

제10권 『조제프 파스키에의 정열』 : 세실르, 로랑, 쉬잔느 등과는 달리 조제프는 이기적이고 거칠고 뻔뻔스럽다. 그는 자기의 먹이에 대해서 걸구같은 적극성으로 덤벼들고, 그의 재산은 막대해진다. 그러나 그는 학사원에까지 들어가려고 한다. 이 야심이 실패로 돌아감으로써 그의 운명의 역전이 시작된다. 그의 계획은 좌절되고 너무나도 등한시해 왔던 그의 가정은 무너지고, 학대받아 온 그의 막내는 자살한다. 파스키에 댁 사람들의 미래는 어떻게 될 것인가. '우리의 비참한 세계에서는 결코 아무것도 다 끝나지 않았다….'

■ 로제 마르탱 뒤 가르(Roger Martin Du Gard, 1881~1958)
  - 『티보 가家의 사람들』(Les Thibault, 1920~1940)

뒤 가르는 뇌이-쉬르-세느에서 아버지가 법정소송대리인인 부유한 가정에서 태어났다. 그의 집안은 가톨릭교도였으나 그는 일찍 가톨릭의 신앙생활을 떠났다. 1898년 파리 대학 문학과에 입학했지만 학위 시험에 통과하지 못하자, 파리 문헌대학으로 옮겨 역사와 역사적 사건을 공부하면서 깊은 흥미를 느끼게 되었다. 1905년 문헌대학을 졸업하고 1908년에 정신병학을 연구한 뒤 가르는, 이후 그 경험을 작품의 소재로 많이 활용하였다.

1914년 제1차 세계대전이 발발하자 마르탱 뒤 가르는 종군했다. 1919년 2월 다시 파리로 돌아온 뒤 가르는 희극 작가들과 함께 희극 활동에 뛰어들었다. 1920년 초 그는 오랫동안 구상해 온 장편소설 『티보 가의 사람들』의 창작에 몰두하는데, 이 작품은 구상과 집필하는 데 20년이라는 어마어마한 시간이 걸렸다.

그리하여 뒤 가르는 제1차 세계대전 후 등장한 유럽의 새로운 작가 세대 중에서 첫 번째로 노벨문학상을 수상하였다. 그가 창조한 장편소설 『티보 가의 사람들』은 "사람들 사이의 충돌을 묘사한 부분이 뛰어나고, 예술의 기본적 힘인 진실성을 갖추었다"는 평을 받았다. 8부로 구성된 이 방대한 소설은 긴 간격을 두고 연달아 일어나는 삽화들로 이루어져 있다. 그리고 20세기 초 두 가정, 곧 가톨릭교도인 티보 가와 신교도인 드 퐁타냉 가의 생활을 중심으로 전개된다. 주인공은 티보 가의 세 식구인데 아버지는 독재적인 대자산가로서 도처에 가톨릭교의 규율을 강요하려고 애쓴다. 큰아들 앙트와네트는 사회 봉사에 힘쓰고 의사가 된다. 작은 아들 자크는 사회 상황에 반대해서 애써 혁명가가 된다.

작품의 줄거리는 다음과 같다.

제1부 「회색 노트」 : 두 사람 다 14살인 자크 티보와 다니엘 드 퐁타냉은 한 권의 회색 노트에 그들의 마음속의 생각과 시를 적어서 서로 바꾸어 보곤 하는데, 어느 날 어른들이 그들의 행동을 발견하고 사정없이 비판한다. 창피를 당하고 격분한 자크는 다니엘을 끌고 가출하지만 가련하게도 마르세유에서 끝장나 파리로 다시 끌려온다. 마음씨가 곱고 순한 퐁타냉 부인은 다니엘을 다정하게 맞아들인다. 그러나 티보 가 쪽에서는 콩피에뉴 근처에 티보 가에서 세운 감화원에 자크를 넣기로 결정한다.

제2부 「소년원」 : 그 결과는 매우 좋지 않다. 형 앙트와네트는 동생 자크가 어떻게 보내고 있는지 은근히 걱정이 되어 찾아간다. 자크는 그저 의미 없는 시간을 보내고 있으며, 저속한 감독자들로 인하여 소극적이며 풀이 죽어 있다. 앙트와네느는 아버지의 완강한 반대와 대립하여 양보를 이끌어낸다. 그리하여 동생을 겨우 감화원에서 끌어내어 자기의 숙소에서 함께 지낸다.

제3부 「아름다운 계절」 : 5년의 집안 감시생활 끝에, 자크는 고등사범학교에 입학 허가를 받는다. 그러나 그는 자신을 숨막히게 하는 집에서 빠져 나갈 생각만 한다. 그럼에도 불구하고 자크는 첫 방학을 아버지의 별장에서 그가 항상 누이동생처럼 생각해 왔던 고아 소녀 지즈와 함께 보낸다. 그런데 또 거기서 멀지 않은 곳에는 다니엘의 누이동생인 제니 드 퐁타냉도 있다. 제니는 생각이 깊고 열정적이며 과묵한 성격의 소녀인데, 자크는 처음에 그녀하고는 전혀 뜻이 맞지 않을 것이라고 생각한다. 한편 퐁타냉 부인은 남편의 거듭되는 난봉에 속을 태우고, 앙트와네트는 어느 부상당한 소녀의 머리맡에서 만난 미모의 요녀, 수수께끼 같은 라셀에 홀딱 반해 버린다. 라셀을 만난 후로 앙트와네트는 자신의 약점을 알게 되고, 자신의 힘에 점점 회의가 들기 시작한다.

제4부 「진찰」 : 이유를 알 수 없이 자크가 행방불명이 된지 3년이 지난다. 독선적이며 무서운 아버지 티보 씨는 병이 난다. 능력 있는 의사가 된 큰아들 앙트와네트는 아버지가 회복될 가망이 없다고 판단한다. 이야기는 이 젊은 의사의 하루가 전개된다. 한결 인간적이 된 그의 마음의 반응을, 그리고 죽음을 면할 수 없게 된 어느 계집아이의 고통을 주사로 단축해 달라고 애원했을 때의 앙트와네트의 내면적 갈등을 펼치고 있다.

제5부 「라 소렐리나」 : 자크는 살아 있다. 뻔히 알 만한 가명을 쓴 중편소설이

스위스의 잡지에서 발표되었는데, 추억으로 가득 찬 이 소설 속에서, 앙트와네트는 지즈(라 솔렐리나)와 제니를 알아낸다. 그는 동생을 찾으러 로잔느에 간다. 스위스에서 자크는 정치 활동가와 함께 평화주의 운동에 힘을 쏟고 있다. 자크는 각종 정치 활동을 통해 현재의 정치적·사회적 위기를 해결하고자 적극 노력하고 있다. 집을 떠나 사회 투쟁에 참가한 후로 자크의 시야는 예전보다 훨씬 넓어졌고 생각도 크게 변한다.

제6부 「아버지의 죽음」 : 티보 씨의 가혹한 단말마를 상세히 이야기하고 있다. 앙트와네트는 자크의 동의를 받아, 죽어가는 아버지에게 편안히 죽을 수 있는 주사를 놓는다. 고인이 적어 놓은 것을 읽어 본 그는, 아버지는 자기가 생각하고 있었던 것과 같은, 권세욕이 강한 위선자가 아니라, 애정을 품을 수 있는 마음과 고민하는 양심을 가지고 있었던 분이라는 것을 알게 된다. 또한 아버지는 자기의 두 아들들이 왜 그의 필생의 사업을 물려받으려 하지 않는지를 깨달은 것도 알게 된다. 장례식은 콩피에뉴의 감화원에서 성대하게 거행된다. 파리로 돌아오는 기차 속에서, 앙트와네트와 베카르 신부는 죽음에 대한 견해를 주고받는데 서로 대립된다.

제7부 「1914년 여름」 : (개인적인 드라마는 여기서 집단적인 드라마로 흘러든다. 자크, 곧 그의 절대주의적 이상가를 통해서 집단적 드라마를 회상하게 된다. 때문에 이 소설은 특별한 관점에서, 실제로는 아무런 중요성이 없는 평화주의자에게 우월한 지위를 부여한다.) 자크는 지즈의 사랑을 물리치고 스위스에 돌아온다. 그는 즈네브, 파리, 브뤼셀, 베를린의 국제노동자연맹주의자들 사이에서 연락원 노릇을 한다. 그는 지나가는 길에 앙트와네트를 만나 자기 의견에 끌어들이려고 하지만, 처음에 형은 전쟁이 임박하고 있다는 것도 혁명이 일어날 수 있다는 것도 믿으려 하지 않는다. 그러다가 전쟁이 일어나자 군대에 들어가게 된다.

자크는 제니와 다시 만난다. 그녀는 이번에는 정열적으로 그에게 애정을 바친다. 그들은 함께 조레스의 암살, 노동자들을 사로잡고 있는 애국적인 열광 등을 목격한다. 그러던 중 어느 투사가 던져 준 하나의 생각이 자크의 머리 속에서 자란다. 즉, 앞으로 전개될 양국의 충돌을 제지하려는 시도이다. 제니는 자기가 옆에 있으면 자크의 행동에 방해가 될 것이며, 또한 어머니와 헤어지지 않으려고, 자크를 따라가기를 단념한다. 자크는 즈네브로 돌아와, 어느 비행사의 도움을 얻어 전선 상공에서 비행을 감행하여 평화를 호소는 전단지를 뿌리려 계획한다. 물론 그는 이 일을 수행함으로써 구제를 받는 것은 자기 자신뿐이라는 것을 알고 있다. 그러나 비행기는 너무나도 빨리 추락하여, 자크는 무참하게 상처를 입고, 스파이로 오인 받아 퇴각 중의 보병대 속으로 끌려간다. 그러다가 적군의 접근으로 공포에 빠졌을 때, 자신이 추종하던 인물의 총부리에게 총살된다.

제8부 「에필로그」: 독가스에 심하게 중독된 앙트와네트는 남프랑스의 어느 병원에서 치료를 받고 있는데, 틀림없이 나을 것이라고 기대한다. 어느 장례식 때문에 파리에 온 그는, 다리를 잘린 다니엘을 다시 만난다. 그리고 제니와 자크 사이에 태어난 어린 아들 장 폴을 정답게 바라보고 있는 제니와 지즈도 만난다. 장 폴은 영리하고, 대담하고, 남자다운, 틀림없는 티보 가의 사나이다. 그러나 앙트와네트는 또 늙은 은사 필립도 만난다. 그리고 이 은사가 자기의 병은 회복 가능성이 없다고 진단했다는 것을 알아챈다. 그는 이제 당당하게 죽음을 기다릴 수밖에 없다. 그는 '망령들을 쫓아 버리기 위해' 일기를 쓴다. 그리고 또 두 가문, 티보 가와 퐁타냉 가가 바야흐로 소멸해 버리려던 순간에 참으로 하느님의 뜻에 의해 나타난 이 어린 장 폴, 그리고 그가 그의 모든 희망을 걸고 있는 이 장 폴에게 언젠가 자기를 알게 해주고 싶어서도 일기를 적는다. 그는 휴전 후 며칠이 지나서 세상을 떠난다.

■ 앙투안 드 생텍쥐페리(Antoine de Saint-Exupéry, 1900~1944)
- 『어린 왕자』(le Petit Prince, 1943)

생텍쥐페리는 프랑스 남부 리옹의 옛 귀족 집안에서 태어났고, 3세 때 아버지가 세상을 뜨자 어머니의 각별한 보호를 받으며 성장했다. 제쥐이트(Jésuite)계의 학교를 마치고 1917년 파리로 옮겨와 해군병학교에 진학하고자 하였으나 실패했다. 이후 1년 간 미술학교에서 건축을 공부하다가, 1920년 징병으로 공군에 입대해 조종사 훈련을 받았다. 제대 후 자동차 공장에서 일하는 등 여러 직종을 전전하다가 평범한 일상생활에서 벗어나 행동적인 인생을 개척하려는 결심을 하였다. 그리하여 1926년부터 위험이 뒤따르는 초기 우편 비행 사업에 뛰어들었다. 그리고 1920년대 항공계 초창기의 비행사로서 하늘을 개척하는 모험적인 비행생활을 계속하는 동안 다섯 번의 추락 사고를 겪은 '항공계의 영웅'이 되었다.

이러한 경험을 바탕으로 그는 소설 『남방 우편』(Courrier Sud, 1929), 『야간 비행』(*Vol de nuit*, 1931), 『인간의 대지』(*Terre des hommes*, 1939), 『어린 왕자』(*Le Petit Prince*, 1943) 등의 작품 등을 집필하여 '인간의 정신'에 새로운 발견을 가져오는 작품들을 남겼다. 제2차 세계대전이 일어나자 군용기 조종사로 종군하다가 전쟁 말기에 정찰 비행 중 행방불명이 되어 비행사로서 하늘에서 최후를 마쳤다. 그의 사후에 철학적 에세이 『성채』(*Citadelle*, 1948)가 출간되었다. 이들 작품 가운데 『야간 비행』은 행동적 문학으로 앙드레 지드의 격찬을 받았으며 페미나상을 수상하였다.

『어린 왕자』는 작가가 헌사獻辭에서 밝히고 있듯이 레옹 베르트에게 바쳐진 어른들을 위한 동화이다. 이 작품이 많은 사람에게 감명을 주는 것은, 어린 왕자라는 연약하고 순결한 어린이의 눈을 통해 기성 세대들에게 이미 잊혀지고 등한시되었던 진실들을 하나하나 일깨워준다는 데 있다. 우선 보아구렁이의 그림 이야기에서, 가장 중요한 것은 눈으로 보지 말고 마음으로 보아야 한다는 것을 깨닫게 한다. 이는 사물의 내면(진실)을 바로 보려 하지 않고 오로지 외면만 보고 판단하는 어른들의 태도를 비판하고 있는 것이다. 또한 장미꽃과 여우 이야기에서는 다른 존재를 길들여 인연을 맺는 과정과 그에 따른 책임의 중요성을 시적으로 표현하고 있다. 이는 수많은 대상 중에 특별히 자신에게 와서 '나와 너의 관계'를 맺고 있음에도 불구하고 책임과 의무를 회피하는 사람들의 태도를 비판한 것이다. 이 두 가지가 이 작품 전체에 흐르는 중심 사상이라고 할 수 있다. 작품의 줄거리는 다음과 같다.

비행기 조종사인 '나'는 엔진 고장으로 사막에 불시착한다. 이때 금발의 어린 왕자가 나타나 양 한 마리를 그려 달라고 조른다. 나는 그 부탁을 들어주면서, 어린 왕자는 아주 조그만 소혹성에서 살고 있었는데, 같이 살고 있던 장미의 거짓말과 오만함 때문에 자신의 별을 떠나 여행을 하게 되었다는 것 등을 알게 된다.

어린 왕자는 이웃한 여러 별을 여행한다. 권위만 내세우는 왕, 허영심이 많은 사람, 자책만 일삼는 술꾼, 소유하는 것이 중요하다고 생각하는 부자, 책상을 떠나지 않으면서 세상의 지도를 그리는 지리학자와 일에 중독되어 있는 가로등 켜는 사람 등 다양한 사람들과 만나게 되고 그들의 잘못된 가치관에서 석연치 않음을 느낀다.

지구에 온 어린 왕자는 사람들을 찾아다니다가 뱀과 사막에 핀 꽃을 만나고 높은 산에 올라가서는 외로움을 느낀다. 그러다 어떤 정원에 5천 송이도 넘게 피어 있는 장미꽃을 보고 놀란다. 자기가 가지고 있는 장미꽃이 세상에서 하나뿐인 존재가 아니라는 사실에 어린 왕자는 슬퍼한다.

풀밭에 엎드려 울고 있을 때 여우가 어린 왕자에게 먼저 말을 걸어와 친구가 된다. 여우는 중요한 것은 눈에 보이지 않으며 상대방을 길들이는 일이란 책임이 뒤따르는 것임을 일러준다. 어린 왕자는 자신의 장미가 소중한 이유는 작은 일들을 함께 겪으며 쌓아 온 시간 때문임을 깨닫고 그가 사랑하는 장미를 보호할 책임을 되새긴다. 그리고 마침내 사막에서 비행기 고장을 일으킨 여드레 날 비행사인 '나'를 만난다.

비행기를 고친 날 저녁 어린 왕자는 이제 자기의 별로 돌아가겠다고 한다. 그런데 어린 왕자가 떠나 온 별 바로 밑에는 30초 만에 사람의 생명을 앗아가는 노란색 뱀이 있다. 비행사가 그 뱀을 죽이려 했으나 그럴 수 없다. 그 공포 속에서도 어린 왕자는 별들의 의미를 나에게 설명해 주며 위로하려고 애쓴다. 어린 왕자는 뱀에게 몸을 내맡김으로써 뱀의 독을 전부 뽑아내 이후에는 뱀이 다른 사람들을 해칠 수 없게 되리라고 스스로를 위로한다. 어린 왕자는 마침내 나무처럼 조용히 쓰러진다.

나는 외롭고 슬픈 마음을 안고 사람들이 사는 세상으로 돌아간다. 6년이 지난 지금까지도, 나는 창문을 열고 별들의 이야기를 들으며 어린 왕자를 그리워한다.

■ 앙드레 말로(André Malraux, 1901~1976)

- 『인간의 조건』(*La Condition Humaine*, 1933)

말로는 파리의 부르주아 은행가의 가정에서 태어났다. 그러나 아버지는 가정적 파산이 원인이 되어 자살하였다. 이로 인해 말로의 청년 시절에 대해서는 잘 알려져 있지 않다. 그는 동양어학교를 졸업한 후 한때 쉬르레알리즘의 영향을 받아 환상적인 단편을 썼다. 1945년에는 중국으로 넘어가 공산계와 손을 잡고 있던 국민당의 광동정권廣東政權에 협조하는 등 실제의 정치적 혁명에 참가하고, 1936년의 스페인 내란 때에는 정부군에 가담하였다. 제2차 세계대전이 일어나자 그는 전차대원戰車隊員으로 참전하고 그 후 레지스탕스에도 참가하였다.

이후 1945년, 드골의 신임을 얻어 입각하여 정치가의 길에 들어서게 되었다. 1958년에는 드골 밑에서 문화장관이 되었다. 드골의 사망 후에는 정계에서 물러나, 드골을 회상한 『쓰러진 느티나무』(Les Chênes qu'on abat, 1971)를 썼다.

광동의 폭동을 무대로 한 『정복자』(les Conquérants, 1928), 인도차이나의 탐험 여행을 바탕으로 한 『왕도王道』(la Vie royale, 1930), 상해혁명을 중심으로 한 『인간의 조건』, 스페인 내란에 가담한 경험에 의하여 씌여진 『희망』(l'Espoir, 1938) 등의 작품은 거의 생사를 가늠하는 절망과 공포의 극한 생활 속에 자기의 존재를 확인하기 위하여 몸을 던지는 고독한 인간의 모습을 그리고 있다.

『인간의 조건』은 공쿠르상 수상작이다. 이 소설은 1927년 3·27 폭동으로부터 장개석에 의한 4·12 쿠데타에 이르는 중국 혁명사상 유일한 사건을 취재하고 있다. 곧 중국 국민당과 공산당의 분열과 암투를 소재로, 현대에 살고 있는 인간이 인간다운 존엄성을 지니고 살아가는 데 어떠한 길이 있는지, 현실과 행동 사이에서 정신의 가능성을 탐구한 작품이다. 그러나 혁명을 묘사한 작품이지만, 여기서는 인간 소외의 마르크스주의적 해석이 문제되는 것이 아니라, 혁명가로서 인간의 죽음을 두려워하지 않는 용감한 행동 속에서, 인간의 고귀한 모습을 찾아보려 하는 영웅주의적인 태도가 주제를 이루고 있다. 줄거리는 다음과 같다.

정한 시간보다 일찍 첸은 가방을 옆에 끼고 강기슭을 따라 걷는다. 낯익은 서구 사람들과 계속해서 지나친다. 이 시각에는 거의 모두가 상해 클럽이든가 근방에 있는 호텔 바에서 한잔 하러 가거나, 만남을 즐기려고 나서는 것이다. 그때 뒤쪽에서 누군가 첸의 어깨에 손을 얹는다. 그는 흠칫하며 안쪽 호주머니에 손을 넣는다. 호주머니에 권총이 감추어져 있기 때문이다. 그러나 그의 어깨에 손을 댄 것은 동료들이다.

상해에서 쿠데타를 성공시키기 위해서는 아무래도 무기가 부족하다. 공산당의 지령을 받은 전 북경 대학 교수 지조르와 그 아들 칭, 그리고 첸 이들 세 명은 산동호에 실려 있는 무기를 빼앗기 위한 행동을 개시한다. 첸은 중개인을 칼로 찔러 살해하고 계약서를 빼앗고, 칭 등은 산동호를 습격하여 권총을 대량 입수한다. 테러리스트 첸, 러시아인 카토프, 북경 대학 사회학 교수였던 프랑스인 지조르, 그의 아들 키요(어머니가 일본인임), 키요의 아내 메이 등은 남경 국민정부의 장개석과 힘을 합쳐서 상해에서 군벌 정권의 타도를 기도하고 있다. 그들이 노동자의 무장봉기를 지도하여 경찰서와 병기창을 점령하고 역과 철교를 폭파하였을 때, 장개석 장군이 도착한다. 그들은 서로 협력하여 군벌 정권의 최후의 무장군을 분쇄한다. 쿠데타는 성공하여 상해는 국민당과 공산당의 합작에 의한 혁명군의 지휘 아래 놓이게 된다. 그러나 소수파인 공산당은 불리한 처우를 받게 되고, 국민당의 유산계급은 유리하게 상황을 끌고 간다. 이에 곧 노동자의 파업권과 토지의 재분배를 주장하는 공산당과, 자본가와 결탁하려는 장개석군 사이에 싸움이 벌어진다. 키요는 한구(漢口)의 인터내셔날 지부에 가서 공산당의 입장을 변명하지만, 지부 간부들의 기회주의적 정책은 장개석을 지지하고, 오히려 키요 등에 대하여 무기의 반환을 요구한다.

사태는 급전하여 코민테른의 규칙을 무시한 첸은 장개석을 암살하려다가 실패하여 권총 자살을 한다. 그리고 키요와 카토프는 체포된다. 반란을 일으킨 사람들 대부분이 끔찍스럽게 죽어간다. 고문 끝에 키요는 국민당에 체포되어 옥에서 청산가리를 마시고 자살한다. 의지가 강한 실천적 혁명가인 카토프도 산 채로 불에 태워져 죽을 운명을 눈앞에 두고서도, 동지 한 명에게 자기의 청산가리를 주고 자신의 옥에서 끌려나간다. 메이는 간신히 살아 남는다.

이들의 죽음을 슬퍼하는 늙은 지조르는 고베[神戸]의 일본인 화가의 집에 기거한다. 키요의 아내 메이는 지조르를 찾아가 모스크바로 가서 복수하자고 권하지만, 체념과 같은 기분으로 아들의 죽음과 인간의 생사에 대해 말하면서 조용히 여

생을 보내려 한다. 지조르는 태양빛을 잔뜩 안고 있는 아름다운 앞바다를 바라본다. 메이는 자리에서 일어나, 이별의 표시로 손을 내민다. 그리고 홀로 모스크바를 향해 출발한다.

■ 장 폴 사르트르(Jean-Paul Sartre, 1905~1980)
- 『구토』(la Nausée, 1938)

사르트르는 파리의 자유로운 부르주아 가정에서 태어났다. 아버지는 해군사관으로 복무하였는데, 그의 나이 2세 때 세상을 떠났고, 그는 외조부 샤를 슈바이처(Charles Schweitzer)의 슬하에서 자랐다. 아프리카에서 나병 환자의 구제 사업을 벌여 노벨평화상을 받은 알버트 슈바이처(Albert Schweitzer)는 사르트르 어머니의 사촌이다. 11세가 되던 해 어머니가 재혼을 하여 어머니를 따라 파리를 떠나 라 로셀로 갔고, 15세 때 다시 파리로 돌아와 명문인 앙리 4세 고등중학교에 복학했다. 고등중학교를 뛰어난 성적으로 졸업한 사르트르는 폴 니장과 프랑스 수재들만 다니는 파리 고등사범학교에 진학했다. 그는 이 시절 동인지 《표제 없는 잡지》를 주관하여 그의 본격적인 소설이라고 할 수 있는 단편 「병든 자의 천사」(L'Ange du Morbide, 1927), 「어떤 패배」(Une Defaite, 1927) 등을 발표하기도 했다.

1928년 고등사범학교를 졸업하고 군에 입대하여 기상 관측대에 배치되어 복무했다. 그리고 1933년 독일로 가서 베를린에 있는 프랑스학회 연구원으로 근무하였다. 1935년 다시 파리로 돌아온 사르트르는 환각제의 일종인 메스칼린 주사를 맞고, 그 후유증으로 반년 동안 신경쇠약과 환각 증상에 시달렸다. 이 시기를 전후해 그는 철학 논문인 「상상력」(L'imagination, 1936), 「존재와 무」(L'Etre etle Neant, 1943) 등을 집필하여 철학 연구에 전념했다. 이후 단편 「벽」(le Mur, 1939)과 『방』(La Chambre, 1938), 『구토』 등을 발표하면서 사르트르는 비로소 찬란한 문학가로서의 명성을 얻었다.

사르트르의 작품 세계는 시기적·내용적 특성에 따라 심미주의, 실존주의, 참여 문학 등을 거쳐 다시 문학의 본질적 의미를 재인식하는 것으로 드러난다. 그의 자전적 소설인 『말』(Les Mots, 1963)은 그러한 심정적 절망과 갈등, 변화를 잘 드러내주는 작품이다. 사르트르의 문학의 본질은 '개인 속의 인간'과 '상황 속의 인간'이라는 대립되는 특성으로 이루어져 있다. 그러나 이 두 가지 특성은 단순히 대립적인 평행선이 아니라 하나의 일치된 통일체로 사르트르 작품 속에 녹아 있다.

1964년 10월 사르트르에게 노벨문학상이 주어졌다. 그러나 그는 노벨상 수상을 거부함으로써 세계적인 논란을 일으켰다. 정확한 이유는 밝히지 않았지만 아마 노벨문학상이 여러 나라의 정치적 이해관계와 결탁되어 있음에 대한 항의의 표현이라고 짐작할 수 있다.

『구토』는 사르트르의 최초의 장편소설이자 20세기 걸작으로 인정받는 작품이다. 일기 형식의 소설에는 30세의 독신 남자이며 역사학자인 로캉탱이라는 주인공이 등장한다. 주인공은 외계의 사물이나 인간에게서 느끼는 구토감을 일기로 극명하게 기록하고, 그 이유가 무엇인가를 추구한다. 주인공은 사물을 보고 있는 인간의 시각·촉각·후각·청각 등을 통해 존재의 이유를 찾고자 한다. 그가 느끼는 구역질은 사물과 타인의 존재를 인식하는 데서부터 조건이 마련되고, 다음에는 그러한 사물이나 타자 속에 있어서의 자기 존재의 의미를 깨달았을 때 생기는 생리 작용이다. 즉 '무상성'을 느꼈을 때의 당혹감을 보여주는 것이 구역질인 것이다. 로캉탱은 권태에 빠진 지식인으로서 자신이 혐오하는 부르주아 계급의 생리에서 탈피하려는 인간의 전형이다. 작품의 줄거리는 다음과 같다.

주인공 앙트완느 로캉탱은 부르빌에 거주한다. 그는 프랑스 혁명의 혼란기에 이중첩자였던 룰루봉 후작이라는 인물에 대해서 도서관의 자료를 통해 조사한다. 역사적인 한 인물의 행적을 통해 과거와 현재, 그리고 실존의 문제를 연구하기 위해서이다. 그는 가끔 카페의 여자와 만나 생리적인 욕구를 풀지만 혼자만의 고독한 생활을 하는 인물이다. 이웃이나 친구들과는 교류를 단절하고 살아간다.

어느 날 그는 해변으로 나간다. 그곳에서 그는 물수제비 뜨는 놀이를 하는 아이들을 만난다. 그리고는 그 아이들과 함께 놀이를 하기 위해 작은 돌을 집어 드는 순간 처음으로 구토를 느끼게 된다. 그 후 이러한 구토 현상을 자주 경험하게 되는데, 카페에서 컵에 담긴 맥주를 보아도 구토를 느끼고, 카페 급사의 멜빵으로 인한 주름진 셔츠를 보고도 구토를 느끼게 된다. 그의 이런 이유 없는 구토를 가라앉히는 유일한 방법은 오래된 재즈 음악이다.

앙트완느 로캉탱에게 있어서 삶의 의미를 갖게 하는 일은 룰루봉 후작을 연구하는 일이다. 그러나 그는 그 인물을 연구하는 동안 한 가지 회의를 느끼게 된다. 룰루봉이라는 인물이 이중첩자 노릇을 하며 권모술수와 배반으로 점철된 삶을 사는 이유는, 그 당시의 현재로부터 탈출하기 위한 자신의 선택이라 할 수 있다.

현재 살아 있다는 것, 그것이 과거를 구해낼 수 있는가? 그리고 나는 무엇인가? 나는 꿈틀거리는 하나의 몸뚱어리와 의식을 가진 단순한 존재일까? 하는 실존에 대한 의혹이 그것이다. 그런 회의에 빠져 절망하던 어느 날 저녁, 그는 심한 구토감을 느끼고 공원으로 달려가 벤치에 앉는다. 그 벤치 옆에는 마로니에 나무가 서 있다. 그는 그 나무를 보면서, 그 나무가 본질을 드러내려 하지 않고 그냥 그렇게 서 있는 바로 그 모습에서 참된 실존의 의미를 발견하게 된다. 인간을 포함한 모든 사물, 즉 존재하는 모든 것은 굳이 존재 이유가 따로 있는 것이 아니라, 그렇게 그저 존재할 뿐이라는 사실에 대한 발견이 그것이다. 그리하여 그는 모든 존재물은 마로니에 나무처럼 우연히 그곳에 그렇게 존재할 뿐이라는 것을 깨닫는다.

그는 룰루봉 후작 인물 연구를 포기하고, '완벽한 순간'을 부단히 추구했던 심미주의자인 옛 애인 아니와를 만난다. 그러나 그녀에게서 과거의 매력적인 모습을 찾지 못하고 실존하고 있음만을 확인하게 된다. 타성적인 반복된 삶, 고독한 삶 그리고 그저 그렇게 살아가고 있는 비만한 여인의 실존적 모습을 확인하고 다시 절망한다.

그는 파리로 돌아가기로 결심한다. 보통 사람들처럼 그저 그렇게 살기 위해 파리로 떠날 것을 재즈 음악을 들으며 결심한다. 그리고 글을 쓰는 것만이 재즈 음악을 작곡한 사람처럼 존재의 부조리나 절망을 극복할 수 있을 것이라는 생각을 하게 된다. 그것이 자신의 유일한 희망임을 느낀다.

■ 알버트 카뮈(Albert Camus, 1913~1960) - 『페스트』(*La Peste*, 1947)

카뮈는 프랑스의 식민지였던 알제리 몽드비 농가의 두메 마을에서 프랑스계 알제리 이민자로 태어났다. 아버지는 알자스 출신의 이민자로서 농장 노동자였고, 어머니는 스페인계 여인으로 전혀 배우지 못한 장애자였다.

1935년 카뮈는 스페인의 정치적 상황에 대한 관심 때문에 프랑스 공산당에, 1936년에는 알제리 공산당에 가입하였다. 1935~1939년까지 '노동자 극장'(Théâtre du Travail)을 설립하여 사회주의자를 위한 소품을 썼다. 1945년 《파리 스와》(*Paris-Soir*) 잡지에서 일하기 시작하였다.

제2차 세계대전 초기에는 반전을 지지했으나, 1941년 11월 파리에서 독일 육군 베르마흐트가 가브리에 페리를 처형하는 것을 목격하고 독일에 대한 저항을 결심하였다. 그 후 그는 《파리 스와》의 활동을 끝내고 보르도로 옮겨 그 근교에서 그를 일약 문단의 스타로 만든 소설 『이방인』(*L'Etranger*, 1942)과 철학적 에세이 『시지프스 신화』(*La Mythe de Sisyphe*, 1943)를 저술하였다.

카뮈는 1949년 폐결핵의 재발로 2년 간 은둔생활을 했고, 1951년 공산주의에 반대하는 철학적 분석의 내용을 담은 『반항적 인간』(*L'Homme révolté*)을 발표했다. 이로 인해 결국 10년 가까이 우정을 맺어온 사르트르와 불화를 빚었다. 일반적으로 카뮈와 사르트르를 실존주의 작가로 분류한다. 그러나 카뮈는 "나는 실존주의가 끝나는 데서 출발하고 있다"고 하면서 항상 자신이 실존주의 작가임을 부인하였다. 1956년 『전락』(*La chute*)을 발표하고, 1957년 노벨문학상을 수상한 그는 최초의 본격적 소설 『최초의 인간』(*Le premier homme*)을 집필하기 시작할 무렵, 불의의 교통사고로 세상을 떠났다. 그 밖에 그의 작품으로는 소설 『페스트』(*La Peste*, 1947)를 비롯하여, 희곡 『정의의 사람들』(*Les Justes*, 1949), 정의의 투사로서 사회 참여의 자취를 담은 중요한 『시론집』(*Actuelles*) 3권 등이 있다.

카뮈의 소설들은 모두 현실과 비현실, 실제와 가상 사이에, 혹은 그 두 가지에 걸쳐서 구성되어 있는 독특한 경지를 이루고 있다. 그러므로 그 속에 숨은 상징적인 의미와 내면의 세계를 찾아내는 것이 그의 작품 세계를 보다 이해할 수 있다. 이러한 카뮈 문학의 핵심을 이루고 있는 것이 소위 '부조리'와 '반항'의 사상이다.

부조리는 조리에 맞지 않음, 곧 불합리한 것을 의미한다. 카뮈가 사용한 '부조리한 인간'이라는 표현은 인간 자체가 부조리하다는 의미가 아니라 인간과 세계 사이에 존재하는 부조리를 의식하는 인간이라는 의미이다. 따라서 카뮈에게 부조리란 본질적으로 합리를 향한 인간의 열망과 호소, 그리고 세계의 비합리적 침묵 사이의 대면에서 생기는 일종의 단절이다. 자신의 존재 이유를 찾고자 하는 인간이 그를 에워싸고 있는 세계 앞에서 느끼는 단절과 분리의 느낌이 바로 부조리의 감정인 것이다. 따라서 부조리를 명확하게 의식할 때 비로소 인간은 인간다울 수 있다.

또한 반항이란 모순을 이루고 있는 상반된 진리를 부조리한 그대로 받아들이면서 부조리와 직면하여 삶을 긍정하는 태도, 그것이 바로 카뮈의 반항이다. 그러므로 반항은 삶의 의지와 폭발인 동시에 삶의 가능하고 유일한 자세이다. 카뮈의 작품 『이방인』에서는 부조리에, 『페스트』에서는 반항에 더욱 많은 중점을 두고 있다. 『페스트』에서 '페스트'는 전쟁을 위시하여 인간을 부정하는 모든 폭력을 상징한다. 이 끔찍한 불가항력 앞에서 인간들은 여러 가지 태도를 취한다. 달아나려는 사람, 절망하는 사람, 남의 죽음을 기뻐하는 사람, 그리고 재해를 정당화하려는 사람 등등. 카뮈는 이 모든 사람들을 이해한다. 그들을 고발하기 전에 이해한다. 그러나 이 무서운 전염병과 그 전염병이 상징하는 인간 부정의 모든 악 앞에서 취할 수 있는 유일한 올바른 태도는 그것을 거부하는 것이다. 아무리 그 힘이 무서울지라도 끝까지 버텨 보는 것이다. 다음은 소설의 줄거리이다.

어느 날 아침 오랑에 사는 의사 베르나르 류가 자신의 진찰실에서 나오다가 한 마리의 죽은 쥐 때문에 놀란다. 뒤이어 원인을 알 수 없는 열병환자들이 속출하여 시내는 일대 혼란에 빠진다. 드디어 페스트의 선고가 내려지고 오랑은 다른 지역으로부터 완전히 차단되어 버린다. 도시의 폐쇄는 어머니와 아들, 남편과 아내, 연인들 등을 가차 없이 분리시켜 버리고, 모든 시민들은 제각기 페스트와 대결하게 된다. 몇 개의 군상이 그려지고 몇 개의 인간의 극한 상황에 수반되는 본질 노정이 이루어진다.

교회 수뇌부는 집단 기도 주간을 마련하고, 파늘루 신부는 페스트가 '악인들의 죄를 응징하기 위하여 신이 친히 보낸 것'이라고 선언하고 페스트에 맞서 투쟁하는 일에 동참한다. 그러나 그의 믿음은 시험에 놓이게 된다. 이 시험은 아이가 하나둘씩 고통을 받으며 죽게 되는 것을 지켜보지 않으면 안 되는 상황에 놓였을 때 극에 달한다. 아이들은 잘못이 없다. 하지만 그들은 바로 자신들 앞에서 아이들이 하나둘씩 신음 속에서 죽어나가도록 아무런 도움도 주지 못하고 지켜볼 수밖에 없다. 그 후 파늘루 신부는 새로운 강론을 쓰기 시작한다. 강론에서 자신이 직접 체험했던 사실을 반영한다. 그리고 두 번째 강론에서 파늘루 신부는 페스트가 신이 보낸 것이 아니라고 단언한다.

오랑 시를 방문하여 호텔에 몇 주 전부터 숙박하고 있던 타루가 있다. 그는 휴가 중이다. 그런데 페스트가 그 도시를 휩쓸었을 때 그는 모든 행위를 멈추고 베르나르 류를 방문하여 지원 보건대를 조직하겠다며 나서서 활발히 일을 진행한다. 그들은 페스트라는 악과 부정과 폭력을 앞에 두고 강한 결속을 이룬다. 특히 류와 타루는 굳은 우정으로 맺어져 필사적으로 페스트와 싸운다.

또한 주요 인물의 하나인 신문기자 랑베르는 취재차 파리에서 오랑에 특파되어 머무는 동안, 페스트가 발생하여 시의 출입이 차단되고 그곳에서 강금 상태가 된다. 파리에 약혼녀가 기다리고 있다. 처음에는 무슨 짓을 해서라도 오랑 시를 벗어나려고 애쓴다. 즉 부조리한 것의 해소를 갈망한 것이다. 그러나 페스트가 기승을 떠는 앞에서 오랑 시민들이 고통을 겪는 것을 보고 마침내 그는 윤리적인 부조리에 직면한다. 개인의 행복을 추구하려는 욕망과 다른 사람들의 불행에 무관심할 수 없는 인간적 심정의 이율배반에 당면한다. 그리고 막상 탈출이 가능함에도 불구하고 랑베르는 그대로 머무르면서 보건대에 참가할 결심을 한다.

오랜 투쟁 활동 뒤에 크리스마스가 다가올 무렵, 생기에 찬 쥐들이 다시 모습을 나타내고, 그와 함께 페스트도 쇠멸해 간다. 이때 타루와 신부는 병에 걸려 류의 간병도 헛되이 숨을 거둔다. 사람들은 뿌옇게 솟아오르는 햇살 속에서 서로 부둥켜안고 기뻐 어쩔 줄을 모른다. 류는 해방을 축하하는 사람들의 환성을 들으면서 페스트가 상징하는 악은 결코 멸망하지 않고 또다시 어딘가 행복해 보이는 도시에 불쑥 발생할지도 모른다고 생각한다.

■ 로브 그리예(Alain Robbe-Grillet, 1922~2008)
　　　　　　　　　　　　　　　　　　　　- 『질투』(La Jalousie, 1957)

누보 로망(nouveau roman)[2]의 대표적 작가로 꼽히는 그리예는 브레스트에서 태어나 국립농업전문학교를 졸업한 뒤, 농업 기사로 프랑스령 해외 식민지인 모로코와 기니 등의 지역을 떠돌아다녔다. 그러면서 살인 사건을 조사하러 온 사람이 오히려 살인을 저지르게 되는 이야기를 다룬

---

2 누보 로망(nouveau roman) : 1950년대 말에서 1960년대 프랑스 문학에서 소설 혁신 운동을 주도한 '새로운 소설'이라는 의미를 가진 용어. 이 용어는 나탈리 사로트(Nathalie Sarraute, 1902~1999)의 소설 『미지인의 초상』(1947)의 서문에서 장 폴 사르트르가 처음으로 '앙티로망'(반소설)이라는 호칭을 사용한 것에서 비롯되었다. 전통적인 소설 양식, 특히 객관적 사실묘사와 합리주의적 심리 분석을 주도하는 형식에 반기를 들고 등장하였다. 그리하여 서사 구조, 시간성, 줄거리, 인물, 심리 묘사 등을 거부하였다. 현대의 개인이 처한 입장을 가장 첨예하고 비통한 형식으로 표현하지만, 한편으로는 무미건조하고 흥미를 떨어뜨리는 문체로 인해 '소설을 죽였다'는 비난을 받기도 했다.

『지우개』(*Gommes*, 1953)를 출간하여 페네온상을 수상하였다. 그리고 지나가는 나그네가 어린 소녀를 살해하는 이야기 『변태 성욕자』(*Le Voyeur*, 1955)로 비평가상을 수상하였다.

이 밖에 『질투』 등에서는 인간 본위의 묘사를 제거하고 대상의 빛, 형체, 치수, 거리만을 무미건조하다 싶을 만큼 객관적으로 면밀하게 기술한 '무기적無機的'인 작품들을 발표해 화제를 불러일으켰다. 그의 작품 세계는 등장인물의 행동에 대한 모든 심리적·이념적 주석을 피하고 '대상들과 제스처들, 상황들 사이에 존재하는 연관'의 묘사에 주력함으로써 주체와 객체 사이의 모호한 관계에 대해 문제를 제기했다. 따라서 카메라로 포착한 것처럼 묘사된 사물의 세계가, 줄거리와 등장인물을 가려 버리거나 아예 없애 버리기도 한다. 또한 이야기는 객관적인 눈으로 본 것이든 회상과 꿈에서 나온 것이든 반복되는 이미지들을 사용했다.

그리예는 전통적인 사실주의를 공격하는 평론들이 실려 있는 누보 로망의 이론서 『누보 로망을 위해』(*Pour un nouveau roman*, 1963)를 내놓았다. 그리고 영화에도 관심을 기울여 시나리오를 집필하기도 하였다. 후기 소설로는 『밀회의 집』(*Maison de rendezvous*, 1966), 『유령도시』(*Topologie d'né cité fantoe*, 1976), 『시해자』(*Un Régicide*, 1978), 『진』(*Djinn*, 1981) 등이 있다.

『질투』의 묘사는 일체 추상적인 형용사를 쓰지 않고, 수학적인 객관성으로 기술된다. 이 소설에서 중요한 것은 화자 자신의 존재 양상이다. 화자는 분명히 존재하면서도 자신의 존재를 겉으로 드러내고 있지 않다. 그런 성격을 지닌 이 소설은 분명히 1인칭으로 존재해야 할 화자가 3인칭과 다름없이 부재의 상태로 존재하고 있는 것이다. 이러한 것을 '무無의 나'(Je-Néant)라고 부르고 있다.

이러한 화자의 존재 양상은 사물과 화자와의 관계가 불투명한 데서 기인한다. 다시 말하여 전통적인 소설에서 볼 수 있는 것처럼 화자 자신의 눈에 비친 모든 것이 확실한 것으로 나타나지 않는 것은, 화자가 자기 이외의 모든 사물들에 대해서 투명한 의식을 갖고 있는 것도 아니고 또 확신을 갖고 있는 것도 아니기 때문이다. 여기에서 화자에게 보다 확실한 것은 화자의 눈에 비친 사물이 아니라 그냥 그 사람들의 있음 자체이다.

또한 이 소설에서 여러 번 되풀이하여 묘사되고 있는 장면들은 화자의 시점이 전지전능하지 못한 데서 기인한다. 가령 얼음통을 찾으러 간다든가, 벽에 붙어 있는 지네의 모습이라든가, 그 지네를 짓눌러 죽인다든가, A와 프랑크가 시내로 간다든가, A와 프랑크가 함께 앉아 있다든가 하는 등등의 행위나 묘사가 단편적으로 되풀이되고 있는 것은, 전지적 시점을 소유하지 않게 된 화자가 한꺼번에 모든 것을 서술하거나 묘사할 수 없음을 보여주는 것이다. 그래서 화자는 동일한 서술이나 묘사를 여러 번에 걸쳐서 반복 기술하게 되는데, 그것을 통하여 사물과 화자와의 불투명한 관계가 그 윤곽을 드러낸다. 그러나 여기에서 드러난 것도 확실한 관계가 아니라 불투명한 관계의 윤곽에 지나지 않다. 이 모든 것은 확실하고 분명하지 않다는, 그래서 단정적으로 쓴다는 것이 불가능하다는 누보 로망의 기본적인 발상을 그대로 보여주고 있다. 해설을 곁들이면서 소설의 줄거리를 대략 간추리면 다음과 같다.

이야기가 진행되고 있는 곳은 프랑스어를 사용하는 어느 열대 지방의 바나나밭이다. 묘사된 풍경으로 보면 아프리카인 것 같다. 이 책의 첫 페이지를 열면, 어떤 화자가 그를 둘러싸고 있는 모든 것에 대해서 세심한 관심을 표시하고 있다는 것을 알게 된다. 가령 그 집의 정방형 테라스, 기둥들, 바나나 나무들의 기하학적 배치, 그 주위에 있는 여러 자질구레한 것들에 대한 자세한 묘사가 나온다. 화자로 나오는 이 남자는 자신의 이름을 말하지 않은 채 자기 부인인 A를 주의깊게 관찰하고 있다. 그러나 A가 화자 쪽으로 고개를 돌리면 본문의 이야기는 곧 A로부터 벗어나서 대농원의 전체 구역이나 테라스의 난간이라든가 혹은 다른 물체로 옮겨 간다.

이야기의 처음부터 화자는 자기 부인의 행위에 대해서 불안을 느끼고 있다. 그 것은 그가 자기 부인을 계속 감시하고 있는 데서 드러난다. 반면에 그 여자는 그 녀의 방에서 편지를 쓰고, 테라스에서 이웃사람 프랑크에게서 빌어온 소설책을 읽는다. 그러면서 프랑크에게 자기 부인 크리스티안 몫의 식기를 치우게 한다. 부 인 A가 프랑크에게 귀를 기울이고 있고, 프랑크의 활기는 A의 남편을 불안하게 하는 반면 A에게는 깊은 인상을 준다. 프랑크가 하는, 트럭의 고장과 원주민 운전 사들의 질에 관한 이야기가 화자 자신의 이야기와 병행하여 여러 번 되풀이되어 나타난다. A와 프랑크의 대화는 저녁 식사 전과 식사 후에 테라스에서 계속된다. A는 프랑크가 자기 곁에 앉도록 의자를 배치하고 남편의 의자는 떨어져 있어서, 일부러 고개를 돌리지 않고는 그들을 볼 수 없게 되어 있다.

어느 날 저녁 식사를 하는 도중에 지네 한 마리가 나타난다. 처음에 벽에 있는 지네를, 그 다음에는 굽돌이널에 있는 지네를 짓눌러 죽이는 장면은 그들 두 사람 사이의 육체적 관계의 이미지와 결합되고 있다. 그 다음으로 얼음통 에피소드가 화자와 독자에게 A와 프랑크가 어떤 공동의 계획을 진행하고 있다고 생각하게 한 다. 얼음통 가져오는 것을 잊어버렸다는 A의 말 때문에 남편인 화자가 그것을 가 져오지 않을 수 없게 된다. 사무실을 지나가면서 남편은 블라인드 커튼(프랑스어 로는 '질투'라는 단어가 블라인드라는 뜻으로 쓰인다)의 날개 사이로 A와 프랑크 를 본다. 그들은 움직이지 않고 있었지만 낮은 목소리로 말을 하고 있다. 그 자리 로 되돌아오면서 남편은 프랑크의 주머니에서 삐져나온 종이―어쩌면 A의 편 지―한 장을 보게 되는데 프랑크는 그것을 감추려 한다.

그들의 계획이란 프랑크가 고장이 잦은 자동차 대신에 새로운 자동차를 구입 하려고 시내에 가겠다는 것이고 A는 그를 따라가서 쇼핑을 하겠다는 것이다. A는 그 다음날 아침에도 돌아오지 않고 있다가 점심 때에야 손에 작은 보따리를 들고 돌아온다.

■ 클로드 시몽(Claude Simon, 1913~2005)

　　　　－『플랑드르로 가는 길』(*La Route des Flandres*, 1960)

클로드 시몽은 당시 프랑스 식민지였던 아프리카 남동쪽 인도양에 있는 섬나라 마다가스카르 섬에서 태어났다. 기병 장교였던 아버지는 제1차 세계대전 때 전사하고, 프랑스 남부 베르피냥에서 포도주 생산업을 하는 백부 밑에서 자랐다. 그는 중등교육을 받은 후 옥스퍼드, 케임브리지 대학에 단기간 유학했을 뿐 대학을 졸업하지는 못했다. 스페인 내란 때에는 시민군에 가담하였고, 제2차 세계대전 때에는 기병 부대에 속하여 종군하였다가, 포로가 되었으나 수용소에서 탈주한 후 레지스탕스에 가담하였다. 이러한 경험은 『플랑드르로 가는 길』 등에 자서전적 요소로 투영되어 있다.

그는 프랑스의 누보 로망파의 작가였는데, 1985년 "시인이나 화가와 같은 풍부한 상상력과 시간의 역할에 대한 깊은 이해로 인간의 삶을 잘 표현했다"고 평하면서 노벨문학상을 수상하였다. 서양의 각종 매체들과 평론계는 의외의 결과라며 놀라움을 금치 못했다. 왜냐하면 누보 로망이 등장한 이후 이를 대표하는 작가인 알랭 로브 그리예를 노벨문학상 수상자로 꼽고 있었기 때문이다. 또한 시몽보다 나이가 훨씬 많은 여류작가 나탈리 사르트(Nathalie Sarraute, 1900~1999), 시몽보다 작품이 훨씬 많은 미셸 뷔토르(Michel Butor, 1926~)가 있었기 때문이다.

클로드 시몽의 대표작으로는 『사기꾼』(Le Tricheur, 1945), 『바람』(Le Vent, 1957), 『역사』(Histoire, 1967), 『전원시』(Les Géorgiques, 1981) 등이 있다.

『플랑드르로 가는 길』의 가장 큰 특징은 시와 그림의 결합이다. 시몽은 회화의 공간감으로 전통 소설의 시간과 공간의 개념을 대신했다. 즉 시간과 공간이 의식의 흐름을 좇아서 주관적으로 이동하고 현실, 회상, 느낌, 상상 등이 바로크식 나선 구조 속에 함께 잘 섞여 있다. 또한 작품에 영화에서 사용하는 표현 기법을 이용하였다. 화면의 정확한 묘사, 화면의 도약과 연결, 동적인 느낌이 가득한 시각의 변화, 끊고 전환하기, 바꾸며 전환하기 등 매우 다양한 종류를 사용하였다.

『플랑드르로 가는 길』은 1940년 봄, 프랑스군이 프랑스 북부에 있는 비리 인근에 주둔해 있을 때, 플랑드르 지역이 독일군에게 섬멸당한 후 혼란 속에서 후퇴했던 것을 배경으로 하였다. 후퇴 당시 세 명의 기병과 그 부대의 대장이 겪는 일들을 서술하고 있다. 소설은 귀족 출신 대장 드 레샤크와 갓 입대한 먼 친척 조르쥬가 만나는 것에서 시작하여, 드 레샤크가 마치 홀린 듯이 죽는 것으로 끝을 맺는다. 내용은 프랑스 대혁명 중에 비극적으로 삶을 마감한 대장의 한 조상, 그리고 그의 젊은 아내와 승마교사 이글레지아의 삼각관계를 통해 프랑스 상류사회의 극심한 사치와 공허하고 방탕한 삶을 보여준다. 또한 조르쥬의 의식 속에서 작품은 바로크식 회전곡절의 구조를 이용하여 전쟁이 자연을 훼손하는 모습과 인간의 변화, 인간과 인간 사이의 관계 변화를 보여주기도 한다.

이 작품은 전통적 의미의 등장인물이나 작품 내용이 없으며, 전통적인 서술 구조와는 더욱 거리가 멀다. 그리고 작품 속의 회상, 상상, 인상, 환각 등의 단편들을 서로 연결해 주는 어떤 기본 축도 없다. 어느 장면에서는 한 사람의 기억 속에서 다른 사람의 기억 속으로 갑자기 전환되기도 하고, 그러다가는 또다시 이전 사람의 기억이나 환상 속으로 되돌아가기도 한다. 수많은 조각의 화면이 함께 결합하여 환각을 연결한다. 그리하여 독자들의 머리와 마음을 어지럽게 한다. 이렇듯 복잡한 줄거리를 간추리면 다음과 같다.

조르쥬가 전쟁이 끝난 후 전사한 기병 중대장이자 사촌형인 드 레샤크의 젊은 아내 코린느와 어느 싸구려 호텔에서 밀회를 한다. 짧은 정사를 하는 동안 옛 기억들이 뇌리를 스쳐간다. 이 기억들을 상상을 덧붙여 이야기한다.

중대장 드 레샤크는 손에 편지 한 통을 들고 눈을 들어 나를 본다. 군대에서 첫 만남이 있은 후, 전쟁 속에서 그의 기병대는 인원이 줄어 네 사람만이 남는다. 인원이 준 후 중대장은 군관의 직책을 벗어 버리고 그 부담감에서 해방된다. 모든 것이 무너진다. 보이는 것도 물질적인 것도 정신도 다 풍화하여 가루가 되고, 흐르는 물이 되어 결국 무(無)로 돌아간다.

하늘은 칠흑같이 어둡고 시간이 흐르는 것도 알 수가 없다. 이런 묘한 시간의 흐름 속에서 조르쥬는 자신이 말 위에 앉아 있으며 춥고 굳어 있다고 느낀다. 그들은 곡식 창고에 머물게 되었는데 그곳에 한 여자아이가 나타난다. 마치 성령의 그림자 같다. 그리고 그들은 여자에 대해 끝없이 이야기하기 시작한다.

머릿속은 온통 환상으로 가득하다. 조르쥬는 꿈에서 드 레샤크의 아내 코린느를 본다. 드 레샤크가 총을 들고 그 총부리를 자신의 관자놀이에 겨냥하고 방아쇠를 당긴다. 곧 건조하고 육중한 소리가 울려퍼진다. 드 레샤크는 한쪽 팔꿈치를 벽난로 위에 얹고는 총을 쏴서 자살한 것이다.

조르쥬는 그 육체의 따뜻한 냄새를 느낀다. 입술이 멍해질 정도로 숨을 쉬는 검은색 꽃 모양 물체의 호흡을 느낀다.

조르쥬는 깨어난 지 한참 지나서야 눈앞에 보이는 것이 피골이 상접한 말의 다리라는 사실을 안다. 조르쥬와 브룸 두 사람의 주머니 속에 남은 것은 약간의 담배와 빵 부스러기 조금뿐이다. 조르쥬는 중대장, 코린느, 이글레지아의 삼각관계와 모두가 함께 말타기 경주를 했던 모습을 회상한다. 이어서 그들은 중대장의 자살에 대해 이야기하기 시작한다. 중대장은 자살로 실패를 무마하려는 사람의 진상이라 여겼고, 그의 가족 중에서 한 장군이 자살을 했다는 것을 떠올린다.

우리는 어둠 속에서 방법을 찾고 있었지만 어떤 것도 생각이 나지 않는다. 그때쯤 잠이 든다. 멍한 표정으로 조르쥬는 다시 코린느의 만남과 자신들의 다정했던 모습을 떠올린다. 이미 어떤 정규 부대와도 연결이 끊겨 어떻게 해야 할지 모른다. 나는 정말로 보았다고 생각한다. 어쩌면 그냥 상상이었을 수도 있고 꿈이었을 지도 모르겠다. 어쩌면 나는 대낮까지 잠을 잔 것이다. 주위에는 아무 것도 없다. 세계가 풍화되고 부식되고 점차 조각이 나서 없어진다. 마치 쓸모없이 버려진 건물처럼, 시간이 무질서하게, 그리고 전혀 아랑곳 않으며 세상을 파멸시킨다.

4) 희곡

제1차 세계대전 직후의 연극은 에드몽 로스탕(Edmond Rostand,

1868~1918)을 대표로 하는 낭만극, 쥘르 르나르(Jules Renard, 1864~1910)를 대표로 하는 자연주의극, 퀴렐(François de Curel, 1854~1929)을 대표로 하는 문제극 혹은 사상극, 포르토 리슈(Georges de Porto-Riche, 1849~1930)를 대표로 하는 연애 혹은 심리극, 페이도(Georges Feydeau, 1862~1921) 등을 중심으로 하는 희극 등이 명맥을 유지하고 있었다. 그러는 가운데 한편으로는 높은 문학성을 지난 '전위'(Avant-Garde)극 운동이 시작되었다. 그리고 로맹 롤랑(Romain Rolland)이 독창적으로 시도한 민중극, 클로텔(Paul Claudel)의 종교극 등이 자리하였다. 로맹 롤랑의 대표적 희곡은 8편으로 구성된 『혁명극』(Théâtre de la Révolution, 1926~1928)이며, 클로텔의 대표적 작품으로는 『마리에게 알림』(L'Annonce faite à Marie, 1912) 등이 있다.

제1, 2차 세계대전 사이의 연극은 유례없는 성황을 보여주었다. 실천적인 극운동가 쟈크 코포(Jacques Copeau, 1879~1949)의 지도하에 탁월한 배우들과 많은 전위극의 극단이 배출되어, 극작가들의 창단 의욕을 북돋았다. 지로두(Jean Giraudoux, 1882~1944)는 소설도 썼지만, 독일과의 전쟁 희생으로 과거를 잊은 사내의 이야기인 『지그프리드』(Siegfried, 1927)를 희곡으로 개작하여 대성공했다. 이밖에 『엘렉트르』(Electre, 1937), 『옹딘느』(Ondine, 1939), 『소돔과 고모라』(Sodome et Gomorrhe, 1943), 유작 『샤이오의 광녀』(La Folla de Chaillot, 1945) 등이 있다.

장 콕토(Jean Cocteau, 1889~1963) 역시 소설을 썼지만 유명한 희곡 작품을 많이 내놓았다. 그는 『옥상의 황소』(Le Boeuf sur le toit, 1920), 『에펠탑의 신혼자들』(Les Mariés de la Tour Eiffel, 1924)로 화려하게 등장하여, 셰익스피어극 『로미오와 줄리엣』(Romeo & Juliette, 1926), 그리스극 『오르페』(Orphée, 1927), 중세 전설 『원탁의 기사들』(Les Chevaliers de la Table

Ronde, 1937) 등을 절묘하게 개작하였다. 그는 온갖 장르와 기법을 통하여 갖가지 테크닉을 시도하여 성공을 거두었다. 그가 가장 성공을 거둔 작품으로는 『무서운 아이들』(*Les Enfants terribles*, 1929), 『지옥의 기계』(*la Machine unfernale*, 1934), 『무서운 어버이들』(*Les parents terribles*, 1938), 『성스러운 괴물』(*Les Monstres sacrés*, 1940), 『쌍두의 독수리』(*L'Aigle à deux têtes*, 1945) 등이 있다. 그 밖에 영화 시나리오 『영구회귀』(*L'Eternel Retour*, 1944), 『미녀와 야수』(*La Belle et la Bête*, 1946) 등이 있다.

살라크루(Salacroux, 1899~1989)의 레지스탕극 『분노의 밤』(*Les Nuits de la Colère*, 1946), 『신은 그걸 알고 있었다』(*Dieu la savait*, 1950), 『뒤랑로路』(*Boulevard Durand*, 1961) 등은 대성공을 거두었고, 느뵈(*Georges Neveux*, 1900~1982)는 초현실주의적 희곡인 『쥘리에트 혹은 꿈의 열쇠』(*Juliette ou la clé des songes*, 1930), 걸작 『테제의 여행』(*Voyage de Thésée*, 1943), 『미지에의 푸념』(*Plainte contre Inconnu*, 1946) 등을 내놓았다.

희극으로는 풍자극과 소극 등이 있었는데, 파뇰(Marcel Pagnol, 1895~1974)은 전위극의 기교를 풍자한 『재즈』(*Jazz*, 1926)에 이어 금권만능시대의 정치 풍자극 『토파즈』(*Topaze*, 1928)로 대성공을 거두었다. 또한 부르데(Edouard Bourdet, 1887~1944)는 사회 문제를 날카롭게 다룬 풍자극 『여자 죄수』(*La Prisonnière*, 1926)와 『불경기 시대』(*Les Temps difficiles*, 1934) 등을 발표했다. 그리고 소극으로는 르노르망(Lenormand, 1882~1951)의 『꿈을 먹고 사는 사람들』(*la Mangeur de rêves*, 1935), 사보아르(Alfred Savoir, 1883~1934)의 『귀여운 카트린느』(*La Petite Catherine*, 1930), 제랄디(Géraldy, 1885~1960)의 『도, 미, 솔, 도』(*Do, Mi, Sol, Do*, 1935) 등이 있다.

문학극으로는 빌드락(Charles Vildrac, 1882~1971)의 리얼리즘의 정묘한 감성과 시정을 풍기는 작품 『벨리아르 부인』(*Madame Béliard*, 1925), 『불화』(*La Brouille*, 1926) 등이 있고, 쥘르 로맹(Jules Romains, 1885~1972)의 전일주의(unanimisme)를 적용한 정치적·사회적 풍자극 『시내의 군대』(*L'Armée dans la ville*, 1911), 『크노크』(*Knock*, 1923) 등이 있고, 아미엘(Deni Amiel, 1884~1977)의 『꽃 핀 여인』(*La Femme en fleur*, 1935), 『나의 자유』(*Ma Liberté*, 1936) 등이 있다.

제2차 세계대전을 치르고 1930년대 활발했던 전위극은 산산히 흩어졌지만, 전쟁 전에 명성을 떨친 극작가들이 계속 활동을 했었다. 그 가운데 전쟁 후 영광의 절정에 오른 극작가는 이오네스코(Eugène Ionesco, 1912~1994), 장 아누이(Jean Anouilh, 1910~1987) 등이다. 모리악, 사르트르, 카뮈 등도 소설가를 겸한 극작가로 화려하게 성공하였다. 특히 이오네스코의 『대머리 여가수』(*La Cantatrice chauve*, 1949), 『코뿔소』(*Le Rhinocéros*, 1959) 등은 프랑스 연극계를 화려하게 사로잡았다.

1960년대부터 소위 '몽환적 희극' 『제누지』(*Génousie*, 1960)를 내놓으면서 연극계에 등장한 르네 드 오발디아(René de Obaldia, 1918~ 2001)는 이오네스코처럼 단어들의 '부조리' 그리고 아방가르드 문학과 밀접한 관계를 가진 작품 『지옥에 떨어진 자』(*Le Damné*, 1962)를 발표하여 이탈리아상을 수상하였다. 또한 그는 이후로도 계속 『대위의 암말』(*La Jument de capitaine*, 1984) 등의 극작품을 내놓았다. 그리고 언어의 마술사 장 타르디유(Jean Tardieu, 1903~1995)는 콜라주 언어 연극인 제1연극집 『실내극』(*Théâtre de chambre*, 1966), 제2연극집 『연기시집』(*Poèmes à jouer*, 1969), 제3연극집 『프로방스 지방에서 하룻밤』(*Une soirée en Provence*, 1975), 제4연극집 『잘 수 없는 도시』(*La cité sans sommeil*, 1984) 등을 내놓았다. 또한 대중연극적 요소와 현대 희곡이 지닌 산문을 적절히 조화하여 극작품을 내놓은, 프랑스 현대 희곡을 대표하는 베르나르 마리 콜테스(Benard Marie Koltès, 1948~1990)는 대표작 『검둥이와 개들의 싸움』(*Combat de nègres et de Chiens*, 1979), 『목화밭에서의 고독』(*Dans la solitudedes champs de coton*, 1987), 『로베르토 쥬코』(*Roberto Zucco*, 1988) 등을 내놓고 있다.

■ 장 콕토(Jean Cocteau, 1889~1963)

－『지옥의 기계』(*la Machine unfernale*, 1934)

콕토는 파리의 상류 사회 집안에서 태어났으나, 학교 공부는 소홀히 하고 사교계에서 많은 문인들과 교유하면서 성장하였다. 1914년 군대에서 돌아온 그는 부상자를 후송하는 민간단체를 조직하고, 며칠 동안 비밀 지원병으로 해군 육전대에 종군하였다. 그러다가 발각되어 보조 기관에 편입되었다. 1926년에는 잠시 종교적인 위기에 빠져 가톨릭교에 접근하였고, 이후 아편 중독에 걸려 입원생활을 하였다.

대전 후 파리 사람들은 그의 찬란한 환상에 사로잡혀 있었다. 총명하고 능란한 그는 만사를 군주처럼 휘둘렀다. 새로운 의상을 유행시키고, 술집을 번창케 하고, 발레 공연을 시도하고, 음악가며 작가들을 '시'의 이름 아래 명성을 떨치게 하였다. 그런데 그의 특이한 시정詩情은 순수한 시속에서보다 소설과 연극의 시속에 훨씬 개성을 발휘하였다. 따라서 그의 극은 익살스러운 환상, 신화적인 전설, 고대의 비극, 중세의 요정극, 통속극, 탐정적 줄거리, 로마네스크한 비극, 낭만극, 정열의 드라마 등 매우 다양하다.

그의 대표적인 희곡으로는 풍자 희극 『지붕 위의 황소』(*le Boeuf sur le Toit*, 1920)를 비롯하여, 『오르페우스』(*Orphée*, 1927), 『사람의 목소리』(*la Voix humaine*, 1930), 『지옥의 기계』, 『원탁의 기사』(*les Chevaliers de la Table ronde*, 1937), 『무서운 부모들』(*les Parents terribles*, 1938), 『두 머리의 독수리』(*l' Aigle à deux têtes*, 1945) 등이 있다.

『지옥의 기계』는 그리스 신화를 주제로 한 극작품 가운데 마지막을 이루는 4막의 산문 비극이다. 전위극의 수법을 이용하여, 스핑크스 수수께끼 문답에서부터 어머니와 아들의 혼인을 거쳐 그 파국에 이르기까지의 내용이다. 이 작품의 특징은 이집트 전설 전체를 셰익스피어극풍의 변화를 사용하여 풍부한 구성으로 정리해 가면서, 또한 비극 본래의 장중함을 잃지 않게 한 데 있다. 특히 수수께끼 문답의 제2막은 그리스 신화에 새로운 연구와 해석을 가한 것이며, 죽음으로 불륜의 얼룩이 깨끗해지는 종막은 작자 말년의 철학 및 미학의 근본을 보여주고 있다. 줄거리는 다음과 같다.

서두의 짤막한 해설에서 옛 전설의 핵심을 약술한다. 이어서, 관객들을 향하여 "지옥의 신들이 한 인간을 필연적으로 멸망시키기 위해서 만든 가장 완전한 기계의 하나가, 그리고 그 용수철이 한 인간의 평생에 걸쳐서 서서히 풀리도록 그렇게 완전히 조립되어 있는 것을 잘 보라"고 권하고 있다.

제1막 「망령」: 두 병사가 테베의 성벽 위에서 보초를 서면서 지껄인다. 그리하여 관객은 이 고장이 스핑크스에 의해 황폐해져 있음을 알게 된다. 스핑크스를 퇴치하는 사람은 죽은 라이오스 왕의 아내인 여왕 조카스트에게 구혼할 수 있는 것이다. 그런데 왕의 망령이 밤마다 바로 이곳 성벽에 나타나서, 아내에게 감추어진 비밀의 위험에 대해 경계시키려고 애쓴다. 이런 소식을 듣고 조카스트는 승려 티레지아스를 거느리고 현장에 불쑥 나타난다. 이 여왕은 변덕스럽고 충동적이고 들떠 있다. 병사들 중에서 가장 젊은 19세의 청년에게 마음이 쏠려 있기 때문이다. 19세라면, 충분히 자기 아들의 나이와도 같은 것이다. 그 여왕은 망령의 모습을 보지도, 그 소리를 듣지 못한 채 물러간다. 그 여왕이 떠나자 망령은 다시 나타난다.

제2막 「오이디푸스의 접전」 : 광야에 어둠이 내린다. 거기서 스핑크스는 처녀의 모습을 하고, 사람을 죽이지 않아도 될 날을 따분하게 기다리고 있다. 그러나 그 여자를 돕고 지켜보는, 제칼의 머리를 한 아뉘비스(묘지의 신)는 '신들은 그들의 신들을 가지고 있다'는 것을 그 여자에게 상기시킨다. 거기에 오이디푸스가 불쑥 나타난다. 그는 야심만만하고 당당한 미모의 청년이다. 스핑크스는 곧 그를 사랑하게 되지만 그는 이에 응하지 않는다. 그는 자기 아버지와 어머니 ― 또는 자기 부모라고 생각하고 있는 사람들 ― 을 피하고 있다. 그가 자기 아버지를 죽이고 자기 어머니와 결혼할 운명이라고 말한 신탁(神託)의 예언을 피하기 위해서이다. 그는, 자기가 전에 노상에서 죽인 그 노인이 자기 진짜 아버지인 라이오스 왕이라는 것을 모르고 있다. 그리고 장차 스핑크스를 잡아 죽임으로써 구혼하려고 하는 여왕이 자기의 진짜 어머니라는 것도 전혀 모르고 있다. 스핑크스는 그의 초자연적인 형상으로 되돌아가 힘을 과시한 후에, 일부러 실수를 하여 오이디푸스에게 승리를 거두게 한다. 그러나 이기적인 오이디푸스는 그것을 조금도 고마워할 줄 모른다.

제3막 「혼례의 밤」 : 오이디푸스와 조카스트는 아직 대관식의 무거운 복장을 한 채, 이상한 피로에 짓눌려 있다. 티레지아스의 공식적인 방문이 따른다. 그의 예언은 불길하다. 악몽, 뇌우, 아뉘비스의 비웃는 듯한 출현이 이어진다. 아뉘비스는 자고 있는 두 사람에게 불길한 꿈을 꾸게 한다. 저주로 가득 찬 비몽사몽(非夢似夢) 간에 조카스트는 무의식적으로 어머니처럼 행동한다.

제4막 「오이디푸스 왕」 : 그로부터 17년 후 테베에서는 페스트가 널리 퍼진다. 이 나라에 괴물 하나가 살고 있기 때문이다(이 부분에서 작가는 소포클레스의 원작을 요약함으로써 거의 그 줄거리를 따르고 있으나, 결말에는 훌륭한 독창력을 발휘하고 있다). 절망하여 목 매달아 죽은 조카스트가 나타난다. 오이디푸스에게만 그 여자가 보인다. 왜냐하면 그는 자기의 두 눈을 빼냈기 때문이다. 망령은 오이디푸스에게 소녀 안티고네의 도움을 받아들이라고 말한다. "소녀는 퍽 자랑스러운 마음으로, 제가 네 길잡이라고 생각하고 있다. 그렇게 믿지 않으면 안 된다. 이 소녀를 데리고 가거라. 내가 모든 것을 책임질 것이다." 죽음은 모든 것을 정화한다. "네 아내는 목 매달아 죽었다. 오이디푸스야, 나는 네 어미다. 너를 도우러 온 것은 네 어미다. 이 층계를 혼자 내려가기 위해 너는 어떻게 하려는 거냐, 내 불쌍한 아들아!"

■ 마르셀 파뇰(Marcel Pagnol, 1895~1974) - 『토파즈』(*Topaze*, 1928)

파뇰은 오바뉴에서 태어났다. 그는 처음에는 교직을 지망하여 학사 학위를 받은 뒤, 1915년 타라스콩에서 영어 교사로 첫발을 내딛었다. 그 후 여러 곳에서 교편생활을 하다가 1922년에는 파리 콩도르세 중고등학교에서 교편생활을 했다. 이후 대학에서도 강의를 했지만 그만두고 희곡을 쓰기 시작했다. 그는 처음에 로마네스크한 희곡 『재즈』(*Jazz*, 1926)를 썼다. 이후 출간한 『토파즈』는 1928년 파리의 바리에테 극장에서 상연하여 대성공을 거두었으며, 유럽 여러 나라에서도 앞을 다투어 상연하여 큰 호평을 받았다. 계속해서 그는 영화에 관심을 집중하여 『빵집의 아내』(*la Femme du boulanger*), 『앙젤로』(*Angèle*) 등 획기적인 작품을 남겼다.

『토파즈』는 열한두 살의 개구쟁이들을 가르치고 있는 조그만 사립학교 교사들의 이야기를 엮은 것이다. 고지식한 초등학교 교사 토파즈는 악덕 시의원의 모략으로 학교에서 파면을 당한다. 그러자 그는 최초의 신념과는 정반대인 '돈이 행복을 낳는다'라고 뼈저리게 느낀다. 작자는 이 희곡을 통하여 현대 자본주의의 모순을 예리하게 파헤치고 있다. 또한 주인공을 비롯한 극중 인물을 극단적으로 희화화시킴으로써 작품에 생기를 불어넣고 있다. 줄거리는 다음과 같다.

[제1막] 인물들이 소개된다. 뮈슈 기숙학교의 가난한 교사 토파즈는 선의에 넘쳐흐르고, 믿을 수 없을 만큼 정직하고 순진한 사람이다. 그는 끊임없이 학생들로부터 곯림을 당하고, 젊은 여성 동료 에르네스티느 뮈슈 양에게는 열심히 그 여자의 원고를 고쳐 주는 등 이용을 당하고 있다. 그 초등학교에는 어느 유력한 집안의 학생이 다니고 있는데, 공부를 못하여 열등생이다. 그러나 학교에서는 정략적으로 그 열등생의 학기말 점수를 더 올려 주려고 한다. 그러나 토파즈는 그 정략

적이라는 것을 이해하지 못하여 마침내 학교를 떠나게 된다.

　[제2막] 정략가인 시의회의원 뚱뚱보 카스텔 베낙과 그의 미모의 여자 친구 쉬지 쿠르트와가 사업을 의논을 하고 있다. 그들은 서명을 받기 위해 젊은 로제 드 베르빌을 기다리고 있다. 이 사람은 평소에 카스텔 베낙에게 이름을 빌려 주고 대가를 받아 챙기고 있는 사람이다. 카스텔 베낙은 시의회의원의 자격으로 물품 구매를 수의 계약하여 의결한 뒤, 이름만 빌려 주는 여러 사람을 내세워 그 공급을 도맡음으로써 막대한 재산을 쌓아간다. 그런데 이름을 빌려 주는 로제는 엄청난 액수를 요구한다. 시간이 촉박해 있어서, '정직한 사람' 다시 말해 '부정직한 사업을 정직하게 할 사람'을 어디서 구해 올 방법이 없다. 그런 쉬지에게 한 생각이 떠오른다. 토파즈를 끌어들이자는 것이다. 마침 그는 쉬지의 아들에게 공부를 시키고 있는 참이다. 카스텔 베낙의 감언과 쉬지의 교태, 그리고 약속하는 돈에 현혹되어 토파즈는 영문도 모르고 서명한다. 그 이름을 빌려 주고 받기로 한 돈은 토파즈에게는 막대한 금액이었으나, 사실 보잘것없는 보수이다. 그리고 토파즈가 그 사정을 알게 되었을 때는, 즉석에서 쉬지가 꾸며대는 황당무계한 이야기에 속아 넘어가 계속 그 여자를 후원한다.

　[제3막] 토파즈는 이제 시청에서 내는 모든 주문을 도맡아 집행하는 '토파즈 상회'의 사장 노릇을 하고 있다. 그러나 그는 회한으로 번민하고 환각에 사로잡힌다. 그는 한 '존경할 만한 노인'으로부터 협박을 받고 벌벌 떠는데, 이 노인을 카스텔 베낙은 눈 깜짝할 사이에 쫓아 버린다. 그가 전에 근무한 학교의 교장 뮈슈는 토파즈에게 자기 딸 에르네스티느와 결혼해 달라고 간청하지만 그는 응하지 않는다. 이 같은 온갖 시련을 겪고 경험을 쌓아가면서 토파즈는 분별력이 트인다. 그는 많은 것들을 어렴풋이 내다보고 있다. '인생은 아마 내가 생각하고 있었던 것과는 다른지도 모른다…'

　[제4막] 토파즈는 아주 판판으로 달라진다. 옷을 잘 맞춰 입고, 수염을 깎고, 거북 등딱지의 안경을 쓰고, 거동도 말씨도 분명하다. 그는 카스텔 베낙과 쉬지에게, 차후로는 자기만을 위해서 일할 것이라고 선언한다. 어리둥절한 그들에게 그는 말한다. "상회는 내 명의로 되어 있소. 임대차 계약도 내 명의로 되어 있소. 이 상회는 법률적으로 내 것이오…" "하지만 그건 순전히 도둑질이야!" "재판소에 고소하시오." 카스텔 베낙은 격분하고 쉬지는 토파즈를 유혹해 보려고 하나 허사다. 그리고 토파즈는 옛 동료 타미즈를 맞아들여 이 '마지막의 정직한 사나이'에게, 꽤 신랄한 아이러니를 섞어 가며, 파렴치를 찬양한다. '돈이 만능이고, 모든

것을 가능케 하고, 모든 것을 가져다주는' 세상에 이런 행동 노선밖엔 취할 수 없는 것이다….

■ 외젠 이오네스코(Eugène Ionesco, 1909~1994)
– 『코뿔소』(Rhinocéros, 1959)

이오네스코의 아버지는 루마니아인이지만 어머니는 프랑스인으로 루마니아의 슬라티나에서 태어났다. 그가 태어난 다음해 가족은 프랑스 파리로 이주했다. 그리하여 어린 시절부터 중학교육을 받을 때까지 프랑스에서 생활한 까닭에 프랑스어를 모국어처럼 사용했다. 대학교육을 위하여 루마니아로 돌아갔다가, 대학을 졸업하고 그곳에서 프랑스어 교편생활을 하였다. 그러다가 1938년 박사 논문 준비를 위하여 프랑스로 다시 건너와 그대로 정착하였다. 그의 청년기는 한편으로는 문학에 대한 열정으로 뜨거웠으며, 다른 한편으로는 나치의 침입으로 고통받던 조국의 상황 때문에 정신적·물질적으로 괴로워했던 시절이었다.

그는 한때 법률 서적 출판사의 교정원으로 일한 적이 있다. 『코뿔소』의 주인공 베랑제는 바로 그 교정원이다. 그는 어느 날 영어를 공부하다가 '원리적이며 타당한 진리'를 말하는 회화에서 영감을 얻어 '반희곡反戲曲'이라고 스스로 명명한 기묘한 희극 『대머리 여가수』(la Cantatrice chauve, 1950년 초연)를 발표했다. 그 밖에 『미래는 달걀 속에 있다』(l' Avenir est dans les œufs, 1953), 『쟈크』(Jacque ou la Soumission, 1955), 『무료無料살인자』(Tueur sans gages, 1959) 등의 작품을 통하여 풍자, 그로테스크, 과장적인 기법에 의하여 일상성과 떠나지 않는 죽음이라든가 부조리를 상징화하였다.

『코뿔소』는 작가 이오네스코의 개인적 경험에 바탕을 두고 있다. 그 경험은 존재론적인 것이 아니라 역사적이며 현실적인 것이다. 따라서 이 작품은 독일의 나치와 같은 파시즘에 대한 풍자이며, 그와 흡사한 독재 권력의 이데올로기에 저항하며 번민하는 인간 드라마이다. 그러므로 이 작품에서 '코뿔소'가 된다는 것은 한 인간이 개성을 상실하고 군중 속에 매몰된다는 의미이다. '인간-코뿔소', 사납고 그로테스크한 동물 마스크를 쓴 인간들의 운명은 그야말로 개성과 인간성을 상실해 가고 있는 무기력한 현대인의 모습인 것이다. 주인공 베랑제는 '나를 좁은 세계에 안주하는 소시민이라고 비난해도 나는 내 입장을 바꾸지 않겠다'고 생각한다. 그러나 그러한 무기력으로 인해서 마침내는 애인도 도망가 버린다. 베랑제는 마지막에 가서 '뒤떨어지지 않고 따라가야 했을 걸' 하고 후회하면서, 그러나 '최후의 인간'으로서 저항하겠다고 외친다. 이 외침은 바로 개성이며 인간성을 상실해 가는 무기력한 현대인의 울부짖음이다.

그럼에도 불구하고 베랑제의 마지막 한마디 말은 우리에게 실오라기 같은 한 가닥 희망을 안겨주고 있다. 즉 인간보다 더 우월한 가치는 존재하지 않음을 드러내고 있는 것이다. 이 작품이 주는 비극의 의식에서 우리가 극단적 허무주의로 추락하지 않음은 바로 이러한 희망의 의미를 읽을 수 있기 때문이기도 하다. 희곡의 내용은 다음과 같다.

[제1막] 프랑스의 어느 지방의 작은 도시에 있는 광장. 일요일 아침이다. 무대 안쪽에는 이층 건물, 아래층엔 식료품 가게의 진열대가 있다. 가게 위로 멀리 교회 종탑이 보이며, 오른쪽에 비스듬히 카페의 정면이 보인다. 카페 테라스에 탁자와 의자들이 늘어서 있는데, 무대 중앙에까지 나와 있다. 막이 오르자 한쪽 팔에는 장바구니를, 다른 팔에는 고양이를 껴안은 부인이 아무 말 없이 무대 위를 지

나간다. 카페 테라스에는 정장 차림으로 산뜻하고 깔끔하게 차려 입은 장과 이와
는 대조적으로 면도하지 않은 얼굴에 헝클어진 머리, 구겨진 옷을 입고 있는 베랑
제가 앉아 대화를 나누고 있다. 장은 베랑제에게 술 좀 그만 마시라고 말한다. 베
랑제는 매일 여덟 시간씩 사무실에 틀어박혀 일이나 하는 도시생활이 지겹다고
말한다. 그러자 장은 자기 역시 다른 사람들과 똑같이 일하지만 의욕적으로 생활
한다고 대답한다. 그때 멀리서 매우 빠르게 다가오고 있는 야수의 숨소리가 들리
더니 코뿔소가 가게 쪽으로 돌진하여 진열대를 스치고 지나간다. 카페여종업원,
가게여주인이 놀라 "앗! 코뿔소다!" 소리친다. 코뿔소를 본 여러 등장인물들도 다
같이 소리친다. 이 소란통에 부인이 장바구니를 떨어뜨린다. 쇼핑한 물건이 무대
에 흩어진다. 그러나 그 부인은 다른 팔에 껴안은 고양이는 놓치지 않으려 필사적
으로 껴안고 있다.

　노신사가 땅바닥에 흩어져 있던 부인의 물건들을 집어주며 돕는다. 논리학자
도 부인에게 말을 건네며 고양이를 쓰다듬어준다. 장은 코뿔소가 제멋대로 시내
한복판을 뛰어다니는 것에 놀란다. 그러나 베랑제는 놀라지 않은 표정이다. 장과
베랑제는 코뿔소 이야기로 언쟁을 한다. 이어 노신사와 논리학자도 가세하여 코
뿔소에 대한 논쟁을 벌인다. 논리학자는 삼단논법을 펼친다. 그러는 중 또다시 이
번에는 반대 방향의 길에서 코뿔소가 나타나 전속력으로 달려간다. 또다시 모든
사람들이 "앗! 코뿔소다!"라고 외친다. 이번에는 코뿔소가 부인의 고양이를 짓밟
아 죽이게 된다. 부인이 흐느껴 울고 모두들 부인을 위로한다. 장은 이번의 코뿔
소는 앞서 지나갔던 놈과 같지 않다고 말한다. 즉 앞서 지나갔던 놈은 코에 뿔이
두 개 달린 아시아종 코뿔소였고, 방금 지나간 놈은 뿔이 하나인 아프리카종 코뿔
소라고 말한다. 이 문제에 대하여 베랑제, 카페주인, 카페여종업원, 가게여주인,
노신사, 논리학자 등이 저마다 자기의 의견을 토로한다.

　[제2막] 공공기관의 행정실, 혹은 법률서적 출판사 등과 같은 개인회사 사무
실. 무대 안쪽 한가운데 '부장실'이란 글자판이 보인다. 이 사무실에서 베랑제
와 보타르, 뒤다르와 뵈프, 그리고 데지가 일을 하고 있다. 부장 빠삐용은 50세
가량으로 정장 차림에 국가유공훈장을 달고 있다. 뒤다르는 35세이며 장래가 유
망한 사람이다. 보타르는 60대의 건강한 남자로 은퇴한 전직교사이다. 데지는
금발의 젊은 아가씨다. 베랑제와 뵈프는 아직 출근 전이어서 나머지 사람들
모두 신문에 난 코뿔소 이야기로 논쟁을 벌인다. 데지는 코뿔소를 직접 보았다
고 하고, 보타르는 잠꼬대같은 소리라고 말한다. 출근 시간이 좀 지나서야 베랑

제가 나타나지만 뵈프는 출근을 하지 않는다. 부장은 지금까지는 눈감아 주었지만 더는 용서할 수 없다고 말한다. 그때 뵈프 부인이 들어온다. 남편의 결근 사유를 전하러 오는 길에 코뿔소에 쫓겨 겨우 도착한 것이다. 코뿔소는 사무실 층계를 부수고 소리쳐 운다. 그 소리를 듣던 뵈프 부인은 코뿔소가 자기 남편인 것을 알고 코뿔소를 타고 집으로 돌아간다. 그런데 이 코뿔소병은 온 마을에 퍼져 시내 곳곳에서도 사람들이 코뿔소로 변신하기 시작한다. 베랑제는 어제의 말다툼을 사과하러 친구 장의 아파트를 찾아갔다가, 장이 목소리가 거칠어지고, 피부는 검푸른색으로 변하고, 이마에 뿔이 돋아나면서 코뿔소가 되는 현장을 목격한다. 도시는 코뿔소의 수가 많아졌고, 그것들은 떼지어 건물을 파괴하기 시작한다.

[제3막] 베랑제의 방, 베랑제는 머리에 붕대를 감고 의자에 엎어져 자고 있다. 그는 악몽에 시달리고 있는 듯하다. 베랑제는 절대로 코뿔소병에 전염되지 않으려고 안간힘을 쏟고 있다. 그런데 뒤다르가 찾아온다. 두 사람의 대화에서 베랑제는 악은 근본적으로 근절해야 한다고 말한다. 그러자 뒤다르는 무엇이 악이고 무엇이 선인지 알 수 없으며 그것은 편견에 불과하다고 대답한다. 그러면서 빠삐용 부장도 결국 버티지 못하고 코뿔소로 변했다고 말한다. 뒤다르와 대화하면서 베랑제는 창문 너머로 논리학자가 코뿔소로 변해 있는 모습을 보게 된다. 그 모습을 본 베랑제가 위선적 행동이라고 큰소리로 외치고 있을 때, 베랑제의 여자 친구인 데지가 방문한다. 데지는 분별력이 아주 뛰어난 보타르가 "자기 시대에 따라야 한다"고 말하면서 코뿔소로 변했다는 소식을 전한다. 고위 성직자, 추기경, 귀족들까지 그리고 그밖에 많은 사람들이 코뿔소로 변한다. 뒤다르 또한 베랑제의 아파트에서 나가 코뿔소와 합류해 버린다. 베랑제와 데지는 서로의 사랑을 확인한다. 그러나 마침내 데지마저 코뿔소병에 감염되어 베랑제 곁을 떠난다. 홀로 남은 베랑제는 "난 최후의 인간으로 남을 거야. 난 끝까지 인간으로 남겠어! 항복하지 않겠어!"라고 외친다.

■ 르네 드 오발디아(René de Obaldia, 1918~2001) ─ 『사사프라스 가지에 이는 바람』(Du vent dans les branches de Sassafras, 1965)

오발디아는 홍콩에서 태어났는데 아버지는 홍콩 영사였던 파나마인이었고, 어머니는 프랑스인이었다. 어렸을 적부터 프랑스에서 살았기 때문에 프랑스는 그의 모국이 되었고 콩도르세 고등학교를 졸업했다.

제2차 세계대전 때 입대하여 포로로 수용소에서 독일이 항복할 때까지 지냈다. 수용소에서 풀려나 프랑스에 돌아온 그는 오로지 문학에만 전념하였다. 그는 희곡 외에도 시와 소설에서도 좋은 작품을 내놓았고 콩바상 등 여러 상을 수상하였다. 즉 1960년 몽환적 희곡 『제누지』(Génousie)로 극비평사상을 수상한 이후 아카데미 프랑세스 연극 그랑프리(1985), 극작가협회 그랑프리(1989), 파리시 문학 부문 그랑프리(1991), 프랑스 펜클럽상(1992), 몰리에르상(1993), 마르셀 프루스트상(1993), 프랑스어상(1996) 등을 수상하였다. 이어 1999년 줄리앙 그린의 뒤를 이어 그의 자리에 아카데미 프랑세즈의 회원으로 선출되었다.

그의 대표작으로는 『제누지』를 비롯하여 이탈리아상을 수상한 『지옥에 떨어진 자』(Le Damné, 1962), 『그리고 종말은 폭음이었다』(Et la fin était le bang, 1968), 『유령을 위한 두 여자』(Deux femmes pour un fantome, 1971), 『농사짓는 우주 비행사』(La Cosmonaute agricole, 1977), 『착한 부르주아들』(Les Bons Bourgeois, 1980), 『꽃상추와 연민』(Endives et miséricorde, 1986) 등이 있다.

오발디아 문학은 아방가르드 문학과 밀접한 관계가 있다. 그는 단어의 유희와 새로운 언어의 창작을 발견했으며 단어들의 부조리한 연결을 시도하였다. 이는 우리가 맹신하고 있는 언어가 사실은 그렇게 완벽하지 않다는 것을 보여주고 있다. 그러나 오발디아를 부조리 연극이나 누보 로망의 대표 작가로 볼 수는 없다. 비록 언어의 시적 유희가 작가의 초현실주의적인 경향을 보여주기는 하지만 화술과 드라마의 기본적인 개념은 전통적인 측면을 유지하고 있기 때문이다.

2막으로 이루어진 『사사프라스 가지에 이는 바람』은 전체적으로 이

중적인 요소들로 짜여 있다. 그것은 전통극과 비전통극, 등장인물들의 이중성, 음향 효과의 소리와 침묵, 조명의 빛과 어두움, 의미와 무의미, 현실과 비현실, 삶과 죽음, 신(Dieu)과 등장인물 미리암이 겪는 끊임없는 갈등과 화해 등의 이중 구조이다. 가령 등장인물인 카롤린의 이중 세계를 살펴보면, 그녀는 켄터키 지방 통나무집의 안주인이자 서부 개척민의 아내로서 강인한 여인이며, 현실적인 여인이다. 그러나 한편으로는 미래를 예언하는 점쟁이처럼 커다란 수정구슬을 앞에 놓고 비현실의 세계로 빠져들고 있는 것이다. 작품의 줄거리는 다음과 같다.

[제1막] 19세기 초, 서부 켄터키 지역에 정착한 비천한 이주민 록펠러의 집이다. 그 집의 가족은 존 에메리 록펠러를 비롯하여 그의 부인 카롤린, 건달인 아들 톰과 말괄량이 딸 파멜라가 있다.

록펠러의 친구인 군의관 윌리엄 버틀러가 이곳을 방문하여 식구들과 함께 식사를 하고 있다. 버틀러는 과거에 의사로서 잘못을 저질러 사람을 죽이고 이 오지로 숨어든 인물이다. 파멜라는 톰이 자기를 성추행하려 했다고 아버지에게 고자질한다. 평소에도 톰의 행동을 못마땅하게 생각하고 있던 아버지는 아들을 크게 나무란다. 이에 톰은 아버지 말을 거역하고 문을 박차고 집을 나가 버린다.

사람들은 카롤린의 수정구슬을 통해 인디언들의 공격을 예상한다. 이에 버틀러는 두려움에 사로잡혀 온몸을 떨며 차라리 다른 도시에 있었더라면 좋았을 것이라고 후회하면서, 변장을 하고 어디론가 도망칠 것을 생각한다. 이때 그들 앞에는 서로 친하게 지내는 인디언 외이유 드 페르드릭스가 나타나고 록펠러는 그에게 기병대 원군을 청하는 서신을 전하도록 부탁한다. 어머니 카롤린은 여전히 돌아오지 않는 톰을 걱정한다. 언제 인디언들의 공격이 시작될지 모르는 불안감에 휩싸인 그들의 집으로 찢어진 옷차림과 맨발의 젊은 여성 미리암이 찾아온다. 그녀는 판초시티의 창녀인데 인디언들에게 몰살당한 백인들의 도시의 유일한 생존자이다. 그녀는 또한 록펠러가 예전에 아내 모르게 젊은 윤락 여성 블랑시 네즈와 단 한 번 바람을 피워 그 여인과의 사이에서 낳은 딸이기도 하다. 이런 인물들이 모여 있는 집을 향해 마침내 인디언들의 공격이 시작된다.

[제2막] 록펠러의 가족들과 사람들은 인디언들의 첫 번째 공격을 성공리에 물리친다. 그러나 미리암은 가슴에 독화살을 맞는다. 록펠러는 혼수상태에 빠져 헛소리를 하는 미리암에게 다가가 그녀를 위로한다. 그러자 미리암은 "고마워요, 아빠"라고 말한다. 그런데 죽어가는 미리암의 슬픈 운명에 대한 이야기를 들은 윌리엄 버틀러는 그 자리에서 그녀에게 청혼하여 미리암은 죽기 직전 윌리엄과 결혼식을 올린다. 이때 이들의 집으로 찾아온 또 하나의 인물, 전직 보안관 카를로스가 등장한다. 카를로스는 인디언들에게 아내와 아들을 잃고 복수를 하기 위해 악당들을 찾아 떠돌아다니는 처지로 이미 어깨에 부상을 당한 상태이다. 군의관 윌리엄이 카를로스 어깨에 박힌 총알을 빼낸다. 그런 카를로스에게 파멜라는 관심을 보이지만, 그는 인디언과 한 패인 악당 무리들 중 한 명으로 오해를 받는다. 자신의 결백을 증명하기 위해 카를로스는 원군을 초청한다는 명목으로 집 밖으로 나선다.

다시 아침이 밝아오자 인디언 한 명이 집 안으로 들어온다. 모두 원군을 요청하러 갔던 인디언 외이유 드 페르드릭스가 돌아온 줄 알고 기뻐하지만, 사실 그는 외이유 드 페르드릭스와 얼굴이 꼭 닮은 잔인한 인디언 추장 외이유 드 랭스이다. 그렇게 하여 그들은 인디언에게 붙잡히고 만다. 외이유 드 랭스는 파멜라에게 아내가 될 것을 요구하고, 만일 거절할 경우 끔찍한 방법으로 모든 사람들을 몰살시키겠다고 위협한다. 아슬아슬한 순간에 보안관 카를로스가 나타나 그들을 구한다.

그들은 다시 인디언들의 두 번째 공격에 맞선다. 카를로스는 집 밖에 있었던 이야기를 하던 중 악당 무리인 줄 알고 자신이 죽인 사람이 톰인 것 같다는 말을 한다. 이에 가족들은 다시 절망감에 사로잡힌다. 하지만 톰은 죽은 것이 아니다. 집을 나설 땐 건달에 불과했던 톰은 용감한 젊은이가 되어 악당들을 다 처치한다. 모두가 좋아하고 있는 사이에 죽은 줄 알았던 미리암도 독기운이 사라지면서 다시 깨어나고 그들을 원조하기 위해 달려온 기병대의 우렁찬 나팔 소리를 들으며 파멜라와 카를로스는 서로의 사랑을 확인한다. 또한 카롤린의 수정구슬을 통해 집터에 천연 석유가 흐르고 있음을 발견한 그들은 행복을 맞이하게 된다.

■ 베르나르 마리 콜테스(Benard Marie koltès, 1948~1990)

－『로베르토 쥬코』(*Roberto Zucco*, 1990)

콜테스는 프랑스 동북부 로렌 지방의 수도인 메츠의 소부르주아의 가톨릭집안에서 태어났다. 주로 책을 읽으며 성장했는데 이것이 그를 문학의 길로 인도했다. 그는 10세 때 메츠의 생클레망 학교의 기숙사에 들어갔다. 이곳 예수회에 의해 받은 사상과 수사학 교육은 훗날 그의 극작품에 그대로 나타나고 있다. 그는 주로 몰리에르의 희곡, 랭보의 시, 디드로의 소설, 데카르트의 철학 등을 탐독했다.

이후 1970년 스트라스부르에 거주하면서 그곳 국립극장 소속 국립 연극학교에 입학하여 연출 전공을 공부하였다. 그는 1974년 공산당에 가입하기도 하고, 우울 증세로 자살을 기도하기도 했으며 마약에 중독되기도 하였다. 결국 그는 에이즈로 41세의 젊은 나이에 세상을 떠났다.

그는 1977년 긴 모놀로그로 이루어진 『숲 바로 앞의 어둠』(*Lanuit juste avant les forêts*)을 발표하였다. 이후 발표된 그의 대표적인 희곡 작품으로는 『검둥이와 개들의 싸움』(*Combat de nègres et de Chiens*, 1979, 1983 공연), 『서쪽 부두』(*Quai Quest*, 1983, 1986 공연), 『목화밭에서의 고독』(*Dans la solitude des champs de coton*, 1987), 『사막으로의 귀환』(*Le retour au désert*, 1988), 『로베르토 쥬코』 등이 있다. 그리고 그의 사후 『타바타바』(*Tabataba*, 1986, 1990), 『살랑제』(*Salinger*) 등이 출간되었다. 그의 작품 모두는 성공을 거두었고, 많은 사람들의 관심을 불러일으켰다.

『로베르토 쥬코』는 그의 가장 주목을 받은 작품으로 논란의 여지를 남긴 작품이기도 하다. 작가가 에이즈의 공포와 저주스러운 죽음과 대면하면서 쓴 이 작품은 프랑스에서 실제로 있었던 연쇄살인 사건을 모델로 하여 썼다고 한다. 이 작품은 전체 15장으로 짜여 있다. 이 작품은 주인공 쥬코를 중심으로 펼쳐지며, 그 옆에서 한 소녀가 사건의 전개를 돕고 있다. 쥬코는 부모, 경찰, 귀부인의 아들을 살해한다. 이 극에서 부모는 가정을, 경찰은 제도를, 귀부인의 아들은 부르주아를 대변한다. 또한 이방인의 가정과 노인을 등장시켜 현대 사회가 빚어낸 정체성과 소외의 문제에 질문을 던지고 있다. 무대는 매우 잔인하며 섬뜩해 보인다. 해설을 곁들이면서 줄거리를 간략하면 다음과 같다.

제1장 「탈출」: 쥬코는 아버지 살인범으로 체포되어 수감되어 있다가 감옥을 탈출한다. 이 감옥의 공간은 맨 끝장에서 다시 나타난다. 이렇듯 1장과 끝장이 창살로 닫힌 공간이라는 점과 쥬코가 탈옥을 시도한다는 것은 의미가 있는 설정이다. 결국 쥬코의 이해할 수 없는 행적들, 이성과 도덕의 잣대로 재단할 수 없는 그의 행적은 자유를 향한 몸짓으로 이해할 수 있다.

제2장 「어머니 살해」: 마침내 쥬코는 탈주에 성공하고 자기의 작업복을 가지러 집으로 돌아온다. 쥬코의 어머니는 아들이 나타나자 불안해한다. 그런데 쥬코는 혼자 남은 어머니가 불행하다고 판단하여 어머니마저 살해하고 만다. 쥬코는 이제 세상에서 혼자가 되었다. 고아가 된 것인가, 자유인이 된 것인가.

제3장 「식탁 밑」: 소녀의 집이다. 소녀의 아버지는 가난한 아랍인으로 주정뱅이고, 어머니는 생활고에 찌든 여인이다. 또한 노처녀 언니는 남자들을 증오하고, 오빠는 소녀를 보호한다는 미명아래 소녀를 감시한다. 어느 날 소녀는 이 공간을 탈출하지만 쥬코를 만나 순결을 잃는다. 순결을 버림으로써 소녀는 자유를 얻었다고 말한다. 순결이란 인간들이, 남성들이 만들어낸 수갑과 같은 구속의 이념이 아니던가. 쥬코는 소녀에게 있어 숨 막히는 이곳을 떠날 수 있게 해준 구세주가 된 것이다. 소녀는 평생을 쥬코에게 헌신하기로 결심한다. 집안의 폭력으로부터 벗어날 수 있는 유일한 장소 식탁 밑에 쥬코와 소녀는 나란히 앉아 있다.

제4장 「형사의 우울」: 프티 시카고라는 창녀촌이 배경으로 등장한다. 이곳을 순찰하는 형사는 웬일인지 우울하고 불안하다. 그런데 창녀촌에 숨어 있던 쥬코는 그 형사를 뒤따라가 아무 까닭없이 살해하고 만다.

제5장 「오빠」 : 소녀는 오빠를 만나 집으로 끌려온다. 오빠는 순결을 상실한 여동생에게 분풀이를 한다. 소녀는 아무 말도 못하고 그대로 있기만 하고, 오빠는 무엇인가 중대한 결심을 한 듯하다.

제6장 「지하철」 : 지하철이 끊어진 시간이다. 쥬코의 수배 사진이 붙어 있는 지하철역에서 쥬코는 어느 노신사와 이야기를 주고받는다. 노신사의 긴 독백은 삶의 불안과 공포에 대한 철학적 메시지를 담고 있다.

제7장 「언니와 동생」 : 소녀가 쥬코를 찾아 다시 집을 떠나려 하고, 언니는 이를 필사적으로 말리지만 실패하고 만다. 불행해진 언니는 참담한 심정이 된다. 남성을 증오하는 언니는 그들로부터 자유롭지 못한 반면, 못생기고 뚱뚱한 동생은 깃털처럼 가볍게 벽을 뛰어넘는다. 소녀는 미련없이 짐을 싸들고 집을 떠난다.

제8장 「죽기 직전」 : 쥬코는 건장한 건달들에게 일부러 시비를 걸어 얻어맞으며 자학을 한다. 고장난 전화기에 대고 그는 아프리카로 가겠다고 말한다. 아프리카는 매우 의미있는 장소이다. 아프리카는 일단 소녀의 고향이다. 또한 그곳은 카뮈의 소설 『이방인』(*L'Étranger*, 1942)에서의 뫼르소, 그리고 카뮈의 극작품 『오해』(*Le Malentendu*, 1944)의 인물들, 나아가 랭보가 추구했던 것처럼 태양의 고장이기도 하다. 마지막 장의 제목 '태양 앞에선 쥬코'를 보면 그 의미가 더욱 뚜렷해진다. 아프리카는 쥬코가 추구하는 공간, 완전한 해방의 공간인 것이다.

제9장 「밀고」 : 오빠의 강요에 못이겨 소녀는 어쩔 수 없이 쥬코를 경찰에 밀고한다. 무기력한 경찰들은 사회 체계의 하수인일 뿐이다.

제10장 「인질」 : 쥬코는 어느 귀부인을 인질로 잡아 자기에게 필요한 차를 구하려고 한다. 행인들과 경찰이 관객이 되어 관망하는 가운데 쥬코는 건방진 귀부인의 아들을 쏘아 죽이고 귀부인을 끌고 기차를 타러 간다. 겉으로는 우아한 귀부인이지만 실제로는 주위 사람들에게 업신여김을 받고 사는 불쌍한 여자임이 드러난다. 이 장에서는 극중의 효과가 두드러진다.

제11장 「협상」 : 소녀의 오빠는 소녀를 포주에게 넘긴다. 소녀는 쥬코를 만날 일념으로 창녀가 된다. 가장 순수한 소녀와 창녀의 이미지는 대립적이면서도 상통하는 바가 있다. 순결을 버리고 자신의 집을 떠나는 소녀는 권력을 쥐고 있는 자본주의가 멋대로 만들어 놓은 제도의 창살을 뚫고 나서는 자유로운 행동이다.

제12장 「기차역」 : 쥬코는 연쇄살인으로 정신분열에 시달린다. 그는 모든 것을

잃어 불행에 빠진 귀부인을 놔주고 도망가기를 포기한다. 거리를 어슬렁거리는 쥬코에게 이제 더 이상 불안함이나 마음의 동요는 없어진다.

　제13장 「오필리어」 : 소녀의 언니는 비를 맞으며 소녀를 찾아 거리를 헤맨다. 소녀를 찾지 못한 언니는 셰익스피어 비극 『햄릿』에 등장하는 실성한 오필리어가 된다. 그리하여 수컷들의 폭력성과 사회의 더러움을 토로한다.

　제14장 「체포」 : 다시 창녀촌이 배경으로 등장한다. 경찰들은 잠복근무를 하고 있고 그 사이 쥬코가 나타난다. 쥬코는 창녀가 된 소녀를 다시 만나게 되고, 소녀는 그에게 사랑을 고백한다. 순수한 사랑으로 이제 쥬코는 구원된다. 그리고 순수히 체포된다.

　제15장 「태양 앞에 선 쥬코」 : 감옥에 수감된 쥬코는 다시 탈옥을 시도한다. 그는 감옥의 지붕 위로 올라가 강렬한 태양을 맞으며 하늘을 향해 날갯짓을 한다. 그러다가 그는 감옥의 지붕에서 떨어져 죽는다.

4. 독일 문학

1) 시대적 배경과 문학의 흐름

19세기 말 독일은 역사상 유례없는 경제 부흥과 막강한 군사력을 지니게 되었다. 그러나 이러한 급속한 발전의 이면에는 정신적·물질적 위기감이 도사리고 있었다. 그리하여 드디어 제1차 세계대전을 불러들였고 표현주의의 생성 배경을 조성했다. 제1차 세계대전, 소련의 10월혁명, 독일의 11월혁명 등으로 대내외적인 위기와 혼란이 가중되면서 표현주의 미학적·철학적 경향은 정치성을 강조하는 문학 운동으로 전환되었다. 이러한 정치적·경제적 측면 이외에 입체파 운동과 미래파 운동 등이 표현주의 생성 배경을 이루었다.

제1차 세계대전에서 독일이 패하고 다음 해인 1919년 빌헬름 황제의 독일 제국이 붕괴됨으로써 독일 최초의 공화국인 바이마르 공화국이 탄생하였다. 이 시대에는 빌헬름 황제 치하의 봉건적 문화가 붕괴되었고, 문화 예술 분야의 풍요롭고 창조적인 다양한 활동의 토대가 마련되었다. 그러나 자유민주주의를 정치 노선으로 채택한 바이마르 공화국이 경제 공황을 극복하지 못하고 정치 혼선까지 빚자, 나치가 등장하게 되었다. 1933년 아돌프 히틀러(Adolf Hitler)가 수상에 임명됨으로써 권력을 장악하게 되자, 서구 민주주의를 퇴폐적 문명으로 폄하하고 사회주의를 권장하였다. 또한 나치주의자들은 삶을 투쟁으로 이해하면서 전쟁을 찬양하였다. 따라서 그들의 이데올로기에 부합하는 작품들만 수용되었다. 즉 게르만족을 찬양하고 그들의 위대한 지도자와 국가에 대한 헌신에 관한 작품들만 수용되었던 것이다. 반면 자유주의 문학은 탄압을 받았고, 출판 금지 처분을 받았다. 그 결과 많은 재능 있는 작가들이 추방되거나 스스로 망명했다.

나치 체제에 순응하지 못하고 국내에서 활동한 작가들은 '내부 망명'의 길을 걷게 되었다. 내부 망명은 1933~1945년까지 나치 지배 체제하에서 통제와 검열이라는 문화적·정치적 조치를 피하기 위해 내부로 망명한 개인이나 그룹을 말한다. 내부 망명 작가들은 대부분 기독교적·휴머니즘적인 입장에서 나치에 거리를 두었다. 이들은 19세기 문학 형식과 감각적 형상화를 지켜나가면서 제3국 시기에 넓은 독자층을 확보하였다. 내적 망명 작가들이 선호한 문학 형식은 역사적 위장 소설이었다. 이러한 위장 기법은 간접적인 진술과 암시를 통하여 현 상황을 표현하면서 검열을 피할 수 있는 수단이었다.

나치가 정권을 장악하면서 좌파로 분류된 지식인과 출판인, 작가, 유태인 그리고 반나치주의자들이 정치적인 박해를 피하여 조국인 독일을 떠나 다른 국가로 망명을 하기 시작하였다. 이들 망명 작가들은 문학의 정치화라는 두드러진 경향을 나타내면서 문학이 가진 정치 기능을 발휘하기 위하여 문학 잡지를 창간하였다. 망명 작가들은 문학의 과제를 사회 계몽과 나치에 대한 경고 그리고 독일 현실을 외국에 호소하여 여론을 불러일으켰다.

이러한 독일의 현대문학 성향은 20세기 초반의 표현주의, 다다이즘, 초현실주의, 바이마르 공화국 시기의 신즉물주의, 제3국 시기의 나치 문학, 내부 망명 문학, 망명 문학 등 여러 형태의 작가와 작품들을 등장시켰다.

2) 시

표현주의는 독일이 주도한 전형적인 문예사조로서, 자연주의의 물질적 현실 모사와 인상주의의 외적이고 감각적인 인상 모사에 대한 반대 운동으로 등장한 문예사조이다. 그리고 변화된 세계 속에서 현대인에게 올바른 길을 찾아주며, 정신을 구속하는 전통 양식을 파괴하여 정신을 속박으로부터 해방시키고, 기계 문명의 위력 앞에서 그리고 권력욕의 위험 속에서 인간의 존엄성 회복을 시도하는 문학 운동이다. 따라서 제1차 세계대전의 시작을 전후하여 전 유럽에 퍼져 있던 고조된 위기감이 생성 배경을 이루고 있다.

독일 표현주의 시는 전통적 형식을 파괴하고 선율을 중요한 형식 요소로 삼았다. 그래서 열광적인 심리 상태를 표현하기에 알맞은 선율과 절규가 시어로 자주 등장한다. 대표적 작가와 작품으로는 고트프리트 벤(Gottfried Benn, 1886~1956)의 시집 『시체 공시소』(*Morgue*, 1912), 『시전집』(*Gesammelte Gedichte*, 1927), 『시선집』(*Ausgewählte Gedichte*, 1936), 『표현의 세계』(*Ausdruckswelt*, 1949) 등이 있다. 또한 게오르크 트라클(Georg Trakl, 1887~1914)의 시집 『꿈속의 세바스티안』(*Sebastian im Traum*, 1915) 등이 있고, 야콥 판 호디스(Jacob van Hoddis, 1887~1933)는 1911년 잡지 《민주주의자》(*Der Demokrat*)에 발표한 시 「세계의 종말」(*Weltende*) 등으로 문학적 명성을 얻었다.

감정을 격렬하게 분출하는 표현주의 시 이후에 서로 상반되는 두 가지의 시 경향이 대두되었다. 그 하나는 전통과 형식을 중시하는 시의 경향이고, 다른 하나는 시대를 의식하며 시대 비판을 가하는 새로운 시의 유형이다. 첫 번째 경향은 후고 폰 호프만슈탈(Hugo von Hofmannsthal, 1874~1929), 슈테판 게오르게(Stefan George, 1868~1933), 라이너 마리아 릴케(Rainer Maria Rilke, 1875~1926)의 예술 형식으로부터 지속적인 영향을 받으면서 매우 보수적이고 목가적인 분위기를 노래했다. 두 번째 시의 경향은 냉소적이고 허무주의적인 회의와 함께 세계 혁명에 대한 기대를 읊고 있다. 엄격한 형식에 따라 집필된 시의 운율에 선동적인 선전 문구가 삽입되어 있는 것이 특징이다.

바이마르 공화국 시대에 주요 서정시를 발표한 대표적 시인과 작품으로는 우선 오스카르 뢰르케(Oskar Loerke, 1882~1941)를 들 수 있다. 그의 연작 출간된 7권의 책 『방랑』(*Wanderschaft*, 1911)을 비롯하여 『세계의 숲』(*Der Wald der Welt*, 1936) 등은 '나선형으로 확대된 통일체'로서 서로 연관성이 매우 짙은 작품들이다. 또한 내적 망명의 중요한 작품으로 평가받고 있는 시집 『은銀엉겅퀴 숲』(*Der Silberdiestelwald*, 1934)과 유고 시집 『이별의 손』(*Abschiedshand*, 1949) 등 역시 뢰르케의 대표 시집이다. 그리고 빌헬름 레만(Wilhelm Lehmann, 1882~1968)의 시 모음집 『녹색의 신』(*Der grüne Gott*, 1942), 『황홀한 먼지』(*Entzückter Staub*, 1946) 등은 뢰르케의 시 경향과 궤를 같이 하고 있다. 레만은 고대와 중세의 전설적인 인물들을 신화적·우주적 통일의 상징으로 다룬 『나의 시집』(*Meine Gedichtbücher*, 1957) 등을 출간하였다.

제3제국 시대 나치 문학의 서정시의 대표적 작가와 작품으로는 하인리히 아나커(Heinrich Anacker, 1901~1971)의 시 모음집『북. 나치 돌격대의 시』(*Die Trommel. SA-Gedichte*) 등이 있다. 또한 요제프 바인헤버(Josef Weinheber, 1892~1945)는 친나치 서정시「방패 위에서 죽으리」(*Auf seinem Schild sterben*, 1934) 등을 내놓았다. 내부 망명의 대표적 시인과 작품으로는 한스 카로사(Hans Carossa, 1878~1956)의 모든 시를 담은 시집『시전집』(*Gesammelte Gedichte*, 1910) 등이 있고, 여류작가인 이나 자이델(Ina Seidel, 1885~1974)의 신낭만주의 경향의 서정시집『시』(*Gedichte*, 1914), 시집『북소리 곁에서』(*Neben der Trommel her*, 1915), 서정시집『시전집』(*Gesammelte Gedichte*, 1937) 등이 있다. 그리고 망명 시는 베르(톨)트 브레히트(Ber(tol)t Brecht, 1898~1956)가 스칸디나비아 망명 시절에 쓴 최초의 총서 시 모음집『스벤드보르그의 시』(*Svendborger Gedichte*, 1939), 미국 망명 시절에 창작된『망명시』(*Gedichte im Exil*, 1944~45 창작, 1946 출판),『독일 풍자시 II』(*Deutsche Satiren II*, 1945) 등이 있다.

또한 20세기 초반 세계적 시인이며 순수한 내면세계를 시적으로 조형한 시인 라이너 마리아 릴케를 빼놓을 수 없다. 그리고 20세기 후반 칼 크롤로우(Karl Krolow, 1915~1999)와 여류시인 크리스타 라인리히(Christa Reining, 1926~) 등도 각각 개성 있는 시를 내놓고 있다.

■ 고트프리트 벤(Gottfrird Benn, 1886~1956)

－「아름다운 청춘」(*Schöne Jugend*, 1912)

벤은 프로테스탄트 목사 집안의 장남으로 맨스펠트에서 태어나, 젤린에서 유년 시절을 보냈다. 오더 강변의 프랑크푸르트에 있는 인문계 고등학교에서 아비투어를 마친 후 우선 신학과 철학을 공부하였다.

1905년 장교와 관리의 자제들을 교육하는 베를린의 군사학교에 입학하였다. 그는 특히 의학 공부에 집착하여 1912년 박사학위를 받고 의사가 되었다. 1914년 제1차 세계대전이 일어나자 군의관으로 징집되어 벨기에로 배속되었고, 주로 야전 병원에서 근무하였다. 그리고 전쟁이 끝날 무렵인 1917년 베를린에서 피부 비뇨기과 전문의로 개업하였다. 자연 과학 공부, 군사 교육, 수술실의 비참함 등에서 얻은 경험 세계가 1912년 베를린에서 발표된 연작시 『시체 공시소』(*Morgue*, 1912)의 「아름다운 청춘」(*Schöne Jugend*)이라는 시에 각인되어 있다. 이 작품을 계기로 하여 문인 활동을 시작하여 1920년대에 베를린에서 명성을 얻게 되었다.

1932년 벤은 프로이센 학술원 예술 분과위원으로 선출되었다. 1933년 나치가 정권을 장악하였을 때 친나치적 경향을 보이다가 곧 반나치로 기울어졌다. 이런 상황에서 그가 유태인이라는 소문이 나돌았다. 그 때문에 그는 베를린과의 모든 관계를 끊고 1935년 군에 입대하여 제2차 세계대전 동안 내내 복무하였다. 1938년 벤에게 모든 집필과 출판이 금지되었다. 1949년 시집 『표현의 세계』(*Ausdruckswelt*)를 출판하였다. 그는 1945년 퀴스트린으로 도피하였고, 1956년 원숙한 창작에 몰두하다가 베를린에서 세상을 떠났다.

그는 1912년 이후 발표하였던 시를 모아 1927년 『시전집』(*Gesammelte Gedichte*)을 펴냈고, 이후 『시선집』(*Ausgewählte Gedichte*, 1936), 『선술집』(*Destillationen*, 1953), 『신시집』(*Neue Gedichte*, 1953), 『종곡』(*Apréslude*, 1955)을 남겼다.

그의 처녀 시집 『시체 공시소』는 의학적인 주제들을 다루면서 인간을 고귀한 존재로 상정하는 전통 사상에 맞서 인간의 육체는 한낱 사물에 불과하다는 것을 강조하고 있다. 시 「아름다운 청춘」은 작가 자신이 시체 해부실에서 체험한 것뿐만 아니라 허무와 우연의 특성을 지니고 있는 당시의 세계상을 단적으로 표현하고 있다. 문장들은 운율을 무시한 채 절과 절로 이루어지고 있다. 이러한 문장은 삶을 부정적으로 묘사하는 것이며, 삶의 의미는 공허로 요약되고, 의미를 찾는 행동에는 오로지 회의만 뒤따를 뿐이라는 것을 나타내고 있다. 이는 희망이 없는 인간 존재에 대한 격분의 표시이며 절망의 표현이기도 하다. 그의 시에는 강한 동정심, 여성적 감수성, 삶의 비극에 대한 절망적인 저항이 담겨 있다.

> 갈대 위에 눕혀 놓은 처녀의 입이
> 갉아 먹힌 듯하다.
> 가슴통을 열어제치자 식도에 구멍이 숭숭 나 있다.
> 횡경막으로 덮혀 있는 그 아래에
> 젊은 쥐들이 둥지를 틀고 있다.
> 암컷 한 마리는 죽어 있고,
> 다른 젊은 쥐들은 간과 콩팥을 뜯어 먹거나
> 차가운 피를 빨아먹고 살고 있다.
> 젊은 쥐들은 여기서 아름다운 청춘을 보내고 있는 것이다.
> 그러고 보니 그 처녀의 죽음도 역시 아름답게 재빨리 다가왔었던 것이다.
> 그 처녀는 통째로 물 속에 던져졌다.
> 아, 자그마한 주둥아리들은 얼마나 쩍쩍거렸던가!

— 「아름다운 청춘」 전문

■ 하인리히 아나커(Heinrich Anacker, 1901~1971)
　　　　　　　　　　 - 「분열식」(*Vorbeimarsch*, 1936)

아나커는 스위스 아라우에서 아버지가 공장을 경영하는 부유한 가정에서 태어났다. 그는 스위스의 취리히 대학과 오스트리아의 빈 대학에서 문예학을 공부하였으며, 1924년 나치당에 가입하여 젊은 정당시인 그룹에서 활동하였다. 1933년부터 아나커는 베를린에서 자유 작가로 활동하기로 결심하고, 민족의 영웅심과 내면세계를 하나로 묶는 시들을 창작하였다. 1945년 이후 그는 뷔르템베르크의 잘바하에 거주하다가 1971년 바서부르크에서 세상을 떠났다.

시집 『북, 나치돌격대의 시』(*Die Trommel, SA-Gedichte*, 1936)에 실려 있는 「분열식」(*Vorbeimarsch*)은 분열식 관람에서 보는 군의 늠름한 모습과 총통의 마음을 묘사하면서 민족 공동체의 자부심과 용기를 피력하고 있다. 그러면서 독자가 총통이 추구하는 목표에 이바지할 수 있는 무조건적인 자세를 갖도록 유도한다. 아나커는 이러한 시를 창작함으로써 1934년에는 디트리히-에카르트-상(Dietrich-Eckart-Preis)을 수상하였으며, 1936년 나치 창당 기념일에는 민족 사회주의 독일 노동자당이 수여하는 예술상을 받았다. 그의 시집은 모든 학생과 국민이 읽어야 할 필독서로 지정되어 거국적으로 읽혔다. 그러므로 그는 '우리 시대의 가수'로 호칭되었고, 그의 시는 '진정한 민요'가 되었다. 1945년 제2차 세계대전이 끝난 후 나치에게 동조하였던 많은 작가들이 정신적으로 움츠러들면서도 계속 창작을 하였지만, 아나커는 완전히 절필하였다. 나치주의자 청산이 진행되었던 시기에 그는 경미한 나치주의자로 분류되었다.

> 12열 종대로 힘차게 다가온다.
> 10만의 군대가;
> 한때는 적의 조롱감이었던 깃발을 내어 밀어라,
> 오늘은 승리의 십자훈장이 빛나고 있도다.
>
> 무쇠 같은 힘으로 내리치는 북소리에 맞추어
> 단단한 보도 위에 굳센 발자국 소리 울려 퍼지네:
> 그래 힘주어 드높이 치켜올린 팔,
> 총통을 향해 창처럼 뻗어 있도다.

총통은 일어나 인사를 하네… 모두의 얼굴을 바라보시네 —
그분의 시선은 충성과 의무에 대한 호소이며,
우리 신생 국가를 위하여 몸 바치셨던,
모든 희생자에 대한 보답이며 감사의 표시로다.

겹겹이 밀려오는 파도처럼 몇 시간이 흘러가누나
지나가는구나, 행진의 소리에 감싸여,
아 찬란한 모습이로고, 자부심에 찬 용기가 솟아오르는구나:
독일은 깨어났다! 독일은 전진한다!

—「분열식」 전문

■ 라이너 마리아 릴케(Rainer Maria Rilke, 1875~1926) —「플라밍고들
—파리, 식물원에서」(*Die Flamingos—Jardin des plantes, paris*, 1907)

릴케는 체코의 프라하에서 태어났다. 아버지는 철도 공무원이었으며
어머니는 허영심이 강한 여성이었다. 릴케의 누이가 태어나 5세에 죽었
고, 그 아쉬움으로 릴케는 태어나자 5세까지 계집애처럼 길러졌다. 그래
서 이름도 마리아라고 불렀다. 7세 때 프라하 가톨릭 재단의 독일인 초
등학교에 입학하였고, 그의 나이 9세 때 부모님이 이혼하였다. 11~15세
까지 육군초등실업학교를 입학 졸업하고, 계속하여 육군고등실업학교에
진학하였으나, 자퇴하고 상업학교에 다시 입학하였으나 역시 자퇴했다.
그 뒤 20세 때인 1895년 프라하 대학 문학부에 입학해 문학 수업을 받았
고, 뮌헨으로 옮겨 간 이듬해인 1897년 여류작가 루 안드레아스 살로메
(Andress Salomé, 1861~1937)를 알게 되어 깊은 영향을 받았다.

1902년 출판사의 위촉을 받아 『로댕론』(*Auguste Rodin*)을 집필하기 위해
파리로 가서 조각가 로댕과 한 집에 기거하였다. 그러면서 로댕 예술의
진수를 접하게 된 것 또한 그의 예술에 커다란 영향을 주었다. 제1차 세
계대전 후인 1919년 6월 스위스로 갔다가 그대로 그곳에 살게 되었다. 만

년에는 산중에 있는 뮈조트 성에서 고독한 생활을 하면서 『두이노의 비가』(*Duineser Elegien*, 1923)와 『오르페우스에게 바치는 소네트』(*Sonette an Orpheus*, 1923)와 같은 대표작을 창작했다. 이후 1926년 이집트의 여자 친구를 위해 장미꽃을 꺾다가 가시에 찔려 폐혈증으로 고생하다가 그해 세상을 떠났다.

그의 20세기 대표적인 작품으로 시집 『신시집』(*Neue Gedichte*, 1907), 『마리아의 생애』(*Marien–Leben*, 1913), 『제1시집』(*Erste Gedichte*, 1913) 등이 있다.

『신시집』에 실려 있는 시 「플라밍고들」(*Flamingos*)은 자유로운 소네트 형식의 사물시이다. 사물시란 사람, 동물, 건물, 분수, 조각 등 눈에 보이는 것과 해후, 죽음, 이별 등 눈에 보이지 않는 것까지 다 포함된 사물의 진수를 관찰하고, 사물 속에서 자기 자신을 보며, 사물과 자기 자신과의 구별이 없어지는 그 체험을 절묘한 비유로 구상화한 시를 말한다. 이 시에서는 귀족처럼 고상한 플라밍고의 자태에 동화된 시인이 질투를 일으켜 소리를 지른다. 따라서 그 소리에 깜짝 놀란 듯이 눈을 뜨고는 점잖게 성큼성큼 걸어가는 그 모습에서 상상의 나래를 펴는 시인의 마음을 엿볼 수 있다.

> 프라고나르[1]가 그린 것처럼 영상에서
> 그들의 흰색과 붉은색에 대해
> 더 이상 존재하지 않는다, 마치 누군가 너에게
> 그가 그의 여자친구에 대해 말한 것을 제공한 것처럼 : 그녀가 아직 평온하게 자고 있다고. 왜냐하면 그들이 푸른 풀밭으로 올라와서 장미처럼 붉은색의 줄기 위에서 가볍게 비틀면서, 함께 서 있기 때문이다. 생기발랄하게, 한 화단 위에서

---

1 프라고나르(Fragonard) : 장 호노르 프라고나르(Jean Honoré Fragonard, 1732~1806). 프랑스의 경쾌, 우아, 섬세의 화려한 예술 양식인 로코코 시대(1720~1770)의 화가.

처럼,

> 그들은 아테네의 창녀 프리네[2]보다 더 매혹적으로

> 자기 자신을 유혹하기 때문이다. 그들이 그들의 눈의 창백한 부분을
> 목을 부둥켜안으면서 자신의 부드러움 속에 숨길 때까지,
> 그 부드러움 속에 검은색과 붉은색이 숨겨져 있다.

> 갑자기 질투가 큰 새장을 통해 날카롭게 소리 지른다,
> 그러나 그들은 놀라서 기지개를 켜고는
> 각자 성큼성큼 상상의 세계로 걸어간다.

— 「플라밍고들―파리, 식물원에서」 전문

■ 칼 크롤로우(Karl Krolow, 1915~1999)
　　　　― 「시간은 변한다」(*Die Zeit verändert sich*, 1954)

　크롤로우는 하노버에서 태어나 그곳에서 성장했다. 건강 이상으로 제2차 세계대전 때에 군복무를 면제받았다. 그리고 그 기간 동안 처음에는 괴팅엔, 다음은 브레슬라우 대학에서 독문학·철학·로만문학(Romanistik)·예술사 등을 공부했다. 41세 이후에는 다름슈타트에서 머물면서 창작을 했으며, 오랜 투병생활 끝에 그곳에서 생을 마감하였다.

　그의 대표적 시집으로는 『세계의 표시』(*Die Zeichen der Welt*, 1952), 『바람과 시간』(*Wind und Zeit*, 1954), 『낯선 육체』(*Fremde Kände*, 1959), 『보이지 않는 손』(*Unsichtbare Hände*, 1962), 『일상 시집』(*Alltägliche Gedichte*, 1968) 등이 있다. 그는 게오르크 뷔히너상, 릴케상, 1988년 그의 나이 73세 때 휠더린상을 수상하였다. 또한 51세에 독일어문학 아카데미 부의장, 60세 때 독일어문학 아카데미 의장을 역임하였다.

2　프리네(Phryne) : 기원전 4세기 아테네의 창녀. 그리스 조각가 프라시텔레스(Praxiteles)의 모델.

시집 『바람과 시간』에 실려 있는 시 「시간은 변한다」(*Die Zeit verändert sich*)는 자유로운 리듬과 이미지들을 통하여 시간이 야기시킨 변화를 형상화하고 있다. 젊은이들의 낭만과 애정의 상실, 자연적인 멋과 애무의 상실, 자연과 함께하였던 순수한 어린 시절이 지나가 버렸음을 노래하고 있는 것이다. 이와 같이 이 시는 시간이 변함에 따라 개인화되는 현대인의 삶과 고뇌를 비유적으로 묘사한 작품이다.

> 애정의 기념물에
> 푸른색으로 칠할
> 사람은 이제 존재하지 않는다.
> 금발을 파마하기 위한 애무와
> 밀짚모자는 잊혀졌다.
> 지친 지저귀는 새들에게
> 공원에서 그들의 어깨를 내밀었던,
> 아이들은 성장했다.
>
> 시간은 변했다.
>
> 그것은 더 이상 어린 손들에 의해
> 쓰다듬어지지 않는다.
> 등에는 이제 다른 전구들이 끼어져 있다.
> 테니스공들은 하늘로부터
> 다시 돌아오지 못한다.
> 노란색의 수영복들은
> 나비의 죽음을 초래했다.
> 그리고 모든 편지봉투들은
> 부드러운 먼지가루로 부서져 떨어졌다.
> 그러나 그 대신에 거리들은
> 주머니 속에 차표를 가진 낯선 사람들로 가득찼다!
>
> ― 「시간은 변한다」 전문

■ 크리스타 라인리히(Christa Reinig, 1926~) - 「로빈슨」(*Robinson*)

여류작가 라인리히는 베를린에서 태어났다. 제2차 세계대전이 끝난 후 여공으로 일하였고, 이후 꽃집에서 꽃꽂이사로 일하였다. 22세 때 '미래시인협회'에 가입하고 그곳에서 서정시와 산문을 발표하였다. 이후 23~26세까지 베를린의 노동자와 경작자 학부에서 공부하고, 계속해서 30세 때까지 베를린 훔볼트 대학에서 예술사와 기독교의 고고학을 전공하였다. 30세 때 기록 수집가가 되어 베를린에 있는 브란덴베르크 박물관에서 조교로 일하였다. 이후 38~39세까지 빌라마시모의 장학금으로 로마에 체류하였다.

그의 대표적 작품으로는 시집 『피니스터레의 광석』(*Die Steine von Finisterre*, 1960), 『시집』(*Gedichte*, 1963), 『슈바빙의 수난 기념비』(*Schwabinger Marterin*, 1968), 『올레반노의 제비』(*Schwalbe von Olevano*, 1969), 『안일은 모든 사랑의 시작이다』(*Müßiggang ist aller Liebe Anfang*, 1979) 등이 있다. 그는 37세 때 브레멘 문학상, 40세 때 전쟁 실명자 방송극상, 49세 때 문학비평가상, 72세 때 브란엔부르크 문학상을 수상하였다.

시 「로빈슨」은 영국 소설가 디포(Daniel Defoe, 1661~1731)의 로빈슨 크로소의 모습에서 '내버려진 존재'를 강조하고 있다. 즉 무인도에 홀로 사는 로빈슨을 대중 속에서 고독을 느끼는 현대인의 삶에 비교하여 묘사한 시이다.

> 때때로 그는 단어들이
> 그의 목 안에 조용히 서 있을 경우에 운다
> 하지만 그는 그의 장소에서
> 말없이 자신과 함께 돌아다니는 것을 배운다
> 그리고 오래된 물건들을

반은 필요해서 반은 놀이로 찾아낸다
돌을 칼로 쓰기 위해 쪼개고
도끼를 자루에 동여맨다

조개껍질로
그의 이름을 벽에 새기고
너무나 자주 언급되었던 이름이
그에게 천천히 잊혀진다

—「로빈슨」 전문

3) 소설

20세기 초반 독일의 표현주의 문학에서는 '정신'(Geist)에 높은 가치를 부여하였다. 따라서 표현주의 소설의 대표적 작가와 작품으로는 하인리히 만(Heinrich Mann, 1871~1950)의 장편소설 『운라트 교수』(*Professor Unrat*, 1905)와 『신하』(*Der Untertan*, 1914), 그리고 알프레드 되블린(Alfred Döblin, 1878~1957)의 『베를린 알렉산더 광장』(*Berlin Alexanderplatz*, 1929) 등이 있다.

한편 바이마르 공화국 시기에 이르러 장편소설 영역에서는 19세기의 전통적인 '시민적 사실주의' 경향의 소설에서 탈피하여 '새로운 것'을 시도하는 현대적 소설이 부상하기 시작하였다. 대표적 작가와 작품으로는 헤르만 브로흐(Hermann Broch, 1886~1951)의 장편소설 『몽유병자들』(*Die Schlafwandler*, 1928~1932), 『베르길의 죽음』(*Der Tod des Vergil*, 1945) 등이 있다. 로베르트 무질(Robert Musil, 1880~1942)은 『생도 퇴르레스의 혼란』(*Die Verwirrungen des Zöglings Törleß*, 1906), 『특성 없는 남자』(*Der Mann ohne Eigenschaften*, 1930~1952) 등을 내놓았다. 프란츠 카프카(Franz

Kafka, 1883~1924)는 『변신』(*Die Verwandlung*, 1925), 『소송』(*Der Prozeß*, 1925), 『성』(*Das Schloß*, 1926) 등을 출간했다. 헤르만 헤세(Hermann Hesse, 1887~1962)는 『데미안』(*Demian*, 1919), 『싯다르타』(*Siddhartha*, 1922), 『황야의 늑대』(*Der Steppenwolf*, 1927), 『나르치스와 골드문트』(*Narziß und Goldmund*, 1930), 『유리알 유희』(*Das Glasperlenspiel*, 1943) 등을 내놓았다. 유태인 아르놀트 츠바이크(Arnold Zweig, 1887~1968)는 『헝가리에서의 종교적 살인 의식』(*Ritualmord in Ungarn*, 1914)으로 클라이스트상을 수상하였고, 그 밖에 대표작으로 『그리샤 중사를 둘러싼 싸움』(*Der Streit um den Sergeanten Grischa*, 1928), 『1914년의 젊은 부인』(*Junge Frau von 1914*, 1931) 등을 발표하였다.

바이마르 공화국 마지막 시기에 시대 소설인 신즉물주의 문학이 등장했다. 신즉물주의는 1924~1933년까지 약 10여 년 간의 짧은 기간에 융성했던 문학 운동이다. 신즉물주의의 토대가 되는 기계에 대한 숭배와 물신화 그리고 미국에 대한 열망이 1929년 세계 경제 공황으로 뿌리째 흔들렸기 때문이다. 신즉물주의 소설의 대표적 작가와 작품으로는 한스 팔라다(Hans Fallada, 1893~1947)의 『농부, 승려 그리고 폭탄』(*Bauern, Bonzen und Bomben*, 1931), 『왜소한 자, 이젠 뭘 하지?』(*Kleiner Mann, was nun?*, 1932) 등이 있다. 그리고 공화국 말기의 베스트셀러가 된 에리히 케스트너(Erich Kästner, 1899~1974)의 사회 비판적 장편소설 『파비안. 어느 도덕주의자의 이야기』(*Fabian. Die Geschichte eines Moralisten*, 1931) 등이 있고, 에리히 마리아 레마르크(Erich Maria Remarque, 1898~1970)의 제1차 세계대전을 다루고 있는 소설 『서부 전선 이상 없다』(*Im Westen nichts Neues*, 1929) 등이 있다. 그 밖에 헤르만 케스텐(Hermann Kesten, 1900~1996)의 장편소설 『게르니카의 아이들』(*Die Kinder von Gernika*, 1938), 이름가르트 코인(Irmgard Keun, 1910~1982)의 1인칭 시점 소설 『자정 이후』(*Nach Mitternacht*, 1937) 등이 있다.

제3국 시기의 나치 문학은 시와 드라마에서 성과를 보였다. 나치주의 자들은 삶을 투쟁으로 이해하면서 전쟁을 찬양하였다. 따라서 소설가 들은 내부 망명의 길을 선택하였다. '내부 망명'은 '망명'의 반대 개념 으로 이미 1930년대에 쓰기 시작한 용어이다. 이 개념은 나치 지배 체 제하에서 통제한 검열이라는 문화적 · 정치적 조치를 피하기 위해 내부 로 망명한 개인이나 그룹을 의미한다. 내부 망명은 제3국 시기의 또 다 른 생존 형식을 의미한 것으로 독일 작가들은 조국에 남아 있으면서 현 실로부터 벗어나 자기 내부로, 정신적인 것으로, 혹은 순수 예술로 침 잠했다. 대표적 작가와 작품으로는 유럽문학상, 괴테상을 수상한 에른 스트 윙어(Ernst Jünger, 1895~1998)의 장편소설 『대리석의 절벽 위에 서』(*Auf den Marmor-Klippen*, 1939), 빌헬름 라베상과 쉴러상을 수상한 베르너 베르겐그륀(Werner Bergengruen, 1892~1964)의 장편소설 『대독재 자와 심판』(*Der Großtyrann und das Gericht*, 1935), 유럽 잡지 연합회에서 제 정한 문학상, 라베 국민상, 칼 쉬네만상을 수상한 에른스트 비헤르트 (Ernst Wiechert, 1887~1950)의 『단순한 삶』(*Das einfache Leben*, 1939), 슈테 판 안드레스(Stefan Andres, 1906~1970)의 『우리들은 유토피아』(*Wir sind Utopia*, 1942) 등이 있다.

망명 문학은 나치가 정권을 장악하면서 좌파로 분류된 작가가 정치적 박해를 피하여 조국인 독일을 떠나 다른 국가로 도피하여 쓴 문학 작품을 말한다. 망명 소설의 대표적 작가와 작품으로는 우선 토마스 만(Thomas Mann, 1875~1955)의 『토니오 크뢰거』(*Tonio Kröger*, 1903), 『마의 산』(*Der Zauberberg*, 1924), 『요셉과 그의 형제들』(*Joseph und seine Brüder*, 1948) 등이 있다. 또한 리온 포이히트방어(Lion Feuchtwanger, 1884~1958)의 역사소설 『유태인 쥐스』(*jud Süß*, 1925), 오스카르 마리아 그라프(Oskar Maria Graf, 1894~1967)의 풍자소설 『안톤 지팅어』(*Anton Sittinger*, 1937) 등이 있다.

20세기 말 혹은 21세기 초에 활동한 소설 작가로는 우선 1972년 노벨 문학상을 수상한 하인리히 뷜(Heinrich Böll, 1917~1985)의 『그리고 아무 말도 하지 않았다』(*Und sagte kein einziges Wort*, 1953), 3대에 걸친 건축 가문의 가족적 운명 속에 60년에 걸친 독일의 운명을 담고 있는 『9시 반의 당구』(*Billard um halb zehn*, 1956), 허구성에 객관성이라는 가면을 씌워 현대 독일 사회상을 보여준 소설 『여인과 군상』(*Gruppenbild mit Dame*, 1971) 등이 있다. 그리고 소년기에 겪은 무자비한 전쟁의 실상을 그의 문학 세계에 담아 노벨문학상을 수상한 귄터 그라스(Günter Wilhelm Grass, 1927~)의 『양철북』(*Die Blechtrommel*, 1959), 동독 출신의 대표적 여성 작가 크리스타 볼프(Christa Wolf, 1929~)의 『메데이아. 목소리들』(*Medea. Stimmen*, 1996) 등이 있다. 또한 독일어권에서 가장 주목받는 여성 작가 엘프리데 옐리네크(Elfriede Jelinek, 1946~)는, 출간 이후 찬사와 비난을 동시에 받으며 수많은 논란의 대상이 된 소설 『피아노 치는 여자』(*Die Klavierspielerin*, 1983)를 내놓았고, 베른하르트 슐링크(Bernhard Schlink, 1944~)의 전후 독일 문학 중 세계적으로 가장 성공을 거둔 『책 읽어주는 남자』(*Der Vorleser*, 1995), 파트리크 쥐스킨트(Patrick Süskind, 1949~)의 국제적인 베스트셀러 『향수』(*Das Parfum*, 1985) 등이 있다.

■ 알프레드 되블린(Alfred Döblin, 1878~1957)
　　ー『베를린 알렉산더 광장』(*Berlin Alexanderplatz*, 1929)
되블린은 오더 강변에 위치한 슈테판에서 음악을 사랑하는 재단사의 아버지와 합리적 성격을 지닌 어머니 사이에서 태어났다. 그런데 아버지가 20세 연하의 여성과 미국으로 도망을 가 가족들은 비참한 생활에 빠지게 되었다. 되블린은 22세 때 김나지움 학교를 졸업하고 클라이스트, 횔덜린, 니체, 쇼펜하우어, 스피노자, 도스토예프스키의 책들을 읽었다. 그리고 1900~1904년까지 베를린에서 의학을 공부하면서 철학 강의를 들었다. 1904년 프라이부르크로 옮겨 신경학과 정신병학을 전공하여 박사학위를 취득하였다. 1905년부터 레겐스부르크와 베를린의 병원에서 근무한 후 1911년 신경학 병원을 개원하였다.

독립사회민주당(USPD)과 사회민주당(SPD)에 공감하였던 그는 정치평론가와 풍자 작가로 활동하였으며, 1924년에는 독일작가보호협회의 의장이 되었다. 1933년 제국의회가 불타자 되블린은 독일을 떠나 처음에는 스위스에 체류하였다. 나중에는 파리에 체류하면서 프랑스 국적을 취득하였다. 1940년에는 미국으로 망명하여 뉴욕에 체류하였다. 이후 1941년 그는 가톨릭으로 개종하였으며, 이 때문에 망명 작가들 속에서 더욱 고립되었다. 1957년 6월 바이에른 예술학교에서 그에게 문학상을 수여하기로 되어 있었으나, 상을 받기 하루 전 지병으로 세상을 떠났다.

그는 1910년에 창간된 표현주의 잡지 《폭풍》(*Der Sturm*)에 다수의 문학 이론과 예술 이론을 발표하였고, 소설 『왕룬의 세 번의 도약』(*Die drei Sprünge des Wanglun*, 1915)을 출판하여 표현주의의 중요한 작가가 되었다. 또한 되블린은 도교 사상가인 마틴 부버(Martin Buber)의 영향을 받아 장편소설 『왕룬』(*Wanglun*)으로 1916년 폰타네상을 수상하였다. 『베를린 알렉산더 광장』이 출간되면서 그는 비로소 인기 있는 작가가 되었다. 이 밖에 남아메리카 소설 『죽음이 없는 땅』(*Das Land ohne Tod*)을 집필하였으나 출간할 수 없었고, 프랑스를 통한 그의 도피에 관한 보고나 혁명

소설 『1918년 11월』(*November 1918*) 역시 출간할 수 없었다.

그의 소설 『베를린 알렉산더 광장』은 오늘날 가장 중요한 대도시 소설로 평가받고 있는데 내적 독백, 체험화법, 신문기사 등의 몽타주, 영화의 커트와 같은 이질적인 장면의 구성 등으로 제임스 조이스의 『율리시스』(*Ulysses*)와 비교되곤 한다. 『베를린 알렉산더 광장』의 대도시는 인간을 위협하는 각종 폭력이 녹아 있는 용광로로 묘사되고 있다. 소음, 숨 막히는 조급함, 투기꾼, 창녀, 곤궁한 삶과 범죄가 소설의 전편을 메우고 있다.

전체 9권으로 이루어진 이 소설에서, 감옥에서 석방된 프란츠 비버코프는 베를린에서 올바른 사람으로서 새로운 인생을 시작하려 하지만 대도시의 기계적인 생활 속에서 뜻을 이루지 못하고 강도로, 뚜쟁이로 전락하고 만다. 주인공이 정신병원에서 자신의 운명을 다시 한 번 환상적으로 체험할 정도에 이르도록 사람들은 주인공을 속이고 학대한 것이다. 이 소설에서는 주인공이 경험하는 소외를 하층의 경험으로 간주하고 있으며, 하층이 겪는 소외에는 사회적·경제적 원인이 있다는 것을 보여주고 있다. 이러한 내용을 되블린은 3번의 원칙에 따라 3번의 새로운 삶을 위한 시도로 나누어 묘사하고 있다. 즉 1~3권에서는 주인공의 첫 번째, 4~5권에서는 두 번째, 6~7권에서는 세 번째 도전과 좌절을 다루고 있으며 8~9권에서는 역경을 딛고 새로운 삶을 시작하는 것으로 되어 있다. 이 작품은 1931년 영화화되었다. 소설의 줄거리를 간략하면 다음과 같다.

[제1권] 주인공 프란츠 비버코프는 애인을 살해한 혐의로 4년 간의 형기를 마치고 출옥한다. 지붕이 아물거릴 정도의 허약한 몸으로 출옥한 그는 정신을 차리

지 못하고 거리를 헤매다가 유태인 나훔을 만난다. 그의 도움으로 기거할 집을 찾게 되고 슈테판 차노비히라는 사기꾼의 재생에 관한 이야기를 듣는다. 그도 재생의 길을 걷기 위해 첫 번째 일자리인 민족주의적 성향의 신문을 팔게 된다.

[제2권] 비버코프는 '라인 강의 수비'라는 제목의 노래를 부르며 국수주의적 질서에 순응하여 생활의 토대를 만들고자 한다. 다시 만난 유태인 나훔은 공을 던질 때 더 멀리 가는 경우도 있지만 목표를 명중하지 못하는 경우가 대부분이라는 말로 주인공에게 세상일이 마음대로 되지 않는 법이라는 교훈을 준다.

[제3권] 비버코프는 자신이 믿고 있던 동료 뤼더스의 사기 행각 때문에 좌절과 절망을 맛보게 된다. 그리하여 하숙집에 틀어박혀 지내게 된다.

[제4권] 비버코프는 자신과는 대조적인 유형의 인간인 라인홀트를 사귀게 되는데, 라인홀트 역시 그에게 또 한 번 실망과 좌절을 안겨준다.

[제5권] 비버코프는 라인홀트에게 처녀 매매에서 손을 떼도록 충고한다. 라인홀트는 비버코프의 충고를 못마땅하게 생각하고 그를 달리는 차에서 내던져 한쪽 팔을 잃게 한다.

[제6권] 비버코프는 좀도둑이자 사기꾼인 빌리의 장물아비로서 세 번째 재생의 삶을 시도한다. 그러던 중 그는 미체라는 여인을 사귀게 된다. 그녀는 진실한 사랑으로 비버코프를 위하여 죽음까지 불사하는 태도를 보인다.

[제7권] 비버코프는 과거의 직업인 포주생활을 시작한다. 그러다가 라인홀트의 라이벌 의식 때문에 또다시 좌절을 초래하게 된다. 비버코프는 라인홀트에게 애인 미체를 과시용으로 이용함으로써 라인홀트를 자극하게 된다. 라인홀트는 미체를 살해하여 비버코프에게 치명적인 타격을 가할 결심을 한다. 미체도 라인홀트가 비버코프의 팔을 잃게 한 장본인이라는 것을 눈치 채고 이 사실을 밝히려 한다. 라인홀트가 미체를 유혹하려 하자 그녀는 단호히 거부한다. 미체의 거절에 모욕을 느낀 라인홀트는 미체를 목졸라 죽인다. 미체가 살해된 후 좌절감에 빠져 있던 비버코프는 라인홀트의 집에 불을 지르고 체포된다.

[제8, 9권] 비버코프는 미쳐서 감옥의 정신병원으로 들어간다. 여기서 그는 신비로운 재탄생을 겪은 후 '새로운 인간'으로 석방된다. "상해를 당하기는 했으나, 그래도 교정이 되어" 그는 어느 공장의 수위 보조원이 된다.

■ 로베르트 무질(Robert Musil, 1880~1942) – 『생도 퇴르레스의 혼란』(Die Verwirrungen des Zöglings Törleß, 1906)

무질은 클라겐푸르트에서 독자로 태어났다. 두 부모님 사이의 잦은 갈등으로 인해 그는 초등학교 3학년 때부터 신경과 뇌에 생긴 병으로 고생을 하였다. 1891년 무질은 가족을 따라 브륀으로 이사하여, 이곳에서 고등실업학교를 다녔고, 1892년에 젠슈타트에 있는 군사하급실업학교로 옮겼다. 그리고 1897년 메리쉬-바이스키르헨에 있는 군사고등실업학교를 졸업하였다. 이후 빈에 있는 공업사관학교에서 기계 공학을 공부, 1901년 졸업했다.

무질은 기계 공학을 공부하던 시절 문학에도 관심을 가져 1902년 슈투트가르트에서 장편소설 『생도 퇴르레스의 혼란』을 집필하기 시작하여 1906년 출간, 소설 작가로서 명성을 얻었다. 이후 1903년 베를린 대학에서 철학과 심리학을 공부하였다. 그리고 학업을 계속하여 1908년 박사학위를 취득하였다. 1908~1910년까지 베를린에서 잡지 《목양신》(Pan)에 글을 실었고, 알프레트 케어(Alfred Kerr), 프란츠 블라이(Franz Blei) 등과 친교를 맺었다. 1911년 표현주의가 시작되었을 때, 분열의 경험과 극복의 문제를 다룬 소설 『합일』(Die Vereinigung)을 내놓았다.

제1차 세계대전이 일어난 후 3년 동안 무질은 중대장으로 남부 티롤에서 복무하던 중 중병을 앓아 1916년 《병사의 신문》 편집부로 배속받았다. 이 시기에 그는 쿠르트 힐러(Kurt Hiller)가 베를린에서, 그리고 로베르트 뮐러(Robert Müller)가 빈에서 조직하였던 평화적·혁명적 '행동주의' 운동에 공감을 표하였다. 전쟁이 끝난 후 무질은 생계를 위하여 오스트리아의 외무부, 국방부 등에서 일하였다. 그리고 1924년까지 《프라하 신문》(Prager Presse)에서 예술과 연극평론가로 활동하였다. 동시에 그는 『특성 없는 남자』(*Der Mann ohne Eigenschaften*)를 집필하기 시작하였다. 1924년 노벨레집 『세 여인』(*Drei Frauen*)이 출간되었고, 이 작품으로 빈에서 수여하는 예술상을 받았다. 또한 1929년에는 게르하르트 하우프트만상을 수상하였다. 1930년 『특성 없는 남자』 제1권, 1933년 제2권이 출간되었다. 그리고 나치 정권이 들어서자 그는 베를린에서 빈으로 돌아왔다. 1938년 그의 책들은 독일과 오스트리아에서 금서 처분을 받았다. 그리고 무질은 스위스로 망명하였고 1942년 뇌졸중으로 스위스 젠프에서 세상을 떠났다.

『생도 퇴르레스의 혼란』은 주인공 퇴르레스의 급진적 주관성이 야기하는 심리적인 갈등 묘사에 치중하고 있다. 퇴르레스의 심리적 발전은 어린 시절의 고통에서 시작하여, 사춘기의 혼란을 거쳐, 성인이 되어 자기 자신을 새롭게 규정하는 시도로 끝을 맺고 있다. 16세의 기숙사 생도인 퇴르레스는 낯선 환경 때문에 처음에는 향수를 느끼다가 다른 동료 생도들과 사디즘과 호모 섹스의 관계에 빠지게 된다. 퇴르레스는 끔찍한 사건을 접하면서 감정생활의 낯설고 반도덕적이며 무의식적인 측면에 대한 인식을 얻게 된다. 이러한 내용은 프로이트의 심리 분석과 매우 유사하다. 소설의 줄거리는 다음과 같다.

생도 퇴르레스는 훌륭한 가문의 자녀들이 들어가는 명문 기숙사 학교에 들어갔는데, 그곳 생활에 적응하지 못하여 고생한다. 그래서 소위 미학적 지성인인 퇴르레스는 사회적으로 인정을 받고 있는 기숙사 생도 집단과 갈등을 빚는다. 그러면서 기숙사의 낯선 환경 속에서 퇴르레스는 향수병을 앓는다. 사춘기에 들어서면서 퇴르레스는 불량 학생인 바이네베르크, 라이팅과 어울린다. 그는 친구들의 동물적인 태도에 매혹과 혐오를 동시에 느끼면서 자아 분열의 상태에 빠진다. 그러면서 퇴르레스는 두렵지만 자신도 모르게 동물적인 감각에 심취한다. 그는 마을의 늙은 창녀와도 성적 관계를 맺는다. 그 후 학우인 바지니의 절도 사건이 일어난다. 악동인 바이네베르크와 라이팅은 바지니를 직접 처벌하기 위하여 이 사실을 비밀에 부치고 그를 감시한다. 퇴르레스는 처음부터 자신의 성적인 상상과 바지니의 절도 사이에 내적인 연관성이 있음을 감지하고 있다. 퇴르레스 자신도 바지니처럼 시민 교육의 도덕을 위반하고 있기 때문에, 그도 절도 행각을 벌일 수 있다고 생각한다. 퇴르레스에게 있어서는, 도덕 규범을 위반하는 성적 상상이 실제의 사실이 되면서 위험한 양상을 띠게 된다. 악동 바이네베르크와 강한 권력욕을 지닌 라이팅은 바지니를 고문하기로 합의를 본다.

이에 비하여 퇴르레스의 사디즘은 고상하게 표현된다. 그는 타인의 행동 가운데 비도덕적인 측면에만 관심을 갖고 바지니를 정신적으로 괴롭힌다. 퇴르레스는 이들의 호모 섹스에 대한 설명을 요구한다. 바지니가 호모 섹스를 하자고 유혹하자 퇴르레스는 그 유혹에 한편으로는 수치와 경멸을, 다른 한편으로는 새로운 열정을 느낀다. 바이네베르크와 라이팅은 마침내 바지니 사건을 학우들에게 알려 집단 린치가 벌어진다. 결국 퇴르레스는 기숙사에서 나오기로 결심한다. 그는 기숙사 학교의 교사들 앞에서 자신의 정신적 상황을 변호할 기회를 갖는다. 교사들은 그를 '혼란스런' 학생으로 간주하고 더 이상 교육을 감당할 수 없다고 생각하여 부모에게 돌려보낸다.

■ 프란츠 카프카(Franz Kafka, 1883~1924)

– 『변신』(*Die Verwandlung*, 1925)

카프카는 프라하에서 유태인이며 장신구 상인인 아버지와 유태계 출신으로 양조장 딸인 어머니 사이에 장남으로 태어났다. 아버지는 자수성가한 사람으로 카프카의 문학적 재능을 이해하지 못하고 자신의 경제적 성공과 유태인의 혈통 보존을 위해 노력하라고 강요하였다. 이에 카프카의 의식 속에는 아버지에 대한 대립 감정이 자리 잡게 되었다. 그래서 그는 경험에서 우러나온 아버지와 아들 간의 갈등을 작품 속에 담았다. 『심판』(*Das Urteil*, 1912년 완성, 1916년 출판), 『시골의사』(*Landarzt*, 1919), 『변신』(1912년 완성, 1925년 출간)도 이 부류에 속하는 작품이다.

1889년 카프카는 프라하의 독일계 초등학교에 입학하였고, 1893년 독일계 인문계 고등학교에 입학하여 1901년 졸업하고, 그 해 여름 프라하 대학에 입학하여 법학을 공부하기 시작하였다. 대학 시절 그는 독문학 강의를 청강하여 프라하 문학계에서 활동하고 있는 후고 잘루스(Hugo Salus), 프리드리히 아들러(Friedrich Adler), 막스 브로트(Max Brod), 게스타브 마이링크(Gustav Meyrink)와 친교를 맺게 되었다. 그리고 철학 서클에 참가하고 문학 살롱에 드나들었다. 1906년 카프카는 법학 박사학위를 취득하였다. 그리고 1908년 프라하에 있는 노동자 재해보험회사에 보험법률가로 취직하였다. 카프카의 스승 중에 형법학자인 한스 그로스(Hans Groß)가 있었는데, 그는 카프카에게 지대한 영향을 끼쳐 작품에 범죄 심리나 정황 연구 등의 법적 이론을 도입하도록 하였다.

1913년 카프카는 『아메리카』의 제1장에 해당하는 『화부』(*Der Heizer*)를 출판, 이 작품으로 1915년 폰타네상을 받았다. 1914년 『소송』(*Der Prozeß*)의 제1장을 집필하였고, 같은 해 단편소설 「유형지에서」(*In der Strafkolonie*)를 완성하였다. 1917년 피를 토했고, 그로 인해 직장을 떠나 요양하였다. 1923년 말 병이 악화된 카프카는 후두 결핵으로 빈의 근교에 있는 키어링이란 소도시의 요양소로 옮겨져 1924년 6월 세상을 떠났다.

카프카의 작품은 생전에 일반 독자들에게 읽혀지지 않았으며, 나치 시대에는 그의 전 작품이 발매 금지되었기 때문에 잊혀진 작가가 되었다. 제2차 세계대전 중에 작품 일부가 미국에서 출판된 것을 계기로 조금씩 읽혀지다가, 전후에 프랑스 실존주의 작가들이 그의 작품을 높이 평가하면서 명성이 전 세계로 확산되어 나갔다. 카프카의 작품에서 나타난 아버지와 아들의 갈등 모티브 등은 초현실주의에 지대한 영향을 끼쳤다. 따라서 그의 작품은 종교적·철학적·전기적·사회학적인 시각 등 다양한 해석의 가능성을 열어 놓고 있어서 획일적으로 해석하는 것은 불가능하다.

『변신』에서는 부조리한 현실 속에서 존재론에 입각한 실존을 찾기 위하여 주인공을 벌레로 변신시킨다. 카프카가 주인공을 벌레로 변신시킨 것은 정상적인 체험의 세계에 대비되는 신화적 세계를 상정하여 체험 세계에서는 불가능한 것을 가능하게 만들려고 하였기 때문이다. 동물로의 변신은 독일 동화에 자주 등장하는 모티브로서, 변신은 비합리적인 초월 세계로의 도피를 뜻하는 것이 아니라, 부조리한 현실을 폭로하고 해결하기 위한 적극적인 태도의 표현인 것이다. 이러한 갑충으로의 변신은 초현실주의 문학 경향에 지대한 영향을 주었다. 소설의 줄거리는 다음과 같다.

직물회사 외판원 그레고리는 나쁜 꿈에서 깨어나 보니 자기가 커다란 벌레로 변해 버린 것을 안다. 자기는 새벽 4시에 일어나 5시에 기차를 타야 한다. 부모님이 주인에게 진 빚을 갚으려면 아직 5~6년은 돈을 모아야 하기 때문이다. 그리고 이 집에서 유일하게 돈을 버는 사람은 자기뿐이기 때문에 일하러 나가지 않으면 수입이 없어져 큰일이다. 하지만 벌레가 되어 버린 그레고리는 침대에서 일어날 수가 없다. 밖에서 식구들이 채근하지만 꼼짝을 못하고 침대에 누워있어야만 하는 처지가 안타깝기만 하다.

회사의 지배인이 찾아온다. 가족들과 지배인이 문을 따고 들어왔을 때에 그들은 그레고리의 변신에 기겁을 한다. 어제까지 멀쩡했던 사람이 벌레로 변하다니! 충격을 받기는 그레고리 자신도 마찬가지다. 그레고리는 자기의 방에 강금된다. 누이동생 그레테가 식사를 넣어 주기는 하지만 식성도 벌레처럼 바뀌어 있다. 천장과 벽도 자유자재로 기어다니고, 사실 그렇게 대롱거리며 붙어 있는 것이 더 편하기도 하다. 가족들의 고통은 이만 저만이 아니다. 가정을 꾸려가는 수입원이 없어졌기 때문이다. 궁여지책으로 가족 모두 직업전선에 나선다. 늙고 비만한 아버지는 급사로, 천식을 앓으며 거동이 불편한 어머니는 삯바느질을, 바이올리니스트가 꿈인 17세의 여동생은 여점원으로 나선다. 가족은 그레고리의 변신을 부끄러워한다. 경제적으로 어려워 보다 작은 집으로 옮기고 싶어도 그레고리를 어떻게 할 수 없어 이사를 갈 수도 없다.

그래도 어머니는 그레고리가 방안에서 편하게 다닐 수 있도록 청소도 해주고 가구를 치워 주기도 한다. 그러다 어느 날, 벽에 달라붙어 있는 벌레를 보자 그 자리에서 실신하고 만다. 이때 직장에서 돌아온 아버지는 실신한 어머니를 보고 벌레에게 화를 내며 사과를 던져 버린다. 사과를 등에 맞은 그레고리는 중상을 입는다. 경제적 도움을 얻기 위해 하숙을 치게 되는데 그레고리가 동생의 바이올린 연주에 가슴이 뜨거워지는 것을 느끼며 자신도 모르게 방문을 열고 거실로 나오게 된다. 그러다가 거실에 앉아 있던 하숙인들에게 발각되고 만다. 하숙인들은 기겁을 하며 계약을 해제하고 집을 나가겠다고 한다.

가족들도 이제는 점차로 그레고리를 귀찮아하며 없어졌으면 한다. 여동생이 말한다. "저 벌레는 더 이상 오빠가 아니다. 오빠라면 사랑하는 가족이 저런 벌레와 살 수 없다는 것쯤은 알 것이고 가족을 위해 스스로 집을 나갔을 것"이라고 하면서, 벌레는 가족의 부담이며 암적인 존재라고 주장한다. 이 말에 부모님들도 수긍한다. 그레고리는 가족들의 차가운 시선을 느낀다. 더 이상 가족에게는 필요 없는 존재가 되어 버린 것이다. 그레고리는 한없는 고독을 느낀다. 사과에 맞은 상처는 갈수록 나빠지고 식욕을 잃은 상태가 계속되자 기력이 쇠잔하여 서서히 죽어간다.

다음 날 아침, 가정부 할머니가 시체가 된 벌레를 발견한다. 너무 말라 뱃가죽이 등에 달라붙어 있다. 오래 전부터 그는 먹지 않고 죽음을 준비하고 있었던 것이다.

그레고리 가족들은 그의 죽음을 애도하면서 동시에 어떤 안정이 찾아옴을 느낀다. 가족은 오랜만에 홀가분한 마음으로 전차를 타고 교외로 향한다. 오붓하게 앉아서 미래에 대한 이야기를 주고받는다. 우선 지금보다 작고 집세가 싸고 실용적인 주택으로 이사를 할 수 있어 좋을 것 같다.

■ 헤르만 헤세(Hermann Hesse, 1887~1962)

– 『데미안』(Demian, 1919)

헤세는 남부 독일 슈바르츠 발트의 소도시 칼브에서 태어났다. 아버지, 어머니, 외조부 모두 신학자인 집안이었다. 1891년 그는 마울부론 신학교에 입학하여 공부하다가 7개월 후에 신학교를 탈출했다. 1904년에는 소설 『페터 카멘친트』(*Peter Camenzind*)를 출간하여 작가로서 이름을 얻기 시작했다. 1911년 이후 헤세는 신경쇠약으로 여러 차례 요양지에서 체류하였고 인도, 싱가포르와 같은 동양으로 여행을 하였다.

제1차 세계대전 동안 헤세는 '독일 포로후생사업소'에 근무하면서 포로병에게 책을 읽어 주기도 하고 책을 펴내기도 했다. 또한 1914~1919년까지 그는 신문과 잡지에 전쟁을 반대하는 많은 글을 발표하였다. 그러던 중 전쟁의 공포, 아버지의 죽음 그리고 부인과 아들의 발병으로 신경쇠약이 점점 더 심해졌다. 그 결과 창작된 소설이 『데미안』이다. 이 작품에서 그는 융(Carl Gustav Jung)의 분석심리학의 주요 사상을 원용하면서 선과 악, 어둠과 밝음, 신과 악마 등의 대립적 요소를 하나로 통합시키고 있다. 이러한 양극적 단일 사상은 이후 전 작품을 관통하는 중요한 주제가 되었다.

헤세는, 1946년에는 프랑크푸르트 시의 괴테문학상과 노벨문학상을 수상하였다. 1947년에는 베른 대학으로부터 명예 박사학위를 받았고, 고향인 칼브 시의 명예시민이 되었다. 1950년에는 브라운슈바이크 시로부터 빌헬름 라베상을, 1955년에는 독일서적협회의 평화상을, 1956년에는 바덴 뷔르템베르크 주에서 헤르만 헤세상이 제정되었다. 말년에 병고에 시달리다가 1962년 뇌출혈로 쓰러져 세상을 떠났다.

그의 대표적인 주요 장편소설로는 『데미안』을 비롯하여 『수레바퀴 밑에서』(*Unterm Red*, 1906), 불교의 절대 경지에 도달하기까지의 과정을 그린 『싯다르타』(*Siddhartha*, 1922), 제1차 세계대전 후의 혼돈 시대를 기록한 『황야의 이리』(*Der Steppenwolf*, 1927), 금욕적인 지성인 나르치스와 육욕적인 자연인 골드문트의 우정을 다룬 『나르치스와 골드문트』(*Narziß und Goldmund*, 1930), 20세기 문명을 비판한 교양소설 『유리

알 유희』(*Das Glasperlenspiel*, 1942) 등이 있다. 이 밖에도 시집, 우화집, 여행기, 평론집, 수상집, 서한집 등 많은 작품을 남겼다.

『에밀 싱클레어』(*Emil Sinclair*)라는 제목으로 발표된 『데미안』은 자신을 탐구하는 젊은이의 운명을 다루고 있다. 이 작품은 자신의 본질 속에 내재한 모순을 객관적으로 묘사하고 있어서, 제1차 세계대전 후 유럽의 젊은이들에게 큰 영향과 함께 감격을 주었다. 또한 이 작품은 16판을 찍어낸 후에야 헤르만 헤세의 작가 이름이 밝혀졌다.

이 작품에는 주인공 싱클레어가 데미안의 인도를 받아 에바 부인과 아브락사스의 세계에 도달하는 과정을 그리고 있는 가운데 성경의 상징이 새롭게 해석되고, 날카로운 문화 비평이 전개되고 있다. 아브락사스 세계는 양극성을 하나로 통합시키는 단일성의 구체적인 상징이다. 즉, 인생과 세계에는 선과 악이 함께 존재하며 이 두 세계를 포용하여 모든 대립을 조화시키는 것이 자아의 사명이라는 것을 가르쳐 주고 있다.

또한 헤세는 이 소설을 통하여 싱클레어와 귀향병 세대에게 러시아와 독일에서 전개되고 있는 제국의 몰락과 혁명 운동으로 야기된 가치 체계의 붕괴 속에서 새로운 시작을 모색해 보라는 권고를 하고 있다. 소설의 줄거리는 다음과 같다.

> 싱클레어는 아브락사스라는 신의 의미를 꿈에서처럼 신비롭게 체험하게 되는데 아브락사스는 신적인 것과 악마적인 것을, 남성적인 것과 여성적인 것을 결합하고 있다는 것을 알게 된다. 그러나 싱클레어의 고민과 절망은 단절된 두 세계를 의식하고 난 후 시작된다. 그는 죄를 통하여 어두운 세계를 알게 되었는데, 결국 밝은 세계 때문에 고민하게 된다.
>
> 이 다른 세계는 바로 골목대장 크로머와 관계를 맺음으로써 생기는 어두운 세계이다. 크로머가 싱클레어를 괴롭힐 때 싱클레어는 아버지를 살해하는 꿈까지 꾸게 된다. 그리고 싱클레어는 죄악을 통하여 자신의 운명을 예감하고 고민과 좌

절 속에 빠진다. 이때 동급생인 데미안이 성경 속에 등장하는 카인에 관한 이야기로 그에게 접근하여, 인간에게는 선과 악이 자리 잡고 있으며, 신성에서 악마와 신이 분리되어 나왔다고 설명한다. 싱클레어는 데미안과 헤어져 다른 학교로 전학을 가게 되는데, 이곳에서 그는 친구들과 어울리지 못하고 고독하게 지내게 된다. 다시금 어두운 세계로 도피한 싱클레어는 베아트리체 그림 속에서 천사와 악마의 형상, 남자와 여자 그리고 동물과 인간이 하나로 표현되어 있음을 보고 자신의 운명을 예감한다. 그리고 싱클레어는 데미안을 생각하며 새를 그리는데, 이것역시 자신의 앞길을 예언해 준다.

싱클레어는 아브락사스 종교에 관심이 있는 오르간 연주자 피스토리우스를 만난다. 그의 영향으로 싱클레어는 인간 내면 속에 내재하는 무의식의 세계를 인식하게 되고, 영원한 것과 근원적인 것을 자신의 내부에서 발견할 수 있다는 것을깨닫게 된다. 그리고 자신이 그린 그림 속의 주인공을 데미안의 어머니인 에바 부인에게서 발견하게 된다. 그는 그녀와의 만남을 통하여 이브의 상징인 영원한 모성이 자신의 내부 세계에 있으며, 그 내부 세계가 바로 아브락사스의 세계임을 알게 된다. 그래서 싱클레어는 그녀를 만나자마자 "이제야 나는 고향에 돌아왔습니다"라고 말한다. 싱클레어의 친구이자 정신적인 지도자인 데미안은 전장에서 죽음을 앞두고 '인간의 진실한 사명은 결국 자기 자신에게 도달하는' 것임을 인식시킨다.

■ 에리히 케스트너(Erich Kästner, 1899~1974) – 『파비안. 어느 도덕주의자의 이야기』(Fabian. Die Geschichte eines Moralisten, 1931)

케스트너는 소시민의 가정에 태어나 초등학교를 졸업하고 4년 간 드레스덴에 있는 교사양성과정을 수료하였다. 1917~1918년까지 군복무를 마치고, 인문계 고등학교를 졸업하지 않는 사람들이 공부하는 학교 과정을 거쳐 고등학교 졸업장을 취득하였다. 이후 라이프치히, 로스톡, 베를린 대학에서 독문학·역사학·철학·연극학 등을 공부하고 1925년 박사학위를 받았다. 이후 케스트너는 《신 라이프치히 신문》의 편집인으로 기자생활을 시작하였다. 그리고 많은 원고를 써 다른 잡지에 기고

하였다.

　바이마르 공화국 말기에 케스트너는 시집과 아동 도서 그리고 장편 소설 『파비안. 어느 도덕주의자의 이야기』 등을 발표하였다. 이 작품들은 1933년 5월 나치 정권에 의해 금서로 분류되어 불살라졌다. 제3제국 기간에 그는 위험한 인물로 낙인 찍혀 계속 체포되고 석방되는 과정을 겪었기 때문에 그의 저서는 외국에서만 판매할 수 있었다. 제2차 세계대전이 끝난 후 케스트너는 뮌헨에 정착하여 미국인에 의하여 발간되는 《새 신문》의 문예부장이 되었다. 그러면서 그는 친지들과 공동으로 '가설 소극장'과 '작은 자유'라는 카페를 설립하고, 이 카페에서 공연할 작품을 창작하였다. 1951년 그는 서독 펜클럽 회장으로 선출되었다. 60년대 말 그는 모든 공적인 생활에서 완전히 은퇴한 후 은둔생활을 하다가 1974년 뮌헨에서 세상을 떠났다.

　독일어로 쓰인 문학 작품 가운데 가장 뛰어난 풍자 장편소설로 알려진 『파비안. 어느 도덕주의자의 이야기』는 1920년대 말의 베를린 풍경과 1930년 무렵의 대공황을 묘사하고 있다. 이 작품은 후기 시민 사회로 접어든 산업 사회에서 도덕이 자리할 곳이 없다는 사회 비판적 작품이기도 하다. 이 작품에 등장하는 주인공 파비안은 신즉물주의의 지식인상을 구현하고 있는 인물이다. 그는 정치 조직에 가담하거나 정치 참여를 꾀하는 일도 없으며, 모든 정치 집단을 이데올로기에 종속되었다고 비판하며 거리를 둔다. 또한 남의 일에 관여하는 것은 자신의 순수성을 잃어버리는 행위라고 생각하여 남의 일에 관여하기를 삼간다.

　그러다가 파비안이 남의 일에 관여하여 돕고자 한 최초의 일은 물에 빠진 아이를 구하는 것이었다. 그러나 그는 수영을 할 줄 몰라서 물에 빠져 죽는다. 남의 일에 관여하는 것은 자신의 순수성을 잃어버리는 행위라고 판단하여 삼가던 그가, 남의 일에 관여하여 돕고자 하였을 때는 죽음을 맛보게 된 것이다.

이 작품에 각인된 작가의 의도는 풍자에 의하여 상승 효과를 나타내고 있으며, 케스트너의 관심사인 도덕은 악덕과 함께 희화화되거나 우스꽝스럽게 묘사되고 있다. 작품의 줄거리는 다음과 같다.

주인공 파비안은 32세의 독문학자이다. 그는 봉투에 주소를 적어주는 대필업에 종사하다가, 이 일을 그만두고 어느 담배회사의 선전문을 작성해 주는 일에 종사한다. 그는 합목적성(合目的性)이 관철되기를 바라며 비꼼을 통하여 본뜻을 전달하는 섬세한 풍자가이다. 또한 세상살이에 유능하지 못하여 사람들의 달콤한 꾐에 빠져든다. 도덕가인 그는 자신의 인생관에 입각하여 삶을 날카롭게 관찰한다. 그러나 그는 시민 계급의 도덕관에 종속되어 있는 사람이 아니어서, 그가 만나는 모든 사회 계층의 사람들이 지닌 도덕관을 열린 마음으로 접하여 알게 된다. 이러한 관찰자의 눈에 다가온 것은 연문(戀文) 소동이었다. 파문을 일으키는 연문 소동을 통하여 그는 겉으로는 평판이 좋은 시민 계급의 가정이지만 그 가정이 허위로 가득 차 있다는 것을 목격한다.

파비안은 성도착가들이 즐겨 드나드는 호사스러운 레스토랑을 방문하여 기자들과 연일 술을 마실 기회를 갖는다. 기자들과 만나면서 국내외의 정보와 여론이 조작된다는 사실을 알게 된다. 그리고 문학비평가 라부데가 레싱을 연구하여 교수 자격 시험을 위한 논문을 준비 중이라는 것을 알게 된다. 그는 라부데와 의견 교환을 통하여 그 역시 자기와 마찬가지로 염세주의에 경도되어 있으며, 사회 비판적 철학에 심취되어 있다는 것을 확인한다. 파비안은 자신과 다른 사람 사이에 세워져 있는 유리가 산산조각날지 모른다는 두려움 때문에 수동적인 관찰자의 입장을 취하고 있는 반면, 라부데는 능동적으로 정치 행동을 하려고 노력한다.

파비안은 레즈비언인 한 여류작가의 아틀리에에서 젊은 여법학도 코르넬리아 바텐베르크를 만나게 된다. 그들은 사랑하는 사이가 되고, 며칠 간 서로 행복한 시간을 보낸다. 파비안이 갑자기 직업을 잃게 되자 코르넬리아는 한편으로는 파비안을 돕고 또 한편으로는 자신의 성공을 위하여 영화 제작자인 한 부유한 실업가와 사귀게 된다. 코르넬리아와 영화 제작자의 관계는 애인 사이로 발전하고, 파비안과 그녀의 사이는 멀어지게 된다. 파비안은 직장을 구하려고 하지만 실패한다. 그는 절망한 나머지 방탕한 생활에 빠져든다.

라부데는 교수 자격 과정의 최종 논문 심사에서 불합격되었다는 소식을 접하고 파비안에게 작별의 편지를 남기고 총으로 자살한다. 그의 자살은 농담이 빚어낸 비극적인 사건이다. 논문이 통과되었는데도 심술궂은 한 조교가 라부데를 놀려 주려고 통과되지 않았다고 거짓말을 하였던 것이다.

그 후 파비안은 시골의 고향으로 돌아간다. 부모의 집에서 무료한 생활을 영위하며 절망을 느낀다. 마침내 그에게 신문사에서 일해 달라는 제의가 들어온다. 그러나 우파적 이념을 표방하는 신문사였기 때문에 이를 거절한다. 그는 이러한 신문사에서 일하는 것은 야비하게 신념을 농락하는 건달이나 할 짓이라고 생각하였던 것이다. 몇 주 동안 산 속을 쏘다니려다 무산되자 그는 대도시를 방문하게 된다. 어느 날 어린 소년이 강에 빠지는 것을 목격한 그는 소년을 구하기 위하여 강물에 뛰어든다. 그러나 그는 수영을 할 줄 몰랐기 때문에 물에 빠져 죽는다. 파비안은 최초로 남의 일에 관여하여 돕고자 했지만 결국 물에 빠져 죽게 된 것이다.

■ 에리히 마리아 레마르크(Erich Maria Remarque, 1898~1970)
– 『서부 전선 이상 없다』(Im Westen nichts Neues, 1929)

레마르크는 오스나브릭에서 책 제본업에 종사하는 소시민의 아들로 태어났다. 고등학교를 졸업하고 오스나브릭에 있는 가톨릭 종파에 속한 대학의 교원양성과정에서 공부하였다. 1916년 제1차 세계대전 중에 군에 입대하여 전선에 배치되었으나 부상으로 후방에 이송되었기 때문에 전선 근무 기간은 짧았다.

전쟁 후 레마르크는 고향 근처의 초등학교 교사로 부임하였다. 그 후 교직을 그만두고 장례용 석재 판매원이 되었다. 이 시기에 그는 시와 짧은 산문들을 발표하기 시작하였고, 문인으로서의 길로 접어들었다. 이후 그는 하노버에 있는 고무 공장의 광고문안 작성자로 일하다가 베를린에서 발행되는 잡지 《그림으로 보는 운동》의 편집장이 되었다. 1929년에 발표된 소설 『서부 전선 이상 없다』로 그의 이름이 세계에 알려졌다. 그러나 1933년 이 소설은 독일에서 금지 도서가 되었고 불살라졌다.

히틀러가 정권을 잡기 직전 그는 독일을 떠났고, 1938년에 독일 국적이 박탈되었으며, 1943년 누이동생이 사형선고를 받고 처형당하였다. 그는 파리에서 망명생활을 하다가 1939년부터는 주로 미국에서 살았다. 그의 소설은 미국에서 대부분 발표되었고, 이들 중 몇 작품은 할리우드에서 영화로 만들어졌다.

『서부 전선 이상 없다』는 제1차 세계대전을 다루고 있는데 전선 군인의 전쟁 체험을 묘사하면서 전쟁을 직접 혹은 간접적으로 고발하고 있는 시대소설이다. 이 작품은 젊은 학도병의 소박한 증언을 통하여 따뜻한 전우애와 용감성이 묻어나고 있으며, 동시에 전쟁의 참상과 죄악 그리고 여러 가지의 모순을 보여주고 있다. 그러나 이 소설은 정치적 측면이 배제되어 있다. 헤밍웨이의 작품에서처럼 이 작품에서도 '잃어버린 세대'라는 단어가 등장한다. 작품의 줄거리는 다음과 같다.

주인공 파울 보이머는 여섯 명의 학우들과 함께 학도병으로 자원 입대하여 군인이 된다. 그들은 전쟁에 열광하는 젊은이들이다. 그러나 군사 훈련 중의 심한 학대와 병영 내에서의 독선적인 하급 장교의 행동 등으로 전쟁에 대한 열기가 싸늘하게 식어 버린다. 이 외에 젊은이들을 더욱 실망하게 만든 것은 훈련 기간 중에 받은 고된 훈련이 실제 전투 상황에서는 아무런 도움이 되지 않는다는 것이다.

보이머와 그의 친구들은 전선에 배치되어 악전고투한다. 그들은 포성과 절망 그리고 남성 창녀촌에서 벌어지는 장면을 목격하고, 인간이 동물로 전락하고 있음을 깨닫는다. 이러한 인간 이하의 상황 속에서 유일하게 남아 있는 인간적인 측면은 전장에서의 전우애이다. 생사를 건 전투가 되풀이되고, 가스 공격으로 수백 명이 한꺼번에 죽어 나자빠지는 현장의 경험이 계속된다. 이러한 경험에 대하여 철학적 성찰을 하는 전우는 거의 없고, 종종 우수에 젖은 파토스만 있을 뿐이다.

보이머와 함께 출정한 여섯 명의 학우 중에서 살아남은 사람은 보이머뿐이다. 독일의 패색이 짙어지면서 1918년 여름부터 '휴전'할 것이라는 풍문이 돈다. 보이머도 1918년 10월 어느 날 죽음을 맞이하게 된다. 그 해 10월 전쟁은 끝난다. 군부의 발표는 "서부 전선 이상 없다"는 것이다.

■ 에른스트 윙어(Ernst Jünger, 1895~1998)
　－『대리석의 절벽 위에서』(Auf den Marmor-Klippen, 1939)

윙어는 하이델베르크에서 약국을 경영하는 집안에서 태어났다. 1907년 그의 가족은 후일 작가로 활동한 그의 동생 프리드리히 게오르크 윙어(Friedrich Georg Jünger, 1898~1977)와 함께 하노버로 이사를 하였다. 그는 하노버에서 청년 운동에 관여했다.

1914년 윙어는 고등학교 자격 졸업시험에 합격하여 졸업증을 획득한 후 곧바로 지원병으로 제1차 세계대전에 참전하여 1918년 종전 때까지 장교로서 최전방에 근무하였다. 그때 여러 번 부상을 당하여 많은 훈장을 받았다. 1919년부터 독일 제국의 군대에 편입되어 1923년까지 복무하였다. 또한 그는 1923~1924년 라이프치히 대학과 이탈리아의 나폴리 대학에서 동물학과 철학을 공부하였다. 그리고 1925~1933년 사이에 자유 문필가로 활동하였다. 바이마르 공화국 말기에는 작가들과 함께 《새로운 민족주의를 위한 주간 잡지》 등 여러 잡지들의 공동 발행인으로 활동하였다.

1933년 나치가 그를 프로이센 학술원 예술분과 위원으로 위촉하자 국가 사회주의 독재의 우민적愚民的 성향과 문학에 대한 제한 조치에 혐오를 느껴 이를 거절하였다. 그리고 1939년 장교로 제2차 세계대전에 다시 참전하여 프랑스에서 근무하였고, 파리 점령 때에는 독일 최고사령부에서 근무하였다. 1944년 7월 20일 히틀러 암살 기도 사건 이후 숙청의 대상이 되어 군복무 부적격자로 강제 전역을 당하였다.

제2차 세계대전이 끝난 1945~1949년까지 윙어는 연합군이 요구한 탈나치를 증명하는 설문지 작성을 거부하여 작품 발표를 금지당하였다. 만년에는 뷔르템베르크 주의 빌플링에 살다가 1998년 세상을 떠났다.

그는 데뷔작이자 대표적 전쟁 일기 『어느 빗발치는 총알 속에서. 어느 돌격대장의 일기에서』(*In Stahlgewittern. Aus dem Tagebuch eines Stoßtruppführers*, 1920)를 비롯하여 많은 진중 일기를 집필하였고, 방대한 에세이집 『내적 체험으로서의 전투』(*Der Kampf als inneres Erlebnis*, 1922) 등 많은 에세이를 집필하였다. 이 밖에 산문 그림 모음집, 단편 서사 작품, 여행기 등을 내놓았다. 소설로는 『대리석의 절벽 위에서』를 비롯하여, 장편소설 『노동자. 지배와 형상』(*Der Arbeiter. Herrschaft und Gestalt*, 1932), 유토피아적 소설 『헬리오폴리스. 어떤 도시에의 회상』(*Heliopolis. Rückblick auf eine Stadt*, 1949) 등이 있다.

그의 대표적 장편소설 『대리석의 절벽 위에서』는 자서전적이며 시대사적 작품으로, 식물학을 연구하는 2명의 형제가 자기들과 가까이 지내는 산림 감독관의 범법적인 행동과 맞닥뜨리며 겪는 내용을 담고 있다. 이 소설의 줄거리는 신화와 북구北歐적인 전설을 섞어 쓴 것이며, 이 줄거리 속에는 나치 체제에 대한 반대 입장이 미학적으로 변용되어 나타나 있다. 그러므로 이 소설은 파시즘을 역사적·사회학적·심리학적으로 분석하여 미학적으로 변용시켜 놓은 작품이라고 할 수 있다. 따라서 이 작품은 1945년 이후에도 계속 출판되면서 독일 지식인들의 '내적 망명'을 대표하는 작품으로 간주되었다. 소설의 줄거리는 다음과 같다.

소설 속의 화자는 그의 동생 오토와 함께 장기간 치러진 전쟁에 참가하였다가 알타 플라나에서 평화로운 마리나로 돌아온다. 그는 라우텐 클라우제에서 고요한 명상에 잠기고 식물학 연구에 전념하고자 한다. 그는 말린 식물 표본과 이 지방에 관한 식물지에 수록된 방대한 식물 수집 목록을 입수하고는 감동한다. 그리하여 일종의 광상곡(Capriccio)적 방법으로 식물에 대한 글을 쓰고 싶은 충동을 느낀다. 그곳에는 화자의 아들 에리오와 할머니가 함께 살고 있는데, 에리오는 부화된 새끼뱀을 지키느라 정성을 쏟고 있다.

마리나 지방의 여러 도시들은 울창한 숲으로 둘러싸여 있다. 이 숲을 지키는 삼림관 대장은 화자 형제와 함께 전쟁에 참전한 전우 사이다. 그 삼림관 대장은 마우레타니어[3]라는 무장한 사병의 무리를 거느리고 있다. 삼림관 대장은 마리나 강변 쪽 주민들과 대치 관계에 있다. 애매한 소문, 혼란, 경악, 불화, 분규 등으로 인하여 결국 화자와 그의 동생 오토는 평화를 사랑하지만 파멸해 가는 마리나 강변 쪽 주민들 편에 서서 전쟁을 하게 된다. 그들이 마우레타니어의 진영인 숲으로 쳐들어갔을 때, 화자는 학대가 자행되던 장소에서 '고문의 방'과 '살인의 방'을 발견한다. 삼림관 대장 진영의 지휘관인 브라크베마르트는 삼림관 대장이 가하는 위협으로부터 마리나를 지키기 위해 젊은 영주에게 도움을 청하지만 그는 너무나 나약하여 도움이 되지 못한다. 그러자 지휘관은 화자와 그의 동생을 자기 편으로 끌어들이려고 한다. 늙은 삼림관 대장은 마리나 주민들을 야수로 바꾸어 놓으려고 하는 데 반해, 지휘관은 마리나를 노예와 노예적 군대의 보급 기지로 삼으려는 데서 의견 충돌이 존재한 것이다.

라우텐 클라우제에서는 전쟁 발발 직전에 람프로스 신부를 손님으로 맞아들인다. 이 신부는 화자와 그의 동생이 자신들의 의지와는 반대로 전쟁을 할 때나 명상 시간을 가질 때 교조적인 권위를 빌어서 그 형제들을 북돋아 준다. 마리나 강변 쪽의 주민들과 마우레타니어 사이에는 단기간이지만 잔혹한 전투가 벌어진다. 이 와중에서 젊은 영주와 지휘관 브라크베마르트는 암살된다. 승패를 판가름하는 결정적인 전투에서 삼림관 대장이 데리고 있는 후각이 예민한 영국종 사냥개들이 화자와 그의 동생이 데리고 있는 마리나를 지키는 전통적 벨로바르 산의 귀중한 품종의 사냥개들을 모두 물어 죽인다.

그 후 마우레타니어는 에리오가 기르고 있는 뱀에 물려 전멸한다. 마리나의 가

---

3 마우레타니어(Mauretanier) : 이 명칭은 1633년 성 마우리티우스(St. Mauritius)에서 난파한 6명의 선원들을 가리키는 것으로서, 그들의 일기를 윙어가 자신의 초기 작품 속에 인용하면서 모험심을 기록한 인류 최초의 기록이라고 높이 평가하고 있다. 따라서 윙어는 이것을 신비화하여 자신의 작품에 이 단어를 자주 사용하고 있다.

옥들은 모두 불타버렸고 라우텐 클라우제도 식물 표본실과 함께 불길에 휩싸인다. 마리나 주민들은 배를 타고 알타 플라나로 이주하였으며 그곳의 영주는 그들을 환대한다. "그렇지만 이 휘황찬란한 불길 속에서 유쾌함도 서려 있다"라는 표현으로 이 작품은 끝을 맺는다.

■ 토마스 만(Thomas Mann, 1875~1955)
- 『마의 산』(*Der Zauberberg*, 1924)

만은 북부 독일 뤼벡에서 태어났다. 양곡회사를 경영한 아버지는 인품이 훌륭했고, 어머니는 예술적 기질이 풍부하며 음악에 천부적인 소질을 지닌 매우 아름다운 여인이었다. 이러한 부모님들의 영향은 만의 의식에 항상 자리하고 있었다. 1891년 아버지가 세상을 떠나자, 1893년 어머니를 따라 뮌헨으로 이사하였다. 그는 인문계 고등학교를 중퇴하였고, 연금을 받으면서 작가의 길을 택했다. 그리고 1898년 그의 실질적인 데뷔작품인 단편소설 모음집 『작은 프리데만 씨』(*Der Kleine Herr Friedemann*)가 대성공을 거두었다. 이어 4대에 걸친 가족 이야기를 담고 있는 장편소설 『부덴브로크 일가』(*Buddenbrooks*, 1901)로 만의 나이 26세에 명성 높은 문인으로 자리를 굳혔다.

만은 제1차 세계대전이 일어나자 국수주의적 입장을 나타내기 시작하였다. 그러나 반민주주의적이고 국수주의적인 태도가 정치적 현실에서 비인도주의적인 테러의 형태로 나타나자, 만은 자신의 입장을 수정할 수밖에 없었다. 이후 그는 비정치적인 입장을 극복하고 비판적인 사회 참여의 태도를 취하였다. 그리하여 그는 1920년대 독일 나치의 등장을 부단히 경고하고 유럽 민족의 결속 정책을 장려하였다.

1933년 만은 바그너 사망 50주년 강연장을 히틀러 장악에 대한 캠페인의 장으로 만들고자 하였다. 이후 그는 스위스와 미국에서 망명생활을 할 수밖에 없었다. 그리고 그는 히틀러 정권의 야만성을 폭로하고 그 만행을 규탄하는 투사로 변했다. 미국 망명 시절에는 루즈벨트 대통령과 친분을 맺고, 국제 정세에 관한 정보를 얻어 다른 독일 망명 작가들과 반파시즘 전선을 구축하는 데 결정적인 역할을 하였다.

1936년 만은 독일 시민권과 본 대학에서 얻은 명예 박사학위를 박탈당하였고, 1938년에는 미국으로 이주하여 프린스턴 대학에서 문학 강의를 맡았다. 1940년에는 캘리포니아에 새 거주지를 마련하였고, 1944년에는 미국 시민권을 획득하였다. 1952년에 만은 유럽으로 다시 돌아와 스위스에 정착하면서 집필에 몰두하였다. 그러다가 독일로 돌아가지 않고 스위스의 취리히에서 세상을 떠났다. 1929년 그는 노벨문학상을 수상하였다.

그의 대표적인 소설은 노벨문학상을 수상한 『부덴브로크 일가』를 비롯하여 『토니오 크뢰거』(*Tonio Kröger*, 1903), 『마의 산』, 『마리오와 마술사』(*Mario und der Zauberer*, 1930), 요셉 소설 4부작 『요셉과 그의 형제들』(*Joseph und seine Brüder*, 1930년대), 『파우스트 박사』(*Dr. Faust*, 1947), 『고등 사기꾼과 팰릭스 크룰의 고백』(*Die Bekenntnisse des Hochstaplers Felix Krull*, 1954) 등이 있다.

『마의 산』은 제1차 세계대전 전, 내면적으로 부패한 유럽을 드러내고 있다. '마의 산'은 병든 유럽을, 이곳의 거주민들은 부패한 당시의 사회를 상징하고 있다. 또 이들은 고질적인 병에 걸려 건강한 사람들이 살고 있는 세계로 돌아갈 의지가 없으며, 다만 미학적인 문제를 토론하거나 세계관이나 정치에 대한 토론을 하고 있을 뿐이다. 한스 카스토르프만이 제1차 세계대전에 참전하기 위하여 '마의 산'을 떠난다. 이 작품은 특정 시기의 한 시대를 분석하고 있을 뿐만 아니라, 그 시대 정신을 분석하고 있다. 작품의 줄거리는 다음과 같다.

한스 카스토르프는 3주 예정으로 스위스 어느 산중 요양소에서 폐병 치료를 받고 있는 사촌 요하임을 방문한다. 그런데 그 자신도 병이 들어 7년 간 이 산 위에서 머물게 된다. 요양원 입원 환자들은 병약하기 때문에 어떤 노동도 하지 않는다. 이 요양소는 소위 '마의 산'으로 불리는데, 이곳에 은둔한 사람들은 아무런 방해를 받지 않아 게으르며 스스로 자신을 발전시켜 나가야 한다. 현실로부터 유리된 그들은 극단적인 것에서 시대의 정신적 원칙을 구현하고 있다. 요양원은 공간적으로 고립되어 있고 시간 개념이 지양된 곳으로, 병과 죽음의 세계에서 조성된 자유와 무책임한 방종이 지배하는 곳이다.

카스토르프 역시 요양원생활을 시작하자마자 무질서와 방종 그리고 병의 나락으로 빠진다. 이곳은 질서와 시간의 속박으로부터 해방되어 있는 곳이기도 하지만 도덕과 일에 대한 의욕마저 마비되어 있는 곳이다. 그러나 카스토르프에게 있어서 '마의 산'은 죽음과 삶 사이의 무시간적인 중간 영역으로 일종의 교육적 영역이 된다. 체류 기간 동안 그는 마(魔)적인 분위기에 감염되어 많은 경험을 얻게 된다. 이곳에서 생활하는 세템브리니, 나프타, 페퍼코른, 쇼샤 부인 등이 각기 나름대로의 카스토르프의 영혼을 사로잡으려고 한다. 이탈리아인 세템브리니는 인도주의자이며 합리주의적인 계몽주의자로서 민주주의의 투사이다. 이와는 반대로 권위를 신빙하는 예수회 회원 나프타는 어둡고 파괴적인 힘들과 결부된 종교재판과 독재의 추종자다. 개인을 멸시하는 그는 혁명적인 집단의 방편인 폭력을 옹호한다. 좌익 또는 우익 지성인의 대화와는 관련 없는 말들을 더듬더듬 내뱉는 페퍼코른은 감각적인 삶의 쾌락에 열광하는 색골이다.

카스토르프는 러시아인 쇼샤 부인을 만나 결정적으로 '마의 산'의 세계에 빠져든다. 에로스적 요소와 죽음의 요소를 한몸에 지니고 있는 그녀는 '해체와 몰락'의 화신으로 비합리적인 삶에 대한 탐닉, 죽음의 유혹을 상징한다. 그녀와의 관계가 깊어질수록 카스토르프의 건강은 악화된다. 세템브리니는 죽음의 세계에 빠져들어가는 그를 합리주의적 이론을 전개하여 삶의 방향으로 이끌고자 한다. 그러나 카스토르프는 병든 아름다운 쇼샤 부인과 사랑에 빠지고, 인간과 인간 세계에 대하여 명상을 하며 시간을 보낸다. 이러한 정신적 도야의 과정에서 생(生)에는 합리적인 사고만으로는 도저히 해결되지 않는 부분이 있다는 것을 깨닫는다.

카스토르프는 요양원의 세계에서 복합적이고 교육적인 상승을 체험한다. 생물학·의학·천문학 등을 습득할 뿐만 아니라 세템브리니, 나프타, 페퍼코른의 서로 대립되는 이론에 대해서도 폭넓게 귀를 기울인다. 그러는 가운데 인생관의 대립, 삶과 죽음의 대립을 인식하게 된다. '눈의 장'에서 그는 죽음이 자신을 극도로 위협하는 순간, 이러한 대립을 생이라고 규정하고 변증법적 지양을 깨닫는다. 그는 '눈의 장'에서 길을 잃고, 이곳 산상에서의 경험들을 곰곰이 생각한다.

카스토르프는 도취적인 꿈을 통하여 죽음과 삶의 동질성을 체험함으로써 인간 스스로가 '대립의 지배자'임을 인식한다. "대립들이란 그를 통하여 존재한다. 따라서 인간은 대립들보다 더 고귀하다." 그는 삶과 죽음의 대립을 변증법적으로 지양할 수 있는 인간의 능력을 깨달으면서, 병과 죽음의 유혹을 부정하지 않은 채 '삶의 친근성'을 고백한다. '인간이 죽음과 병에 대하여 관심을 갖는 것은 삶에 대한 관심을 표현'하고 있기 때문이다. 카스토르프는 선의와 사랑만이 인간성의 이상을 실천하는 방법이라고 생각한다. 그러기에 이것을 잃지 않기 위하여 자기의 사고에 대한 지배권을 죽음에 양도해서는 안 된다고 결의한다. 그러나 카스토르프의 생각은 구체화되지 못한 채 곧바로 퇴색해 버린다.

카스토르프는 쇼샤 부인과의 관계에서도 자유로워지고, 친근감을 느꼈던 페퍼코른이 자살한 후에도 이곳을 벗어나지 못한다. 그러나 그는 죽음과의 공감이 얼마나 위험한 것인가를 인식하였기 때문에 '마의 산'에 계속 머무는 것은 '죽은 삶'에 탐닉하는 것이라고 생각한다. 이러한 인식이 현실적으로 구체화될 수 없는 상황에서 '거대한 둔감'이 그를 계속 속박한다. 그러던 가운데 제1차 세계대전이 일어나자 카스토르프는 '마의 산'에서 내려와 지원병으로 전선에 돌진한다.

■ 하인리히 뵐(Heinrich Böll, 1917~1985)

- 『여인과 군상』(Gruppenbild mit Dame, 1971)

하인리히 뵐은 쾰른에서 가구 제작자의 아들로 태어났다. 고등학교를 졸업하고 서적업에 관계했으며, 1939년 쾰른 대학에 입학하여 독문학을 공부하였다. 하지만 곧 육군으로 징집되어 1945년까지 복역하였다. 전쟁 기간 동안 그는 부대를 따라 프랑스, 폴란드, 루마니아, 헝가리 등지를 돌아다니게 되었다. 1945년 4월에는 포로로 잡혔다가 9월에 석방되었고, 그 후 쾰른 대학으로 돌아와 계속 공부하였다.

그는 1947년부터 작가생활에 입문하여 '47년 그룹'에 참여하고 전후 문학인 《폐허문학》의 중심 작가가 되었다. 그는 전쟁 체험을 통하여 전쟁이란 가장 어리석은 놀이라고 고발하는 작품을 써냈다. 그는 1972년 "광범위한 시선으로 시대를 꿰뚫어 보았고, 인물을 섬세하게 형상화했으며, 독일 문학 부흥에 큰 역할을 했다"는 평가를 받으며 노벨문학상을 수상하였다.

그의 대표적 작품으로는 『여인과 군상』을 비롯하여 『기차는 제 시간에 왔다』(*Der Zug war punktlich*, 1949), 『그리고 아무 말도 하지 않았다』(*Und sagte kein einziges Wort*, 1953), 『9시 반의 당구』(*Billard um halb zehn*, 1959), 『어느 어릿광대의 견해』(*Ansichten eines Clowns*, 1963) 등이 있다.

『여인과 군상』은 전통적인 기법에서 벗어나 색다른 방식으로 전개된다. 중심인물이 레니임에도 처음부터 끝까지 그녀가 직접적으로 등장하는 장면은 거의 없다. 레니에 관한 거의 모든 이야기들은 한 기자가 백방으로 뛰어다니며 알아낸 것들이다. 이러한 독특한 구조는 작품을 매우 객관적으로 보이게 하는 효과를 준다. 기자의 취재라는 방식으로 자기의 허구성에 객관성이라는 가면을 씌운 것이다. 또한 작가는 전쟁이 불러온 재난을 묘사하면서 강렬하게 고발하는 어조보다는 블랙 코미디 같은 분위기로 이끌어나가 그 부조리와 잔혹함을 더욱 강조하였다. 소설의 줄거리는 다음과 같다.

> 레니에게도 젊은 시절이 있다. 젊었을 때 레니는 아름답고 명랑한 소녀였다. 하지만 학교 성적은 그다지 좋지 못해서 저능아를 위한 보충학습을 하는 학교로 보내지기도 했다. '전교에서 자신감 넘치는 소녀' 마저도 나치 통치 아래의 독일에서는 어쩔 수가 없었던 것이다. 하지만 레니는 절대 저능아가 아니었다. 그녀는 그저 학교에서 가르치는 그 추상적인 것들이 싫었을 뿐이다. 그녀는 재능도 뛰어났고 용감했으며 선량했고 음악에 재능도 보였으나 아무도 알아보지 못했던 것이다.
> 수녀님들이 운영하는 한 중학교에 다닐 때 레니가 좋은 선생과 친구를 만날 수

있었던 것은 행운이었다. 이곳에서 레니는 라헬 수녀님과 동급생 마가리트를 만나게 된다. 라헬 수녀는 레니에게 필수적인 생활과 생리에 관한 상식을 가르쳐 주었으며, 수녀의 떳떳하고 올바른 행동들은 레니에게 많은 귀감이 된다. 마가리트는 레니의 가장 친한 '자매'이다. 제2차 세계대전의 폭음 속에서 그들은 생사고락을 함께 한다.

레니가 17살이 되던 해, 군대에서 휴가 나온 사촌 오빠 에이하드를 만난다. 두 사람은 첫눈에 사랑에 빠졌지만 매우 민감했던 두 사람의 짧은 사랑은 순수한 플라토닉식 사랑이다. 제2차 세계대전이 일어난 지 오래되지 않아 에이하드와 레니의 오빠 하인리히는 함께 입대해서 전쟁에 참가한다. 두 선량했던 청년은 도를 넘어선 나치의 만행에 불만을 품고 있다가 결국에는 독일의 대포 하나를 덴마크 사람에게 판다. 이 일 때문에 두 사람은 반역죄로 나치에게 사형당하고 만다.

오빠와 사랑하는 이의 죽음은 레니에게 큰 충격을 주었고, 이때부터 그녀는 우울하고 어두운 성격으로 바뀐다. 아버지가 주최하는 무도회에서 레니는 행동이 진중하지 못한 알루이스의 유혹으로 어리둥절한 사이에 동정을 잃고 만다. 두 사람이 결혼하고 오래지 않아 알루이스도 전쟁에 참여하고 1개월 후에 전사한다. 그리고 설상가상으로, 레니의 아버지는 임금 내역을 허위로 작성한 것이 발각되어 집의 모든 재산은 몰수당하고 자신도 유배당하는 불운에 처해진다.

레니는 더 이상 부잣집 아가씨가 아니다. 자기 스스로 생계를 꾸려 나가야만 한다. 레니는 한 공장에서 일하기 시작한다. 사장 펠치는 매우 인정이 많은 사람이었고, 그녀를 잘 돌봐준다. 레니는 공장에서 일하면서 전쟁 포로인 보리스라는 러시아 사람과 사랑에 빠지게 된다. 나치는 때마침 러시아와 전쟁 중이어서 레니의 사랑은 매우 큰 용기가 필요하다. 두 사람이 사랑하는 사이라는 사실이 발각되는 날이면 그 결과는 누구도 예측할 수 없다. 연합군의 폭격 속에서 레니와 보리스는 몰래 숨은 채 짧은 시간 동안만 만난다. 얼마 후 레니는 임신을 한다. 전쟁은 여전히 계속되고 레니와 보리스는 일 년 같은 하루를 두려움 속에서 보내며 그저 모든 것이 하루 빨리 끝나기만을 바란다.

전쟁이 드디어 끝났지만, 그것은 행복의 시작을 의미하지는 않았다. 보리스가 가지고 있는 신분증이 독일군의 것이라 미군에게 끌려간 것이다. 그 후 그는 프랑스 사람에게 팔려가 탄광에서 일하다가 사고로 죽고 만다. 레니가 천신만고 끝에 찾아낸 것은 사랑하는 사람의 무덤이다.

전쟁 후 레니는 아들 렐프를 데리고 하루하루를 힘들게 보낸다. 렐프는 장성한 후 어머니가 사기당하여 빼앗긴 재산을 되찾아오기 위해 가짜 어음을 만들고, 이것이 발각되어 감옥에 간다. 그리고 레니는 사람들의 괄시와 비웃음도 아랑곳하지 않고 한 터키 사람과 동거를 하기 시작한다. 레니는 아들이 출옥하여 돌아오리라는 기대와 희망을 안고, 두 사람은 나름대로 화목한 날을 보낸다.

■ 귄터 그라스(Günter Wilhelm Grass, 1927~)
－『양철북』(Die Blechtrommel, 1959)

그라스는 자유시 단치히(현재, 폴란드의 그다인스크)에서 독일인 아버지와 폴란드인 어머니 사이에서 태어났다. 그는 고향 단치히에서 히틀러 청년 운동인 '히틀러 유겐트'[4]를 겪었으며, 16세에 제2차 세계대전에 참전하였다가 1946년까지 미군 포로생활을 하였다. 그 후 뒤셀도르프 미술대학에 입학하여 조각과 그래픽을 전공하였고, 다시 베를린 조형예술대학으로 옮겨 공부를 계속하였다.

그러면서 작가협회인 '47년 그룹'의 격려로 시와 희곡을 써서 어느 정도 성공을 거두었고, 1956년 파리로 가서 첫 소설 『양철북』(1959 출판, 1979 영화화)을 내놓아 세계적 명성을 얻었다. 이후 중편소설 『고양이와 쥐』(Katze und Maus, 1961), 서사소설 『개 같은 시절』(Hundejahre, 1963)에서 활력이 넘치는 문장과 풍부하고 그로테스크한 풍자로써 독일 역사를 그렸는데, 이 세 편의 소설을 흔히 '단치히 3부작'으로 부른다. 그 후 사회 참여 작가로서 서베를린에서 사회민주당의 정치 활동에 적극적으로 참여해 자신의 사회적·문화적 신념을 위해 열렬히 싸우는 한편 정

---

4 히틀러 유겐트(Hitler-Jugend) : 1933년 히틀러가 청소년들에게 나치의 신조를 가르치고 훈련시키기 위해 만든 조직으로, 제2차 세계대전 당시 독일 청소년들은 이 청년군대조직에 의무적으로 가입해야 했다.

치적인 소논문도 썼다. 1999년 7월 연작소설 『나의 세기』를 발표했으며, 그해 9월 노벨문학상을 수상했다. 그가 노벨문학상을 수상하고 처음으로 내놓은 소설 『게걸음으로 가다』(*Im Krebsgang*, 2002)는 독일 사회에 커다란 반향을 불러일으켰다.

장편소설 『양철북』은 단치히 사람들의 소시민적 세계를 주인공 오스카르 마체라트의 '개구리 시점',[5] 즉 난쟁이인 오스카르가 1952~1954년까지 정신 병원에 머물면서 1899~1952년까지의 자신의 가족사를 기록하는 형식으로 구성되어 있다. 이에 따라 글 쓰는 과정과 자서전의 내용이 되는 두 가지의 시간 차원이 병행하여 서술된다. 이때 가족사의 내용은 1권에서는 1899~1938년의 '수정의 밤'[6]까지, 2권에는 폴란드 우체국 전투로 제2차 세계대전이 시작되어 끝날 때까지, 그리고 3권에서는 종전에서부터 오스카르가 30세가 되는 1954년까지의 이야기가 서술된다. 이러한 오스카르의 소시민적·사적 사건들은 거시적 차원의 역사적 사건들과 상징적으로 연관된다.

이 소설은 나치즘이라는 독일의 현대사와 연관 짓지 않고는 해석할 수 없다. 이 소설에서 작가는 과거사에 대한 철저한 청산 없이 경제 성장에만 매달리던 전후 서독 사회를 날카롭게 비판하며 독일인들의 반성을 촉구하고 있다. 특히 나치를 악마시하여 대다수 국민들이 책임을 회피하고자 했던 당시의 흐름에 맞서, 『양철북』은 당시 독일 소시민 계

---

5 개구리 시점 : '조감적 시점'이 나는 새의 시점과 같다면, 반대의 개념으로 우물 안 개구리가 위를 올려다보는 듯한 좁은 시점을 의미한다.

6 수정의 밤 : 1938년 11월 7일 파리에서 유태인 청년이 독일 외교관을 사살한 사건이 일어나자, 나치에 의해 독일 전역에 걸쳐 대 유태인 보복이 가해졌다. 유태인 회당과 상점, 주택들이 파괴되고 유태인 91명이 사망, 2만여 명이 체포되었다. 이때 깨진 유리조각들이 사방에 널려 있었던 모습에 빗대어 '수정의 밤'이라고 불린다.

급에 내재한 파시즘적 성향과 정신적 타락을 적나라하게 파헤침으로써 독일인 대다수에게 역사적 책임이 있음을 보여주고 있다. 소설의 줄거리는 다음과 같다.

1924년 단치히에서 태어난 오스카르 마체라트는 간호사 도로테아 살해 혐의를 받고 뒤셀도르프 정신병원에 수감된다. 공허하고 무료하기 짝이 없는 이곳에서 오스카르는 간호사에게 부탁하여 받은 백지 위에 자신의 과거를 써내려가기 시작한다.

회상은 1899년 할머니 이야기부터 시작된다. 오스카르의 할머니는 단치히 근처에 사는 아름다운 폴란드 여인이었다. 어느 날 할머니는 우연히 만난 죄인을 자기의 치마 속에 숨겨주고, 이날 밤으로 두 사람은 결혼하여 오스카르의 어머니 아그네스를 낳았다. 아그네스는 어려서부터 함께 자란 사촌 얀과 서로 좋아하는 사이였다. 하지만 제1차 세계대전의 혼란 속에서 당시 간호사였던 아그네스는 부상당한 독일 군사 알프레드 마체라트를 만나 결혼하였다. 그 후 두 사람은 작은 잡화점을 운영하며 살아갔다.

오스카르는 앨범을 보면서 자신의 어린 시절을 더듬는다. 그는 일찍이 태어나면서부터 세상의 어두운 면을 알았다. 다시 어머니 뱃속으로 들어가고 싶다고 생각했지만 이미 탯줄이 잘린 후였다. 너무 늦은 것이었다. 오스카르가 3살 때, 어머니는 생일선물로 양철북을 사주셨다. 오스카르는 이 북을 매우 좋아해서 이후 절대로 손에서 놓지 않았다.

아버지의 뒤를 이어 잡화점을 운영해야 했던 오스카르는 그것이 싫어서 일부러 계단에서 떨어져 스스로 성장을 멈춰 버렸다. 덕분에 키는 94센티미터로 남들보다 훨씬 작았다. 하지만 오스카르에게는 남들보다 높은 정신 수준과 유리를 깰 수 있는 목소리를 지니고 있었다. 남들과 달랐던 그는 어린 시절 문제아로 여겨져 학교에서도 받아주려 하지 않았다. 오스카르는 어렸을 때 이미 어머니가 아버지 외에 얀과도 관계가 있다는 사실을 알았고, 그 후로 얀이 자신의 아버지일지도 모른다고 생각하곤 하였다.

마침내 단치히에도 나치의 영향이 미치기 시작했다. 아버지는 무엇인가 득이 될 거라고 생각하여 나치에 가입해서 돌격대원이 되고 나중에는 소대장까지 올랐다. 이에 오스카르는 나치 동조자의 전형이라고 할 수 있는 아버지가 매장될 때 다시 성장하기로 결심했다. 따라서 나치의 시민집회가 싫었던 오스카르는 자기 북으로 나치 군악대의 리듬을 바꾸어 재즈가 되게 하는 위험한 장난을 쳐서 연주를 망쳐 버리기도 했다. 한편 얀과 비밀스러운 관계를 계속 유지하던 어머니는 자기가 싫어하는 아버지의 아이를 임신한 후 더욱 결혼생활에 회의를 느끼고, 결국 폭식증으로 뱀장어요리를 먹다가 사망한다.

1939년 나치가 폴란드를 침략하자 단치히의 우체국 역시 나치의 공격을 벗어나지 못했다. 이 공격으로 얀이 눈앞에서 죽음을 당했지만 오스카르는 그저 바라만 볼 뿐이었다. 아버지는 가게를 운영할 겸 오스카르를 돌봐 달라고 17세의 마리아라는 여인을 고용하였다. 16세인 오스카르는 마리아와 사랑하여 그녀를 임신시켰다. 그런데 약삭빠른 마리아는 아버지를 유혹하여, 오스카르의 아이를 임신한 채 결혼에 성공하였다. 그리고 오스카르의 아들인데 호적상으로는 아버지의 아들인 쿠르트를 낳았다.

1943년 오스카르는 독일군 위문 공연을 다니는 베부라의 극단에 들어갔다. 극단이 해체되자 오스카르는 단치히로 돌아왔다. 그리고 얼마 되지 않아 이곳에 소련군이 들이닥쳤다. 아버지는 두려움에 나치의 배지를 떼어 바닥에 내동댕이쳤다. 오스카르는 이것을 가지고 있다가 러시아군이 보는 앞에서 아버지에게 건네주었다. 당황한 아버지는 배지를 삼키려다 발각되어 소련군에게 그 자리에서 총살당했다. 아버지의 장례식장에서 오스카르는 양철북을 관 위로 던지고 이제 다시 성장하기로 마음을 먹었다. 하지만 키는 조금 더 자라 121센티미터가 되었을 뿐 오스카르는 결국 꼽추가 되고 말았다.

전쟁이 끝나자 단치히는 폴란드에 귀속되었고 독일인들은 핍박 속에서 떠나야만 했다. 오스카르는 뒤셀도르프로 가서 석공 일로 연명하면서 한편으로는 대학에서 청강도 하고 많은 예술가들의 모델이 되어 주기도 했다. 그는 계모인 마리아에게 청혼했지만 거절당한 후 간호사 도르테아와 사랑에 빠졌다. 1951년 오스카르는 베부라와 다시 만났다. 베부라는 오스카르를 유명한 양철북 연주자로 만들어 주고 음반도 팔아 꽤 많은 돈을 벌었다. 베부라가 죽자 오스카르는 그의 재산을 상속받아 더욱 부자가 되었다. 그 후 오스카르는 친구의 모함으로 도르테아를 죽였다는 누명을 쓰고 체포되었다. 이때 오스카르는 자신을 예수라고 주장하여 정신병원으로 보내진 것이었다. 그 후 오스카르는 병원에서 이렇게 옛일을 회상하며 시간을 보내고 있었다.

2년 후, 진범이 잡히고 오스카르는 풀려난다. 그는 정신병원에 앉아서 어려서 부르던 '검은 마녀'를 부르며 공허함 속에 자문한다. '이 정신병원에서 강제로 쫓겨난 후에는 도대체 무엇을 해야 하는가?'

■ 엘프리데 옐리네크(Elfriede Jelinek, 1946~)

　　　– 『피아노 치는 여자』(*Die Klavierspielerin*, 1983)

옐리네크는 오스트리아의 슈타이어마르크 주에 있는 뮈르츠추슐락에서 태어나 빈에서 자랐다. 빈 음악원에서 오르간을 전공하였으며, 빈 대학에서 연극학과 미술사를 공부했다. 1975년 발표한 소설 『연인들』(*Die liebhaberinnen*)로 이름이 알려지기 시작했으며, 소설뿐만 아니라 시·방송극·희곡 등 다양한 장르에서 활발한 활동을 펼쳐왔다. 그녀의 문학 세계는 마르크스주의와 페미니즘을 결합한 시각에서, 자본주의 사회에서의 여성의 문제를 제기하고 있다. 대표작으로는 『피아노 치는 여자』를 비롯하여 『욕망』(*Lust*, 1989), 『죽은 사람들의 아이들』(*Die Kinder der Toten*, 1995) 등의 장편소설이 있다.

그는 독일어권에서 가장 주목받는 여성작가로서 하인리히 뵐상, 페터 바이스상, 게오르크 뷔히너상, 하인리히 하이네상, 프란츠 카프카상 등에 이어 노벨문학상을 수상하였다.

『피아노 치는 여자』는 포르노소설이라고 생각할 수도 있다. 그러나 작가는 인간 내부에 잠복되어 있는 성의 정체성, 인간의 정체성, 모순의 정체성 그리고 자기 안의 가식을 발가벗겨내고 있다. 어머니와 딸의 관계와 연관 지어 주인공 에리카의 심리적 문제 등은 나르시시즘, 마조히즘, 사디즘, 관음증 등에 대한 프로이트와 나아가 라캉의 이론에 근거한다. 또한 롤랑 바르트(Roland Barthes)의 이론에 근거한 일상신화 해체와 관련된 글쓰기 방식이 작품의 핵심을 이루고 있다. 여기에 에리카를 클레머의 희생물로 보는 페미니스트적인 시각, 에리카를 어머니의 자본으로 보는 자본주의 비판적인 시각이 가미된다. 따라서 크게 어머니와 딸의 관계, 선생과 제자의 관계로 나누어 살펴볼 수 있다. 이 소설은 2001년 미하엘 하네케 감독에 의해 '피아니스트'라는 제목의 영화로 만들어져 전 세계적으로 유명해졌다. 영화 역시 그 해 칸 영화제 대상과 남녀 주연상을 휩쓴 화제작이다. 작품의 줄거리는 다음과 같다.

빈 음악원의 피아노 선생으로 일하는 에리카 코후트라는 30대 중반 여성은 아직까지도 어머니의 지배로부터 벗어나지 못해 자신의 한계를 뛰어넘지 못하고 있다. 어머니와의 관계에서 형성된 무의식적 죄책감과 공격성은 남자에게 솔직하게 자신의 감정을 표현하는 것을 불가능하게 만든다. 그녀는 학생 시절에 호감을 느끼던 남자로부터 관심을 끌지 못했고, 남자들과의 관계에서 배신당하고 기만당하는 고통을 받았다. 한편 10년 연하이며 17살에 피아노를 시작한 클레머는 이 피아노 선생을 흠모하면서 이른 아침부터 저녁 늦게까지 연습실에 남아 에리카의 주의를 맴돈다. 그는 나이로나 지적으로 우위에 서 있는 그녀를 정복하여 자신의 자만심을 만족시키려 한다.

클레머는 에리카처럼 사디즘적인 성향을 가지고 있다. 서로 공통된 병을 가지고 있는 그들은 음악에서 위안을 얻고, 음악을 통해 서로 공감하면서 가까워진다. 음악은 클레머에게는 자신을 포장하고 상대방을 유혹하는 미끼가 된다. 음악은 두 사람을 가깝게 해주는 매개체가 되기도 하고, 때로는 자신의 지적 능력을 과시하고 서로를 공격하는 도구가 되기도 한다.

사실 에리카는 클레머가 가져다 줄 변화를 두려워하면서도 한편으로는 그가 자신을 어머니의 지배로부터 벗어나게 해주길 바란다. 그녀는 사랑하는 사람이 그녀의 '폐허 속에 묻힌 여성다움'을 추적해내면서 여자로서의 정체성을 찾는 것을 돕고 마음의 병을 치유해 주길 바란다. 그러나 클레머는 그녀 못지않게 병을 앓고 있으면서 자신의 병조차 감지하지 못한다. 병의 증상은 사랑하는 이와의 은밀한 관계에서 극명하게 드러난다.

사디스트인 에리카와 클레머는 서로를 지배하고 관계의 주도권을 잡으려고 한다. 클레머는 다른 젊은 여자들에게 관심을 보이며 자신에게 순순히 마음을 열지 않는 에리카의 질투심을 유발한다. 그녀는 평범함 사람들처럼 클레머와 결혼해서 행복하게 살고 싶지만, 다른 한편 고통을 통해 쾌락을 얻고 싶고 자신을 죽이는 한계까지 이르고 싶기도 하다. 이는 어머니의 이상이 그녀의 내면에 각인된 죄책감에서 유발된 것이다. 어머니의 꿈은 에리카가 선망의 대상이 되는 세계적인 피아니스트가 되는 것이다. 그러나 일개 피아노 선생이 된 에리카는 어머니의 꿈을 이루어줄 수가 없다. 에리카의 욕구를 억압하는 어머니의 지배와 감시는 그녀의 파괴적인 욕구를 키운 것이다.

에리카는 사랑을 느끼게 된 클레머에게 자신에게 고통을 주라는 편지를 건네게 된다. 그러나 에리카는 내심 클레머가 이 편지를 무시하기를, 그리고 자신이 요구한 일이 실제로 일어나지 않기를 간절히 바란다. 에리카는 클레머와 정상적인 관계를 맺고 싶지만 그와 사도마조히즘적 관계에서만 사랑을 나눌 수 있는 모순된 상태에 있는 것이다. 에리카가 공원에서 관음증적 증세를 보이면서 방황할 때 슈베르트의 '겨울여행'이 부분적으로 인용된다. 그녀는 사랑을 통해 마음의 병을 치유하고 구원을 얻고자 하지만 자신의 내면 상태를 구체적으로 표현하지 못한다.

에리카는 클레머에게 사도마조히즘적인 성행위를 요구한다. 이에 클레머는 분노하면서 공원에서 동물을 죽임으로서 자신의 파괴욕을 해소한다. 그러나 공격성은 그녀를 잔인하게 파괴하고자 하는 욕구로 발전한다. 폭력적인 성행위를 주문하는 에리카의 편지를 빌미로 결국 그는 에리카를 폭행하고 강간하면서 자신의 공격성을 분출한다. 이후 클레머는 에리카가 자신에게 다가옴을 느끼자 부담스러워진다.

에리카를 강간한 다음날 클레머는 전과 변함없는 모습으로 동료들과 어울리고 있다. 자신에게 아픔을 준 클레머에 대한 에리카의 분노는 남자에게 마음을 준 자기 자신에 대한 자책으로 변화한다. 그리하여 그녀는 자신의 어깨를 칼로 찌르게 된다. 비슷한 마음의 병을 가진 두 사람은 음악을 통해 가까워지고 동질성으로 인하여 끌리지만, 서로 상대방을 이기적인 목적을 위한 수단으로 대상화했기 때문에 두 사람의 사랑은 좌절된다.

■ 베른하르트 슐링크(Bernhard Schlink, 1944~)

　　　　　　　　　－ 『책 읽어주는 남자』(Der Vorleser, 1995)

슐링크는 독일 빌레펠트에서 태어나 현재 베를린 훔볼트 대학의 법학 교수로 재직 중이다. 그의 대표적 작품으로는 추리소설 『젤프의 정의』(Selbs Justiz, 1987), 『고르디우스의 매듭』(Die gordische Schleife, 1988), 『젤프의 사기』(Selbs Betrug, 1992), 『젤프의 살해』(Selbs Mord, 2001) 등이 있고,

장편소설 『책 읽어주는 남자』, 단편집 『사랑의 도피』(*Liebesfluchten*, 2000), 『귀향』(*Die Heimkehr*, 2006) 등이 있다.

『책 읽어주는 남자』는 35개 국어로 번역되었으며 전후 독일 문학 중 세계적으로 가장 성공을 거둔 작품으로 꼽힌다. 또한 홀로코스트라는 주제를 직접적으로 다룬 대표적 작품으로서 독일 학교에서 필독서로 읽히고 있다. 이 소설은 50세의 미하엘 베르크라는 법학 교수가 1인칭 서술자로 자신의 과거를 회상하는 형식으로 서술된다. 서술자는 15세 이던 1965~1983년까지의 일어났던 과거의 사건을 그로부터 10년이 지난 1993년에 서술하고 있다. 전체 3부로 짜여 있는데 제1부에서는 15세의 소년과 한나 슈미츠라는 36세의 여성과 평범하지 않는 사랑 이야기가 전개된다. 2부에서는 대학생이 된 서술자가 나치 강제수용소 간수들에 대한 재판에서 한나를 나시 보게 되면서, 1부의 개인적인 사랑 이야기 속에 숨겨진 나치 과거라는 역사적 차원이 드러나게 된다. 3부에서는 한나가 수감된 후 비로소 글을 배우고 자신의 죄에 대해 깨달아가는 과정으로서, 일종의 화해와 극복이 시도된다.

서술자인 미하엘은 1943년생으로 1960년대에 대학을 다닌, 전후 세대를 대표하는 인물이다. 따라서 미하엘이 한나의 재판을 바라보고 서술하는 태도는, 어떻게 이 세대가 부모 세대의 죄를 극복하고자 시도했는지 살펴볼 수 있게 한다. 소설의 줄거리는 다음과 같다.

주인공 미하엘은 평범한 15살의 사춘기 소년이다. 그런 그에게 갑작스런 운명의 사랑이 다가온다. 그것도 21살이나 연상인 여인과의 육체적 사랑이 시작된 것이다. 미하엘은 하굣길에 구토를 하였는데 한나라는 여성이 깨끗이 닦아주고 울고 있는 그를 다독여 집까지 데려다 준다. 미하엘은 그러한 한나에게 감사인사를 하기 위해 그녀의 집을 방문했다가 그녀가 스타킹을 갈아 신는 모습을 문틈으로 엿보게 된다. 이후 미하엘은 한나와 육체적 접촉을 하는 꿈을 계속 꾸면서 몽정을 하게 된다.

실제로 미하엘과 한나는 육체적 사랑을 나누게 된다. 이후 미하엘은 이전까지 병으로 인해 가지고 있던 심리적 열등감 대신 '힘이 넘치고 남보다 우월하다'고 느끼게 된다. 그는 학교를 다시 나가 자신이 습득한 남성다움을 보이고 타인으로부터 인정받고자 한다. 공부를 열심히 하지 않으면 만나지 않겠다는 한나의 위협 덕분에, 미하엘은 아팠던 기간 동안 하지 못했던 공부를 열심히 한다. 그리하여 학년 진급에 성공하게 되고 선생님들로부터 주목을 받게 된다. 또한 그는 또래의 친구들과는 달리 소녀들을 자연스럽게 대할 줄도 알고 자신감에 넘치는 행동을 할 수 있게 되며 부모님으로부터 정신적 독립을 하게 된다.

미하엘은 한나의 일방적 주도하에 성적 쾌락을 경험하며 성적으로 종속 상태에 빠진다. 성관계뿐만 아니라 만나는 것도 그녀의 필요에 의해 결정지어진다. 미하엘의 의사와는 상관없이 만날 때마다 책 읽어주기, 샤워, 사랑 행위, 그리고 나서 약간 같이 누워 있기라는 '만남의 의식'을 가진다. 그 외엔 이들 둘에게 '함께 공유하는 생활 세계'는 없다. 미하엘은 그녀가 허용하고 싶은 만큼의 자리만을 받아들인다. 미하엘은 한나와 처음으로 싸운 후 자신이 정말 잘못했다고 생각하지 않지만 그녀와의 이별이 두려워 무조건 모든 것이 자신의 잘못이라며 사과한다. 또래의 친구들과의 관계에서는 자율적이며 확실한 자기 주장을 펼치는 미하엘은 한나에게만은 거의 맹목적으로 순응하고 복종한다. 육체적 쾌락에 빠진 미하엘은 자신이 무시당해 굴욕감에 사로잡힘에도 불구하고 그녀의 부당한 처사를 참아낼 수밖에 없다. 미하엘이 자존심을 다 팽개치고 사과를 하면 싸움은 화해의 제스처인 사랑 행위로 끝나게 된다. 한나는 미하엘의 자존심과 모욕감을 불러일으키는 심리적 폭력만 가한 것이 아니라 마침내 허리띠로 얼굴에 일격을 가하는 물리적 폭력까지 행사하게 된다. 육체적 쾌락 속에 빠져버린 미하엘은 생각할 능력을 상실한다. 한나는 사소한 일로 미하엘에게 화를 내고 사디즘적 분노를 터뜨리며 때리기도 한다. 이러한 한나의 횡포에 미하엘은 당하기만 한다.

그런데 어느 날 갑자기 아무 말도 없이 한나가 사라져 버린다. 미하엘은 큰 충격과 슬픔에 잠기게 되지만 그 누구도 눈치 채지 못하게 학교생활을 무난하게 해낸다. 미하엘의 육체는 한나를 그리워한다. 그러나 육체적 그리움보다 더 참기 어려운 것은 죄책감이다. 그러다가 미하엘은 한나를 기억 속에서 밀어내기 시작한다. 미하엘은 한나에게 받았던 자기애의 상처와 굴욕을 은폐하기 위한 수단으로 오만하고 우쭐해하는 태도를 취하며 가족들과 친구들로부터 방어벽을 쌓기 시작한다. 병으로 인해 고독하고 사람을 그리워하는 상태에 있던 소피와 사랑하지도 않으면서 함께 잔 후 미하엘은 그녀를 매몰차게 대한다. 또한 임종 직전의 할아버지가 축복을 내리려 하자 그런 것들을 믿지도 않고 원하지도 않는다고 말하고는 의기양양해하는 태도를 보이기까지 한다. 아물지 않은 내면의 상처는 미하엘의 인성 형성에 큰 영향을 끼친 것이다.

그러던 어느 날 미하엘은 강제수용소 재판에서 우연히 한나를 다시 만나게 된다. 그러나 미하엘은 아무런 감정도 느껴지지 않는다. 그러다가 한나의 변호사가 구속 영장 철회 신청을 하자, 또다시 한나라는 존재가 의식의 표면으로 치솟아 오르게 된다. 결국 재판에서 한나가 종신형을 받고 난 후 미하엘은 다시금 일상으로 돌아가 그녀와의 기억을 잊고 살 수 있을 것이라 생각한다

미하엘은 게르트루트라는 여성과 결혼한다. 그러나 한나와의 첫 육체적 경험이 깊숙이 자리 잡고 있어서 행복한 결혼생활을 꾸려나가지 못하고 이혼하게 된다. 그리고 그의 딸인 율리아에게도 아버지로서의 가정의 포근함을 주지 못한다. 미하엘은 여자들과의 관계를 잘 맺어 보려 노력하지만 끊임없이 한나와 같은 손길, 감촉, 향내, 맛을 가진 여성을 찾으려고 함으로써 여러 여자들과의 만남과 헤어짐을 반복하게 된다.

게르트루트와 이혼하고 난 후 미하엘은 불면증에 시달리게 된다. 그는 잠을 못 이루며 뒤척이고 고통스럽게 생각에 잠기다가 보면 결국 늘 마지막으로 남는 것은 한나의 모습이다. 그래서 그는 수감된 한나에게 책을 읽어 카세트에 담아 보냄으로써 그녀와의 의도적인 거리를 취한다. 그는 책읽기를 자신의 감정을 안정시킬 수 있는 도구로 삼은 것이다. 한나는 미하엘이 보내준 낭독 테이프를 통해 비로소 글을 배우게 된다.

그런데 한나는 가석방 당일 날 자살해 버리고 만다. 미하엘은 한나의 유언에 따라 희생자를 만난다. 한나가 죽은 지 10여 년이 지난 후, 미하엘은 끊임없이 자신의 삶을 지배하는 한나와의 관계를 풀지 않는 이상 정상적인 삶을 영위할 수 없음을 깨닫게 된다. 그리하여 미하엘은 청소년기의 과거에 뿌리박혀 있던 자신의 상처를 표현하고 위로하고 해소할 수 있는 통로를 글쓰기에서 찾는다. 그리고 글쓰기 작업을 통해서 비로소 과거와의 화해가 시도된다.

■ 파트리크 쥐스킨트(Patrick Süskind, 1949~)

　－『향수』(Das Parfum. Die Geschichte eines Mörders, 1985)

쥐스킨트는 뮌헨 근처 암바흐에서 태어났다. 뮌헨 대학과 엑상프로방스 대학에서 역사학을 공부하였으며, 첫 작품인 1인 단막극 『콘트라베이스』(Der Kontrabass, 1981)로 이미 세계적인 명성을 얻었다. 그의 첫 소설인 『향수』는 46개국 언어로 번역되어 국제적인 베스트셀러가 되었다. 또한 이 작품은《슈피겔》지의 베스트셀러 목록에 9년 동안이나 올랐었다. 그리고 이 작품은 톰 티크베어 감독에 의해 2006년 영상으로 옮겨졌다. 이밖에도 『비둘기』(Die Taube, 1987), 『좀머 씨 이야기』(Die Geschichte von Herrn Sommer, 1991), 『세 가지 이야기』(Drei Geschichten, 1995), 『사랑과 죽음에 관하여』(Über Liebe und Tod, 2006) 등의 소설 작품이 있다.

『향수』는 '어느 살인자의 이야기' 라는 부제를 달고 있으며, 포스트모더니즘 소설로서의 자리를 굳히고 있다. 포스트모더니즘 이후로 유행처럼 번지고 있는 기존의 지배적 담론 및 가치의 재평가 작업은 주목할 만하다. 따라서 이 작품은 '냄새' 라는 감각과 독특한 환상력을 동원하여 인류의 이성적인 질서를 비판한 것이다. 『향수』를 읽다 보면 이 작품이 작가의 독창적 창작물이라기보다는, 이미 우리의 기억에 녹아 있는 고전 작품이나 잘 알려진 인물 혹은 사건의 이미지들이 불쑥 연상된다. 가령, 주인공 그르누이의 추악한 외모는 위고의 『노틀담의 곱추』의 종지기 콰지모도를, 향수의 명수가 되면서도 자신의 몸의 냄새를 맡지 못하는 치명적인 결함은 귀머거리가 되어 버린 음악가 베토벤의 인생을 상기시킨다. 그리고 그르누이가 장인증서를 받는 장면은 『빌헬름 마이스터의 수업시대』에서 빌헬름이 수업증서를 받는 장면과 흡사하고, 소설의 정점에서 그르누이가 향수를 뿌려서 형장에서 살아나고 그것을 보러 온 사람들이 자아를 상실한 채 집단 만취, 혼음하는 장면은 니체의 디오니소스 축제에서 잡아낸 망아의 상태를 떠오르게 한다. 또한 고상의 칠흙 같은 어두움 속에서 미동도 하지 않고 산 도마뱀 등을 먹으며 생존하는 그르누이의 생명력은 영화 〈빠삐용〉에서 극한 상황의 한 컷, 그르누이가 죽은 소녀를 박피하는 장면은 스릴러 〈양들의 침묵〉의 참혹한 컷을 연상하게 한다. 이 모든 것들은 그르누이가 25명의 순결한 처녀의 사체에서 추출한 원액으로 최고의 향수를 만들 듯이, 쥐스킨트는 과거의 유산을 조합하고 독자의 기억을 훔쳐서 소설을 만들어내고 있는 것과 같다.

이 소설은 제목에서 보여주는 것과 같이, 아름다움과 에로티시즘의 대표적인 '향수'와 악과 파괴의 상징인 '살인자'가 마치 같은 종류인 것처럼 결합되고 있다. 이 소설은 범죄소설의 요소를 많이 지니고 있긴 하지만 일반적으로 범죄자의 출생 환경이나 문화사적인 측면에 많은 비중을 할애하지 않는다. 그러면서 범죄 자체가 아니라 주인공이 가장 위대한 향수 제조인이 되는 것에 초점을 맞추고 있다. 작품의 줄거리는 다음과 같다.

> 주인공 장-바티스트 그르누이는 묘지를 폐쇄하고 만들어진 시장의 생선가게에서 태어난다. 시체들의 냄새가 완전히 가시지 않고, 비린내가 코를 찌르는 곳에서 태어난 것이다. 그는 선천적으로 후각이 매우 발달되어 있다. 그래서 냄새를 가지고 있는 단어만을 우선적으로 학습할 수 있다. 그는 선천적으로 민감한 후신경을 통해서 인간, 동물, 그 밖의 사물들을 자기 나름대로 인식하고 구분하고 유형화한다. 나무의 냄새를 맡으면 온도와 농도와 성분까지도 짚어낸다. 그러나 그는 냄새를 평가하는 기준과 냄새를 만드는 공식은 알지 못한다.
>
> 그러던 어느 날 그의 정신을 자극하는 냄새를 처음으로 맡게 된다. 그가 그 냄새를 따라가니 13세가량의 붉은 머리에 하얀 피부를 가진 소녀에게 나는 냄새였

다. "그녀의 땀은 해풍처럼 신선했고, 머리카락의 기름은 호두기름처럼 달콤했으며, 음부는 수련꽃다발 냄새를, 피부는 살구꽃과 같은 향내를 풍겼다." 그의 흥분은 곧 그 향기를 마음에 담고 싶은 욕망으로 발전한다. 그래서 그녀에게 다가가 목을 졸라 살해하고, 시체에 코를 대고 전신의 모든 냄새를 들이마신다. 살인을 하면서 그는 향기를 발견하고, 인생의 지향점을 찾게 된다. 그것은 완벽한 향수의 창조자가 되는 것이다.

그래서 그는 파리의 유명 향수 제조자인 발디니의 조수가 된다. 그리고 향수 제조 도구 사용법과 수많은 향기의 이름, 복잡한 향수의 공식을 익히고 향료를 생산, 분리, 농축하는 수공업적인 지식을 배운다. 또한 물질에서 향기를 추출하는 방법을 통달함으로써 더 이상 발디니에게서 향수와 관련된 지식을 쌓을 필요가 없게 된다. 드디어 그르누이는 열망했던 향수 제조인 장인증서를 받고 길을 떠나 이제 완벽한 향수 추출법을 습득하려고 한다.

하지만 도중에 자연의 냄새에 도취하게 되면서 7년 동안 인간들과의 접촉을 끊은 채 아무도 살지 않는 화산에 산다. 그러던 어느 날 자신의 냄새가 무취, 무색의 '안개' 냄새라는 사실에 좌절하면서 급히 산을 내려온다. 멀리 떨어져 있는 사물의 냄새까지도 정확히 맞추던 그르누이가 바로 자신의 체취를 맡지 못하는 아이러니한 사실, 아니 체취가 없음에 절망한 것이다. 그리하여 그는 자기에게 결핍되어 있는 '인간들의 냄새'를 만들어 자기 몸에 뿌린다. 결국 그가 만든 인공 향수가 인간 본연의 냄새와 동일한 역할을 하였고, 사람들은 그의 체취를 식별한다. 여기서 그는 누구도 자기 냄새에 대한 계략을 눈치 채지 못한 것을 알게 된다. 그래서 그의 범죄는 새로운 단계로 접어든다.

이전까지는 냄새를 통해 인간과 살아가는 방법을 배웠다면, 이제부터는 다른 사람이 그를 온 마음으로 사랑하게 만드는 '천사의 냄새'를 만들려고 한다. 그래서 그 냄새를 이용하여 마음대로 다른 인간들의 마음을 조종하고 그 위에 군림하려고 한다. 실제로 그의 냄새를 맡은 사람들은 감정, 표정, 태도 등이 모두 바뀐다. 그들은 하나같이 그르누이를 사랑하고 환호하고 열광한다. 이제부터 그의 삶은 치밀한 계획 속에 진행된다. 여기서 또다시 그의 코를 자극한 것은 아름다운 소녀의 향기다.

이번에는 그의 첫 번째 살인 때처럼 향기를 마시는 것에만 만족하지 않고 그것을 소유하려 한다. 그리하여 침지법과 냉침법을 익힌 뒤 그 소녀를 살해한다. 그 뒤부터 소녀 연쇄살인 사건이 거의 일주일에 한 번씩 벌어진다. 하나같이 아름다왔고 시체에는 곤봉으로 맞은 자국에 머리카락은 없고 알몸이다. 그렇게 24명의 소녀가 희생되었지만 경찰은 속수무책이다. 살인마 그르누이는 24명의 육체, 머리카락, 옷에서 추출한 에센스를 각기 24개의 향수병에 담아 두고 마지막 25번째의 살인을 기도한다. 전과 마찬가지로 잠든 25번째의 소녀를 살해하고 머리카락을 잘라내어 유지를 바른 수건에 그녀의 벌거벗은 몸뚱어리를 놓고 아름다운 향기를 빨아들인다. 이제 그르누이는 극도의 행복감에 빠진다.

그러나 지명 수배되었던 그르누이는 곧 체포되고, 십자가에 묶여서 잔인한 고문을 통한 처형이 선고된다. 그런데 집행일에 그르누이가 수많은 사람들에 둘러싸인 채 처형대에 몸을 드러냈을 때 기적이 벌어진다. 마차에서 내리는 순간 그르누이의 몸에 뿌려진 향수가 삽시간에 퍼지면서 광장에 있는 군중들의 정신을 강탈한 것이다. 이들은 사형수를 보고 절대로 살인자일 수 없다는 확신을 갖는다. 직전까지 그를 살인마로 규정하면서 처참한 죽음의 장면을 목도하려고 했던 만여 명의 시민들은 이제 이성과 판단력을 상실하고, 오히려 그르누이를 경배하고 찬양한다. 이런 감정의 도가니는 차츰 욕정의 발산으로 바뀐다. 마치 그르누이의 손이 모든 군중의 성감대를 애무하는 듯, 그들을 흥분시킨다. 노상에서 여자들은 젖가슴을 드러내고 치마를 걷어올리며, 남자들은 성기를 꺼내서 성교를 하고, 주위에는 신음과 괴성, 질탕한 환락으로 가득하다. 여기에는 남녀노소, 지위고하가 있지 않다.

그런 그들을 그르누이는 경멸하고 비웃는다. 향수로 인하여 집행장에 모인 군중으로부터 절대자로 추앙 받는 사실은 그 스스로도 믿기 어려웠기 때문이다. 그런 그의 마음은 이제 욕정의 인간들에 대한 증오로 돌변한다. 다음 날 그르누이의 죄는 무죄로 선포된다. 하지만 그르누이를 정작 괴롭힌 것은 유독 자신만은 절대적인 도취의 상태, 남을 사랑할 수 있는 마법의 상태에 빠질 수 없다는 것이다. 이제 그는 사회에, 그리고 자신에게 절망하며, 조용히 사라진다. 그는 자포자기의 심정으로 파리에 도착해서 죽으려 하였고, 적임지로 묘지를 찾아간다. 이 묘지는 온갖 종류의 부랑자들이 밤에 잠자리를 청하는 곳이다. 그르누이가 향수를 몸에 뿌려서 모닥불로 다가가자, 부랑자들이 향수의 마력에 빠져서 그의 옷을 찢고 육체를 뜯어내고 칼로 찔러서 그를 식인(食人)한다. 그리고 그르누이는 지상에서 사라진다.

4) 희곡

20세기 초에는 기계 문명이 인간의 실생활에 투입됨으로써 인간의 정신세계를 경시하는 풍조가 이어졌다. 표현주의 드라마 작가들은 이러한 환경에서 나타난 어지러운 세계에 질서를 건설하고자 하였다. 그러므로 이들이 취급한 작품의 주제는 구질서에 대한 반발, 기성 세대에 대한 저항, 인간성 회복에 대한 열망 그리고 평화주의에 대한 집착 등이었다. 표현주의 드라마 작가들은 이러한 주제를 형상화함에 있어서 현상학적이기보다는 내면화된 환상을 서술하여 사물의 본질에 접근하고자 하였다. 따라서 드라마가 이에 가장 적합한 장르로 간주되면서, 제1차 세계대전 발발 이후 표현주의의 드라마가 활발하게 전개되었다.

표현주의 드라마의 선구자로는 프랑크 베데킨트(Frank Wedekind, 1864~1918)와 게오르크 카이저(Georg Kaiser, 1878~1945) 등을 들 수 있다. 베데킨트의 대표적 작품으로는 청소년 비극 『사춘기』(*Frühlings Erwachen*, 1890~1891), 『비스마르크』(*Bismarck*, 1915) 등이 있고, 카이저의 대표적 작품으로는 인간 개혁을 시도한 『깔레의 시민들』(*Die Bürger von Calais*, 1914), 『아침부터 자정까지』(*Von Morgens bis Mitternachts*, 1916) 등이 있다. 또한 에른스트 톨러(Ernst Toller, 1893~1939)는 표현주의적 행동주의의 대표적 극작가로서, 대표적 드라마 『대중 인간』(*Die Wandlung*, 1919), 『독일인 힝케만』(*Der deutsche Hinkemann*, 1923) 등을 남기고 있다.

표현주의 작가들의 환상적인 창작 경향은 상징적이면서 동시에 추상적인 인물 묘사를 가능하게 만들었다. 짜임새 없이 동시 다발적으로 일어나는 사건의 장면들 속에서 주인공은 주변과 갈등을 겪으면서 도덕적 결단을 내리는 인물로 등장했다. 그러나 표현주의 드라마의 주인공들은 대부분 인류 공동체에 대한 기대만을 간직한 채 사회적 · 정치적 현실에 좌절하고마는 고통받은 자이다.

이에 반해 바이마르 공화국 시절인 20년대의 희곡 작가들은 일상적인 상황을 구체적으로 다루고 있다. 이 시기의 드라마는 '시대극'(Zeitstück)에 속하며, 구체적인 상황 묘사로 현실을 폭로하는 것이 특징이다. 또한 '시대극'의 창작에는 사회의 민주화라는 기본 이념이 자리하고 있으며, 관객의 집단적인 행동을 유발하려고 하였다. 또한 베르(톨)트 브레히트 (Ber(tol)t Brecht, 1898~1956) 등에 의한 드라마의 이론 정립으로 전통극에 반하는 서사극 · 교훈극 · 비유극 · 정치극 · 민중극 등이 창작되었다.

바이마르 공화국 시절의 대표적인 극작가와 작품으로는 칼 추크마이어 (Carl Zuckmayer, 1896~1977)의 『즐거운 포도원』(Der fröhliche Weinberg, 1925), 『쾨페니크의 대위』(Der Hauptmann von Köpenick, 1931), 『악마의 장군』(Das Teufels General, 1946), 『차가운 빛』(Das kalte Licht, 1955), 『쥐잡이』(Der Rattenfänger, 1975) 등이 있다. 외덴 폰 호르바트(Ödön von Horváth, 1901~1938)는 『비엔나 숲 속의 이야기』(Geschichten aus dem Wiener Wald, 1931), 『세느 강의 낯선 여인』(Die Unbekannte aus der Seine, 1933), 『신 없는 청춘』(Jugend ohne Gott, 1938), 『우리 시대의 아이』(Ein Kind unserer Zeit, 1938) 등을 내놓았다. 또한 페르디난트 브루크너(Ferdinand Bruckner, 1891~1958)는 『범죄자』(Die Verbrecher, 1928) 등을 내놓았다.

나치가 정권을 장악한 제3제국 초기에는 드라마 장르 중에서 '집단 합창극'이 장려되었다. 1933년에 이 명칭을 사용하기 시작한 연극은 원칙적으로 고대 극장을 모방한 반원형의 야외극장에서 일종의 종합예술 작품으로서 공연되었다. 그러면서 '집단 합창극'은 오라토리오, 판토마임 그리고 무용의 형식들을 결합하여 관객에게 호소하고 관객을 감정적으로 압도하였다. 가장 성공을 거둔 '집단 합창극'은 에버하트 볼프강 묄러(Eberhard Wolfgang Möller, 1906~1972)의 『프랑켄부르크의 주사위놀이』(*Das Frankenburger Würfelspiel*, 1936)이다. 이후 나치 드라마는 변함없이 '정치의 미화'라는 상위 전술의 하수인 역할만을 수행하였다. 나치의 대표적 드라마 작가 한스 요스트(Hanns Johst, 1890~1978)는 1933년 4월 20일 히틀러의 생일에 드라마 『슐라게터』(*Schlageter*)를 개봉하였다. 또한 에르빈 구이도 콜벤하이어(Erwin Guido Kolbenheyer, 1878~1962)는 『그레고리와 하인리히』(*Gregor und Heinrich*, 1834)를 창작하여 나치 문학에 기여하였다.

망명 작가의 한 사람인 브레히트는 표현주의 희곡에서 출발하여 자신의 새로운 희곡 양식인 서사극[7]과 그에 따른 소이효과(疎異效果, Verfremdungseffekt)[8]를 개발하여 세계적 명성을 획득하였다. 물론 그의 창작활동은 드라마 이외에 시·소설·일기·문학 이론·철학에 관한 글 그리고 라디오와 영화 매체에 관한 글 등 모든 장르를 망라하고 있다. 이렇게 다양한 그의 문학 작품은 시대 문학으로 간주된다. 그 이유는 그의 많은 작품들은 기존의 것에 대한 저항적 경향을 띠고 있으며,

---

7 서사극 : 소외 기법을 사용하여 연기자와 관객을 분리시킴으로써 관객으로 하여금 연기자와 일체감을 갖지 못하게 하여 연극에 대한 올바른 비판을 가하도록 하는 드라마 형식을 말한다. 여기서 소외 기법이란 관중을 연극으로부터 해방시켜 비판의 입장에 서게 하는 것이다.
8 소이효과(疎異效果, Verfremdungseffekt) : 대상을 인식하게 묘사하지만, 동시에 이 대상을 낯설게 하는 효과이다. 이 기법은 중세 연극이나 아시아 연극과 유사성을 지니고 있다. 그런데 중세나 아시아 연극에서는 '관객의 간섭으로부터 묘사되는 내용을 벗어나게 하려는' 기법으로 사용했지만, 브레히트의 의도는 이와는 반대로 관객이 '개입하는 것을 방해하는, 친숙함의 낙인'을 무대 위의 사건에서 떼어내려는 것이었다. 즉, 관객에게 익숙해져 있는 사물들을 새로운 시각에서 조명하여 어리둥절한 가운데 현실의 모순이 드러나게 만드는 것이다. 브레히트는 이 기법을 초기 드라마 『서푼짜리 오페라』(1928) 등에서 시도하였다.

시대적 사건들과의 대결적 성격을 띠기 때문이다.

브레히트는 망명 중 서사극 이론을 더욱 발전시켰으며, 서사적 교훈을 관객에게 전달하고자 하였다. 또한 관객은 서사적 교훈을 사회적 행위로 발전시켜 사회 변혁을 꾀할 수 있어야 한다고 주장했다. 그가 이러한 교훈극을 창작하게 된 것은 마르크스주의를 신봉하기 시작하면서 노동자 계급을 인식하였기 때문이다.

특히 브레히트의 서사극 또는 변증법적 연극은 스위스의 막스 프리쉬(Max Frisch, 1911~), 프리드리히 뒤렌마트(Friedrich Dürrenmatt, 1921~1990)와 같은 같은 언어 문화권에 있는 두 작가에게 큰 영향을 미쳤다. 그들 두 작가는 독일 문학과 독일 희곡을 세계적 수준으로 유지하는 데 이바지했다. 프리쉬는 브레히트의 비유극(Parabel)[9] 영향을 받아 희곡 『비더만과 방화범들』(*Biedermann und die Brandstifter*, 1958), 『안도라』(*Andorra*, 1961)를 내놓았고, 뒤렌마트는 브레히트의 영향권에서 시작해서 브레히트의 희곡론과 일치한다고 할 수 없는 소위 희비극(Tragikomödie)이라는 그의 특유한 희곡론에 도달했다. 특히 브레히트적인 소이효과의 기법은 뒤렌마트에 와서 크로테스크한 양상으로 극단화되었다. 그의 대표적 희곡 작품으로 정치적 음모극 『유예기간』(*Der Frist-Eine Komödie*, 1977)을 들 수 있다. 브레히트의 사회주의 리얼리즘의 영향을 받은 독일 극작가로는 민중극을 대표하는 프란츠 크뢰츠(Franz Xaver

---

9 브레히트의 비유극(Parabelstück) : 비유극의 성격은 첫째, 극단적인 예술지상주의 경향과 극단적인 정치화의 경향 사이의 중간에 위치한다. 둘째 '허구' 로서의 '현실 복사' 또는 '현실 복사' 로서의 '허구' 라고 할 수 있다. 셋째, 현실세계의 통계자료를 모방하는 것이 아니라 그 현실사회의 구조 자체를 모방한다. 브레히트의 대표적인 비유극으로 『억척어멈과 그 아이들』을 들 수 있다.

Kroetz, 1946~)의 두 단편극 『가내노동』(*Heimarbeit*, 1972)과 『고집불통』(*Hartnäckig*, 1972), 그리고 에른스트 톨러(Ernst Toller, 1893~1939)의 『절름발이』(*Hinke mann*)를 번안하여 공연한 『거세된 남자』(*Der Nusser*, 1987) 등이 있다.

1960년 초반까지는 프리쉬와 뒤렌마트 등의 그로테스크한 희극 내지는 우화극, 베케트의 부조리극이 주도적 위치를 차지했지만, 1960년대 중반부터는 의문시되기 시작했다. 그리하여 뚜렷한 정치적 논제를 내걸고 사회 참여의 분위기가 활발히 전개되었는데 이러한 분위기는 1968년 학생운동의 좌절로 인해 사라지게 되었다. 그리고 이 자리에 들어선 것이 소위 '신주관성'의 문학으로 개인의 내면세계와 인간관계의 문제점들이 부각되기 시작했다. 독일의 '신주관성 문학의 기수'로 젊은 인텔리 작가 보토 슈트라우스(Botho Strauß, 1944~)가 등장하였다. 그는 데뷔작이자 역사 드라마 『우울증 환자』(*Die Hypochonder*, 1972) 등을 통하여 소위 '68세대의 정신 상태'인 이들의 공포와 실패, 좌절과 자아상실, 허영심, 잡담으로 채워지는 일상, 의미 있는 삶에 대한 동경 등을 그렸다.

또한 참여 작가 폴커 브라운(Volker Braun, 1939~)의 페미니즘과 인간해방을 주제로 한 『팅카』(*Tinka*, 1973), 그리고 1970~80년대 독일의 가장 탁월한 여성극작가 게를린드 라인스하겐(Gerlind Reinshagen, 1926~)의 여성들과 주변 환경과의 관계를 정확하게 관찰한 소위 '독일 삼부작' 『일요일의 아이들』(*Sonntagskinder*, 1976), 『봄축제』(*Frühlingsfest*, 1982), 『춤춰요, 마리!』(*Tanz, Marie!*, 1986) 등도 대표적인 독일의 희곡으로 꼽히고 있다.

■ 게오르크 카이저(Georg Kaiser, 1878~1945)

　　- 『아침부터 자정까지』(Von Morgens bis Mitternachts, 1916)

표현주의 최고의 극작가 카이저는 막데부르크의 명망 있는 상인 집안에서 태어나 성장하였다. 그는 수도원 학교를 졸업하고 수출입 회사에 취직하여 1899년 부에노스 아이레스로 가서 일했다. 그러나 1901년 건강상 이유로 아르헨티나에서 돌아온 카이저는 정신병원에 입원하였고, 1902년에는 베를린 요양소에서 보냈다. 1911년 『유태인 과부』(Die jüdische Witwe)를 출판하면서 시작된 그의 드라마 창작은, 『깔레의 시민들』(Die Bürger von Calais)을 1914년 신극장 무대에 올림으로써 그에게 현대적 드라마 작가로서의 명성을 안겨주었다.

1933년 나치가 정권을 잡게 된 후 카이저의 작품은 출판 금지되었다. 1938년 그는 네덜란드를 거쳐 스위스로 망명하여 7년 간 살다가 그곳에서 세상을 떠났다. 그 밖에 그의 대표작으로 새로운 인간의 비극을 다룬 작품 『가스 3부작』(Gas-Trilogie, 1918~1920) 등이 있다.

『아침부터 자정까지』는 2부 7장으로 구성되어 있으며, 인간의 고립과 격리 그리고 고독을 묘사하고 있다. 이러한 상황에서 벗어나려는 주인공의 변화 의지는 결국 실현 불가능한 이상에 불과하다는 것으로 전개된다. 극단적 표현주의 드라마로 평가되는 이 작품은 암시 드라마 형식의 모범적 작품으로서 출발극에 속한다. 출발극은 일종의 현실 도피극으로서 주인공이 소시민적 현존에서 벗어나 새로운 인생과 보다 나은 미래를 향하여 새로운 출발을 시도하는 것을 주제로 다루는 드라마이다. 줄거리는 다음과 같다.

[제1장] 프로렌스에서 온 한 부인이 은행의 인출 창구에서 3,000마르크를 인출하려다 증빙 서류 미비로 거절당한다. 이 부인에게서 풍겨나는 향수 냄새가 은행

의 인출 창구에 퍼진다. 출납계원은 많은 돈을 인출하려는 이 부인과 상담을 하던 중 우연히 부인의 손과 자신의 손이 부딪힌다. 이 순간 출납계원은 사무실과 가정에 얽매인 자신의 단조롭고 지루한 세계가 이 부인에게서 느껴지는 외부 세계와 동일하지 않다는 것을 깨닫는다. 출납계원은 마음의 평정을 완전히 잃게 되어, 돈 많은 이 부인을 사기꾼으로 착각한다. 출납계원은 외부 세계를 접하고 싶어 건설 조합이 예금한 6만 마르크를 인출하여 은행 문을 나선다. 횡령한 돈으로 무의미한 삶에서 벗어나려고 생활 터전인 직장과 가정을 버린다.

　[제2장] 출납계원은 호텔의 접수구에서 부인을 만나게 된다. 그는 함께 도망가자고 제의하지만 거절당한다. 부인은 그가 생각했던 것처럼 사기꾼이 아니라 아들과 함께 미술품 관람을 위해 여행 중인 정숙한 여인이었다. 부인과 함께 새로운 삶을 시작하겠다는 출납계원의 희망은 수포로 돌아간다. 그는 '참된 삶'을 찾겠다는 열망에 사로잡혀 방랑자가 된다. 이제 그는 '아침부터 자정까지' 다양한 삶의 모습을 체험하게 된다.

　[제3장] 출납계원은 눈 덮인 들판에서 경찰의 추적을 피하려고 자신의 흔적을 지우며 걸어간다. 자신의 의미를 찾아보려고 떠난 방랑의 길목에서 참된 삶의 가치를 얻어내지 못한다면 죽어야 한다고 마음을 다진다. 그는 죽음을 염두에 두고 새로운 자아 추구의 길로 들어선 것이다. 그는 자기 아내가 옆에 있는 것처럼 상상을 하며 대화를 나누고, 나무 위에 나타나는 해골과도 대화를 나눈다.

　[제4장] 전형적인 독일 소시민 가정의 분위기를 풍기는 출납계원 집이 무대가 된다. 출납계원의 가족이 영위하는 기계처럼 반복되는 일상의 삶이 조명된다. 들판에서 집으로 돌아온 출납계원은 자신의 헛된 삶을 다시 한 번 인식하고 집을 나와 새로운 인생을 찾으려고 대도시로 떠난다.

　[제5장] 스포츠 궁전에서는 6일에 걸친 자전거 경주가 벌어지고 있다. 광기에 사로잡혀 경주에 매료되는 대중의 열정을 보고 출납계원은 만족스런 삶을 찾았다고 믿게 된다. 그는 열광하는 관중을 더욱 열광시킬 속셈으로 5만 마르크를 우승한 자에게 주도록 상금을 건다. 이에 대중은 미친 듯이 열광한다. 그러나 최고의 상금이 걸린 이 경기를 보기 위해 대공 전하가 갑자기 등장함으로써 관중의 광란은 중단된다. 관중은 영주에 대한 경외심 때문에 침묵하며 몸이 굳어진다. 국가(國歌)가 연주되자 관중의 고함 소리는 경건한 분위기 속에 밀려나 버린다. 이 광경을 보고 실망한 출납계원은 상금의 기부를 취소하고 사라진다.

　[제6장] 스포츠 궁전을 빠져나온 출납계원은 무도장의 특실로 들어간다. 여기

서 그는 무표정한 가면을 쓴 여자들과 즐기면서 새로운 것을 경험하려고 하지만 실패한다. 첫 번째 여자는 술에 너무 취했고, 두 번째 여자는 삶에 찌든 추한 얼굴을 하고 있었으며, 세 번째 여자는 의족을 하고 있었기 때문에 춤을 추지 못하였다. 출납계원은 세 번째 여자를 통하여 죽음을 연상하게 된다. 여기서 의족은 허무, 영혼이 결여된 쾌락의 공허함, 영혼을 상실한 대도시의 일면을 의미하는 상징물이다. 세련된 신사 중의 한 사람이 술값도 치르지 않은 채 나가 버린다.

[제7장] 출납계원은 한 신문팔이 소녀에 의하여 구세군 회관으로 안내된다. 그는 연단에 올라가 고백과 참회를 함으로써 영혼의 안식을 구하고자 한다. 여기서 그는 자전거 경기 선수, 창녀, 할아버지 그리고 점원으로부터 그들이 어떻게 삶을 낭비해 왔는가를 듣게 된다. 고백 도중 그는 물질의 무가치함을 깨닫는다. 금전의 무가치성을 깨달은 그는 강당에 모여 있는 군중에게 돈을 집어던진다. 사람들은 돈을 주우려고 야수처럼 싸우고, 회관 안은 아수라장이 된다. 이 광경을 본 출납계원은 실망한다. 외관상 경건한 인간들도 탐욕에 찬 물질주의자에 불과하기 때문이다. 그러나 구세군 소녀만은 돈을 줍지 않는다. 참된 삶을 구현해 보려는 마지막 희망이 물질을 외면하는 소녀의 행위를 통해 그의 마음속에 싹튼다. 그러나 소녀 역시 몇 푼 안 되는 현상금 때문에 출납계원을 경찰에 고발한다. 이처럼 냉혹한 세계에 빠져나오는 길은 죽음밖에 없는 것이다. 절망에 빠진 출납계원은 샹들리에의 전깃줄에 나타나는 해골을 보면서 권총으로 자살한다.

■ 칼 추크마이어(Carl Zuckmayer, 1896~1977)

– 『악마의 장군』(Des Teufels General, 1946)

추크마이어는 마인츠 근교의 나켄하임에서 공장주의 아들로 태어났다. 그는 1914년 제1차 세계대전 때 군에 자원 입대하여 소위로 서부 전선에서 근무하다가 중위로 제대하였다. 그는 1918~1920년까지 프랑크푸르트 대학과 하이델베르크 대학에서 자연 과학을 공부하다가 중단하고 베를린으로 옮겼다. 이후 1923년 킬(Kiel)의 시립극장에서 연극 담당 전문가로 일하였다. 그는 다시 베를린으로 돌아와 1924년 브레히트와 함께 독일극장 연극 담당 전문가로 활동하였다.

이후 희극 『즐거운 포도원』(*Der fröhliche Weinberg*, 1925)을 무대에 올려 성공을 거두었다. 그리고 이 작품으로 클라이스트상을 수상하였다. 1933년 히틀러가 집권하자 그의 작품은 출판 금지되고, 어머니가 유태인이었기 때문에 오스트리아로 망명하였다. 망명지에서 그는 사극史劇 『산의 악인』(*Der Schelm von Bergen*, 1934), 『벨만』(*Bellmann*, 1938) 등을 집필했다. 그런데 1938년 오스트리아가 독일에 합병되었다. 그러자 추크마이어는 즉시 스위스로 피신하였다가, 1939년 미국으로 망명하였다. 이후 그는 미국의 영화사, 연극학교 등에서 활동하였다.

1945년 제2차 세계대전이 끝나자 추크마이어는 미국 국방성 문관으로 독일로 돌아왔다. 미국 시민권을 취득한 그는 1946~1957년까지 독일과 미국을 번갈아 오가며 체류하였다. 1952년 그는 프랑크푸르트 시市가 수여하는 괴테상을 수상하였다.

그의 대표적 희곡은 『즐거운 포도원』과 『악마의 장군』을 비롯하여 형이상학적 드라마 『불가마 속의 노래』(*Gesang im Feuerofen*, 1950), 원자탄을 둘러싼 첩보 드라마 『차가운 빛』(*Das kalte Licht*, 1955), 전후의 경제 기적과 부富의 문제를 다룬 『시계는 한 시를 친다』(*Die Uhr schlägt eins*, 1961), 『쥐잡이』(*Der Rattenfänger*, 1975) 등이 있다.

3막으로 이루어진 『악마의 장군』은 미국 망명 중 완성되었으며 전후의 대표적 드라마로 손꼽히고 있다. 이 드라마는 표현주의를 극복한 신즉물주의 경향을 띠고 있다. 이 작품은 실제의 어느 한 독일 장군을 다룬 전기적이고 역사적인 비극이 아니다. 이 작품은 형이상학적 희곡으로서, 히틀러와 나치에 대한 그의 견해도 형이상학적인 것이다. 그는 악마에게 영혼을 팔기로 계약을 맺은 파우스트적 행태를 혐오하고 있다. 주인공 하라스 장군은 나치 정권 때 부화뇌동附和雷同한 전형적인

물이다. 추크마이어는 하라스 장군을 통하여 열정적으로 의무를 수행하면서 비정치적인 태도를 취하고, 주어진 상황을 체념적으로 받아들이는 전형적인 독일인을 꼬집고 비판하고 있다. 그러나 전체적으로 볼 때, 이 작품은 정치적인 배경을 단순한 장식물로 축소 묘사함으로써 시대 비판적인 내용이 강하게 부각되지는 않는다. 이 드라마는 1955년 영화로 만들어져 큰 성공을 거두었다. 작품의 줄거리는 다음과 같다.

제1막 「시한 폭탄」 : 미국의 제2차 세계대전 참전 직전 1941년 11월, 하라스 장군은 베를린의 한 고급 음식점에서 친구인 아이러스 대령의 50회 출격 축하연을 베푼다. 하라스 장군은 나치 정권을 거부하지만 비행에 대한 재미 때문에 나치 정권의 장군으로 근무하고 있다. 그에게 초대받은 사람들 중에는 정치적 비판 발언을 하면 이것을 자세하게 기록하는 나치의 문화지도자인 슈미트-라우지츠 박사와 유태인 친구들을 도와주는 하라스의 여자 친구 올리비아가 끼어 있다. 그녀는 남자 친구 하라스에게 조카딸 디도를 소개시켜 준다. 하라스와 디도는 서로 호감을 갖는다. 하라스 장군은 새로 제조되는 전투기가 계속 결함이 발견되자, 전투기 생산 책임자로서 이 사건의 해명에 전전긍긍하고 있다. 하라스는 비행기의 결함은 사보타지에서 생긴 것이라고 추측한다.

제2막 「최후의 유예 기간 혹은 손」 : 하라스 장군은 2주 간 종적을 감추었다가 귀가하였는데, 그동안 비밀경찰에 끌려가 심문을 받고 10일 이내에 전투기의 결함에 대한 '범죄 사건'을 규명하라는 명령을 받고 돌아온 것이다. 그는 신임하는 엔지니어 오더브루흐와 함께 사건 규명에 힘을 쏟는다. 하라스는 유태인 부부의 도피를 도와주었는데 이들이 자살하였다는 소식을 접하고 죄의식을 느낀다. 그동안 하라스와 디도는 서로 사랑하는 사이가 된다. 하라스는 불안을 느끼고 디도와 외국으로 도망갈 생각을 한다. 밤하늘에 비치는 고사포 부대의 탐조등이 다섯 가닥 불빛으로 보이기보다는 자기를 움켜쥐는 다섯 손가락처럼 생각되어 그는 "하느님 불안합니다"라고 중얼거린다. 하라스는 하르트만 소위와의 대화에서 나치의 세계관에 대하여 비판하고, 하르트만 소위는 전장에서의 독일군의 만행을 규탄한다. 그러나 이 내용이 게슈타포에 의하여 도청된다. 우연히 켠 라디오에서 바그너의 '신들의 몰락'에 나오는 '지그프리트의 죽음'이 흘러나오자 하라스는 그

것이 히틀러뿐만 아니라 자기의 운명을 예언하는 악곡이라고 말한다.

제3막 「지옥의 별」 : 유예 기간의 마지막 날 군용 비행장의 설계실 배전판 위에 오랑캐꽃다발이 놓여 있다. 이 꽃다발은 하라스와 디도의 사랑을 상기시켜 주고 있다. 하라스와 친위대의 감시를 받는 오더브루흐가 군용 비행장의 설계실에 들어간다. 비행기 결함이 사보타지에서 발생한 사건이라는 것의 설명을 요구한 슈미트-라우지츠와 하리스가 충돌한다. 밖은 이미 친위대가 장갑차를 앞세워 건물을 포위하고 있다. 아이러스 대령은 결함이 있는 전투기를 타고 출격하다가 추락하여 사망한다. 그러자 아이러스의 부인이 상복을 입고 나타나 하라스에게 남편의 죽음에 관한 해명을 요구하며 장군을 살인자라고 몰아붙인다. 하라스는 사고의 원인을 조사하지 않다가 아이러스 대령이 사망하자 사보타지의 진상을 파헤치기로 결심한다. 그리고 오더브루흐와의 대화에서 그가 사보타지를 주도하였다는 고백을 듣게 되고 오더브루흐가 나치에 저항하는 조직의 일원이라는 것도 알게 된다. 그는 오더브루흐의 사보타지 동기는 이해하면서도 그의 행동을 비난한다. 오더브루흐는 하라스에게 외국으로 피신하여 히틀러에 대항하여 싸우자고 제의하지만 거절당한다. 하라스는 죄책감에 휩싸여 아이러스 대령이 몰았던 자매 전투기를 타고 이륙 직후 추락한다. 슈미트-라우지츠 박사는 하라스가 자신의 의무를 충실히 수행하다가 사망한 것으로 알고 국장(國葬)을 지시한다.

■ 외덴 폰 호르바트(Ödön von Horváth, 1901~1938) - 『비엔나 숲 속의 이야기』(Geschichten aus dem Wiener Wald, 1931)

호르바트는 헝가리 피우메 근교 수작의 한 하급 귀족 집안에서 태어났다. 그는 벨그라드와 부다페스트에서 유년 시절을 보내다가 1909년부터 뮌헨에서 살았고, 1919년 빈에서 고등학교를 졸업하였다. 그 해 뮌헨 대학에 입학하여 독문학과 철학을 공부하였다. 1924~1926년까지 잡지와 신문 등에 산문을 게재하였다. 1927년 호르바트는 독일 인권담당단체에 근무하였다.

이후 민중극 『이탈리아의 밤』(Italienische Nacht, 1931)으로 대성공을 거두었다. 계속하여 민중극 『비엔나 숲 속의 이야기』로 클라이스트상을 수상하게 되어, 바이마르 공화국에서 민중극 작가로 확고한 위치를 차지하였다. 정치적 이유 때문에 연극 공연이 허락되지 않는 상황에서 그는 1937년 소설 창작으로 돌아섰다. 나치 시대의 청소년 문제를 다룬 소설 『신 없는 청춘』(*Jugend ohne Gott*, 1938), 『우리 시대의 아이』(*Ein Kind unserer Zeit*, 1938) 등을 내놓아 대성공을 거두었고 국제적 작가로 발돋움하였다. 각국어로 번역되었던 『신 없는 청춘』을 영화화하기 위하여 1938년 파리에 도착한 호르바트는 6월 1일 폭풍우에 쓰러지는 나무에 맞아 절명하였다.

이후 그는 37세로 요절한 잊혀진 작가가 되었는데, 1960년대 말 학생 운동과 프랑크푸르트학파의 비판 이론의 영향으로 재발견되어 명성을 되찾은 작가가 되었다. 오늘날 그는 브레히트에 버금가는 독일어권의 대표적 민중극 작가로 평가받고 있다. 이 밖에 그의 대표적 작품으로는 민중극 『카지미르와 카롤리네』(*Kasimir und Karoline*, 1931), 익살극 『이리 저리』(*Hin und her*, 1933년 집필, 1971년 수록), 희극 『세느 강의 낯선 여인』(*Die Unbekannte aus der Seine*, 1933) 등이 있다.

『비엔나 숲 속의 이야기』는 그의 민중극 가운데 가장 널리 알려진 작품으로 3막으로 구성되어 있다. 비판적이고 회의적인 관점을 가졌던 호르바트는 민중극을 통하여 사회적인 현실보다는 소시민의 허위의식을 폭로하고 비판하는 데 관심을 두었다. 소시민의 허위의식은 그가 자신의 민중극의 모티브라고 생각하는 '의식과 무의식의 영원한 투쟁'을 통하여 설명할 수 있다. 여기서 '의식'이란 내면에 있는 반사회적 충동을 은폐하고 위조하려는 의식으로, 겉으로는 교양적인 시민으로서 사회적 규범을 잘 따르는 척하는 것이다. 그러나 이러한 '의식'은 곧바로 허위의식으로 드러난다. 그는 사회 개혁이라는 큰 목표는 사회적 구조의 모순을 밝히고 폭로하는 것보다 개인의 올바른 자기 인식으로부터 시작되어야 한다고 주장했다. 이것이 그의 민중극의 기본적 발상인 것이다. 드라마의 줄거리는 다음과 같다.

[제1막] 빈의 바하우에는 알프레트와 그의 가족인 어머니 그리고 할머니가 살고 있으며, 8구역의 조용한 거리에는 마리안네, 아버지 마왕, 그녀의 약혼자인 오스카 그리고 발레리가 살고 있다. 시내 거리에는 마리안네와 마왕의 인형 가게, 오스카의 정육점 그리고 발레리의 담배 가게가 들어서 있다. 마왕은 경제 공황의 시기에 딸을 정육점 주인인 오스카와 결혼시키려는 생각을 갖고 있다.

[제2막] 그러나 마리안네와 오스카의 약혼은 알프레트의 등장으로 파국을 맞게 된다. 그는 경마를 통하여 일확천금을 꿈꾸며, 중년 과부 발레리에게 빌어먹는 건달이다. 그러나 마리안네는 알프레트와의 만남을 사랑으로 착각한 나머지 오스카와 파혼하고 알프레트와 동거를 한다. 1년 정도 지나자 마리안네는 알프레트 역시 아버지나 오스카와 똑같이 권위적이고 가부장적인 남자라는 것을 깨닫게 된다. 더욱이 생활이 더욱 궁핍해지는 상황에서 원치 않던 아이까지 태어나게 된다. 결국 마리안네는 알프레트의 친구 페르디난트의 주선으로 술집의 나체 댄서로 취직하게 되고, 아이는 바하우의 할머니집으로 보내진다.

[제3막] 술집에서 술, 노래 등으로 흥에 겨운 마왕, 발레리, 기병 대위 그리고 미국에서 온 신사 등이 2차로 다른 술집에 들르게 된다. 그곳에서 나체 댄서로 일하는 마리안네를 발견한 아버지는 충격을 받는다. 그리고 마리안네는 미국 신사의 돈을 훔치다가 들켜 집행 유예 선고를 받는다. 극의 결말 부분은 대화합의 분위기로 끝난다. 마왕과 마리안네, 알프레트와 발레리, 마리안네와 오스카의 화해를 통하여 모든 관계가 정상화된다. 무대 상황과 등장인물의 구도가 전혀 변하지 않은 채 처음 상태로 되돌아간다. 알프레트의 신분 상승을 바랐던 할머니는 아이에게 찬바람을 쐬게 하여 죽게 만든다. 결국 마리안네는 오스카의 사랑에서 벗어나지 못한 채 그에게 끌려 퇴장한다. 동시에 극이 시작될 때처럼 작품의 마지막에서도 요한 스트라우스의 왈츠 '비엔나 숲 속의 이야기'가 울려 퍼진다.

■ 베르(톨)트 브레히트(Ber(tol)t Brecht, 1898~1956) – 『억척 어멈과 그 자식들』(*Mutter Courage und ihre Kinder*, 1939)

브레히트의 본명은 오이겐 베르톨트 프리드리히 브레히트(Eugen Berthold Friedrich Brecht)이다. 그는 아우구스부르크에서 태어났다. 슈바르츠발트 태생인 아버지는 비교적 안정적인 가정 형편을 유지하였다. 브레히트는 기독교적인 교육을 받아 성경은 그에게 영향을 주었으며, 그의 문학적 관심을 불러일으켰다. 또한 라틴어 수업에서 얻은 고대 로마의 문화 예술에 대한 지식 역시 그의 작품 속에 생생하게 자리 잡게 되었다.

1917년 아비투어를 마친 후 뮌헨 대학에서 의학과 자연을 공부하였으나, 흥미를 느끼지 못하고 1921년 대학을 중퇴하였다. 이후 그는 히틀러가 정권을 장악하자 뮌헨을 보수적이고 국수주의적이라고 판단하여, 1924년 당시 바이마르 공화국의 수도인 베를린으로 이주하였다. 그리고 1924~1926년까지 베를린의 '독일 극장'에 연극 전문인 자리를 얻어 자신의 작품 공연에 직접 관여하였다. 그러다가 그는 좌익 성향의 예술가 및 언론인과 친분 관계를 맺게 되어 점차 바이마르 공화국과 적대 관계에 서게 되었다. 그리고 마르크스의 '자본론'을 통하여 공산주의 운동에 가담하게 되었다. 그러나 그는 공산당원이 되지는 않았다.

1928년 그는 새로운 희곡 양식인 서사극 『서푼짜리 오페라』(*Die Dreigroschenoper*)를 상연하여 극작가로서 성공을 거두었다. 특히 그는 교훈극으로 공산주의 노동자 운동의 구체적인 경험을 무대에 올렸다. 또한 변증법적 유물론을 선전하고자 교훈극 『예외와 법칙』(*Die Ausnahme und die Regel*, 1930), 『도살장의 성스러운 요한나』(*Die heilige Johanna der Schlachthöfe*, 1932), 『제3제국의 공포와 고난』(*Furcht und Elend des Dritten Reiches*, 1945) 등을 집필하였다.

독일에서의 좌우익의 사회적 대립이 첨예화되고 좌익계 인사의 숙청이 단행되자 브레히트는 1933년 가족과 함께 망명길에 올랐다. 1935년 나치는 그의 독일 국적을 박탈하였다. 독일의 침략이 주변국으로 확대되자 그는 1941년 미국의 할리우드에 있는 산타 모니카로 망명하여 1947년까지 살았다. 그리고 1947년 그는 취리히와 프라하를 거쳐 동베를린으로 돌아왔다. 이곳에서 그는 세상을 떠날 때까지 문학활동을 하였다.

그는 1950년 동베를린 독일예술 아카데미의 회원이 되었다. 1951년에는 동독의 국민상을, 1954년에는 스탈린의 평화상을 수상하였다.

그 밖에 그의 대표적인 희곡 작품은 『카라 부인의 무기』(*Die Gewehre der Frau Carrar*, 1937 초연), 『갈릴레이의 생애』(*Leben des Galilei*, 1938~39 초판본, 1943 초연, 1945 제2판본, 제2판본 1947 초연, 1953 제3판본, 제3판본 1955 초연), 『억척 어멈과 그 자식들』, 『사천의 선인』(*Der gute Mensch von Sezuan*, 1926~1941 창작, 1943 초연), 『주인 푼틸라와 그의 종 마티』(*Herr Puntila und sein Knecht Matti*, 1940, 1948 초연), 『아르투로 우이의 저지 가능한 상승』(*Der aufhaltsame Aufstieg des Arturo Ui*, 1941, 1958 초연), 『코카서스의 백묵원』(*Der Kaukasische Kreidekreis*, 1944, 1948 초연) 등이 있다.

서사극의 대표적 작품인 『억척 어멈과 그 자식들』은 12년에 걸친 '30년 전쟁에서 유래하는 연대기'가 12개의 장면에 수록되어 있다. 그는 이 작품을 교육극으로 형상화하면서 서사극의 수단을 통하여 변증법적 유물론의 명제를 추구하고자 하였다. 또한 전쟁통에 이곳저곳으로 떠돌아다니며 세 아이를 차례로 잃는 억척 어멈의 운명을 통하여 파괴력을 지닌 전쟁을 탄핵하고 있다. 억척 어멈은 전쟁을 통하여 자신의 아이들을 잃지만 전쟁 자체를 후원하고 전쟁의 종결을 원하지 않는다. 이것에 그녀의 비극성이 서려 있다. 브레히트에게 중요한 것은 억척 어멈이 사물을 인식하는 눈을 뜨는 것이 아니라, 관객이 사물을 통찰하고 비판하는 시각을 가지는 것이다. 작품의 줄거리는 다음과 같다.

[프롤로그] 억척 어멈과 그녀의 딸 카타린이 수레 위에 앉아 있다. 아들 아이리프와 슈바이처카스가 그 수레를 끌고 있다. 카타린이 하모니카를 연주하자, 식구들도 함께 '억척 어멈의 노래'를 부른다.

[제1장] 1624년, 한 상사와 졸병이 어느 도시 근교 도로에서, 프로테스탄트인 스웨덴의 구스타프 국왕이 계획한 폴란드 전투에 참전시키기 위해 지원병들을 찾고 있다. 억척 어멈의 수레가 접근하자, 그들은 억척 어멈의 두 아들이 군복무의 적격자임을 간파한다. 억척 어멈은 이 두 군인을 고객으로 생각하고 자신의 수레를 세운다. 군인들은 억척 어멈의 두 아들 중 아이리프에게 관심을 쏟는다. 아이리프도 사실상 군대생활을 갈망하고 있다. 그래서 군인들은 억척 어멈의 주의를 딴 데로 끌기 위해, 상사는 벨트 하나를 사겠다고 흥정하고 그 사이에, 그의 부하는 아이리프와 함께 몰래 그곳을 빠져나간다.

[제2장] 약 2년 후, 억척 어멈은 스웨덴 군대를 따라서 폴란드 국경을 건너고 있다. 그리고 그곳에서 아들 아이리프를 만나게 된다. 아이리프는 어떤 농부를 살해하고 소를 훔친 데 대한 보답으로 사령관의 신임을 받은 영예를 누리고 있다.

[제3장] 그리고 나서 3년 후, 슈바이처카스는 프로테스탄트 제2연대 경리관을 맡고 있다. 그런데 기독교인들의 공격이 시작된다. 슈바이처카스는 연대의 자금을 택임지고 있는 터라, 안전한 장소에 현금함을 숨기려다가 기독교 군대 병사들에 의해 체포된다. 억척 어멈이 아들을 구하기 위해 바칠 돈을 깎는 사이에 그만 아들은 죽음을 당하고 만다. 다음 날 아침, 몇몇 기독교 군인들이 억척 어멈을 함정에 빠뜨리기 위해 슈바이처카스의 시체를 그녀에게 가져온다. 그러나 억척 어멈은 자기 아들을 모른 척한다. 기독교 상사는 슈바이처카스의 시신을 쓰레기 하치장에 던져 버리도록 부하들에게 명령한다.

[제4장] 억척 어멈이 한 기독교 군인이 거주하는 숙소에 도착해서 몇몇 군인들이 자신의 수레를 망쳐 놓았다고 불만을 털어 놓는다. 그런데 한 성난 군인이 도착한다. 억척 어멈은 이 군인에게 소란을 피우면 말썽이 생겨날 뿐이라고 말한다. 억척 어멈은 자신도 불평하지 않고 항복함으로써 생명을 부지하고자 한다(이런 점에서 그녀는 브레히트의 굴욕적 인물 가운데 또 한 사람이 된다).

[제5장] 무대는 전쟁으로 폐허가 된 라이프치히 근교의 어느 마을. 1939년 채플린(그는 3장 프로테스탄트 연대로부터 추방당한 이후부터 억척 어멈과 줄곧 여행을 하고 있다)은 부상병들을 간호하고 있다. 억척 어멈은 전쟁으로 인한 폐허 한가운데서 여느 때처럼 사업에 종사하고 있다. 채플린은 부상병들에게 붕대를 감아줄 천이 필요하다. 그러나 억척 어멈은 군관용 셔츠를 내놓지 않고, 그녀의 딸 카타린은 그러한 이기적인 어머니를 위협한다. 그 사이 채플린은 셔츠를 강제로 가져가 버린다. 거의 폐허가 된 어느 집으로부터, 갓난아기의 울음 소리가 들린다. 카타린이 그 집으로 달려 들어가 아기를 데리고 돌아와서 자장가를 들려준다.

[제6장] 1932년. 잉골슈타트 근처의 천막으로 두른 어떤 간이식당. 기독교 군대의 틸리 장군이 갑자기 살해된다. 그의 휘하의 병사들은 장례에 참석할 생각은 하지 않고 술에 취해 있다. 억척 어멈의 사업은 계속 호전되고, 그녀는 군수 물자를 비축하기로 작정한다. 카타린이 군인들의 공격을 받아 얼굴에 심한 상처를 입는다. 억척 어멈은 딸에게 상처를 입힌 전쟁을 저주한다.

[제7장] 한 고속도로. 억척 어멈의 수레가 나타난다. 카타린과 채플린이 끌고 억척 어멈은 걸어간다. 수레는 추하고 내버릴 지경에 달해 있지만, 새 물건들이 실려 있다. 억척 어멈은 '억척 어멈의 노래'를 그들과 합창한다.

[제8장] 스웨덴 국왕이 죽자 평화가 찾아온다. 오랜 전쟁을 예감하여 군수 물자까지 비축해 두었던 억척 어멈은 실망한다. 아이리프가 두 군인에 의해 끌려온다. 그는 평화가 선포된 이후, 한 농부를 죽이고 물건을 훔쳤기 때문에 형 집행을 받기로 되어 있다. 채플린과 취사병은 이 사실을 억척 어멈에게 말하지 않기로 한다. 그런데 곧장 억척 어멈이 돌아와서 전쟁이 다시 발발했다는 사실을 알린다. 그리고 사업에 뛰어들기 위해 취사병을 데리고 수레와 함께 출발한다. 그녀는 아직도 아이리프가 어떻게 되었는지는 모르고 있다(8장은 아이러니가 가장 풍부한 장면 가운데 하나다).

[제9장] 1634년 가을. 상황은 험악하고 경기는 불황의 늪을 헤매고 있다. 취사병은 한 여관을 개업할 기회를 갖게 된다. 취사병은 억척 어멈에게 함께 가자고 청하면서, 카타린은 벙어리에다가 정신박약 상태라서 성가신 존재라며 제외시킨다. 이 이야기를 카타린이 엿듣는다. 그러나 억척 어멈은 취사병의 소지품을 두고서, 카타린과 함께 수레를 끌고 출발한다.

[제10장] 한 부유한 농가를 지나면서, 억척 어멈과 카타린은 누군가 집 안에서

피난처를 찬양하는 노래 소리를 듣는다. 이들은 잠시 귀를 기울이고는 계속 나아간다.

[제11장] 1636년 1월. 억척 어멈의 수레는 이제 낡아빠진 상태에 있고 할이라는 프로테스탄트 마을 근교의 어떤 농가 앞에 서 있다. 기독교의 군인들이 집 안으로 들어와서 늙은 두 농부와 이들의 어린 아들, 그리고 카타린을 집 밖으로 끌어낸다(억척 어멈은 볼일 보러 다른 곳에 있다). 기독교 군인들은 마을 주민들이 잠자고 있을 동안 마을을 공격할 계획이다. 이것을 눈치 챈 카타린은 몰래 지붕 위로 올라가 치마 밑에 감추어 놓았던 북을 치기 시작한다. 기독교 군인들은 그 북소리를 멈추게 하려고 애쓰지만, 카타린은 계속 북을 친다. 농부 아들은 큰 소리로 카타린에게 계속 북을 치라고 말해 살해당한다. 그리고 마침내 카타린도 살해당한다. 그러나 그 북소리에 마을 사람들이 깨어나서 군인들의 공격에 방어 태세를 갖춘다.

[제12장] 억척 어멈은 카타린의 시체가 있는 땅에 앉아 있다. 그리고 딸에게 자장가를 불러준다. 억척 어멈은 아이리프가 죽은 것을 아직도 모르는 듯 농부들에게 얼마의 돈을 주면서 카타린의 장례비용을 충당한다. 그리고 수레로 시선을 돌린다. 그녀는 전장으로 진군해 가는 병사들을 뒤따라서 출발한다. 다 함께 '억척 어멈의 노래'를 부르면서.

■ 프란츠 크뢰츠(Franz Xaver Kroetz, 1946 ~)

– 『수족관』(*Nicht Fisch nicht Fleisch*, 1981)[10]

크뢰츠는 뮌헨에서 태어나 라인 강변의 짐바흐로 이주하여 가톨릭 종교 교육을 받으며 성장하였다. 5세 때 다시 뮌헨으로 이주하여 초등학교 및 상업학교를 다녔다. 1961년 아버지가 세상을 뜨자 학교를 중퇴

---

10 수족관 : 희곡의 원제목은 독일어 숙어인 '이도 저도 아니다'이지만, 1988년 한국에서 한국어로 공연되었을 때 이원양이 '수족관'으로 번역하였다. 이는 독일어 원제목이 갖고 있는 것과 같은 함축성 있는 숙어가 한국어에는 없었기 때문이다. 훗날 크뢰츠도 이 한국어 번역에 동의하였다고 한다. 크뢰츠는 1988년 서울올림픽 취재차 한국에 오기도 하였다.

하고 야간 중학교에서 공부하여 졸업시험에 합격하였다. 뜨내기 노동을 하면서 막노동으로 생활하다가 1965년 배우조합의 연기시험에 합격하면서 극작품 창작을 시도하였다. 1972년 독일공산당(DKP)에 입당하여 정치에 참여였고, 독일작가연맹에 가입하였다.

독일에서는 1960년대 중반 이후 하층민의 문제를 다룬 사회비판적인 내용의 민중극 작가들인 슈페르(Martin Sperr, 1944~), 파스빈더(Rainer Werner Fassbinder, 1946~1982) 등이 등장했다. 그 가운데 크뢰츠는 가장 왕성한 민중극 창작활동을 하였다. 이는 20년대 비판적·사실주의적인 민중극 작가였던 외덴 폰 호르바트와 마리루이제 플라이서(Marieluise Fleißer, 1901~1974)의 영향을 받은 것이다. 이후 그는 브레히트의 사회적 리얼리즘을 지표로 삼아 작품 창작을 하였다.

그의 대표적 작품으로는 '삼부작'이라 일컫는 『고지 오스트리아』(Oberösterreich, 1972), 『보금자리』(Das Nest, 1974), 『인간 마이어』(Mensch Meier, 1977) 등을 내놓았으며, 이어서 연극전문지에서 최우수상으로 선정된 『수족관』, 『농부들 죽다』(Bauern sterben, 1983) 등을 발표하였다.

『수족관』의 배경은 1970년대 말 독일의 인쇄업계의 혁명인 컴퓨터 조판의 등장이다. 이와 함께 경영합리화가 도입되면서 식자공이라는 직업이 사라지는 과정에서 빚어내는 문제들을 다루고 있다. 전통적 방식인 식자공의 기술은 하루아침에 폐기된다. 그리고 컴퓨터를 배워야 되는 과정에서 벌어지는 노사분쟁, 개인의 정체성 상실로 인한 인격의 와해, 그리고 실업으로 인한 가정 파괴 등의 문제를 다루고 있는 것이다. 그런데 이 작품은 그 제목에서 암시하고 있듯이 아무런 결론도 없이 '이도 저도 아니게' 끝나 버린다. 그 줄거리를 간추리면 다음과 같다.

남편 에드가와 부인 에미 부부는 잠자리에 들던 중 에드가가 부부관계를 하자고 한다. 부인 에미는 다음날 근무를 핑계로 이를 거절한다. 에드가는 "빌어먹을 놈의 회사 같으니! 남의 이불 속까지 지배한단 말이야, 회사가"라고 말한다. 에드가는 직장이라는 외부 세계가 부부의 사생활까지 침해하는 것에 대해 불평하며 부인이 직업적 야망을 가지고 있는 것을 비난한다. 또한 에드가는 영국 노동자들이 걸핏하면 파업을 일삼는다고 비판하며, 자기 회사는 그런 의식을 가질 필요가 없다고 한다.

제2장에서는 남편 헤르만과 부인 헬가가 역시 잠자리에 들고 있다. 헤르만은 열성적으로 노동 운동에 참가하는 사람으로서 부인 헬가를 따뜻하게 감싸주는 대신 회사의 노조 운동에 관한 열변을 토한다. 이에 부인 헬가는 헤르만이 노동 운동을 하다가 또다시 실직이나 하지 않을까 걱정한다. 헤르만은 에드가를 겁쟁이라고 비난하지만 헬가는 에드가처럼 자신과 가족을 생각하는 것이 현명하다고 대답한다.

에드가와 헤르만은 같은 인쇄소에서 식자공으로 일하는 동료이다. 에드가는 선임자이고 부인 에미는 슈퍼마켓에 근무하기 때문에 비교적 경제생활이 여유로운 편이다. 에드가는 아이를 갖기를 원하지만, 에미는 직업적으로 성공하기 위해서 피임을 하고 있다. 이들 부부에 비해서 헤르만의 부인 헬가는 아이를 2명이나 둔 가정주부이다. 이들의 경제생활은 에드가와 에미 부부와 비교하여 여유가 없다.

에드가와 헤르만은 스포츠 클럽에서 태권도 연습을 하면서 노임, 직장에서의 문제, 가계 그리고 부부생활 등에 대해서 의견을 나눈다. 생활이 비교적 윤택한 에드가는 모든 면에서 우월감을 드러낸다. 자기는 열등감이 없으므로 부부관계도 문제가 없는데, 중요한 비결은 '직장은 직장이고 가정은 가정이다'라는 원칙으로 직장과 가정을 분명히 구분하고 있는 것이라고 장담한다. 그는 취미로 수족관에 물고기를 기르고 있으며 물고기들의 생태에 관해서도 일가견을 가지고 있다. 그의 또 다른 취미는 독일어 정서법 사전인 두덴이다.

인쇄기술의 발달로 회사에서 컴퓨터 사진식자를 도입하자 에드가와 헤르만은 직업 전환교육을 받게 된다. 과거 원시사회의 자연인 생활을 동경하면서, 미래의 완벽한 테크노피아의 비전에 전율을 느끼는 에드가는 컴퓨터 타자수로 전락한 자기 위치에 환멸을 느껴 스스로 사표를 낸다. 그는 그동안 지점장으로 승진한 에미의 수입에 의존하여 살아간다. 이미 상실해 버린 가부장적 권위와 남편으로서 권위를 잃은 에드가는 몰래 피임약을 살 빼는 약으로 바꿔 놓아 에미가 임신을 하도록 함으로써 복수를 한다.

　독일 노동 운동의 후계자를 자처하며 기술의 진보가 노동자의 이익이 되도록 투쟁하는 헤르만은 에드가를 배반자라고 비난하며 우정 관계를 끊어 버린다. 그는 헬가가 세 번째 아이를 임신하자 낙태를 권유한다. 헬가는 후손들을 위해서 노동 운동을 한다면서, 막상 자기의 아이를 낙태시키라고 하느냐고 항의하며 이를 거절한다(마지막 두 번째 장면은 초현실주의적인 장면이다). 노아의 대홍수와도 같이 물이 흐르는 곳에서 에드가는 나체로 수영한다. 헤르만은 동료들이 항문에다가 공기를 불어넣었다며 통증 때문에 배를 붙잡고 신음하며 가스를 배출한다. (마지막 장면에서는) 만삭이 된 에미가 헬가의 부엌 시탁에 앉아서 탐욕스럽게 음식을 먹고 있다. 헤르만은 아직도 배가 아픈 듯한 표정을 짓고 있다. 헬가는 물에 젖은 채 떨며 들어오는 에드가에게 담요를 주며 수프를 권한다. "드세요." 그녀의 따뜻한 한 마디가 이 희곡의 마지막을 장식한다.

■ 보토 슈트라우스(Botho Strauß, 1944~)

　　　－『칼드바이, 소극』(Kalldewey, Farce, 1981)

　슈트라우스는 중부독일 튀링겐 지방 잘레 강변의 나움부르크에서 태어났다. 그의 아버지는 식품공학 분야에 종사했다. 쾰른과 뮌헨 대학에서 5학기 동안 독문학·연극사·사회학을 전공한 후 1967~1970년 하노바에서 평론가이자 월간 연극잡지인 《테아터 호이테》(Theater heute)의 편집자로 활약했다. 이후 1970~1975년 베를린 할레셴 우퍼의 샤우뷔네 극장 연극고문 겸 번역가로서 일하였는데, 당시 저명한 연출가인 페터 슈타인(Peter Stein)과 함께 일함으로써 성공적인 공연을 하는 데 결정적인 도움을 받았다.

　슈트라우스는 1970년대 초반 한창 기록극이 풍미하던 때 개인에 대해서만 이야기하며 공적인 상황을 그리지 않는 '신주관주의 문학'의 기수로 등단하였다. 그의 작품 세계의 특징은 극장에서의 실제 경험을 토대로 하고 있다는 점, 초현실적인 사건들을 삽입함으로써 리얼리즘을 파기한다는 점 등이다. 또한 그의 작가론은 독일 낭만주의의 '새로운 신화'(neue Mythologie)에 대한 요구를 연상시키는 이른바 '귀족주의'를 표방하고 있다. 그는 『낯익은 얼굴들, 뒤섞인 감정』(Bekannte Gesichter, gemischte Gefühle, 1974)으로 하노버 시 극작가상을 수상한 이래 1982년 『칼드바이, 소극』으로 뮐하임 극작가상을, 1982년 장 파울상, 1989년에는 뷔히너상, 1993년 베를린 극장상을 받는 등 많은 상을 수상하였다.

이 밖에 그의 대표작으로는 신화의 도시인 그리스를 배경으로 한 『관광 안내원』(Die Fremdenführerin, 1986), 인간 소외의 대표적인 메타포의 작품 『방문객』(Besucher, 1988), 독일의 재통일 문제를 다룬 『마지막 합창』(Schlußechor, 1991) 등이 있다.

『칼드바이, 소극』은 3막극으로 줄거리라기보다는 등장인물들을 중심으로 느슨하게 연결된 작품이다. 아이러니와 멜랑콜리한 어조, 만화경이나 콜라주, 영화 같은 짤막한 장면 처리 등 일정한 줄거리가 없는 가운데 전체를 꿰뚫는 문제 의식이 특징적으로 드러나 있다. 이 작품에서도 그가 이전까지 다루어온 주제가 반복된다. 즉 인간이 더 이상 이해하지 못하는 세계 속에서 과도한 정보의 홍수에 밀려 고독하게 떨며 살아가는 현대인의 비극을 다루고 있는 것이다. 따라서 개인적인 의식의 파괴, 감정의 혼란, 의사소통의 단절, 극복할 수 없는 가까운 거리, 헛된 행복에의 추구 등을 그리고 있다. 그리하여 이 소극은 포스트모던한 복지사회에 사는 사람들의 크로테스크한 희극적인 모습을 통해 예리하게 사회를 비판하고 있다.

그런데 이 작품에서는 초역사적이고 신화적인 주제를 반영하고자 하는 경향이 나타난다. 또한 신화적 요소 이외에도 셰익스피어의 『리처드 3세 왕의 비극』, 모차르트의 『마술피리』, 클라이스트의 『펜테질레아』, 베케트의 『파티의 끝』을 연상시키는 언급들이 많이 드러나고 있다. 해설을 곁들어 줄거리를 따라가면 다음과 같다.

[제1막] 「사랑의 잠은 괴물을 낳는다」 : 이 언급은 고야의 그림 〈El sueno de la razon produce monstruos〉에 대한 것이다. 먼저 그리스 신화의 오르페우스와 유리디케를 연상시키는 연인 한 쌍의 사랑과 이별의 대화가 펼쳐진다. 또한 모차르트의 『마술피리』를 연상시키는 가운데, 플루트를 부는 한스와 바이올리니스트인 린은 서로 '도달할 수 없는 가까운 거리'를 극복하지 못한다. 이어지는 술집 장면에서는 동성애를 하는 두 레즈비언인 K와 M이 유행을 좇아 아무런 생각없이 대화를 내뱉는다. 이 대화로 그들의 냉소적인 세계관을 보여준다. 그때 바이올리니스트 린이 들어와서 그들에게 그녀의 애인이 그녀를 성적으로 학대한다는 이야기를 한다. K와 M은 그녀의 애인인 한스의 집에 가서 그를 죽여 토막을 내어 세탁기 안에 집어넣는다. 이것은 오르포이스를 토막낸 광란의 여인 마이나스에 대한 연상으로, 린은 그제서야 자신의 에로틱한 환상에 대해 이야기한다.

[제2막] 「인생은 치료」 : 등장인물 모두가 야릇한 공장건물에 모여 나치 시대에서 자행되었던 악몽같은 경험들을 진지하게 이야기한다. 이때 칼드바이라는 이름의 낯선 남자가 나타난다. 이 사람은 자기 기분 내키는 대로 뻔뻔스러운 이야기를 내뱉다가 점차 일종의 정신적인 도사 노릇을 한다.

[제2~3의 중간막] 제2막과 3막 사이에 위치한 짧막한 중간막에서는 이 연인들, 곧 한스와 린이 오랜 이별 후 눈과 얼음으로 된 산악지대에서 갑자기 늙은이의 모습으로 서로 만난다. 그리하여 극장의 커튼 사이로 자기들의 과거의 모습을 보게 되는 등 초현실적인 분위기를 조성한다. 이들의 과거는 서로 이질적인 경향의 '많은 시간들'이 뭉친 것으로 관객들이 이해하기가 쉽지 않다.

[제3막] 치료 에이전트의 두 사무실 사이의 복도에서 일상생활과 환상 사이의 묘한 장면이 벌어진다. 겉으로 보기에는 인용과 비밀에 가득 찬 희극이지만, 그 밑바닥에는 이해와 행복에 대한 절망적인 추구가 깔려 있다. 한 남자가 '헛되고 헛되며 모든 것이 헛되도다'라는 바로크 시대의 구절을 본뜬 "허망하고 허망하며 모든 것이 허망하다…", "자연의 지배—인간의 지배, 아무도 더 이상 존재하지 않

게 될 때까지!"라고 독백한다. 이어서 일종의 밤 장면이 펼쳐진다. 여기서는 모든 등장인물들이 서로서로 이별을 고한다. 고전비극 형식을 빌려 등장하는 린과 한스의 "고마워", "사랑해"라는 에필로그로 이 희극은 끝난다(보토 슈트라우스는 두 번째 개작에서 이 마지막 밤장면을 삭제함으로써 텍스트 구조에서 이 부분의 이질성을 강조하고 있다).

■ 폴커 브라운(Volker Braun, 1939~) - 『팅카』(*Tinka*, 1973)

브라운은 드레스덴에서 태어나 아버지를 일찍 여의었다. 고등학교를 졸업하였으나 가정 형편이 어려워 인쇄소, 건설 현장 등을 돌아다니며 막노동을 하다가 기술을 익혀 기계공으로 작업 현장과 삶의 경험을 쌓았다. 그는 1960년 라이프치히의 카를 마르크스 대학 철학부에 입학하여 공부하였다. 공부를 마치고 1965년 동부 베를린으로 이주하여 베를린 앙상블(Berliner Ensemble)에서 극작가와 무대 조감독으로 활동하기 시작하였다.

브라운은 시인으로 또는 소설가로도 주목받고 있는 작가이다. 그는 사회주의 체제하에 성장하였기 때문에 참여 작가의 길을 걸었다. 그리하여 그의 전 작품은 한결같이 자신이 처한 사회적 현실과 그곳에서 드러나는 여러 모순을 직시하여 예리한 통찰과 분석을 해놓고 있다. 그러나 그의 문학은 사회 비판적 기능을 함축하고 있지만, 결코 문학을 정치적 도구로 삼지는 않았다. 특히 그의 극작품은 당면하고 있는 사회의 이데올로기나 체제를 비판하기보다는, 등장인물들을 통해 객관화된 시각으로 여러 입장을 제시하여 관중과 더불어 토론의 장을 열어 놓고자 하였다.

그는 1964년 '자유독일청년' 메달을 수상한 이래 1971년 하인리히 하이네상, 1980년 '베를린예술원'의 하인리히 만상, 1981년 동독의 레싱상, 1985년 브레멘 문학상, 1989년 베를린 문학상을 각각 수상하였다.

그의 대표작으로는 『팅카』를 비롯하여 『역군들』(*Die Kipper*, 1962~1965, 1972 초연), 『대평화』(*Großer Frieden*, 1979), 『과도기의 사회』(*Die Übergangsgesellschaft*, 1987), 『자유 속의 이피게니』(*Iphigenie in Freiheit*, 1989), 『해변가의 보헤미아』(*Böhmen am Meer*, 1989~1993) 등이 있다.

사회주의적 비극이라고 일컬어지는 『팅카』의 상황 설정은 작가가 임의로 꾸민 것이 아니라 1971년 제8차 사회주의통합당(SED)의 지침에 따라 당시 80여 개의 대산업체에서 상당히 진전되어 있던 자동화 추진 계획이 무산된 역사적 사실에 근거하고 있다. 그러나 이 작품은 생산 산업체에서의 갈등과 문제를 다룬 '생산현장극'의 장르에 포함시키기에는 다른 문제들이 보다 현저하게 전면에 부각되어 있다. 그렇다고 남녀 애정 문제를 다룬 청춘극도 아니다. 이 작품에서 많은 비중을 차지하고 있는 것은 구동독 정권하에서의 권위주의적 '산업부'와 그 산하의 산업체 간 견해의 불일치, 지도적 인물들 사이의 견해 차이, 공장의 지도층과 말단 노동자 간의 불평등, 소신과 적응주의 간의 갈등, 또는 남녀간의 불평등이 작은 소재를 이루며 복합적으로 연계되어 있다. 그러나 무엇보다도 이 극은 페미니즘과 인간 평등의 문제를 중심으로 하고 있는데 여주인공 팅카를 통해 여성 인권 해방 문제를 다루고 있다. 줄거리는 다음과 같다.

산업부의 대표들이 공장의 자동화 계획을 백지화하려는 당국의 결정에 대한 동의를 구하러 온다. 이들과 담판을 벌이다가 전 공장장이 과로로 쓰러져 죽는다. 이에 공장 간부들은 서로 말들을 주고받으며 그의 시신을 무대 뒤로 옮긴다.

한편 주인공 팅카는 근무하던 생산공장에서 선발되어 3년 동안 공장운영의 자동화를 위한 연수를 성공적으로 끝마치고 기사가 되어 다시 직장으로 복귀한다.

그런데 직장의 분위기가 변한 것을 발견한다. 그녀는 자신이 습득한 지식과 기술을 다른 동료들과 공장 직공들에게 전수하려던 참이다. 그리하여 공정(工程)을 개선하여 보다 희망찬 미래를 향한 사회주의 건설에 기여하고자 한다. 그런데 자동화 계획이 산업부의 결정에 의해 취소된다. 이러한 새로운 상황 변화로 인하여 팅카와 그녀에게 기술 지도를 받고 있던 직공들은 당혹감을 감추지 못한다. 그런데 그녀의 애인인 기술부장 브렌너를 포함한 공장의 모든 지도요원들은 이에 대한 대책으로 토론을 통한 당위성을 주장하는 대신 순종을 강요한다. 이런 판국에 브렌너는 팅카에게는 '냉정하게' 판단하기를 권하면서 자기는 '책략적으로' 행동한다.

팅카는 고혹적인 외모를 지닌 데다 더욱이 기사 자격까지 획득한 최고 인텔리 여성이다. 브렌너는 그녀를 다시 만나자 오른손을 보이며, 그가 이제 이혼을 해독신이 되었음을 알리면서, 앞으로 두 사람이 힘을 합쳐 난관을 헤쳐 나갈 것을 넌지시 알린다. 그녀는 브렌너를 사랑했기 때문에 그의 책략적이고 허위적으로 변모한 모습을 어쩌지 못한다. 그리고 그가 다시 본래의 모습으로 돌아오도록 하기 위해서 그를 냉정하게 대한다. 그녀에게는 사적인 것과 공적인 것이 일치해야 하며 직장의 지도층과 피지도층 사이에 인간적인 간격, 즉 배신은 있을 수 없고 남녀 간의 성차별도 타파해야 한다는 입장을 고수한다.

브렌너는 그와 팅카가 현 직장에서 살아남기 위해서 필요한, 취소된 자동화계획을 다시 인가받기 위하여 '산업부'에 보낼 편지를 기안한다. 그러면서 그 공장에 배속된 '당서기' 루트비히로부터 표현형식상 도움을 받는다. 루트비히는 경륜을 쌓은 인물로 브렌너에게 적절한 충고를 해준다. 즉 '책략적으로 행동하는 것'은 행동의 당사자에게 자업자득이 될 수 있으므로, 그렇게 하지 말고 '진실함'을 행동의 기준으로 삼아야 한다고 말한 것이다.

그 건의서한의 결과 행정관서로부터 진상조사위원회가 공장에 파견되어 온다. 이와 때를 맞추어 팅카는 여직공 헬가와 더불어 남장한 뒤 공장장 둔케르트와 기사들이 그 위원들을 접대하고 있는 주보에 나타나 둔케르트를 야유하며 소동을 벌인다. 즉 문제를 삼을 수 없는 '노동자 연극'의 형식을 빌려 공장장을 비롯한 권위 체제에 일종의 도전을 감행한 것이다.

다른 한편 팅카는 자동화 교육을 계속 받기를 망설이는 직공들에게 공장장으로부터 직접 의견을 들어볼 수 있도록 일을 꾸민다. 둔케르트는 이러한 선동에 분개하여 팅카를 해고하려 든다. 그러나 브렌너가 팅카를 변호하고 당서기 루트비

히가 그녀의 행동은 애인인 브렌너에게 맡기면 된다며 그 사태를 무마시킨다. 그 결과 브렌너는 도저히 팅카를 감당할 수 없음을 자각하고 심리적 혼란 상태에 빠진다. 그는 반항심과 수치심 속에서 급기야 풋내기 여직공 카린을 손쉽게 유혹하여 그녀와 결혼하기로 한다.

그들의 결혼 축하연이 열리고 있는 현장에서 팅카는 브렌너에게 아직도 자신을 사랑하느냐고 묻는다. 그가 "그렇다"고 시인하자 신부 카린이 울부짖는 소동이 벌어진다. 브렌너는 팅카가 더 이상 말을 못하도록 하기 위해 맥주병으로 그녀의 머리를 내리쳐 그녀를 쓰러뜨린다. 그는 자신의 흉행을 깨달으며, 바닥에 쓰러진 그녀의 몸 위로 쓰러진다.

■ 게를린드 라인스하겐(Gerlind Reinshagen, 1926~)

　　　　　　　　　　　　－『일요일의 아이들』(*Sonntagskinder*, 1976)

라인스하겐은 오스트프로이센 쾨니히스베르크에서 태어났다. 이후 1944년 김나지움을 졸업한 후 약사 견습을 하고 1940년 후반에는 건축 공사장과 공장에서 일을 하다가 대학에서 약학을 전공하였다. 1956년 30세의 나이로 직업작가로 활동을 시작한 그녀는 방송극을 9편 이상의 썼다. 이후 첫 희곡 작품인, 사회적 역할에서 벌어지는 게임을 시험한 『쌍두』(雙頭, *Doppelkopf*, 1967)를 발표하여 큰 성공을 거두었다. 그리하여 라인스하겐은 1970~1980년대 독일의 가장 탁월한 여성극작가 중 한 사람이 되었다.

그의 대표작으로는 『마릴린 먼로의 삶과 죽음』(*Leben und Tod der Marilyn Monroe*, 1971), 소위 독일 삼부작이라 일컫는 『일요일의 아이들』, 『봄축제』(*Frühlingsfest*, 1980), 『춤춰요, 마리!』(*Tanz, Marie!*, 1986)를 내놓았다. 그밖에 『강철심장』(*Eisenherz*, 1982), 『여자 어릿광대』(*Die Clownin*, 1986), 『세 가지 소원』(*Drei Wünsche frei*, 1992) 등이 있다.

라인스하겐은 그의 희곡 작품을 통하여 전후 독일 사회에 대한 자신의 소견을 펼치고 있다. 그녀는 자신이 속한 사회를 분석하고, 그 사회의 약점을 검증하는 동시에 유토피아적 목표를 향한 전망을 제시하기도 한다. 특히 그녀의 여성 등장인물들은 대부분 상황이나 성격 때문에 현실 환경의 주변에 머물면서 그곳에서 현명한 깨달음을 얻게 된다.

라인스하겐의 독일 삼부작은 40년의 시간 간격을 두고 열두 여성들의 삶, 즉 소도시 여자, 전쟁 중의 여자, 전후의 여자, 사업가의 부인, 시인 부인, 여배우, 여교사, 히피 여자, 자연의 품으로 돌아간 여자들의 삶을 그리고 있다. 이들 중 많은 여성들이 타인의 결정에 의하여 사는 삶에서 부자유를 느끼며, 꿈을 상실해 가고 있음을 깨닫고 있다. 그녀는 이러한 여성들과 주변 환경과의 관계를 마치 현미경을 들여다보듯 정확하게 관찰하여 보여주고 있다.

독일 삼부작의 첫 번째 편인 『일요일의 아이들』로 그녀는 1977년 뮐하임 극작가상을 수상하였다. 이 극은 1939~1945년에 이르는 전쟁기간 중 독일의 한 중소도시의 어느 시민가족의 연대기를 한 어린이의 시각에서 보여주고 있다. 그 어린이는 히틀러 독재의 일상 안으로 순응해 가는 역사를 작은 재앙의 결과로써 체험하며, 그 작은 재앙들 안에 큰 재앙들이 반영된다. 제목 '일요일의 아이들' 곧 '행운아들'은 반어적으로 이해할 수 있는데, 어린이들의 생각이 어떻게 서서히 질식되고 있는가를 다루고 있다. 줄거리를 간략하면 다음과 같다.

1939년 사람들은 승리를 꿈꾸고, 마지막이 되는 1945년 말 전쟁에서 패한 후에는 평화를 꿈꾼다. 먼저 명예욕과 감상성 그리고 감정으로 가득 찬 독일 소도시에서 '청춘의 눈뜸'이 보인다. 아직 청소년기 학생들인 약국집 딸 엘지와 그 친구들인 약국의 실습생 메첸틴, 놀레, 알무트 그리고 잉카는 전쟁이 시작될 때 충분히 나이 들어 전쟁터에 나갈 수 있는 '일요일의 아이들'을 부러워한다. 그리고 그림

책에서 본 어깨에 견장을 단 말쑥하고 자유로운 영웅을 꿈꾼다. 어린이들은 인디언 집을 짓고 그 속에서 잔인한 전투놀이를 하며 사람들이 주입시킨 제국과 지도자의 꿈에 관한 구호를 따라서 외친다. 다정하고 평범하며 수다스러운 소도시생활은 곧 일상적 파시즘의 특징을 띤다.

한편 어른들의 세계는 '단순 가담자들의 납인형 진열관'이다. 고등학교 교장 로데발트는 당원으로서 자신의 회의를 내면화하고 있다. 약사 뵐러는 향락 추구에 들떠서 파리 여행으로 전쟁을 이용하려다가 죽고, 불만 많던 경리 사원은 시기를 잘 만나 나치 돌격대 장화를 신고 거드름을 피우는 대단한 선동가가 된다. 전쟁이 해를 거듭함에 따라 깃발과 환호성으로 이루어진 어린이들의 세계는 조각조각 현실에서부터 파괴되어 부서져 나간다.

엘지가 펜팔을 하던 얼굴도 모르는 군인과의 첫 번째 만남은 끔찍한 충격으로 엄습한다. 죽은 자의 머리같이 20세의 얼굴에 화상을 입은 이 군인은 엘지를 찾아와 폭행하려 한다. 선정적인 알무트는 남자들이 죽어가는 이 시기에 결혼하지 못할까 두려워 그 사이에 히틀러 소년단 단장이었던 교장 아들 놀레와 약혼한다. 그는 기갑 보병으로 전쟁에서 척추에 총상을 입고 휠체어에 앉아 아편만 찾는 폐인이 된다. 놀레의 전쟁에 대한 아픔은 치유되지 않는다. 교사 콘라디는 전쟁에서 부상당하고 돌아와 복직하여 아이들이 다시 선전의 소용돌이에 말려들지 못하도록 하지만 게슈타포에게 고발된다. 그는 메첸틴이나 교장 같이 친하게 지내던 사람들에 의해 고발당한 것이다. 그들은 자신들의 목숨을 구하려고 그렇게 하는데, 그러한 행동을 책임이라고 부른다. 콘라디는 잉카와 함께 도망치다 총격을 받고 죽는다. 엘지의 약혼자 메첸틴은 폭탄에 맞아 죽는다.

이러한 나쁜 사건들은 무해하고도 웃기는 일상에서부터 얽혀서 자라난 것이다. 전사한 아들들을 위해 상복을 입고도 어머니들은 유행에 신경 쓰고, 장군 부인은 물건 사재기를 한다. 소시민 세계는 폭격의 밤에도 전적으로 소시민 세계 자체임을 보여준다. 사람들은 저마다 박수 치고 모략하며 엿보고 하면서도 민족적이라고 느낀다. 전쟁이 끝난 후 그들은 재건을 위해 무장한다. 독선적이고 이기적이며 위선적인 사람들은 빨리 잊기를 연습하고 슬퍼할 능력이 없다. 전쟁 미망인이 된 약국집 여주인 엘지의 어머니가 엄격한 교장과 결혼하게 된다. 장군은 자신의 군복 유니폼을 때맞추어 민속 의상으로 개조하여 입고 점잖게 등장하여 아무 일도 없었던 것처럼 행동한다. 모두들 그것을 정상적인 것으로 보나 엘지는 전직 장군을 향해 가위를 들고 달려든다. 엘지는 6년 동안 모든 것을 함께 겪어왔다.

그리고 마지막에 비로소 정신적 혼란이 일어난 듯 정신적 충격을 받고 장군을 향해 가위를 든 것이다. 얼마 후 엘지는 진정되고 마치 환자가 병원복을 입듯 잔치를 위한 새 옷을 입는다. 엘지의 발작은 전쟁이 끝난 후 사람들이 마치 아무 일도 일어나지 않았다는 듯이, 이 극의 마지막에서 "커피로 할까요, 차로 할까요"처럼 양자택일의 문제인 듯 인생을 계속 살아가는 것에 대한 저항을 의미한다.

5. 러시아 · 동유럽 문학

1) 시대적 배경과 문학의 흐름

러시아 문학이 세계 문학에 큰 영향을 끼쳤던 시대는 19세기였다. 19세기 말에 이어 20세기 초에도 체홉과 톨스토이의 작품활동은 지속되었다. 그들의 창작은 새로운 시대를 반영하면서, 다른 한편으로 심각한 변화를 겪는다. 19세기 말과 20세기 초라는 특별한 시기를 반영하는 러시아 문학은 다양한 이념적 · 예술적 흐름들이 첨예하게 대립하는 조건 속에서 발전하였다. 20세기 문학은 이전의 전통을 발전시켰으며 세계 문학의 흐름에 아방가르디즘(전위주의) · 모더니즘 · 신낭만주의 · 신사실주의 등과 같은 새로운 원칙과 경향, 방식들을 도입하였다. 19세기 말과 20세기 초에 러시아 문학에 이러한 경향들은 이미 존재하고 있었다.

그러나 1917년 10월혁명 이후 많은 러시아 작가들이 외국으로 망명하였고, 하나로 통합되어 존재하였던 러시아 문학은 몇 개의 경향과 흐

제2부 서양 문학의 전개 양상 —

417

름, 부분으로 분리되기 시작하였다. 러시아에서 볼셰비키의 세력이 강화되면서 사회주의 사실주의의 공식적인 소비에트 문학이 탄생하였다. 공식적인 소비에트 문학의 대표적인 작가로는 고리키(Aleksei Maksimovich Gorky, 1868~1936), 마야코프스키(Vladimir Vladimirovich Mayakovskii, 1883~1930), 숄로호프(Mikhail Aleksandrovich Sholokhov, 1905~1984), 오스트롭스키(Aleksandr Nikolaevich Ostrovskii, 1823~1886), 파제예프(Alexander Alexandrovich Fadeyev, 1901~1956) 등을 꼽을 수 있다.

하지만 또한 비공식적인 소비에트 문학도 존재하였다. 비공식적인 소비에트 문학의 대표적인 작가로는 불가코프(Mikhail Bulgakov, 1891~1940), 플라토노프(Andrei Platonov, 1899~1951), 솔제니친(Alexander Isayevich Solzhenitsyn, 1918~2008), 브로드스키(Joseph Brodsky, 1940~1996) 등을 들 수 있다. 비공식적 소비에트 문학의 작가들과 다른 러시아 작가들의 작품들은 출판되지 못했거나 혹은 비밀 출판의 형태로 러시아에서 발간되었다. 또한 해외에서 비합법적으로 출판되기도 하였고, 소비에트 정권에 의해 금지되기도 하였다.

베를린, 파리, 프라하, 베오그라드, 뉴욕과 유럽, 아메리카, 아시아 등 여러 나라의 도시에서 러시아 해외 망명 문학이 출간, 발전하였다. 해외 망명 문학의 대표적인 작가로는 부닌(Ivan Bunin, 1870~1953), 쿠프린(Aleksandr Kuprin, 1870~1938), 나보코프(Vladimir Nabokov, 1899~1977), 츠베타예바(Marina Tsvetaeva, 1892~1941), 호다세비치(Vladislav Khodasevich, 1886~1939), 이바노프(Georgy Ivanov, 1894~1958) 등을 꼽을 수 있다.

이 모든 흐름들은 무엇보다도 작가들이 자기 방식대로 받아들인 10월혁명에 대한 관계에 따라 결정되었다. 소비에트 공식 문학은 혁명을 찬양하였고, 비공식 문학은 비판하였으며, 망명 문학은 혁명을 부정하고 반대하여 투쟁을 벌였다.

1953년 스탈린(Stalin, 1879~1953)이 죽은 후에야 러시아인들의 유럽 문학과의 접촉이 재개되었고, 작가들에게 어느 정도의 자유가 허용되어 새로운 방향을 모색하는 작품들이 나오기 시작하였다. 그리고 1980년대 말~1990년대 초까지의 러시아 문학은 다양한 나라에서 살고 있는 러시아 민중의 문학으로 다시 새롭게 통합되었다. 1980년대 후반 '페레스트로이카'(개혁), '글라스노스치'(개방) 정책 이후에는 망명 작가들의 작품이나 그동안 진가를 제대로 발휘하지 못하던 작품들에 대한 복권과 재해석이 이루어졌다. 러시아, 유럽, 아시아, 아메리카 등지에서 러시아어로 쓰인 많은 훌륭한 작품들이 통합되어 20세기 러시아 문학을 구성하였다. 1989년 《신세계》지에 솔제니친의 『수용소 군도』가 게재됨으로써 바야흐로 1985년부터 시작된 글라스노스치가 결실을 맺게 되었다. 이는 공식적인 검열제도가 폐지됨과 동시에 새로운 문학적 상황이 본격적으로 도래하기 시작함을 의미했다.

그러나 소비에트 문학이 이전의 완전한 굴레를 벗기 위해서는 또 하나의 본질적인 변화가 필요했는데, 그것이 바로 1991년 소련 체제의 붕괴라는 역사적 사건이었다. 실패한 1991년 8월 쿠데타와 1992년 초에 도입된 시장경제개혁은 그 이전의 문학과 그 이후 문학을 가르는 분기점이 되었다. 그리하여 문학의 흐름은 이전과 사뭇 다른 양상을 띠게 되었다. 시장 경제의 도입과 더불어 출판은 극도로 위축되었고 독서 경향도 바뀌어서 문학성이 뛰어난 진지한 글보다는 흥미 위주의 책들을 선호하게 되었다. 이는 포스트모더니즘 문학으로 이어졌다. 이 외에 두드러진 특징으로 여류작가들의 괄목할 만한 약진을 들 수 있다.

문학은 결코 시대 정신과 분리될 수 없다는 점에서 항상 진행형의 모습을 띤다고 한다면, 최근 러시아 문학의 흐름 또한 체제 붕괴 후 자기 정체성을 발견하고자 하는 진행형의 작업이라고 할 수 있을 것이다.

2) 시

19세기와 20세기 경계에서 '새로운 시'가 등장했다. 이 새로운 시는 고전주의 · 낭만주의 · 사실주의에서 가장 훌륭한 것들을 계승하였고, 그것들의 전통을 발전시켰으며 나아가 초현실주의 · 신낭만주의 그리고 심지어 신고전주의로 나아가려고 시도하였다. 이후 이들 시는 데카당스 · 모더니즘 · 아방가르디즘이라는 용어로 사용되었고, 이 결과 20세기에는 새로운 시가 창작되었다. 이것이 바로 '은세기'이다. 이 시기에 가장 대표적인 시인으로는 블록(Alexander Alexandrovich Blok, 1880~1921), 예세닌(Sergei Alexandrovich Yesenin, 1895~1925), 마야코프스키(Vladimir Vladimirovich Mayakovskii, 1893~1930), 아흐마토바(Anna Andreyevna Akhmatova, 1889~1966), 파스테르나크(Boris Leonidovich Pasternak, 1890~1960), 트바르돕스키(Aleksandr Trifonovich Tvardovsky, 1910~1971) 등이다.

20세기 새로운 시의 언어는 많은 의미를 지니고 있으며, 무한한 의미를 내포하였다. 가령 언어-소리, 언어-음악, 언어-의미, 언어-상징, 언어-형상, 언어-신화가 그것이다. 이것은 모든 세상, 즉 무엇보다도 무한한 시간의 영역과 마찬가지로 공간의 영역까지도 수용하는 시인의 영혼을 묘사하였다.

제1차 러시아 혁명(1905~1907) 시기에 상징주의 시인들은 이 혁명에 동조하기도 하는 반면, 다른 한편으로는 정치적 투쟁과는 거리를 두기도 하였다. 그리하여 혁명과 예술의 관계에 대한 논쟁을 불러일으켰고,

이로 인해 상징주의자들은 서로 분열되었다. 그리고 상징주의를 대신하여 새로운 시학적 흐름인 아크메이즘[1]과 미래주의가 출현하였다.

　구밀료프(Lev Nikolayevich Gumilyov, 1912~1992), 고로제츠키(Sergey Mitrofanovich Gorodetsky, 1884~1967), 아흐마토바 등의 아크메이스트들은 상징주의자들과는 달리 상징적 의미가 아닌 분명하고 단순한 언어로 시를 썼다. 그들은 상징주의에서처럼 비밀스런 세계에 관심을 기울리는 것이 아니라 직접적이고 분명하게 대상을 명명하였다. 그들은 잡지 《아폴론》과 《쌍곡선》을 발행했으며, 문예작품집 『시인 조합』을 출간하였다.

　아크메이즘과 동시에 다양한 미래주의의 흐름도 형성되었다. 그 가운데 가장 활발하게 활동한 시인은 부를류크(David Davidovich Burliuk, 1882~1967), 흘레브니코프(Viktor Vladimirovich Khlebnikov, 1884~1922), 크루쵸늬흐(Alecsei Krucekneykh, 1886~1968), 카멘스키(Vasily Kamensky, 1884~1961), 마야코프스키 등이다. 미래주의자들 대다수는 혁명을 환영하였는데, 1917년 혁명 전에 종지부를 찍었다.

　또한 1910년대 농민시인들의 문학 흐름이 중요한 역할을 하였다 이 시인들의 중요한 창작 테마는 러시아 시골생활과 조국의 자연이었다. 이들의 대표적인 시인으로는 예세닌, 클류예프(Nikolai Klyuev, 1884~1937) 등을 들 수 있다. 이 당시 러시아 운문에는 동시대의 어떠한 유파에도 속하지 않은 매우 뛰어난 시인들이 있었는데, 이러한 시인들로는 볼로쉰(Maximilian Voloshin, 1877~1932), 호다세비치(Vladislav Khodasevich, 1886~1939), 츠베타예

---

1 아크메이즘(Akmeism) : 그리스어 'akme'에서 기원한 용어로 어떤 것의 절정기 혹은 최고의 수준을 일컫는다.

바(Marina Tsvetaeva, 1892~1941) 등을 꼽을 수 있다.

시뿐만 아니라 러시아 문학 전반에서 트바르돕스키의 서사시 「저 멀리-먼 곳에」(1950~1960)는 중요한 위치를 차지하고 있으며 많은 러시아 시인들에게 커다란 영향을 주었다. 또한 20세기 후반의 문단에서 새로운 방향을 찾고, 중요한 역할을 한 대표적인 시인과 작품으로는 파스테르나크의 연작시 「소설에서 뽑은 시들」과 「날씨가 맑아졌을 때」, 아흐마토바의 시집 『시간의 질주』 등이 있다.

60년대 시의 기본적 특징은 고양된 역사의식과 과거로부터 미래로 향해 나아가는 과정의 움직임이었다. 그리하여 시인들은 현대인의 내면세계와 개인의 정신적 풍요를 향한 매우 집중된 관심을 보여주었고, 생활과 문학적 전통의 다양함에 기초한 높은 예술을 모색하였다. 과학기술 문명은 러시아 시인들의 시적 사고에 큰 영향을 미쳤고, 서정시를 규모 있고 철학적이며 사회적인 것으로 만들었다.

전 러시아를 풍미한 노래 시인 미하일 이야코프스키(Mikhail Iyakopsky, 1900~1973)는 『시집』(1965), 『시인과 시 그리고 노래에 대하여』(1968)를 출간하였고, 예술 분야의 정치적 투사인 예브게니 예프투셴코(Yevgeny Aleksandrovich Yevtushenko, 1933~)는 시집 『스탈린의 후예들』(1962), 『1번 도로』(1972), 장시 「어머니와 중성자탄」(1982) 등을 내놓았다. 또한 시각적인 이미지를 통한 실험적 시를 창조한 안드레이 보즈네센스키(Andrey Voznesensky, 1933~2010)는 시집 『포물선』(1960)을 비롯하여 『반세계』(1964), 『유혹』(1978) 등을 내놓았다. 새로운 시로 새로운 현실을 창조한 벨라 아흐마둘리나(Bella (Izabella) Akhatovna Akhmadulina, 1937~)는 시집 『현악기』(1962)를 비롯하여 『음악 수업』(1969), 『눈보라』(1977), 『촛불』(1977) 등을 내놓았고, 음유시인으로 유명한 불라트 오쿠자바(Bulat

Shalvovich Okudzhava, 1924~1997)는 시집 『흥겨운 고수』(1964), 『아르바트, 나의 아르바트』(1976) 등을 내놓았다. '제3의 망명' 사태의 물꼬를 튼 순수예술 시인 요세프 브로드스키(Joseph Brodsky, 1940~1996)는 시집 『단시와 장시』(뉴욕, 1965), 『사막의 정거장』(뉴욕, 1970), 『아름다운 시대의 종말』(앤아버, 1977), 『로마의 엘레지』(뉴욕, 1982, 모스크바《불꽃》지에 발표) 등을 내놓았다.

1960년대 말~1970년대 초에는 잡지에서 시의 가치와 결함에 관한 끊임없는 논쟁들이 벌어졌다. 그리고 1970년대 초에는 가장 위대한 소비에트 시인들이 세상을 떠났다. 그러자 그들 대신 전후 세대가 등장했다. 이 시기의 가장 유명한 서사시는 표도로프(Fyodorov)의 「일곱 번째 하늘」, 스멜랴코프(Smelyakov)의 「엄격한 사랑」 등이 있다.

동유럽 시인으로는 폴란드의 유명한 여류시인이며 1996년 노벨문학상을 수상한 폴란드의 비스와바 심보르스카(Wisława Szymborska, 1923~)의 「바위와의 대화」, 1984년 노벨문학상을 수상한 체코슬로바키아의 야로슬라프 세이페르트(Jaroslav Seifert, 1901~1986)의 『피카다리의 우산』(1978) 등이 있다.

■ 세르게이 예세닌(Sergey Aleksandrovich Yesenin, 1895~1925)
  － 「목로술집의 모스크바」(1924)

예세닌은 랴잔 지방에서 농부의 아들로 태어나 잠시 목동생활을 했는데, 이후 그의 시의 대부분이 농촌을 배경으로 하고 있다. 16살 때 교회 부속 사범학교를 졸업하고, 모스크바의 쉬아냐프스키 대학에 잠시 다니기도 했지만, 1916년 첫 시집 『초혼제』를 내놓고서 평단의 긍정적인 평가와 독자들의 환호를 받자, 학업을 중단하고 농촌과 도시를 오가며 시작에 몰두했다. 젊은 시인으로 혜성과 같이 등장한 그는 문단의 선배들과 얼굴을 익히는 중에 프롤레타리아 혁명이 일어났다.

예세닌은 이 혁명을 적극적으로 환영하였다. 그리고 농민을 혁명의 주체로 인식하면서 유토피아적인 농촌시를 쓰기 시작하였다. 그런데 1920년대의 러시아 농촌 사회는 어느덧 폐가가 되었고 이농현상이 일어났다. 그리하여 그도 시세계를 변화하여 이데올로기적 시를 쓰면서 러시아 사회와 문단에서 살아남고자 노력하였다. 이 시기에 쓴 작품으로는 서사시 「동지」(1917), 「오트차리」(1918), 「도래」(1918), 「이노니야」(1919) 등이다. 그러다가 자신의 본래 모습으로 돌아와 「나는 최후의 농촌 시인」(1920)을 썼다. 이로 인해 그는 독자들로부터 '최후의 농촌 시인'이라는 칭호를 받았다. 이후 의식적으로 냉소적이고 오만불손한 술 주정뱅이의 시를 써서 시집 『어느 건달의 고백』(1921), 『목로술집의 모스크바』(1924)를 펴냈다.

그런데 목가적이고 소박한 시세계를 지니고 있는 예세닌은 한편 알코올 중독자이기도 했다. 그리고 공산 혁명에 급변하는 사회 분위기에도 적응하지 못했다. 결국 예세닌은 신경쇠약으로 잠시 병원에 입원한 뒤 자신의 피로 쓴 몇 줄의 시를 남기고서는 호텔에서 목을 매 죽었다. 퇴폐적인 삶을 산 그의 시는 금서가 되었고, 사후 30년이 되어서야 해금 조치가 되었다.

시 「목로술집의 모스크바」에서는, 목가적인 농촌시를 쓰던 시인이 한때는 혁명의 분위기를 고조시키는 시를 쓰다가 나중에는 거의 자포자기한 상태로 시를 쓰고 있음을 발견하게 된다. 그는 밤을 새워가며 창녀들에게 시를 읽어 주었고 불한당들과 보드카를 들이켰다. 따라서 이 시에서는 자신이 실제로 죽어간 모습을 예견하고 있는 것을 드러내주고 있기도 하다.

그렇다! 이제는 결정된 것이다. 다시는 돌아오는 일이 없게
나는 고향의 들판을 버리고 말았다.
이제는 날개 같은 잎으로
내 머리 위에서 미루나무가 소리를 내지는 않으리라.

내가 없는 동안
나지막한 집은 구부정하게 허리를 구부릴 것이고,
내 늙은 개는 오래전에 죽어 버렸다.
구불구불한 모스크바의 길거리에서
죽는 것이 아무래도 운명인 성싶다.

나는 이 수렁 같은 도시를 사랑하고 있다.
설사 살갗이 늘어지고 설사 쭈글쭈글 늙어빠졌다손 치더라도.
조는 듯한 황금빛의 아시아가
성당의 둥근 지붕 위에서 잠들어 버렸다.
밤에 달이 비치고 있을 때,
달이 비치고 있을 때 … 제기랄, 뭐라고 말해야 하나!
나는 고개를 떨어뜨리고 간다.
골목길을 따라 단골 목로술집으로.

소름을 끼치게 하는
이 굴속에는 와자지껄하게 떠들어대는 소리.
그러나 밤을 새워가며 새벽녘까지,
나는 창녀들에게 시를 읽어주며
불한당들과 보드카를 들이킨다.

심장은 차츰 세차게 고동친다.
나는 이제 알지 못할 말을 한다.
'나는 당신네와 똑같이 구제받지 못할 자이다.

나는 도로 물러날 수 없는 것이다.'

내가 없는 동안
나지막한 집은 구부정하게 허리를 구부릴 것이고,
내 늙은 개는 오래 전에 죽어 버렸다.
구불구불한 모스크바의 길거리에서
죽는 것이 아무래도 내 운명인 성싶다.

― 「목로술집의 모스크바」 전문(강우식 역)

■ 블라지미르 마야코프스키(Vladimir Vladimirovich Mayakovsky, 1893~1930) ― 「바지를 입은 구름」(1915)

마야코프스키와 릴리 부릭, 그리고 그녀의 남편 오십 브릭과의 삼각관계는 세계 문단에 큰 반향을 남기고 있다. 릴리 부릭은 그의 평생의 애인이었고, 오십 브릭은 그의 평생의 후견인이었다. 그들 세 사람은 한 집에 살았는데, 마야코프스키와 릴리는 부부나 다름없는 관계가 형성되었고, 오십 브릭은 그것을 지켜보는 상황이었다고 한다.

마야코프스키는 그루지야 지역에 있는 바그다디에서 태어났다. 아버지는 귀족 출신의 산림감시원이었는데, 패혈증으로 갑자기 사망하자 그의 가족은 1906년 모스크바로 이사했다. 중등학교에 다니면서 1905~1907년 혁명에 참가했고, 1908년 사회민주노동당 볼셰비키파에 가입하고, 14세 때 모스크바 위원으로 선출되었다. 그는 선전선동 활동으로 세 번 체포되었는데, 1909년 세 번째 체포되었을 때는 6개월 동안이나 형무소 독방에 감금되었다. 1910년부터 그는 시를 창작했고, 미래의 혁명문학을 창조하려 했던 미래주의 문학 그룹에 가입하였다.

그는 「혁명 송시」와 「좌익 행진」 등의 시로 큰 인기를 끌었다. 이어 「시인은 노동자이다」, 「평범하지 않은 사건」, 「시에 대한 재무감독관과의 대화」, 「목청껏」 등을 발표하여, 공산당의 열렬한 대변인으로서 자신의 의사를 나타냈다. 또한 혁명을 선전선동하는 유명한 시 「150,000,000」을 내놓았는데, 이 숫자는 당시 소련의 인구 수를 나타낸다. 그 밖에 1915년에는 장시 「바지를 입은 구름」를 썼고, 뒤이어 장시 「등골의 플루트」, 「전쟁과 세계」, 「인간」 등을 내놓았다. 그리고 그는 혁명의 기운을 북돋우고자 《예술좌익선》(LEF)라는 잡지를 창간했다.

그러나 《예술좌익선》이 경영난으로 폐간되고, 새로 만든 《신 예술좌익선》도 폐간되었다. 혁명이 끝나고 나서는 민중에게 설득력을 지닐 수 없었기 때문이다. 그리하여 그는 1925년 이후 유럽, 미국, 멕시코, 쿠바 등을 여행하면서 강연회와 시낭송을 했다. 이후 그는 소련의 신경제정책을 조롱하는 내용과 스탈린 치하의 관료주의를 야유하는 내용의 작품을 썼다. 그러다가 그는 돌파구를 위하여 해외여행 비자를 신청했으나 당국의 허가가 나오지 않자 비관하여 37세의 젊은 나이에 권총으로 자살하였다.

시 「바지를 입은 구름」은 연인에게 버림을 받은 시인을 시적 화자로 내세워 절망의 틈새에서 피어난 혁명·종교·예술을 논한 시이다. 혁명의 기운이 한껏 조성되어 있는 시대 분위기에 편승하여 다혈질의 화자는 이성을 화끈하게 사랑하고, 혁명의 기운에 몸을 불사르고자 한다.

기름때 흐르는 소파 위의 뚱보 하인처럼
물렁한 뇌수에서 몽상을 하는
당신네들 생각을
내 피투성이 심장에 대고 문질러
마음껏 조롱하리라, 뻔뻔하고 신랄한 나는.

내 영혼에 새치라곤 한 올도 없어

노인다운 부드러움도 없어!
내 목소리로 세상을 두들겨 부수고
나, 방년 22세의
잘생긴 나는 뚜벅뚜벅 걸어간다.

다정한 연인들!
당신들은 사랑을 바이올린으로 켜지만
난폭한 자들은 팀파니로 때린다.
그러나 그 누구도 나처럼
몸통도 사지도 없는 입술로 변하지 못하리!

나한테 와서 한 수 배우라—
빳빳한 목면포로 휘감은 안주인,
천사 중의 천사, 그대, 고관의 마누라여,
요리사가 요리책을 넘기듯
무심히 입술의 책장을 넘기는 저 여인도 나에게 오라.

원한다면—
하늘의 색조를 바꾸는
광포한 고깃덩어리가 되리라
원한다면—
무한히 부드럽게 되리라
남자가 아닌, 바지를 입은 구름이 되리라!
꽃이 만발한 니스는 아무데도 없다!
병원처럼 앓아누운 남자들과
속담처럼 닳아빠진 여자들에게
나 또다시 찬미의 송가를 바치리라.

— 「바지를 입은 구름」 부분(석영중 역)

■ 안나 아흐마토바(Anna Andreyevna Akhmatova, 1889∼1966)

– 「사랑은」(1961)

20세기 러시아의 대표적인 여류시인 아흐마토바는 오데사 근교 볼셰이 폰탄에서 엔지니어의 딸로 태어나 여러 지역으로 옮겨 다니면서 생활하였다. 1907년 키예프 대학 법학부에 입학했다가, 얼마 후 성 페테르부르크 대학으로 옮겨 어문학부에서 수학하였다. 이때부터 시를 쓰기 시작하였다. 1910년에는 시인 구밀료프와 결혼하였으나 1918년 이혼하였고, 그 해 동방학자 쉴레이코(Vladimir Shilejko, 1891∼1930)와 결혼하여 1921년까지 살았다. 이후 1922년 작곡가 루리에(Arthur Lourié, 1892∼1966)와 우정을 나누었으며, 그가 외국으로 떠나기 전까지 지속되었다. 1924∼1938년까지 예술학자 푸닌(Nikolai Punin, 1888∼1953)과 함께 생활하면서 지냈고, 1934∼1944년까지는 의학박사 가르쉬늬와 친교를 맺었다.

아흐마토바는 친구들과 연인들의 이미지를 자신의 서정시의 주인공으로 창조하여 이들 모두에게 자신의 작품을 헌사하였다. 그녀의 창작은 프랑스 및 러시아 상징주의 시인들에게 큰 영향을 주었다.

1904년부터 시를 쓰기 시작하여 1910년에는 시집들을 출간하였다. 그녀는 처녀 시집 『저녁』(1910)을 비롯하여 『염주』(1914), 『하얀 무리』(1917), 『질경이』(1921), 『신의 여름에』(1921, 22), 『영웅 없는 서사시』(1940∼1965), 그리고 60년대까지 썼던 시들 중에서 시인이 선집한 마지막 시선집 『시간의 질주』(1974) 또한 『모든 것이 끝난 후』(1989) 등을 내놓았다.

그녀의 창작활동의 총결산인 『시간의 질주』는 시인 자신의 일기이며 동시에 혁명, 전쟁과 탄압, 그리고 시인의 사랑과 증오가 담겨 있는 시대의 연대기이다. 이 시집에는 시 「고대의 페이지」, 「유언의 노트로부터」, 「직업의 비밀」 등과 「최근 시들」과 같은 연작시가 수록되어 있다.

이 시집의 가장 중요한 테마들은 끝없는 평화와 여정, 조국의 이미지, 인간의 여정, 불멸을 향해 가고 있는 시인적 이미지가 내포되어 있다.

그녀의 가장 선호하는 시의 테마는 사랑이라고 할 수 있다. 그것은 어느 여인의 사랑에 대한 예견으로부터 출발하여 사랑의 맺어짐, 사랑의 체험, 그리고 질투와 종말 따위의 내용으로 묘사된다. 또한 종교적 모티브와 고독에 관한 테마도 그녀가 즐겨 다루는 시의 소재라고 할 수 있다. 시인으로서의 그녀 입장은 푸쉬킨의 전통을 따르고 있지만, 그 외에도 그녀의 시세계에는 고대 오리엔트 문화와 프랑스 고전주의 문학 그리고 이탈리아 르네상스 문학 및 러시아 민속 문학의 요소들도 투영되어 있다.

다음은 아흐마토바의 시 「사랑은」이다. 초기 작품으로서 그녀의 시세계의 특질을 잘 반영하고 있다.

> 때로는 똬리를 튼 뱀이 되어
> 심장 곁에서 마술을 걸고,
> 때로는 온종일 비둘기가 되어
> 하이얀 창문 위에서 구구거린다.
>
> 때로는 또렷한 서리 속에서 빛나고,
> 하얀 아리세이도꽃의 졸음 속에 나타나기도 한다…
> 하지만 변함없이 그리고 비밀스러이
> 기쁨과 고요함으로 시작된다.
>
> 그리움에 사무치는 바이올린의 기도 속에
> 그토록 달콤하게 흐느낄 줄 알지만,
> 아직 낯선 이의 미소 속에
> 그것을 알아챈다는 것은 기이한 일이다.
>
> ─「사랑은」 전문

■ 알렉산드르 트바르돕스키(Aleksandr Trifonovich Tvardovsky, 1910~1971) - 『기억의 진실을 따라』(1966~1969, 1987 출판)

트바르돕스키는 스몰렌쉰의 자고리에 마을에서 태어났다. 1925년부터 그는 수필과 시를 출판하기 시작했으며, 1930년부터는 서사시를 출판하였는데 이 시기에 그는 매우 어려운 생활을 하였다. 그의 아버지는 재산을 몰수당하고, 모든 가족은 마을에서 추방되었다. 그는 강요에 의해 부모를 거부하였고, 이런 이유로 자신의 전 생애 동안 죄의 고통을 영혼 속에 지니고 다녔다. 이후 그는 스몰렌스크에 살면서 사범대학에서 공부하였고, 그 다음에는 모스크바에서 공부하였다. 그리고 1939년에 역사철학문학연구소를 졸업하고, 종군기자로 전쟁에 참가하였다.

트바르돕스키는 러시아는 물론 전 세계적으로 인정을 받아 인기를 누렸다. 그리고 1941년, 1946년, 1947년, 1971년 등 네 차례에 걸쳐 국가가 수상하는 상을 받았으며, 1961년에는 레닌상을 수상하였다. 또한 소연방 작가동맹의 의장이자 진보적인 잡지 《신세계》의 편집장(1950~1954, 1958~1970)을 역임하기도 하였다. 이 잡지의 편집장을 지내면서 그는 어두운 러시아 역사의 기간 동안 치렀던 민중들의 삶과 진실을 파헤치는 작품들을 출판하는 등 중요한 역할을 수행하였다. 이러한 이유 때문에 그는 두 차례 편집장 직위에서 해임되었고 그의 마지막 서사시 『기억의 진실을 따라』(1966~1969)는 출판 금지를 당했다. 이 서사시는 1987년에야 출판되었다. 그는 《신세계》의 지도부에서 해임된 후 병마에 시달리다가 세상을 떠나, 모스크바에 안장되었다.

그의 작품을 살펴보면, 서사시 「개미의 나라」(1934~1936)를 비롯하여 이후 『시』, 『길』, 『다닐의 할아버지에 대하여』, 『농촌 연대기』, 『자고리에』 등의 시선집을 출간하였다. 전쟁 시집으로 가장 유명한 서정적 서사시로『바실리 쵸르킨. 병사에 관한 책』(1941~1945)이 있다. 또한 전쟁 시기에 두 권의 시선집을 출간하였는데『복수』,『전성의 연대기』이다. 1950~60년에 그는 유명한 서사시「저 멀리-먼 곳에」를 썼다. 이 서정적 서사시에는 러시아와 러시아의 과거, 현재, 미래에 대한 서사적 서술, 그리고 또한 시인 자신의 서정적 전기가 하나로 융합되어 있다. 이후 풍자적 서사시「저 세상에서의 쵸르킨」(1954~1962)을 썼는데, 여기서 그는 스탈린 개인 우상화 시기의 '죽은 왕국'을 폭로하였다. 60년대에 쓰인 시들을 모아 발간된『이 시기의 서정시들 중에서』(1967, 1972)는 시인의 새로운 창작 단계를 보여주었다.

그의 마지막 서사시『기억의 진실을 따라』에서는 가혹했던 1930년대로 돌아간다. 이 시기에 그는 자신의 아버지가 수백만 명의 다른 사람들과 함께 탄압을 당했고 유형에 처해졌으며, 시인의 네 형제들과 함께 '인민의 적의 아들'이라는 칭호를 들었다. 시인 자신이 겪은 가족의 비극적인 삶을 통해 그는 모든 민중의 비극을 보여주려 하고 있으며, 이에 대한 죄를 '민중의 아버지' 스탈린과 소비에트의 모든 체제에 책임을 지우고 있다.

> 아버지를 위해 아들은 대답하지 않는다—
> 계산에 따른 다섯 단어, 정확하게 다섯 단어다.
> 그러나 그것들은 자체에 수용되어 있다.
> 당신들, 젊은이에게는 갑자기 포함된 것이 아니다.
>
> 크레믈린의 홀에서 그것을 무심코 말했던
> 그 사람은 우리 모두를 위한 한 사람이었다
> 지상 최고의 통치자로서의 운명,
> 민중들이 누구를 우러러 칭하였던가

축하 행사장에서 조국의 아버지로.

당신들에게는―
다른 세대 출신들인―
아마도 심오한 곳까지 이해되지는 않을 것이다
그 짧은 단어들의 비밀스런 폭로가
죄 없이 잘못을 떠맡은 사람들을 위한 것이라는 사실이.

― 『기억의 진실을 따라』 부분

■ 벨라 아흐마둘리나(Bella (Izabella) Akhatovna Akhmadulina, 1937~) ― 「밤에」(1975)

러시아를 대표하는 여류시인 아흐마둘리나의 본명은 이자벨라 아하토브나(Izabella Akhatovna)이며 모스크바에서 태어났다. 이탈리아와 몽고의 혈통을 이어받았지만 그녀의 작품에 그와 연관된 영향은 거의 나타나지 않는다.

1960년 모스크바의 고리키 문학대학을 졸업하고, 1962년 최초의 시집 『현악기』를 출간했다. 그는 예프투셴코(E. Evtushenko), 보즈네센스키(Andrei Andreivich Voznesenskii)와 함께 1950년대 중반부터 1960년대 초반 러시아 문단에 나타난 새로운 시의 경향을 보여주는 '젊은 시'를 대변하는 시인의 한 사람이었다. 이를 계기로 그녀는 예프투셴코의 아내가 되었다. 그러나 그와 이혼하고 단편소설 작가 나기빈(Yuryj Markovich Nagibin)과 결혼했으나 또 헤어졌고, 세 번째로 화가 보리스 메세르(Boris Messerer)와 결혼했다.

비정치적이며 개인주의적인 주제를 표현한 그의 초기 서정시는 그녀에게 커다란 문학적 명성을 안겨다 주었지만 동시에 보수적인 평론가들로부터 적지 않은 비판을 받았다. 이로 인해 작품 출간에 어려움이 있어 한때 지하출판(1969~1970)이나 해외에서 작품을 출판하기도 하였다.

　그 후 페레스트로이카 시대가 열리자 아흐마둘리나는 과거에 썼던 시 중에서 검열 때문에 발표하지 못했던 것을 따로 출판하기도 하였다. 여기에는 종교적인 내용의 시도 여러 편 포함되어 있다.

　그의 주요 작품으로는 시집 『음악수업』(1969), 『시』(1975), 『눈보라』(1969), 『그루지야의 꿈』(1977), 『비밀』(1983), 『정원』(1987) 등이 있다.

　아흐마둘리나에게 시는 자신의 솔직한 내면의 고백이며, 시인의 내면과 외부 세계와의 만남이다. 그리고 그녀의 시에서 표현되고 있는 모든 것은 이미지를 만들어내고 상상력을 자극하며 환상적이면서도 초월적인 존재로 환원된다. 또한 그녀의 시는 매우 역동적인 리듬을 보여주고 있다. 시 「밤에」는 그녀의 대표적 서정시 중의 한 편이다.

　　나 어떻게 부르고 소리칠까?
　　유리잔같이 깨지기 쉬운 침묵 속에.
　　머리를 지렛대 위에 올려 놓고,
　　깊은 잠에 빠진 전화 수화기.

　　잠자는 도시를 넘어,
　　눈 덮인 오솔길 따라
　　조용히 아주 우아하게
　　당신의 창가에 다가서고 싶다.

　　눈 녹은 방울이 떨어지는 소리,
　　이 거리의 소음을 손으로 가릴래요.
　　당신이 깨어나지 않게
　　나는 불을 끌래요.

　　밤의 모든 소리를 거두라고
　　나는 봄에 지시할래요.

여기 꿈꾸는 건 당신이다!?
약해져 가는 당신의 두 팔…

당신의 주름살 깊이
눈 가에 피로가 숨어 있다…
그 흔적을 없애려,
나는 내일 주름살에 키스할래요.

아침까지 당신의 꿈을 간직할래요.
지난 해 눈 위에 낙엽 사이사이로 나 있는
발자국을 잊은 채
상쾌한 아침에 나는 떠날래요.

— 「밤에」 부분

■ 불라트 오쿠자바(Bulat Shalvovich Okudzhava, 1924~1997)

– 「작은 노래」(1976)

시인이자 산문 작가이기도 한 오쿠자바는 그루지야인 아버지와 아르메니아인 어머니 사이에서 태어나 모스크바의 아르바트 거리에서 성장했다. 고위 공산당 간부였던 아버지는 스탈린 숙청의 희생자로 1937년 처형당했고, 어머니는 수용소로 끌려가는 고난을 맞았다. 1942년 지원병으로 전쟁에 참여한 오쿠자바는 전쟁이 끝난 후 1945~1950년 사이 그루지야의 트빌리시 대학 문학부에서 공부했다. 1956년 첫 시집 『서정시』를 발표했고, 이 무렵 어머니가 복권되면서 모스크바로 이주했다.

오쿠자바는 음유시인으로 유명하다. 그는 첫 시집을 낸 후 곧바로 자신의 시를 기타 반주에 맞추어 노래하기 시작했는데 1960년부터는 '노래하는 시인'이라 불리며 대중들의 사랑과 인기를 얻게 되었다. 두 번째 시집인 『섬』(1959), 다음으로는 전쟁에서의 경험을 쓴 자전적 소설 「학우들이여, 안녕」(1961)을 발표했다. 이후 그의 노래와 시를 모은 『아르바트, 나의 아르바트』(1976)를 내놓았다.

전쟁을 직접 겪은 세대인 오쿠자바에게 전쟁은 그의 작품 세계에서 주요한 테마 중의 하나이다. 소설 『학우들이여, 안녕』은 전쟁의 참상을 솔직하게 드러냈다는 이유로, 1987년까지 소련 내에서 출판이 금지되기도 했다. 그의 노래와 시는 전체적으로 서정적이며 낭만적 정서를 통해 일상의 평범한 삶을 조망하며, 동시에 삶의 윤리적 원칙과 인간의 도덕성을 호소하고 있다. 시 「작은 노래」는 시집 『아르바트, 나의 아르바트』에 수록되어 있는 작품으로, 전쟁의 비극과 잔인성을 슬픔이 깃든 서정적 정서로 표현하고 있다.

> 너 강처럼 흐르나니, 기이한 이름!
> 아스팔트 강물처럼 투명하다.
> 오, 아르바트 거리여, 나의 아르바트, 너는 나의 운명.
> 너는 나의 기쁨, 또 나의 불행.
> 네 위를 걸어가는 사람들―
> 작은 인간들은 신발 뒷굽을 똑똑거리면서
> 분주히 쫓기는구나.
> 오, 아르바트, 나의 아르바트, 너는 나의 믿음.
> 너의 포장도로는 내 발 밑에 몸을 누인다.
>
> 너의 연인에서 결코 헤어날 수 없는,
> 4만 개가 넘는 포장도로는 너의 적수가 될 수 없으리니
> 오, 아르바트, 나의 아르바트, 너는 나의 조국,
> 끝까지 너를 영원히 지나가지는 못하리라!
>
> ― 「작은 노래」 부분

■ 비스와바 심보르스카(Wisława Szymborska, 1923~)

- 「바위와의 대화」

심보르스카는 폴란드의 유명한 여성시인으로 포즈나인에서 태어났다. 1945~1948년까지 크라쿠프의 야기엘로니안 대학에서 사회학과 문학을 전공하였고 그 외에 철학, 자연과학과 예술사에 관심을 가지고 공부하였다. 1953~1981년 사이에는 크라쿠프의 잡지 《문학생활》의 편집부에서 일하면서 그곳의 문학부를 이끌었다. 1945년 3월 14일 처녀작 「나는 말을 찾고 있다」가 일간지 《치에니크 폴스키》의 부록에 실린 이후, 그녀는 더욱 시 창작활동에 전념했다. 그녀가 발표한 시집으로는 『우리는 왜 살아가는가』(1952), 『나에게 묻는다』(1954), 『예티에게 외치다』(1957), 『소금』(1962), 『끝없는 재미』(1967), 『아마』(1972), 『큰 수』(1976), 『다리 위의 사람들』(1986), 『끝과 시작』(1993) 등이 있다.

심보르스카의 시세계는 매우 철학적이다. 작품 창작의 핵심은 고대부터 현재에 이르는 세계의 발전과 우주와 지구에서 발생하는 여러 가지 자연현상에 있다. 뿐만 아니라 그녀는 개성적인 풍부한 상상력으로 만물을 포함한 우주와 사회의 신기하고 오묘한 모습을 그려서 자신만의 시풍을 만들어냈다. 1996년 노벨문학상을 수상한 한림원에서는 그의 시를 "정확한 비유로 인류 현실 속의 역사 배경과 규율을 나타내었다"고 평가하였다.

대화 형식으로 짜인 시 「바위와의 대화」의 시적 화자 '나'는 일곱 번을 통해 바위에게 안쪽의 세계에 들어가게 해달라고 부탁한다. '나'는 바위 속에 넓은 대지와 낙원이 있다고 생각하기 때문이다. 그러나 바위는 매번 거절한다. '나'의 요구는 갈수록 적어지지만 이유는 점점 더 설득적이다. 하지만 바위의 거절은 점점 더 완강해질 뿐이다. 결국 '나'는 절망적으로 요구하기에 이르고 바위는 냉담할 뿐이다.

나는 바위의 문을 두드린다.
나야, 나 좀 들여보내 줄래?
너의 안으로 들어가서
너의 자연도 보고
너의 숨으로 호흡하고 싶어.

가— 바위가 말했다.
나는 굳게 닫혀 있어서
나를 깨서 조각이 되더라도
나는 정말로 굳게 닫혀 있어서
나를 갈아 모래가 되더라도
나도 누굴 들어오게 할 수 없어.

나는 바위의 문을 두드린다.
나야, 나 좀 들여보내 줄래?
너의 안에 들어가기 위해
나는 이십만 년을 기다릴 수는 없어.

만약 나를 못 믿겠다면— 바위가 말했다.
나뭇잎에게 물어 보렴, 나와 똑같이 대답할 테니
물방울에게 물어 보렴, 나뭇잎 같이 대답할 테니
마지막으로 너의 머리카락에게 물어 보렴
웃음 소리가 나를 울렸다. 우렁찬 웃음 소리가
웃음이 없는 웃음 소리가

나는 바위의 문을 두드린다.
나야, 나 좀 들여보내 줄래?

나는 문이 없어— 바위가 말했다.

— 「바위와의 대화」 부분

■ 야로슬라프 세이페르트(Jaroslav Seifert, 1901~1986)

- 「피카다리의 우산」(1978)

체코슬로바키야의 시인 세이페르트는 프라하의 노동자 가정에서 태어났다. 어렸을 적 오스트리아 헝가리 제국의 통일, 제1차 세계대전, 러시아의 10월혁명 등을 겪었다. 그러면서 중학교도 졸업하지 못하고 신문에 관련된 일과 창작활동을 하며 사회에 첫발을 내딛었다. 그는 젊은 시절 10월혁명의 승리에 고무되어 적극적으로 혁명 투쟁에 참여했으며, 공산당에도 가입했다.

1921년 그의 첫 시집 『눈물의 도시』를 출판했다. 그는 순수주의와 초현실주의 경향의 시를 썼고, 예술을 위한 예술의 뚜렷한 입장에서 순수시를 추구했다. 이 시기의 주요 시집으로는 『모든 것은 사랑이다』, 『무선전파를 타고』, 『전서구傳書鳩』 등이 있다. 이 시 안에는 환상과 상징을 가득 담고 있다. 그는 체코의 고전시와 모더니즘을 결합한 새롭고 생동감 있는 개성적인 작품들을 내놓아 '사람을 매혹하는 도시의 서정시인'이라고 불리게 되었다.

1950년대 말, 그는 당국의 문예 정책과 개인 숭배를 비판하여 공개재판을 받았다. 또 당국은 세이페르트를 억압하여 수년 간 작품활동을 중단시켰다. 1960년대 중반, 다시 문단으로 돌아온 그는 연이어 시집 『섬에서의 음악회』(1965), 『헬리 혜성』(1967), 『종 만들기』(1967), 『피카다리 우산』(1978), 『신위시인』(1981) 등을 출간하였다. 후기 작품들에는 세상의 많은 굴곡을 겪은 뒤 얻은 시인의 사명에 대한 인식과 인생의 참뜻에 대한 심오한 사상이 융합되어 있다. 시풍은 평온하며, 언어는 더욱 명확해졌고 평이하면서도 여전히 유머가 있었다. 한림원에서는 "자유와 열정 그리고 창조성을 대표하며, 체코의 풍부한 문화와 전통을 겸비한 세대의 기수로 인정" 하면서 1984년 노벨문학상을 수상하였다.

「피카다리 우산」은 '우산' 의 형상을 통하여 화자 내면의 자유 세계를 상징한다. 아무리 현실이 힘들고 각박하더라도 '피카다리 우산' 은 시인으로 하여금 자아를 지키도록 하고, 그가 찾던 마음속 여신 '자유' 에게로 이끈다. 지금 죽음이 눈앞에 있다한들 화자는 아무것도 두렵지 않다. 왜냐하면 화자의 마음은 자유로 매혹되어 있기 때문이다.

> 가슴에 사랑을 가득 품고도 줄 곳이 없다면
> 어서 가서 사랑하시오.
> 예를 들어 영국여왕을
> 왜 무엇이 문제란 말이오.
> 그녀의 초상화가
> 오래된 우표에도 새겨져 있는데
> 만약 그녀에게
> 헤더 공원에서 기다리겠노라고 한다면,
> 내 장담하리다.
> 헛수고일 거라고
>
> 그것은 사람들이 말하는 비너스 행성
> 더욱 두려운 존재
> 쏟아 오르는 파도처럼
> 그곳의 바위는 여전히 끓어오르고
> 우뚝 솟은 산들
> 비처럼 떨어지는 이글거리는 유황
> 지옥은 어디에 있는가
> 바로 그곳이라오!
>
> 나는 일생을 걸어왔다오.
> 자유를 향해
> 마침내 찾았으니

자유의 문으로 인도할 이를
그것은 바로 죽음!
이미 나는 늙었지만,
그 여인의 매력적인 얼굴
행여 누구에게 빼앗길지라도
마음을 훔쳐간 그녀의 미소

— 「피카다리의 우산」 부분

3) 소설

1917년 소비에트 혁명 이후, 러시아 문학은 정치 상황에 좌우되는 경향을 강하게 나타냈다. 따라서 서유럽의 많은 작가들에게 영향을 준 상징주의와 인상주의를 엄격하게 탈피하고 비타협적 사실주의, 즉 사회주의 리얼리즘이 출현했다. 19세기 러시아 사실주의가 지식인들을 중심으로 자본주의 사회가 지녔던 부정적 측면과 차르 정권, 사회 제도에 대한 비판을 주요 쟁점으로 삼았다면, 사회주의 리얼리즘은 문학이란 '혁명의 발전'을 통해 현실을 보여주는 것이며, 사회주의 혁명을 옹호하고 발전시키는 데 기여해야 한다는 관점이다. 따라서 소설 문학에서는 현실의 모습을 진실하게, 그리고 역사적 구체성으로 그려내야 한다는 것을 주요 내용으로 삼았다. 그리하여 사회주의 리얼리즘은 1930년대 중반 소비에트 러시아의 공식적인 문예 원칙으로 선포된 이후 수십 년 간 절대적인 권위를 행사하였다.

1917~1922년까지 러시아에서 발생한 역사적인 사건들은 1920~30년대 러시아 문학 발전에 커다란 영향을 끼쳤다. 따라서 20년대 문학의 흐름에서는 이전에 없었던 심리적 유형들과 새로운 테마, 새로운 주인공들이 등

장하는 소설들이 출현하기 시작하여 러시아 문학이 세계적인 명성을 갖도록 하였다. 동반작가에서 제도권으로 이행한 콘스탄틴 페딘(Konstantin Fedin, 1892~1977)의 장편 『도시와 세월』(1924)은 인텔리겐차의 삶과 죽음의 드라마를 보여주고 있으며, 레오니드 레오노프(Leonid Maximovich Leonov, 1899~1994)의 장편 『너구리들』(1924)은 혁명기 농민들의 운명과 관련된 도덕적·철학적 문제들을 제기하였다. 그리고 미하일 불가코프(Mikhail Bulgakov, 1891~1940)의 장편 『백위군』(1925~1927)에서는 이전의 러시아는 영원히 과거로 사라졌다는 것을 알면서도, 자신의 도덕적 임무와 군인의 의무를 생의 끝까지 수행하는 러시아 장교들의 비극적인 운명에 대해서 이야기하고 있다.

사회주의 리얼리즘의 첫 출발 작품으로 꼽히는 작가와 작품은 1890년부터 문학활동을 시작한 막심 고리키의 소설 『어머니』(1906)이다. 이 당시 작가들의 작품에는 이미 프롤레타리아 사상이 반영되어 있었다. 사실주의자들과 더불어 고리키는 인간의 자유와 행복이란 이름으로 영웅적인 행위를 찬양하는 낭만적인 작품들을 썼다. 그 밖에 사실주의 리얼리즘을 대표하는 작가와 작품으로는 사회주의 건설을 위해 순교자의 길을 걸은 니콜라이 오스트로프스키(Nikolai Alexeevich Ostrovsky, 1904~1936)의 『강철은 어떻게 단련되었는가』(1930~1934), 『폭풍의 탄생』(1936, 미완성) 등이 있다. 20세기 최고의 역사소설가 알렉세이 톨스토이(Aleksey Nikolayevich Tolstoy, 1883~1945)는 장편 『위험한 낙원』(1925), 삼부작 『고뇌 속을 가다』(1920~1941) 등을 남기고 있고, 미하일 숄로호프(Mikhail Aleksandrovich Sholokhov, 1905~1984)는 『고요한 돈강』(1928~1940)으로 1965년 노벨문학상을 수상하였는데, 그의 대표적 작품으로 『개척되는 처녀지』(1부 1932, 2부 1960), 『그들은 조국을 위해 싸웠다』(1943~1959) 등이 있다.

고리키는 20세기 초에 출판사 《지식》의 사상적 지도자가 되었다. 그리고 그 출판사를 중심으로 1880~90년대 말에 문학에 입문한 새로운 사실주의 작가 세대인 쿠프린(Aleksandr Kuprin, 1870~1938), 베레사예프(Vikenty Veresaev, 1867~1945), 부닌(Ivan Bunin, 1870~1953), 세라피모비치(Aleksandr Serafimovich, 1863~1949), 안드레예프(Leonid Nikolaievich Andreyev, 1871~1919) 등이 하나로 집결하였다.

사실주의 학파의 전통을 계승한 새로운 세대의 작가 가운데 가장 대표적인 인물은 1917년 10월혁명 후인 1920년에 러시아를 떠나 프랑스에 망명생활을 한 부닌이다. 부닌은 이미 초기의 단편소설들에서 학대받고 모욕 받는 가난한 농민들의 생활을 연민적으로 묘사하였다. 그는 러시아 최고의 문학상인 푸쉬킨상을 세 번, 1933년에는 자전적 중편소설 「아르세네프의 생애」(Zhizn Arsenyeva, 1927~1933) 등으로 노벨문학상을 수상하였다. 볼셰비키 권력에 대한 날카롭고 부정적인 입장은 부닌의 일기인 회상록 『저주받은 날들』(1925)에 표현되어 있다.

이 같이 우여곡절 많은 사회주의 리얼리즘은 페레스트로이카 이후 커다란 변화를 맞이하게 되었다. 사회주의 리얼리즘에 대한 객관적이며 강도 높은 비판적 탐구가 일어나 새로운 시각에서의 평가가 시작되었기 때문이다. 에렌부르그(Ilya Ehrenburg, 1891~1967)의 「해빙」은 이러한 새 흐름을 제시한 최초의 작품이다. 그 후 1950년대 중반 이후, 러시아 문단은 종래의 교조적 사회주의 리얼리즘의 테두리를 벗어나 예술의 자유와 한계를 확장시키는 '해빙기' 시대가 도래했다. 그럼에도 불구하고 사회주의 리얼리즘의 권위와 효용성은 1970년대까지 확실히 존재하고 있었다.

60년대 문단에는 일련의 신인 작가들이 많이 등장하여 대중들의 주목과 관심 속에 작품활동을 전개했다. 이들은 대략 세 부류로 나눌 수 있는데 농촌문학 계열의 작가, 도시문학 계열의 작가, 비러시아계 작가 등이다.

농촌문학이란 1960년대 중반에 나타나 빠른 속도로 그 영향력을 확장하며 일세를 풍미한 독특한 스타일의 산문문학을 말한다. 이것은 자연과 농촌 및 그곳에 사는 농촌 거주자들의 운명에 초점을 맞추며 보다 고양된 휴머니즘을 추구하는 문학의 한 갈래이다. 이러한 농촌문학 계열의 대표적인 작가와 작품으로는 무채색 농촌 현실을 관찰한 표도르 아브라모프(Fyodor Aleksandrovich Abramov, 1920~1983)의 장편 『형제와 자매들』(1958)을 비롯하여 『무너운 여름』(1984), 『과거로의 여행』(1989) 등이 있다. 그리고 바실리 슉쉰(Vasily Makarovich Shukshin, 1929~1974)은 단편집 『시골 사람들』(1963), 장편 『류바빈 씨네 가족』(제1부 1965, 제2부 1987년 간행), 장편 『나는 너희에게 자유를 주러 왔노라』(1971) 등을 내놓았다.

또한 70년대 농촌문학을 대표하는 작가의 한 사람이며, 인간적 사실주의를 추구한 진솔한 소설가 발렌친 라스푸친(Valentin Rasputin, 1937~)은 장편 『마지막 기한』(1970), 『살아라 그리고 기억하라』(1974), 단편 「화재」(1985) 등을 출간하였다. 가장 주목받고 있는 시베리아의 현대 작가 빅토르 아스타피예프(Viktor Petrovich Astafiyev, 1924~2001)는 단편 「목동 총각과 그의 아내」(1971)를 발표하였고, 『슬픈 탐정』(1986) 등을 출간하였다.

농촌문학과 더불어 또 하나의 축을 이루는 도시문학은 현대 도시와 그곳에 사는 거주민들의 현주소를 심리적 사실주의에 입각해 과장이나 미화 없이 있는 그대로 묘사했다. 도시문학의 독보적 작가 유리 트리포노프(Yury Valentinovich Trifonov, 1925~1981)는 중편 「또 다른 삶」(1975)을 발표하였고, 『모스크바 강변의 집』(1976), 『시간과 공간』(1981), 『실종』(1987) 등을 출간하여 도시란 끝없는 물질주의와 극단적 이기주의의 화신들이라는 테마를 보여주었다.

비러시아 작가란 러시아어로 작품활동을 하는 소수민족 출신의 작가들을 일컫는다. 1960년대 이후 나타난 이들 비러시아계 출신 작가들은 자신의 고유한 정서와 문화를 바탕으로 독특한 색채의 문학 세계를 전개하기 시작하였다. 이 부류에 속하는 대표적 작가와 작품으로는, 인간과 자연의 공존을 묻는 메시지를 전한 키르기스 태생인 칭기스 아이트마토프(Chingiz Aitmatov, 1928~2008)의 단편 「자밀랴」(1958), 중편 「하얀 배」(1970), 장편 『백년보다 긴 하루』(1980), 『처형대』(1986)가 있다. 압하지야 태생의 파질 이스칸데르(Fazil Iskander, 1929~)는 시와 소설들을 썼는데, 주요 소설 작품으로 중편 「산양성좌」(1966), 단편집 『유년시절의 나무』(1970), 장편 『체겜의 산드르』(1973년 발표, 1978~1981년 미국 앤 아버에서 완본 출간), 중편 「인간의 정박지」(1990) 등을 내놓았다. 카자흐스탄에서 출생한 한국계 이민 3세의 아나톨리 킴(Anatoly Kim, 1939~)은 단편 「다람쥐」(1984)를 발표한 이후 장편 『아버지 숲』(1989), 중편 「켄타우로스의 마을」(1992), 『온리리야』(1995) 등을 발표하여 평론계의 호평을 받았다. 우랄 지방 바시키르 자치공화국에 위치한 두라소프카 태생이며, 진실을 두려워하지 않는 작가 세르게이 잘르이긴(Sergey Pavlovich Zalygin, 1913~2000)은 『소금 골짜기』(1967)로 소련 국가상을 받은 이후 『폭풍이 지나간 후』(1980~1985), 『환경 소설』(1993) 등을 출간하였다.

이 밖에 현대 러시아 소설가들 가운데 예술혼과 인생 여정을 묘사한 대표적 작가와 작품으로는 전후 소련의 대표적 단편소설 작가 유리 나기빈(Yuryj Markovich Nagibin, 1920~1994)의 단편집 『사랑의 섬』(1977), 『헤라클레스의 강』(1984), 『어린 청개구리 이야기』(1991), 『지도자의 애인』(1994), 중편 「터널 끝의 어둠」(1994), 『나의 멋진 장모님』(1994) 등이 있다. 그리고 인간 내면의 소리에 귀 기울리는 작가 안드레이 비토프(Andrei Georgiyevich Bitov, 1937~)의 중편 「별장 지대」(1967), 장편 『딸기밭』(1981), 『날으는 수도사』(1990), 『반미치광이들』(1995) 등이 있다.

1960년대 이후 소련 당국과 화합할 수 없는 이른바 '반체제 작가'들의 작품은 공식적이 아닌 지하 출판이나 국외 출판의 형태로 유포되기 시작했다. 이러한 당국과 반체제 작가들의 갈등은 1970년대에 들어와 급기야 '제3의 망명' 사태로 이어지게 된다. 이렇듯 소련을 떠나 서구로 나간 대표적 작가와 작품으로 1970년 노벨문학상을 수상한 작가 알렉산드르 솔제니친(Alexander Isayevich Solzhenitsyn, 1918~2008)의 처녀작 「이반 데니소비치의 하루」(1962), 『암병동』(1968), 파리에서 출간한 『수용소 군도』(1973) 등이 있다. 또한 수포로 돌아간 새로운 세계의 관찰자 블라지미르 막시모프(Vladimir Yemelyanovich Maksimov, 1930~1995)의 중편 「우리는 대지를 개척한다」(1961)를 비롯하여 장편 『창조의 7일』(1971 프랑크푸르트, 《시월》 1990, 6~9호), 『나락을 들여다보다』(1986 파리, 《깃발》 1990, 9~10호)』 등이 있다. 그리고 러시아 현대 풍자문학의 대가 블라지미르 보이노비치(Vladimir Voynovich, 1932~)의 장편 『이반 촌킨의 생애와 진기한 모험』(1975 파리, 《청춘》 1988~1989), 장편 『모스크바-2042』(1987 앤아버, 1990 모스크바), 작품 선집 『나는 솔직해지고 싶다』(1989) 등이 있다.

시인이며 소설가인 파스테르나크는 장편소설 『의사 지바고』로 1958

년 노벨문학상을 받았다. 전통적 소설은 인물의 행동이 작가 임의에 따라서가 아니라 필연성을 가지고 있었는데, 파스테르나크는 우연의 연속으로 일관하고 있다. 또한 전통적인 소설 속의 인물들은 사회성을 반영하여 거역할 수 없는 역사의 규율을 보여주고 있는데 반해, 파스테르나크의 『의사 지바고』의 인물들은 아무도 이런 규율을 보여주고 있지 않다. 오히려 작가의 시선은 보편적이고 공통적인 규율보다는 개인적이고 개별적인 반응을 더 중요시하고 있다.

이 밖에 20세기 전반의 대표적 작가와 작품으로는 건설소설의 대부 표도르 글라드코프(Fyodor Vasilyevich Gladkov, 1883~1958)의 중편 「자작나무 숲」(1941), 장편 『유년시절의 이야기』(1949), 중편 「성난 세월」(1954) 등이 있다. 또한 러시아 문단의 최장수 원로 작가인 레오니드 레오노프(Leonid Maximovich Leonov, 1899~1994)의 장편 『황금마차』(1946), 『러시아의 숲』(1953), 중편 「예브게니야 이바노브나」(1963) 등이 있고, 혁명과 전쟁이 낳은 드미트리 푸르마노프(Dmitrii Andreevich Furmanov, 1891~1926)의 유명한 중편 「붉은 영웅들」(1921), 『폭동』(1925), 『공산주의를 넘어서』(1965) 등이 있다. 그리고 소비에트 문단의 정치적 실력자 알렉산드르 파제예프(Alexander Alexandrovich Fadeyev, 1901~1956)의 장편 『궤멸』(1927), 『젊은 근위대』(1945, 개정본 1951) 등이 있다.

동유럽의 20세기 대표적인 작가와 작품으로 우선 노벨문학상 수상 작가들을 들어보면, 1905년 노벨문학상을 수상한 폴란드의 헨리 셍키에비치(Henryk Adam Aleksandr Pius Sienkiewicz, 1846~1916)의 『등대지기』(1880)와 『쿠오바디스』(1896), 1924년 노벨문학상을 수상한 폴란드의 부아디수아프 레이몬드(Wladyslaw Stanislaw Reymont, 1867~1923)의 『농민』(1909), 2002년 노벨문학상을 수상한 헝가리의 임레 케르테스

(Imre Kertesz, 1929~)의 『운명』 등이 있다. 그리고 노벨문학상 수상 작가는 아니지만 전 세계인의 마음을 움직인 체코의 밀란 쿤데라(Milan Kundera, 1929~)의 『참을 수 없는 존재의 가벼움』, 체코의 보후밀 흐라발(Bohumil Hrabal, 1914~1996)의 『엄밀히 감시 받는 열차』(1965), 루마니아의 콘스탄틴 비르질 게오르규(Constantin Virgil Gheorghiu, 1916~1992)의 『25시』(1949) 등을 꼽을 수 있다.

■ 미하일 불가코프(Mikhail Bulgakov, 1891~1940)
– 『백위군』(1923~1924, 1973 초간)

불가코프는 키예프에서 태어났으며, 그의 아버지는 종교 아카데미의 역사학 교수였다. 그는 중등학교를 졸업하고 키예프 대학 의학부에 진학하여 졸업한 후 1916년부터 잠시 동안 전선에서 복무한 후 시골에서 의사로 일했다. 그는 후에 이 시기에 관하여 『젊은 의사의 수기』(1925~1927)를 썼다.

10월혁명 후 불가코프는 키예프로 돌아와 가족들과 함께 살았는데, 백군의 군의관으로 동원되어 키예프에서 카프카즈까지 이동하면서 폭력과 죽음, 사람들의 극심한 고통을 목격하였다. 이후 그는 의사라는 직업을 버리고 백군과도 결별할 것을 결심하고 자신의 꿈을 실현시켜 1921년 작가가 되었다. 불가코프는 모스크바로 이주한 후 여러 신문사 및 잡지사들에서 일을 했으며, 재치 있는 이야기들과 칼럼, 기사 등을 썼다. 이 시기에 그는 내전 상태에서 러시아 운명과 새로운 시대를 향한 자신의 노선에 대한 암중모색을 담고 있는 첫 장편소설 『백위군』을 썼다.

풍자가로서 불가코프의 재능은 중편소설 「개의 심장」(1925)에서 잘 드러나고 있다. 이후 불가코프의 창작활동의 정점을 이루는 장편소설

『거장과 마르가리타』(1928~1940, 1966년 출판)를 출간하였다. 이 작품은 30년대 소비에트 사회 현실에 대한 환상적인 풍자로 사랑과 고통, 죄에 대한 속죄와 용서라는 영원한 테마를 결합시켜 다루고 있다.

　장편 『백위군』은 1918년 우크라이나에서 일어났던 사건에 대한 것이다. 불가코프는 정상적이고 평온한 삶의 빛과 따스함을 내전의 폭력과 잔혹함에 대조시키고 있다. 낡고 오래된 러시아는 파괴되었고 투르빈 가의 삶도 파괴된다. 빅토르 미슐라옙스키가 12월의 어느 저녁에 자신들의 집에 들어올 때, 그와 함께 역사와 혁명 그리고 전쟁이 그들의 집으로 들어온다. 이제 투르빈가의 운명은 러시아의 운명이 된다. 소설의 줄거리는 다음과 같다.

　　배경은 1918년 12월 키예프에 있는 인텔리겐차인 투르빈의 집이다. 아버지인 투르빈 교수는 오래 전에 죽었고, 어머니는 1918년 5월에 죽었다. 그래서 투르빈 교수의 낡은 집에는 그의 자식들이 살고 있다. 종군 의사인 큰 아들 알렉세이, 17세의 사관생도 니콜카, 그리고 작년에 탈베르크 대위와 결혼한 아름다운 옐레나가 함께 살고 있다. 그들은 자신들의 부모님이 살았듯이 그렇게 평온하고 화목하게 살기를 원하지만, 혼란한 시대가 그것을 허락하지 않을 것임을 알고 있다. 키예프는 독일 군대가 지원하는 게트만 스코로파드스키[2]의 정부가 지배하고 있었고, 페틀류라의 군대가 이 도시로 진격하고 있는 중이다.

　　저녁 무렵에 도시에 총격전이 벌어진다. 그날 밤 투르빈 가로 추위와 피곤에 절은 그들의 오랜 친구인 빅토르 미슐라옙스키가 찾아온다. 그는 게트만의 지휘부가 자신들의 목숨만 부지할 생각으로 병사들을 돌이킬 수 없는 죽음의 길로 몰아넣고 있다고 말한다. 이어 옐레나의 남편 탈베르크 대위가 와서 키예프를 버리고 떠나는 독일 군대와 함께 자신도 이곳을 떠나야만 한다고 전한다. 형제들은 탈베르크를 그다지 좋아하지 않았기 때문에 내심 그가 떠나는 것을 반긴다. 또 다른 옛 친구인 장교 쉐르빈스키가 투르빈 가를 방문한다. 오래전부터 옐레나를 사랑

---

2 게트만 스코로파드스키 : 17~18세기 우크라이나 부대 지휘관의 명칭.

해 왔던 쉐르빈스키는 탈베르크가 떠났다는 사실을 전해 듣고 기뻐한다.

저녁 식사를 하면서 모두가 정치에 대한 이야기를 하고 알렉세이는 현재 중요한 것은 명예를 지키는 것이라고 말한다. 그들 모두는 왕정주의자이다. 그리고 그들은 독일군이 볼셰비키에 맞서 키예프를 지켜주기를 기대한다. 그런데 그들에게 예상치 못했던 새로운 적 시몬 페틀류라가 나타난다. 그는 우크라이나 군대를 모았고, 우크라이나의 독립을 위해 게트만, 독일군, 볼셰비키 및 차르의 장교들에 맞서 전쟁을 시작한 인물이다.

다음날 아침 니콜카는 사관생도들에게 갔고, 알렉세이는 믜슐라옙스키와 쉐르빈스키와 함께 키예프 방어를 위해 창설된 연대로 떠난다. 알렉세이는 종군 의사로 입대한다. 연대는 투르빈과 그의 친구들이 8년 동안 공부했던 중학교에 주둔하고 있다. 알렉세이는 슬픔 속에서 중학교 시절을 회상한다.

한밤중이 되자 게트만 정부는 비밀리에 키예프를 떠난다. 그러나 모든 연대가 후퇴 명령을 전달받은 것은 아니다. 나이−투르스 대령의 희생정신으로 혼자 살아남은 니콜카는 추격군을 따돌리고 집으로 돌아온다. 그런데 알렉세이는 아직 돌아오지 않았다. 다음날 심하게 부상당한 알렉세이가 집으로 돌아온다. 페틀류라 군대가 키예프를 완전히 점령하였고, 그들의 군대는 승리를 자축한다. 도시에는 그들의 지지자들이 많이 등장하였고 약탈과 무고한 시민들에 대한 학살이 자행된다. 성탄 전날 알렉세이는 매우 위독하고 옐레나는 절망 속에서 기도한다. 마침내 알렉세이 병세가 호전되고 건강은 좋아진다.

1919년 2월, 적군이 키예프로 진격해 오고 있다. 알렉세이는 앞으로의 집안일에 대해서 생각한다. 또다시 투르빈 가의 가족들과 친구들이 식탁에 둘러앉는다. 밤이 되면 적군이 도시로 몰려올 것이 분명하다. 모두가 그들이 기다리고 있는 것이 무엇인지에 대해 생각한다.

페틀류라 군대는 떠나고, 적군이 도시를 점령한다. 무고한 시민들이 또다시 많은 피를 흘렸지만 어느 누구도 그 고통과 죽음을 보상하지 않는다. 도시 위의 검푸른 하늘에서는 별들이 빛나기 시작한다. "모든 것은 지나간다. 고통, 고난, 피, 기아 그리고 역병까지도. 칼은 사라져도 별들은 남을 것이다. 우리의 몸뚱이와 우리가 한 일들의 그림자조차 이 땅에 남아 있지 않을 때까지라도. 이것을 모르는 사람은 단 한 명도 없다. 그런데 어째서 우리들은 그 별들에게 눈길을 돌리려 하지 않는가? 어째서?"

■ 막시모비치 고리키(Aleksei Maksimovich Gorky, 1868~1936)
－「체르카쉬」(1895)

러시아 사회주의 리얼리즘 문학의 최고 작가로 꼽히는 막심 고리키는 니즈니 노브고로드에서 태어났다. 그는 가난한 목공의 아들로 태어나 일찍 양친을 잃고 고아가 되었기 때문에, 학교 공부는 2년밖에 받지 못했고, 11살 때부터 힘든 노동생활을 시작하였다. '막심 고리키'는 러시아어로 '최대의 고통'이라는 뜻인데, 자신의 고된 삶의 여정을 반영한 것이기도 하다. 고리키는 대학에 입학하지 못하고 대신 혁명적 활동, 집회, 모임, 금지 도서 전파 등의 활동을 했다. 이로 인해 그는 몇 차례나 체포되었다. 이러한 이력으로 인해 그는 러시아 민중의 삶을 매우 잘 알게 되었다. 이 모든 것은 그의 작품활동에 커다란 도움이 되었다.

1892년 《카프카스》 신문에 첫 단편 「마카르 추드라」를 게재하였다. 이후 『바다제비의 노래』(1901) 등 작품을 통하여 제정 러시아의 밑바닥에 허덕이는 사람들의 생활과 러시아 자본주의 사회의 내적 분열, 부르주아지 질서와 대항해 투쟁하는 사람들을 묘사하였다. 그리하여 러시아 전통적인 사실주의와 혁명 이후에 정착하게 될 사회주의 리얼리즘 사이의 가교 역할을 하면서 '프롤레타리아 문학'의 선구자가 되었다.

1905년 1월 '피의 월요일'[3] 사건에 항의해 「전 러시아 시민 및 유럽 모든 나라의 여론에 호소한다」라는 글을 발표하여 투옥되었는데, 세계 지식인들의 거센 항의에 러시아 정부가 그를 석방해 결국 외국으로 망명했다. 이탈리아 카프리에서의 망명생활 중에 프롤레타리아의 집단정신을

---

3 피의 월요일 : 페테르부르크에서 차르의 군대가 노동자들을 사살한 사건으로 제1차 러시아 혁명의 도화선이 된 사건.

부각시킨 희곡 『적』(1906)을 발표하여 주목을 받았고, 1907년 런던에서 열린 러시아 사회민주노동당 제5차 대회에서 레닌을 만나 평생의 동지가 되었다. 1913년 대 사면을 이용해 7년 간의 이탈리아 망명생활을 끝내고 고국으로 돌아와, 1917년 10월혁명 때부터 소비에트 국가 건설 시기에 이르기까지 창작보다는 문화 건설 계획 분야의 일에 적극적으로 참여했다. 그러다가 1936년 폐렴으로 죽었는데, 일설에 의하면 1930년대 후반의 숙청 때 정적에게 독살되었다고도 한다.

20세기 그의 대표적 작품으로는 장편 『어머니』(1906 영역본, 1907 러시아본), 『이탈리아 이야기』(1911~1913), 자전적 삼부작 『유년 시절』(1913~1914), 『사람들 속에서』(1916), 『아르타모노프가의 사업』(1927), 『클림 삼긴의 생애』(1927~1936, 4부작, 미완성), 『전집』(30권, 1949~1955) 등이 있다.

또한 희곡 작품으로 『소시민』(1901), 『밑바닥에서』(1902), 『별장 사람들』(1904), 『태양의 아이들』(1905), 『야만인』, 『적』 등을 써서, 모든 계층에서 러시아의 현재와 미래에 대한 사회적·철학적 논쟁이 진행되고 있는 것을 보여주었다.

사실주의 단편소설 「체르카쉬」는 차르 시대 러시아의 일반적인 삶의 풍경을 그리고 있다. 그는 항구의 일을 묘사하는 단편소설의 서두에서 사람들이 인식하는 모든 것들이 오히려 자신들을 노예로 만들고 있으며, 인간은 재물과 돈의 노예가 된다고 말한다. 두 명의 주인공이 등장하는데, 한 명은 주정뱅이이자 도둑인 체르카쉬이고, 다른 한 명은 돈을 벌기 위해 도시로 온 농민 가브릴라이다. 고리키는 두 명의 상반된 성격의 주인공을 비교하면서 주정뱅이이자 도둑인 체르카쉬가 시골의 고상하고 훌륭한 가브릴라보다 더 인간적이고 좋은 점을 많이 가졌다는 것을 보여주고 있다. 작품의 줄거리는 다음과 같다.

러시아의 오뎃사 항구, 광야의 독수리를 연상하게 하는 건장한 부랑인 체르카쉬는 그날 밤의 '일'을 하기 위한 동업자를 찾고 있다. 재수 없게 동료인 미시카가 부상을 당했기 때문이다. 그는 시골에서 갓 올라온 하늘빛 눈동자를 지녔으며 사람 좋아보이는 농민 가브릴라를 만나 5루블의 수고비를 미끼로 이 '일'에 끌어들인다. 적은 재물과 척박한 땅을 가지고 있는 젊은이 가브릴라는 완전한 자유와 그리고 부유한 약혼녀와 결혼하기를 희망하면서 돈 모으는 것을 꿈꾸고 있다.

그날 한밤중 어두운 바다로 배를 저어 나간 두 사람은 세관 순찰선의 불빛 사이를 교묘하게 피하면서 목적지 항구에 도달하여 물품을 훔치기 시작한다. 이 일은 불법적이고 위험한 일이었기 때문에 가브릴라는 체포될까 봐 두려워한다. 하지만 모든 일이 운 좋게 잘 끝난다. 보슬비가 내리는 가운데 보트를 저어가면서 가브릴라의 마음은 안도감과 아울러, 이 돈만 있으면 가축을 사고 아내를 얻어 마을 유지로서 편안한 생활을 할 수 있다는 탐욕이 일기 시작한다.

훔친 물건을 처분한 540루블 가운데 40루블을 받은 가브릴라는 체르카쉬 앞에 엎드려 그 돈을 자기에게 다 달라고 애원한다. 어안이 벙벙해진 체르카쉬는 혐오심과 동정심이 뒤섞인 복잡한 기분으로 가브릴라를 바라본다. 그러다가 땅에 엎드려 있는 그에게 100루블짜리 지폐 몇 장을 던져 준다. 그러나 그 돈을 받아든 가부릴라가 "어차피 형님 같은 떠돌이는 돈 따위를 가지고 있다고 해도 무슨 쓸모가 있겠소?" 하고 중얼거리는 말을 듣고, 체르카쉬는 화를 벌컥 내며 돈을 도로 빼앗는다. 어린 시절 체르카쉬도 자신의 보금자리를 가지고 있었다. 그의 아버지는 마을에서 제일 부자였다. 그는 어릴 적 자신이 누렸던 과거의 행복을 되돌아본다. 그는 아름다운 약혼녀와 함께 살면서, 기병대 병사가 될 것을 꿈꾸었다. 그러나 지금의 그는 '부랑자생활 11년째'이고 자신의 이전 삶으로부터 영원히 내팽개쳐진 채 고독하다는 사실만을 느낄 뿐이다. 현재 그는 주정뱅이이자 도둑일 뿐이다.

처음에는 체르카쉬에게 자신을 낮추었던 가브릴라는 체르카쉬의 뒤통수를 향해 돌을 던진다. 돌은 명중한다. 이어 놀란 가브릴라는 돈도 챙기지 않고 도망친다. 그러나 가브릴라는 곧 돌아와서 체르카쉬에게 용서를 구한다. 모래 위에 쓰러진 체르카쉬는 다시 돌아온 가브릴라의 애처로운 말에 자신의 상의 주머니에서 돈 다발을 꺼내, 100루블짜리 한 장만 자기 주머니에 넣고서는 나머지 돈 전부를 가브릴라에게 내던진다.

이 일이 있은 후 텅 빈 바닷가에는 두 사람 사이에 일어났던 강탈 사건의 작은 일을 떠올리게 하는 그 어떤 흔적도 남아 있지 않다.

■ 니콜라이 오스트로프스키(Nikolai Alexeevich Ostrovsky, 1904~ 1936) – 『강철은 어떻게 단련되었는가』(1930~1934)

오스트로프스키는 우크라이나 서북쪽 볼르니엔 주의 빌리야에서 태어났다. 아버지는 양조장 노동자였다. 그는 마을의 초등학교를 다녔으나 장난질이 심해 퇴학을 당하고 일찍이 큰 기차역 구내식당 화부로 일했다. 이후 시민전쟁이 발발하자 1919년 불과 15세의 소년으로 꼼소몰 (공산주의 청년동맹)에 가입하고 적군에 입대하였다. 그리고 전쟁의 소용돌이 속에서 볼셰비키의 추종자가 되었다. 그런데 1920년 백군과의 전투 중에 머리와 배에 중상을 입게 된다.

전쟁이 끝난 후, 1923년부터 그는 꼼소몰의 지도자로 활동하기 시작하였다. 다음해에는 공산당에 입당하여 더 한층 사회주의 건설에 힘쓰고자 하였으나, 전쟁의 후유증으로 병마와 싸우게 되었다. 그는 전신마비 증세와 흐려져 가는 시력에 고통을 받다가, 결국 온몸을 움직이지 못하고 침대에 누운 채 실명이 되었다.

그리하여 그는 자신이 할 수 있는 혁명에의 마지막 헌신으로 문학을 선택하게 되었다. 그리고 자신의 인생 역정을 그린 소설 『강철은 어떻게 단련되었는가』를 집필했다. 이 밖에 그는 폴란드의 상류사회를 묘사한 미완성의 소설 『폭풍의 탄생』(1936) 등을 출간하였다.

소설 『강철은 어떻게 단련되었는가』는 오스트로프스키 자신의 삶의 노정을 그린 자전적 작품이다. 특히 주인공으로 설정되어 있는 파벨 코르차긴은 작가 자신의 구체적 형상으로, 1930년대 소비에트 러시아 문단에서 중요한 논쟁의 하나가 된 '긍정적 주인공'의 구체적인 원형이 되었다. 따라서 이 작품은 사회주의 리얼리즘의 교과서적인 작품으로 자리 잡게 되었으며, 나아가 제2차 세계대전 이후에는 거의 우상화된 위치를 차지하기도 하였다. 이는 작품의 예술성 때문이 아니라, 당 정책에 부합하는 교육적 효과 때문이었다. 작품의 줄거리는 다음과 같다.

가난한 노동자의 자식으로 태어난 파벨은 일찍부터 인생의 험난함을 체험하며 자란다. 그는 우연히 장난질을 하게 되었는데, 그만 어처구니없게 초등학교를 쫓겨나게 된다. 그리하여 열두 살의 나이로 큰 기차역 구내식당에서 물 끓이는 일을 하면서 24시간 일하고 24시간 쉬는 꼬마 노동자가 된다. 그러면서 파벨은 그곳에서 삶의 공평하지 않은 어두운 현장들을 목격하고 인생을 터득해가기 시작한다. 즉, 식당에서 일하는 웨이터들은 손님들로부터 팁으로 하루 30~40루블의 엄청난 돈을 챙기는 것이다. 그들은 불로소득의 돈으로 자기의 자식들을 훌륭한 학교인 김나지움에 보내고 가족을 잘 먹이고 잘 입히면서 여느 부자 못지않은 생활을 한다. 그리고 날마다 손님이 한가한 틈을 타서 자기들끼리 꽤 큰 액수의 도박판을 벌이면서 즐긴다.

그런데 소년 노동자인 파벨은 뼈 빠지게 열심히 일하여도 한 달에 겨우 10루블의 급여를 받고, 숙련된 철물공인 형 아르춈도 열심히 일하고도 한 달 급여로 48루블을 받는다. 이는 웨이터들의 소득과는 비교도 안 되는 돈이다. 따라서 파벨은 이러한 불공평한 수입은 결코 정의로운 일이 아니라고 깨닫는다. 더구나 식당에서 일하는 여종업원들의 처지는 더욱 황당하다. 여종업원들은 그곳의 권력자가 요구하면 언제라도 육체적 관계를 제공해야 한다. 만약 이를 거절한다면 식당 일을 할 수 없다. 파벨은 이러한 왜곡된 삶의 뒤안길을 일찍부터 체험하며 러시아의 사회생활을 배워 나간다.

그러다 혁명과 시민전쟁이 일어나자 그는 공산주의와 계급투쟁에 가담하게 된다. 여기서 그는 비로소 부패한 구러시아 사회를 개혁할 훌륭한 이데올로기를 발견한다. 그리하여 파벨은 초기 사회주의 건설 단계의 당 사업에 혼신을 다한다. 그래서 그는 프롤레타리아의 모범적인 사회지도자가 되고, 마침내 육체의 자유까지 다 바치는 순교자적인 삶을 체현한다.

이러한 파벨의 인생 노정은 공정한 인간 발전에 대한 투쟁과 그에 대한 승리의 찬가이다. 사실상 당시 소비에트 사회에서는 이러한 파벨과 같은 이력을 소유한 프롤레타리아 계급의 시민들이 다수 존재하였다. 파벨은 그들의 삶을 이상화하며 그들에게 자신의 작품을 헌정한 것이다.

■ 알렉세이 톨스토이(Aleksey Nikolayevich Tolstoy, 1883~1945)
　　　　　　　　　　　　　　　　　　－『고뇌 속을 가다』(1920)

알렉세이 톨스토이는 사마라 지방 유서 깊은 귀족 집안 출신으로 페테르부르크의 공업전문학교에서 공부하면서 상징파 시를 쓰다가 동화, 단편소설을 썼다. 이후 장편 『기인들』(1911), 『절름발이 나리』(1912)에서 혁명 전야의 볼가 강 중류 지주들의 삶과 귀족 계급의 도덕적·경제적 파탄을 묘사하여 명성을 얻었다. 10월혁명에 참가하지 못하고, 1918년 망명하여 자전적 소설 『니키타의 유년 시대』(1920)를 썼다. 혁명 이후 시기에 톨스토이는 이념과 예술적인 추구에 있어서 모순적이고 복잡한 여정을 걸었다. 5년 동안 망명생활을 하다가 1923년에 귀국하여, 혁명과 인텔리겐차를 주제로 한 『고뇌 속을 가다』 등을 발표하였다. 장편 역사소설 『표트르 1세』(1929~1945)는 역사의 필연성을 올바르게 인식한 것으로서 호평을 받았으나, 제3부를 집필하는 중 모스크바에서 갑자기 세상을 떠났다. 그는 생전에 사회주의 건설에 적극적으로 참가하였다.

그는 작품을 통해 러시아 문학에서 보이는 비판적 사실주의 전통의 아름답고 생생한 언어를 통해 등장인물들의 심오한 심리, 모든 가치—인간의 운명, 영지, 이전의 문화—를 상실한 귀족 세계의 퇴보를 진솔하게 보여주었다.

『고뇌 속을 가다』는 본래 1920년 유럽 망명생활 중에 동일한 제목의 한 권짜리 소설로 발표했다. 그런데 그 후 이 작품을 삼부작의 제1권 『자매들』(1921)이라는 제명으로 개작하고, 뒤이어 제2권 『1918년』

(1926), 제3권 『흐린 아침』(1941) 편을 덧붙여 삼부작의 대하소설로 완결하였다. 이 작품은 혁명 전후 지식 계급의 고뇌의 행로를 그리고 있는데 아름다운 자매와 그 사랑하는 사람들의 운명을 중심으로 전개된다. 그러면서 사회의 역사 전체를 폭넓은 서사시적인 구성 속에 묘사한 장편이다. 그들은 한 진영에서 다른 진영으로 흘러 들어가고, 이별과 만남을 되풀이하면서 마침내 소비에트 정권 밑에서 다시금 만나게 된다. 따라서 이 소설은 20세기 초두의 데카당스의 색채가 짙은 도회지의 인텔리 사회에 대한 묘사에서 시작하여, 역사의 생생한 페이지를 펼치며 웅대한 전개를 보여주고 있다. 역사상의 실존 인물도 많이 등장하고 있는 이 소설은 그대로 하나의 혁명사라고 할 수 있다. 작품의 줄거리는 다음과 같다.

제1부 『자매들』 편의 주인공은 카챠와 다샤 자매이다. 러시아 지방 도시 사마라에서 의사로 활동하는 불라빈의 둘째 딸인 아름다운 아가씨 다샤는 대학 공부를 하기 위해 페테르부르크로 상경한다. 그리고 그녀는 다섯 살 위인 언니 카챠의 신혼집에서 함께 살면서 학교에 다니고 있다. 언니 카챠는 변호사의 젊은 아내로서 물질적·사회적으로 아무 부족함이 없이 생활하고 있다. 페테르부르크는 소란하고 냉혹하고 방탕하기 이를 데 없는 밤과 같은 생활이 계속된다. 따라서 이때는 "사랑을 비롯하여 선량하고 건전한 감정이 비속하고 구식인 것으로 인정되던 시대"이다. 누구에게도 진실한 사랑의 감정은 없다. 모든 사람들은 단지 내장을 찢는 듯한 예리한 자극을 갈망하고 있을 뿐이며, 또한 마치 독극물에 마취라도 된 듯이 그러한 것들을 추구한다. 처녀들은 순결을 부끄러워하며, 결혼한 부부는 상대방의 성실성을 오히려 수치로 여기는 판이다. 파괴는 훌륭한 취미로 간주되며, 신경쇠약은 예민한 감정의 표식으로 인정된다. 이것은 어느 땐가 갑자기 나타난 인기 작가들이 퍼뜨린 풍조이기도 하다. 이러한 못된 풍습과 행위를 생각해낸 것은 단지 감정이 메마르지 않았다는 평가를 듣기 위해서이다.

이러한 세계대전 전야의 퇴폐적인 페테르부르크에서 다샤와 카챠 역시 개인적인 행복을 추구하며 사랑을 찾아 달린다. 다샤는 정열이 이끄는 대로 데카당파 시인 베스노소프를 찾아간다. 그러나 다샤는 베스노소프가 언니 카챠와 하룻밤 함께 지낸 사실을 알게 된다. 이후 다샤는 새로운 사랑을 찾아나서게 되고, 젊은 관리 로신을 만나 애인 관계를 맺는다. 그리고 카챠는 이미 애정이 식은 남편에게 모든 사실을 고백하고 파리로 떠나간다. 다샤는 이후 견실한 청년 기사 텔레긴과 사랑하는 사이가 된다.

그 무렵 제1차 세계대전이 일어나 텔레긴은 출전하게 된다. 그는 독일군의 포로가 되지만 수용소에서 탈출하여 다샤와 결혼한다. 파리에 돌아와 남편과 재회한 카챠는 새 생활을 설계하지만, 남편도 출전한다. 혁명의 소용돌이 속에서 남편의 비참한 죽음의 소식을 듣고 슬퍼하는 카챠와 그녀를 위로하는 남편의 친구 로시친 사이에 사랑이 싹트게 된다. 또다시 10월혁명이 발생한다. 동란의 페테르부르크 길거리에서 폭도를 만난 충격으로 다샤는 유산하고, 텔레긴은 그녀와 헤어져 적군에 가담한다.

카챠와 다샤 그리고 그 연인들은 국내전에다 미프노의 반란 등 거센 동란의 소용돌이에 의해 여러 가지 고뇌를 거치며 모스크바에서 재회한다. 로시친은 적군 편에 서 있었다. 그때는 이미 백군의 주력이 격멸되어 내전이 끝나고, 건설의 시대가 시작되는 1921년 봄의 일이었다.

■ 미하일 숄로호프(Mikhail Aleksandrovich Sholokhov, 1905~1984)
　　　　　　 – 『고요한 돈강』(1928~1940)

숄로호프는 남부 러시아 돈 강 연변 카자크 마을에서 태어났다. 중학교 재학 중이었던 1918년 내전인 시민혁명이 일어나자 학업을 중단하고 적위군(1918~1946년까지 러시아 육군 명칭)에 참가했다. 이후 문학에 뜻을 두어 1924년 『검은 사마귀점』으로 문단에 데뷔했다. 그리고 2년 간 시민전쟁 때 돈 카자크의 생활에서 취재한 내용을 바탕으로 같은 동포들끼리 적과 동지로 나뉘어 서로 죽이지 않으면 안 되는 혁명의 냉엄한 현실을 묘사한 단편집 『돈 지방의 이야기』(1925)로 작가적 지위를 굳혔다.

숄로호프는 제2차 세계대전 중에 종군작가로 전선에 나가 나치의 잔학상을 폭로하는 르포르타주를 썼고, 전후에는 포로가 되어 독일 수용소에 있는 한 병사의 운명을 그린 단편 「인간의 운명」(1956)을 내놓았다. 1937년부터 최고회의 대의원이었던 그는 1961년 공산당 중앙위원회 위원이 되었다. 말년에는 당과 정부 정책을 변호하는 발언을 했으므로 냉전이 사라진 후에는 그를 혐오하는 청년이 많았다.

그 밖에 그의 대표적인 작품으로는 『감청색 초원』(1926), 장편 『개척되는 처녀지』(1부 1932, 2부 1960) 등이 있다. 『고요한 돈 강』은 12년에 걸쳐 완성한 대하소설로, 1912~1922년까지 10년 동안 일어난 일들을 배경으로 하여, 혁명의 역사와 카자흐라는 특수한 계층의 운명을 다룬 소비에트 문학의 걸작이다. 이 소설은 혁명의 와중에서 살길을 찾지 못한 채 백군과 적군 사이에서 헤매다가, 마침내 파멸하는 성실한 카자흐 청년 그레고리 메레호프와 정열적인 아내 아크시냐의 비극적 연애를 중심으로 전개된다. 2월혁명, 제1차 세계대전, 10월혁명 그리고 내전으로 이어지는 동란의 시대를 살아가는 사람들의 운명이 인도주의적 관점에서 그려져 있다. 작품의 줄거리는 다음과 같다.

메레호프 일가는 터키의 혈통이 섞인 카자흐 사람인데, 돈 강변 타타르스키 마을에 살고 있다. 아직 장가를 가지 않은 이 집의 둘째 아들 그레고리는 이웃에 사는 슈테판의 아름다운 부인 아크시냐를 사랑하고 있다. 아크시냐도 원래 남편 슈테판과 사이가 좋은 편이 아니었기에 그가 군사 훈련에 참가하자 그레고리와 열애에 빠진다. 이 일은 삽시간에 소문이 퍼져 그레고리 아버지의 귀에까지 들어간다. 분노한 아버지는 둘을 떼어 놓기 위해 마을의 부농인 코르쇼노프의 딸 나탈리야와 그레고리를 강제로 결혼시킨다. 결혼 후 얼마 되지 않아 그레고리는 아크시냐에 대한 감정을 억누르지 못하고 아크시냐와 함께 도망을 가서 딸을 낳는다.

제1차 세계대전이 일어나자 그레고리는 형과 함께 전쟁에 참전하고, 용맹을 인정받아 십자훈장을 받는다. 이후 그레고리는 전쟁 중에 부상을 입어 입원하게 되는데, 이때 병원에서 만난 사람에게서 볼셰비키의 사상을 접하고 받아들인다.

퇴원 후 휴가를 받아 집에 왔지만 딸아이는 이미 병들어 죽었고 아크시냐는 그 지역 지주 아들의 유혹에 넘어간 후다. 화가 머리끝까지 난 그레고리는 지주의 아들을 몹시 두들겨 패주고는 아내 나탈리야의 곁으로 돌아온다. 휴가가 끝날 무렵 아내 나탈리야는 임신을 한다.

전쟁은 점점 잔혹해져 가고 그레고리의 심장은 점점 굳어져 간다. 1917년 2월 차르 정권(러시아 정부)이 무너지고 10월혁명(1917년 11월 6일 러시아에서 발생한 프롤레타리아 혁명) 후 러시아는 내전에 휩싸인다. 카자흐인들의 자치정부를 세우려는 움직임 속에서 사람들은 적위군과 백위군으로 나누어진다. 그레고리는 적위군에 참여하여 많은 공을 세워 유일한 카자흐 출신 지휘관이 된다. 그런데 혼란한 전쟁 속에서 상사의 명령으로 40명의 카자흐 포로를 죽인 후, 그레고리는 볼셰비키에 대한 신념이 흔들리기 시작한다. 결국 그는 군대를 떠나 고향으로 돌아온다.

1918년 초, 독일군이 참전하면서 전쟁의 양상이 많이 바뀐다. 한편 적위군이 들어와 살인과 약탈을 한다는 소식이 전해지면서, 타타르스키 마을의 카자흐 사람들은 두려움에 떤다. 결국 마을을 지키기 위해 스스로 민군을 조직하고, 그레고리 형 페트로는 타타르스키 마을의 카자흐 부대 수령이 된다. 카자흐 부대는 적위군을 포위하고 그레고리의 상관이었던 포드초르코프를 포함하여 모든 병사들을 죽인다.

1918년 돈 강의 카자흐인들은 또다시 적위군과 백위군으로 나뉘었고 그레고리와 페트로는 백위군의 두목이 된다. 그레고리는 자신의 의지와는 달리 상부의 명령에 따라 어쩔 수 없이 사람을 죽이고 재물을 약탈해야만 했다. 그는 그저 전쟁이 하루라도 빨리 끝나 집에 돌아가 조용히 농사나 지으며 살고 싶다고 마음속으로 빌 뿐이다. 1918년 말, 적위군의 공격으로 백위군이 후퇴하고 그레고리는 타타르스키 마을로 돌아오게 된다.

1919년 초, 타타르스키 마을에 러시아 정부가 세워지고 숙청이 시작되면서 형세는 더욱 험악해져 간다. 당시 백위군의 장군이었던 그레고리는 블랙리스트에 이름이 올랐다는 사실을 알고 야반도주한다. 이 해 3월, 카자흐인들의 반란이 일어나고 페트로는 포로로 잡혀 죽고 만다. 이미 사단장의 위치에 올라 있던 그레고리는 슬픔 속에서 더욱 용감하게 적위군과 싸우며 많은 사람들을 죽인다. 하지만 자비를 베풀어 감옥에 갇혀 있던 적위군을 석방하기로 하고 백위군 수중에 있는 적위군 친구를 구해 주기도 한다. 수많은 적위군이 돈 강 지역에 밀려들어오고 물자도 사람도 부족했던 백위군은 계속 뒤로 밀리기만 한다. 적위군이 타타르스키 마을을 점령하였고 그레고리는 혼란을 틈 타 지주의 아들에게 버림받은 아크시냐에게 돌아가 그녀와 행복한 시간을 보낸다. 오래지 않아 백위군이 다시 밀고 올라갔지만 그레고리는 지식 수준이 낮아 중책을 맡을 수 없다. 한편 아내 나탈리야가 유산하려다가 죽자 그레고리는 집에 돌아가 장례를 치른 후에 부대로 복귀한다.

1920년 백위군은 뿔뿔이 흩어지게 된다. 그레고리는 다시 적위군에 들어가 연대장이 되어 폴란드군과 혈전을 벌인다. 하지만 그는 적위군의 신임을 얻지 못하고 체포되지 않기 위해 아크시냐와 도망하여 반란군인 포민부대로 들어간다. 포민부대도 곧 뿔뿔이 흩어지고 그레고리는 아크시냐와 함께 전쟁이 없는 곳으로 도망간다. 그러나 도중에 아크시냐는 적위군의 총에 맞아 죽고 그레고리는 더 이상 살아가고 싶은 희망을 상실한다. 그는 탈주병의 무리 속에 몸을 던진다. 그리고 그들과 함께 각 지방의 수많은 산과 마을을 방황하며 보낸다.

북국의 눈보라와 추위가 가고 대지에 따뜻한 봄이 찾아온다. 지칠 대로 지친 그는 돈 강 지방 그리운 고향인 타타르스키 마을로 돌아온다. 동란 중에 아버지도 어머니도 형님 내외도 아내도 딸도 죽고 없다. 그를 맞이해준 사람은 누이동생과 어린 아들 미샤트카뿐이다. 그레고리는 자신의 아들을 꽉 끌어안는다.

■ 이반 알렉세예비치 부닌(Ivan Alekseyevich Bunin, 1870~1953)
　　　　　　　　　　　　– 「아르세네프의 생애」(1927~1933)

부닌은 해외 망명 작가로서 프랑스에서 살았다. 그는 러시아 중부 실로네지의 몰락한 귀족 집안에서 태어났다. 가정 형편이 어려웠던 그는 11세까지 집에서 초등교육을 받았고, 1881년 옐츠 도시에 있는 중등학교에 입학했지만, 중퇴하고 곧바로 사회생활에 뛰어들어 온갖 힘든 일을 했다. 1895년 모스크바에 살면서 고리키, 체홉 등과 친분을 맺었다. 또한 고리키가 주관한 '지식' 출판사에 원고를 내기도 했다. 10월혁명이 일어나 대립적인 입장을 고수하던 부닌은 1920년 영원히 러시아를 떠나 프랑스에 망명했다가 그곳에서 세상을 떠났다.

그의 대표적인 작품으로는 지주 가정의 몰락 이야기와 그 집 하인의 운명을 다룬 중편 「골짜기」(1912), 인간의 죽음에 대한 거부와 그 앞에서의 무력함을 그린 『샌프란시스코에서 온 신사』(1916), 중편 「미타의 사랑」(1925), 자전적 중편 「아르세네프의 생애」(1927~1933), 산문집 『어두운 가로수길』(1943) 등이 있다. 그 가운데 「아르세네프의 생애」는 1949~1951년, 그의 소설이 미국 뉴욕의 체홉출판사에서 단행본으로 출판되었을 때 다시 개작하였고, 1952년 세상을 뜨기 일 년 전 또 한 번 수정되었다. 따라서 이 소설은 문학비평가들의 좋은 평을 받았고, 1933년 러시아 고전주의적 산문 계승 발전에 대한 공로로 부닌에게 노벨문학상이 수여되었다. 해설을 곁들이면서 줄거리를 따라가면 다음과 같다.

작품은 주인공 아르세네프의 어린 시절부터 그의 전 생애를 다루고 있다. 소설에서는 주인공이 지나온 시간들, 살아오면서 겪은 여러 가지 중대한 사건들과 힘들었지만 즐거웠던 일들, 또한 그가 가 본 나라와 도시, 바다에 대한 이야기를 서술하고 있다.

부닌 자신이라고 해도 무방할 아르세네프의 서술에서는 이 광활한 세상 중에서 러시아의 중부 지역이 중요한 곳으로 등장한다. 작품에서 그는 그의 고향 러시아 중부의 초목 하나하나와 봄, 여름, 가을, 겨울의 아름다운 풍경을 감사해하며 그리워하듯 많은 노력을 들여 묘사하고 있다.

또한 이 작품은 러시아 언어를 그만큼 정교하게 사용할 수 있는 사람이 없을 정도로 뛰어난 언어 실력이 보인다. 이 작품에는 언어의 힘, 정확한 이미지의 힘이 있다. 가슴 아프게 하면서도 감동적이며 심지어는 눈물을 흘리게 하는 힘, 이것은 미에서 이끌어낸 심상치 않은 눈물이다. 더불어 이 작품은 부닌이 자신의 생애를 마법의 수정구슬 안에 담아 끊임없이 돌리면서 환상 같기도 하고 진짜 같기도 한 상태에 머물고 있다. 소설에서는 주인공의 삶을 서술하면서 산문과 시, 회상과 이론 등을 유기적으로 결합시켜 눈부신 빛을 발하게 한다. 다음은 어머니를 묘사한 부분이다.

내 일생에 가장 고통스러운 사랑은 어머니와의 사랑이었다. 우리가 사랑하는 모든 것과, 우리가 사랑하는 모든 사람이 우리에게는 바로 고난이다. 사랑하는 사람을 잃을까 걱정하는 영원한 공포만으로도 충분히 고통스럽다! 그리고 나는 어렸을 때부터 지고지순한 어머니의 사랑을 버거워하며 살았다. 내가 어머니를 사랑한 이유는 나에게 생명을 주셨기 때문이며, 어머니는 그런 사랑의 고통을 주어 나의 마음을 아프게 했다. 특히 어머니 영혼의 사랑은 나를 놀라게 했으므로 그녀는 분명 고통의 화신이었다. 어렸을 때 나는 어머니의 눈에서 많은 눈물을 보았다. 그리고 어머니의 입에서 나오는 너무나 많은 슬픈 노래들을 들었다!

그 머나먼 고향에 있는 어머니는 세상에서 홀로 떨어져 외로이 지내며 영원히 세상 사람들에게 잊혀졌지만 그녀의 소중한 이름은 대대손손 전해질 것이다. 혹여 더 이상 눈이 없는 두개골이 되어 지금 그곳에 묻혀 있는 것은 아닐까, 시들어 버린 러시아의 작은 숲 속, 이름 없는 무덤 깊은 곳에 혹시 어머니가 있는 것은 아닐까. 한때 나를 안고 흔들어 주던 분이 그곳에 있는 것은 아닐까?

■ 일리야 에렌부르그(Ilya Ehrenburg, 1891~1967) – 「해빙」(1955)

에렌부르그는 키예프에서 유태인의 아들로 태어나 모스크바에서 성장하였다. 아버지는 맥주 공장 공장장이었으며, 그가 사는 집 부근에 톨스토이 저택이 있었다. 모스크바 제1중학교에 입학, 15세 때 볼셰비키 조직에 가입하여 지하생활을 하다가 17세 때 체포되어 투옥되었다. 18세 때 프랑스에 망명하여 유미파 시인으로서 처녀시집 『시편』(1910)을 발표하여 예술가들 사이에 뛰어들었고, 동시에 정치 망명자들과도 교우하면서 작가로서 큰 성장을 보였다.

9년 간 파리생활을 지낸 뒤 혁명이 일어나 귀국하여 우크라이나에서 국내전에 말려들었다가 1920년에 겨우 모스크바로 돌아왔으나, 백군의 밀정으로 오인 받아 투옥되었다가 방면되었다. 이후 상징파·미래파의 영향을 받은 시집을 썼다.

그의 이름이 세계적으로 알려진 것은 베를린에서 발표한 소설 『트러스트 D. E. 유럽 멸망사』(1923)에 의해서였다. 1930년에 들어서면서 그는 선명하게 소비에트 문학을 내세워 『둘째 날』(1934), 『숨도 쉬지 않고』(1935)를 발표했고, 20세기 역사의 증언으로 평가되는 『파리 함락』(1941~1942), 『폭풍우』(1947), 『제9의 물결』(1951~1952)의 삼부작을 발표하였다. 그의 마지막 작품으로 회상록 『인간, 세월, 생활』(1960~1965) 등이 있다.

중편 「해빙」은 제1부가 발표됨과 동시에 이른바 '해빙 논쟁' 사태까지 벌어져 국제적인 반응으로 발전하였다. 이어 논쟁은 '소비에트 문학의 소재는 어디 있는가?' 하는 본질적 예술 논쟁으로 발전하여, 소련 연방이 해체될 때가지 소비에트 문학의 중심적인 문제 중 하나가 되었다. 이 소설에는 어느 지방 도시의 일상생활을 통하여 온갖 등장인물들의 사랑의 미묘한 심리적인 변화 과정을 간결하게 묘사하고 있다. 폭풍, 공원 주택 붕괴, 관료적인 공장장의 전출이라는 상징적인 사건을 계기로, 장점과 단점을 가진 평범한 사람들이 서로 이해하고 협력하며 보다 살기 좋은 사회 건설을 목표로 한다는 내용이다. 이는 관료주의에 대한 선의의 사람들의 승리를 의미하며, 작가의 낙관적 세계관의 한 면을 나타내는 것이다. 소설의 줄거리는 다음과 같다.

인구 16만 명가량의 지방 도시에서 공장장 쥴라브리요프는 자기가 맡은바 직무를 충실히 이행하고 있다. 그러나 그는 인간적인 이해력이나 따뜻한 인정미가 전혀 없는 사람이다. 그래서 그의 아내 레나는 남편이 자기와는 아무런 관계도 없는 사람이라고 생각하며 마치 남처럼 생활하고 있다. 그러던 중, 레나는 독서보고회에서 코로체예프라는 남성을 만나게 되고, 그에게 강한 인상을 받게 된다. 그 남성은 뛰어난 견식의 소유자로서 모든 사람들로부터 존경받고 있는 훌륭한 기사이다. 그는 소년 시절 아버지가 반혁명파라는 이유로 청년공산당동맹으로부터 제명되었고, 세계대전 때는 사랑하는 아내를 잃었다. 결국 레나와 코로체예프는 서로 사랑하게 된다.

보로쟈는 스탈린상 후보에도 오른 일이 있고, 재능 있는 화가로 평가받고 있다. 그런데 대가들과 논쟁을 벌인 것이 화근이 되어 아틀리에를 몰수당하고 고향인 이 도시로 돌아오게 된다. 고향에 돌아오자 그는 아내와 함께 풍경만 그리고 있는 가난한 화가 사브로프를 방문한다. 그곳에서 보로쟈는 그 화가의 뛰어난 재능에 압도당하여 자기의 패배를 인정하게 된다. 그는 "더 이상 그림을 그리지는 않으리라. 인생을 새 출발하기 위해 성실한 노력을 기울이자"고 결심한다.

기사장 소코로프스키는 기인(畸人)으로 알려져 있다. 그는 소위 '유태인 사건'으로 환자의 발길이 뜸해진 중년의 유태인 여의사 셰렐을 남몰래 사랑하고 있다. 그는 이따금 벨기에에 있는 딸로부터 편지를 받는 것을 낙으로 삼으며 생활하고 있다. 그런데 그는 야금(冶金) 공장 증축보다는 공원 주택 개축이 더 시급하다고 주장하여 공장장과 대립한다. 결국 기사장의 주장은 폐기되고, 나아가 외국인인 유태인 여의사와 내통하고 있다는 이유로 반국가적이라는 비난까지 받게 된다. 이리하여 소코로프스키는 미묘한 입장에 처하게 된다. 그러다가 어느 날 밤 폭풍이 불어 그 공원 주택이 무너지게 된다. 그러자 공장장은 문책을 받고 다른 지방으로 전출된다.

마침내 레나는 남편 쥴라브리요프와 이혼하고, 사랑하게 된 코로체예프와 결혼생활에 들어가게 된다. 또한 17년 전에 투옥된 레나의 아버지가 명예를 회복하여 고향으로 돌아오게 된다. 한편 소로코프스키는 벨기에에서 찾아온 딸과 함께 살려고 했지만 서로의 생활에 차이가 있는 것을 발견하게 된다. 그래서 그는 셰렐에게 "당신의 심장에 내 집이 있습니다"라고 고백하면서 그녀에게서 애정과 희망을 찾아보고자 한다.

■ 발렌친 라스푸친(Valentin Rasputin, 1937~)

　　　　　　　　　　　　　　　　－『살아라 그리고 기억하라』(1974)

1970년대 농촌문학을 대표하는 작가 가운데 한 사람인 라스푸친은 시베리아의 이르쿠츠크 지역 앙가라 강 유역의 작은 마을인 우스치 우다에서 태어났다. 17세 때 이르쿠츠크 대학 역사언어학부에 입학하여 공부했다. 그는 후일 유명한 작가가 되어서도 결코 시베리아를 떠나지 않고, 그곳에 정주해 살면서 언제나 일관되게 시베리아를 작품 배경으로 하여 창작활동을 하였다.

그는 첫 작품으로 단편 「레쉬카에게 묻는 것을 잊었다」(1961)를 발표하였다. 그러다가 중편 「마리아를 위한 돈」(1967)을 내놓으면서 명성을 떨치기 시작하였다. 이 작품에서 라스푸친은 등장인물들을 분석하지 않고 단지 있는 그대로 초상화를 그리는 듯한 수법으로 묘사하였다. 그 밖에 그의 대표적인 작품으로 『마지막 기한』(1970), 단편집 『강물을 따라서』(1972), 장편 『마초라와의 이별』(1976), 단편 「화재」(1985) 등이 있다.

1974년 발표된 『살아라 그리고 기억하라』는 라스푸친의 대표작으로 꼽힌다. 이 작품은 잡지 《우리의 동시대인》 10~11월호에 발표하여 폭발적인 인기를 누리고, 독자들의 많은 사랑을 받았다. 이 작품은 제2차 세계대전 말에 아직 어린 소년이었던 라스푸친이 우연히 목격하게 된, 잡혀 가는 전쟁 탈주병에 대한 인상을 기초로 하여 완성된 소설이다. 즉 작품은 1944년 여름과 1945년 여름 사이에 앙가라 강 유역의 어느 시골 마을 출신인 안드레이라는 탈영병과 그의 아내 나스초나의 애틋한 사랑을 그린 작품이다. 특히 소련 문학사상 최초로 탈주병이 범죄자가 아닌, 한 비극적 운명에 처한 인간형으로 그려졌다는 점에서 사회주의 리얼리즘의 도그마에서 벗어나고 있다. 줄거리는 다음과 같다.

안드레이는 전쟁 초기에 징집되어 최전선에서 하루하루 목숨을 건 숨 막히는 전투생활을 한다. 그러다가 1944년 여름에 그만 중상을 입게 되는데, 그는 이를 오히려 기뻐한다. 왜냐면 야전병원에서 퇴원을 하면 잠시 며칠 간의 휴가를 얻어 고향집에 머물다가 원대복귀를 할 수 있기 때문이다. 그런데 이에 대한 희망에 들떠 있던 그에게 떨어진 명령은 휴가 조치 없이 곧장 전선으로 직행하라는 것이다.

그동안 고향집의 아버지와 어머니 그리고 젊은 아내 나스초나와의 재회를 간절히 꿈꾸어 오던 안드레이에게, 이러한 전선으로 복귀하라는 명령은 청천벽력의 명령이었다. 결국 안드레이는자신의 의지와는 상관없이 고향을 향해 발길을 돌렸고, 그는 탈영병이 되고 만다. 그리고 아내 나스초나와 만나게 되어 숨어 지내게 된다. 1년 간 숨어 지내는 안드레이와 비밀리에 그에게 생필품 등을 공급하는 나스초나와의 공포스럽고 숨 막히는 밀회가 전개된다. 마침내 나스초나는 임신을 하게 된다. 남편의 탈영 사실을 시부모와 동네 사람들에게 알릴 수 없는 절박한 상황에서 나스초나는 모든 사람들로부터 오해와 질시를 받게 된다. 결국 나스초나는 집에서 쫓겨나 동네 어느 여인의 집에 머물게 된다.

그러나 안드레이의 은신처를 찾으려는 사람들의 추적을 받게 된다. 나스초나는 막다른 길에서 앙가라 강 쪽으로 달아나 보트를 타고 노를 저어간다. 노를 저어가다가, 순간 노를 놓쳐 버리고 만다. 나스초나는 꽤 많이 저어나가 있었으므로 더 나아갈 필요가 없다. 나스초나는 절망적인 피로감에 휩싸인다. 아무것도 무서워할 것도, 부끄러워할 것도, 겁에 질린 채 내일을 맞고 싶지도 않다. 모든 것이 공허할 뿐이다. 추적하는 배들이 접근해 오고 있다. 나스초나가 탄 배는 점점 더 나직하게 기울어져 간다. 그녀는 영원히 해방된 것 같은 눈으로 앞쪽의 깊은 물을 응시하다가 가만히 물속으로 뛰어든다.

그녀를 부르는 절망적인 안드레이의 목소리가 들려온다. 앙가라 강은 더 한층 힘차게 흐르고 둥그런 파문은 이내 사그라든다. 그리고 거기엔 흐름이 끊어질 만한 오목한 곳조차 남지 않게 된다. 그녀는 남편을 지키고 한 떨기 이슬로 사라져간 것이다.

■ 칭기스 토레쿨로비치 아이트마토프(Chingiz toreculovich Aitmatov, 1928~2008) - 「자밀랴」(1958)

아이트마토프는 본래 러시아인이 아니다. 소련의 남부 텐샨 산맥과 인접한 키르키스 공화국의 세케르에서 출생하였다. 그는 일찍부터 러시아 문화와 러시아어를 접하였고 주로 러시아어로 작품활동을 하였다. 자신의 고유한 모국어와 러시아어를 혼용하는 소수민족 출신의 작가는 현재 다수 있지만 아이트마토프는 그중에서도 가장 널리 이름이 알려진 작가이다. 그런데 아이트마토프가 9세 때, 스탈린의 대숙청기인

1937년 그의 가정은 이렇다 할 죄도 없이 아버지와 두 명의 숙부를 잃었다.

　그 후 아이트마토프는 농과대학을 졸업했으나 문학 쪽으로 자신의 진로를 결정했다. 그리고 1958년 잡지 《신세계》를 주관하는 트바르돕스키의 추천을 받아 단편 「자밀랴」를 발표하여 중앙문단에 등장하였다. 이 작품은 특별한 스토리나 극적인 사건이 개입되지 않은 한 편의 수채화 같은 작품이다. 이데올로기와 교조적 문예원칙을 제시하는 사회주의 리얼리즘과 전혀 관련을 가지고 있지 않은 순수한 서정시와 같은 특별한 작품이다.

　이 밖에 대표적인 작품으로는 단편집 『산과 스텝의 이야기』(1962), 단편 「안녕, 굴사르이!」(1966), 중편 「하얀 배」(1970), 장편 『백년보다 긴 하루』(1980), 『처형대』(1986) 등이 있다. 다음은 「자밀랴」의 줄거리이다. 이야기는 여주인공 자밀랴의 손아래 시동생인 15세 된 소년 '나'라는 인물의 1인칭 시점을 통해 전개된다.

　　제2차 세계대전이 일어난다. 그러자 농촌의 남자들은 모두 전쟁에 참가하느라 고향을 떠나가고, 집에는 부녀자와 늙은이 그리고 아이들만 남는다. 키르키스의 옛 전통에 따라 아시아적인 가부장적 공동생활을 하고 있는 농촌의 한 가정에 시집 온 자밀랴도 남편을 전쟁터에 보내고 홀로 집을 지키고 있다. 새색시 자말랴는 매우 곱고 아름다운 여인이다. 날씬하게 균형 잡힌 몸매에다 곧게 뻗은 머리를 두 갈래로 굵게 땋아 내린 모습은 정말 매력적이다.

　　그녀의 시동생인 '나'는 다른 남자들이, 특히 전쟁에서 집으로 돌아온 남자들이 자밀랴에게 넋을 잃는 모습을 자주 본다. 자밀랴에게는 전쟁에 나간 남편이 있지만 그들 부부는 서로 특별한 추억도 애정도 갖고 있지 않은 사이다. 단지 결혼한 사이이므로 키르키스인의 도덕률에 따라 부부의 관계를 유지하고 있을 뿐이다. 그러다 그녀는 우연히 마을로 흘러들어온 상이군인 출신의 낯선 사나이 다니야르를 알게 된다. '나'와 자밀랴 그리고 다니야르는 우연한 기회에 같은 작업조가 되어 마을에서부터 스텝을 가로질러 기차 정거장까지 군수곡물을 운송하는 일을 맡게 된다. 작업을 같이 하는 동안 다니야르와 자밀랴는 전혀 예기치 않게 서로에게 사랑을 느끼게 된다. 나는 자밀랴의 팔이 축 늘어지면서 다니야르의 어깨에 살며시 머리를 기대는 것은 목격한다. 순간 다니야르의 목소리가 떨린다. 그리고 그의 목소리는 다시 힘차게 울려 퍼지기 시작한다. 그는 사랑에 대해 노래하고 있었고, 나는 깊은 감동을 받는다. 그 순간 스텝은 광활히 펼쳐진 듯하였고, 나는 이 광활한 스텝에서 두 사람의 연인을 본다. '나'는 그것이 아무도 침범할 수 없는 순수한 사랑이며 지순한 행복의 탄생이라는 것을 깨닫는다.

순수한 사랑을 발견한 두 남녀─자밀랴와 다니야르는 전통과 인습이 철옹성과 같은 마을을 떠나 어느 날 남몰래 새로운 삶의 터전을 찾아 나선다. '나'는 사랑의 도주를 목격하고서도 아무도 그들의 참 행복을 깰 수 없다고 생각하는 그들을 조용히 떠나보낸다. 그리고는 자신도 화가가 될 소망을 품고 마을을 떠난다.

■ 알렉산드르 솔제니친(Alexander Isayevich Solzhenitsyn, 1918~ 2008) ─ 「이반 데니소비치의 하루」(1962)

솔제니친은 카자흐 혈통의 지식인 집안에서 태어났으며, 아버지는 그가 태어나기 전에 사고로 죽었기 때문에 주로 어머니 손에서 자랐다. 제2차 세계대전이 한창이던 1945년 포병 대위로 근무하던 중, 친구에게 스탈린을 비판하는 내용의 편지를 썼다는 이유로 체포되어 8년 동안 (1945~1953) 감옥과 강제 노동 수용소에서 보낸 뒤, 3년 동안 강제 추방을 당했다. 1956년 복권되어 글을 쓰기 시작했고 1962년 러시아 대표적인 문예지 《신세계》에 중편 「이반 데니소비치의 하루」를 발표하여 일약 세계적인 작가가 되었다.

1968년에 발표된 『암병동』은 솔제니친 자신이 1950년대 말 카자흐스탄에 강제 추방당해 입원해 있으면서, 말기 진단을 받았던 암을 성공적으로 치료한 과정을 바탕으로, 소련의 반체제적 지식인의 시각에서 인간의 영혼의 의미와 존재의 본질에 대해 이야기하고 있다. 『수용소 군도』

는 볼셰비키가 러시아에서 정권을 잡은 1917년 직후 스탈린 시기(1924~1953)에 엄청난 규모로 늘어난 감옥과 노동 수용소의 방대한 체계를 문학적 · 역사적으로 기록한 것이다. 1962년 11월 후르시초프가 그의 처녀작인 「이반 데니소비치의 하루」의 출판을 허용하였다. 그리고 1965년에는 「이반 데니소비치의 하루」가 공개적인 비판을 받았다.

1967년 5월 제4차 소련작가대표대회 전날, 그는 공개적으로 문학 작품에 가해지는 검열제도 폐지를 요구하는 글을 써서 당의 질책을 받았다. 1968년 그는 장편 『암병동』과 『제1원』을 유럽 4개국에서 발표했다. 그리고 다음해 11월 그는 소련작가동맹에서 제명당했다. 1970년 솔제니친은 당시의 사정 때문에 스톡홀름에 와서 노벨문학상을 수상하지 못했다. 1973년 파리에서 『수용소 군도』를 출판하여 1918~1956년 사이의 러시아 감옥과 노동형의 모습을 공개하였다. 이로 인해 1974년 2월 솔제니친은 국적을 박탈하고 국경 밖으로 추방되었다. 그 해 10월 미국 상원위원회에서는 그를 '미국 명예시민'으로 선정하여 그의 국적은 미국이 되었다. 그리하여 미국에서 살다가 소련연방 붕괴 후인 1994년, 20년 간의 망명생활을 마치고 러시아로 돌아갔다.

「이반 데니소비치의 하루」는 스탈린 시대의 노동 수용소를 무대로, 거기 갇힌 죄수의 평범한 하루를 그리고 있다. 수용소의 가혹한 현실, 싸움, 물질적 궁핍을 다루면서도 사라지지 않은 '인간애'에 초점을 맞춰 간결하고 진솔한 언어로 등장인물들의 생각을 그려내고 있다. 이 작품은 스탈린 이후 세대에 수용소생활을 직접적으로 묘사한 최초의 소련 문학 작품인 동시에, 현대의 상황을 예술적으로 고발한 명작으로 평가받고 있다. 작품의 줄거리는 다음과 같다.

아침 다섯 시, 언제나처럼 기상 신호가 울린다. 본부 건물에 매달린 레일 토막을 망치로 치는 것이다. 띄엄띄엄 울리는 그 소리는 두 손가락만큼의 두께로 성에가 낀 창문의 유리창에 막혀 희미하게 들려올 뿐이다. 이반 데니소비치 슈호프는 기상 신호를 듣지 못한 적이라곤 한 번도 없다. 점호 시간까지는 한 시간 반이라는 자유 시간이 있다. 수용소생활에 익숙한 죄수라면 이 시간을 이용해서 언제나 잔돈벌이를 할 수 있다. 일손이 모자라는 보급계 창고로 달려가 청소를 하거나 물건을 날라다 주는 일도 벌이가 된다. 슈호프는 오늘 자기들의 운명이 결정된다는 것을 상기한다. 상부에서는 그들 제104호 작업반을 현재의 공장 건설 작업으로부터 새로운 건설 지구인 '사회주의적 촌락'으로 배치시킬 계획이라는 것이다. 거기는 눈 덮인 허허벌판이다. 그곳에 가면 틀림없이 한 달 동안은 몸을 녹일 만한 장소가 없다.

슈호프는 평범한 러시아의 농민이다. 제2차 세계대전 출전 중 독일군의 포로가 되었다가 탈주해 왔다. 그 일 때문에 간첩 혐의로 10년형을 언도받고 이 수용소에 들어왔다. 그는 별로 배우지 못했고 무척 단순한 성격이다. 수용소에서 고참 반장의 말을 잘 듣는다. 슈호프는 식당에서 가져온 빵을 두 토막으로 잘라 한 토막을 작업복 안 호주머니에 넣고 있는데 이때 반장이 헛기침을 하며 일어서더니 "제104호 작업반 일어낫! 막사 밖으로 집합!" 귀청이 떨어져 나갈 듯이 큰 소리로 외친다. 눈을 붙이고 졸고 있던 반원들이 일제히 일어나서 하품을 하며 어슬렁어슬렁 문 쪽으로 발을 옮긴다.

아침에 작업장으로 나갈 때는 정말로 괴롭다. 어둡고 춥고 뱃속은 벌써 비어 있다. 뿐만 아니라 신체 검열까지 까다롭다. "일 열! 이 열! 삼 열!" 위병의 호령에 따라 다섯 명씩 횡대를 지어 대열을 떠나 앞으로 나간다. 앞에서 보나 뒤에서 보나 머리가 다섯에 잔등이 다섯, 그리고 발이 열이다. 계산이 틀릴래야 틀릴 리가 없다. 반대편에 서 있는 다른 위병과 점검계원이 말없이 죄수의 수를 확인한다. 그리고 또 한 명의 중위가 감시하고 있다. 여기서만은 죄수라는 하나의 인간이 황금보다도 더 귀중하다. 철조망 밖에서 죄수의 머릿수 하나라도 부족했다가는 그들 자신의 모가지가 달아나기 때문이다.

이렇게 위병소를 통과하면 반은 다시 하나로 대열을 정리한다. 이번에는 경호대의 하사가 점검을 할 차례다. "일 열! 이 열! 삼 열!" 또 한 번 다섯 명씩 횡대를 지어 앞으로 전진한다. 반대편에서는 경호대 부관이 눈을 번득거리고 서 있다. 경호병들의 숫자를 세면서 문을 열면 마침내 공사장으로 가는 죄수의 행렬이 시작된다. 그들을 에워싸고 자동소총의 총구를 죄수들에게 들이대고 있다. 잿빛 군견을 거느린 경호병도 있다. 대열에서 한 발자욱이라도 이탈할 때에는 탈주로 간주되어 즉각 발포되는 것이다.

공사장에 도착한다. 드디어 작업이 시작된다. 슈호프는 키르가스와 함께 2층 벽에 블록을 쌓아올리도록 명령받는다. 키르가스는 농담을 썩 잘하였으나 일에 있어서는 빈틈없는 친구다. 슈호프는 그를 좋아한다. 공사 지역인 난방 발전 센터 건물은 나지막한 언덕 위에 있다. 그러나 그곳에 오르는 승강기가 고장이 나 있다. 블록이건 모르타르건 일일이 등에 지고 날라야 할 판이다. 영하 30도의 모진 추위 속에서 쫓기듯이 행해지는 블록 쌓는 일, 분명히 그것은 고된 강제 노동이다.

갑자기 점심을 알리는 이동 발전소의 기적이 울리기 시작한다. 이곳에서는 오후 1시에 해가 제일 높은 곳으로 온다. 각 반의 반장이 번갈아 식당 창구에 나타나 취사부가 떠주는 죽그릇을 받는다. 죽그릇이라고 해야 밑바닥이 드러나지 않을 정도의 양이다. 점심을 마친 슈호프는 눈 위에 조그만 줄칼 조각이 떨어져 있는 것을 발견하고 집어서 호주머니 속에 넣는다. 난롯가에서 반장 추린이 두세 명의 반원을 상대로 이야기하고 있다. 추린은 좋은 사람이며, 항상 반원을 감싸준다.

다시 작업 개시 신호가 울리고 블록 쌓기 작업이 진행된다. 층층다리를 따라서 모르타르가 올라온다. 슈호프는 키르가스와 한 조가 되어 2층 벽의 바깥 줄을 쌓아나간다. 전에 해군 중령을 지낸 부이노프스키와 페추코프가 한 조가 되어 모르타르를 운반하고 있다. 그러나 게으름을 피우던 페추코프는 반장에게 쫓겨나고 만다. 부이노프스키 중령이 바꿔 주도록 요청했기 때문이다. 조금 전까지 반장과 옥신각신하던 십장은 잠시 동안 그 자리에 그냥 서 있다. 이젠 맞아죽을 염려는 없다고 판단했는지 그는 두 손을 호주머니에 찔러 넣었다. "이봐, 시챠(Ⅲ) 854호, 왜 그렇게 모르타르를 얇게 바르는 거야?" 그는 누구한테 건 분풀이를 해야만 직성이 풀릴 것 같은 모양이다. 그러나 슈호프가 쌓은 블록은 흠잡을 데가 없이 훌륭하다. 슈호프는 십장의 말에 아랑곳하지 않고 계속해서 블록을 쌓는다. 오늘 성과는 대단하다.

작업의 끝을 알리는 신호가 울린다. 해는 지평선 밑으로 아주 떨어져 버리고 작업반들은 다시 수용소로 돌아갈 채비를 한다. 경비병들은 벌써 인원 점검을 시작한 듯하다. 뒤에 처졌던 슈호프는 급히 대열로 돌아온다. 그러나 463명이어야 할 총원에서 1명이 부족하다. 실종자는 얼굴이 까무잡잡한 몰렌비아 사람이다. 곧 수색 작업이 벌어졌는데, 그는 미장이 발판 위에서 잠을 자고 있다. 사방에서 욕설이 터진다. 한 사람 때문에 이 추운 밤을 30분 이상 떨고 서 있었으니 화가 날 수밖에 없다. 밤의 수용소에서는 또 한 번 난리가 일어난다. 국그릇을 먼저 많이 먹으려는 전쟁이다.

슈호프는 매우 만족한 기분으로 잠을 청한다. 오늘 하루 동안 그에게는 좋은 일이 많이 있었다. 영창에도 들어가지 않았고, '사회주의 생활 단지'로 쫓겨나지도 않았다. 거의 행복하다고까지 해도 좋은 하루가 지나간 것이다. 이러한 날이 그의 형기가 시작되어서 끝나기까지는 만 10년, 즉 3,653일이 있었다. 윤달이 든 해로 사흘이라는 날이 덤으로 있었던 것이다.

■ 보리스 파스테르나크(Boris Leonidovich Pasternak, 1890~1960)
- 『의사 지바고』(1957)

파스테르나크는 미술 교수인 아버지와 피아니스트인 어머니를 둔 교양 있는 유태인 가정에서 태어났다. 어린 시절 그는 음악가가 되고자 6년 간 음악 이론과 작곡을 공부하다가, 철학으로 방향을 바꾸어 모스크바 대학과 독일 마르부르크 대학에서 철학을 공부하였다. 오랜 침묵 끝에 쓴 파스테르나크의 『의사 지바고』(1957)는 러시아 내에서 출판 금지를 당했고 결국 1957년 이탈리아에서 출판되었다. 이듬해 1958년 이 작품의 노벨문학상 수상을 놓고 또다시 정치적인 소용돌이 속에 말려들어 파스테르나크는 러시아작가동맹으로부터 제명 처분되었다. 파스테르나크가 노벨상 수상을 포기해 수상식을 거행하지는 못했지만, 한림원은 파스테르나크의 노벨문학상 수상이 유효하다는 것을 확실히 하였다.

1987년에야 소비에트작가동맹에서 파스테르나크의 사후 복권을 허락함으로써, 1958년 작가동맹에서 추방된 이후 불법이었던 그의 작품들의 적법성이 인정되었고, 『의사 지바고』도 소련 내에서 출판될 수 있었다.

『의사 지바고』는 의사이며 시인인 유리 지바고의 지식인으로서의 고뇌와 정신의 편력이 시적인 문장으로 전개된 작품이다. 또한 역사의 참가자들을 그려낸 것이 아니라, 인물들이 역사의 영향 아래서 자신의 삶을 어떻게 만들어나가는지를 그려냈다. 역사 속에서 예측할 수도 어찌할 수도 없는 운명에 처해진 인물들을 표현한 것이다.

이 작품은 전통적 소설 기법에서 벗어나고 있지만, 한편으로는 전통을 이어가는 소설이기도 하다. 특히 러시아 전통 소설 특징을 많이 지니고 있다. 이러한 특징들을 종합해 보면 파스테르나크는 소설의 형식을 이용하여 전혀 새로운 방식으로 러시아 문화를 종합하였다고 할 수 있다. 많은 시련을 겪은 러시아 문화지만 여전히 건실함을 보여준 것이다. 소설의 줄거리는 다음과 같다.

의사 유리 안드레예비치 지바고는 모스크바의 명망 높은 부잣집에서 태어난다. 하지만 그가 어렸을 때 어머니는 폐병으로 돌아가셨고 아버지는 기차에 뛰어들어 자살했다. 고아가 된 지바고는 친척 아저씨와 함께 지내게 된다. 아저씨는 어린 지바고를 다시 모스크바의 그로메코 교수 집에서 지내도록 한다. 그 집에서 지바고는 교수의 딸 토냐, 그리고 같은 학교를 다니는 미샤 고르도니와 함께 지낸다. 교수의 부인 안나는 갑자기 병이 들자 지바고와 토냐를 불러 자신의 어렸을 적 이야기를 들려준다. 그리고 죽음이 가까워오자 둘을 정혼시킨다. 안나가 죽은 후 그 둘은 그녀의 뜻대로 결혼해서 행복한 나날을 보낸다.

어느덧 전쟁이 2년째에 접어들었을 때 토냐는 사내아이를 낳는다. 하지만 때마침 전쟁터에서는 의료진이 부족했고, 지바고는 어쩔 수 없이 군의관 신분으로 전쟁에 참여하게 된다. 어렸을 적 동창 미샤가 지바고의 참전 소식을 듣고 찾아왔을 때, 때마침 전황이 불리해져 갑자기 후퇴해야 하는 상황이 된다. 미샤는 먼저 떠났고 곧 따라서 떠나기로 했던 지바고는 갑자기 포탄에 맞는다. 부상 때문에 병원에 있는 동안 지바고는 간호사 라리샤 표도로브나를 알게 된다. 둘은 곧 험난한 전쟁 속에서 사랑에 빠지고 만다.

10월혁명이 끝나고 지바고는 모스크바의 가족에게로 돌아간다. 그는 가족의 품으로 돌아가 그들과 함께 하게 되었다는 사실에 매우 기뻤다. 특히 얼굴도 모르던 아들을 보게 된 기쁨은 무엇과도 비교할 수 없었다. 하지만 이런 기쁨 속에서도 지바고는 전쟁이 가족들을 바꾸어 놓았다는 것을 느낀다. 지바고는 아저씨의 영향으로 시인이자 작가가 된다. 전쟁은 모든 것을 부수고 다시 새로 짓도록 만들었고 사람들은 모두 살기 위해 목숨을 걸고 노력해야만 했다. 지바고는 티푸스에 걸리고 생활은 점점 더 힘들어진다.

마침내 지바고의 집은 우랄 지역으로 옮겨가게 된다. 그 여행길에서 지바고 일가는 여러 가지 험한 일들을 보고 듣는다. 한편 스트렐리코프에게 포로로 잡혀가다가 도망치던 옛친구인 바샤를 만나기도 한다. 우랄에 도착해서는 다른 집에 얹혀살며 남에게 폐를 끼치는 생활을 하게 된다. 이런 힘든 생활 속에서도 날짜는 하루하루 지나간다. 어느 날 지바고는 종종 들르던 시내의 도서관에서 우연히 라리샤를 만난다. 이 만남 이후 두 사람의 관계는 급속도로 가까워진다. 토냐 몰래 라리샤를 만나는 그들의 이중생활은 그가 다시 군의관으로 전쟁터에 가는 것으로 끝난다.

지바고는 가족에 대한 그리움을 못 이겨 탈영한 후 초췌한 몰골로 이미 아무도 살고 있지 않은 라리샤 집을 찾아간다. 기적을 바라며 라리샤의 집으로 찾아간 그는 벽 틈에서 그녀가 남기고 간 긴 편지와 열쇠를 찾는다. 고단하고 병든 몸으로 하룻밤을 정신없이 자고 일어나 보니 라리샤가 자신의 옆에 있다. 라리샤의 정성 어린 간호로 지바고는 빠른 속도로 회복된다. 이런 조용한 생활도 잠시 라리샤는 계속 이렇게 살 수는 없다면서 지바고에게 가족에게 돌아가라고 한다.

지바고는 이제 막 신경제정책을 실행하기 시작한 모스크바로 돌아왔지만, 식구들은 이미 재산을 모두 날린 채 추방당하여 프랑스로 떠난 뒤였다. 주변의 모든 사람들이 위험해 보이는 그를 피하는 가운데 예전에 하인이었던 사람의 도움으로 지바고는 드디어 몸을 숨길 곳은 찾게 된다. 그 후 자기를 도와준 하인의 딸과 결혼하여, 그녀의 이복형제의 소개로 병원에서 근무할 수 있게 된다. 파리에 있는 아내에게서도 이따금 소식이 온다. 이미 모든 것을 잃은 지바고는 이제 조용한 삶을 살기로 결정한다. 그는 첫 출근으로 쿠드린스카야 거리까지 가기 위해 전차를 탄다. 그 속에서 그는 허탈한 느낌을 주는 가슴의 통증을 심하게 느낀다. 그리고 지병인 심장 발작으로 죽고 만다.

■ 부아디수아프 레이몬드(Wladyslaw Stanislaw Reymont, 1867~1923) - 『농민』(1904~1909)

레이몬드는 폴란드 코비엘리비엘키에서 태어났다. 그의 가족들은 모두 제정러시아의 통치 반대 운동에 적극 참여했다. 그는 어려운 생활을 하면서 폴란드의 하층민, 농민들과 매우 친밀하게 지냈다. 이런 경험들은 훗날 그의 창작활동에 풍부한 소재가 되었다. 레이몬드는 농민의 대변인이었다. 또한 그는 4권에 달하는 방대한 장편소설 『농민』으로 1924년 노벨문학상을 수상하였다. 그 밖에 그는 『여자 희극배우』(1896), 『약속의 땅』(1898) 등 많은 작품을 남겼다.

『농민』에서는 토지 때문에 가정 분열이 일어난다. 아들과 며느리는 언제나 아버지에게 물려받을 땅만 생각하였기 때문이다. 아버지인 폴리나는 '아그나' 라는 19세의 아가씨와 결혼하려고 하는데, 사실 그 결혼 역시 땅을 얻으려는 속셈에 불과하다. 아들은 땅 문제로 아버지와 크게 다투고 결국 집을 나간다.

한편 1963년 봉기에서는 지주와 농민이 동맹군이 되어 함께 제정러시아를 반대했다. 그러나 봉기가 끝난 후 지주 귀족은 오히려 더 많은 이득을 챙겼으나 농민들은 아무것도 얻지 못했다. 그뿐만 아니라 결국에는 소박한 농민들을 더 이상 참기가 어려운 상황까지 내몰았다. 숲에서의 전투는 바로 이런 토지의 모순이 터진 것이다. 이 작품에는 1905년 농민이 지주의 자원을 공격한 역사적 사건 또는 전쟁이 일어나기 직전의 살벌한 분위기가 묘사되어 있다. 작품의 줄거리는 다음과 같다.

20세기 초. 폴란드는 제정러시아의 잔혹한 통치 아래 있다. 예푸체 마을과 프라 마을은 농노해방을 거쳤지만 여전히 봉건 세력들의 괴롭힘을 당한다. 봉건 세력들은 제정러시아의 비호 아래 대량의 토지를 점유하고 농민들의 피를 짜낸다. 제정러시아와 폴란드의 봉건 세력이 동시에 압박하는 상황에서 농민들 거의가 극빈자로 전락한다. 이 같은 상황에서 프라 마을의 대지주가 예푸체 마을 농민들의 공유 산림을 도벌하려 하자 사람들의 분노는 극에 달한다. 그들은 삼림을 개간하려는 지주를 막으려고 했지만 지주는 농민들의 의견을 받아들일 생각을 전혀 하지 않는다. 농민들은 결국 자신들을 괴롭히는 지주를 죽여야만 한다는 것을 깨닫게 된다.

격렬한 전투가 지나고 농민들은 마침내 지주를 무너뜨린다. 그러나 4일 후에 제정러시아 당국이 법관과 헌병들을 이끌고 와서 싸움에 가담한 모든 사람들을 잡아 감옥에 가둔다. 농민들의 투쟁은 그렇게 실패로 돌아간다.

그 즈음에는 프러시아 사람들도 폴란드로 들어와 농민들을 상대로 경제적인 침략을 일삼는다. 농민들은 제정러시아의 폭정을 감내해야 하는 동시에 그들의 약탈까지 견뎌야 한다. 한편 예푸체 마을의 대지주가 독일인의 돈을 빌렸다가 돈을 갚지 못하자 농토를 독일인에게 낮은 가격으로 넘기려 한다. 예푸체 농민들은 완강히 반대한다. 감옥생활이 얼마나 힘든지 몸소 체험한 그들이었지만 이번에도 어쩔 수 없이 투쟁에 나섰고, 마침내 토지를 강탈하려 한 독일인의 음모를 막아낸다.

제정러시아 당국은 예푸체 마을에 러시아 학교를 세우려다 농민들의 강력한 반대에 부딪친다. 당국에서 문서를 낭독할 때 농민들은 "토지세를 더 내도 좋다. 하지만 폴란드 학교를 열어야지 다른 학교는 필요 없다"고 말한다.

한편 폴리나는 예푸체 마을의 두 번째 가는 부호였지만 애국심과 민주적인 생각을 품고 있다. 다른 지주와 달리 그는 소작인들을 따뜻하게 대한다. 그 역시 대지주에게 핍박을 받아오던 터이다. 그는 결국 농민들 편에 서서 함께 대지주와 제정러시아에 대항한다. 그는 숲에서의 전투에 참가했다가 중상을 입기도 한다. 그러나 농촌 신흥자산계급의 대표 인물인 폴리나 역시 많은 악습을 갖고 있다. 수전노였던 그는 재산을 늘리려고 자기 대신 집안을 돌봐주는 동시에 친정에서 많은 재산을 물려받을 수 있는 여자를 원한다. 그래서 그는 자신보다 40살이나 어린 여자를 아내로 맞이한다. 또한 그는 아들 안티크에게 재산을 물려주지 않으려 한다. 결국 그 일로 아들과 심하게 다툰 폴리나는 아들을 쫓아내 버린다.

안티크는 아내 한카와 함께 장인의 집으로 가 버린다. 하루 종일 아무 일도 하지 않으며 지내던 폴리나는, 어렸을 적 자신의 계모였던 여자와 애정 행각을 벌이기도 한다. 그러나 후에 방앗간에서 일하면서 빈민층과 접촉하게 되고, 이윽고 그들과 함께 삼림을 보호하기 위한 싸움에 참가했다가 감옥에 갇힌다. 출옥 후 폴리나는 예전에 책임감 없던 마음을 버리고 집안의 가업을 잇기로 결심한다.

안티크의 아내, 한카는 강인하고 소박하며 지혜로운 농촌 여자다. 그녀는 스스로 인내하면서 용감하게 어려움을 이겨내고, 결국에는 남편을 자기 곁으로 돌아오게 만든다.

477

■ 임레 케르테스(Imre Kertesz, 1929~) - 『운명』(1975)

케르테스는 헝가리 부다페스트의 유태인 가정에서 태어났다. 할아버지 때 그의 가족은 헝가리 국민이 되었다. 케르테스는 1944년 김나지움 재학 중 15살의 어린 나이에 수용소에 끌려갔다. 그 뒤 그는 수용소에서 헝가리 유태인과 함께 죽음의 아우슈비츠로 끌려갔다. 그리고 또다시 아우슈비츠에서 부헨발트로 이송, 다시 차이츠로 이송되어 1년 동안 수용소생활을 하다가 종전이 되자 자유의 몸이 되어 부다페스트로 돌아왔다. 그리고 사람들에게 아우슈비츠의 비극을 말했으나 이웃 사람들은 그의 말을 믿지 않았다.

이후 그는 1946년 김나지움에 복학해 2년 뒤 학교를 졸업했다. 그 뒤 《빌라고샤그》 신문사 기자가 되었다. 1951년 신문이 공산당 기관지가 되면서 그는 해직되었다. 1953년 자유기고가로 글을 쓰면서 니체, 슈니츨러, 프로이트, 비트겐슈타인, 카네티 등 독일철학자와 작가들의 작품을 번역했다. 이후 자신의 소년 시절의 참극을 소설화하여 『운명』을 발표하였다. 그리고 단편집 『추적자, 탐정이야기』(1977), 장편 『좌절』(1988), 장편 『태어나지 않은 아이를 위한 기도』(1990), 단편집 『영국 국기』(1991) 등을 발표하였다.

1989년 티보리 데리상, 어틸리 요젭상을 수상하였고, 1997년에는 라이프치히 서적상, 코스트상을 수상하였다. 2000년에는 비 벨트 문학상을 수상하였고, 2002년 73세로 헝가리 작가 가운데 처음으로 노벨문학상을 수상하였다.

『운명』은 20년 동안 쓰고 고치면서 탈고하였고, 또다시 10년 후에 발표되었다. '아우슈비츠의 대학살'은 살아남은 자에게도 자살을 선택하게 했다. 죽어간 사람만이 죽은 게 아니라 살아 있는 사람도 죽어가게 하는 병든 아우슈비츠는 생존자들에게 영원히 치유할 수 없는 상처를 남겨 주었다. 살아남은 자들의 책무로서 소설을 썼지만 자살로서 생을 마감한 작가들도 있다. 이 작품에서는 철모르는 소년이 지옥으로 끌려 간 것을 운명이라고 말한다. 운명은 어느 날 소년에게 다가왔고 아우슈비츠의 생활을 털어내지 못하고 일생을 운명이란 화두에 천착하게 했다. 소년은 단지 유태인이라는 이유로 끌려갔고 수난을 당했다. 작품의 줄거리는 다음과 같다.

소년은 어느 날 갑자기 유태인이란 이유로 아우슈비츠에 끌려가고 3일 후엔 부헨발트로 이송된다. 소년은 나흘 뒤 다시 차이츠로 이송된다. 소년에겐 아우슈비츠에서의 3일이 일생에서 가장 긴 시간이었으며, 다시는 생각하고 싶지 않은 죽음의 시간이었다. 매일같이 화장장으로 끌려가는 유태인들을 바라보며 소년은 절망에서 허우적거렸다. 그러나 차이츠로 이송되고부터는 살벌하지 않았고 그토록 마시고 싶었던 물도 양껏 마실 수 있으며 이런저런 소식을 들을 수도 있다. 또한 사람을 대하는 처신과 상황에 대한 분별력도 키우게 된다. 소년은 '운명'이 자신에게 주어졌고, 그 운명에 순응하지 않고 이겨내야 한다고 생각한다.

소년에게는 이혼한 어머니가 있다. 그 어머니는 소년에게 자신을 사랑하지 않는다고 푸념해댄다. 소년은 계모에게도 싫은 내색 없이 대했고, 어쩔 수 없이 '어머니'라 부르기도 한다. 목재소를 운영하는 아버지는 어느 날 유태인이라는 이유로 노란별을 달고 수용소에 끌려간다. 유태인은 보석이나 돈, 땅을 소유할 수 없기 때문에 재산을 빼앗긴다. 그래서 아버지는 목재소를 더 이상 운영할 수 없었기 때문에 목재소의 경리이자 관리책임자인 쉬퇴에게 명의를 넘겨준다. 소년도 아버지처럼 노란별을 달고 공장으로 향하다가 이유도 모른 채 짐승우리처럼 화물칸에 실려 아우슈비츠 수용소로 끌려간다.

1년 후 전쟁이 끝나고 소년은 부다페스트로 돌아온다. 아버지는 세상을 떠났고 계모는 예전 경리사원이었던 쉬퇴와 결혼하여 살고 있었다. 갈 곳 없는 소년은 항상 쫓기면서, 음식과 잠자리를 찾아 떠돈다. 그러면서 차라리 안정된 수용소의 생활이 더 좋았다고도 생각한다. 그러나 소년은 현재 직면하고 있는 상황은 자신의 운명이며, 운명을 움켜쥐고 극복하려고 한다. 소년에게는 언젠가 빼앗긴 자유와 행복을 다시 찾을 수 있을 것이라는 믿음이 있었기 때문이다.

소년은 이웃사람의 도움을 받는다. 소년은 그 이웃들에게 수용소에서 경험한 비극을 이야기하지만 그들은 소년의 말을 낯설게 받아들인다. 소년은 그들에게 이질성을 확인하고, 유태인은 제국의 소모품이었음을 깨닫는다. 소년에게는 죽음 이외에는 더 이상 잃을 것도 얻을 것도 없다. 소년은 이미 비워냄을 인식한 것이다.

소용소에서는 하루의 죽음을 살아낸 유태인들이 죽음을 기다리면서 과거와 미래를 이야기한다. 자유는 누구나 꿈꾸고 갈망한다. 소년도 소박한 희망을 자유의 갈망에 담으면서 죽음을 살아낸다. 15세 소년이 겪은 고통은 참혹하다. 소년은 참혹함을 담담하게 받아들인다. 소년은 어른이 되어 간다. 소년은 아우슈비츠라는 죽음의 그림자를 역사의 현장으로 끌어내 자신의 상처를 치유해 간다. 소년은 작가가 되어서도 이데올로기로 인한 상처를 다른 것에 의해 치료하지 않는다. 소년은 자신이 받았던 고통을 남이 받고 있는 운명과 동질로 생각한다. 소년은 담담하게 미래를 그려낸다. 누가 소년에게 '너는 어린아이야' 라고 말할 수 있을까?

■ 밀란 쿤데라(Milan Kundera, 1929~)
– 『참을 수 없는 존재의 가벼움』(1984)

쿤데라는 체코슬로바키아의 브르노에서 태어났다. 그리고 프라하의 카렐 대학에서 음악 이론을, 예술대학 영화학과에서 시나리오, 작사, 영화감독 등을 공부했다. 또한 1947년 당시 대부분의 지식인들처럼 공산당에 가입하여, 1967~1968년 사이에 일어났던 체코슬로바키아 해방운동에 가담했다. 그러나 소련이 체코슬로바키아를 점령하자, 1950년 소련 당국은 그의 정치적 과오를 문제 삼아 모든 작품을 판매 금지시켰으며, 공산당에서 제명하고 대학에서도 쫓아냈다.

이후 그는 1963~1969년까지 체코작가연맹 중앙위원을 맡았고 동시에 각종 문학잡지의 편집위원도 겸임했다. 그는 미국 문학예술 아카데미 회원이었으며 1986년에는 미국 현대언어협회 명예회원으로 선출되었다. 프랑스 등 제3국에서 발표된 장편소설 『웃음과 망각의 책』(1979), 『참을 수 없는 존재의 가벼움』 등은 독자들에게 큰 반향을 불러일으켰다. 쿤데라는 최근 몇 년 계속 노벨문학상 후보자로 메스컴의 관심을 끌고 있을 뿐 아니라 소설을 출간할 때마다 완숙한 작가로서 세계 문학비평가의 주목을 받고 있다.

스탈린 시대 체코슬로바키아의 다양한 사람들의 운명과 사생활을 풍자적으로 조명한 장편소설 『농담』(1967)은 여러 나라 언어로 번역되어 세계적으로 조명을 받았다. 또한 『불멸』(1990) 이후 18세기의 사랑과 오늘의 사랑을 대비시켜 현대가 상실한 '느림'의 미학을 강조한 『느림』(1995) 역시 폭발적인 인기를 모았다.

소설 『참을 수 없는 존재의 가벼움』은 미국의 뉴스 주간지 《타임》에 의해 1980년대의 '소설 베스트 10'에 선정된 작품으로 사랑에 관한 철학적 담론과 형이상학적 주제를 다루고 있다. 소설의 배경은 시간적으로는 '프라하의 봄'과 그 이후이며, 공간적으로는 프라하와 그 주변의 온천장, 시골의 집단 농장 그리고 주인공들이 망명생활을 하던 취리히, 제네바, 파리, 미국 등지이다. 주된 내용은 체코 공산주의의 민주화 과정이 소련군의 개입으로 좌절되고 난 후, 주인공들이 존재의 위기감에 휩싸인 채 섹스와 사랑(육체와 영혼)의 갈등 속에서 살아가는 삶의 모습이다.

소설의 주요 인물은 두 쌍의 남녀다. 사랑과 성 그리고 존재 자체의 문제가 제대로 풀리지 않아 이들은 일종의 딜레마에 빠진다. 마치 체코슬로바키아가 소련군의 침공으로 딜레마에 빠지는 것과 같다. 쿤데라는 사랑과 성은 별개의 것, 즉 사랑이란 존재론적 자유 개념으로서 성과는 아무런 관련이 없다고 말한다. 당시 60년대 유럽을 비롯하여 체코슬로바키아에서도 프리섹스 물결이 휩쓸고 있는 상황이었다.

이처럼 이 소설에서 쿤데라는 종래의 에로티즘 소설에서 여성의 육체를 적나라하게 묘사하는 것과는 달리 성과 사랑의 문제를 본질적·철학적으로 접근하고 있다. 때문에 이 소설은 보다 높은 차원의 에로티시즘 문학으로서 독자들의 흥미를 불러일으킨다. 이 소설은 총 7장으로 구성되어져 있고 각 장은 또다시 작은 절로 나뉘어져 하나의 장이 일정한 주제를 논하며 이야기를 엮어가고 있으며, 또 각 절을 읽을 때마다 마치 새로운 장면을 보는 듯한 몽타주 기법을 사용하고 있다. 소설의 줄거리는 다음과 같다.

　　유럽 문학의 바람둥이의 전형적인 주인공 돈 후앙(Don Juang)의 전형인 토마스는 유능한 외과 의사이다. 그는 한 번 결혼했지만 이혼하고 아들 한 명을 두고 축제 같은 분위기 속에서 독신자생활을 즐긴다. 그의 에로틱한 우정 관계의 법칙은 연애를 할 때 '삼'이란 숫자의 규칙을 철저히 지키며 여자들과 사귄다. '삼'이란 숫자의 규칙은 '짧은 간격으로 만날 때 세 번 이상 만나지 말며, 길게 사귈 때는 3주의 간격을 두고 만날 것'이다. 그는 여인들 개개인에게 느끼는 개별성을 성행위 때에 느낄 수 있다는 생각으로 200여 명의 여인들과 성관계를 가진다. 그가 그처럼 많은 여인들에게 탐닉하는 논리는, 인간의 대부분은 공통점이 많고 차이가 적은데 그 적은 차이점을 여자를 정복하는 순간에 발견하고자 하는 것이다. 그가 가장 좋아하는 여자 친구는 화가 사비나이다.

　　그러던 어느 날 토마스는 좌골신경통에 걸린 과장 대신 시골에 출장 갔다가 식당 종업원인 테레사를 만나게 된다. 테레사의 어머니는 꿈 많고 아름다웠지만 잘못된 결혼으로 불행하게 되자 수치심을 내던진 여인이다. 그런 어머니를 둔 테레사는 자신을 짓누르고 있는 환경으로부터 탈피하려 한다. 그러던 어느 날 테레사는 책을 보고 있는 낯선 지식인 토마스를 보게 된다. 그 후 그녀는 자신의 삶을 바꾸려는 용기로 일주일 간의 휴가를 얻어 토마스를 찾아간다. 그리고 독감에 걸려 토마스의 침대에서 앓아눕게 된다. 이러저러 6번의 '우연'을 통해 토마스와 테레사는 결혼까지 하게 된다. 토마스는 필연적인 인연과 동정 그리고 책임감을 바탕으로 테레사를 사랑하게 된 것이다. 하지만 테레사는 토마스에게 있어서 사랑이면서 동시에 굴레이기도 하다. 토마스는 테레사에게 사랑과 육체적 성교는 별개의 것이라는 것을 확신시키려 노력한다.

토마스는 끊임없이 새로운 여자를 추구하나 결국 인생의 진정한 또는 절대적인 의미를 찾지 못한다. 테레사도 '영혼과 육체'라는 존재의 이중성을 깨닫게 되지만 그것은 새로운 차원의 고민을 낳을 뿐이다. 그녀는 육체는 거짓이요, 영혼을 가두고 있는 무게에 지나지 않는다고 느끼고, 남편의 말, 즉 사랑과 성은 별개라는 것을 경험하기 위해 위기에 처한 자신을 구해 준 건강한 엔지니어를 찾아가 섹스를 한다. 그녀는 자신의 의지에 반하면서 점점 더 흥분에 사로잡힌다. 그녀는 전혀 사랑하지 않는 사람과의 섹스에 반응하는 자신의 육체와 그 환희에 저항하려고 애쓴다. 하지만 쾌감은 자신의 육체에 오랫동안 녹아내린다. 결국 그녀는 육체적 만족과 치욕을 동시에 느낀다.

1968년 체코는 러시아 탱크에게 점령된다. 토마스는 테레사와 카레닌을 데리고 스위스로 떠난다. 하지만 사비나도 취리히로 오고 토마스와 계속 만난다. 이 사실을 알고 테레사는 체코로 돌아가 버린다. 토마스는 사랑 때문에 "그렇게 할 수밖에!" 없어서 결국 체코로 테레사를 따라 온다. 이후 토마스는 주간잡지에 체코의 정치적 현실을 '오이디푸스'와 대비하여 비판한 글을 발표한다. 이 글로 인하여 그는 소련군이 진주한 후 일할 권리를 박탈당하고 유리창 닦기, 집단 농장 트럭 운전사 등으로 생계를 꾸려 나간다. 그러나 토마스는 여자들에게 인기가 있어서 더욱 바람을 피게 된다. 체코에서는 의사보다 유리창 청소부가 섹스를 즐길 기회가 더 많다.

한편 테레사는 남편의 애인 사비나 덕택에 잡지사 사진작가로 성장하나 남편의 끝없는 바람둥이짓에 뉴욕 등지를 전전하며 망명생활을 하게 된다. 결국 테레사는 남편의 바람을 잠재울 마지막 수단으로 프라하를 떠나, 이제는 늙기 시작한 토마스가 전혀 바람을 피울 수 없는 환경인 농촌의 국영 농장으로 데려간다. 그들 부부는 이곳에서 행복한 생활을 한다. 세월이 흘러 이제 늙어 버린 카레닌은 암에 걸려 죽고 토마스와 테레사도 교통사고로 죽게 된다.

여류화가 사비나는 배반이 곧 그녀의 삶이라고 할 수 있을 만큼 연속적인 배반으로 살아간다. 아버지의 뜻을 배반하고, 공산주의를 배반하여 형편없는 건달배우와 결혼하였지만 결국 남편도 버리고 프란츠와 토마스 같은 유부남과 애정 관계를 맺어 이들로 하여 각각 그들의 부인들과 배반을 하게 하는 결과를 만드는 장본인이다. 그러다 만나게 된 스위스인 교수 프란츠는 유럽 사회주의 운동에 깊은 관심을 가진 순진파 지식인이다. 프란츠는 사비나에게 푹 빠지게 된다. 그리하여 그는 결국 아내와 헤어지고 사비나에게 구혼을 한다. 그녀는 프란츠와의 공개된 사랑의 무게를 큰 짐이라 생각하고 몸서리친다. 그리고 그 무거운 짐을 견딜 수 없어서 제네바생활을 마치고 파리로 향한다. 파리에서 토마스와 테레사의 부고를 받고 더 이상 배반의 대상을 상실한 채 미국으로 떠난다.

사비나가 떠나가자 프란츠는 허탈감에 빠진다. 결국 프란츠는 사비나 덕택에 유혹의 빛을 선사받고 그의 강의를 듣는 한 여학생과 새로운 출발을 하게 된다. 프란츠는 집을 나와 여대생과 동거를 한다. 그러나 가장 아름다웠던 인생의 한 부분을 함께 보낸 사비나를 늘 잊지 못한다. 그러던 어느 날 그는 친구로부터 공산주의에 점령당한 불행한 캄보디아를 위해 시위하러 가자는 제안을 받는다. 프란츠는 공산주의에 나라를 잃었던 사비나를 떠올리고 쉽게 동참한다. 하지만 그는 불의의 사고로 죽게 된다.

■ 보후밀 흐라발(Bohumil Hrabal, 1914~1997)

- 『엄밀히 감시 받는 열차』(1965)

흐라발은 체코의 문학과 예술의 도시 브르노에서 태어난 가장 전형적인 국내파 작가이다. 프라하 카렐 대학에서 법률학을 전공한 그는 제2차 세계대전 이후 우여곡절을 겪으면서 다양한 직업을 전전했다. 그 결과 그의 소설에는 사회낙오자, 주정뱅이, 떠버리 등 사회에서 소외받는 계층들의 이야기가 빠짐없이 등장한다.

흐라발은 떠돌이생활을 하면서 1940년대에 실험적인 산문들을 썼다. 그러나 이 작품들은 정치적 여건으로 1963년에 이르러서야 출판되어 그의 이름이 알려지기 시작하였다. 이후 1968년 이른바 '프라하의 봄'이라는 정치적 자유화 운동으로 그의 문학은 황금기를 맞이했다. 이 시기에 쓴 작품으로 단편집 『밑바닥에 있는 작은 진주』(1963), 『별난 인간들』(1964), 『연장자와 중년을 위한 댄스 교습』(1964) 등이 있다.

1968년 '인간의 얼굴을 한 사회주의' 운동이 좌절되자 흐라발의 작품은 공식적으로 출판되지 못하고 지하로 숨었다. 그러다가 1975년부터 그의 작품들은 당국의 검열을 통해 가위질 당한 채 출판되기 시작하고, 캐나다의 68출판사나 서유럽의 망명 또는 이민출판사를 통해 원형 그대로 출판되었다. 그리고 1986년 소련의 페레스트로이카 기운 속에 그의 자전적인 소설 『빈터 혹은 간극』이 국내에서 출판되었다. 그러나 당국은 이 책을 빌미로 72세의 고령인 흐라발을 가택 연금하고 그를 정신적 금치산자로 만들었다. '자기 땅에서 위배된 자'인 흐라발의 이 작품과 그 속편이라고 할 수 있는 두 권의 자선전이 1987년 캐나다 68출판사를 통해 출간되었다.

이어서 1990년 완전한 창작의 자유가 주어진 분위기에서 『11월의 태풍』이 출간되었다. 이 작품은 젊은 미국 여성 두벤카와 주고받는 편지 형식으로 된 산문인데, 독자들의 폭발적인 관심을 끌었다. 그 밖에 흐라발의 주요 작품으로 단편집 『황금의 도시 프라하를 보고 싶으세요?』(1989), 헝가리의 저널리스트 시제티(Szijeti)와 인터뷰를 나누는 형식의 장편소설 『손수건 고리』(1990) 등 수십 편이 있다.

흐라발의 초기 대표작인 『엄밀히 감시 받는 열차』는 성에 대해 두려워하는 사춘기의 철도원이 그것을 극복하고 독일의 군수열차를 폭파하여 영웅이 되는 과정을 코믹하게 그렸다. 이 소설의 배경은 제2차 세계대전 막바지에 다다른 무렵으로, 독일에 점령당한 상태의 체코 프라하에서 멀지 않은 시골이다. 이 작품은 이리 멘젤(Jiri Menzel)이 영화화하여 아카데미상을 수상하기도 했다. 줄거리는 다음과 같다.

주인공 밀로슈 흐르마는 자신에 대해 말하기 전에 가족사를 들려준다. 증조부는 18세 때부터 70세까지 연금을 받으면서 특혜를 뽐내고 다니다가 결국 힘들게 일하는 인부들에게 맞아 죽고 만다. 할아버지는 최면술사로서 독일군이 진격해 들어오는 전차 앞에서 들어오지 못하게 하는 최면을 걸었지만, 전차는 할아버지를 깔아 두개골을 깨뜨리고 계속해서 나아간다. 전차 톱니바퀴에 끼여 있는 할아버지의 시체 이야기가 크로테스크하게 묘사된다. 아버지는 퇴역 기관사이며 남은 생을 실제 받던 봉급의 갑절에 달하는 연금을 받는 분이다.

밀로슈는 이러한 선조들의 삶으로 항상 피해의식을 느끼며 사람들의 눈치를 살피는 일종의 군중공포증을 갖게 된다. 그러던 중 여자친구 마샤와 잠자리에서 관계를 맺으려 하다가 제대로 남자 구실을 하지 못하자, 자학하는 심리상태에서 자기 손목의 동맥을 끊어 자살을 기도한다. 이 사건으로 3개월 간의 병가를 마치고 역으로 돌아가 다시 철도 공무원으로서의 삶을 시작한다. 역사로 돌아온 밀로슈는, 역에 근무하는 사람들이 지닌 특징을 자기의 입장에서 들려준다. 조차계장 후비츠카는 끊임없이 여자를 밝히는 인물이고, 역장은 독일군 침공 이후 독일산 비둘기들의 목을 비틀어 버리고 폴란드 비둘기를 키운다. 역장 부인 란스카 여사는 에로틱한 면을 부각시킨다. 물론 후비츠카의 여성 편력에서 란스카 여사도 빠져나가지 못한다.

밀로슈는 역장 부인 란스카에게 섹스에 대한 조언을 구한 후 남성적 자신감을 얻게 된다. 이어 그는 역으로 돌아오자마자 역장에게 후비츠카가 역장의 안락의자에서 여자와 뜨거운 밤을 보냈다는 사실을 고자질한다. 밀로슈가 몰래 훔쳐본 후비츠카의 역장실 안에서의 행위가 생생하게 묘사된다. 여성 편력이 심한 후비츠카임에도 불구하고 밀로슈는 다른 인물들은 비겁하지만, 그는 진정한 용기를 가진 사람이라고 생각한다. 후비츠카는 밀로슈에게 탄약열차를 폭파하는 엄청난 계획을 알려 준다.

한편 역장이 킨스키 백작 초대로 성의 만찬에 간 사이, 밀로슈는 여객열차를 타고 온 마샤를 만나고, 이틀 후 마샤의 집에서 만나기로 약속한다. 발기불능의 조루증으로 자살까지 기도했던 밀로슈는 이번 데이트에서는 꼭 성공하기 위해 란스카 부인에게 자문을 구한다. 독일군 비상감호 수송열차가 역을 지나가다가 서서는 30분이나 지체됐다는 이유로 한 친위대원이 밀로슈의 갈비뼈를 쑤시면서 죽여 버리려 한다. 간신히 위기를 모면하고 돌아오는 길에 밀로슈는 철로 변 구덩이에 죽은 말 세 마리를 발견한다. 비참한 현실은 동물들의 처참한 모습을 통해 투영된다. 밀로슈는 선로를 따라 걷다가 마샤를 회상한다.

드디어 긴장된 순간이 역사 안에 다가온다. 바로 상급 기관의 지시 상황과 폭약이 후비츠카에게 도착했기 때문이다. 아름다운 빅토리아 프라에라는 여자도 함께 왔다. '승리'라는 의미의 여인 빅토리아는 밀로슈에게 남자 구실을 할 수 있음을 증명해 준다. 밀로슈는 역장실 안에서 빅토리아와 성관계를 갖게 되고, 자신의 남성을 확인하고 기뻐하며 난생 처음 평화를 느낀다. 후비츠카에게서 자초지종 설명을 들은 밀로슈는 자신에게 폭약을 던지는 중요한 임무가 왔고, 여자와의 관계에서도 성공한 자신은 이제 사내라며 자신감을 아낌없이 표출한다.

긴장된 순간, 기관차는 기적을 울렸고 화차가 차례로 지나간다. 밀로슈는 유리한 위치에서 열네 번째 화차에 폭약을 던진다. 하지만 마지막 화차 꼭대기의 가막사에서 탐조등이 비추자 밀로슈는 권총을 발사한다. 독일군 병사도 밀로슈를 향해 총알을 발사한다. 밀로슈는 신호등에서, 독일 병사는 화차에서 선로로 떨어진다. 밀로슈는 어린 독일병사의 고통을 덜어 주기 위해 방아쇠를 또 당긴다. 이윽고 폭음이 들려오고, 밀로슈는 손을 내밀어 독일군 병사의 손에 그의 이름이 새겨진 네잎 클로버 메달을 놓는다. 결국 밀로슈는 자신의 진정한 애인 마샤와의 약속은 아쉽게도 지키지 못했지만, 자신의 행동이 결코 헛된 것이 아니라는 것을 알고, 당당하게 숨을 거둔다.

■ 콘스탄틴 비르질 게오르규(Constantin Virgil Gheorghiu, 1916~1992) - 『25시』(1949)

게오르규는 루마니아 출신 소설가로, 부쿠레슈티와 하이델베르크 대학에서 철학과 신학을 공부했고, 루마니아 외무부에서 근무했다. 문화사절단 수행원으로 서유럽을 방문할 기회가 많았던 그는 결국 고국 루마니아를 떠나 프랑스로 망명하여 프랑스어로 작품을 썼다. 그의 대표작으로는 『제2의 찬스』(1952), 『단독 여행자』(1954), 『마호메트의 생애』(1963), 『아가피아의 사람들』(1964) 등이 있다.

『25시』는 모리츠라는 젊은 루마니아인이 유태인으로 몰려 유태인 수용소로 끌려갔다가 탈주하고 다시 수용소로 전전하는 우여곡절을 겪게 됨을 통해, 나치와 볼셰비키의 압박을 받는 약소민족의 고난과 운명을 묘사한 작품이다. '25시' 란 '24시' 의 마지막 시간에서 1시간이 더 지난 시간이다. 동이 트지 않고 언제까지나 밤이 지속되는 암흑의 시간인 것이다. 그러나 성직자인 작가는 이러한 극한의 시간을 뛰어넘을 수 있는 길을 제시하고 있다. 그것은 인간의 존엄을 되찾고 인간 정신이 만물을 지배하게 되는 그러한 시간인 것이다. 이 작품은 인간이 인간의 가치를 정당하게 주장할 수 없게 된 서양 문명에 대한 고발이며, 기계주의·기술만능주의를 비판하고 있다. 작품의 줄거리는 다음과 같다.

모리츠와 스잔나는 울타리에 바싹 기대어 이야기를 나눈다. 스잔나는 모리츠의 머리카락을 쓰다듬으면서 떠나지 말라고 애걸하고 모리츠는 무뚝뚝하게 떠나겠다고 한다. 자정이 지난 시간이어서 체온을 스치는 밤공기가 꽤 싸늘하다. 모리츠는 이제 날이 새면 미국으로 떠난다. 그러나 그날 밤의 밀회 현장을 스잔나의 아버지에게 들키고 말아, 모리츠는 미국행을 포기하고 스잔나와 결혼해서 함께 살게 된다.

어느 날, 스잔나가 일하고 있는 곳에 헌병이 와서 그녀의 일하는 모습을 뚫어지게 쳐다보고 간다. 그로부터 1주일 후 남편 모리츠에게 징집 명령이 나온다. 헌병은 스잔나를 소유하기 위해 모리츠를 유태인이라고 허위 보고했던 것이다. 모리츠가 아무리 변명해도 통하지 않는다. 그리고 모리츠는 강제수용소로 끌려간다.

모리츠가 강제수용소에서 6개월 동안 강제 노동을 하고 있을 때 아내인 스잔나에게 이혼장이 왔고, 모리츠는 이혼장에 서명한다. 모리츠는 유태인 의사와 함께 강제수용소를 탈출하여 헝가리로 가는 데 성공한다. 그러나 이번에는 유태인이 아닌 루마니아 사람이라고 해서 체포된다. 그는 마침내 헝가리 노동자로서 독일에 팔려 가게 된다.

독일에서 모리츠는 단추 공장에서 일한다. 그 캠프에 인류학을 연구하는 독일군 대령이 있다. 그는 모리츠가 우수한 인종의 후예라는 확신을 가지고 있다. 그 대령에 의하여 모리츠는 독일 군인이 되었고, 힐다라는 여자와 결혼하여 자식까지 두게 된다. 그리고 평온한 나날이 계속된다. 모리츠는 수용소의 보초로 충실히 근무한다.

그런데 어느 날 모리츠는 수용소에 갇혀 있는 프랑스인에게서 연합군의 승리가 가까웠다는 사실을 알게 된다. 모리츠는 승리하면 처와 자식을 보살펴 준다는 조건으로 그 프랑스 사람을 탈출하게 하는 데 동의한다. 자신도 물론 그와 함께 탈주한다. 그들은 탈주에 성공하여 국제연합구제협회(URA)의 보호를 받게 된다. 그러나 모리츠는 연합국의 적국인 루마니아 사람이라는 사실이 밝혀져 다시 수용소에 수감된다. 모리츠는 관계 요원들에게 청원서를 내어 자기가 갇혀야 하는 이유가 무엇인지 밝혀 달라고 호소한다. 그러나 아무런 회답도 없다. 그러는 동안 아내인 힐다의 어머니로부터 편지가 온다. 독일은 전쟁에서 패하였고, 모리츠와 힐다가 살던 집은 불탔으며, 그 자리에서 아이를 껴안고 죽은 힐다의 시체가 발견되었다는 내용이다. 뿐만 아니다. 모리츠는 15번째인 울드리츠 수용소에서 고향 마을의 사람을 만나게 되었는데, 그에게서 뜻하지 않은 소식을 전해 듣게 된다. 첫 번째 아내였던 스잔나는 헌병이 집을 몰수하겠다고 협박하는 바람에 마지못해 모리츠와의 이혼 신청에 서명했다는 것이다.

드디어 모리츠가 수용소로부터 나오는 날이 왔다. 그는 13년 간이나 고국을 떠나 있었다. 백여 군데의 수용소를 전전한 뒤에 겨우 처자를 만날 수 있게 된 것이다. 그러나 스잔나는 모리츠가 알지 못하는 아이 한 명을 더 데리고 있다. 그럼에도 모리츠는 그것을 아랑곳하지 않는다. 옛날과 다름없이 스잔나를 껴안으며 숨이 막힐 정도로 키스를 한다. 지난 13년 동안에 일어났던 모든 불행이 가셔지는 듯했다. 그러나 모리츠의 자유는 겨우 18시간으로 끝맺는다. 동부 유럽의 모든 외국인을 수용소에 감금하라는 명령이 내려졌기 때문이다. 그는 더 이상 도망 다닐 마음이 없다. 그는 가족들을 살리기 위하여 미국 군인으로 지원한다. 그런데 나이가 너무 많은 그를 받아 줄 것인지는 의문이다.

아무튼 수용소장은 의용병이 있다는 사실에 크게 만족한다. 우선 모리츠의 사진을 찍어 신문에 선전하는 것이 급선무다. 그 사진은 웃음 띤 표정이라야 했다. 사진사는 모리츠에게 웃으라고 했으나 그는 웃음이 나오지 않는다. 다시금 전쟁터에 나가야 한다는 절망감에 차라리 울고 싶다. 중위는 다시금 명령을 한다. "웃어! 웃어!"

4) 희곡

20세기 러시아 희곡은 가장 대중적인 예술 가운데 하나로서 특히 혁명 초기에 중요한 역할을 수행했다. 1918년 특별정부법령에 의해 사회주의 원칙에 따라 국가조직 및 사회 개혁과 연관 속에서 새로운 연극 창조의 필요성이 확립되었다. 그리고 소비에트 연극의 기원에는 막심 고리키가 자리하였다. 고리키는 고골, 오스트로프스키, 체홉의 전통을 계승하면서 철학적 드라마라는 새 장르를 만들었는데, 이것의 중심에는 다른 예술적 특수성과 주인공들의 대화에서 표현된 격언, 희곡의 이미지 체계와 주제 및 구성을 결정짓는 이념적 투쟁이 자리하고 있다. 고리키의 희곡 『밑바닥에서』(1902)는 사회 철학적 드라마로, 극의 행위는 '몰락한 사람'들이 '밑바닥'의 삶을 살고 있는 낡은 싸구려 여인숙에서 벌어진다. 그러나 사실 러시아 초기 연극예술의 발전은 시나 소설보다 훨씬 뒤떨어져 있었다.

1950년대 드라마 운동은 새로운 테마, 세계를 바라보는 예술관의 확장, 삶의 소비에트적 형상의 민주화 및 인간화의 다양한 전 과정을 드러내고 있다. 또한 형식의 혁신도 특기할 만하다. 특히 니콜라이 포고진(Nicolai Pogodin, 1900~1962)은 혁명적 지도자 레닌과 인민의 관계를 격동하는 변혁의 여러 사건 속에서 선명에게 그려낸 『총을 든 사람』(1937), 『크레믈린의 큰 시계』(1940~1956), 『세 번째, 감상적인 여인』(1958)의 희곡 작품을 내놓아, 소위 레닌 삼부작으로 1959년 레닌상을 수상하였다.

러시아 현대 희곡은 대체로 1960년대 이후부터 현재까지의 작품을 말한다. 이 시기의 희곡은 1986년 페레스트로이카를 분기점으로 그 이전과 이후로 나눌 수 있다. 이전의 희곡들은 1960~70년대의 대중적이었던 정치·평론적인 성향이 강한 작품들, 제2차 세계대전 당시의 영웅들과 살아남은 자들의 운명을 다룬 전쟁에 관한 작품들, 체홉의 전통을 잇는 심리주의적인 작품들이다. 특히 이 시기에는 '새로운 물결'이라 불리는 작가 그룹[4]이 탄생되었다. 그 그룹의 대표적인 작가와 작품으로는 알

---

4 새로운 물결 그룹 : 밤필로프의 작품은 정체의 시기를 겪어 나가는 러시아 현대인의 초상과 삶을 다루고 있으며, 이러한 그의 작품 경향은 이후의 작가들에게도 지대한 영향을 끼쳐서 '밤필로프 이후의 희곡 작가들' 혹은 '새로운 물결'이라 불리는 작가 그룹을 탄생시켰다. 이들은 정체의 시기에 나타난 도덕성의 타락 문제, 나쁘지도 선하지도 않은 비영웅적인 주인공의 삶과 심리를 다루고 있다.

렉산드르 밤필로프(Aleksandr Vampilov, 1937~)의 『6월의 작별』(1966), 『오리사냥』(1967), 『큰아들』(1970), 『출림스크에서의 지난 여름』(1972) 등이 있다. 알렉산드르 갈린(Aleksandr Galin, 1947~)은 『철새들이 날아간다』(1974), 『새벽 하늘의 별들』(1982), 『도서관 사서』(1984), 『미안…』(1990) 등을 내놓았다. 그리고 류드밀라 라주모프스카야(Liudmila Razumovskaia, 1946~)는 『한 지붕 아래서』(1980), 『친애하는 엘레나 세르게예브나』(1981), 『흠 없는 정원』(1982), 『낡은 집의 꿈』(1986) 등을 내놓았다.

페레스트로이카 이후의 드라마에서는 주로 전체주의와 개인의 자유 간의 갈등 문제를 다루었다. 다른 한편으로는 1970년대에 등장한 '새로운 물결'의 작가들이 여전히 자신들의 색깔로 작품활동을 했다. 갈린은 『체코의 사진』(1993), 『착란』(1996), 『광대와 강도』(1997), 『시레나와 빅토리아』(1998), 그리고 라주모프스카야는 『집으로』(1995) 등을 내놓았다. 또한 사무엘 알료쉰(Samuil Aleshin, 1913~)은 『내 모든 것이 죽는 것은 아니다』(1989), 『작가들』(1998)을, 올랴 무히나(Olia Mukhina, 1970~)는 『칼로브나의 사랑』(1992), 『타냐―타냐』(1994), 『유』(1996) 등을 내놓았다.

1990년대 러시아 희곡의 또 다른 특징은, 1920년대에 활발히 진행되었다가 소비에트 시기에 지하로 숨어서 명맥을 유지하던 아방가르드적인 경향의 희곡이다. 이 아방가르드적인 경향의 드라마와 작가들이 표면에 나서서 성공을 거두었다. 이들은 러시아 극작가들의 창작극뿐 아니라, 이제까지 소련에서 금기시되었던 서구의 부조리 작가들의 작품들, 1920~1930년대에 소비에트에서 추방당했던 작가들의 작품들을 공연하고 있다. 가령 미하일 아파나시예비치 불가코프(Mikhail Afanasyevich Bulgakor, 1891~1940)의 작품 『조야의 아파트』(1926), 『투르빈네의 날들』(1926), 『아담과 하와』(1931) 등이 그것이다.

현대 러시아 부조리극에서는 소외된 인간, 분열된 인간, 삶의 환상성, 정신 병동과도 같은 사회의 현실을 심리와 개성을 상실한 도식화된 인물, 구성상의 인과 관계의 파괴, 시공의 상대성을 통해 묘사하고 있다.

■ 알렉산드르 밤필로프(Aleksandr Vampilov, 1937~)
- 『오리사냥』(1967)

밤필로프는 시베리아 이르쿠츠크 작은 도시 쿠톨리크의 교육자 집안에서 태어났다. 이르쿠츠크 대학에서 인문학을 전공하고, '사닌' 이라는 필명으로 신문에 단편소설을 기고하여 작가로 명성을 쌓는 한편 신문기자로 활동했다. 그 후 연극에 관심을 갖게 되면서 단막극『창문이 있는 들판 위의 집』과 장막극『6월의 이별』을 발표하여 연극계의 주목을 받았다. 그의 대표적인 작품으로는 『오리사냥』을 비롯하여『큰아들』(1970), 『출림스크에서의 지난 여름』(1972) 등이 있다. 그는 1972년 바이칼 호에서 보트 낚시를 하던 중 배가 뒤집혀 친구를 구하고 35세라는 짧은 생을 마감하였다. 그는 1960, 70년대 러시아 드라마를 대표하는 단편 작가이자 드라마 작가이다. 그의 작품 경향과 작가 경력이 체홉과 유사하여 '제2의 체홉' 이라고 불렸다.

희곡 『오리사냥』은 그의 작품 가운데 가장 비극적인 색채가 강하며, 또한 가장 수수께끼 같다는 평을 받고 있는 작품이다. 그것은 주인공 질로프의 성격 때문이다. 이 희곡은 평범한 주인공 질로프를 통해 평범한 일상을 배경으로 영혼 부재, 존재의 공허함을 안고 살아가는 인간의 삶과 죽음, 비상과 추락을 이야기한다. 질로프라는 인물은 우유부단하며 순수하지 않다. 그는 비틀린 사회만큼이나 타락한 인물로 형상화된다. 이 작품을 통해 작가는 인간의 공허한 정신(영혼)을 독특하게 탐구하고 있다.

주인공 질로프는 사랑에 대해서도, 부모에 대해서도, 친구에 대해서도, 직장에서도, 사회에서도 올바른 관계를 맺지 못하고 있다. 이 작품에서는 전화가 상대방과 불통될 때가 많은데, 이는 단절된 개인과 사회의 관계, 나아가 인간과 세계와의 단절된 관계를 의미한다고 할 수 있다. 그리고 질로프의 신체적인 건강함을 세세하게 보여주고 있는 것은, 신체적으로 건강한 젊은이가 앓고 있는 정신적인 영혼의 병과 부족한 그 무엇을 대비적으로 보여주려는 의도라고 할 수 있다. 또한 장례 화환과 음악 등 죽음에 대한 모티브는 한편으로는 죽은 사회를 상징한다고 할 수 있다. 그리고 마지막에 질로프가 오리사냥을 떠나는 것은, 새로운 삶에로의 갱생, 인간성의 회복, 부조리 사회에서의 재생 등 많은 의미를 지니고 있다. 다음은 희곡의 줄거리이다.

[제1막] 새로운 유형의 아파트. 전화벨 소리에 질로프가 잠에서 깬다. 수화기를 들자 상대방이 전화를 끊는다. 질로프는 약 서른 살로 키가 꽤 크고 다부진 체격의 소유자이다. 그의 걸음걸이, 몸짓, 태도에서 자신의 외모에 대한 자부심과 거기에서 오는 자유분방함이 엿보인다. 또다시 전화벨이 울리고 질로프가 수화기를 드니, 또다시 상대방이 전화를 끊는다. 이어 한 소년이 싸구려 장례식 화환을 전달한다. 질로프는 분명 살아 있는데, 화환에 써 있는 제명은 "갑자기 순직한 빅토르 질로프를 추모하며 슬픔에 잠긴 친구들로부터, 직장에서"이다. 장송곡이 울리고 그 소리는 점점 커진다.

질로프는 '물망초' 카페에서 친구들을 만나 이야기를 나눈다. 그러나 대화는 흩어지는 것들뿐이다. 질로프는 갈리나와 결혼하여 6년 간 살고 있다. 그들 부부는 서로에게 진실하지도 성실하지도 않다. 질로프는 베라라는 여성과도 애인 관계에 있다. 그런데 질로프는 이제 베라를 지겨워하고 있다. 베라 역시 질로프의 애인이지만 다른 남자와도 자유롭게 교제한다. 아내 갈리나도 옛날 남자 친구로부터 편지를 받고 있다.

질로프는 당국으로부터 아파트를 받았다. 그래서 이사를 하고 집들이를 하려고 한다. 초대된 손님은 사야뻰과 그의 부인 벨레리아, 크샤크, 베라, 쿠자코프 등이다. 집들이 선물로 가져온 선물 중에서 질로프는 사야뻰 부부가 가지고 온 사냥 장비에 관심을 갖는다. 집들이가 끝나 초대 손님들이 떠나간 후, 갈리나는 질로프에게 아이를 갖고 싶다고 한다. 질로프는 아이를 원하지 않지만 아내의 말에 따른다.

질로프는 중앙기술정보국 엔지니어이다. 그는 재건축 계획서의 설계도에 경솔하게 서명한다. 이에 사야뻰은 위험하다고 하며 서명에 주저한다. 그러자 동전(주사위)을 던져 결정한다. 이런 식으로 질로프는 대충 일을 하고 있다. 그때 질로프의 아버지로부터 우편물이 도착한다. 내용은 4년 동안 아들을 보지 못해, 너무 보고 싶어 애타게 기다리고 있다는 것이다. 이에 질로프는 아버지를 '늙은 바보'라고 표현한다. 그는 아버지 나이도 정확하게 알지 못한다. 그러던 중 18세의 처녀 이리나가 질로프가 있는 사무실이 편집국인 줄 알고 찾아온다. 질로프는 그녀에게 관심을 보인다. 그리하여 같이 나가려고 하는데, 아내인 갈리나로부터 전화가 걸려와 임신을 했다면서 만나자고 한다. 그러나 축하한다는 말만 할 뿐 바쁘다고 핑계를 댄다.

[제2막] 새벽에 질로프가 집으로 돌아온다. 학교 선생인 갈리나는 공책뭉치가 놓여 있는 탁자에 기대 잠이 들어 있다. 질로프는 갈리나에게 자신이 외박한 이유를 둘러댄다. 그러나 그녀는 그 말을 믿지 않는다. 질로프는 그녀를 달래려고 애쓰나, 갈리나는 냉정하기만 하다. 그러면서 질로프에게 병원에서 아이를 지웠다고 말한다. 질로프는 갈리나에게 6년 전 서로 사랑했던 시절을 상기시키려고 애쓴다. 그러나 갈리나는 늦었다고 답한다. 질로프는 이리나에게 빠져 있다. 그녀를 사랑하는지 농락하고 있는지 그 자신도 알 수 없다.

한편 회사에서는 쿠샤크가 팸플릿을 들고 와서 위조물이라고 한다. 결국 질로프는 무책임한 일을 했다는 질책을 받는다. 사야뻰의 아내 벨레리아도 질로프와 사야뻰에게 적당주의자들이라고 비난한다. 그런데 질로프의 아버지가 돌아가셨다는 전보를 받는다. 갈리나가 위로해 주며 함께 아버지 집으로 가자고 하지만, 질로프는 혼자 가고 싶다고 말한다. 그러자 갈리나는 어릴 때 친구에게 매일 편지를 받고 있으며, 그는 자기를 사랑하고 있다고 말한다. 그녀는 질로프 곁을 영원히 떠나겠다고 말한다. 질로프는 갈리나에게 떠나지 말라고 애원하고 간청하지만, 그녀는 끝내 떠난다. 그런데 이리나가 오자 질로프는 그녀에게 오직 당신만을 사랑한다고 말하면서 오리사냥을 함께 떠나자고 말한다.

[제3막] 이 장은 처음부터 끝까지 장송곡 반주와 함께 진행된다. 질로프의 아파트에 전보가 온다. 내용은 "우리의 가장 좋은 친구 질로프 빅토르 알렉산드로비치의 너무나 이른 죽음에 대해 가슴 깊이 애도의 뜻을 표합니다…. 친구들이…."라고 쓰여 있다. 카페 '물망초'에 질로프가 들뜨고 흥분된 모습으로 앉아 있다. 그는 오리사냥을 위한 술을 마시면서 이번 사냥은 잘될 것 같은 예감이 든다고 말한다. 질로프는 계속 술을 마신다. 집들이에 초대된 사람들이 다 모인다. 질로프는 이리나를 자기의 약혼녀라고 소개한다. 질로프는 계속 술을 마신다. 그러면서 베라에게 그녀는 우리 모두의 애인이라고 말한다. 또한 베라와 자지 않은 사람이 있는지 묻는다. 그리고 모든 사람들에게 체면을 혐오한다고 말한다. 이곳에 온 목적은 여자가 필요해서 온 것이 아니냐고 말한다. 여자들은 걸레, 웨이터에게는 머슴이라고 소리친다. 질로프는 사람들에게 인간 쓰레기들이라고 소리친다. 송장이라고 말할 만큼 취한 질로프를 쿠자코프와 사야삔이 팔을 끼고 나간다. 갈리나는 질로프와 6년 간을 살았어도 그를 이해하지 못했다고 말한다. 쿠자코프는 "본질적으로 인생이란 실패한 거라고…" 말한다.

또다시 조문 화환이 질로프에게 배달되고, 질로프는 자기의 추도식에 친구들을 초대하는 전화를 건다. 그리고 탄환을 사냥총에 장전한다. 이때 쿠자코프와 사야삔이 들어온다. 총을 가지고 있는 질로프의 모습에 긴장한다. 쿠자코프가 질로프의 총을 빼앗으며, 질로프의 자살 시도를 막는다. 그러면서 조문 화환에 대해 미안하다고 말한다. 친구들은 억지로 질로프에게 오리사냥을 권한다. 그러나 끝끝내 질로프는 친구들을 밖으로 내쫓는다. 그리고 사야삔한테 총을 빼앗아 들고 방으로 간다. 그리고 오랫동안 움직이지 않고 누워 있다. 그때 전화 벨소리가 울리고 질로프가 침착하고 사무적이며 활기 있는 목소리로 말한다. "미안해, 친구, 내가 너무 흥분했어. (…) 그래, 사냥 가고 싶어서…. 갈 거지? 좋아…. 난 준비됐어…. 그래 지금 나갈게"를 마지막 대사로 막이 내린다.

■ 사무엘 알료쉰(Samuil Aleshin, 1913~)

– 『열여덟 번째 낙타』(1983)

알료쉰의 본명은 사무엘 코틀랴르이다. 폴란드에서 태어나 소련의 육군 기계화대학을 졸업하였다. 제2차 세계대전 때 포병대의 기술자로 참전하면서 대중잡지에 유머소설을 기고하였다. 50년대 자동차 공장생활과 사건에서 취재한 희곡 『공장장』이 상연되면서부터 희곡 창작에 전념하였다. 이후 그가 쓴 모든 희곡이 무대에서 공연되었고, 오랫동안 소비에트 시대와 소련 붕괴 이후 구소련권의 대중들에게 사랑받은 극작가가되었다. 그의 대표적인 작품으로는 『고골』(1952), 『모든 것이 사람들에게남는다』(1959), 『외교관』(1967), 『내 모든 것이 죽는 것은 아니다』(1989), 『작가들』(1998) 등이 있다.

그는 주로 소련의 현대 사회가 지닌 도덕성의 문제, 사회적이고 심리적인 갈등의 문제에 관심을 두고 창작활동을 하였다. 『열여덟 번째 낙타』 또한 이러한 그의 관심을 잘 드러내 주는 작품이라고 할 수 있다. 이작품은 구소련의 문학이 지향하는 사상성이나 정치선과도 거리가 멀고, 소련 현실의 어두운 측면을 고발하는 순수문학 계열의 작품이라고 할수 있다. 등장인물은 소련 사회에서 지식인 계층에 속하는 연극학자, 지질학자, 패션 디자이너와 이들과는 다른 평범한 민중 계층에 속한 시골아가씨 바랴이다. 작가는 이들의 사각 관계를 통해서 1980년대 소련의풍속도와 구세대와 신세대 간의 서로 다른 사랑관, 삶에 있어서의 연극혹은 학문과 문학의 의미를 다루고 있다. 제목 『열여덟 번째의 낙타』는아랍인들의 우화를 통해, 어려운 문제를 해결하는 열쇠와 같은 역할을한다는 작가의 생각을 담고 있다. 다음은 작품의 줄거리이다.

[제1막] 학술 탐사 차 6개월 동안 집을 비운 25세가량의 지질학자 블라지미르는 자신의 아파트에 돌아와 뜻밖에 바랴라는 젊은 여성과 맞닥뜨린다. 바랴는 블라지미르의 고모 아그네사 파블로브나가 운영하는 '아침 노을'이라는 기관에서일하고 있다. 그런데 기숙사가 너무 멀리 있어서, 집 주인이 없는 틈을 타 그의 집에 머문 것이다. 블라지미르는 같은 지질학자 여성과 결혼을 했지만 이혼하고 지금은 혼자 산다. 그 두 사람은 차와 빵을 먹으면서 대화를 나누고, 춤을 춘다.

아그네사와 바랴가 대화를 나눈다. 바랴는 그녀에게 지위도 있고 나이도 예순

살 정도의 지긋한 사람에게 시집 가는 것이 소원이라고 말한다. 그리고 지금 그런 집에서 일하고 있으며, 그분이 먼저 자기에게 사랑을 고백하도록 유도하고 있다고 말한다. 그러자 아그네사는 자기 조카 블라지미르를 어떻게 생각하느냐고 묻는다. 바랴는 좋은 사람이지만 풋내기라고 대답한다.

연극 연구가이며 예술학 박사인 표트르 예브그라포비치의 아파트는 벽면이 전부 책으로 덮여 있다. 바랴는 창문을 닦으면서 그와 대화를 나눈다. 바랴의 집안은 보잘것없었는데, 유력인사의 아들과 결혼하였으나 헤어졌다고 말한다. 그 이유는 사람들이 그녀가 집안을 보고 결혼했다고 단정했고, 그래서 남편에게 "우리 힘으로 독립해서 살자"고 했으나 남편이 전혀 그럴 생각이 없었기 때문이라고 말한다. 바랴는 첫 번째 결혼에서 받은 상처를 보상받기 위해 블라지미르에 대한 진정한 사랑의 감정까지 무시하고 타산적인 감정에 싸여 표트르에게 접근한다. 사람들이 자신을 타산적인 여자로 내몰았다는 것 때문에 가슴에 상처를 입은 그녀가 보다 건실하고 강한 사람과 결혼하기 위해서 진정으로 타산적인 결혼을 시도하는 것이다. 그러면서 바랴는 표트르에게 야간 도서관학 전문학교에 가고 싶다면서, 책들을 빌려 달라고 말한다. 표트르는 바랴에게 책을 내주면서 열여덟 마리의 낙타에 대한 우화를 들려준다. 그리고 자기의 책이 바로 그 열여덟 번째 낙타의 역할을 했으면 한다고 말한다.

바랴는 아그네사의 청을 거절하지 못하여, 블라지미르와 맞닥뜨린 날 못 챙겨온 짐 때문에 그의 아파트를 방문한다. 블라지미르는 그녀를 맞이하면서, 결혼하자고 말한다. 그러나 바랴는 아파트에서부터 시작하여 삶의 대부분을 부모한테 의탁하여 사는 그를 비난하며 청혼을 거절하고, 짐을 챙겨 그의 집을 떠난다.

[제2막] 바랴는 표트르의 아파트를 방문하여 빌린 책 한 권을 돌려주며 『캉디드』의 인물에 대해 이야기를 나눈다. 그런데 표트르는 문학적인 인물은 이해하면서도 현실적인 삶과 인간에 대해서는 이해하지 못하는 지식인의 한계를 드러낸다. 표트르는 바랴를 도서관에 소개한다. 그때 바랴에게 블라지미르가 기숙사에서 행패를 부린다는 전화가 온다. 그녀는 즉시 달려 나간다. 블라지미르는 사랑이라는 자신의 감정에 충실하고, 자신의 사랑을 지키기 위해 무례하기 짝이 없는 행동도 마다하지 않는다.

블라지미르가 표트르를 찾아와, 그에게 자신이 바랴의 남편이라고 말한다. 바랴는 이를 부정하면서, 표트르가 자기를 이해하지 못한다면서 그의 집을 나간다. 그때 전화벨이 울리고 아그네사가 표트르에게 자신의 존재를 밝힌다. 그녀는 사랑을 숭배하는 사랑지상주의자이다. 젊은 시절 표트르와 결혼한 상태에서 다른 사람을 사랑하게 되었다는 이유 하나만으로 그를 떠나 버린 것이다.

표트르가 아그네사의 아파트를 방문하고, 그들은 과거를 이야기한다. 표트르는 마음에 상처를 입었지만, 여전히 사랑의 힘을 믿고 주변의 연약한 사람들을 능력이 되는 한 힘껏 도와주려고 노력하는 넉넉하고 너그러운 지성인이다. 그는 첫째 아내인 아그네사가 다른 남자에게 빠져 이혼한 후, 다시 다른 여자와 결혼했지만 그 여자는 죽었다. 아그네사와 사랑에 빠졌던 남자도 죽은 것으로 드러난다. 아그네사는 표트르에게 자기와 블라지미르, 그리고 블라지미르와 바랴와의 관계를 이야기하며 블라지미르의 행동을 사과한다. 그리고 자기는 아직도 여전히 그를 사랑하며 외로움에 메말라 있다고 말한다. 표트르는 그녀를 이미 용서했으며, 아직 살아 있는 동안에는 당신을 위해 자기가 곁에 나란히 있을 거라고 말한다.

블라지미르와 바랴가 함께 들어와서, 블라지미르가 표트르에게 사죄하고, 바랴도 표트르에게 감사의 말을 올린다. 표도르는 자신이 열여덟 번째 낙타였다고 말한다. 그들 네 사람은 상에 앉아 건배한다.

■ 류드밀라 라주모프스카야(Liudmila Razumovskaia, 1946~)
- 『집으로』(1995)

라주모프스카야는 리가에서 태어나 레닌그라드 연극·영화·음악 대학에서 연극학을 전공하였다. 학교를 졸업한 후 무대 작업을 할 수 없게 되자, 직업을 바꾸어 1976년부터 희곡을 쓰기 시작했다. 그녀의 첫 공연 작품 『친애하는 엘레나 세르게예브나』가 1981년 초연되면서 명성을 얻었다. 현재 라주모프스카야의 작품은 런던, 베를린, 로마, 스톡홀름, 시애틀, 쾰른 외 극동의 여러 지역에서 잘 알려졌으며, 서구와 러시아 극장에서 자주 공연되고 있다. 그의 대표적인 희곡 작품으로는 『집으로』를 비롯하여 『한 지붕 아래서』(1980), 『흠 없는 정원』(1982), 『낡은 집의 꿈』(1986) 등이 있다. 또한 그녀의 최초 코미디 『지참금 없는 신랑』(2003)도 러시아에서 공연되었다.

희곡 『집으로』는 페레스트로이카 이후 러시아가 겪고 있는 사회적인 어려움을 기성 세대들로부터 버림받은 청소년들의 비극적인 삶을 통해 적나라하게 묘사하고 있다. 1917년 사회주의 혁명을 어떻게 볼 것인가의 문제, 구체제와 페레스트로이카 이후 체제의 폭력성 계승 문제, 영혼의 안식 문제, 구원의 문제를 다루는 사회 · 정치 · 종교적인 주제가 탄탄한 구성 속에서 서로 공존해 있다.

이 작품의 주인공들은 모두 10대의 미성년으로 페테르부르크의 폐허를 전전하며 살아가는 고아 출신의 떠돌이들이다. 인물 구도는 네 부류 인간형이 각각 두 명씩 포진해 있다. 먼저 폭력과 범죄성을 대표하는 인물로는 폭탄이와 시팔이가 등장한다. 여기서 폭탄이가 대장이고 시팔이는 똘마니다. 다음 성실성의 추구와 종교성의 관점에서는 벤카와 마이크라는 인물이 등장한다. 벤카가 종교적인 진실성을 대변한다면, 마이크는 종교성이 배제된 성실성과 진실성을 대변한다고 할 수 있다. 여주인공 타냐와 쟌나는 성적인 타락의 측면으로 보았을 때는 같은 특성을 지닌다. 그러나 순진성과 타락의 고의성 면에서 보았을 때는 타냐보다는 쟌나가 더 의도적으로 타락하는 인물이다. 마지막으로 벤카의 대자代子 도마와 쌍둥이를 한 계열로 묶을 수 있는데, 쌍둥이는 죽기 때문에 벤카의 제자로 살아갈 수 없게 되는 반면, 도마는 수많은 의심을 거쳐 마침내 진정한 제자로 거듭난다. 작품의 줄거리는 다음과 같다.

[제1막] 폐허가 된 집의 지하실, 꼬마 수도사 벤카와 형제 간인 도마와 쌍둥이가 대화를 나누고 있다. 벤카는 「요한계시록」에 나오는 천국에 대한 이야기를 한다. 벤카는 하느님을 위해서 성당에 보낼 돈을 모금하고 있고, 도마와 쌍둥이는 앵벌이를 하다가 서로 만나 같이 이곳으로 온 것이다. 저쪽 구석에서 배가 부르고 붉은 머리를 한 탄카가 다가온다. 탄카는 폭탄이와 시팔이랑 번갈아 가면서 자다가 임신 중이다. 그래서 누가 진짜 애아버지인 줄도 모른다. 벤카가 탄카에게 '소

돔의 죄'를 범했다고 말하자, 탄카는 벤카에게 '수도사들은 호모들'이라고 맞받는다. 이때 폭탄이와 시팔이가 들어온다. 시팔이는 싸우다가 상대방을 송곳으로 찔러 죽이고 지금 도망 중이다. 폭탄이가 도마와 쌍둥이가 앵벌이한 돈이 시원치 않다고 폭력을 행사하자, 이를 벤카가 말린다. 그러자 폭탄이는 벤카가 모금한 돈을 몽땅 빼앗아 들고 나간다. 벤카는 돈을 돌려주기 전에는 이곳에서 한 발작도 움직이지 않겠다고 말한다. 이때 쟌나와 마이크가 들어온다. 쟌나는 간이 상점에서 털어 온 많은 먹을 것을 쏟아놓는다. 마이크는 거리의 악사이고 쟌나는 노래를 부르고 있다. 마이크는 쟌나를 진심으로 사랑한다. 쟌나는 쥐 냄새가 나는 지하실을 벗어나 아파트로 옮기자고 말하고, 마이크는 조금만 더 참자고 한다. 그러자 쟌나는 마이크에게 자기를 이 쓰레기 같은 도시로 데려와 노래나 부르게 했다고 화를 낸다. 폭탄이와 시팔이가 벤카에게 뺏은 돈으로 실컷 놀다가 보드카와 안주를 들고 들어온다. 그리고 벤카를 붙잡아 강제로 술을 먹이려 하자 마이크가 말린다. 이에 폭탄이와 마이크의 주먹싸움이 시작되고, 쟌나가 이를 말린다.

며칠 후, 쌍둥이가 도마에게 쟌나가 긴 모피 코트를 입고 어떤 외국인과 지나가는 것을 보았다고 말한다. 그녀는 현실에 좌절하여 창녀로 전락한 것이다. 폭탄이와 시팔이는 마약을 가지러 남쪽으로 떠나고, 탄카가 이를 슬퍼하자 도마가 위로한다. 탄카는 우리 모두들 수도원으로 가자고 말한다. 쌍둥이는 이미 벤카에게 세례를 받아 목에 십자가를 걸고 있다. 탄카가 옛날 이야기를 해달라고 하자, 쌍둥이가 자기들의 신세를 빗대어 이야기를 늘어 놓는다. 쟌나가 모피 코트를 입고 나타나 에티오피아 사람인 에브라함과 결혼해서 아프리카로 간다고 말한다. 모두들 끔찍하다고 말린다. 그러나 쟌나는 마이크에게 전해 달라는 편지를 남기고 떠난다. 편지는 끔찍한 삶, 썩은 내가 나는 죽은 땅, 저주받은 우리 등의 내용이다.

탄카가 아이를 낳으려 하자, 도마가 허둥댄다. 탄카는 긴급 구조대를 부르라고 한다. 구급차는 오지 않고 탄카는 '빛의 천사'와 이야기를 나누며 마침내 숨을 거둔다. 탄카는 죄를 짓고 있음에도 불구하고 죄가 무엇인지도 모르고, 죄의 노리개가 되는 순진한 어린아이에 불과했던 것이다. 탄카는 다만 혼동의 사회 속에서 아무것도 이해하지 못하고 러시아 체제가 지니고 있는 폭력성에 의해 철저히 유린당한 인물이다. 폭탄이와 시팔이가 불을 붙여 탄카의 시신을 태운다.

[제2막] 쟌나의 방 한 칸짜리 아파트 안에 도마, 쌍둥이, 벤카가 앉아 있다. 쟌나는 마이크의 훼방으로 에티오피아 사람과 헤어지고 모피 코트를 팔아 이 아파트를 마련했다. 쟌나는 거기 모인 사람들에게 자기한테 기댈 생각을 하지 말라고

한다. 벨이 울리고 폭탄이와 시팔이가 급히 들어온다. 그러면서 이제 18일만 지나면 이 아파트가 자기들의 것이 된다고 말한다. 이미 주인에게 1년치 돈을 주었다는 것이다. 그러면서 쟌나에게 제안한다. 이 아파트를 줄 테니 외국인들을 상대로 창녀 노릇을 하면 이익금을 조금 나누어 주겠다는 것이다. 그렇잖으면, 자기들과 같이 살자는 것이다. 쟌나는 너희들하고 자느니 차라리 목을 매겠다고 대답한다. 도마는 몸을 떨며 탄카처럼 된다고 말린다. 벤카도 말린다. 쟌나는 완전히 절망한다. 잘 생각해 보라면서 두 사람은 떠난다.

문 두드리는 소리가 나고 마이크가 들어온다. 마이크는 여권을 샀다고 말하면서 쟌나에게 결혼하여 같이 떠나지고 말한다. 쟌나는 이미 늦었으며 지쳐서 집으로만 가고 싶다고 말한다. 쟌나는 마이크에게 자기 일에 끼어들지 말라고 한다. 마이크는 계속 쟌나에게 같이 떠나자고 애원하지만, 너하고 같이 사느니 차라리 폭탄이하고 사는 게 더 낫다고 말한다. 그러자 마이크는 부엌칼을 집어 들고 뛰쳐나간다. 쟌나가 뒤쫓으며 칼을 내놓으라고 소리친다.

쌍둥이가 열이 40도에 달아 병원에 간다. 쟌나는 쌍둥이가 죽을 거라고 말한다. 쟌나와 벤카가 열띤 이야기를 나눈다. 쟌나는 현실을 판단할 줄도 알고, 선악을 분별할 줄도 아는 지적인 소녀이다. 그러나 그녀는 모든 것을 부정적으로만 보려는 태도를 가지고 있다. 그녀는 마이크의 노력도 우습고, 탄카의 모습도 역겨우며, 도마와 쌍둥이도 지긋지긋한 존재들처럼 느껴진다. 그리고 벤카의 종교적 권유도 우스꽝스럽다. 쟌나는 신이 자신을 용서하는 것이 아니라, 자신이 신을 용서해야 한다고 생각한다. 벤카는 이런 쟌나에게 분노한다.

쟌나는 마이크를 보러 시체안치실로 간다. 벤카는 혼자 남아 다락을 걸어 다니면서 밤의 소리에 귀를 기울인다. 그 다음 무릎을 꿇고 "쟌나를 돌려보내주고, 지쳐 쓰러지지 않도록, 절망하지 않도록 해주십시오"라고 기도를 한다. 기도하는 동안 폭탄이와 시팔이가 들어온다. 벤카는 악마를 섬기고 있는 그들 두 사람을 위해 기도하겠다고 한다. 그들은 벤카가 자기들이 마이크를 죽였다는 것을 고발했다고 하면서, 끈으로 벤카의 손을 마룻대 횡목에 맨다. 그리고 나서 십자가에 못박힌 예수의 모습과 비슷하다고 비웃는다. 그들은 그대로 놔두면 벤카가 죽을 것이라며 떠나간다.

이른 아침 쟌나가 벤카를 발견하고 끈을 푼다. 쟌나는 시체안치실에서 당직의사에게 낙태수술을 받고 왔다고 말한다. 벤카는 쟌나에게 일을 하면서 깨끗이 살라고 말한다. 쟌나는 벤카에게 자기에게 세례를 달라고 한다. 벤카는 쟌나에게는 교회에 가서 세례를 받으라고 한다. 쟌나가 발이 안 떨어져 교회에 갈 수 없다고 하자, 벤카는 거짓말이라고 분노한다. 이는 쟌나가 정당한 삶을 거부하는 데서 오는 분노감이다. 쟌나는 그리스도는 탕녀를 불쌍히 여기셨다고 하면서, 낙태 수술의 후유증으로 '어둠의 천사'가 내민 손을 잡고 떠나간다. 쟌나는 "나는 너무 지쳐 있어, 집으로 가고 싶어, 집으로! 제발 집으로!" 하면서 서서히 집 지붕 위로 올라간다.

[에필로그] 햇빛이 환한 여름 날, 벤카와 도마가 길을 걷고 있다. 두 사람은 등에 배낭을 메고 있고, 손에는 지팡이를 짚고 있다. 그들은 오랫동안 걸은 듯하고 이런 걷기를 즐기고 있다. 벤카는 도마에게 숙식은 하느님이 다 알아서 주신다고 말한다. 이어서 벤카는 도마에게 성서의 「요한계시록」에 나오는 천국에 대해 말한다. 도마는 수많은 의심을 거쳐 마침내 벤카를 따라 수도원으로 들어간다. 벤카는 등장인물들이 겪는 비극적인 사건들을 외부에 서서 관찰하고, 이들의 비극적인 삶을 보며 괴로워한다. 쟌나를 정죄하고 그녀 곁을 떠났지만, 그녀를 버린 것을 평생토록 가슴 아파하며 속죄하게 될 것이라고 고백한다.

6. 스페인과 중남미 문학

1) 시대적 배경과 문학의 흐름

스페인 문학은 침체와 혁신이라는 서로 상반된 상황 속에서 20세기를 맞이하였다. 스페인은 모든 문화가 가톨릭을 바탕으로 발전되어 온 국가이다. 스페인 문학 역시 전통적인 스페인 민족정신의 뿌리를 이루어 온 전통 종교의 바탕에서 이루어졌다고 볼 수 있다. 중세로부터 19세기 말까지 스페인은 과학과 지식보다는 종교를 고수해 왔으며 전통적으로 신의 섭리를 국가의 기초로 하는 특성을 지니고 있다.

이 같은 특징은 '98세대'에 이르러 유럽 문학을 받아들이면서 개방되기 시작했다. 이어서 오르테가 이 가세트(José Ortega y Gasset, 1883~1955)는 독일에서 공부를 하여 스페인의 상황을 보다 객관적인 관점에서 성찰하였다. 그는 당시 비판을 받았던 98세대의 국수적이고 추상적인 면을 벗어나, 1900년대 즉 20세기의 새로운 예술과 문화의 혁신적 사고를 언급하기 위해 '1900년대 세대'라는 말을 고안하였다. 그는 유럽 등 외부 환경과의 상호 작용을 통해 스페인을 변화시키고 싶었던 것이다. 또한 1927년 스페인 시인들은 황금 세기 대시인 공고라(Luis de Góngora, 1561~1672)의 정신을 기리는 행사를 거행하였다. 그들은 새로운 이미지, 가공할 만한 은유의 창조자인 공고라의 정신을 이어받아 순수시, 시의 본질을 찾고자 했다. 이들 시인들을 '27세대'라고 불렀다.

1898년에 스페인 제국이 미국과의 전쟁에서 패하고 아메리카와 태평양에 가지고 있던 마지막 식민지 쿠바, 필리핀, 푸에르토리코 등을 상실하였다. 이것은 식민 제국으로서의 스페인의 완전한 종말을 의미하는 것이기도 하다. 1923년 프리모 데 리베라(Primo de Rivera, 1870~1930) 장군이 쿠데타를 일으켜 집권에 성공하였다. 그러나 지식인들의 저항, 노동자와 대학생들의 데모, 1929년 세계 경제 공황에 따른 위기 등에 효과적으로 대처하지 못하고 군부의 신임까지 잃은 채 리베라 장군은 1930년 사임하여 프랑스 파리로 떠났다.

국가의 존립 기반이 위태로워지고 국민의 사기가 땅에 떨어져 있을 때 98세대의 젊은 작가들은 무너져 가는 조국 스페인의 영광을 재현하고자 예술 각 분야에서 조국이 나아갈 방향과 새로운 민족혼을 부르짖으며 가차 없는 개혁을 주장했다. 그들은 새로운 목적의식을 가지고 작품을 썼으며 외국 문학의 여러 조류에 관한 정보를 스페인에 도입했다. 그리하여 국민들이 현대 세계에서 그들의 가치를 재평가하고 20세기의 문화 발전을 지향할 수 있도록 민족의식을 일깨웠다. 그러나 이상성에 기초하고 정신의 개혁에 목표를 둔 98세대의 문학 운동은 그들의 이데올로기를 현실적으로 실천하는 데 역부족이어서 사회 개혁이나 스페인 부흥이라는 그들의 이상을 실현시키지는 못했다.

이후 제1차 세계대전과 스페인 내부의 군부독재 정권하에서 27세대 시인들을 통해 20세기 스페인 문학은 오랜만에 활기를 되찾으며 화려한 황금기를 만끽했다. 하지만 1936년 스페인 내란은 비극적 결과를 체험하게 했다. 이로 인해 많은 작가들이 해외로 도피하거나 지적·문화적 능력을 전쟁 무기로 공화정 정부에 제공했다. 그 결과 1939년 말경 스페인 내에는 역량 있는 작가들이 거의 남아 있지 않게 되었다.

1939년 프랑코(Francisco Franco, 1892~1975)의 승리로 내전은 끝났지만 전쟁의 후유증은 컸다. 프랑코 파시스트 정권이 수립되고 전쟁에서 패하자, 공화주의 지식인들과 작가들은 해외로 망명하였고, 프랑코주의 이외의 정치적 논의는 중단되었다. 프랑코는 가톨릭교를 바탕으로 한 영원하고 견고한 스페인을 구축하고자 하였다. 1940년대, 프랑코는 정치적으로 반대파들에게 침묵을 강요했고, 그의 체제는 안정되어 가는 듯했다. 하지만 체제의 비민주성으로 인하여 스페인의 자립 경제는 호전되지 않았다.

제2차 세계대전이 일어나자 스페인은 외교적 수완을 발휘하여 승전국 편에 가담할 수 있었다. 그리고 제2차 세계대전이 끝날 무렵부터 스페인 문학은 다시 활기를 찾기 시작했다. 1950년대 들어선 스페인은 바티칸과의 화친조약 체결, 미국과의 관계 개선, 유엔 가입 등 일련의 문호 개방 노력으로 서서히 경제 발전의 기틀을 마련하였다. 한편 1950년대 작가들은 경화된 프랑코 체제의 정당성에 의문을 제기하며 공식적으로 역사를 비판함으로써 현실 개혁의 움직임을 전개하였다.

1960년대에 스페인은 경제 개발에 성공하였다. 1975년 프랑코가 세상을 떠났고, 1982년 선거를 통해 평화적인 정권 교체를 이루어 민주주의를 정착시켰다. 1960년대에 들어서면서부터 객관적 현실에 대한 재현을 기초로 한 1950년대 참여문학은 그 효력을 상실하였다. 그 이유는 세계에 대한 평면적인 재현을 바탕으로 하는 미학으로는 부단히 변화하는 스페인 사회의 현실을 포착할 수 없었기 때문이다. 그리하여 1960년대 작품은 주관주의, 상징주의, 추상화, 환상, 현실과 비현실의 동시성, 아이러니와 패러독스 등의 기법을 적용하기에 이른다. 그러나 1960년대의 극단적 실험주의는 1970년대에 들어서면서 사회 전반적인 민주화의 분위기와 더불어 새로운 단계로 이행되기 시작하였다. 1970년대에는 검열제도가 상당히 완화되어 문제의식을 지닌 작가들이 비교적 자유롭게 창작활동을 할 수 있게 되었다. 그리하여 작가들은 이제 문학 자체에 대한 관심을 드러내면서 20세기 후반 세계화의 흐름에 편승하는 다양한 관점의 문학 작품을 내놓기 시작하였다.

중남미 문학은 라틴아메리카 국가 중에서 스페인어를 쓰는 국가들과 포르투갈어를 쓰는 브라질에서 형성되었다. 중남미 문학은 19세기 중엽까지 강한 토착 문학적인 성격을 보이다가 1870년대 후반에 라틴아메리카 대부분의 지역에서 삶과 문학에 대한 세계주의적 각성이 일어나면서 모더니즘 문학 운동이 전개되었다. 이 운동은 니카라과의 시인 루벤 다리오(Rubén Dario, 1867~1916)의 지도 아래 그 절정에 달했으며 '예술을 위한 예술'이라는 이념을 표창하여 아름다움과 이국풍, 세련미의 추구를 이상으로 삼으면서 상징주의, 고답파, 퇴폐주의 같은 유럽과 라틴아메리카의 다양한 문학적 경향을 결합시키며 발전했다.

1910~1920년에 일어난 멕시코 혁명은 라틴아메리카 작가들에게 강한 사회적 각성을 불러일으켰다. 많은 작가들은 모더니즘 문학이 예술적 도피에 불과하다고 반기를 들었고, 착취와 곤궁으로 허덕이는 민중, 즉 원주민, 흑인, 메스티소(Mestizo)[1], 농민, 도시 빈민, 노동자 등에 초

점을 맞춘 소설을 썼다.

20세기 후반부터 중남미 문학은 주제와 상징 면에서 더욱 보편적인 경향을 띠게 되면서 포스트모더니즘의 원형으로 떠올랐다. 영미의 영향과 스페인을 통한 유럽 대륙의 영향을 동시에 받고 있었던 중남미에서는 어느 한쪽에 기울지 않고 두 사조를 접목시켜 새로운 특성을 지닌 문학을 만들어낼 수 있었다. 또한 포스트모더니즘이 발생할 무렵 중남미를 비롯한 제3세계가 세계사의 중심 무대가 된 것도 한 가지 이유가 된다.

2) 시

20세기 스페인의 문학 장르에서 시는 중심적 위치에 있으며 돋보인다. **98세대**는 스페인 현대 문학의 성숙과 위기 상황을 동시에 반영하며 이를 통한 근대에서 현대에로의 전환적 의미를 갖는다. 98세대의 스페인과 스페인적인 것에 대한 관심은 조국의 산천과 문화유산에 대한 부단한 관심에 바탕을 두고 있다. 전반적으로 98세대의 작가들의 글쓰기는 두 가지 중요한 특징이 있는데, 첫 번째는 산문적인 언어를 벗어나 문체에 세심한 주의를 기울였다는 점이다. 두 번째는 스페인의 전통에서 우러나온 어휘나 각 지방에서 사용되는 낱말에 관심을 보였다는 점이다. 따라서 이들의 문학적 기법은 이후 20세기 문학을 특징짓는 주관

---

1 메스티소(Mestizo, 여성형 메스티자) : 혼혈 인종을 지칭하는 말인데 라틴아메리카에서는 인디언과 유럽계의 혼혈을 가리킨다. 에콰도르를 비롯한 몇 나라에서는 사회 및 문화에 관련된 뜻으로 쓰이는데, 순수한 인디언 혈통이라도 유럽식 복장과 관습을 받아들이는 사람은 메스티소(또는 촐로)라고 부른다. 멕시코에서는 이 말이 가지고 있는 뜻이 너무 많아 인구 조사 보고서에서는 쓰이지 않는다. 필리핀에서는 토착인과 외국인, 가령 중국인의 혼혈을 지칭한다.

성과 서정성의 맥락으로 연결된다.

98세대의 대표적인 작가와 작품으로는 미겔 데 우나무노(Miguel de Unamuno, 1864~1936)의 벨라스케스(Diego Rodriguez de Silva Velázquez, 1599~1660)의 그림 〈십자가에 못 박힌 그리스도〉를 보고 그 느낌을 옮긴 「벨라스케스의 그리스도」(*El Cristo de Velásquez*, 1920), 안토니오 마차도(Antonio Machado y Ruiz, 1875~1939)의 『고독, 회랑 그리고 다른 시들』(*Soledades. Galerias. Otros poemas*, 1907), 『카스티야의 평원』(*Campos de Castilla*, 1912), 루벤 다리오(Rubén Dario, 1867~1916)의 『푸름』(*Azul*, 1888), 『세속 산문』(*Prosas profanas y otros poemas*, 1896) 등이 있다.

또한 오르테가 이 가세트(Ortega y Gasset, 1883~1955)에 의해 주창된 **1900년대 세대**의 대표적 시인과 시집으로는 후안 라몬 히메네스(Juan Ramón Jiménez, 1881~1958)의 『슬픈 아리아들』(*Arias tristes*, 1903), 『머나먼 정원』(*Jardines lejanos*, 1904), 『목자들』(*Pastorales*, 1911) 등이 있다. 이어 **27세대**가 등장하였다. 27세대 시인들 대부분 1925년 전후로 첫 작품집을 냈다 하여 '1925세대'라고도 한다. 27세대의 대표적 작가와 작품으로는 페드로 살리나스(Pedro Salinas y Serrano, 1891~1951)의 『확실한 우연』(*Seguro azar*, 1929), 『이야기와 기호』(*Fábula y signo*, 1931), 『너로 인한 목소리』(*La voz a ti debida*, 1933), 『사랑이 이유』(*Razón de amor*, 1936), 『모든 것이 더 분명하게』(*Todo más claro y otros poemas*, 1949), 『신뢰』(*Confianza*, 1955) 등이 있다. 그리고 호르헤 기옌(Jorge Guillén, 1893~1984) 시집 『우리의 공기』(*Aire nuestro*, 1968), 『그리고 또 다른 시』(*Y otros poemas*, 1973), 헤라르도 디에고(Gerardo Diego, 1898~1987)의 『순례자의 귀환』(*El Cordobés dilucidado y vuelta del peregrino*, 1966), 『시 모음집』(1970) 등이 있다. 또한 다마소 알론소(Dámaso Alonso, 1898~1989)의 시 모음집 『분노

의 자식들』(*Los hijos de la ira*, 1944), 극작가이자 시인이기도 한 페데리코 가르시아 로르카(Federico García Lorca, 1898~1936)의 시세계의 정수를 알리는 『노래들』(*Canciones*, 1927), 『집시 로만세로』(*Romancero gitano*, 1928), 『칸테 혼도』(*Poema del cante jondo*, 1931)와 뉴욕을 방문하고 돌아와서 쓴 시집 『뉴욕에서의 시인』(*Poeta en Nueva York*, 1940) 등이 있다. 라파엘 알베르티(Rafael Alberti, 1902~1999)는 시집 『카네이션과 검 사이』(*Entre el clavel y la espada*, 1939), 『그림에게』(*A la pintura*, 1948)를 내놓았고, 루이스 세르누다(Luis Cernuda, 1902~1963)는 『그의 계산된 시간들과 함께』(*Con las horas contadas*, 1950~1956), 『망상의 비탄』(*Desolación de la Quimera*, 1956~1962) 등을 출간하였다. 비센테 알레이산드레(Vicente Pío Marcelino Cirilo Aleixandre y Merlo, 1898~1984)는 『입술로서의 검』(*Espadas como labios*, 1932), 『파괴냐 사랑이냐』(*La destrucción o el amor*, 1935), 『천국의 그림』(*Sombra del Paraíso*, 1944) 등을 내놓았다.

1936년 내전이 끝났지만 스페인 지성계는 평화가 오지 않았다. 시인들에게는 두 가지 선택의 길이 있었다. 하나는 망명하는 것인데 대부분의 시인들이 이 길을 택했다. 다른 하나는 적대적인 분위기에서 자신의 작품을 계속 발표하는 것이었다. 이러한 **전후의 시(36세대)**의 대표적 작가와 시집들은 미겔 에르난데스(Miguel Hernández, 1910~1942)의 『달에 있는 전문가』(*Perito en lunas*, 1933), 『멈추지 않는 빛줄기』(*El rayo que no cesa*, 1936), 『숨어 있는 사람』(*El hombre acecha*, 1938) 등이 있다. 전쟁 직후 스페인 서정시는 형식주의 경향의 현실도피적인 시가 주류를 이루었다. 정치적 탄압 때문에 끔찍한 전쟁의 참상은 표현하지 않고 인간 내면으로 숨어드는 시이다. 이것이 **1940년대의 시**의 특징이다. 따라서 대표적인 작가와 시집으로 레오폴도 파네로(Leopoldo Panero, 1909~1962)

의 『공허한 체류』(*Existencia vacía*, 1944), 『매순간의 시작詩作』(*Escrito a cada instante*, 1949), 그리고 디오니시오 리드루에호(Dionisio Ridruejo, 1912~1975)의 『돌에 대한 소네트』(*Sonetos a la piedra*, 1943), 『애가집』(*Elegías*, 1948) 등이 있다.

1940년대의 새로운 시 경향은 1950년대에 결실을 맺었다. 이것이 소위 1950년대의 시이다. 대표적인 작가와 시집으로는 블라스 데 오테로(Blas de Otero, 1916~1979)의 『너무나 인간적인 천사』(*Ángel fieramente humano*, 1950), 『이중양심』(*Redoble de conciencia*, 1951), 『옛 친구』(1978) 등과 함께 가브리엘 셀라야(Gabriel Celaya, 1911~1991)의 시집 『평화와 연주회』(*Pez y Concierto*, 1953), 『이베리아인들의 노래』(*Cantos Íberos*, 1955), 카를로스 보우쇼노(Carlos Bousono, 1923~)의 『의미의 밤』(*Noche del sentido*, 1957) 등이 있다.

1960년대의 시는 사회 참여시와 함께 이와 반대되는 다른 경향의 시가 등장했다. 이 새로운 시는 참여시 위주의 스페인 서정시에 새로운 바람을 불어넣었고 현실을 좀 더 총체적으로 보고자 노력하였으며, 사실적인 언어 표현을 거부하고 더 시적인 언어로 돌아왔다. 1960년대 시인들은 소박하고 효과적이며 간결하면서 정확하지만 일상적이지 않은 시어, 시를 위한 시어를 사용하고자 노력했다. 따라서 시의 기법은 아방가르드적이며 특히 비센테 알레이산드레(Vicente Aleixandre, 1898~1984)의 초현실주의적인 언어의 영향이 두드러졌다. 대표적인 작가와 시집은 클라우디오 로드리게스(Claudio Rodriguez, 1934~1999)의 『숯불』(*Las brasas*, 1960), 호세 앙헬 발렌테(José Ángel Valente, 1929~2010)의 『라사로에 부치는 시집』(*Poemas a Lázaro*, 1960), 『기억과 기호들』(*La memoria y los signos*, 1966) 등이 있다.

또한 1960년대 말 스페인 서정시에 등장한 시인 그룹인 **노비시모**

그룹[2]으로 페레 힘페레르(Pere Gimferrer, 1945~)의 『태수太守의 메시지』(*Mensaje del Tetrarca*, 1963), 『바다는 빛나고』(*Arde el mar*, 1966) 등을 들 수 있다. **70년대의 시**는 이전 시기의 두 가지 경향이 계속 이어졌다. 대표적인 작가와 작품으로 안토니오 콜리나스(Antonio Colinas, 1946~)의 시집 『성당에서의 소리와 플루트』(*Truenos y flautas en un templo*, 1972), 『타르키니아의 묘』(*Sepulcro en Tarquinia*, 1975), 『천체 관측기』(*Astrolabio*, 1979) 등을 비롯하여 하이메 실레스(Jaime Siles, 1951~), 루이스 알베르토 데 쿠엔카(Luis Alberto de Cuenca, 1950~), 루이스 안토니오 데 비예나(Luis Antonio de Villena, 1951~) 등이 활동하였다.

1980년대 이후 현재 이르는 스페인 시는 다양한 경향이 교차하는 가운데 전개되었다. 그 대표적인 작가와 작품으로는 1970년대부터 왕성한 시작활동을 펼쳤던 안토니오 콜리나스(Antonio Colinas, 1946~)의 시집 『오르페오의 정원』(*Jardín de Orfeo*, 1988), 『불의 침묵』(*Los silencios de fuego*, 1992), 『그림자의 강』(*El río de sombra*, 1993), 『순종의 책』(*Libro de la mansedumbre*, 1997), 『시간과 심연』(*Tiempo y abismo*, 2002), 루이스 안토니오 데 비예나(Luis Antonio de Villena, 1951~)의 국제 멜리야시상을 수상한 시집 『방탕자의 축하』(*Celebración del libertino*, 1998), 『유일하게 죽음』(*La muerte únicamente*, 1984), 『이상한 나라로서』(*Como a lugar extraño*,

---

2 노비시모(novisimo) 그룹 : 노비시모 그룹은 1960년대 말 스페인 서정시에 등장한 시인 그룹으로 그들의 공통점은 진정한 시어로써 시를 쓰고자 하는 열망이다. 이는 현실에 대한 증언과 고발을 바탕으로 한 이전의 사회 참여시에 지친 독자들의 욕구에 부응한 것으로, 그리스 · 로마 등 고전 문화에 대한 관심을 보였다. 그리하여 직접적인 현실을 벗어나 보편적인 인류 문화에 대한 관심을 지향하고 있다. 이 그룹의 시인들은 초현실주의 색채의 언어, 유미주의적이고 데카당트한 미학의 영향을 받았다.

1990), 『헛소리들』(*Asuntos de delirio*, 1996), 『은밀한 사교』(*Las herejías privadas*, 2001), 『불균형』(*Desequilibrios*, 2004), 『제일의 고양이들』(*Los gatos príncipes*, 2005) 등이 있다. 그리고 여류시인 찬탈 마이야르드(Chantal Maillard, 1951~)의 『또 다른 가장자리』(*La otra orilla*, 1990), 『나의 죽음에 대한 시』(*Poemas a mi muerte*, 1993), 『하이살메르』(1996), 그리고 국가 문학상을 수상한 시집 『플라톤 죽이기』(*Matar a Platón*, 2004), 후안 카를로스 메스트레(Juan Carlos Mestre, 1957~)의 『비 옆에서 쓴 7편의 시』(*Siete poemas escritos junto a la lluvia*, 1982), 아도니스상을 수상한 『비에르소 계곡에서 부르는 가을의 응답 송가』(*Antífona del Otoño en el Valle del Bierzo*, 1985), 하이메 힐 데 비에드만상을 수상한 『시가 불운에 떨어졌다』(*La poesía ha caído en desgracia*, 1992), 하엔 상을 수상한 『키츠의 무덤』(*La tumba de Keats*, 1999) 등이 있다. 그리고 여류시인 아우로라 루케(Aurora Luque, 1962~)는 『카르페 녹템』(*Carpe noctem*, 1994), 『에로스의 주사위』(*Las dudas de Eros*, 2000) 등을 내놓았다.

20세기 **중남미 시문학**의 세계적 대표 시인과 작품은 1945년 노벨문학상을 수상한 칠레의 여류시인 가브리엘라 미스트랄(Gabriela Mistral, 1898~1957)의 「만남」(1922), 역시 1971년 노벨문학상을 수상한 칠레의 파블로 네루다(Pablo Neruda, 1904~1973)의 「마추피추의 산정」(*Alturas de Macchu-Picchu*, 1945), 1990년 노벨문학상을 수상한 멕시코의 옥타비오 파스(Octavio Paz Lozano, 1931~1998)의 「오다 그리고 가다」(1950) 등을 꼽을 수 있다.

■ 미겔 데 우나무노(Miguel de Unamuno, 1864~1936)

　– 『벨라스케스의 그리스도』(*El Cristo de Velásquez*, 1920)

우나무노는 스페인 북부의 공업 도시 빌바오에서 태어나 성장했다. 그는 바스크족의 후예로서 항상 긍지를 지녀왔다. 16살에 마드리드로 옮겨와 마드리드 대학에서 철학과 문학을 공부하여 1884년 박사학위를 취득했다. 이후 살라망카 대학의 그리스어 교수가 되고 총장까지 역임했다. 그러나 1914년 프리모 데 리베라 독재가 시작되면서 군사 정권에 반대했다는 이유로 푸에르테벤투라 섬으로 추방당했다가 4개월 후 사면되어 프랑스로 망명을 떠났다. 그러다가 독재가 종말을 고함에 따라 살라망카로 돌아와 스페인어권 문학 교수로 복직되고, 제2공화국이 들어서면서 다시 총장직에 오르게 되었다. 하지만 스페인 내전이 일어나자 우나무노는 프랑코가 이끄는 팔랑헤를 비난하여 모든 직책에서 해임된 후 가택 연금을 당했고, 내전의 와중인 12월 살라망카에서 세상을 떠났다. 그는 반정부 지성인의 상징으로 명성을 높이고 있다.

허구로서의 불멸을 꿈꾸었던 우나무노의 사상은 마찬가지로 그리스도에 대한 사유에서도 드러난다. 그는 종교적 고뇌로 번민하던 어느 날 마드리드에 있는 프라도 미술관을 거닐다 벨라스케스의 그림 '십자가에 못 박힌 그리스도'에서 삶의 전율을 가져오는 감동을 느꼈다. 그때 받은 느낌을 『벨라스케스의 그리스도』라는 한 권의 시집으로 엮어냈다.

　　스러진 모습으로 당신은
　　무엇을 생각하고 있습니까?
　　나사렛 사람 당신의 풍성한
　　까만 머리카락은
　　왜 닫힌 밤의 장막처럼

이마 위에 드리워져 있습니까?
당신은 안으로 보는군요.
그곳에는 하느님의 왕국이 있습니다.
당신 안에는 살아 있는
영원한 영혼의 태양이 떠오릅니다.
하얀 당신의 몸은 생명의 태양,
빛인 아버지의 거울처럼
그렇게 있습니다.
하얀 당신의 몸은
지쳐 방랑하는 우리의 대지.
그 어머니 주위를 도는
죽은 달처럼 그렇게 있습니다.
하얀 당신의 몸은 지고한
밤하늘의 성체처럼 있습니다.
나사렛 사람의
풍성한 까만 머리의 장막처럼
그렇게 까만 하늘의
죽음의 승리자
그리스도 당신은
기꺼이 죽으신 유일한 사람입니다.
(…)
주여! 이제 삶은 꿈이며
죽음은 삶이 되었습니다.
대지가 잠들어 있는 동안
하얀 달은 그 밤을 지킵니다.
십자가에서의 인자가 그 밤을 지킵니다.
(…)
인간의 꿈인 그리스도
(…)
당신 역시 꿈을 꾸었는지요?
당신 아버지의 나라를 꿈꾸었지요?

어쩌면 당신의 삶은 우리들처럼 꿈은 아니었는지요?

(…)

우리는 당신에 대한 열망으로 살아갑니다.

우리가 열망하는 것은 실체로서의 당신이 아닙니다.

우리의 신앙으로서 빚어낸 꿈으로서의

그리스도 당신입니다!

— 「벨라스케스의 그리스도」 부분

■ 후안 라몬 히메네스(Juan Ramón Jiménez, 1881~1958)
                          — 「풍요의 가을」(1946)

히메네스는 안달루시아의 작은 시골 마을인 모게르에서 태어났다. 푸에르토 데 산타 마리아에서 예수회 학교를 다녔다. 그는 일찍부터 시를 쓰기 시작해서 대학을 중퇴하고 1900년 세대 시인 그룹에 합류했다.

1916년 미국 여행에서 히메네스는 제노비아 캄프루비(Zenobia Camprubi)와 결혼한 후 안정을 되찾아 마드리드에서 시 창작에 전념할 수 있게 되었다. 이후 내전을 피해 중남미 여러 곳을 전전하다가 1951년 푸에르토리코에 정착하였다. 1956년 노벨문학상을 수상하였지만, 그 해에 그의 아내 제노비아가 세상을 떠났다. 아내를 잃은 지 2년 후 그도 세상을 떠났다.

히메네스는 스페인의 98세대에 참가하였고, 1900년 세대의 일원이었다. 시인은 자신의 시의 여정을 초기부터 1915년까지의 감각적 시의 시기, 1916년 결혼을 하고 『갓 결혼한 시인의 일기』(*Diario de un poeta recién casado*) 이후부터 1936년 내전까지의 지적인 시의 시기, 내전으로 중남미로 이주하여 시인의 사망 때까지를 진정한 시의 시기로 나누었다. 그의 대표적인 시집으로는 『슬픈 아리아들』(*Arias tristes*, 1904), 『영원함』(*Eternidades*, 1918), 『돌과 하늘』(*Piedra y cielo*, 1919), 『아름다움』(*Belleza*, 1923), 『완전한 계절』

(*La estación total*, 1946) 등이 있다.

시집 『완전한 계절』에 수록되어 있는 「풍요의 가을」에서 시인은 자신의 내면에서 절대자를 찾는다. 가장 기본적이고 본질적인 것, 영원한 것으로서 땅·불·공기·물을 자신의 내면에서 발견한 것이다. 그만큼 이 시는 시각·후각·청각·미각·촉각 등 가능한 모든 감각을 동원하여 영혼과 현실 세계의 상호 교감을 표현하고자 했다. 시인은 내적인 충만함의 순간, 아름다움을 관조하는 절정의 순간, 시의 완성의 순간, 그 열망하던 영원을 찾는다.

> 황금빛 성숙함의 오후 한가운데에
> 괴로운 초록빛에 높은 바람이 불고
> 나는 자연과 온전히 하나가 된다.
> 풍요로운 결실, 내 안에
> 위대한 요소(흙, 불, 물, 공기),
> 영원함을 품는다.
>
> 빛을 보내어, 어두움을 밝힌다.
> 냄새를 풍겨서, 어두움은 신의 냄새를 맡는다.
> 소리를 내어서, 넓은 것은 깊은 음악이다.
> 맛을 스며들게 하여, 부드러운 반죽은 내 영혼을 마신다.
> 고독의 촉감을 즐긴다.
>
> 깨끗한 무지개의 두꺼운 고리와
> 행동의 중심에 매어 있지 않은
> 나는 최상의 보석, 그것이 나의 전부이다.
> 무의 가득함으로서의 전부이고
> 스스로 충만하고 아직도 나의 야심에
> 종사하는 전부이다.
>
> ─「풍요의 가을」 부분

■ 비센테 알레이산드레(Vicente Aleixandre, 1898~1984)
- 「그들은 서로 사랑했었다」(1935)

27세대 중요 구성원 중 한 사람인 알레이산드레는 세비아에서 태어나 2년 뒤 말라가에서 어린 시절을 보냈다. 이후 마드리드로 옮겨 마드리드 대학에서 법을 공부했다. 그의 대표작인 『사랑이냐 파괴냐』(*Pasión de la Tierra*, 1935)로 스페인 국내 문학상을 수상했고 시인으로서의 명성을 얻었다. 1940년까지 그는 신장병으로 고통스럽게 살았다. 『천국의 그림』(*Sombra del Paraíso*, 1944)을 출판하고, 1949년에는 스페인 한림원 회원으로 선출되었다. 『가슴의 역사』(*Historia del corazón*, 1954) 이후 계속 문단 활동을 하다 1968년에 자신의 마지막 시집 『종말의 시들』(*Poemas de la consumación*)을 발표했다. 『파괴냐 사랑이냐』는 이탈리아어와 프랑스어로 번역된 후 세계의 각국어로 번역되었다. 1977년 노벨문학상을 수상했다.

그의 시세계는 크게 세 단계로 정리할 수 있다. 첫 번째는 초현실주의의 세계 속에서 우주와 자연을 노래하며 인간과의 동화를 추구하였다. 두 번째는 거대한 우주와의 합일보다 세세한 인간과의 만남을 그렸다. 셋째는 그의 앞선 시들을 모두 섭렵한 뒤 마지막 성숙된 단계에 든 포도주 같은 『종말의 시들』이다. 범신론적 사랑을 통하여 그가 궁극적으로 추구하고자 한 것은 우주와 자신의 교감이다. 본질적인 것, 영원성과의 만남을 위해 시인은 자기의 모든 것을 버리고 파괴와 사랑을 외쳤다. 알레이산드레는 결국은 그것이 모든 것을 잊고 죽음의 상태에 이르러야 가능한 것임을 깨닫는다.

시 「그들은 서로 사랑했었다」는 시집 『사랑이냐 파괴냐』에 실려 있다. 이 시는 연인들이 사랑했다는 내용을 정제된 시인 자신의 기법인 초현실주의로 보여주고 있다. 그들은 낮(바다)이고 밤(달)이고 온 종일 사랑했다. 그들은 쇠처럼, 음악처럼 모든 방법을 다 동원하여 사랑했다. 그리고 어떠한 장애에도 불구하고 사랑했다. 다음은 낭만적 이미지로 가득찬 시의 부분이다.

그들은 서로 사랑했다.
새벽녘의 푸른 입술들은
힘든 밤으로부터 나온 입술들은
분열된 입술들은 피, 피라고 어디?, 빛 때문에 고통스러워했다.
그들은 선함의 침실에서 반은 밤에 반은 낮에 서로 사랑했다.

그들은 깊은 가시들이 있는 꽃처럼
새로운 노랑 빛의 그 사랑스러운 보석으로
우울하게 얼굴들이 맴돌 때
그 입맞춤을 받으면서 빛이 나는 달무리들처럼 사랑했다.

그들은 밤에 사랑했다.
개 짓는 소리가 땅 속에서 깊게 울리고
애무, 비단, 손, 다가와 만지는 달이 애무를 느끼는 오래된 등처럼
골짜기들이 기지개를 펴는 때였다.

그들은 새벽 사이
시간으로 얼어 버린 육체처럼 딱딱한
단지 이빨만이 마주치는 입맞춤처럼 딱딱한
밤의 갇혀진 딱딱한 돌 사이에서 사랑으로 사랑했다.

그들은 낮에 사랑했다. 점점 커가는 해변,
발가락으로 대퇴부를 애무하는 파도를,
땅으로부터 일어나 둥둥 떠다니는 육체들…
그들은 낮에 바다 위에서 땅 밑에서 사랑했다.

완전한 정오, 그들은 너무나 사랑했다.

젊고 드높은 바다, 더없는 친밀감,
살아 있는 것의 고독, 고독 속에 노래 부르는
육체처럼 이어진 아련한 지평선들.

사랑하면서 있다. 그들은 빛나는 달처럼,
달의 얼굴에 얼굴을 드미는 그 둥근 바다처럼,
물의 달콤한 숨음, 어두워진 뺨,
그곳에서 붉은 물고기들은 음악도 없이 오고간다.

낮, 밤, 석양, 새벽, 공간들,
새롭고 오래되고, 달아나고 영원한 파도,
바다 또는 대지, 선박, 침대, 깃털, 유리,
금속, 음악, 입술, 침묵, 식물,
세상, 정막, 그의 형태. 그들은 서로 사랑했었다. 너희들은 그 사실을 알아라.

— 「그들은 서로 사랑했었다」 부분

■ 루이스 안토니오 데 비예나(Luis Antonio de Villena, 1951~)

– 「황혼의 주제들」(1984)

비예나는 마드리드에서 태어났으며 문학의 여러 장르를 섭렵하는 시인·소설가·번역가·수필가이다. 19세에 첫 시집 『가장 높은 지붕』(*Sublime Solarium*, 1971)을 발표하면서 문학의 길로 접어들어 현재 문학 분야에서 왕성한 활동을 하고 있다. 1981년 시집 『겨울로부터 도피』(*Huir del Invierno*)로 스페인 국내 비평상을, 1995년 소설 『로드 바이런의 사창굴』(*El burdel de Lord Byron*)로 아소린상을, 1998년 시집 『방탕자의 축하』(*Celebración del libertino*)로 국제 멜리야시상을, 1999년 소설 『나쁜 세상』(*El mal mundo*)으로 수직 미소상을 수상하였다. 이밖에 시집으로는 『이상한 나라로서』(*Como a lugar extraño*, 1990), 『헛소리들』(*Asuntos de delirio*,

1996), 『은밀한 사교』(*Las herejias privadas*, 2001), 『불균형』(*Desequilibrios*, 2004), 『제일의 고양이들』(*Los gatos principes*, 2005) 등이 있다.

그의 초기 시는 욕망으로부터 시작되어 아름다움을 젊은 육체에서 찾고 있다. 그러나 시인은 갈수록 자신의 무능력, 소유할 수 없음에 좌절하고 우수와 고독에 직면하게 된다. 그래서 후반으로 갈수록 그의 시 세계는 깊이가 더해지고 풍요로운 실존의 시 혹은 형이상학적인 시를 창조하고 있다.

시집 『유일하게 죽음』(*La muerte únicamente*, 1984)에 수록되어 있는 시 「황혼의 주제들」은 시간의 지배를 받는 인간 존재에게 진정한 사랑, 영원히 젊은 육체, 영원한 현실은 불가능함을 일깨워 준다. 그러면서 삶은 진정 '살 만한 가치가 있었는지를' 묻고 있다. 그리고 "우리는 죽을 때 쉬게 된다"고 말한다. 이는 진정한 존재물들에 대한 희구만큼 큰 비애를 죽음으로밖에 해결할 수 없음을 인식시켜 주고 있다.

> 잃게 되는 처음의 환상들은
> (그리고 나는 느낌들에 대해 말한다)
> 비극의 많은 장치들을 움직이게 하지만,
> 사실 뭐가 중요하겠는가.
> 찢어진 스웨터는 더 좋은 새 것이나 그것이 부족해 보이면,
> 우리가 보기에 훨씬 더 아름다운 것으로 대체가 된다.
> 사실은 그 순간에
> 삶은 나가려고 투쟁을 한다는 것이다. 물은 맑고
> 환상은(무너져 내리고 돌아가 버린다 해도 즐겁고 생기발랄하게)
> 모든 틈새들로, 모든 면으로 스며든다.
> 그리고 황혼은 새로운 다른 날의 희망일 뿐이다.
> 하지만 지나고 보면(너는 그것을 안다) 다르다.
> 지평선은 알지도 못한 채 교차한다.

전화는 지워지지만(아니면 목소리가 네게 피곤해진다).

그 목소리를 대체할 자가 없다. 그리고

아득하게 남는 모든 것들,

네가 절박하고 지금 당장이기를 바랐을

그 '2주 내로 전화할게',

새로움은 윗길로 돌아가고

가끔 스웨터는 바뀌는 게 아니라 아주 초라한 수선에 맡겨진다는 것을 아는,

이 모든 것들이 너를 향수로 채우고,

가차 없이 너를 부조리하고 갈수록 멀리하여

어떻게 일들이 너를 환상에 젖게 만들었는지

어떻게 그렇게 즐겁게 살았는지

어떻게 앞에는 그렇게 창창한 문들만이 있었는지를 기억할 때면

너는 네게 말하게 될 거야. 이제 그게 네가 아니라고

— 「황혼의 주제들」 부분

■ 후안 카를로스 메스트레(Juan Carlos Mestre, 1957~)
– 「선물 상자」(1992)

카를로스 메스트레는 레온의 비야플라카 데 비에르소에서 태어났다. 바르셀로나에서 정보학을 공부하고 석사학위를 받았다. 1982년에 첫 시집 『비 옆에서 쓴 7편의 시』(*Siete poemas escritos junto a la lluvia*, 1982)를 출간하고, 이어서 『사포의 방문』(*La visita de Safo*, 1983), 아도니스상을 받은 『비에르소 계곡에서 부르는 가을의 응답 송가』(*Antifona del Otoño en el Valle del Bierzo*, 1985), 하이메 힐 데비에드만상을 받은 『시가 불운에 떨어졌다』(*La poesia ha caido en desgracia*, 1992), 스페인 한림원의 장학금으로 받아 집필했으며, 하엔상을 받은 『키츠의 무덤』(*La tumba de Keats*, 1999) 등을 출간했다. 그는 모든 시를 산문으로 썼다.

시집 『시가 불운에 떨어졌다』에 수록된 시 「선물 상자」는 예전에 존

재했지만 이제는 사용되지 않는 시어들을 재조립해 가면서 쓴 시이다. 시는 현실 너머에 있는, 이성의 세계 너머에 있는 현상을 구체적으로 형상화할 수는 없다. 그러나 카를로스 메스트레는 순간의 아름다움으로 우리에게 주어지는 그 선물들, "달을 바라보고 계신 나의 아버지의 그림자에게는 숲 속의 오두막집을" 주고, "바닷가에게는 로마 거북이의 머리를 가진 말을" 준다. 인간은 시를 통해서 자신을 억압하는 현실로부터 해방되고, 나아가 도달할 수 없는 더 넓은 세상으로 탐험을 떠난다. 그의 시는 인간의 사고 영역을 확장시키고 새로운 영토를 개척하고 정복한다. 이것이 또한 시인의 임무이기도 하다.

내 영혼은 강풍이 휩쓸고 가는 나무로 된 집이다.

나는 가끔 밤에 내가 보이지 않는 손님에게로 다가가는 것을 느끼고 그가 열쇠를 돌리는 소리를 듣고 그의 발걸음이 다가오는 소리에 귀 기울인다.

그러면 시는, 천사의 날개에서 뽑아낸 매 깃털은, 공중에 지어진 집과 닮았다. 빛나는 현관, 열려진 창문들, 문을 밀치고 확실한 걸음으로 들어와 상자로 다가가서 선물을 나눈다.

밝아오는 아침 해에게, 그때면 돌고래의 피가 천천히 맥주 양조장의 톱밥 위로 흩뿌려진다. 나는 하얀 칼을 선물한다.

밤의 검은 어스름 아래에서 나와 함께 걸었고 실패의 순종적인 동맹을 나와 함께 겪었던 자에게 나는 상처를 남긴다.

복종의 접촉으로 베어진, 완벽한 죽음을 생각하고 있는 그 소녀의 침묵 기둥에게는 바람과 뿌리의 잔을 준다.

나의 유년의 강에게는, 그곳에서 데모크리토 데 시라구사가 영혼의 안개를 마셨는데, 이제 나의 눈이 가지지 않을 밝음을 준다.

말라 버린 우물 옆에 자신의 기억을 묻은, 돌고 도는 세월에 굴복한 도시에게는 비어 있는 무덤을.

흐려진 거울 앞에서 십자가 형벌의 가시에 뚫린 자신의 영혼의 루비를 바라보는 유태인 소년에게는 뮤직 박스를 준다.

달을 바라보고 계신 나의 아버지의 그림자에게는 숲 속의 오두막집을.

일치의 안마당에서 가난을 겪었으나 정의의 장소에서 이름 불리지 못할 자에게는 양식이 든 천정을.

바닷가에게는 로마 거북이의 머리를 가진 말을.

천문학자의 충성으로 나를 사랑했던 여인에게는 천체가 존재하지 않는 별의 후광, 광채를 남긴다.

따오기에게는 유사한 바늘들을.

광기에 밀착되어 감시당하여 성좌의 직각을 전율하게 했던 자에게는 아코디언과 광장의 녹색 비둘기를.

나의 사랑, 당신에게는 신들의 영원한 강과 그들의 신성한 고양이들을.

매수할 수 없는 적에게는, 그의 희생자는 우울의 필라멘트 앞에서 어지러운 자석처럼 행복했던, 부들로 만든 의자를.

죽음에게는 열린 문을.

천사를 위한 귀만을 가졌고 사물의 똑같음과 무용성을 사랑했던, 자신의 글의 심연에서 사형당한 시인에게는 나무로 된 물고기가 든 새장을.

— 「선물 상자」 부분

■ 가브리엘라 미스트랄(Gabriela Mistral, 1898~1957) - 「만남」(1922)

여류시인 미스트랄은 칠레 북부의 어느 초등학교 교사 집안에서 태어났다. 그녀의 본명은 루실라 고도이 알카야가이며 '미스트날'은 그녀가 마지막까지 쓰던 필명이다. 이 필명은 그녀가 경애하는 작가 가브리엘 다눈치오(Gabriele D'Annunzio, 1863~1938)와 프랑스 시인 프레데릭 미스트랄(Frédéric Mistral, 1830~1914)에 감화되어 지은 것이다. 어렸을 적에 아버지가 가족을 버렸기 때문에 미스트랄은 빈곤한 가정에서 혼자 힘으로 문화적인 지식을 쌓았다. 젊은 시절, 그녀는 철도공과 비극적인 사랑을 했다. 그런데 철도공은 삶에 대한 실망으로 권총으로 자살하였다. 이 사건으로 그녀의 처녀시가 탄생했다.

그리하여 사랑하는 사람을 기념하는 시 『죽음의 소네트』(*Sonetos de la Muerte*, 1914)가 산티아고 꽃축제 경연대회에서 최고상을 수상하면서 그는 남미 시단에 두각을 나타냈다. 그리고 첫 시집 『슬픔』(*Desolación*, 1922) 역시 그녀에게 큰 명성을 가져다주었다. 이후 그녀의 시 풍격은 변화하여 마드리드에서 출판된 『부드러움』(*Ternura*, 1924)은 절망과 고독함 대신 여성으로서 아이를 대하는 모성애적인 부분이 많아졌으며 시어도 훨씬 순박해졌다. 후기 창작활동을 대표하는 시집 『가시 있는 나무』(*Todas íbamos a ser reinas*, 1938), 『포도 압축기』(*Lagar*, 1954)는 개인적인 슬픔에서 탈피하여 인도주의적 박애를 드러내었다.

1945년 스웨덴 한림원에서는 1930년부터 후보로 올랐던 프랑스의 유명한 상징주의파 시인 발레리에게 노벨문학상을 주기로 결정했다. 그러나 불행하게도 발레리는 한림원의 발표가 있기 며칠 전 세상을 떠나고 말았다. 그러자 새로운 인물로 미스트랄이 노벨문학상을 수상하게 되었다. 한림원에서는 "모성의 손을 통해 시인은 우리에게 흙 속의 향기를 맡을 수 있게 해 주었고, 마음의 갈증을 풀 수 있도록 감로를 전해 주었다"고 하면서, 그녀에게 노벨문학상을 안겨주었다.

시 「만남」은 그녀의 첫 시집 『슬픔』에 수록된 시이다. 한 남자를 보고 첫눈에 반한 한 여인의 이야기인데, 시적 화자는 사랑하는 사람에게 고백도 못하는 바보 같은 사랑을 한다. 무정한 연인 때문에 소녀는 크게 상심하지만 그를 향한 사랑은 여전히 억제할 수가 없다. 꿈속에서, 눈물 속에서 사는 소녀는 홀로 상처를 안은 채 외로이 앞으로 나아간다. 이 시는 온화한 리듬과 마디마디 상승하는 구조를 통해 상승 효과를 만들어내고 있다. 전혀 난해하지 않으며 신선한 느낌을 준다.

> 작은 길에서 나와 그는 만났다.
> 흐르는 물은 그의 꿈을 방해하지 못하고,
> 장미 역시 다시 피지 않지만
> 나의 마음은 두려워하지 않는다.
> 불쌍한 여인아
> 얼굴에 눈물이 흐르지 않을 수는 없을까!
>
> 무관심한 그의 입가에
> 가벼운 흥얼거림
> 나를 보고 있지만
> 부드럽던 노래는 엄숙하게 변했다.
> 나는 작은 길을 바라보고
> 그 길은 꿈속처럼 너무나 이상하게 보인다.
> 다이아몬드의 빛 속에서
> 나의 얼굴에 얼마나 많은 눈물이 있는지!
>
> 그는 계속 노래를 부르며 가고
> 나의 시선이 그 뒤를 따라간다…
> 그의 뒤에는

더 이상의 푸른 하늘도 없고
기다란 풀도 없다.
그것은 중요하지 않다!
나의 영혼은 홀로 전율한다.
누구도 나를 해할 수는 없지만
나의 얼굴에는 눈물이 흘러내린다!

오늘밤 그는 나와 같이
등불 아래 잠을 이루지 못하네.
무관심하여도 나의 갈망은
그의 옥잠화 같은 가슴을 아프게 찌를 수 없고
그러나 그의 꿈에는
금작화(金雀花) 같은 향기가 날아오고
불쌍한 여인의 얼굴에
항상 눈물이 있기 때문이네!

나는 외로이 걷지만 두려움은 없고
배가 고프고 갈증이 나지만 나는 울지 않네.
그가 가는 것을 본 후로
내 하나님은 나의 몸에 상처를 남겼네.
내 어머니는 침대 맡에서 날 위해 기도하고.
그녀의 간절한 바람을 믿네. 그러나 나는, 나는 아마도 영원히
영원히 눈물을 흘릴 것이다!

— 「만남」 부분

■ 파블로 네루다(Pablo Neruda, 1904~1973)
 － 「마추피추의 산정」(Alturas de Macchu-Picchu, 1945)

칠레 태생인 파블로 네루다의 본명은 리카르도 네프탈리 레예스 바소알토이다. 아버지는 철도원이었는데, 그가 태어난 지 한 달 만에 어머니를 잃고 새어머니 손에 자랐다. 10세 때부터 시를 쓰기 시작하여, 12

세 때 칠레의 저명한 여류시인 가브리엘라 미스트랄을 만나 문학에 심취하게 되었다. 산티아고 대학에서 철학과 문학을 공부하고 1927년부터 스리랑카와 싱가포르 등지의 영사를 역임했으며, 1934~1938년까지 마드리드의 영사가 되어 알베르티 등의 전위시인들과 친분을 맺었다.

네루다는 일생 중 많은 시간을 외국에서 보냈다. 때문에 그의 작품에는 짙은 남미의 색채 외에도 독특하고 넓은 견해가 배어 있다. 그는 여러 번 국회의원에 당선되었고 대통령 선거에도 출마한 적이 있었다. 당시의 기록에 의하면, 네루다의 좌익 성향 때문에 미국 정부에서 그가 노벨문학상에 선정되는 것을 저지했다고 한다. 그러나 그는 1971년 노벨문학상을 수상하였다. 그는 격정적인 정치적 색채를 띤 시를 많이 썼지만 자아에 더욱 깊게 빠져들고 완곡한 초현실주의 색채를 띤 시도 많이 썼다.

1943년, 네루다는 외교관 직무를 사퇴하고 칠레로 돌아왔다. 그는 페루를 지나면서 잉카 문명 지대를 여행하였고, 이때 잉카 유적지인 마추피추의 산정을 보았다. 그리고 그 거대한 유적지에 깊은 감명을 받아 창작한 것이 장시 「마추피추의 산정」이다. 이 시는 2년에 걸쳐 완성한 그의 대표작이기도 하다.

어려서부터 문학적 재능이 뛰어났던 그는 모더니즘 경향의 시인 첫 시집 『황혼의 노래』(Crepusculario, 1923)로 문단에 데뷔하고, 『20편의 사랑의 시와 1편의 절망의 시』(Veinte poemas de amor y una canción desesperada, 1924)에서 그의 독자적인 시세계를 개척하여 명성을 굳혔다. 그 밖에 그의 대표적인 시집으로는 『지상의 거처』(El hondero entusiasta, 1933), 『총가요집』(Canto general, 1950), 『대장의 노래』(Los versos del capitán, 1952), 『소박한 것들에 바치는 새로운 송가』(Nuevas odas elementales, 1956), 쿠바 혁명을 노래한 『무훈의 노래』(*Canción de gesta*, 1960), 『충만한 힘』(*Plenos poderes*, 1962), 『이슬라 네그라의 추억』(*Memorial de Isla Negra*, 1964), 『새들의 재주』(*Arte de pájaros*, 1966) 등이 있다.

「마추피추의 산정」은 『총가요집』에 수록되어 있으며, 모두 12절 약 500행으로 이루어져 있다. 이 시는 크게 두 부분으로 나눠져서 1~5절까지는 시인의 방황, 고통과 함께 인간의 비참한 운명과 죽음에 대한 내용이 펼쳐진다. 뒷부분인 6~12절에서는 시인이 마추피추에 오른 후 마주하게 된 아름다운 풍경을 묘사하고 있으며, 마지막에서는 마추피추에서 발하는 남미 문명의 숨결 속에서 희망과 힘을 되찾는다는 내용이다. 마추피추란 인디안말로 피라미드형의 산이란 뜻이다. 잉카 제국의 고도인 쿠스코(페루 남부 쿠스코 주의 주도)의 북쪽에 자리 잡고 있으며, 15세기에 건설되었으나 1911년이 돼서야 발견되었다.

> Ⅳ
> 강력한 죽음이 몇 번이고 나를 초대한 일이 있었지:
> 어쩌면 파도 속 눈에 안 보이도록 숨어 있는 소금 같은 것,
> 그 보이지 않는 입맛이 남긴 자국이란
> 몰락과 상승의 중간쯤 될까
> 바람과 눈보라가 지어 놓은 황량한 건축물 같은 것.
>
> 나는 쇠 끝 칼날 속으로 왔지, 좁디좁은
> 대기 속으로, 돌과 농사의 관 속으로,
> 마지막 통로인 텅 빈 성좌로
> 뱅글뱅글 돌아가는 어지러운 고속도로로 왔지:
> 하지만, 광막한 바다여, 오 죽음이여! 네가 오는 것은
> 파도와 파도를 거쳐 오는 것이 아니라
> 한달음에 달려오는 흙빛 광명처럼
> 아니면 일제히 동원한 밤의 숫자처럼 쏟아져 왔지.

너는 주머니를 털러 오는 게 아니었어, 너는
시뻘건 옷이 아니면 오는 법이 없었어.
포위된 침묵의 불빛 찬란한 융단 없이는
위에 있거나 땅에 묻힌 눈물의 영역이 아니면
너는 오지 않았어.
(…)

XII
실패한 행동들의 곡창, 일어난 하잘것없는 일들의 끝없는 곡창에 있는 옥수수
처럼 인간의 영혼이 탈곡되었다.
　참을성의 그 끝까지, 그리고 그걸 넘어서,
　그리고 하나의 죽음이 아니라 수많은 죽음이 각자한테 왔다:
　매일같이 아주 작은 죽음이, 먼지가, 벌레가,
　도시의 끝에 있는 진창에서 튕겨 날리는 빛이, 조악한 날개를 단 작은 죽음이
　짧은 창처럼 각자를 꿰뚫었고
　사람은 빵이나 칼에 포위되고
　소장사한테 포위되었다: 항구의 아이, 경작지의 검은 우두머리,
　또는 혼란스런 거리의 넝마주이한테:
　모두들 낙담했고, 불안하게 죽음을 기다리고 있었다. 매일매일 짧은 죽음을:
　그리고 매일 가혹한 불운을
　그들이 손을 떨며 마시는 검은 잔 같았다.
　나와 함께 태어나기 위해 오르자, 형제여.

네 고통이 뿌려진 그 깊은 곳에서
내게 손을 다오.
넌 바위 밑바닥으로부터 돌아오지 못하리.
땅 속의 시간으로부터 돌아오지 못하리.
딱딱하게 굳은 네 목소리는 돌아오지 못하리.

　　　　　　　　　　　　　　　　　── 「마추피추의 산정」 부분

■ 옥타비오 파스(Octavio Paz Lozano, 1931~1998)
－「오다 그리고 가다」(1950)

멕시코를 대표하는 시인이자 산문가이며 문학평론가인 옥타비오 파스는 멕시코에서 태어났다. 그의 아버지는 변호사 겸 기자였고, 멕시코 혁명의 지도자였던 사파타[3] 정권 시절 뉴욕 주재 외교특사를 맡기도 했다. 아버지는 자유 사상에 상당히 심취해 있었는데, 이는 훗날 파스의 정치 사상에 큰 영향을 주었다.

주로 초현실주의 작품을 썼던 파스에 따르면, 엘리어트(Thomas Stearns Eliot)와 쿠바의 유명한 작곡가이자 음악가인 알레호 카르텐티에르(Alejo Carpentier, 1904~1980)에게 많은 영향을 받았다고 한다. 그는 외교관 신분을 이용하여 네루다, 카뮈, 사르트르, 헤밍웨이, 보르헤스 등 세계의 일류 작가들과 교류할 수 있는 기회도 가졌다. 따라서 그의 작품이 지니는 독특한 장점은 예술성과 사회의 책임, 남미와 유럽의 아름다움, 동양의 신비로움과 서양 이성 사이의 결합이라고 할 수 있다.

그의 대표적인 작품으로는 첫 시집 『숲 속의 달』(Luna silvestre, 1950)을 비롯하여 『태양의 돌』(Piedra de sol, 1957), 『동쪽 비탈』(Ladera este, 1971), 『공기의 아들들』(Hijos del aire, 1981) 등이 있고, 산문집으로는 『고독의 미로』(El laberinto de la soledad, 1950), 『활과 리라』(El Arco y la Lira, 1956), 『접합과 이합』(Posdata y Conjunciones y disyunciones, 1970), 『흙의 자식들』(Los hijos del limo, 1974) 등이 있다. 그리고 이러한 그의 시 세계와 창작활동은 1990년 노벨문학상을 안겨 주었다.

시집 『숲 속의 달』에 실려 있는 시 「오다 그리고 가다」는 초현실주의

---

3 사파타(Emiliano Zapata, 1879~1919) : 멕시코 혁명의 농민군 지도자이며 토지 개혁 선구자.

색채를 강하게 드러내고 있다. 시인은 여러 가지 느낌의 조각들을 잘 조화시켜 '지옥도'를 만들고 있다. 시적 화자는 살아있을 때 생명을 찾지만 그의 눈에는 썩어 가는 죽음뿐이다. 아무리 찬란했던 물건이라도, 아무리 세대를 풍미했던 인물이라도, 또는 동물이라도 모두 죽음의 입김에서 벗어날 수가 없는 것이다.

> 진창의 십일월
> 불결의 돌, 검게 변한 뼈 조각
> 흐릿하게 보이는 궁전
>
> 나는 아치문을 지나, 다리를 건너
> 나는 살면서, 생명을 찾는다.
>
> 달빛 거실 안에서
> 빛은 피를 흘린다. 사람과 물고기
> 차가운 반영(反映)을 교환한다.
>
> 나는 살면서, 많은 유령을 보았다.
> 모두 육체가 있었고, 뼈가 있었고, 탐욕스러웠다.
>
> 황옥의 탑과 피
> 새까맣게 땋은 머리와 호박의 젖가슴
> 땅 깊은 곳의 귀부인.
>
> 호랑이, 송아지, 문어, 불길이 뿜어 나오는 등나무
> 나의 뼈를 굽고, 나의 피를 빤다.
>
> 침대, 적멸한 행성,
> 거울의 계략은 밤과 육체

한 무더기의 소금, 그 귀부인.
내 시체를 먹게, 고원의 태양
나는 살면서, 죽음을 찾는다.

— 「오다 그리고 가다」 부분

3) 소설

시가 20세기 전반부에 소위 '제2의 황금기'를 가져다 주었다면, 소설은 전반적인 침체 상황을 벗어나지 못했다. 더구나 내전 이후 프랑코 치하에서 검열이 강화됨에 따라 스페인 내부에서는 외국 작가들의 소설조차 번역되어 읽히는 것이 제한되었다. 이런 상황에서 당시 스페인 소설은 독재를 피해 망명한 라몬 센데르(Ramón José Sender, 1902~1982), 페레스 데 아얄라(Ramón Pérez de Ayala, 1881~1962), 막스 아우브(Max Aub, 1903~1972) 등 일군의 공화주의파 작가들에 의해서 유지되었다. 따라서 내전 이후 나타난 스페인 소설의 흐름은 전통적인 소설과 구분하여 실존주의 소설, 사회소설, 구조소설 등 세 가지로 나눌 수 있다.

실존주의 소설은 1940년대 내전을 생생하게 겪은 작가들로부터 시작되었다. 전쟁이라는 극단적인 상황 속에서 인간이 경험하게 되는 실존적 상황을 묘사하는 데 중점을 두었다. 파괴와 증오로 얼룩진 전쟁은 이들에게 불확실한 현실 앞에 홀로 서 있는 주인공들을 등장시켰다. 그리고 전통적인 기법 대신 개인적인 고백을 통해 소외, 좌절, 죽음 등의 극한 상황을 묘사하였다. 이를 대표하는 작가와 작품으로는 1989년 노벨문학상을 수상한 카밀로 호세 셀라(Camilo José Cela, 1916~2002)의 『파스쿠알 두아르테의 가족』(*La familia de Pascual Duarte*, 1942), 『벌집』

(*La colmena*, 1951), 그리고 여류소설가 카르멘 라포렛(Carmen Laforet, 1921~2004)의 『나다』(*Nada*, 1945) 등이 있다. 이 작품으로 라포렛은 나달 문학상의 첫 번째 수상자로 선정되었다.

사회소설은 프랑코가 만들어낸 역사에 대한 최초의 반발을 문학적으로 형상화하기 시작한 1950년대에 등장하기 시작하였다. 일반적으로 '50년대 세대'라고 불리는 일군의 작가들의 초기 글쓰기는, 기본적으로 사실주의에 바탕을 두었으며, 객관적인 현실을 언어 기호로 표현할 수 있다고 보았다. 곧 문학의 윤리적이며 정치적인 기능에 초점을 두었던 것이다. 이렇게 스페인에서 전후 1950년대 활동했던 작가들은 언어의 재현적 성격을 바탕으로 소설을 통하여 자신들이 살고 있는 세상을 설명하고자 했다. 그런 배경을 가진 주요 작가와 작품들로는 아나 마리아 마투테(Ana María Matute, 1926~)의 『북동쪽으로의 축제』(*Fiesta al Noroeste*, 1953), 헤수스 페르난데스 산토스(Jesús Fernández Santos, 1926~1988)의 『용맹한 사람들』(*Los bravos*, 1954), 후안 고이티솔로(Juan Goytisolo, 1931~)의 『천국에서의 결투』(*Duelo en el Paraíso*, 1955), 카르멘 마르틴 가이테(Carmen Martín Gaite, 1925~2000)의 『커튼 사이에서』(*Entre visillos*, 1958), 호세 마누엘 카바에로 보날드(José Manuel Caballero Bonald)의 『9월의 이틀』(*Dos días de septiembre*, 1962) 등이 있다.

그런데 이러한 사실주의의 분위기에서도 소설에 대한 일련의 개혁 움직임이 나타났는데, 그것은 현실에 대한 객관적 묘사를 바탕으로 한 **신리얼리즘 소설**이다. 가령 라파엘 산체스 페를로시오(Rafael Sánchez Ferlosio, 1927~)의 『엘 하라마』(*El Jarama*, 1956)와 루이스 고이티솔로 가이(Luis Goytisolo Gay, 1935~)의 초기 두 작품인 『변두리』(*Las afueras*, 1958)와 『동일한 낱말들』(*Las mismas palabras*, 1963) 등이 그것이다.

1960년대 들어서면서 작가들은 1950년대 리얼리즘 작가들이 추구했던 재현적 기능으로서의 언어의 역할에 의문을 제기하게 된다. 시간의 흐름 속에 영향을 받을 수밖에 없는 언어의 속성과 자의성을 인식한 작가들은, 언어를 통한 세계 묘사의 한계를 자각하고 새로운 방식의 글쓰기를 모색했다. 이러한 면에서 루이스 마르틴 산토스(Luis Martín-Santos Ribera, 1924~1964)의 『침묵의 시간』(*Tiempo de silencio*, 1962)은 리얼리즘 경향을 지배하던 스페인 소설의 방향을 획기적으로 전환한 작품이라는 평가를 받는다. 즉 새로운 실험을 통해 기존의 스페인 소설과의 분명한 차별성을 남겨 놓았다. 이것이 이른바 **구조소설**이다. 이렇게 새롭게 나타난 소설 개혁의 분위기에 조응하여 후안 고이티솔로(Juan Goytisolo, 1931~)는 『정체성의 표시』(*Señas de identidad*, 1966), 『돈 훌리안 백작의 복권』(*Reivindicación del conde don Julián*, 1970) 등을 내놓았다.

이러한 움직임은 계속해서 68세대 작가들로 이어지는데, 이들은 스페인 내전과 전후 시기(1936~1950)에 태어나고 첫 작품을 1968~1975년 사이에 출판한 세대이다. 내전 이후 프랑코가 사망할 때까지 스페인 소설 분야에서, 작가들은 독자의 지지를 받지 못하였다. 그러자 일반 소설 독자층은 영국·프랑스·독일·미국 등의 외국 소설에 더 많은 관심을 보였다. 특히 1960년대에는 중남미 붐 소설에 더 큰 매력을 느꼈다.

1970년대 중반~1980년대 초까지 전환기에는 대중적인 지지와는 관계없이 기존의 **실험주의 소설** 경향에 속하는 작품들이 계속 출간되었다. 그 대표적 작가와 작품은 곤살로 토렌테 바예스테르(Gonzalo Torrente Ballester, 1910~1999)의 『묵시록의 조각들』(*Fragmentos de Apocalipsis*, 1977), 후안 마르세(Juan Marsé Carbó, 1933~)의 『황금 팬티의 소녀』(*La muchacha de las bragas de oro*, 1977), 카르멘 마르틴 가이테의 『뒷방』(*El cuarto de atrás*, 1978),

루이스 고이티솔로의 『아킬레스의 분노』(*La cólera de Aquiles*, 1979), 후안 호세 미야스(Juan José Millás, 1946~)의 『질식자의 환영』(*Visión del ahogado*, 1977) 등이다.

전환기에 이르러 많은 소설가들이 그 소재나 주제 등에 있어서 변화를 보이기 시작했다. 이 변화는 기존 작가들을 중심으로 한 것이 아니라 새롭게 등장한 젊은 작가들에 의해서였다. 언론 검열에서 벗어난 전환기의 새로운 작가들은 모든 문학적 기법과 방법을 활용하여 출판사의 상업적 목적에 맞게 작품을 썼으며 과거의 줄거리식 소설에로 회귀하였다. 사실주의적 서술에 의한 과거 역사의 재현이라고 할 수 있는 이 소설들은 역사소설적 경향이 강했다. 대표적인 작가와 작품으로는 에두아르도 멘도사(Eduardo Mendoza Garriga, 1943~)의 『사볼타 사건의 진실』(*La verdad sobre el caso Savolta*, 1975), 루르데스 오르티스(Lourdes Ortiz, 1943~)의 『기억의 빛』(*Luz de la memoria*, 1976), 라울 루이스(Raúl Ruiz, 1941~)의 『타오르미나의 독재자』(*El tirano de taormina*, 1980), 호세 마리아 겔벤수(José María Guebenzu)의 『달의 강』(*El río de la luna*, 1981) 등이 있다.

한편 이 시기에는 범죄소설, 에로소설 등이 등장했다. 언론 검열이 폐지됨으로써 이전에 불가능했던 정치적 스캔들, 공직자의 비리, 노골적 성행위 등의 묘사가 가능해졌기 때문이다. 범죄소설(노벨라 네그라)[4]은 탐정소설의 구조에 현실 반영이라는 사실주의적 경향으로 나타났는데, 기존의 탐정소설과는 많은 차이점을 보였다. 스페인의 노벨라 네그라의 출발은 마누엘 바스케스 몬탈반(Manuel Vázquez Montalbán,

---

4 노벨라 네그라(novela negra) : 네그라는 스페인어로 '검은색'이라는 뜻을 지닌다. 스페인 전환기 소설이 겪는 변화의 핵심에 '노벨라 네그라'라는 범죄소설 장르가 있다.

1939~2003)에 의해서였다. 그의 작품 『문신』(*Tatuaje*, 1975)과 『남쪽 바다』(*Southern Seas*, 1979)는 전환기의 정치적 · 사회적 의식의 변화를 가장 잘 반영하고 있다. 노벨라 네그라에 속하는 많은 작가들이 등장했는데, 대표적인 작가와 작품으로는 안드레우 마르틴(Andreu Martín Farrero, 1949~)의 『배우고서 입 닫다』(*Aprende y calla y El señor Capone no está en casa*, 1979), 후안 마드리드(Juan Madrid, 1947~)의 『친구의 키스』(*Un beso de amigo*, 1980) 등이 있다. 한편 에로소설의 대표적 작가와 작품으로는 에스테르 투스케스(Esther Tusquets, 1936~)의 『매년 여름의 바로 그 바다』(*El mismo mar de todos los veranos*, 1978) 시리즈, 미겔 에스피노사(Miguel Espinosa Gironés, 1926~)의 『가짜 레즈비언』(*La tribada falsaria*, 1980), 레오폴도 아산콧(Leopoldo Azancot)의 『금지된 사랑』(*Los Amores Prohibidos*, 1980) 등이 있다.

프랑코 사망 후 1980년대 중반부터는 더욱 많은 작가들이 다양한 작품을 내놓았다. 그러자 스페인 독자들도 외국 소설보다는 자신들의 정서와 삶을 반영하는 소설에 눈을 돌리게 되었다. 소위 '소설의 부활' 혹은 '소설의 제2의 전성기'라는 표현이 자연스럽게 형성되었다. 이들 새로운 작가들은 각자의 능력을 독자로부터 검증받는 형태로 문단에서 자리를 잡았다. 그리고 많은 소설들이 과거에 대한 사색, 정체성, 여성 존재에 대한 새로운 개념과 이전에 하위 장르로 평가받던 범죄소설 기법의 차용 등을 보여주었다. 이 시대의 대표적인 작가와 작품으로는 라파엘 치르베스(Rafael Chirbes, 1949~)의 『좋은 글』(*La buena letra*, 1992), 『사냥꾼의 발포』(*Los disparos del cazador*, 1994), 훌리오 야마사레스(Julio Llamazares, 1955~)의 『늑대의 달』(*Luna de lobos*, 1985), 안토니오 무뇨스 몰리나(Antonio Muñoz Molina, 1956~)의 『폴란드 기병』(*El jinete polaco*, 1991), 알무데나 그란데스(Almudena Grandes Hernández, 1960~)의 포르노를 다룬 『룰루의 시대』(*Las edades de Lulú*, 1989), 하비에르 세르카스(Javier Cercas Mena, 1962~)의 『살라미나의 군인들』(*Soldados de Salamina*, 2001) 등이 있다.

1990년대에 들어와서는 소설이 더 많이 출간되었다. 이들 소설은 장르나 문학적인 특징 등 주도적이거나 핵심적인 경향이 없이 다양한 면을 보여주었다. 또한 작가들 사이에 있어서도 문학적 공통점을 찾아보기 어렵다. 그래서 몇몇 평자들은 '특징이 없는 세대'라는 말을 하고 있기도 하다. 대표적인 작가와 작품으로는 카레 산토스(Care Santos, 1970~)의 『패배자의 탱고』(*El tango del perdedor*, 1997), 벨렌 고페기(Belén Ruiz de Gopegui, 1963~)의 『공기의 정복』(*La conquista del aire*, 1998), 프란시스코 카사베야(Francisco Casavella, 1963~2008)의 소외된 사회 저변을 다룬 『승리』(*El triunfo*, 1990), 라이 로리가(Ray Loriga, 1967~)의 『최악의 상황』(*Lo peor de todo*, 1992), 페드로 마에스트레 에레로(Pedro Maestre Henero, 1976~)의 나달 문학상 수상작인 『고무줄 새총으로 공룡 죽이기』(*Matando Dinosaurios Con Tirachinas*, 1996), 호세 앙헬 마냐스(José Ángel Mañas, 1971~)의 『크로넨의 이야기』(*Historias del Kronen*, 1994) 등이 있다.

1985년 세르반테스상, 그리고 1989년 노벨문학상을 받은 카밀로 호세 셀라는 꾸준히 작품을 발표했는데, 고향 갈리시아에 대한 추억을 그린 『보흐의 나무』(*Madera de Boj*, 1999)는 세기말 소설 문학계의 걸작으로 평가받고 있다. 또한 1985년 역시 세르반테스상을 받은 토렌테 바예스테르는 『경이로운 섬들』(*Las islas extraordinarias*, 1991)을, 1993년에 세르반테스상을 받은 미겔 델리베스(Miguel Delibes Setién, 1920~2010)는 자전적 역사소설 『이단자』(*El hereje*, 1998)를 내놓았다.

중남미 소설 문학으로는 우선 1967년 노벨문학상을 수상한 과테말라의 미겔 앙헬 아스투리아스(Miguel Ángel Asturias Rosales, 1899~1974)의 『대통령 각하』(*El señor Presidente*, 1946), 1982년 노벨문학상을 수상한 콜롬비아의 가브리엘 가르시아 마르케스(Gabriel José de la Concordia García Márquez, 1928~)의 『백 년 동안의 고독』(*Cien años de soledad*, 1967)을 들 수 있다. 그리고 아르헨티나의 시인이며 소설가이고 중남미 포스트모더니즘 소설의 선구자인 호르헤 루이스 보르헤스(Jorge Francisco Isidoro Luis Borges Acevedo, 1899~1986)의 『픽션』(*Ficciones*, 1944), 『피에르 메나르, 돈키호테의 저자』(*Pierre Menard, Author of Don Quixote*, 1939) 등이 있다. 또한 칠레 작가인 루이스 세풀베다(Luis Sepúlveda, 1949~)의 세계적 베스트셀러 작품 『연애소설 읽는 노인』(*Un viejo que leía novelas de amor*, 1989), 『감상적 킬러의 고백』(*Diario de un killer sentimental seguido de Yacaré*, 1998) 등이 있다.

■ 카밀로 호세 셀라(Camilo José Cela, 1916~2002)

– 『벌집』(*La Colmena*, 1951)

셀라는 스페인 북부 라 코루냐의 이리아플라비아에서 태어났다. 아버지는 스페인 세관의 공무원이었고 어머니는 영국과 이탈리아계 혼혈인이었다. 9세 때 셀라는 가족을 따라 마드리드로 이주하였다. 이후 마드리드 대학에서 철학·의학·문학을 공부했다. 1936년 스페인 내전이 일어나자 셀라는 학업을 중단하고 입대했다가 1939년 내전이 진압되자 퇴역하고 마드리드로 돌아왔다. 그는 생계를 위해 영화 배우, 화공, 노동자, 심지어는 투우사까지도 했었다.

셀라는 대학 시절부터 글을 쓰기 시작하여, 소설 『파스쿠알 두아르테가』(*La familia de Pascual Duarte*, 1942)를 내놓으면서 스페인어 문학계에 큰 반향을 불러일으켰고, 이 작품은 1984년 스페인어 최고 소설 10권

중 하나로 선정되기도 했다. 이후 1951년 5년에 걸쳐 집필한 장편소설 『벌집』을 내놓았다. 이 소설은 스페인 내전 중 3일 동안의 이야기로 수도 마드리드에 있는 작은 카페 등의 장소를 중심으로 보잘것없는 사회 하층민들의 생활상을 보여주었다. 결국 『벌집』은 스페인어 소설의 새로운 시대를 연 위대한 작품이라는 평가를 받으며 문학계에 셀라의 위치를 다시 한 번 확고히 굳혔다. 그리고 1989년 노벨문학상을 그에게 안겨 주었다.

『벌집』에서 '벌집'이라는 제목은 두 가지의 뜻을 지니고 있다. 당시의 마드리드나 스페인 사회 전체는 매우 혼란스러워서 마치 윙윙거리며 정신없이 날아다니는 벌들이 사는 큰 벌집 같다는 뜻이다. 또 하나는 사람들이 묵는 곳이 마치 벌집 속 작은방 같았기 때문이다. 모든 사람들은 모두 벌처럼 불안에 떨면서 시끄럽지만 아무런 의미도 없는 소리들을 내며 한 치 앞을 내다볼 수 없는 그런 삶을 살았다. 이 작품에 등장하는 인물은 총 300명에 달하며 사회의 최하층인 창녀, 부랑자, 거지들로 아주 어려운 삶을 살았던 사람들이다. 이 작품의 구성은 매우 독특하다. 우선 서술 시간이 매우 짧다. 그리고 기승전결 없이 서로 별 연관도 없어 보이는 작은 이야기들이 연결되어 있다. 앞뒤에 놓인 이야기들 사이에 어떤 논리가 존재하지도 않고, 흐름이 연결되지도 않는다. 또한 인물들도 서로 아무 관계도 없다. 작품의 줄거리는 다음과 같다.

도나로사는 카페를 운영하는, 내전 기간 중에 많지 않은 부자 중 한 명이다. 그도 다른 부자들처럼 구두쇠이다. 그녀는 언제나 상복 같은 검은색 옷을 입고 있다. 몸집이 꽤 큰 데다가 요즈음은 나날이 살이 쪄서 체중이 빨리 느는 듯 보인다. 소문에는 그녀가 마드리드의 몇 개 거리에 집을 가지고 있다고 한다. 그런데 매월 초가 되면 세 들어 사는 사람들은 모두 두려움에 떤다. 도나로사는 돈 문제만큼은 절대로 대충 넘기지 않았기 때문이다. 그녀는 "방세 못 내겠으면 당장 나가!"라고 협박한다.

도나로사는 한번 폭발하면 엄청나게 큰소리를 질러대며 오만 가지 욕설을 해 댔지만, 그래도 많은 사람들이 그녀의 카페를 좋아한다. 그 이유는 이곳의 가격이 다른 곳보다 싸기 때문이다. 게다가 내전 때문에 경제가 어려워서 다들 직장을 구하지 못하고 있어서, 마땅히 시간을 보낼 만한 곳이 없었기 때문이다. 이곳에 오는 단골들은 다양했는데, 그중에 몇몇 중요 인물이 있다.

돈레오나르도라는 청년은 사기꾼이다. 이 사람은 겉으로 보기에는 위풍당당하고 그럴싸한 꽤 잘나가는 사장 같다. 하지만 그는 빈털터리이며, 게다가 구두닦이 세공도가 일생동안 모은 돈을 사기 쳐서 모두 날리도록 만든다. 그런데 그 구두닦이는 화를 내는 것이 아니라 오히려 그를 공손하게 대하고 떠받든다. 돈레오나르도는 다른 사람이 담배를 피우고 있으면 그에게 다가가 "안녕하시오. 담배 쌀 종이 좀 빌립시다. 오늘 깜박하고 안 가지고 나왔네요." 하고 말한다. 사실 그는 담배를 빌리고 싶은 것이고, 그 일이 성사되면 이렇게 말하곤 한다. "에이, 뭐 우선 이거라도, 새로운 걸 피워보지요."

또 다른 단골손님으로는 엘비라라는 신세가 아주 불쌍한 아가씨가 있다. 그녀가 어릴 적 아버지는 미쳐서 송곳으로 그녀의 어머니를 죽였다. 그녀의 아버지가 교수형에 처하기 전에 남긴 말은 "운이 나빴어. 독약이었다면 발견되지 않았을 텐데"였다. 아버지마저 죽은 후 갈 곳이 없던 그녀는 나이 많은 할머니와 살게 된다. 마을사람들은 언제나 그녀를 괴롭힌다. 결국 어느 날 그녀는 한 남자와 도망을 친다. 외지에 나가자 이 남자는 엘비라가 지겨워졌고, 결국 그녀를 움직이지도 못할 정도로 심하게 두들겨 팬다. 엘비라는 어쩔 수 없이 다시 도망치지만, 사기를 당해서 창녀가 되고 만다. 마드리드에 온 후 그녀는 점점 아름다움을 잃어갔고 벌이도 거의 없어서 대부분 날을 굶고 있다.

하루는 도나로사의 카페에 한 젊은 청년이 커피를 마시고는 계산을 하지 않는다. 도나로사는 혹독하게 대하면서 종업원에게 내쫓게 한다. 이 청년의 이름은 마린 마르코로 재기가 부족한 지식인이다. 그는 빈털터리여서 잘 곳도 없고 끼니를 채우기도 힘들다. 그의 누나가 항상 도와주었지만 그녀도 다섯 명의 아이들을 키우고 있고, 매형은 하루 종일 흑인 노예처럼 일하며, 집은 매우 가난하다. 그는 하루 종일 길과 지하철을 방황하고, 심지어는 당국에서 잡아갔는데도 아무도 모른다. 들리는 바에 의하면 정치적인 이유로 잡혀갔다고 한다.

■ 루이스 마르틴 산토스(Luis Martín-Santos Ribera, 1924~1964)
 - 『침묵의 시간』(*Tiempo de silencio*, 1962)

산토스는 군의관이었던 아버지의 부임지 모로코의 라라체에서 태어나 살라망카 의대에서 공부했다. 그는 당시 마드리드 히혼 카페에서 열렸던 유명한 문학 모임에 참가하며 문학적 소양을 쌓았고, 이를 자신의 전공인 정신 분석과 결합하여 당대 보기 드문 독특한 소설의 경지를 개척했다. 이후 독일 유학을 거쳐 북부의 아름다운 해안 도시 산 세바스티에서 정신과 의사로 일하다가 1964년 교통사고로 세상을 떠났다.

장편 『침묵의 시간』은 스페인 현대 소설의 방향을 바꾼 기념비적인 작품이다. 이 소설은 스페인 내전 이후 리얼리즘 계열의 소설이 지배해 온 스페인 문학계에, 소설이 가야 할 새로운 길을 제시했다고 할 수 있다. 또한 이 작품은 대부분의 스페인 소설론에서 독립된 장으로 취급할 만큼 문학계에 지대한 파장을 일으켰는데, 그 초점은 형식면에서의 과감한 개혁에 있다. 실제로 이 작품의 출판 이후 1960년대 스페인 소설의 경향은 내용보다는 그것을 나타내는 형식에 주안점을 두기 시작했다. 가령 후안 고이티솔로(Juan Goytisolo), 후한 베넷(Juan Benet), 후안 마르세(Juan Marsé), 토렌테 바예스테르(Torete Vallesther) 등의 작가들은 이전과는 다른 새로운 소설들을 계속해서 내놓았는데, 이들의 소설에는 언어와 형식에 대한 새로운 전망이 있었다는 점에 여러 비평가들의 의견이 일치한다.

『침묵의 시간』은 어느 도시 젊은 의사의 좌절을 소재로 하여 전개되는데, 주인공 페드로는 불법적인 낙태에 염증을 느껴 도시생활을 포기하고 시골로 내려가 의사생활을 계속한다. 이 소설은 당대 스페인의 사회·문화적 배경을 잘 반영하고 있으며 특히 도시 노동자 계급, 쇠퇴기의 부르주아지, 그리고 소수의 지식층을 등장시키고 있다. 이 소설은 프롤레타리아 계급을 의식하고 쓴 일종의 사회소설로 간주되기도 하나, 특정한 이데올로기를 옹호하거나 구체적인 정치적 견해를 표명하는 정치소설과는 거리가 멀다. 작품의 줄거리는 다음과 같다.

전도 유망한 의사 페드로는 실험실에서 암의 발병 원인에 대해서 연구하고 있다. 그는 실험용 쥐가 바닥나자 실험실에서 보조로 일하는 아마도르가 전해 준 정보에 따라 무에카스의 변두리 움집으로 쥐를 구하러 간다. 그날 밤 페드로는 친구인 마티아스와 술집을 전전하다 결국 창녀촌까지 들렀고, 잔뜩 술에 취한 채 자신의 하숙집으로 돌아온다. 술에 취해 돌아온 페드로를 보고 하숙집의 여주인공은 계획했던 대로 그를 함정에 몰아넣는다. 그것은 의사인 페드로를 자신의 손녀인 도리타와 짝지어 주기 위한 작전이다. 이리하여 페드로는 하숙집 여주인의 손녀인 도리타와 하룻밤을 보내게 된다.

다음 날 새벽, 무에카스는 과다 출혈로 위험에 빠진 자신의 딸 플로리타를 살리기 위해 페드로를 찾아온다. 그러나 페드로가 움집에 도착했을 때 플로리타는 거의 숨이 넘어간 상태였다. 플로리타의 발병 원인은 아버지 무에카스와의 근친상간으로 인한 유산이 직접적인 원인이었다. 이러한 상황에서 플로리타의 애인인 카르투초는 누가 자신의 애인을 죽게 만들었는지를 밝히고자 한다. 이때 실험실 보조원 아마도르는 페드로의 잘못된 수술로 그녀가 죽었다고 거짓으로 증언한다. 이에 카르투초는 경찰에 범인을 신고했고, 페드로는 체포되어 감옥에 갇히게 된다. 친구 마티아스와 애인 도리타는 페드로의 무죄를 증명하기 위해 온갖 노력을 기울인다. 마침내 무에카스의 아내가 딸의 죽음과 페드로가 관련이 없음을 밝혀주어 그는 석방된다. 그러나 플로리타의 애인 카르투초는 페드로의 결백을 인정하지 않는다. 비록 무죄의 판명을 받았지만, 페드로는 물의를 일으켰다는 이유로 실험실에서 쫓겨난다.

암 연구라는 인생의 목표가 좌절된 페드로는 애인 도리타와 결혼을 준비한다. 하지만 페드로의 무죄를 인정하지 않았던 플로리타의 애인 카르투초에 의해 도리타는 축제 중에 죽음을 당하게 된다. 페드로는 모든 것을 잃어버리게 된다. 삶의 모든 영역에서 구원받지 못한 페드로는 마드리드를 벗어나 어느 시골로 떠나게 된다.

■ 마누엘 바스케스 몬탈반(Manuel Vázquez Montalbán, 1939~2003)

– 『문신』(*Tatuaje*, 1974)

몬탈반은 바르셀로나에서 태어났다. 학창 시절 사회주의 활동을 하면서 반정부 투쟁에 가담하여 3년형을 받기도 했다. 1967년 시인으로 활동을 시작한 이래 신문기자, 뮤지컬 코미디 작가, 수필가, 비평가 등의 광범위한 예술활동을 전개하여 성공을 거두었다. 이후 그는 소설을 쓰기 시작했는데, 그중에서도 '카르발로 시리즈'가 그에게 가장 큰 명성을 안겨 주었다.

『내가 케네디를 죽였다』(*Yo maté a Kennedy*, 1972)에서 카르발로라는 인물을 탄생시켰고, 『문신』에서는 스페인식 '노벨라 네그라'의 전형을 탄생시켰다. 이어 『남쪽 바다』(*Los mares del sur*, 1979)로 플라네타상을 수상하여, 비평계와 독자들로부터 문학적 깊이를 인정받아 한층 더 그의 명성을 굳혔다. 이후로 출간된 카르발로 시리즈는 2003년에 그가 세상을 떠난 1년 후 발간된 작품을 포함하여 23권에 달한다. 이 시리즈의 특징은 각 작품마다 당시 스페인 사회와 민중의 내면을 가장 사실적이고 효과적으로 반영했다는 점이다.

전통적 추리소설은 의혹의 해결이라는 단면적인 방식으로 진행되며, 그 묘기가 끝남과 동시에 소설의 긴장이 풀어져 단순한 유희의 한계를 벗어나지 못한다. 그러나 몬탈반의 『문신』은 전통 추리소설과는 그 양상을 달리하고 있다. 소설의 의도는 무너져 가는 전통 규범, 사회 도덕, 상류층의 도덕적 결함 등의 비판으로 나타난다. 이 작품에서는 범죄자가 곧 사회의 악이라는 등식이 성립되지 않듯이, 경찰이나 사회 공권력 또한 선의 대변자로 그려져 있지 않다. 이는 범인이 그렇게 행동하도록 유도한 가난, 절망, 소외 등 사회 현실의 근원적 뿌리를 포착하여 독자에게 제시하는 데 큰 의미를 두고 있기 때문이다. 작품의 내용은 다음과 같다.

바르셀로나의 한 해변에 두 눈과 얼굴이 고기밥이 되어 있고, 등에 "나는 지옥을 혁명시키기 위해 태어났다"라는 문신이 새겨져 있는 신원 미상의 남자 시체가 떠내려 온다. 이에 주인공 카르발로는 빈민가이자 윤락가인 '바리오 치노'에 사는, 한 미장원의 늙은 남자 주인 라몬으로부터 시체의 신원과 직업을 경찰 모르게 조사해 달라는 의뢰는 받는다. 이 의뢰를 받고 카르발로는 네덜란드로 간다. 거기서 헤이그 윤락가의 스페인 여자, 그곳 스페인 노동자들과 이야기를 나눈다. 그러면서 스페인의 어려운 현실, 프랑코 관료 체제의 핵심이었던 오푸스 데이 등에 대한 의견을 나눈다. 그들은 "스페인 사람으로 사는 것은 고통스럽다"고 말하면서 내전 후 프랑코 치하의 정치·사회를 간접적으로 비판한다. 그리고 사망자의 이름이 홀리오 체스마이고, 죽기 직전 바르셀로나로 마약을 운반하던 자임이 드러난다.

그런데 라몬이 왜 그런 의뢰를 했는가 하는 개인적 호기심에 카르발로는 홀리오의 과거 삶을 추적한다. 그 결과 홀리오 체스마는 고아로 자라 범죄를 저지르며, 소년원과 교도소를 들락거리다가, 자신의 과거를 극복하겠다는 결심에서 야학과 독학을 하고, 외국인 회사의 노동자로 일하는가 하면 유흥업소 문지기, 마약 운반책 등의 직업을 전전한 것으로 드러난다. 즉 그의 이상한 삶의 과정은 사회 환경에 있는 것이다. 그리고 홀리오 체스마의 반항아적 삶에 있어서 어떤 여인을 진정으로 사랑하였는가가 주된 관심거리로 떠오른다.

주인공 카르발로는 사회로부터 제약당하고, 경제적으로 궁핍한 소시민이다. 그와 가까운 인물들 역시 밑바닥 인생들이다. 그들은 바르셀로나의 바리오 치노, 헤이그의 중심가 뒷골목, 암스테르담의 환락가 등을 떠돈다. 또한 카르발로의 조수에 비견되는 애인 차로는 윤락녀이며, 정보원 브로무로는 구두닦이다.

카르발로에 대립된 인물은 테레사이다. 바르셀로나 상류 사회에 속하는 그녀는 같은 상류 계층의 남자와 결혼하였다. 그러나 정숙한 외모와는 달리 부부가 서로 별거하면서 개방된 성생활에 탐닉한다. 그리고 홀리오 체스마는 그녀가 별장에서 만나 즐기던 여러 남자 중의 한 사람이다. 문제의 해결은 테레사의 별장에서 이루어진다. 홀리오의 진정한 여인은 라몬의 동거녀 케타였다. 등에 새겨진 문신은 그녀와 만나던 테레사의 방 안에 있던 그림에 나오는 문구였다. 그리고 라몬이 훌리오를 살해한 뒤 경찰의 수사 상황을 알고자 그런 의뢰를 했음이 밝혀진다. 그런데 카르발로는 암스테르담에서는 죽음의 위기를 맞고, 라몬이 케타에게 살해당하는 연속적인 범죄를 막지 못한다. 끔찍한 살인 사건은 인간의 비도덕적인 행위, 정신적 결함 등 개인적 요인이 아니라 열악한 사회 환경의 결과로 나타나는 사회의 질병인 것이다.

■ 안토니오 무뇨스 몰리나(Antonio Muñoz Molina, 1956~)
　　　　　　　　　　　－ 『폴란드 기병』(*El jinete polaco*, 1991)

무뇨스 몰리나는 안달루시아 지방의 하엔에서 태어났다. 그라나다 대학에서 예술사를 공부한 후, 다시 마드리드 대학에서 신문방송학을 공부했다. 졸업 후 시청 공무원으로 일하던 중, 그라나다의 여러 신문에 시사적인 내용의 글을 쓰기 시작했다. 그러다가 소설로 방향을 전환하여 『리스본의 겨울』(*El invierno en Lisboa*, 1987)을 출간하여 명성을 얻었다. 이후 계속하여 『또 다른 삶들』(*Las otras vidas*, 1988), 『어둠의 왕자』(*Beltenebros*, 1989), 『폴란드 기병』, 『다른 세상은 싫어』(*Nada del otro mundo*, 1993), 『비밀의 주인』(*El dueño del secreto*, 1994), 『전사의 열정』(*Ardor guerrero*, 1995), 『만월』(*Plenilunio*, 1997), 『세파라드』(*Sefarad*, 2001), 『블랑카의 부재』(*En ausencia de Blanca*, 2000) 등을 내놓으면서 전환기 이후 소설 문학의 가능성을 넓혔다. 그 가운데 『폴란드 기병』은 1991년 플라네타상과 1992년 국민문학상 받았으며, 1990년대 이후 소설 세대의 대표 작품으로 평가았다. 그는 1995년 젊은 나이로 스페인 한림원의 정회원이 되었다.

『폴란드 기병』은 3부로 구성되어 있는데 「목소리들의 왕국」, 「폭우 속의 기병」, 「폴란드 기병」이다. 이 작품은 현재의 자신이 과거의 자신을 탐구하는 과정을 그리고 있다. 과거의 기억은 자신에 대한 새로운 발견, 가치 부여 등의 경로를 거쳐 독자의 눈앞에 새롭게 탄생한다. 이 야기에서 밝혀지는 내용은 자기 가족의 과거이다.

작가가 한 인물의 정체성을 추구하는 과정은 바로 자기 과거의 발견에 근거를 두고 있다. 이야기에서 '나' 자신의 기억은 다른 주변인들의 기억과 연계되어 있고, 과거의 되새김은 그 과거에 새로운 의미가 부여되는 과정이며, 발견된 과거는 정체성의 회복으로 그려진다. 사랑하던 여인과 함께 벗어나고자 했던 과거의 고향 마을에 다시 찾아가, 과거를 새롭게 인식하는 주인공의 모습을 통해, 한 인간의 삶은 주변의 여러 삶들의 한 부분이고, 한 개인의 운명 또한 주변의 운명과 분리되어 생각할 수 없음을 말하고 있다. 작품의 내용은 다음과 같다.

제1부 「목소리들의 왕국」 : 할머니가 세상을 떠났다는 소식에 미국에서 고향인 스페인 안달루시아 지방 하엔의 마히나로 돌아가는 35세의 동시통역사 마누엘의 이야기이다. 공간적 배경은 스페인 안달루시아 지방 하엔의 우베다에서 태어난 작가 안토니오 무뇨스 몰리나가 자전적 소재를 활용했음을 보여준다. 또한 이야기의 시간적 배경이 되는 걸프 전쟁에 대한 서술은 35세의 작가가 작품을 쓰던 1991년도와 일치한다.

1부는 주로 주인공 마누엘과 작품의 주된 배경이 되는 마히나에 대해 중점적으로 이야기한다. 1부의 13개 장은 화자의 형태가 3인칭과 1인칭으로 교차된다. 1장을 포함한 홀수 장은 3인칭 화자에 의해 진행되고, 2장부터 짝수 장은 1인칭 화자에 의해 진행된다.

그 현재 시점의 첫 번째 장은 화자 '나'와 나디아가 자신들의 18년 전 과거로 돌아가는 장면이다. 주로 3인칭 화자에 의해 전개되는 서술은 주인공 마누엘에 초점을 두고 있기 때문에, 2장에서 마누엘의 1인칭 서술과 자연스럽게 이어져 독자는 화자가 바뀌었다는 것을 쉽게 알아차리지 못한다. 1장은 소설 전체의 서두가 되어 1인칭 화자와 3인칭 화자에 의한 두 줄기 서술의 공통적 분모처럼 전개된다.

제2부 「폭우 속의 기병」 : 2부 또한 장마다 화자를 달리하는 형태가 이어진다. 홀수 장에서 1인칭 화자에 의해 마누엘이 과거 청소년기였던 70년대 스페인 농촌

의 삶이 현재로서 그려진다. 그리고 성공을 꿈꾸는 청소년기의 자신 앞에 나타난 늙은 갈라스와 그의 딸 마리나, 마리나에 대한 마누엘의 사랑, 프락시스 선생을 좋아하는 마리나, 갈라스 소령과 마리나의 미국행, 자신의 대학 입학 등이 주된 줄거리이다.

그러나 2부는 갈라스 소령에 대한 이야기가 중심이 된다. 이 이야기는 3인칭 화자에 의해 이루어지는데 갈라스 소령, 마리나, 주변 인물의 관점으로 나뉘어져 나타난다. 물론 나디아를 통해 마누엘에게 전달된 것이지만, 갈라스의 관점을 따르는 서술로 극적인 상황에 처한 갈라스의 내면을 잘 그려내고 있다. 객관적 3인칭이 아닌 전지적 3인칭 화자를 통한, 갈라스에 대한 서술은 마히나 수비대 소령으로서의 직책과 관련되어 있다. 프랑코가 모반을 일으키자 지역 주둔군 사령부는 이에 동조하나, 군 엘리트였던 갈라스 소령은 보장된 미래를 포기하고 프랑코의 세력에 반발한다. 비교적 짧은 기간이었던 이 시기는 프랑코에 의한 내전 발발 상황과 연계되어 복잡하고 세밀하게 묘사되어 있다. 화자는 갈라스를 포함한 여러 인물의 관점에서 당시 갈라스 소령의 내면 갈등 과정을 제시한다.

제3부 「폴란드 기병」 : 3부는 이야기 진행 시점으로 볼 때 과거와 현재 두 부분으로 구분된다. 과거의 시간에 속하는 이야기는 9장까지인데, 이 또한 1인칭과 3인칭 화자 사이를 오가며 전개된다.

첫 번째 장의 1인칭 자기 고백적 이야기는, 자신이 꿈꾸던 동시통역사로 성공한 이후, 나디아와의 재회하는 과정을 담고 있다. 마리나, 즉 나디아와의 재회에 성공한 마누엘은 그 순간까지 동시통역사로 활동하면서 망각했던 과거로 회귀한다. 그 회귀는 1~9장까지의 홀수 장에서 전개되는 1인칭 서술인 나디아와의 대화를 통해서이다.

과거로의 회귀는 마누엘이 자신의 옛사랑을 되찾는 것에서 출발한다. 마드리드에서 국제회의 통역을 할 때 우연히 만나 하룻밤 사랑을 나누었던 미국인 엘리슨을 추적한다. 그 여인과 재회한 후, 그녀의 결혼 전 이름이 나디아였고, 그녀가 자신의 청소년기에 사랑했던 마리나였음을 알게 된다. 작가는 작품 1부에서 주인공 마누엘의 연인으로 나디아라는 이름을 제시하고, 2부에서는 주인공이 청소년기에 사랑했던 마리나와 관련된 이야기를 추억의 형태로 전개하여, 독자로 하여금 현재의 사랑과 첫사랑에 대한 이미지를 갖게 해준다. 3부에서는 주인공이 과거의 마리나를 알아보지 못하고 혼동했던 이유와 그녀에 대한 사랑의 감정을 보여준다. 또한 독자로 하여금 그러한 상황과 이유에 대해 객관적으로 사고하도록 유도한다. 그 과정에서 주인공이 극적 사건을 통해 옛 사랑을 다시 만나게 되고, 그녀를 알아보지 못하게 된 주인공의 변화된 삶이 서술된다.

■ 미겔 앙헬 아스투리아스(Miguel Ángel Asturias Rosales, 1899~1974) - 『대통령 각하』(El señor Presidente, 1946)

아스투리아스는 과테말라의 한 법관 가정에서 태어났다. 과테말라 대학 법학부를 졸업한 후, 계속 프랑스 소르본 대학에서 법학을 공부하면서, 그는 유명한 마야문명의 권위자의 강의를 듣고, 마야문화와 종교 연구에 심취하게 되었다. 그리하여 그 역시 라틴아메리카 각 지방의 신화 연구에 정렬을 쏟았다. 다년 간 연구한 고대 마야문명은 훗날 그의 작품 세계에 큰 영향을 미쳤다. 1902년 마누엘 에스트라다 카브레라(Manuel Estrada Cabrera, 재위 1898~1920)가 독재를 하자 전 가족이 내륙 지방으로 이사했다. 그만큼 그는 어렸을 때부터 독재 정권의 패악을 직접 목격하며 자랐다.

그가 독재자 카브레라를 모델로 1925~1932년까지 7년을 걸쳐 완성한 작품이 『대통령 각하』이다. 하지만 과테말라에서는 문화 제재가 심해 출판할 수 없었고, 1946년에서야 멕시코에서 출판되었다. 이 작품이 출간되자 남미 문단에 큰 반향을 일으킴과 동시에 아스투리아스를 세계적인 작가로 만들었다. 그리고 이 작품은 '라틴아메리카 원주민의 민족적 특성과 전통 속에 뿌리박은 생생한 문학'이라는 평가를 받았으며, 이후 1967년 노벨문학상을 수상하였다.

이 밖에 아스투리아스의 대표적 소설로는 『괴테말라의 전설』(Leyendas de Guatemala, 1930), 『옥수수의 인간들』(Hombres de maiz, 1949), 『과테말라에서의 주말』(Week-end en Guatemala, 1956), 『조그만 보석에 싸인 소년』(Los *ojos de los enterrados*, 1960) 등이 있고 시집으로 『소네트』(1936) 등이 있다.

장편 『대통령 각하』는 '마술적 리얼리즘'[5]이 독일에서 중앙아메리카로 들어오기 2년 전이지만, 이 작품에는 이미 마술적 리얼리즘의 색채가 가득 배어 있다. 작품의 여러 곳에서 현실생활 속에 있는 신기한 형상들과 환상을 볼 수 있다. 또한 작품 속에서 현실과 환상이 교차되는 부분에는 중앙아메리카인들 특유의 전통적인 사상이 첨가되어 있다. 따라서 이 작품이 주목 받는 가장 큰 이유는, 라틴아메리카 전제 폭군의 모습이 생생하게 그려져 있다는 점이다. 대통령은 냉정하고 잔인하고 간사하며 위선적이다. 자신의 통치 권력을 지키기 위해 모든 음모와 수단을 이용해서 정적을 제거하고, 국민들을 제압하기 위해 사방에 눈과 귀를 심어 놓는다. 그러나 이 소설은 단순히 독재 정권하의 사회를 묘사하기만 한 것이 아니라 독재 정권이 존재하는 역사적인 근원을 분석하고 있다. 한편 카날레스 장군을 등장시킴으로써 양심과 민주정신을 전파하고 있고, 카르바할 변호사를 통해 자유 사상을 알리고 있다. 작품의 줄거리는 다음과 같다.

중앙아메리카의 어느 국가. 어느 날 밤 대성당 입구에서 살던 백치 거지는 우연히 파랄레스 손리엔테스라는 독재 체제를 뒷받침하는 대령을 목 졸라 죽인다. 그런데 이 사람은 대통령의 심복이었고 온갖 나쁜 짓을 다 했던 인물이다. 이 사실을 안 대통령은 화가 머리끝까지 올라, 이 사건을 빌미로 정적(政敵)인 카날레스 장군과 카르바할 변호사를 숙청하려고 생각한다. 그리하여 계획을 단단히

---

5 마술적 리얼리즘 : 환상적 사실주의라고도 한다. 원래는 후기 표현주의 회화를 설명하기 위해 사용된 용어였으나 환상성과 사실주의를 결합시킨 중남미 문학의 특징을 지칭하는 것으로 자주 사용된다. 이성적인 현실 세계 내에서 초자연적인 현상들이 벌어지지만, 소설 속 인물들은 이를 이상하게 생각하거나 의아하게 받아들이지 않고, 자연스러운 일상으로 여기는 것을 특징으로 하는 주의이다.

세운 대통령은 함정을 만들기 시작한다. 대통령은 자신의 심복인 군법관에게 그날 밤 현장에 있었던 모든 거지를 잡아들이고, 그들의 입에서 범인은 카날레스와 카르바할이라고 말할 때까지 고문을 하라고 지시한다. '바리'라고 하는 거지 한 명은 위증을 할 수 없어서 고문을 당하다가 그대로 맞아 죽는다. 경찰은 곧바로 카르바할을 잡아들여 감옥에 가둔다. 한편 카날레스 장군을 겨냥한 대통령의 또 다른 음모가 진행된다.

대통령은 또 다른 심복 안헬을 시켜, 카날레스 장군에게 편지를 전하라고 지시한다. 그러면서 장군이 다치는 것을 원치 않으니 도망갈 수 있도록 방법을 생각해 보라고 말한다. 대통령의 계획은 장군이 도망갈 때 병사들에게 명령하여 사살하려는 것이다. 그러면 쉽게 정적을 제거할 수 있는 것이다. 하지만 안헬은 장군의 외동딸 카밀라에게 반해 있었기 때문에 정말로 장군이 도망갈 수 있도록 해주었고 장군은 감사의 뜻으로 딸과의 결혼을 승낙한다.

감옥에 갇힌 카르바할 변호사는 계속해서 자유 사상을 전파한다. 법정에서는 카날레스와 카르바할에게 반란, 폭동, 매국노 등의 죄를 뒤집어 씌워 유죄 판결을 내린다. 카르바할 변호사는 너무 황당하여 웃음만 나올 뿐이다. 카르바할 변호사는 판결에 상소하려 했지만, 군법관은 상소는 있을 수 없으며 판결대로 집행할 것이라고 말한다. 결국 카르바할 변호사는 그렇게 죽는다.

대통령은 안헬과 카밀라의 결혼에 거짓으로 동의하면서 그들을 위해 피로연을 열어 주기까지 한다. 결혼 증인이 대통령이었기 때문에 이 소식은 모든 신문에 실린다. 피신 중인 카날레스 장군은 사람들의 힘든 생활을 두 눈으로 직접 보면서 독재 정권을 몰아낼 군대를 만들 준비를 한다. 그리하여 이제 막 첫 부대를 소집하고 있는데, 대통령이 자기 딸의 결혼식을 주관한다는 신문기사를 보고는 매우 격분하여 결국 중풍으로 죽고 만다.

안헬은 어떤 사람이 자기가 대통령을 배반하고 혁명을 지지한다는 모함을 한 사실을 알고 매우 불안해한다. 대통령은 거짓으로 그를 달래며 주미대사로 발령하면서 당장 미국으로 가라고 한다. 안헬은 이것을 유일한 살 길로 여겼으나 대통령은 파르판 소령에게 그가 국경을 넘을 때 비밀리에 체포해 오라는 명령을 내린다. 감옥에 들어간 안헬은 각종 고문을 당하면서도 사랑하는 아내를 생각하며 고통을 이겨낸다. 대통령은 이 사실을 알고 사람을 보내어 카밀라가 이미 대통령의 정부가 되었다는 말을 전하게 한다. 그 말을 전해들은 안헬은 커다란 충격을 받고 갑자기 죽음을 맞이한다. 카밀라는 남편의 소식을 백방으로 수소문해 보아도 알 수 없자 상심하여 아들과 시골로 돌아간다.

■ 가브리엘 마르케스(Gabriel José de la Concordia García Márquez, 1928~) - 『백 년 동안의 고독』(*Cien años de soledad*, 1967)

콜롬비아 작가이며 1982년 노벨문학상을 수상한 마르케스는 콜롬비아의 막달레나 지역인 아라카타카에서 태어났다. 그는 어릴 적 퇴역 대령으로 치열한 삶을 산 외조부의 무용담과 귀신이나 영혼 이야기를 곧잘 들려준 외조모에게 많은 영향을 받았으며, 이것은 그의 작품에 그대로 반영되었다. 1940년 보고타 인근 도시의 중등학교를 졸업하고, 계속 보고타 국립대학에서 법학을 공부하였으나 졸업하지 못하고, 신문사에 들어가 기자생활을 하면서 작품활동을 시작했다. 기자로 유럽에 체재하다가 그 후 멕시코에서 창작활동을 했다. 쿠바 혁명이 성공한 후에는 쿠바에서 국영 통신사에 근무하면서 로마, 파리, 아바나, 뉴욕 특파원을 역임하였다. 1961년 이후에는 멕시코에서 기자, 영화 시나리오 작가, 시사평론가 등으로 활약했다. 또한 프랑스 대통령의 적극적인 요청으로 프랑스·스페인문화교류 위원회의 회장직을 맡기도 하였다.

『백 년 동안의 고독』은 아르헨티나에서 출판되었다. 소설이 출판되자 라틴아메리카 소설 출판사상 기적이라고 불릴 만큼 많이 팔렸다. 세계 각국에서도 이 소설을 '20세기 스페인어 소설 중 가장 훌륭한 작품'이라고 평가했다. 또한 이 소설은 총 20여 개국의 언어로 번역되었다.

그 밖에 대표적인 소설로는 『아무도 대령에게 편지하지 않았다』(*El coronel no tiene quien le escriba*, 1961), 『예고된 죽음 이야기』(*Crónica de una muerte anunciada*, 1981), 『콜레라 시절의 사랑』(*El amor en los tiempos del cólera*, 1985), 『미로 속의 장군』(*El general en su laberinto*, 1989), 『사랑과 기타 악령』(*Del amor y otros demonios*, 1994), 『납치 일지』(*Noticia de un secuestro*, 1996) 등이 있다.

『백 년 동안의 고독』은 마콘도라는 가상의 땅을 무대로 백 년에 걸친 부엔디아 가문의 역사가 주요 내용을 이루고 있으며, 마르케스 문학의 정수로 자리 잡고 있다. 이 소설에는 두 가지 역사가 등장한다. 하나는 부엔디아 가문의 역사이며 또 다른 하나는 콜롬비아 혹은 아메리카의 역사이다. 그리고 무궁무진한 상상력을 바탕으로 인간 세상에서 일어날 수 있는 온갖 이야기들이 등장한다. 이 작품은 콜롬비아의 실제 역사인 동시에 궁극적으로는 인류가 체험하는 신화와 전설을 표현한 것이다. 그리하여 환상적·우화적·신비적 요소를 뒤섞음으로서 현실과 환상, 역사와 민담의 경계를 무너뜨리는 문학적 실험성과 정치적 경향성이 결합된 '환상적 사실주의'의 진수로 평가되고 있다. 작품의 줄거리는 다음과 같다.

> 호세 아르카디오 부엔디아와 친척 동생인 우르술라는 근친 결혼을 하면 돼지 꼬리 달린 자식을 낳는다는 속설이 있음에도 불구하고 결혼을 한다. 하지만 우르술라는 돼지꼬리를 가진 아기가 태어날까 봐 남편과 동침하려 하지 않는다. 이웃 사람인 프루덴시오는 동침을 않는 이유가 부엔디아가 사내 구실을 못해서 그렇다고 비웃는다. 이 일로 두 사람은 결투를 벌이고 프루덴시오는 창에 목이 찔려 그 자리에서 죽고 만다. 이 날 이후로 프루덴시오의 영혼이 부엔디아 일가에서 떠돌아다녔고 부부는 먼 곳으로 떠나기로 한다. 이때 마을의 일부 다른 청년들도 함께 떠난다. 일행들은 여러 가지 어려움을 겪으면서 2년을 돌아다니다가 어느 인적이 없는 작은 강가에 도달한다. 그곳에 자리를 잡은 일행들은 마을을 짓고, 그 이름을 마콘도라고 한다. 동쪽은 험준한 산맥으로 막혀 있고 남쪽은 늪과 호수로 막혀 있어 이 마을을 찾는 유일한 손님들은 집시들뿐이다.
>
> 1대 부엔디아는 호세 아르카디오와 아우렐리아노라는 두 명의 아들과 아마란타라는 딸을 둔다. 두 아들은 마을의 술집 여인과 번갈아 관계를 가지며 그녀와의 사이에 낳은 아들들이다. 매년 3월이면 집시들이 마을 사람들이 보지 못했던 물

건들을 들고 마을로 찾아온다. 자석, 망원경, 확대경 등 모두 새롭고 재미있는 물건들이다. 그런데 그중 한 명이 부엔디아에게 연금술 실험실을 선물한다. 부엔디아는 연금술에 푹 빠져 하루 종일 집에 틀어박혀 연구한다. 이렇게 부엔디아가 작은아들 아우렐리아노와 실험실에서 연구에 몰두하고 있을 때, 큰아들 호세 아르카디오는 마을에 들어온 집시 여자와 눈이 맞아 가족에게 작별의 인사도 없이 그 무리를 따라 떠난다.

마콘도는 번영하기 시작한다. 부엔디아 부부는 레베카라고 하는 한 작은 여자아이를 맡아서 키우게 된다. 이 아이가 들어오자 생각지 못한 일들이 발생한다. 레베카로부터 불면증이 전염되기 시작한 것이다. 오래지 않아 온 집안에, 온 마을의 모든 사람들이 이 병에 걸려 기억을 잃어간다. 어느 날 멜카아데스라는 늙은 집시가 마을로 와서 약을 만들어 사람들의 병을 치료해 준다.

집시를 따라 집을 나간 큰아들 아르카디오가 몇 년 후에 돌아와 아버지의 친구 딸인 레베카와 결혼하나 의문의 죽음을 맞는다. 둘째 아들 아우렐리아노는 시장의 막내딸 레메디오스와 사랑에 빠져 결혼한다. 레메디오스는 미쳐서 나무에 개처럼 목을 매고 살아가는 시아버지를 극진히 모신다. 하지만 레메디오스는 오래지 않아 병으로 죽고 만다. 이후로도 아우렐리아노는 장인과 도미노를 즐기곤 한다.

한편 당시 보수파와 자유파가 선거에서 경쟁을 벌린다. 이 내란에 아우렐리아노는 대령으로 참전하며 32개의 전투에서 패장이 된다. 당시 전장을 오가며 낳은 자식이 모두 17명이며 이들은 모두 한날 한시에 살해당하는 비운을 겪는다. 필라르의 아들인 아르카디오는 산타 소피아와 결혼해서 레메디오스와 호세 아르카디오 세군도, 아우렐리아노 세군도를 낳는다. 레메디오스는 어느 날 집 마당에서 놀다가 회오리바람과 함께 하늘로 사라지며, 아마란타는 자신이 죽을 시간에 관에 들어가 죽음을 맞는다. 아마란타는 레베카의 첫 연인을 사모했으며, 두 사람의 결혼을 방해한 의문의 인물일 가능성이 많은 인물이다.

아우렐리아노 세군도는 광신도에 가까운 페르난다와 결혼해서 아들과 딸 둘을 낳는다. 첫딸은 마을의 평범한 청년과 사랑에 빠지게 되는데, 이를 알게 된 페르난다는 금족령을 내린다. 그러나 두 연인의 만남은 지속되고 딸은 임신을 한다. 페르난다는 딸을 수녀원에 보내고 딸이 낳은 아이를 집에서 키운다. 부모가 누구인지도 모르고 고아처럼 자라던 아이는 집의 창고에서 발견한 양피지에 적힌 이상한 글자들에 관심을 가지게 된다. 그래서 동네의 책방에서 책을 빌려 보며 많은 언어를 접하게 된다.

　페르난다는 아들을 유럽으로 보내어 신부로 만들며, 막내딸도 유럽으로 유학 보낸다. 그곳에서 프랑스 남자와 결혼한 딸은 집으로 돌아온다. 그런데 이제는 아무도 살지 않는 마콘도의 대저택에서 무료함을 달래다가 조카와 불륜의 관계를 맺고 임신을 하게 되며 조카의 아이를 낳다가 죽는다. 아이는 돼지꼬리를 달고 태어나며, 그 순간 조카는 양피지에 적힌 글자들을 해독하기에 이른다. 마지막 부엔디아는 근친상간으로 인해 돼지꼬리가 달려 태어날 것이며 불개미에 의해 먹힘을 당할 것이라는 부분을 읽던 조카는, 자신과 이모와의 관계를 알게 되며 그 순간 혼자 버려진 아이를 떠올린다. 창고 밖에는 이미 광풍이 몰아치고 있고 혼자 남겨진 아이는 개미들의 밥이 되고 만다.

　한 가문의 역사가 전개되는 틈틈이 콜롬비아 혹은 아메리카의 역사가 기술된다. 마콘도 건설은 아메리카 건설로 300여 년에 걸친 식민지 기간은 외부와는 단절된 시기이다. 마콘도는 공화국의 태동과 함께 서서히 외부 세계와 접촉한다. 보수파와 자유파로 나뉘어 싸우던 콜롬비아는 1899년 천일 전쟁에 돌입하게 되며, 이 전쟁에서 보수파가 최후의 승자가 된다. 마콘도 주민들은 자유파에 가세하여 보수파의 중심 세력과 대항해 전쟁을 치른다. 이 전쟁에서 10만 명이 희생당한다.

　내란이 끝나고 해안 지방 마을을 덮친 것은 바나나 열풍이다. 열대 지방의 작물이었던 바나나에 눈독을 드린 미국의 과일회사는 철도를 부설하면서까지 바나나에 관심을 집중한다. 그들은 철 지붕의 집을 짓고 땅에 철사망을 두른다. 마콘도는 곧 바나나 생산지가 된다. 마콘도에서 미국인들은 제멋대로 굴고 사람의 목숨도 쉽게 다룬다. 이에 노동자들은 노동 환경 개선을 요구하기에 이른다. 그리고 마침내 바나나 공장의 노동자들은 파업을 일으킨다. 정부는 군대를 파견하여 진압한다. 그들은 무려 노동자 삼만 이천 명을 죽이고 이백 량에 달하는 기차에 시체를 실어 바다에 버린다. 그리고 이 일에 대해 떠드는 이들은 모두 정신병자 취급을 받는 모순이 연출된다. 유럽과 다른 땅, 같은 아메리카이지만 앵글로 색슨계의 미국과도 다른 이 아메리카는 아직 고독 속에 남아 있는 것이다.

　이후 마콘도에는 4년 11개월하고도 2일 동안 큰 비가 온다. 바나나 농장은 바다가 되고 마콘도는 다시 황무지가 된다. 모든 것이 끝난 것이다.

■ 호르헤 보르헤스(Jorge Francisco Isidoro Luis Borges Acevedo, 1899~1986) – 『픽션들』(*Ficciones*, 1944)

보르헤스는 아르헨티나의 수도 부에노스아이레스에서 태어났다. 그의 아버지는 변호사였고, 어머니는 문학 작품 번역가였다. 제1차 세계대전 중 스위스 제네바에 유학했고, 전후에는 유럽 각지를 여행하였다. 후에 이탈리아를 거쳐 스페인에 정착하며, 거기에서 전위 운동의 하나였던 '울트라이즘'(ultraismo) 계열에 합류했다.

시집 『부에노스아이레스의 열정』(*Fervor de Buenos Aires*, 1923)으로 시단에 등장했고 1930년대부터 소설을 쓰기 시작해서 『픽션들』 등의 환상적인 작품을 발표했다. 1946년 독재자 후안 페론이 권력을 쥐게 되자 그는 제2차 세계대전 때 연합군 측을 지지했다는 이유로 9년 동안 일해 왔던 도서관에서 쫓겨났다. 1955년 페론이 물러나자 명예직인 아르헨티나 국립도서관장이 되었고, 부에노스아이레스 대학에서 영미 문학 교수로 재직하게 되었다. 그러나 이 시기에 이르러서는 집안에 내려오던 질환으로 인해 앞을 전혀 보지 못하게 되었다. 이 병으로 인해 그는 1920년부터 점차 시력이 약해져서 손으로 직접 글 쓰는 것을 포기하게 되었고, 어머니나 비서, 또는 친구들이 받아 써 주었다.

보르헤스는 초기의 단편소설에서부터 패러디 수법을 써서 환상과 현실의 경계를 파괴하고, 존재하지 않는 것을 증거로 제시하는 가짜 사실주의 수법, 탐정소설 기법, 미로 이미지를 사용하는 등 여러 기법을 구사하였는데 이것은 현대 포스트모더니즘의 기법으로 정착했다. 그는 소설 작품으로 단편집 『끝없이 두 갈래로 갈라지는 길들의 정원』(*El jardin de senderos que se bifurcan*, 1941)에 나오는 8개의 단편들과 『픽션들』이라는 소제목 아래 6개의 단편들을 첨가해 1944년 발표하였다. 그러나 현재 『픽션들』이라는 작품집은 1944년 판에 다시 「끝」, 「불사조교파」, 「남부」 등 3개의 단편을 첨가해 1956년에 발행한 제2판을 가리킨다. 이 작품집을 통해 세계의 독자들은 이제까지 전혀 접해 보지 못했던 경이롭고 충격적인 미학의 세계와 만나게 되었다.

그는 1961년 베케트와 함께 권위 있는 국제출판사상인 포멘트상을 수상하였다. 『픽션들』은 중남미 신소설의 이정표를 제시하는 작품으로 간주된다. 사실에 바탕을 둔 허구가 아닌, 허구에 바탕을 둔 허구인 보르헤스 단편의 무대는 탈중남미적일 수밖에 없으며, 그러한 공간에서 살아가는 그의 작중 인물들에게서는 따스한 인간애가 느껴지지 않는 흠이 있다. 그러나 그의 단편집 『픽션들』의 출판 이후, 중남미 소설들은 그가 제시한 새로운 방향으로 나아가고 있음을 엿볼 수 있다. 다음은 그의 작품에 대한 설명이다.

『픽션들』에 나오는 열일곱 개의 단편들은 크게 '문학 이론'을 소설화시키고 있는 작품들과 '형이상학적 주제'를 소설화시키고 있는 두 부류로 나뉜다. 먼저 문학 이론을 소설화시키고 있는 작품들로는 「피에르 메나르, '돈키호테'의 저자」, 「허버트 쾌인의 작품에 대한 연구」, 「끝없이 두 갈래로 갈라지는 길들이 있는 정원」, 「기억의 천재, 푸네스」, 「배신자와 영웅에 관한 논고」, 「비밀의 기적」, 「끝」 등이며, 나머지는 대부분 형이상학적 문제를 내러티브 속에 융해시켜 놓고 있는 구조를 전개하고 있다. 따라서 보르헤스 문학이 전 세계의 주목을 받을 수 있었던 것은 문제를 풀어 가는 그의 매우 독특한 형식 구조와 관점에 있다.

먼저 문학 이론을 소설적으로 다루고 있는 작품 가운데 가장 충격적인 메시지를 담고 있는 작품은 「피에르 메나르, '돈키호테'의 저자」이다. 이 작품은 허구적인 인물인 20세기 초 프랑스 작가 피에르 메나르가 세르반테스의 『돈키호테』중 제1부 9장과 38장 그리고 22장의 일부를 한 자 틀리지 않게 베껴 섰음에도 불구하고 『돈키호테』를 능가하는 위대한 작품을 만들게 되는 신기한 과정을 다루고 있다. 이것은 소위 20세기 후반 문학 연구에 중요한 분수령 중 하나였던 수용미학 · 현상학 · 독자반응 이론 · 후기 구조주의 등이 제기한 '읽기'의 문제가 벌써 보르헤스에게서 본격적으로 문학적인 문제화가 되어 있음을 증거한다. 또한 「허버트 퀘인의 작품에 대한 연구」와 「끝없이 두 갈래로 갈라지는 길들이 있는 정원」에서는 소위 현시대 문학에서 가장 실험적인 분야로 일컬어지고 있는 '하이퍼 텍스트'의 문제가 예언되고 있다. 하이퍼 텍스트는 컴퓨터의 공간 확장 능력에 힘입어 끝없는 이야기의 가지들을 만들어낼 수 있는 것이다. 「끝없이 갈라지는 길들이 있는 정원」에는 '유춘'이라는 사람이 쓴 소설이 등장한다. 그 소설에서 한 군대가 전쟁에 나간다. 그런데 그들이 전쟁에 나가는 과정에 대한 상반된 여러 가지 다른 이야기들이 병렬적으로 공존하고 있어서 마치 제대로 구성이 되지 않는 작품처럼 보인다. 그러한 텍스트는 마치 이 작품의 제목이 보여주듯 끝없이 두 갈래로 갈라져 그 끝은 무한에 이르게 되는 것이다.

형이상학적 주제를 다룬 작품들은 이제까지 흔히 철학, 또는 부분적으로 문학에서 물어 왔던 신, 죽음, 영원, 시간과 같은 것들이다. 그런데 보르헤스의 이러한 관념론적 문제에 대한 물어보기 방식은 이전의 것과 현격하게 구별된다. 같은 논제를 놓고 이제까지 철학이 추구해 왔던 방식들이 추상적·논리학적·해석적이었다면, 보르헤스는 문학의 구상적·미학적·현상학적 방법을 택했다. 그리고 보르헤스는 문학적 방식을 수행하는 데도 특수한 태도를 취했다. 같은 관념론적 명제에 대해 문학화를 시도한 기존의 작품들은 소재를 '현실'에서 찾았지만, 그는 '현실을 담고 있는 책'에서 찾았다. 그의 존재론적 탐구는 이른바 상호 텍스트적 글쓰기, 또는 책에 대한 책쓰기라는 방식을 통해 수행된다. 이는 당연히 의문의 해소가 아니라 영원히 순환하는 '의문의 회구'이다. 이러한 페시미즘적 결론 앞에서 보르헤스가 도출해내는 상징이 바로 '미로'이다. 「알모타심에로의 접근」에서 '알모타심'이란 피난처를 찾는 자라는 뜻이다. 그런데 주인공은 '알모타심'을 끝내 찾지 못한다. 마치 한 순례자가 또 다른 순례자를 찾아다니는 끊임없는 순환적 추적만이 존재한다. 「바벨의 도서관」에서도 유사한 내러티브가 등장한다. 우주, 또는 세계의 상징이라고 할 수 있는 도서관 어디엔가 존재하는 모든 책들의 가이드 같은 '책 중의 책'이 존재하지만 아무도 그것을 찾지 못한다.

이처럼 보르헤스의 존재론적 탐구가 미로라는 해답 아닌 해답에 이르게 된 것은, 그에게 있어 서구의 정신사를 지배해 왔던 신의 선험적 존재를 부정했던 니체, 쇼펜하우어 등과 같은 후기 칸트학파의 영향이 절대적이었기 때문이다. 즉 신의 존재가 전제되지 않는 형이상학적 물음이 도달할 수 있는 유일한 목적지는 '길 잃음'뿐이다. 따라서 보르헤스의 눈에 비친 세계는 불확실하고, 혼돈적이고,

마치 「바빌로니아의 복권」에서처럼 우연히 모든 것을 결정하는 그런 곳이다.

그러나 보르헤스로 하여금 세계적인 작가로 우뚝 서게 한 것은, 이러한 놀라운 세계 인식의 태도가 아니라 그러한 관념들을 소설적으로 형상화시키는 데 있어 제시하고 있는 형식적 측면의 각론에 있다. 그 가운데 대표적인 것들로 '허구적 책에 대한 책쓰기', '탐정소설 구조의 도입', '환상적 사실주의'를 들 수 있다. 그의 '책에 대한 책쓰기'는 단순히 기존해 있는 책에 대해 책을 쓰는 전향적 복사의 형태에 한정되지 않는다. 그는 놀랍게도 그러한 상호 텍스트성을 존재하지 않는 '허구적 책에 대한 책쓰기'로 비약해 간다. 그 대표적인 작품인 「피에르 메나르, '돈키호테'의 저자」에서는 피에르 메나르라는 허구적 인물이 쓴 여러 허구적 작품들이 언급되고 비평된다. 이러한 허구에 대한 허구는 허구로밖에 이해할 수 없는 세계에 대한 그 어떤 해석적 태도도 허구가 될 수밖에 없는 세계의 실상을 처참하게 알레고리화하기 위한 절묘한 실험과 같다.

따라서 '허구적 책에 대한 책쓰기'는 바로 인간 존재에 대한 절망적인 탐구가 표방할 수밖에 없는 형식적 관점을 가리키게 된다. 그러나 이러한 난삽하고 고급한 과정을 흥미롭고 긴박하게 만들어 주는 보르헤스적 장치가 바로 '탐정소설의 구조'이다. 탐정소설 기법의 차입은 '삶의 근원과 종말에 관한 탐구'라는 보르헤스적 절대명제와 관련하여 두 가지 측면에서 매우 의미가 깊다. 첫째, 보르헤스 명제가 안고 있는 추상성을 구상성으로 바꾸어 주는 데 절대적으로 기여하고 있다는 점이다. 가령 '존재'라는 관념론적 대상에 대한 탐구를 탐정소설의 장치인 비밀 찾기, 수수께끼 풀기 속에 담음으로써 그러한 탐구의 내용을 구체적으로 만들어 준다는 것이다. 둘째, 결과보다는 과정을 중시하는 탐정소설의 구조가, 끝내 알아낼 수 없는 존재의 비밀 그 자체보다는 그 비밀을 추적해나가는 과정에 보다 무게를 싣고 있는 보르헤스의 세계관과 완벽하게 일치한다는 점이다. 사실, 무엇인가를 찾는 그러한 '추적'의 속성은 모든 문학의 일반적인 성격이다. 그러나 보르헤스의 '찾기'란 아주 특별하게도 '탐정소설적 찾기'에 집중되어 있다. 특히 이러한 구조를 가진 작품으로 「끝없이 두 갈래로 갈라지는 길들이 있는 정원」과 「죽음의 나침반」이 있다.

'환상적 사실주의'는 '환상'과 '사실'이라는 상반된 개념으로 합성된 단어이다. '환상적 사실주의'는 보르헤스의 방법과 다음 세대 적자인 아르헨티나의 훌리오 코르타사르(Julio Cortázar, 1916~1984)의 방법으로 나누어볼 수 있다. 코르타사르의 대부분 작품들은 현실을 '환상화'시키고 있다면, 보르헤스는 비현실적인 꿈과 환영과 관념을 '사실화' 시키고 있다. 곧 보르헤스의 주요한 문학적 과제는 관념적 세계를 어떻게 구상화시키느냐 하는 물음에 있다. 죽음, 영원, 시간, 관념 그 자체를 구상화시키기 위한 보르헤스의 기법들은 가짜 사실주의, 가짜 참고문헌과 각주 제시, 가짜 전기 등이다.

가짜 사실주의의 대표적인 작품으로는 「틀뢴, 우크바르, 오르비스 테르티우스」이다. 이 작품은 '절대 관념'으로 표상되는 '틀뢴'이라는 가상적 세계를 찾게 되는 과정을 중심 줄거리로 삼고 있다. 작품에 따르면 이 틀뢴이라는 새로운 세계는 17세기 초 각 분야의 대가들이 한 사람씩 모여 시작되었고, 계속해서 각 분야에 한 명씩의 수제자를 뽑아 작업을 이어 가도록 만든 한 비밀결사대에 의해 창조된다. 그런데 작품의 끝에 가면 그들이 만든 이 새로운 세계는 우리들의 세계 속에 존재하고, 어느 곳에서나 있을 수 있고, 그 어떤 것도 만들어낼 수 있는 '백과사전', 또는 그렇기 때문에 결국 '인간 세계'의 상징 그 자체라는 것이 드러난다. 보르헤스는 이러한 관념적 사유의 과정을 이야기로 바꾸기 위해 여러 가지 장치들을 고안해낸다. 우선 그는 이 틀뢴이라는 관념의 세계가 마치 실제로 존재하는 것처럼 믿도록 하기 위해 '브리태니커 사전'이라는 실제로 있는 물건을 이용한다. 즉 이 작품에 나오는 인물 '나'는 틀뢴이라는 지리적 이름인 '우크바르'에 관한 항목을 '브리태니커 사전'의 해적판인 '영미백과사전'에서 발견한다. 우크바르라는 곳이 실제로 존재하지 않는데도 실재에 가장 정확한 증거인 '백과사전'을 내세워 실제로 존재하고 있는 것처럼 유도하고 있는 것이다. 나아가 보르헤스는 백과사전에 아르헨티나 작가인 비오이 카사레스와 같은 실존 인물들과 실제 지명들을 삽입시켜 마치 그 모든 것들이 실제로 일어난 일인 것처럼 착각하도록 만들면서 그러한 허구적 사실성을 더욱 심화시킨다.

가짜 참고문헌과 각주 제시, 가짜 전기 등들도 다 같이 이러한 기법을 사용하고 있다. 이러한 기법들은 관념론적 주제를 가진 보르헤스 이전의 문학 작품들에게서 발견할 수 없는 혁명적인 장점들을 갖도록 만들어 준다. 이것들은 바로 이제까지의 문학 장르가 지니고 있던 고답성, 지리함, 사변성의 정반대편에서 서 있는 충격, 흥미, 미학성, 압축성 등과 같은 극도의 새로운 문학의 성격들이다. 따라서 20세기 후반의 모든 새로운 지성 사조인 독자반응 이론, 후기구조주의, 포스트모더니즘이 보르헤스로부터 나왔다고 할 수 있다. 또한 『픽션들』을 통해 보르헤스는 20세기 후반의 문학을 창조해냈다고 할 수 있다.

■ 루이스 세풀베다(Luis Sepúlveda, 1949~)

– 『연애소설 읽는 노인』(*Un viejo que leía novelas de amor*, 1989)

세풀베다는 칠레에서 태어났으며 피노체트 정권에 대항한 학생 운동에 참여하여 투옥되었다. 1977년 결정적으로 칠레를 등지고 페루, 에콰도르, 콜롬비아를 거쳐 독일 함부르크에 정착했으나 최근에는 스페인에 거주하고 있다. 그린피스 일원으로 배를 타기도 했으며 중남미 대륙과 유럽을 거치는 기나긴 여행 동안 틈틈이 글을 썼다. 20세에 작품활동을 시작하여 단편소설, 희곡, 평론, 정치 문제에 대한 글 등을 썼다.

1989년 그는 살해당한 환경 운동가 치코 멘데스에게 바치는 소설 『연애소설 읽는 노인』을 발표했는데, 이 소설은 여러 문학상을 휩쓸며 전 세계적인 베스트셀러가 되었다. 그리하여 1969년 쿠바의 가사 데 라스 아메리카스가 수여하는 제1회 단편소설상을, 1976년 가브리엘라 미스트랄시상을, 1978년에는 국제 로물로 가예고스 소설상을 수상했다.

그 밖에 그의 대표적인 소설은 『세상 끝의 세상』(*Mundo del fin del mundo*, 1989), 『파타고니아 익스프레스』(*Al andar se hace el camino se hace el camino al andar*, 1995), 『감상적 킬러의 고백』(*Diario de un killer sentimental seguido de Yacaré*, 1998) 등이 있다.

『연애소설 읽는 노인』은 오두막에서 평화롭게 연애소설을 읽는 것을 꿈꾸는 노인을 주인공으로 하여, 노다지를 찾아 아마존으로 모여든 '양키'들에 의해 마을이 들쑤셔지고 원주민들이 하나둘씩 삶의 터전을 떠나는 상황을 그리고 있다. 이 소설은 남미에서 유행하는 환상적 사실주의풍으로 쓰지 않고 독자를 긴장시키는 추리소설 기법을 사용하고 있다. 그리하여 아마존의 정글이라는 대자연이 가져다주는 압도적인 매력을 능숙한 이야기꾼의 솜씨로 풀어내고 있다. 개발이라는 미명하에 파괴되는 아마존을 통해 인간과 자연의 공존이라는 문제를 제기하고 있으며, 이처럼 자연과 삶을 파괴하는 세력들에 대한 적대감은 이후 그의 소설에 일관되게 나타난다. 소설의 줄거리는 다음과 같다.

안토니오 호세 볼리바르 프로아뇨는 부인과 함께 에콰도르의 아마존 지역으로 이주한다. 먹고 살 방법을 강구하고 또한 부인이 자식을 못 낳는다는 이웃의 비웃음에서 벗어나기 위해 고향을 등졌으나, 부인은 2년 만에 죽는다. 그 역시 뱀에 물려 곤경에 처하나 화전민들인 슈아르 인디오들에 의해 치료를 받고 살아난다. 인디오들은 그에게 정글의 생리와 법칙, 동물을 사랑하는 법, 무서운 새끼 호랑이 잡는 법 등을 가르쳐 준다. 프로아뇨는 이럭저럭 슈아르 화전민들과 함께 지내면서 그들의 삶의 방식에 동화되기는 하나, 그는 그들의 일원이 아님을 깨닫는다.

그리하여 노인은 강을 따라 내려가 이딜리오 마을에 정착해 사냥으로 생계를 이어간다. 노인의 유일한 친구는 1년에 두 번 마을을 방문하는 치과 의사 루비쿤도 로아차민이다. 노인은 어느 날, "진정으로 마음을 아프게 하는 참된" 사랑을 이야기해 주는 소설을 읽기로 작정한다. 노인은 치과 의사에게 책을 가져다 달라고 부탁하며, 열대의 고독한 밤을 책읽기에 열중하면서 보낸다. 그러나 실은 연애 소설 읽기라는 자신만의 세계를 구축함으로써 정글을 지배한다고 믿는 '문명'화된 허풍선이들을 좀 멀리하려는 속셈이다.

그 허풍선이 외지인들은 이빨까지도 무장하고 정글에 나타나지만 정글에 대해서는 아무것도 아는 것이 없다. 그들 중의 하나가 바로 그 마을의 시장이다. 정글 지방에 들어갔던 미국인이 시체로 발견되자 시장은 인디오들을 의심한다. 그러나 노인은 그 암살범이 미국인에게 새끼를 살해당한 어미 호랑이이며, 아비 호랑이는 깊은 상처를 입었을 것으로 추측한다. 이는 죽은 미국인의 상처와 그의 유품들을 통하여 내린 결론이다.

또 한 사람이 호랑이의 공격으로 죽자, 노인의 말을 믿게 된 시장은 호랑이 원정대를 조직하고 그 조직에 노인을 포함시키려 한다. 독재자인 시장의 말을 듣지 않았을 때의 후환을 걱정한 노인은 결국 원정대에 합류하고 일행은 정글 지방 깊숙이 들어간다. 자연의 법칙을 알 길 없는 시장의 무지한 행태로 위기를 겪기도 하고, 암컷 호랑이가 많은 사람들을 죽인 것을 보게도 된다. 결국 겁에 질린 시장은 노인에게 전권을 위임하고 다른 일행과 도시로 철수한다. 노인은 상처받은 수컷을 죽이고 풍체가 좋은 암놈과도 사투를 벌여 승리한다.

4) 희곡

20세기 초반의 스페인 연극은 16, 7세기의 '황금 세기'[6] 이후 최고의 인기를 누렸다. 극장이나 배우들의 수, 그리고 관객들도 그 어떤 때보다 많았다. 그리하여 연극은 종합예술로써가 아니라 사업으로써 자리를 잡았다. 한편 연극이 상업주의와 단순한 오락거리로 전락한 것에 대한 반성과 예술적 가치를 추구하는 새로운 시도들도 있었으나, 이런 작품들은 지나치게 문학성과 예술성을 강조하여 무대에 올려지기보다는 책으로 읽히는 것에 머물렀다. 그러다가 연극은 영화가 등장함에 따라 점점 쇠퇴하게 되었다.

희곡의 대표적인 작가와 작품으로는 1922년 노벨문학상을 수상한 베나벤테 이 마르티네스(Jacinto Benavente y Martínez, 1866~1954)의 『가을의 장미』(*Rosas de otoño*, 1905), 『타산적인 이해』(*Los intereses creados*, 1907), 『저주받는 사랑』(*La malquerida*, 1913), 카를로스 아르니체스(Carlos Arniches Barreda, 1866~1943)의 『트레벨레스 아가씨』(*La señorita de Trevélez*, 1916), 『족장들』(*Los caciques*, 1920), 『내 남자』(*Es mi hombre*, 1921), 라몬 델 바예잉클란(Ramón María del Valle-Inclán, 1866~1936)의 『보헤미아의 빛』(*Luces de bohemia*, 1920), 소나타 시리즈 『가을 소나타』(*Sonata de otoño*, 1902), 『여름 소나타』(*Sonata de estío*, 1903), 『봄 소나타』(*Sonata de primavera*, 1904), 『겨울

---

6 황금세기 : 16세기 스페인 문학은 문예부흥기를 맞이함으로써 황금세기의 전반기를 형성했다. 이 시기의 스페인 문학은 세계와 인간에 대한 열광적인 분위기와 함께 고전문화에 대한 인식과 탐구에 힘을 기울였다. 그리하여 스페인 자체의 독특하고 우수한 특성을 발전시켜 나갔다. 17세기의 스페인은 정치적으로 이미 유럽의 헤게모니를 상실하고 점점 유럽의 주변부로 밀려나는 쇠락의 시기이다. 그러나 문학에 있어서는 황금세기의 본격적인 시대로서 다양한 미학을 추구하는 '바로크(Barroco)'가 문화적 현상으로 발전했다. 그리하여 스페인 정신의 전통적인 요소들과 결합한 국민적 시대라고 할 수 있는 창조적 문학을 이룩했다.

소나타』(*Sonata de invierno*, 1905), 페데리코 가르시아 로르카(Federico García Lorca, 1898~1936)의 1920년대에 쓴 3대 비극 『피의 결혼』(*Bodas de sangre*, 1932), 『예르마』(*Yerma*, 1934), 『베르나르다 알바의 집』(*La casa de Bernarda Alba*, 1936) 등이 있다.

1936년부터 3년 간 발생했던 내전은 스페인 문학 전반에 그러하듯 연극계에도 커다란 단절을 가져왔다. 독재 정권의 검열 제도는 연극을 더욱 침체시켜 극장에서는 당시 사회 현실을 반영하기보다는 관객들의 심심풀이 역할을 하는 멜로드라마나 가벼운 웃음거리를 제공하는 작품들을 주로 상연하였다. 그러나 한편 웃음을 유발시키기는 하지만 상업주의 극의 웃음과는 질적으로 많은 차이를 보여주는 작품도 등장했는데, 부조리극의 스페인적인 형태가 그것이다. 관객들은 이런 극을 통해 황당함, 낯섦 등을 느끼며 많은 지적 사고와 이해를 통해 새로운 웃음 세계를 체험하였다. 이러한 극의 대표적인 작가와 작품으로는 미겔 미우라 산토스(Miguel Mihura Santos, 1905~1977)의 『세 개의 실크햇』(*Tres sombreros de copa*, 1932, 1952 첫 공연), 안토니오 부에로 바예호(Antonio Buero Vallejo, 1916~2000)의 『어느 계단에 얽힌 이야기』(*Historia de una escalera*, 1949) 등이 있다. 60년대 말에는 브레히트, 베케트, 이오네스코 등 외국 아방가르드 작가들의 영향을 받은 젊은 작가들에게서 사실주의극에서 벗어나고자 하는 움직임이 시작되었다.

1975년은 스페인 연극에 많은 변화가 있었다. 민주화로 이행되면서 겪은 사회 모든 분야에 있어서의 변화는 필연적으로 연극에도 영향을 끼쳤다. 1975년 이후 새롭게 등장한 '1982세대'라 불리는 일단의 대표적인 극작가들로는, 산치스 시니스테라(José Sanchis Sinisterra, 1940~), 호세 루이스 알론소 데 산토스(José Luis Alonso de Santos, 1942~), 이그

나시오 아메스토이(Ignacio Amestoi, 1947~), 페르민 카발(Fermin Cabal, 1948~) 등이 활약했다. 이들은 대학 교육을 받고 전문 극단에서 연극 실습을 받았으며, 독립 극장이나 대학 극단에서 활동한 인물들이었다. 이들 작품의 주요 특징으로는 유머와 아이러니가 가득 차 있으며, 상대 론적인 시각에서 절대론적 시각으로 희곡을 썼다는 점이다. 또한 문화 주의와 간(間)텍스트성의 포스트모던한 유희를 차용했으며, 메타 연극성 이 중요한 요소가 되는 극중극 형식의 작품이 많았다.

1980년대 후반에 들어서면서 1982세대를 따르는 일단의 극작가들이 등장했는데, 그중 대표적인 인물은 에르네스토 카바예로(Hernesto Caballero, 1957~), 이그나시오 델 모랄(Ignacio del Moral, 1957~), 팔로 마 페드레로(Palroma Fedrero, 1957~) 등이다. 1990년대에 들어서는 1960년대에 태어난 작가들이 새롭게 등장하였다. 일반적으로 그들은 역사적 · 사회적 반영에 대한 지적인 글쓰기를 하는 경향을 보였다.

■ 베나벤테 이 마르티네스(Jacinto Benavente y Martínez, 1866~ 1954) - 『타산적인 이해』(Los intereses creados, 1907)

베나벤테는 스페인의 마드리드에서 태어났다. 그의 아버지는 유명한 소아과 의사였다. 그는 마드리드 대학 법학과에 입학했지만 흥미를 느 끼지 못해 졸업하지 못했다. 아버지가 세상을 떠나자 그는 곡마단 지방 극단에 들어가 유럽 각국을 돌아다녔다. 이를 통해 사회의 다양한 인물 들과 만났으며 각종 기이한 경험들을 했다. 이런 경험은 이후 그의 창 작활동에 큰 영향을 주었다.

1898년 마드리드 상류 사회를 풍자한 『야수들의 만찬』(y La comida de las fieras)을 내놓으면서 스페인의 유명한 극작가로 명성을 쌓았다. 같은 해 그는 새로 만들어진 문학단체 '98세대'에 가입했다. 그는 당시 새로운 발전 단계에 있던 스페인 희극계에서 전통 희곡의 표현 방식과는 전혀 다른 새로운 극을 추구하여 관객들의 환영을 받았다. 그는 몰리에르, 셰익스피어 등과 같은 거장들의 영향을 받았으며, 또한 입센, 메테를링크, 버나드 쇼, 스트린베리와 같은 당대 유명한 극작가들의 작품을 통해 많은 것을 배웠다.

그의 대표작은 『가을의 장미』(*Rosas de otoño*, 1905), 『정열의 꽃』(*La malquerida*, 1913), 『쾌락과 자신감의 도시』(*La ciudad alegre y confiada*, 1916), 『하늘과 제단을 향해』(*Para el cielo y losaltares*, 1928), 『귀부인』(*Señora ama*, 1908) 등이 있다. 베나벤테는 1922년 강력한 라이벌인 영국의 유명작가 토마스 하디를 제치고 스페인에서 에체가라이(José Echegaray y Eizaquirre, 1832~1916) 이후 두 번째로 노벨문학상을 수상하였다.

희극 『타산적인 이해』는 19세기 말 스페인 자산계급과 소시민들의 이익 추구, 금전제일주의의 추한 사회상을 생생하게 담아냈다. 극중 등장인물인 사기꾼, 여관주인, 시인, 군관, 부호, 부잣집 아가씨의 모습이 잘 그려져 있다. 이 작품은 객관적인 진실에 충실하고 있으며, 곳곳에 심어 놓은 기지와 유머가 돋보인다. 익살스러운 인물은 관중들의 웃음을 유발하면서도 저속하게 보이지 않고, 풍자와 은어를 사용하고 있지만 수준이 낮아 보이지 않는다. 긍정적인 인물은 처음부터 끝까지 긍정적이지 않고, 부정적인 인물 역시 잘못만 저지르지는 않는다. 작품의 줄거리는 다음과 같다.

어느 날, 사기꾼 레안드로와 크리스핀이 작은 도시로 들어온다. 다른 지역에서 범죄를 저지르고 서둘러 도망쳐 나온 두 사람은 수중에 돈 한 푼 없다. 여관 앞에서서 레안드로는 크리스핀에게 수용소로 가자고 이야기한다. 레안드로는 만일의 상황을 대비해서 수용소의 접견서를 아직 가지고 있다. 이 말에 크리스핀은 화를 낸다. 크리스핀은 자신들의 처지가 비록 바닥에 떨어졌지만 큰 뜻이 있어야 한다고 한다. 그는 레안드로의 훤칠한 외모와 자신의 놀라운 속임수를 이용하면 이 작은 도시에서 충분히 살아남을 수 있다고 생각한다.

그들의 첫 번째 목표는 눈앞에 있는 여관에 들어가는 것이다. 그래서 레안드로는 자신의 고귀한 외모를 이용해 귀족신사 행세를 했고, 크리스핀은 그의 충복으로 변한다. 여관주인은 레안드로의 귀족적 분위기와 크리스핀의 놀라운 말솜씨에 그 둘을 신비스러운 주인과 하인이라고 생각하여 정성껏 모신다. 그때 실의에 빠진 시인 올레진과 그의 친절한 친구인 몰락한 장교가 여관에서 식사를 해결할까 하고 들른다. 주인은 보기 싫은 두 손님을 쫓아내고 싶었지만 똑똑한 크리스핀은 두 사람을 이용하기로 한다. 크리스핀은 그들 편을 들어주며 식사를 같이 해주고 주인더러 두 사람에게 현금도 좀 주라고 한다. 그리고 모든 계산은 귀족 레안드로의 장부에 기재해 두라고 한다. 시인 친구는 두 사기꾼의 친밀한 호의에 반해 도시 곳곳에 레안드로와 크리스핀의 이야기를 퍼뜨린다.

귀족 셀레나는 성대한 파티를 열어 부호 폴리체리나의 딸에게 딱 맞는 짝을 소개해 주려고 한다. 잘만 하면 꽤 괜찮은 소개비를 챙길 수 있는 일이다. 그런데 최근 주머니 사정이 악화된 셀레나는 콜롬비나를 시인 올레진에게 보내 파티를 열 방법을 알아보라고 시킨다. 이 소식을 들은 크리스핀은 자신을 올레진의 친구라고 소개하고 올레진을 대신해 콜롬비나를 만난다. 콜롬비나를 만난 크리스핀은 사탕발림으로 귀족 레안드로가 이번 파티를 준비할 수 있고, 그는 부유한 실비아와 결혼하기를 희망한다는 이야기와, 일이 잘 되면 거금의 보상금을 주겠다고 유혹한다. 이 말을 들은 콜롬비나는 이 이윤 많은 장사 소식을 셀레나에게 전하고 셀레나도 크리스핀의 제안에 흔쾌히 승낙한다.

레안드로가 주최하는 파티가 성대하게 치러진다. 그는 이미 작은 마을의 유명 인사가 되어 있었기 때문에 돈 한 푼 들이지 않고도 파티를 준비할 수 있었다. 가짜 귀족 레안드로는 파티에서 실비아를 보고 진짜 사랑에 빠졌고 그녀도 레안드로를 사랑하게 된다. 지략이 넘치는 크리스핀은 레안드로의 진짜 신분을 폴리체리나에게 일부러 알려 폴리체리나가 자신의 딸과 레안드로의 만남을 막도록 한다. 아버지의 반대가 심해지자 실비아는 이 가짜 귀족을 더욱 사랑하게 된다. 크리스핀의 계획이 적중한 것이다.

이후 실비아의 사랑은 막을 수가 없다. 크리스핀은 둘 사이가 뜨거운 것을 알고 일부러 부랑자 몇 명을 고용해 레안드로를 공격하게 한다. 그 후로 폴리체리나가 딸의 행복을 깨기 위해 사람을 산 것이 분명하다는 소문이 온 마을에 퍼진다. 이쯤 되자 실비아는 아버지의 반대를 무릅쓰고 레안드로를 찾아 나섰고, 전 도시는 이 젊은 남녀의 사랑을 동정한다.

그때 레안드로와 크리스핀이 타지에서 벌였던 사기행각이 만천하에 공개된다. 폴리체리나와 경찰관, 빚쟁이들이 그 둘을 잡으러 몰려온다. 위급한 순간, 크리스핀은 오히려 태연한 표정으로 빚쟁이들에게 말한다. 지금 자신들이 감옥에 간다면 당신들의 돈은 영원히 받을 수 없는 것이며, 대신 레안드로가 실비아와 결혼한다면 돈을 받을 수 있다고 설명한다. 그리고 경찰관에게는 이 사건을 철회해 주면 수고비를 두둑히 챙겨 주겠다고 말한다. 이 말에 의해 방금 전까지 나쁜 사기꾼이었던 두 사람은 순식간에 사람들에게 존경받는 사람으로 바뀐다. 사람들은 순순히 결혼 쪽으로 의견을 몰아간다. 그리고 레안드로도 실비아에게 자신의 신분을 밝히고 용서를 구한다. 폴리체리나는 어쩔 수 없이 결혼에 동의하고, 레안드로와 실비아는 결혼한다.

■ 페데리코 가르시아 로르카(Federico García Lorca, 1898~1936)
― 『피의 결혼』(Bodas de sangre, 1930)

20세기 스페인 문학의 가장 대표적인 시인이자 극작가인 로르카는 스페인 남부 그라나다의 작은 마을에서 태어났다. 교사였던 어머니의 영향으로 일찍부터 교육을 받았다. 한편 집안의 하녀이자 유모로부터 남부 그라나다의 농민생활 그리고 집시의 전통과 문화에 대해 많이 접할 수 있었고 이는 후에 그의 문학 세계에 반영되었다.

1915년 그라나다의 대학에 들어가 법학·철학·문학을 공부했으나 8년이 지나서 법학 과정만을 끝냈다. 1929년 장학금으로 뉴욕과 쿠바를 방문하였고 이는 그의 시세계에 새로운 지평을 여는 계기가 되었다. 1928년 그라나다에서 그의 친구와 함께 잡지 《수탉》을 창간하고, 《서구비평지》를 통해 『첫 번째 집시 민요집』(Primer Romancero Gitano, 1924~1927)을 출판하였다. 1931년에는 이동극단을 결성하여 지방 곳곳을 다니며 활발한 연극활동을 펼쳤다. 1936년 8월 내전이 일어나고 얼마 안 되어 친구들과 그라나다에서 여름을 보내고 있던 중 총살당했다.

20세기 스페인 연극은 사실주의 또는 통속주의를 바탕으로 하는 작품들이 주를 이루어 대부분 중류층에 속한 관객들에게 오락적 효과를 제공하는 것으로 그쳤다. 로르카는 이런 연극계의 흐름에 반발하여 다른 유럽 국가들에서처럼 연극의 혁신과 새로운 실험들을 시도하였다. 그의 대표적인 희곡 작품으로는 『멋진 구두수선공』(*La zapatera prodigisa*, 1933), 『예르마』(*Yerma*, 1934), 『독신녀 로시타』(*Doña Rosita la soltera o el lenguaje de las flores*, 1935), 『베르나르다 알바 가家』(*La casa de Bernarda Alba*, 1935, 1945년 공연) 등이 있다. 오늘날 로르카의 3대 비극으로 『피의 결혼』, 『예르마』, 『베르나르다 알바 가』를 꼽는다.

『피의 결혼』은 경쟁 관계에 있는 두 가문의 청년들과 한 여인과의 사이에 일어나는 비극을 다루고 있다. 레오나르도는 자기의 라이벌인 청년이 결혼하는 날 그의 신부를 납치한다. 신부를 잃은 신랑은 두 사람을 추적한다. 달아난 두 사람은 달과 죽음이 감지되는 숲속에서 추적을 당한다. 한편 레오나르도의 어머니는 자기 아들에 의해 죽음을 당한 가문으로부터의 제2의 보복을 예시 받는다. 죽음은 죽음을 부르게 마련이다. 레오나르도의 어머니는 결혼 후 3년 뒤에 자기 남편을 잃었고 큰아들도 잃는다. 그녀는 권총이나 칼과 같은 조그마한 물건이 투우처럼 인간의 생명을 앗아간다는 것이 정당하지 않다고 본다. 비극은 보이지 않는 주인공에 의해 숙명처럼 다가온다. 달은 이 비극을 부추기며 뜨거운 피를 삼키는 듯하다. 생리적인 정열은 이성을 초월하여 피를 보는 비극을 가져오게 한다. 이 작품에서는 사랑, 증오, 죽음의 3요소가 합일하고 있다. 작품의 줄거리는 다음과 같다.

　　포도밭에 가는 아들이 어머니에게 포도를 딸 주머니칼을 달라고 하자 어머니는 칼에 맞아 죽은 남편과 아들을 떠올리며 가족이 대를 잇는 것에 대한 이야기를 한다. 아들은 자연스럽게 자기가 사귀고 있는 여자에 대해 어머니가 어떻게 생각하고 있는지를 묻는다. 어머니는 신붓감이 신랑을 만나기 전에 다른 남자와 사귀었다는 사실이 마음에 걸리지만, 아들과 함께 신부 집을 방문하고 두 사람의 결혼식 날짜를 잡는다.

　　결혼식 날, 신부는 기쁜 표정으로 결혼식에 참여하지 못하고 혼란스러운 모습을 보인다. 그리고 신부는 사람들의 축하 속에 결혼식을 마치고는 피곤하다며 신랑을 피한다. 잠시 후, 피로연이 시작되고 손님들이 신부를 찾았으나, 어느 곳에서도 신부의 모습은 보이지 않는다. 이어서 레오나르도의 부인이 신부와 레오나르도가 말을 타고 도망갔다고 알린다. 이에 신랑과 신부의 친척들 그리고 손님들이 그들을 추격한다. 어머니는 레오나르도 집안이 자신의 남편과 아들을 죽인 원수의 집안인 것을 떠올리며 절규한다.

　　한편, 숲 속으로 도망쳐 길을 헤매던 신부와 레오나르도는 멀리서 추격자들의 소리가 들려오는 긴박한 상황에서도 서로를 향한 사랑을 고백한다. 레오나르도의 집 현관 앞에 늙은 여자 거지가 나타나 빵을 구걸하며, 말발굽 밑에서 두 남자가 아름다운 밤에 죽는 장면을 시로써 묘사한다. 어머니는 울고 있는 이웃집 여자에게 아무도 만나고 싶지 않다고 말하는데 그때 신부가 나타난다. 신부를 본 어머니는 신부를 증오하며 힘껏 내리친다. 신부는 죽여 달라고 호소하고 자신을 이끄는 운명의 힘, 사랑의 힘에 어쩔 수 없이 굴복하고 말았다고 울부짖는다. 이어서 어머니와 신부, 레오나르도의 아내, 세 여자는 사랑하던 남자들의 갑작스런 죽음을 운명으로 받아들이고 그들의 죽음을 애도하는 노래를 부르고 이웃 여자들은 함께 운다.

■ 안토니오 부에로 바예호(Antonio Buero Vallejo, 1916~2000)
　 - 『어느 계단에 얽힌 이야기』(*Historia de una escalera*, 1949)

부에로 바예호는 마드리드에서 조금 떨어진 구아달라하라에서 태어났다. 그는 어려서부터 그림에 소질을 보였다. 1936년 내전이 일어나자 그는 선전 포스터를 만드는 공장에서 일했다. 그러나 다시 보병으로 전입되어 공화파를 위해 싸웠으며 이로 인해 그는 전후 8개월 간의 사형수생활, 6년 반 동안의 감옥생활을 하게 되었다. 출옥 후 연극에 관심을 갖고 연극계에서 활동하게 되었으며, 이후 20여 편의 작품을 꾸준히 발표하였다. 1959년에 배우 빅토리아 로드리게스(Victoria Rodriguez)와 결혼했고 1971년에는 한림원으로 선출되었다.

1949년 부에로 바예호는 『어느 계단에 얽힌 이야기』를 발표하여 스페인 연극계의 '침묵의 10년'이라는 침체기를 벗어나게 했다. 이제까지 외면해 왔던 현실 문제와 인간 실존에 대한 반성과 고민들을 반영하는, 심각한 글쓰기를 위한 전환기가 마련된 것이다. 그의 대표작으로는 『시녀들』(Las Meninas, 1960), 『채광창』(El tragaluz, 1967), 『재단』(La Fundación, 1974) 등이 있다.

『어느 계단에 얽힌 이야기』는 허름한 다세대 주택의 계단을 배경으로 전개된다. 이 작품에서 부에로 바예호는 당시 스페인 사회에서 흔히 볼 수 있는 공간과 사람들, 상황을 설정해 놓고 현실감을 풍기며 관객들에게 많은 공감대를 만들어내고 있다. 동시에 황량한 공간에 꼭꼭 닫힌 문들과 덩그런 계단을 통해 사람들 간의 소통 불능, 독재 체제 아래 민중들이 내면화하고 있었던 씁쓸한 분위기를 현실감 있게 보여주고 있다. 그리고 소박한 일상의 단면들과 어긋난 사랑 이야기를 아우르면서 인간 심리에 대한 탐색을 시도하고 있다. 작품의 줄거리는 다음과 같다.

마드리드 한 가난한 동네의 다세대 주택에 전기세를 받으러 온 사람이 집집마다 문을 두드리자, 주민들이 복도로 나온다. 페르난도의 엄마는 이번 달에도 돈이 없어 변명을 늘어 놓는다. 이를 본 엘비라는 아버지에게 부탁해 대신 전기세를 내주는가 하면 페르난도에게 좋은 일자리를 소개시켜 달라며 조른다. 그녀는 가난하지만 돈을 벌기보다는 시를 읽고 쓰기를 좋아하는 페르난도를 좋아한다. 그러나 페르난도는 경제적으로 여유 있는 엘비라보다는 가난하지만 착한 카르미나를 좋아한다. 그런데 페르난도의 친구이며 노동 운동을 통해 현실 문제를 극복해 보려는 우르바노 역시 카르미나를 좋아한다. 수많은 사건들이 이 건물의 계단을 오르내리는 사람들을 통해 벌어지고, 바로 이 계단에서 페르난도는 카르미나에게 사랑을 고백하고 두 연인은 미래를 설계하며 행복해한다.

세상을 사랑만으로 살 수 있다고, 사랑으로 인생의 모든 문제를 해결할 수 있다고 믿는 젊은이들의 꿈과 약속, 곧 페르난도는 사랑하는 카르미나에게 미래를 함께하자고, 엘비라는 사랑하는 페르난도에게 자기와 결혼하면 그의 가난은 상관없다고, 우르바노는 사랑하는 카르미나에게 자기 곁에 있어 준다면 자기를 사랑하지 않아도 괜찮다고 약속한다. 그러나 세월이 흐르면서 현실과 스스로의 한계로 그 꿈을 이루지 못하고 약속을 지키지 못한다. 페르난도는 경제적 어려움으로 미래를 약속했던 카르미나를 버리고 엘비라와 결혼하고, 엘비라는 페르난도의 무능력과 과거의 사랑을 다그친다.

10년이 지난 후 카르미나 아버지의 장례식 날, 복도에 이웃들이 모여 이 가정을 위로하고 있다. 우르바노는 아버지를 잃은 슬픔과 경제적 어려움에 처한 카르미나에게 구혼하고, 카르미나는 그를 사랑하지 않지만 구혼을 받아들인다. 이때 부부가 된 엘비라와 페르난도가 아이를 안고 계단을 지나가다 이들과 마주친다. 네 사람 사이에 어색함과 긴장감이 감돈다.

20년 후 이들은 같은 장소에서 그대로 산다. 우르바노는 카르미나의 옛사랑을 의심한다. 그리고 30년 전 부모들 세대에서 일어났던 일들을 그대로 반복이나 하듯이 페르난도의 아들 페르난도와 카르미나의 딸 카르미나는 서로 좋아하는 사이가 된다. 이를 눈치 챈 부모들은 서로 상대방 부모들을 탓하고 원망하며 두 사람의 교제를 반대하며 싸움을 벌인다. 그러나 어른들의 반대에도 불구하고 두 사람은 부모들과 똑같은 장소에서 사랑을 고백하고 미래를 설계하며 행복해한다.

■ 호세 루이스 알론소 데 산토스(José Luis Alonso de Santos, 1942~) – 『마약 사러 모로코에 가기』(*Bajarse al moro*, 1985)

희곡 창작을 비롯하여 연출가, 소설가, 시나리오 작가로도 왕성한 활동을 하고 있는 알론소 데 산토스는 『우리 주인님, 공작님 만세』(*Viva el Duque, nuestro dueño!*, 1975)로 극작을 시작한 이래 현재까지 십수 편의 작품을 썼다. 그의 연극 경향은 희비극과 현대 자연주의에 근접한 장르를 택하고, 주제적 측면에서는 범죄를 저지르거나 도덕적으로 받아들여지지 않는 행위에 대한 사회적 우연성을 탐색하고 있다. 그리고 신화에서부터 심리적 내면에 이르기까지 매우 다양하고 폭넓은 소재와 주제를 채택하여, 동시대 관객들의 현실과 밀접하게 연결시키고 있다.

그의 대표적인 희곡으로는 『파레스와 니네스』(*Pares y Nines*, 1989), 『새 잡는 함정』(*El combate de Don Carnal y Doña Cuaresma*, 1990), 『욘키스와 양키스』(*Yonquis y yanquis*, 1996), 『하와이에서 마주보기』(*Vis a vis en Hawái*, 1992), 『야만인들』(*Salvajes*, 1997) 등이 있다.

『마약 사러 모로코에 가기』는 알론소 데 산토스의 대표작으로, 1980년대 스페인 사회의 다양한 상황을 가장 잘 표현하고 있다. 스페인을 비롯하여 전 유럽과 라틴 아메리카에서 상연되었는데, 한국에서도 2001~2002년에 무대에 오른 바 있다. 이 작품은 사회적인 주제를 반영하고 있으며, 팝과 같은 젊은이들의 새로운 문화가 묘사되고 있다. 또한 유머와 소비 사회의 거대한 도시에 적응하지 못하는 인물들이 등장하고 있다.

젊은이들의 팝 문화와 마약 문제를 다루고 있는 이 작품은, 주변부에 머물고 있는 젊은이들이 생존하기 위해 겪는 문제와 그들의 위선과 모순적인 행태가 두드러진다. 이 모든 것은 당시 암울하고 절망적인 독재 시대에서 희망적이고 자유스러운 세대로 이행되어 가던 스페인이 어쩔 수 없이 겪어야만 했던 모순적 상황이다. 따라서 이것은 스페인 사회의 근본적인 변화와 다른 한편으로는 유토피아에 대한 욕망과 그 좌절을 암시하고 있는 것이다. 그리고 이 작품에서는 성을 사랑의 과정에서, 또한 일회적인 쾌락으로 다루지 않는다. 성은 오직 경제적인 목적을 이루려는 수단으로 전락하고 있다. 이런 모습은 당시의 성 개방 풍조를 넘어 인간의 가장 원초적인 본능이 물질만능주의에 매몰되어 버린 왜곡된 풍조를 보여주는 것이다. 줄거리는 다음과 같다.

사촌 간인 추사와 하이미토는 마드리드 구시가지의 아주 작은 아파트에 살고 있다. 추사는 갈 곳이 없는 사람들에게 항상 집을 제공한다. 어느 날 추사가 아파트로 가출 소녀인 엘레나를 데려온다. 하이미토는 반대하지만 결국 엘레나는 그들의 집에 머물게 된다. 경찰인 알베르토는 그들과 함께 살면서 추사와 관계를 맺고 있다. 추사는 엘레나에게 마약을 사러 아프리카로 같이 가자고 설득한다. 그러나 엘레나는 자신이 아직 처녀이기 때문에 성기에 마약을 숨길 수 없다고, 혹은 설사 그렇더라도 추사처럼 많이 숨기지는 못할 거라고 말한다. 그러자 추사는 아무 문제 없다고 말하며 바로 그날 밤 그들과 같이 살고 있는 두 명의 남자 중에 하나와 성관계를 가지면 된다고 한다. 하이미토는 반대한다. 아직 여자에 대해 아는 것이 전혀 없기 때문이다. 알베르토도 처음에는 완강하게 거부했으나 결국은 하기로 한다. 그러나 항상 그들을 방해하는 인물들이 등장한다. 처음에는 알베르토의 어머니 도냐 안토니아가 나타난다. 아버지가 감옥에서 나왔다는 말을 전하러 아들을 찾아 온 것이다.

사실 하이미토는 엘레나에게 끌리고 있었으나 그것을 감춘다. 엘레나는 그것을 눈치 채지 못하고 알베르토에게 끌린다. 알베르토는 엘레나에게 지난밤에 하지 못했던 것을 지금 하자고 하면서 방에 들어간다. 이때 밖에서 하이미토와 추사가 질투심을 느낀다. 그러나 그때 마약 중독자인 아벨과 난초가 들어와 마약을 훔치기 위해 그들을 위협한다. 하이미토는 알베르토의 경찰 제복을 입고 그들을 쫓아내려고 하다가, 의도하지 않게 총알 한 발을 허공에 발사한다. 이에 알베르토가 화를 내며 그에게서 총을 빼앗으려다가, 총알이 잘못 발사되어 하이미토 팔에 맞는다. 도냐 안토니아가 들어오고 잠시 후에 그들은 하이미토를 병원으로 옮긴다.

추사는 엘레나와 알베르토를 남겨 두고 홀로 모로코로 떠난다. 그러나 돌아오는 길에 체포되어 감옥에 보내진다. 한편 엘레나와 많은 이야기를 나누었던 도냐 안토니아는 아들이 그녀와 결혼하기를 원한다. 그리고 알베르토는 엘레나와 함께 떠나기로 결심한다. 먼저 엘레나가 집을 나간다. 알베르토가 한동안 더 머무르면서 짐을 싼다. 이때 하이미토가 들어와 알베르토에게 추사를 감옥에서 빼내 달라고 부탁한다. 그러나 알베르토는 이를 거절하고 집을 떠난다.

어느 날 갑자기 추사가 가석방되어 집으로 돌아온다. 엘레나와 알베르토가 같이 집을 나갔으며 결혼한다는 소식을 듣고 슬퍼한다. 그녀 역시 알베르토를 사랑했기 때문이다. 그때 엘레나가 남은 짐들을 챙기러 집에 왔다가 추사와 언쟁을 벌인다. 그러나 도냐 안토니아와 알베르토가 와서 그녀를 데려간다. 모두들 가고 전처럼 하이미토와 추사만 집에 남았을 때, 추사는 하이미토에게 알베르토의 아이를 가졌다고 고백하면서 그에게는 아무말도 하지 않겠다고 말한다. 그리고 하이미토는 최대한 그녀를 돕겠다고 말하고, 샌들 만드는 일을 계속하기로 한다.

7. 이탈리아 문학

1) 시대적 배경과 문학의 흐름

이탈리아는 1870년 완전한 통일을 이룩하고 통일국가의 터전을 마련하고자 노력했다. 이후 20세기 이탈리아의 역사적 배경은 먼저 1915~1918년 사이에 발생했던 제1차 세계대전을 계기로 국경선이 확정되었다는 점을 들 수 있다. 그리고 그 뒤를 이어 파시스트 독재 정권이 대두되었다. 이때부터 파시스트 독재 정권이 몰락하기까지 시민생활은 안정을 찾지 못했고, 국민들은 자유를 박탈당했다. 이어 제2차 세계대전과 함께 민족사에 큰 재난을 남긴 채 제국주의의 헛된 꿈을 체험해야 했다. 그러나 종전 후 오늘날까지 이탈리아 지식인 및 민중들은 파괴된 제반의 것을 복구하고 보다 낳은 조국의 미래를 위해 헌신했다. 그 결과 공업과 상업 분야에서 이탈리아의 경제 기적이라고 일컬을 만한 놀라운 성장을 이룩했다. 그러는 동안 대중들의 상승 욕구와 진정한 자유 속에서 사회 정의에 대한 열망이 함께 어우러져 민주주의 제도를 발전시켜 나갔다.

19세기 후반 제반 지식인과 문학인들의 '젊은 이탈리아 운동'으로 지방색에 의존하던 작품들 대신 보편성을 내세운 현실 묘사를 중시하는 작품들이 나타나게 된다. 이렇게 시작된 이탈리아 베리스모(진실주의)[1]에서부터 이탈리아의 현대 문학은 싹트기 시작하였고, 본격적으로 아방가르드 물결을 일으킨 황혼파[2]와 미래파에 이르러 20세기 현대 문학이 드디어 제자리를 잡게 되었다.

2) 시

20세기 이탈리아 시 문학은 크게 세 가지 흐름의 양상을 띤다.

첫째로, 1904~1911년 사이에 성행한 황혼주의 시를 들을 수 있다. 황혼주의 시인들은 단눈치오의 미사여구적인 시작법을 반대하고, 그와는 다른 우울하고 슬픈 애가조의 시를 썼다. 황혼주의의 대표적인 시인들로는 구이도 곳차노(Guido Gustavo Gozzano, 1883~1916)와 세르죠 코라치니(Sergio Corazzini, 1886~1907) 등이 있다.

둘째로, 문학뿐만 아니라 사회 · 도덕 · 정치 분야에 이르기까지 근본적인 혁신을 지향했던 미래주의를 들 수 있다. 이 운동은 전통 · 인습 · 습관 등을 파괴하고 반항을 주제로 한 새로운 것을 찾으려는 아방가르드

---

1 베리스모(Verismo) : 진실주의. 이탈리아에서 배양된 프랑스식 자연주의이다. 베리스모는 낭만주의에 반기를 들고 사실주의로 넘어가는 교량 역할을 하였다.
2 황혼파 : 인생이란 황혼과 같으며 항상 슬프고 우울함을 내포한다고 보는 시 운동. 이 유파는 전통적 수사법에 구애되지 않고 자유로운 형식으로 시를 쓸 것을 주장하였다. 이탈리아 전통 시가 소멸하는 시기에 나타난 시인들이라는 의미에서 1910년 평론가 쥬세페 안토니오 보르제세(Giuseppe Antonio Borgese, 1882~1952)가 처음으로 이 용어를 사용하였다.

문학 운동으로 시인 필립포 마리네티(Filippo Tommaso Emilio Marinetti, 1876~1944)가 선두로 나선 운동이다. 이들은 환상, 망상, 자의성을 지나치게 충동적으로 표현하였고 유아기적 본능의 상태로 복귀할 것을 주장하였다. 또한 정치에 있어서는 '세상의 유일한 대책'인 전쟁을 비롯한 정복욕, 민족주의, 제국주의를 찬양하면서 그 원리를 실현시킨 파시즘이 대두되는 당연한 분위기를 조성하였다.

셋째로는, 프랑스 상징주의에서 연유한 이탈리아 문학의 가장 최근 경향인 에르메티즈모[3] 운동(순수시 운동)을 들 수 있다. 이 문학사조는 서정시의 순수성을 지향하는 시적 경향이며, 가장 내면적이고 심오한 시의 핵심에 도달하려고 했다. 또한 개념적인 차원과는 별도로 가능한 모든 미학적 요소를 받아들일 수 있는 시어를 사용하였다. 대표적인 시인으로는 쥬세페 웅가레티(Giuseppe Ungaretti, 1888~1970), 1959년 노벨문학상을 수상한 살바토레 콰시모도(Salvatore Quasimodo, 1901~1968), 그리고 1975년 노벨문학상을 수상한 에우제니오 몬탈레(Eugenio Montale, 1896~1981) 등을 들 수 있다.

이 밖에 미래주의의 필립포 마리네티와 현대시의 주요 흐름을 타지 않은 작가 가운데 가장 대표적인 시인으로 움베르토 사바(Umberto Saba, 1883~1957) 등을 들 수 있다. 미래주의는 시구와 문장의 고전적 구조들을 산문식 문장 구조법에 의해 깨뜨리고자 했다. 미래주의는 주제적 측

---

3 에르메티즈모(Ermetismo) : 순수시. 에르메티즈모 운동은 1920년대부터 전개된 이탈리아 시 운동의 하나이다. 프랑스 상징주의의 영향을 많이 받아서 비정통적인 구조와 비논리적인 순서를 사용하면서 매우 주관적인 언어 사용을 강조했다. 단어의 의미보다 소리를 더 강조하는데, 이런 기법이 시를 난해하게 만들어 형식과 기법에서는 단명했지만, 문어와 내용에 혁신을 불러일으켰고, 이탈리아 시를 새로운 방향으로 이끄는 데 큰 역할을 하였다.

면에서 황혼파의 영향을 많이 받기는 했지만, 반면에 황혼주의자들과
는 실제적으로 정반대의 태도를 견지하고 있다. 황혼파가 평범한 사물
을 노래하고 조용한 어조로 정적인 폐쇄성에 사로잡혔던 반면, 미래파
는 적극적 행동주의와 영웅적인 삶, 기계 문명 등을 노래하고 비판적
어조로써 개방적이며 동적인 성격을 표방하고 있다.

■ 쥬세페 웅가레티(Giuseppe Ungaretti, 1888~1970)
- 「죽음의 명상」(1947)

웅가레티는 이집트의 알렉산드리아에서 태어나 유년 시절을 보냈는
데, 이는 훗날 시인의 감각력에 근원적인 영향을 미쳤다. 젊은 시절 프
랑스에서 아폴리네르, 브루톤브리크, 피카소 등의 예술가들과 친교했
으며, 그들의 예술 세계에 많은 영향을 받았다. 그 후 제1차 세계대전이
일어나자 그는 오스트리아 전선에 종군하였고, 그 체험이 이탈리아 시
단에 지대한 영향을 미쳤다. 종군 당시 그는 아프리카에서 지냈는데,
매순간마다 느낀 인상들을 일기로 담은 『매몰된 항구』(Il porto sepolto,
1916)와 『난파선들의 즐거움』(Allegria di naufragi, 1919) 등을 썼다. 이
시들은 제1차 세계대전의 개인적인 비극과 괴로운 체험을 담고 있다.
또한 이 시기에 그의 시는 『밤의 공포』(Tremante nella notte)에서 보여주는
본질적인 어휘의 시에서 『시대의 감각』(Sentimento del tempo, 1933), 『고
통』(Il dolore, 1947)에서와 같이 우화적 깨달음과 환상적이고 신화적인 요
소를 담은 시로 바뀌게 되었다. 그러나 그는 1970년 밀라노에서 갑작스
럽게 세상을 떠났다.

그는 에르메티즈모 운동의 본질적인 어휘로 이루어진 새로운 서정시
를 쓴 시인으로 높이 평가받고 있다. 그의 시가 다루는 주요 테마는 인

간, 신, 시대로 집약된다. 또한 몬탈레의 경우와 마찬가지로 사물이 시인에게 불러일으키는 여러 감각을 통해서 고독, 명상, 죽음으로 자신의 시세계에 신비감을 불어넣고 있다.

웅가레티의 이 밖의 시집으로는 『약속의 땅』(*La terra promessa*, 1950), 『어떤 외침과 풍경들』(*Un grido e paesaggi*, 1952), 『어느 인간의 삶』(*Vita di un uomo*, 1969) 등이 있다.

시 「죽음의 명상」은 시집 『고통』의 후반부에 실려 있는 작품으로, 시인이 인간의 운명에 대하여 깊은 명상을 하면서 창작되었다. 그가 상파울로 대학에서 이탈리아 문학을 강의할 때 사랑하는 아들이 세상을 떠났다. 이때부터 명상이라는 보다 철학적인 테마에 집착하게 되었다. 아들을 잃은 슬픔이 시집 『고통』에 나타난 시들의 핵심을 이루고 있는 것이다. 이러한 개인적인 고통의 메아리는 모든 인간이 겪는 고통으로 번진다. 시인은 관조하는 자세로 죽음이란 무엇이며, 인간의 운명이란 어떤 것인가. 전쟁을 겪은 세대, 나아가서는 모든 현대인들이 느끼는 소외의식을 사유한다.

오, 어둠의 자매여,
힘 있는 태양만큼 강렬한
칠흑의 죽음, 그댄 날 따른다.

순결한 뜨락에서
고귀한 열망이 그댈 낳았다.
고요는 깨지고
그대 입술에
명상적인 죽음이 태어난다.

그때부터

마음의 물결 속에서
언제나 고통스러이
멀어져 감을 느낀다.
시대의 송장같은 어머니
고통과 고독의
공포 속에

처벌받은 미(美)는 웃음 짓고
육체의 졸음 속으로
달아나는 꿈의 죽음,

우리의 위대한 경기자
잠을 잊은 그대
날 집어삼킬 때, 말해 다오.

살아 있는 사람들의 우울 속에
나의 어둠이 길게 날아갈 것인가?

— 「죽음의 명상」 부분

■ 살바토레 콰시모도(Salvatore Quasimodo, 1901~1968)
— 「조용한 기타」

콰시모도는 시칠리아 섬 시러큐스 근처의 가난한 철도 노동자 가정
에서 태어났다. 그런데 1908년 12월 18일 대지진으로 도시가 무너져 버
렸고, 그 사건은 어린 콰시모도에게 큰 충격을 안겨 주었다. 1919년 로
마 대학 공학부에 입학하였으나 2년 후 그리스 · 로마 문화로 전공을 바
꾸었다가 경제적인 이유로 중퇴하였다.

그는 1928년부터 정식으로 시를 발표하기 시작하면서 유명한 시인 몬
탈레와 막역하게 지내게 되었다. 1930년 피렌체로 가서 잡지 《솔라리아》

발간에 참여하였고, 그 잡지에 첫 시집인 『물과 땅』(*Acque e terre*, 1930)을 실었다. 그 뒤를 이어 1932년 『물에 잠긴 오보에』(*Oboe sommerso*)를 발표하여 팟토레상을 수상하였다. 그가 본격적으로 문학활동을 시작한 것은 1942년 이전까지 발표하였던 시를 모아 『이윽고 곧 밤이 되리』(*Edé subito sera*, 1942)를 발간한 후부터이다.

제2차 세계대전 콰시모도의 후 반파시즘 정치 참여는 그의 작품에 중요한 모티브가 되었다. 그는 서정시의 요소보다는 사회시적인 요소를 가미하면서 파시스트의 죄상을 공개하는 파시스트 반대 투쟁을 예찬하였다. 이 시기의 작품으로는 『하루 또 하루』(*Giorno dopo giorno*, 1947), 『삶은 꿈이 아니다』(*La vita non è sogno*, 1949) 등이 있다. 1950년대 이후에는 『거짓 기록과 참 기록』(*Il falso e vero verde*, 1954), 『비할 데 없는 지구』(*La terra impareggiabile*, 1958) 등을 발표하였다. 그는 이 시집들로 마침내 1959년 노벨문학상을 수상하여 전 유럽에 큰 명성을 얻었다. 이어 그는 1960년대에 『주는 것과 갖는 것』(*Dare e avere*, 1966) 등의 시집을 발표하였다. 그러나 1968년 6월 그는 뇌출혈로 나폴리에서 세상을 떠났다.

「조용한 기타」는 여러 가지 기법을 이용하여 전쟁을 묘사한 시이다. 시인은 고향을 그리는 감정을 기타에 이입시키고 있으며, 줄이 끊어진 기타와 누군가의 오열은 전쟁에 의해 파괴된 시인의 고향을 암시한다. 시적 화자는 마지막 행에서 "나의 동포들이여 검을 들게나"라고 하면서 개선의 기쁨과 함께 현실 고발, 반항 의지를 보여주고 있다.

> 나의 고향은 강가, 바다를 맞이하는 곳
> 어디서도 들을 수 없지
> 이 경쾌한 노래 같은 속삭임의 음률은
> 달팽이들이 살고 있는 갈대숲을

나는 불안하게 서성인다.

또다시 가을이 왔다.
스산한 가을바람이 기타의 현을 끊고
조용한 몸체를 조각내지만
한 손으로 끊어진 현을 튕긴다.
불꽃 같은 손가락으로

거울 같은 달빛 아래
소녀들은 몸치장을 하고
우윳빛 젖가슴은 황금빛 노을로 목욕을 한다.

누가 흐느끼는 소리인가?
누가 희미한 안개 속에 말을 달리는가?
우리는 파릇파릇한 풀밭 길을 지나
해변에서 멈춰 선다.
내 사랑아, 나를 그 거울 앞으로 데려가지 말아 다오.
거울같이 맑은 달빛 속에
아름드리 나무들이 잎을 흔들고
잔잔히 흐르는 물결과 노래하는 소년

— 「조용한 기타」 부분

■ 에우제니오 몬탈레(Eugenio Montale, 1896~1981) ─ 「지중해」(1925)

몬탈레는 이탈리아의 서북부 항만도시인 제노바의 중산계급 가정에서 태어났다. 그가 성장한 제노바의 리구리아 해안 그리고 그 앞에 펼쳐져 있는 지중해의 물결은 그의 시세계에 중요한 부분을 차지하였다. 그는 제노바에서 대학에 입학하여 공부하다가 성악가가 되기 위해 대학을 중단했다. 그런데 제1차 세계대전이 일어나자 보병 장교로 참전했고 제대 후 학업을 포기하고 독학하면서 예술과 문학에 대한 관심을 가지게 되었다. 마침내 1927년 피렌체로 가서 여러 문예지의 편집에 참여하면서 1925년에 발표한 시집 『오징어 뼈들』(Ossi di seppia)로 명성을 떨쳤다. 그는 제2차 세계대전이 끝날 때까지 피렌체에 살다가 밀라노로 옮겨 줄곧 거기에 살았다.

초기에는 프랑스 상징주의자들의 영향을 받아 상징을 통해 자신의 경험을 전달하고자 했으나 후기에는 생각을 좀 더 직접적이고 단순한 언어로 표현해냈다. '절망의 시인'이라는 평을 받고 있는 그의 시는 순수한 형태를 빌어 깊은 사상을 담고 있으며, 절망적인 현실 상황에서 얻은 내적 갈등과 공허함을 심리 분석적인 상징법을 통해 작품 속에 투영시켰다. 특히 제2차 세계대전 후부터 그는 현대 세계의 비참함과 그 속에서 포착된 불멸의 미의 순간을 작품에 담아냈다.

20세기 이탈리아 시단에 기여한 그의 문화적 업적이 인정되어 1967년 종신 상원의원에 선출되었고, 1975년 노벨문학상을 수상하였다.

그의 대표적인 시집으로는 『기회』(Le occasioni, 1939), 『폭풍우와 기타』(La bufera e altro, 1956), 『제니아』(Xenia, 1966), 『포화飽和』(Satura, 1971), 『1971년과 1972년 일지』(Diario del 1971 e del 1972, 1973) 등이 있다.

시 「지중해」는 시집 『오징어 뼈들』에 수록되어 있다. 시집의 제목에서 시사하듯 이 시에는 암시가 도사리고 있다. 이 암시는 은유로 나타나기도 한다. '뼈들'은 바닷가에 흩어진 퇴폐물이다. 이것들은 우리 인간일 수도 있다. 몬탈레는 바닷가에 버려진 잡동사니, 이것을 곧 우리 인간의 모습으로 보고 있다. 바다라는 큰 자연 앞에 선 인간은 초라할 수밖에 없다. 황량한 바다를 앞에 두고 보면, 우리는 헐벗은 자와도 같고 정신을 가다듬을 만한 지혜마저 잃으며, 오직 절망감만이 남을 뿐이다. 이것은 곧 자기 부정과 마찬가지다. 실존과 본질의 문제를 모조리 부정해 버리면 허무감과 허탈감만 감돌게 된다. 때문에 몬탈레를 가리켜 '절망의 시인'이라고 한 것이다.

옛 친구여,
파란 종(鍾) 같은 그대의 입술에서
열렸다 다시 오므라져
터져 나오는 소리에
난 취해 있다오.
흘러간 여름마다 살던 내 집이
아시다시피, 그대 가까이 있소.
태양이 작열하고
모기들이 하늘에 구름을 이루는 곳에
바다여, 그때마냥 오늘도
그대 앞에 무감각해지는 나,
그대 호흡이 주는 숭고한 충고를
받을 가치가 없소.
내 마음의 고동은
그대 숨결의 순간에 그친다고,
처음으로 말했소.
그대의 무서운 율법이
내 속 깊숙이 자리 잡고서
폭넓고 다양하고
견고하라며,
또 불가사리, 콜크 조각, 해초 속으로
심연에 있는 쓰레기를
해변에 내리치는 그대처럼
나도 모든 불결을 씻어 버리라고
내게 일러 주었소.

—「지중해」 부분

■ 필립포 마리네티(Filippo Tommaso Marinetti, 1876~1944)
- 「무관심」

미래주의의 대표적인 시인 마리네티는 이집트의 알렉산드리아에서 태어났다. 그는 프랑스어를 사용하는 예수회 학교에서 공부하면서, 금서 목록인 에밀 졸라의 소설들을 탐독하다가 학교에서 퇴학을 당했다. 그 후 파리로 건너가 문학대학 입학 자격을 획득하여 학사과정을 마치기까지 그는 꾸준히 프랑스의 시들을 읽었다. 다시 이탈리아로 돌아와 파비아 대학과 제노바 대학에서 법학을 전공하였다. 그리고 1909년 2월 파리의 《르 피가로》지에 미래주의 선언문을 발표하였다. 마리네티는 미래주의가 선언하고 주창했던 개혁 의지를 실천하듯 전쟁을 찬양하고, 문장론의 혁신을 꾀하며 나름대로 운동을 펼쳐 나갔다. 그러나 불행하게도 그 열의에 비해 작품은 적었고 1944년 12월 심장 발작으로 코모의 벨라죠에서 사망하여 밀라노에 묻혔다.

마리네티의 시가 본격적으로 관심을 끌기 시작한 것은 자유시 모음집 『늙은 선원들』(*Les vieux marins*, 1897)을 출간하여 '민중의 토요일' 상을 수상한 후부터이다. 그 이후 출간된 『별들의 정복』(*La Conquète des Étoiles*, 1902)에서 보여주고 있는 '별'의 개념과 『늙은 선원들』의 '바다'의 개념은 서로 대립항을 구축한다. 즉 '별'은 '정적'인 의미, '바다'는 '동적'인 의미를 각각 표출하면서 서로 대립되고 있는 것이다. 마리네티는 역동적으로 공략하는 바다의 장관을 극찬함으로써 행동주의적 기질을 발휘했다. 바다의 요동을 반항의 동기로 삼은 것이다. 그의 반항이라는 문학은 시 「파괴」(*Destruction*, 1904)에 잘 드러나 있다.

미래주의는 학파적 성격이나 동인의 색채를 띠고 있지는 않다. 그리고 광란적인 저항과 반항의 목소리에 비해 작품도 적고 깊이도 엷다.

그 이유는 독자들이 초기에는 대단한 관심을 보였지만 점점 등을 돌렸기 때문이기도 하다. 「무관심」은 미래주의에 기초하여 창작한 시이다. 문장론을 폐지하고 구두점을 쓰지 않는 것은 '자유로운 언어'라는 효과를 염두에 둔 것이다. 따라서 이 시는 그래픽 디자인 같은 인상을 주는 '그림=언어'라고 할 수 있다.

> 오, 밀라노 성당아 갈매기의 나래로
> 수백 년 묵은 암초의
> 네 괴물 같은 파괴물들을 스쳐 지나가며
> 내 너를 놀라게 하였구나
> 너는 내가 성급한 걸음으로 가는 밀라노 사람이라고 하는구나
> 카멜레온 같은 네 유리창의 투명한 살갗을
> 노랑으로 빨강으로 검정으로
> 녹색으로 흰색으로 물들이는 것은
> 사실 너의 당황한 연약함이지
> 밤마다 너의 황금 마돈나보다 더 높이
> 내 심장의 공을 던지면서
> 너를 괴롭히고 있구나
> 오, 밀라노의 성당아
> 오, 거대한 낙지여 새하얀 촉수로
> 저녁이면 녹색의 해초와 산호들로 몸치장하는
> 그 모든 전차들 다채로운 바퀴들과 더불어
> 번쩍이는 철로들의 거대한 그물이
> 주위에 조여 옴을 느끼며 너는 떨고 있구나
> 세상에서 가장 큰 정거장의
> 시끄러운 혼란 속에서 좌초해 버린 성당
> 네 운명을 슬퍼하는 것인지 —
> 아, 그날이 오리라
> 거대한 기관차가 끌고 가는
> 웅장한 기차를 만들어서

그란드란드(운수회사) 형제들이 너를
다른 세계로 보내 버릴 수 있는 곳ㅡ
ㅡ밀라노 사람들은 그렇게 할 수 있을 거야ㅡ
천국으로 너를 데려갈 그날이 오리라.

ㅡ「무관심」 부분

3) 소설

이탈리아의 20세기 산문 문학은 시 문학의 흐름보다도 더 다양한 형태
로 전개되었다. 특히 제2차 세계대전을 전후로 더욱더 복잡한 양상을 띠
게 된다. 19세기의 실증주의와 상통하는 진실주의, 단눈치오(Gabriele
D'Annunzio, 1863~1938)에서 절정을 이루는 퇴폐주의, 또 이에 정면으로
도전하는 황혼주의, 헤겔과 데 상티스(Francesco de Sanctis, 1817~1883)의
사상에 뿌리를 둔 크로체(Benedetto Crocd, 1866~1952)의 관념주의, 이 모
든 것들이 줄다리기를 하는 일종의 소용돌이 속에 있었다. 이런 상황 속
에서 마리네티가 미래주의를 선언하고 나왔는데, 이는 낭만주의적인 반
항 정신에서 출발하였다. 진실주의의 대표적 소설가로는 1926년 노벨문
학상을 수상한 그라치아 델레다(Grazia Deledda, 1871~1936)를 들 수 있
다. 델레다의 주요 작품으로는 『악의 길』(*La via del male*, 1892), 『어머니』
(*La madre*, 1920) 등이 있다.

20세기의 특징적인 현상을 맨 처음 문학화한 소설 작가로는 스베보(Italo
Svevo, 1861~1928)를 들 수 있다. 그의 대표작 『제노의 의식』(*La Coscienza di
Zeno*, 1923)은 제임스 조이스 이전에 내적 독백이라는 일종의 의식의 흐름
을 사용하여 신선한 맛을 풍겨 주었다. 이어서 발표한 그의 소설 『삶』(*Una
Vita*, 1892)이나 『노후』(*Senilità*, 1898)에서는 강력한 현실감을 생생하게 표

현하였다는 점에서 그는 현대 이탈리아 소설의 선구자로 평가되고 있다.

또한 시간적으로 20세기가 시작할 무렵 진실주의 문학관에 반기를 들고 활동을 전개하였던 가브리엘 단눈치오도 현대 이탈리아 문학에서 중요한 위치를 차지한다. 초기의 작품에서 보여주는 관능주의는 『죽음의 승리』(Il trionfo della morte, 1894)나 『야상곡』(Nottumo, 1916) 등에서 독특하게 전개된다. 이 작품에서 단눈치오는 섹슈얼리즘과 육욕에 대한 열망과 불타는 인간의 갈등을 매우 깊이 분석하고 있다. 그러나 그의 작품 세계는 황혼파들에게 공박을 받았으며, 이 황혼파 시인들의 활동과 더불어 이탈리아 문학은 본격적인 20세기에 진입하게 되었다.

이후 이탈리아 소설 문단은 네오레알리즈모(Neorealismo), 즉 신사실주의 경향이 1950년대 후반까지 가장 지속적으로 두드러진 양상을 보였다. 신사실주의 작가들은 주로 전쟁이라는 가치 전도의 계기를 맞은 현대인들의 의식 저변에 흐르는 소외감과 자아상실감을 테마로 삼았다. 그리하여 개인과 개인, 나아가서는 개인과 사물 간의 관계가 결여되거나 단절되어 있는 상태에서 인간이 겪어야 하는 고통을 작품에 담았다. 신사실주의의 대표적인 작가와 작품으로는 이나치오 실로네(Ignazio Silone, 1900~1978)의 『빵과 포도주』(Pane e vino, 1936), 『오디 한 움큼』(Una manciata di more, 1952), 『루카의 비밀』(Il segreto di Luca, 1956), 알베르토 모라비아(Alberto Moravia, 1907~1990)의 『무관심한 사람들』(Gli indifferenti, 1929), 『로마의 여인』(La romana, 1947), 『바라보는 남자』(L'uomo che guarda, 1985), 엘리오 빗토리니(Elio Vittorimi, 1908~1966)의 『인간들과 비인간들』(Uomini e no, 1945), 『멧시나의 여인들』(Le donne di Messina, 1949)과 두 편의 유작소설인 『두 갈래의 긴장』(Le due tensioni, 1967), 『세계의 도시들』(Le città del mondo, 1969)등이 있다.

70년대 들어와서도 신사실주의 소설은 계속 출간 되었는데 그 대표적 작가와 작품으로 우선 여류작가 모란테(Elsa Morante, 1912~1985)를 꼽을 수 있다. 그녀는 증언문학적인 성격을 띤 『역사』(La Storia, 1974)를 내놓아 전 유럽의 관심을 끌어들였다. 또한 『벌목』(Iltaglio del bosco, 1949), 『부베의 여인』(La ragazza di Bube, 1960) 등으로 문단에 명성을 알린 캇솔라(Carlo Cassola, 1917~1987)의 『몬테마리오』(Monte Mario, 1973)도 간과할 수 없는 작품이다.

1960년대 이탈리아 문학계에는 네오아방가르드 문학 경향이 등장하였다. 이 문학론은 1950년대의 경제 성장에 따른 사회적·문화적 상황의 변모와 외국 문학 및 기타 학문의 영향이 컸다. 1956년 창간된 밀라노의 잡지 《일 베리》를 중심으로 활동한 작가들이 1963년 팔레르몽에서 최초의 아방가르드 회의를 가졌다. 그 회의에서 주목할 것은 '63그룹'의 결성이다. 63그룹 회원들은 1950년대 후반 이후 지속된 논쟁을 종합하면서 이전의 문학에서 드러난 문제들을 새로운 방식으로 해결하고자 하였다. 또한 언어의 실험성을 재탄생시킨 네오아방가르드는 자연히 소설보다는 시 분야를 중심으로 한 운동이었다. 63그룹에 참여한 작가들 중에서 대표적 소설가와 작품으로는 에도아르도 상귀네티(Edoardo Sanguineti, 1930~)의 『이탈리아의 가상곡』(Capriccio italiano, 1963), 『주사위 게임』(1967), 움베르토 에코(Umberto Eco, 1932~)의 『장미의 이름』(Il nome della rosa, 1980), 『푸코의 진자』(Il pendolo di Foucault, 1988) 등이 있다.

■ 그라치아 델레다(Grazia Deledda, 1871~1936)

− 『어머니』(La madre, 1920)

진실주의 여류소설가 델레다는 샤르데냐 섬의 한 마을에서 천주교도이며 봉건적 폐습을 가진 부유한 집안에서 태어났다. 그녀는 아름다운 섬에서 많은 민간 전설을 들으며 자랐다. 그리고 폐습으로 가득 찬 마을에서 델레다는 초등학교 5학년 수준의 정규 교육만 받을 수 있었다. 그런데 문학을 좋아하던 그녀는 외삼촌이 개인 장서관을 갖추고 있어서 각종 서적을 폭넓게 접할 수 있었다. 델레다는 13살 때 지역 신문에 비극적 단편 전기소설 『샤르데냐의 피』를 발표했고, 19세에 단편소설집 『푸른하늘에서』를 발표했다.

그녀의 창작활동은 크게 3단계로 나뉘어진다. 첫 단계는 『샤르데냐의 꽃』(Fior di Sardegna, 1892), 『악의 길』(La via del male, 1896) 등 모두 낙후하고 보수적인 샤르데냐 섬을 배경으로 그곳에서의 생활과 풍토를 묘사하면서 선과 악, 죄와 벌 등의 주제를 다룬 시기이다. 두 번째 단계는 그녀가 이탈리아와 유럽 각국의 문학 상황을 이해하면서 시야가 더욱 넓어진 시기에 쓴 사실주의 경향의 작품들이다. 그런데 이 시기에도 작품의 배경은 여전히 샤르데냐 섬을 벗어나지 못했다. 대표작으로는 장편소설 『바람에 흔들리는 갈대』(Canne al vento, 1913), 『마리아나 실카』(Marianna Sirca, 1915) 등이 있다. 1920년부터의 3번째 단계는 샤르데냐 섬을 소재로 삼던 그동안의 습관을 버리고 허구적인 요소를 많이 삽입하며 인생에 대한 자신의 감흥을 주로 다룬 창작 기간이다. 이 시기에는 『어머니』, 『고독한 자의 비밀』(Il segreto dell'uomo solitario, 1921), 『바람의 땅』(Il Dio dei venti, 1922) 등을 내놓았다.

유럽문단에서 그녀만큼 자연을 뛰어나게 묘사한 작가가 거의 없다. 그리하여 한림원에서는 "그녀는 언어의 신선한 색채를 함부로 낭비하지 않았으며, 간결하고 선명한 고대 풍경화처럼 순수함과 장엄함을 유지했다. 그렇게 인물의 심리와 조화를 잘 이루는 생동감 있는 대자연을 묘사해낸 것이다."라고 하면서, 1926년 그녀에게 노벨문학상을 안겨 주었다.

『어머니』의 배경은 마귀의 저주가 깃든 가난한 마을이다. 이 배경을 통해서 작가는 서정적인 방식으로 오래된 서양 신학과 철학 명제, 육체와 영혼, 인성과 이성을 탐구하고자 노력했다. 이 작품 내용은 유럽 전통 문학의 종교 도덕극이나 비극과 일맥상통하지만, 소설 전체를 놓고 보면 그다지 전통적인 작품은 아니다. 이 작품은 독자들에게 신성과 인성 사이에서 인성을 버리고 신성을 따르라는 명확한 교훈을 가르쳐 준다. 품격 면에서 이 소설은 종교극과 비극의 장엄함고 고귀함을 유지하고 있으며 심지어 장면 묘사에서는 연극적인 면도 보여준다. 작품의 줄거리는 다음과 같다.

고아였던 그녀는 어려서부터 친척집을 전전하며 자란다. 어른이 된 후에 그녀는 방앗간에서 일하는 남자와 결혼을 하여 폴을 낳는다. 그리고 폴이 아직 말을 못할 때 그녀는 과부가 된다. 그 후 그녀는 폴을 데리고 한 마을로 들어간다. 그녀는 10년 동안 그곳 신학원의 식당에서 일하면서 공부한다. 그동안 그녀는 미래 신부의 어머니가 될 것이라는 생각으로 남자들의 유혹을 이겨낸다.

아주 가난한 알 교구는 마귀의 저주를 받는 곳으로 약 100년 동안 신부가 없다. 그러던 어느 날 한 신부가 온다. 쉰 살까지 인자하고 성스러웠던 신부는 어느 날 갑자기 마귀처럼 생활하다가 결국에는 병들어 죽고 만다. 그 후 10년이 지나 신부가 된 폴과 그녀가 다시 이곳으로 왔을 때 마을에는 신부도 없고 주민들의 생활도 문란하다. 폴은 매일 책을 읽으며 교민을 위해 기도하고 예배를 주재하며 교민들의 행복을 위해 7년 동안 일한다. 그런데 노신부의 마귀가 아직 그곳에 있어서였는지, 28세가 된 폴은 마치 사악한 마귀가 들린 듯 아그네스라는 여자를 사랑하게 된다.

어머니는 폴이 한밤중에 마을의 오래된 집에서 여자와 만난다는 사실을 안다. 어머니의 느낌에는 폴이 이미 그 여자와 사랑에 빠진 듯하다. 그렇지만 천주교의 신부는 세속적인 사랑을 할 수 없는 것이고, 순결한 영혼과 정결한 신체로 하느님을 모셔야 한다. 어머니는 마귀 들린 폴의 영혼이 부끄럽고 고통스러웠기에, 마귀로부터 아들을 구해내야 한다고 결심한다.

아그네스는 부자이며 젊고 아름답지만 고독한 여자이다. 사랑에 빠진 폴은 아그네스와 몰래 마을을 떠나 영원히 함께하자는 약속을 한다. 그러나 숙소로 돌아온 폴은 모든 사실을 알고 있던 어머니와 마주쳤고, 그 때문에 말할 수 없는 고통을 느낀다. 힘든 하룻밤이 지나고 아침이 왔고, 폴 신부는 결국 그녀와의 결별 편지를 어머니께 주며 전해 달라고 한다. 그 뒤 폴 신부는 그의 삶에서 가장 고통스러운 낮과 밤을 보낸다.

낮에 교회에서 성경을 읽고 있던 폴은 자신의 목소리와 마음의 목소리가 서로 모순된다는 사실을 깨닫는다. 그날 밤, 그는 죽음을 맞이한 노인의 집에 가서 임종을 돕는다. 깊은 밤, 폴은 잠이 오지 않자 교회에서 일하는 아이의 부모를 만나러 간다. 그런데 하늘의 시험인지 그 집이 경영하는 작은 술집에서 아그네스의 여종을 만난다. 그 여종은 결별 편지를 받은 아그네스가 계단에서 쓰러져 많은 피를 흘렸고, 지금은 침대에만 누워 있다고 말한다.

결국 폴은 아그네스를 찾아간다. 아그네스는 폴에게 자신들의 사랑을 위해 함께 멀리 떠나자고 한다. 폴은 사랑과 신앙 사이에서 갈등하다 결국 신앙을 택한다. 절망과 분노에 휩싸인 아그네스는 다음 날 예배당에서 폴의 죄를 공개하겠다고 협박한다. 숙소로 돌아온 폴은 이 사실을 어머니께 모두 이야기한다. 다음 날 아그네스는 예배당으로 찾아온다. 아그네스가 모든 사실을 공개하려는 그때, 마치 성령이 강림한 듯 그녀는 자신도 모르게 바닥에 무릎을 꿇는다. 한편 온힘을 다해 비통함과 공포를 극복한 폴의 어머니는 충격으로 교회에서 죽음을 맞이한다.

■ 가브리엘 단눈치오(Gabriele D'Annunzio, 1863~1938)

– 『죽음의 승리』(*Il trionfo della morte*, 1894)

단눈치오는 아브루초 지방의 페스카라에서 저명한 정치가이며 대지주의 아들로 태어났다. 로마 대학에서 공부했고, 16세 때 첫 시집 『이른 봄에』(*Primo vere*, 1879)를 펴냈다. 1915년까지 그는 유럽 데카당스의 흐름을 따라 문단의 중심적 존재로 활동하였다. 귀족의 딸과 결혼 후에도 수많은 여성 편력을 했고, 사치스러운 생활로 진 빚 때문에 1910년 프랑스로 도피하여 파리에서 작품을 썼다.

단눈치오는 제1차 세계대전이 발발하자 이탈리아로 돌아와 이탈리아의 참전을 강렬히 주장했다. 이탈리아가 참전을 선언한 뒤에는 직접 전장에 뛰어들어 위험한 임무를 수행했으며, 공군에 입대하여 싸우다가 전투 중에 한 쪽 눈을 잃었다. 그 뒤 열렬한 파시스트가 되어 무솔리니로부터 훈장과 함께 국정판으로 작품집을 펴내는 포상을 받았다.

그는 말썽 많은 연애 사건, 전시에 보여준 대담성, 두 차례의 국가적 위기 상황에서 발휘한 정치적 지도력과 웅변술 때문에 당대의 가장 주목받는 인물이 되었다.

그의 문학 작품들은 자기중심적인 관점, 매끄럽고 음악적인 문체, 사랑으로 얻은 여성과 자연에 대한 감각적 만족감을 지나칠 정도로 강조한 점에 특성이 있다. 그의 문학 세계는 피란델로(Luigi Pirandello, 1862~1936)로부터 공박을 받았고, 황혼파 시인들로부터 비난을 받기도 했다.

그의 대표 소설로는 『죽음의 승리』를 비롯하여 장편소설 『그럴 수도 있고, 아닐 수도 있다』(Forse che si, forse che no, 1910), 니체의 초인 사상의 영향을 받은 대작 『불』(Il fuoco, 1900) 등이 있다. 『죽음의 승리』는 그의 작품 중에서 『쾌락』(Il piacere, 1889), 『죄 없는 자』(Giovanni Episcopo, 1891)와 함께 3부작을 이루고 있다. 이 작품은 주인공의 허무적인 성격과 심리를 탐미주의적인 필치로써 정확하고 힘 있게 그렸다는 점에서 성공을 거두고 있다. 따라서 이 소설은 조르쥬와 그의 애인 이포리타의 정신적으로 막다른 길에 달한 사랑의 최후를 묘사하고 있다. 작품의 줄거리는 다음과 같다.

주인공 조르쥬 아우리스파는 자살한 바이올리니스트인 데메트리오 삼촌으로부터 유산을 상속받게 된다. 그의 삼촌은 예민한 지성인으로서 마음에 가책을 느끼는 비밀을 품고 있지 못해 자살한 것이다. 조르쥬는 광신적인 정열가요, 가혹할 정도로 섬세한 심리 분석가이며 이기적인 청년이다. 그는 삼촌의 유산으로 로마에서 자유롭게 즐긴다. 한편 이포리타는 남편과 별거하고 있는 매력적인 여성이다. 조르쥬와 이포리타의 사랑은 이미 2년의 세월이 지나, 지금은 최고조의 고비를 넘기고 있다. 조르쥬는 거역하지 못할 여인의 유혹에 끌리면서도 그것에 일종의 적의를 느끼기 시작한다. 그러나 이것은 여자의 내부에 혐오할 천한 것이 들어 있기 때문만은 아니며, 차라리 자기 내부에만 탐색의 눈을 돌린 조르쥬의 피로해 버린 감각, 그에게 생활 목표를 잃게 만든 정신적인 해체의 증상에서 온 것이다.

그들은 두 번째 사랑의 기념일을 알바노 라치아레의 호텔에서 지낸다. 그리고 조르쥬는 어머니의 청을 받고 고향으로 향한다. 삼촌의 유산을 받은 조르쥬는 집을 떠나 로마에서 편안하게 즐기고 있지만, 자기 집에서는 음탕하고 잔혹한 아버지가 첩에게 넋을 빼앗겨 어머니가 괴로운 나날을 보내고 있다. 누이동생 크리스티나는 병약한 외아들 루키노를 데리고 50세의 남편에게 의탁하여 구차한 생활에 얽매어 있다. 게다가 짐승 같은 남동생 디에고, 절름발이에다 광신적인 늙은 삼촌댁 등 조르쥬는 자기가 이런 사람들과 혈연으로 얽혀 있다는 생각에 혐오를 느낀다. 절대적인 자연의 힘에 봉쇄되어 있는 그에게는 이러한 것들의 추악함을 비웃고 증오하면서도 정신적으로 이를 극복할 방법을 찾지 못하고 있다. 아버지를 추악한 괴물로 생각하며, 그에게 육체적인 혐오를 느끼는 것은 자기에 대한 증오와 결부된다. 절망한 나머지 조르쥬는 자살하려고 하지만, 침상의 나무를 갉아 먹는 벌레 소리에 이성을 되찾는다. 그리하여 조르쥬는 어머니의 권리와 위엄을 회복시켜 주려고 아버지와 많은 대화를 주고받는다. 그러나 결국 아버지의 속임수에 빠져 도망치듯 자기의 집을 뛰쳐나온다.

인간에게 죽음이 매력적으로 느껴지는 것은 당연하다. 자살한 삼촌의 추억이 그를 유혹한다. 그를 아직 삶에 묶어 주는 것은 이포리타이다. 그는 여자와의 은신처를 아드리아 바다의 산 비토에서 찾는다. 그는 여자와의 사랑에서 삶의 힘과 도덕적인 생의 의의를 얻으려고 열망하지만, 이포리타와의 생활은 방종과 음탕의 연속에 지나지 않음을 깨닫는다. 이 고뇌에서 벗어나려고 그는 초인을 주장하는 차라투스트라의 사상에, 또 디오니소스적인 생활 방법에 구원을 청하지만 성공하지 못한다. 그리고 광신적인 성당 참배의 군중 속에서 그는 불결한 짐승 같은 열광과 신앙에 대한 격렬한 반감을 의식한다. 또한 그는 자기 민족의 최하층과 접촉하고 민족의 단절과 이에 대한 경멸을 맛본다. 결국 그는 가능한 방법을 다 동원하여 죽음을 물리치려고 하지만 죽음의 매력은 점점 그 힘을 증가시킨다.

그는 죽음의 유혹을 받지만 이포리타를 홀로 남겨 두고 죽을 수는 없다. 조르 쥬는 자기를 이 세상에 묶어 주고 있는 여자를 죽임으로써 문제를 해결, 자신을 구출하려고 생각한다. 그리하여 별이 신비스럽게 머리 위에 빛나고, 해맑은 아드 리아 바다가 그 호흡과 냄새로 존재를 느끼게 하는 여름밤에 "사람 살려!" 하고 울면서 외치는 이포리타의 머리채를 휘감고 절벽 가장자리에 쓰러뜨린 조르쥬는, 처참한 싸움 끝에 여자의 몸을 껴안고 동시에 죽음 속으로 전락해 버린다.

■ 알베르토 모라비아(Alberto Moravia, 1907~1990)

　　　　　　　　　　　　 － 『무관심한 사람들』(*Gli indifferenti*, 1929)

모라비아의 본명은 알베르토 핀케를레이며 로마에서 태어났다. 그는 어려서부터 병약하여 정규 교육을 제대로 받지 못했으며, 청년 시절까 지도 줄곧 요양소생활을 하였다. 그러다가 22세의 젊은 나이로 장편소 설 『무관심한 사람들』을 출간하여 큰 명성을 얻었다. 이 작품에서 그는 극히 상징적인 표현으로 파시즘을 비판하여, 파시스트 정부로부터 직접 적인 꼬투리를 잡히지 않았다. 그러다가 『아름다운 인생』(*La bella vita*, 1935)과 『그릇된 야망』(*Le ambizioni sbagliate*, 1938)을 발표하고 나서 파시 스트로부터 주목할 만한 경고를 받았다.

모라비아는 1930~1931년에 걸쳐 토리노의 《스탐파》지 특파원으 로 런던과 파리에서 지냈다. 그러다가 스페인 내란 후 멕시코를 배경 으로 가공의 독재자를 내세워 『가면무도회』(*La mascherata*, 1941)를 발 표하여 작가활동을 금지당했다. 그 해 그는 여류작가인 엘사 모란테(Elsa Morante, 1912~1985)와 결혼하여 1943년까지 나폴리에 가까운 카프리 섬에서 지냈다. 그리고 1943년 7월 파시스트 정권이 붕괴되자 로마로 돌아와 바드리오 정권하에서 파시즘을 비난하는 논문을 신문지상에 여 러 번 썼다. 그런데 로마가 독일의 점령하에 들어가자 다시 나폴리로 피했다. 이후 그는 폭격과 독일군의 눈을 피하여 로마의 농민 집에 숨어 괴로운 수개월 간의 생활을 보내게 되었다.

　모라비아의 소설에 등장하는 인물들은 거의 모두가 주변 현실에 제대로 적응하지 못한 사람들로, 어떤 의미에서는 정신병자들이라고 할 수 있을 정도로 비정상적이다. 특히 그들에게 있어서 성性은 원초적인 존재의 에너지이자 부조리한 상황의 돌파구로서 제시된다. 『무관심한 사람들』을 비롯하여 『로마의 여인』(*La romana*, 1947), 『권태』(*La noia*, 1960), 『관심』(*L'attenzione*, 1965), 『바라보는 남자』(*L'uomo che guarda*, 1985), 『로마 여행』(*Il viaggio a Roma*, 1988) 등은 비정상적이고 도착적인 성을 통하여 존재의 의미를 찾으려는 현대인들의 병적인 상태를 표현하고 있다. 그리고 이러한 묘사를 위해 그는 프로이트의 심리 분석적인 성향을 강하게 드러내고 있다. 이 밖에 그의 대표적인 성장소설로 『아고스티노』(*Agostino*, 1944), 『어느 병자의 겨울』(*Inverno di malato*, 1930), 『촌부』(*La provinciale*, 1957), 『순응주의자』(*Il conformista*, 1951) 등 많은 작품이 있다.

　『무관심한 사람들』은 돈과 성의 쳇바퀴 속에서 몰락해 가는 중산층의 본성을 파헤친 소설이다. 등장인물 미켈레는 자신의 가정이 파멸되고 어머니와 누나가 돈의 폭력으로 무장하고 나타난 건달에 의해 부패해 가는 과정을 지켜보면서도 무기력, 무능의 소용돌이 속에서 방황한다. 자신이 현실에 뛰어들어가 그 현실의 한 부분을 장악하려는 의지도 없다. 가령 몇 번의 시도를 해보긴 하지만 끝내 불발되고 만다. 이로 인해 생긴 좌절감에 압도된 것이다. 모라비아는 바로 이러한 문제의식으로써 당시 중산층이 겪는 정신적 갈등을 분석하고 있다. 소설의 등장인물에 초점을 맞추어 전체적인 개요를 살펴보면 그 내용은 다음과 같다.

이 소설에서는 5명의 인물이 등장한다. 어머니인 마리아그라치아, 딸 카를라, 아들 미켈레, 그리고 어머니와 딸의 정부인 레오, 또 그들 모두의 친구인 리사라는 여인 등이다.

마리아그라치아는 과부이다. 한때는 부유했으나 이제는 몰락의 일로를 치닫고 있는 여인으로서 이미 장성한 남매를 두고 있다. 그녀는 허영과 위선으로 둘러싸여 있고 피해의식에 젖어 있다. 돈과 섹스의 죄사슬에 묶여 자신은 물론 자신이 책임져야 할 가정까지도 몰락으로 몰고 가는 어머니이다. 그녀는 파경의 홍수에 떠내려가는 가운데 지푸라기라도 잡고 싶은 욕망에서 레오라는 건달을 집으로 끌어들인다. 마리아그라치아는 어머니로서나 그 가정의 주부로서 알맞은 언행을 하는 인물이 아니라, 육감적 본능의 노예가 되어 결국에는 자신의 정부인 레오의 손아귀에 육체는 물론 자신의 세계 전체를 안겨주고 만다. 그녀는 오로지 성과 돈에 매달려 있기 때문에 레오가 자기의 딸 카를라와 선정적인 관계를 진행시켜 나가는 것을 눈치채지 못한다. 그녀의 이러한 행태는 딸이 완전히 타락하고 아들이 도덕적으로 무능하게 되며 온 가장이 쑥밭이 될 때까지 지속된다.

레오는 돈이라는 무서운 가면을 쓴 파렴치한이다. 마리아그라치아의 가정에 깊숙이 침투해서 그녀는 물론 그녀의 딸을 유혹하며, 또 한편으로는 가뜩이나 조금밖에 남지 않는 그 집안의 재산마저 자신의 수중에 넣고 만다. 미켈레의 무력한 반항을 받으면서도 그는 굴하지 않는다. 레오는 돈이면 그만이라는 생활관의 노예이자 어느 시대를 막론하고 존재하는 일부 타락한 군상들의 화신이기도 하다. 레오는 마리아그라치아와 카를라를 동시에 유혹하면서 옛날의 정부이던 리사를 찾기도 한다.

카를라는 이제 대학을 갓 졸업한 처녀다. 무기력하고 타락한 인간성을 지닌 그녀는 헛된 꿈을 꾸며 방황한다. 그녀는 지루한 생활에서 벗어나 새로운 삶을 얻기 위해 안간힘을 쓰다가 어머니의 정부인 레오의 계략에 걸려든다. 그래서 그녀의 꿈은 철저히 깨지고 만다. 레오와 결혼하기로 작정한 그녀, 끝내는 술에 취할 수밖에 없는 처지가 된다. 결혼을 결심하지만 사랑하기 때문이 아니다.

미켈레는 무기력하고 무능한 존재이지만, 한사코 비판적인 심판자의 입장에 서 있다. 레오의 속셈을 속속들이 알고 어머니와 누나의 허영을 잘 파악하고 있지만, 그는 강한 행동으로 파탄에 이르는 가정을 구하기보다는 오히려 무관심한 태도를 취한다. 물론 레오에게 반항을 시도하려고 재떨이를 던진다든지, 권총을 들이대 보지만 두 번 다 실패로 끝난다. 오히려 그 결과 철저한 무관심에 떨어지게 된다. 가정이 패망하고 어머니가 레오의 손아귀에 희롱당하며, 누나가 또 그에 의해 농간당하는 것을 지켜보면서도 반항한다는 것이 고작 그 정도이다. 심지어 한 때는 그마저 레오에게 의지할까 생각하기도 했던 일이 있으니, 이제 모든 것을 포기한 마당에 그가 취할 수 있는 유일한 태도는 무관심뿐이다.

리사 역시 부패한 여성의 속성을 지니고 있다. 그녀는 자신의 정부인 레오를 친구 마리아그라치아에게 빼앗기고 보복하는 뜻으로 아직은 순수한 미켈레를 유혹한다. 그러나 미켈레도 자기 나름대로의 어떤 속셈이 있어서 그녀와 친밀히 지낸다. 사실 레오의 꿍꿍이속을 미켈레가 알게 된 것도 바로 이 여인을 통해서이다. 그러나 미켈레는 리사의 유혹에 완전히 넘어가지는 않는다. 그가 어떤 결단력이나 의지 혹은 윤리감이 있어서가 아니라, 타인에게 무관심한 자신의 탓이다. 그러므로 미켈레나 리사 둘 다 자신의 리얼리티를 파악하지 못하고 만 미완성적인 인물이라고 할 수 있다.

이들 등장인물들은 병의 치유를 돈과 섹스에서 찾으려고 한다. 보기와는 달리 미켈레도 어떻게 해서든 자신의 현실과 관계를 맺어 보고 또 레오에게 반항할 힘을 찾기 위해 리사를 찾는다. 그러나 돈이나 섹스가 매개체 구실을 한다고는 하나 그게 전부일 수는 없다. 비록 그것들이 인간의 의식을 장악하는 경우라 해도 인간의 본질적인 문제를 해결할 수는 없는 것이다.

■ 엘사 모란테 (Elsa Morante, 1912~1985)

- 『역사』(*La Storia*, 1974)

여류작가 모란테는 로마에서 태어났는데, 아버지는 시칠리아 출신이었고 어머니는 북이탈리아 출신이었다. 어려서부터 문학에 각별한 관심을 보였으며, 1935년 이후 여러 교양 잡지에 풍속에 관한 글을 기고하면서 문단에 등장했다. 1941년 소설가 모라비아와 결혼했으나 얼마 못 가서 별거하게 되었다. 이후 깨어진 사랑을 취급한 로맨틱한 장편소설 『허위와 간계』(*Menzogna e sortilegio*, 1948)를 출간하여 좋은 평판을 얻었다. 이어서 소년이 성을 발견해 가면서 겪는 고통과 비애, 그리고 소년 시절의 꿈과 추억이 어른이 되어가면서 무참하게 깨져 버리는 것을 그린 『아르투로의 섬』(L' isola di Arturo, 1957)을 내놓아 금세기의 최대 걸작이라는 평을 받았다.

이탈리아의 문단은 1970년대 중반기에 들어서면서, 오늘의 현실을 역사 속에 투영시키는 소설들이 출간되어 주목을 끌었다. 모란테는 비록 다작형의 작가는 아니었다. 그러나 그녀의 소설에서 다뤄진 전쟁은 단순히 과거 역사 속에서나 찾아볼 수 있는 그런 전쟁이 아니다. 인간 스스로가 언제든지 벌이는, 인간성 그 자체의 파괴를 목적으로 해서 전개하는 행위이다. 언젠가 미래의 시계바늘을 완전히 멈추게 할지도 모른다는 것, 그래서 온 인류의 공포심을 사고 있는 것, 그것은 곧 핵무기이다. 앞으로 핵의 행위는 전쟁의 행위가 될 것이며, 그것은 완전한 파멸을 의미한다. 모란테는 인간을 그러한 괴물의 공포심으로부터 완전히 자유롭게 하기 위해 인간의 존엄성이 강조되어야 한다고 갈파하고 있다.

모란테의 소설 『역사』 역시 제2차 세계대전과 전쟁 이후의 2년 즉, 1941~1947년 동안의 상황을 한 가족사를 중심으로 형상화하고 있다. 이 방대한 소설은 역사의 커다란 수레바퀴에 휩쓸려가며 발버둥치고 안간힘을 쓰면서 생존하려는 인간 개개인의 의지와 쓰라린 운명을 다루고 있다. 모란테는 이러한 얽히고설킨 이야기들을 칼날처럼 예리한 문체로 완벽하게 그려 내놓고 있다. 그러니까 비극적인 역사를 증언하려는 의도가 다분히 내포된 작품이라 할 수 있다. 해설을 곁들이며 소설의 내용을 살펴보면 다음과 같다.

전쟁에 시달리는 군상들 가운데 특히 비참할 정도로 처절한 상황에 놓인 이다(본명은 이두사)라 불리는 여인은 아들 니노와 함께 살고 있다. 그녀는 초등학교 교사로서 이제 30대 후반에 들어서 있다. 이다는 남편을 잃고 아들과 함께 불안 속에 오들오들 떨면서 연명한다. 이다의 어머니가 유대계인지라 언제라도 반유대 운동의 풍랑을 맞아 끌려갈지 모르기 때문이다. 그녀는 이러한 위기일발의 강박 관념에 싸여 아들 니노와 강아지 한 마리를 이끌고 폭력, 기아, 밀고가 창궐하는 로마 시내를 방황하고 있다.

한편 1941년 1월 어느 날 로마를 통과하던 독일 병사 군터가 자유스런 오후를 만끽하느라 산 로렌초 지역을 혼자서 배회하고 있다. 그는 이탈리아에 대해서 거의 아는 것이 없다. 군터는 전쟁 그 자체를 슬퍼하는 사람으로서 남으로 향하는 길을 따라 가며 새롭게 보이는 모든 것을 개탄하여 '자, 난 마치 자루 속에 든 고양이처럼 검은 대륙을 향해 힘겹게 끌려왔구나!' 라고 중얼거린다. 이 검은 대륙은 아프리카를 의미하는 것이 아니고 자신의 동료들로부터도 고립된 채 저 너머로 펼쳐진 무한한 검은 장막의 이미지를 암시한다. 그것은 곧 역사 자체를 상징한다. 왜냐하면 군터에게 '역사는 저주, 지리도 저주' 이기 때문이다.

이다, 니노의 어머니는 바로 이 독일 병사 군터에게 강간을 당하고 임신을 하게 된다. 이 불행의 씨앗을 몸에 지닌 채 그녀는 더욱 처절한 나날을 보낸다. 그리고 마침내 불행의 씨앗이 생명이 되어 우셉페가 태어난다. 그러나 그 아이 역시 본질적으로는 같은 인류의 일원이다. 생존할 권리도 지니고 있고, 태어난 순간부터 혼자 힘으로 어머니의 젖꼭지를 안달스럽게 찾는 그러한 아기이다. 그러나 이탈리아인에게는 너무나 이질적인 산물이기도 하다. 우선 생김새부터 너무나 이탈리아인과는 다르다.

이다는 이 아이를 잘 키우려고 노력하지만 우셉페는 온갖 무시와 질시, 그리고 경멸의 눈초리를 받으면서 비천하고 불행하게 자란다. 그녀는 모든 불행의 근원을 파시즘으로 돌린다. 그녀는 파시즘과 함께 나치즘을 비난하면서 '무솔리니와 히틀러는 그들 멋대로 꿈을 꾸던 두 사람이었다' 라고 생각한다. 성품은 다르지만 피할 수 없는 유사성이 그들에게 있다는 것이다. 아무튼 그녀는 이탈리아는 무솔리니의 그 꿈 때문에 파국에 이르렀다고 말한다. 한편, 이다의 큰아들 니노는 순응과 반항 두 저항의 소용돌이 속에서 살아간다. 처음에는 파시스트였다가 나중에는 파시즘에 반항하는 뜻에서 공산주의자가 되고 끝내는 무정부주의자로 변한다. 이러한 니노의 삶의 여정은 이탈리아 자체 역사의 사상적 물결과 흡사하다.

방대한 소설 속에는 수많은 삽화들이 복합적으로 일어난다. 그리고 다큐멘터리적인 장면들도 줄줄이 이어진다. 유대인들이 유랑 생활을 하던 게토, 유대인들의 검거를 비롯하여 팔레스타인으로 탈출을 시도하다가 모래사장 위에서 죽음을 맞은 아낙네, 가족을 다 잃고 홀로 남아 원수인 독일군을 죽였으나 악몽을 떨치지 못해 방황하는 젊은 지식인 다비데 세그레의 이야기, 밤마다 고양이를 따라 소리를 질러대는 미치광이 빌마, 그리고 처절한 떼죽음을 맞는 수많은 군상들의 모습이 영상처럼 전개된다.

전쟁이란 무서운 힘의 장난에 의해 사람들은 환멸과 절망을 안게 된다. 폐허가 되고 폐인들만 가득하게 널려있는 도시에 전쟁의 물결은 지나간다. 그러나 또 언제 전쟁이 몰려올지 모르는 것이다. 왜냐하면 전쟁이란 많은 사람들을 불행하게 하지만 일부에겐 악질적인 재미를 주기 때문이다. 따라서 작가는, 인간이 인간을 지배하기 위해 벌이는 어떠한 행위보다 더 가증스러운 전쟁의 역사는 종식되어야 한다는 메시지를 전달하고 있다. 그리고 작가는 작품속의 니노처럼 무정부주의적인 생각을 지니고 있다고 볼 수 있다.

이방인과 같은 우셉페는 끝내 간질병으로 죽게 된다. 이다는 우셉페의 죽음을 슬퍼하며 인간의 존재 그 자체도 부정한다. 그리하여 그녀는 '인류에 더 이상 속하고 싶지' 않으며, 삶을 지속하고 싶지도 않아서 죽음으로써 생을 마감한다. 개인이 인류 전체의 일원이기를 포기할 때, 그는 완전히 고립된 상태에 처했다는 것을 의미한다. 또한 이다가 더 이상 인류에 속하고 싶지 않은 것은 기존의 질서를 부정하는 것이다. 소설의 결말에서는 '그대로 역사는 계속되고 있다'는 것으로 끝을 맺고 있다.

■ 카를로 캇솔라 (Carlo Cassola, 1917~1987)

- 『벌목』(*Il taglio del bosco, 1947*)

캇솔라는 로마에서 태어나 줄곧 토스카나 지방에서 살았다. 그리고 몬테카를로에서 세상을 떠났다. 그는 약 20세 때부터 소설을 쓰기 시작하여, 단편집 『방문』(*La visita*, 1942), 『교외에서』(*Alla periferia*, 1943) 등을 내놓았다. 전쟁이 끝나고 나서 토스카나 지방에 정착한 다음 계속 창작활동을 했다. 그는 젊어서 파시즘에 저항하는 운동에 가담하였다. 때문에 전쟁이 끝난 다음에 발표한 일련의 작품들 속에 반파시즘적인 내용을 담았다. 그 가운데 대표적인 작품이 『부베의 연인』(*La ragazza di Bube*, 1960)인데, 이 작품에서 종신형을 선고받은 연인 부베를 기다리는 여인의 순수하고 승화된 삶을 그려 세계적인 작가의 위치를 굳혔다.

캇솔라의 작품들은 서정적이고 회상적인 분위기 속에서 전개되며, 역사와 이데올로기를 벗어버린 순수한 언어로 인해 자연스러움을 느끼게 해준다. 이렇듯 모든 추상성과 수사학을 거부한 단순한 문장들을 동반한 캇솔라의 '감상주의'는 네오아방가르드에 의해 비난을 받기도 했다. 하지만 그런 단순하고 순수한 언어는 일상적 세계에서 존재의 의미를 끌어내기에 가장 적합한 방식이었다. 캇솔라는 19세기 러시아 작가들과 제임스 조이스에게 영향을 받았다고 한다.

이밖에 대표적인 작품으로는 『메마른 가슴』(*Un cuore arido*, 1961), 『사냥꾼』(*Il cacciatore*, 1964), 『추억의 시절』(*Tempi memoriabili*, 1966), 『어떤 관계』(*Una relazione*, 1969), 『두려움과 슬픔』(*Paura e tristezza*, 1970), 『몬테 마리오』(*Monte Mario*, 1973) 등이 있다.

『벌목』의 배경은 대부분 산간 마을과 외로운 벌목터로 국한되어 있고, 등장인물도 겨우 다섯 명에 불과하다. 그리고 이야기도 짧다. 담담한 문체로 미루어 네오리얼리즘적 요소가 담겨 있고, 현저히 줄거리가 배제된 전개 수법은 다분히 누보 로망다운 특성을 지니고 있기도 하다. 또한 언제나 객관성만이 부각되고 취급된 내용의 처절함으로 봐서 자연주의적인 성격도 발견된다. 특히 이 소설의 결말 부분은 비애를 느끼게 한다. 처절한 인생의 일면을 제시해주고 있기 때문이다. 작가는 주인공의 이러한 모습을 통해서 우리 인간 개개인의 마음속에 도사리고 있는 어두운 그림자의 한 부분을 제시하면서, 굴리엘모가 숯쟁이에게서 느꼈던 것과 같이 독자들이 굴리엘모를 통해서 그 무엇인가를 느끼게 한다. 젊은 나이에 사랑하던 아내를 잃고 두 딸과 여동생을 거느리고 있는 외로운 사나이 굴리엘모의 이야기는 다음과 같이 펼쳐진다.

굴리엘모는 사랑하는 아내 로사와 두 딸, 그리고 누이동생 카테리나와 함께 살고 있다. 그런데 얼마 전에 아내를 잃었고, 그래서 두 딸은 누이동생이 돌보고 있다. 이런 상황에서 굴리엘모는 그가 벌목할 산을 사러 갔다가 밤이 되어 집으로 돌아온다. 그러나 집 안으로 들어가기가 어설프기만 하다. 사랑하는 아내가 집에 없다는 것이 그를 이토록 슬프게 한다. 집에 도착하니 아이들은 자고 있다. 카테리나가 그를 맞아 줄뿐이다.

이튿날 그는 이발소에 다녀와 아내의 무덤으로 간다. 벌목일 때문에 앞으로 오랫동안 집을 떠나 있어야 하기에, 아내에게 보고하려는 것이다. 아내의 무덤을 찾아본 후 그는 벌목꾼들을 사서 그들과 함께 산으로 간다. 굴리엘모의 사촌인 아메데오를 비롯하여 나이가 많아 별로 힘을 쓰지 못하지만 언제 어디서나 바닥나지 않는 이야기거리를 갖고 있어서 사람들을 즐겁게 하는 프란체스코, 또 훌륭하게 벌목일을 잘해내는 피오레, 그리고 언제나 여자 이야기에만 열을 올리는 젊은 제르마노가 그의 일행이다.

그 벌목꾼 일행들은 기거할 움막을 짓고, 길고 긴 작업에 들어간다. 일행들은 함께 모여 여러 가지 흥미로운 이야기들을 나누거나 카드놀이를 하지만, 굴리엘모는 한 번도 능동적으로 그들과 어울리지 않는다. 그저 묵묵히 열심히 일만 할 뿐이다. 왜냐하면 그는 무수한 상념에 싸여 있었고, 그 상념으로부터 벗어나고 싶기 때문이다. 그러나 그는 깨어 있을 동안에는 언제나 상념에서 벗어날 수 없어서 괴롭기만 하다. 그래서 잠의 암흑 속으로 빠지는 것이 그에게 가장 좋은 방법이다. 때문에 굴리엘모는 졸음이 오는 것을 느꼈을 때가 가장 기분이 좋다.

그러나 굴리엘모는 상념에서 벗어나는 데는, 죽음이 잠보다도 더욱 대단한 효과가 있을 것이라고 생각하기도 한다. 언젠가 산속의 움막에서 그는 심한 열이 올라 실신상태에 처한 일이 있다. 그는 아내의 병 역시 매우 높은 열로 시작했던 것을 떠올린다. 그리고 그는 아내를 죽게 한 것과 똑같은 병에 걸리지 않을까 하는 생각을 한다. 그는 차라리 죽었으면 하고 은근히 바랐다. 굴리엘모의 정신 상태는 이와 같이 철저히 절망적이다. 그의 절망은 완전히 극에 달해 있다. 죽음만이 그를 이 절망적인 상황에서 구출해 낼 수 있으리라 생각한 것이다.

크리스마스가 다가와 프란체스코와 아메데오, 제르마노는 즐거운 마음으로 고향으로 향한다. 그러나 굴리엘모는 산에 그대로 남는다. 집에 가 봐야 즐거움이 없고 고통만 더욱더 클 뿐이라는 것을 잘 알고 있기 때문이다. 아이들에 대해서는 미안하지만 그로서는 어쩔 수 없다. 그래서 그는 성탄절에도 일만 한다.

봄이 다가오자 그들의 벌목 작업도 끝이 난다. 굴리엘모는 숯 굽는 사람을 불러다 숯을 굽는다. 계산해 보니 이번 사업에서는 이익이 대단할 것 같다. 일행은 모두 즐거운 환호성을 지르며 집으로 돌아가지만, 굴리엘모는 숯 굽는 일을 더 지켜봐야한다면서 숯쟁이와 함께 남는다. 그는 숯쟁이와 밤에 이런 저런 이야기를 나누다가 비로소 자기보다도 더 불행한 사람이 있다는 것을 깨닫는다. 그러면서 삶에 대한 애착심을 느끼는 계기가 마련된다.

굴리엘모는 짐꾸러미를 들고 패잔병처럼 지쳐서 녹초가 된 몸으로 고향으로 돌아온다. 그리고 먼저 아내의 무덤에 들른다. 무덤에 주저앉았는데 일어설 기력도 없다. 그러나 그는 아내 로사가 자기를 도와 줄 것이라는 생각이 든다. 저 위 하늘에서 그녀가 살아나 그에게 힘을 보내고 있는 것만 같다. 굴리엘모는 눈을 들어 하늘을 쳐다본다. 그러나 온통 어두웠고 별 하나도 없다.

■ 움베르토 에코(Umberto Eco, 1932~)

─ 『장미의 이름』(*Il nome della rosa*, 1980)

에코는 이탈리아 서북부의 피에몬테 주 알레산드리아에서 태어나 1954년 토리노 대학 문학부를 졸업했다. 1956년 「토마스 아퀴나스의 미학적 문제」라는 논문으로 철학 학위를 받았는데 이 학위논문이 발간되면서 문학 비평 및 기호학계의 주목을 받게 되었다. 그리하여 그는 이탈리아의 기호학자, 철학자, 역사학자, 미학자 등의 명성을 얻었다. 이후 그는 『기호학 이론』(*A Theory of Semiotics*, 1976)을 출간함으로써 세계적인 기호학자로서 군립했다.

그는 우연한 기회에 출판사에 근무하는 여자친구의 권유를 받고 소설을 썼는데 그것이 바로 『장미의 이름』(*Baudolino*, 1980)이다. 이 소설은 출간되자마자 세계적인 베스트셀러가 되었고, 두 번째 장편소설 『푸코의 진자』(*Il pendolo di Foucauilt*, 1988)를 발표하여 프랑크푸르트 북페어에서 최고의 작품으로 평가받았다. 또한 자전적 작품인 세 번째 장편소설 『전날의 섬』(*L'isola del giornoprima*, 1994)을 발표해 작가로서의 재능을 다시 한 번 발휘하였다. 최근 소설 『바우돌리노』(*Baudollino*, 2000) 역시 독자들의 인기를 모으고 있다.

에코는 기호학을 정의하여, 문화의 모든 현상을 모든 수준에서 포용하는 총체적 과학이라고 하였다. 그러므로 그는 문학 작품을 기호학의 이론에 따라 비평할 때도 작품이라는 작은 수준 속에 산재해 있는 기호들의 상관 관계, 또 기호들이 생성하는 의미에 의한 소통 체계를 총제적으로 구분 지으려고 한다. 그의 이러한 비평적 태도가 작품 생산에 이용될 수 있다는 것을 암시할 수가 있는데 그 한 예가 곧 소설 『장미의 이름』이다.

이 장편소설의 특성은 첫째, 기호학이라는 학문적 업적을 바탕으로 한 소설적 형상화란 점이다. 지식이 소설의 특성인 재미에 용해되면서 독자의 사유공간을 넓혀준다. 둘째, 종교가 인간생활의 중심을 이루었던 중세의 가톨릭 수도원을 무대로 하여, 당대의 정치 역학, 교단과 신앙의 요체, 그리고 풍속을 심층적으로 다룸으로써 과거의 한 시대 양상을 완벽하게 재현해내고 있다. 셋째, 미스터리 수법을 통해 문학의 기본 요소인 오락적인 요구를 충족시키는 한편, 신의 뜻에 배치되는 인간의 엄격한 교조주의를 명쾌하게 대비하고 있다.

시·공간적 배경은 1327년경의 북부 이탈리아에 위치한 수도원에서 7일 동안 일어나는 사건을 파헤치는 형식을 취하고 있다. 이 시기에는 인간 생활이 완전하게 교회 중심, 혹은 수도원 중심으로 영위되던 때였다. 따라서 극심한 이단 논쟁과 화형제가 횡행하던, 지나치게 존엄한 종교 지배 사회였다. 정치적으로는 유럽에 정교일치가 이루어져 오다가 교황권과 황제권이 대립한 결과로 로마 교황청이 약화된 시기였다. 그래서 교황청의 본거지가 영원한 수도 로마를 떠나 프랑스 아비뇽에 옮겨갔다. 이 소설은 그 시기에 일어난 일이다.

『장미의 이름』은 중세 이탈리아의 한 수도원에서 일어난 의문의 살인 사건을 해결해나가는 과정이 중심 내용을 이루고 있다. 외형상 14세기 이탈리아 수도원을 배경으로 하는 추리소설의 성격을 띠고 있지만, 본질적으로는 신학적 · 철학적 · 학술적 · 역사적 시각에서 '진실'을 탐구하는 작품이다. 이 소설에서 '장미'는 신비의 상징일 수도 있고, 지고의 선일 수도 있다. 다음은 『장미의 이름』을 간략한 것이다.

영국 출신 수사 윌리엄은 교황청과 패권 다툼을 일삼고 있던 제국의 황제로부터 밀명을 받고, 젊은 수사 아드소와 함께 어느 부유한 프란체스코의 수도원을 방문한다. 윌리엄 수사는 고명한 학자로서 특히 기호학적인 지식이 풍부하다. 아드소가 본 윌리엄의 예지는 가히 신(神)적이다. 윌리엄이 자신의 임무를 수행하기 위해 수도원에 도착하던 날 밤, 수도원 입구에서 윌리엄 수사는 그의 영민한 추찰 능력으로 달아난 말을 찾게 해주어 수도원 가족을 놀라게 한다. 수도원 원장이 찾아와 윌리엄이 말 사건에서 보여준 기지를 경탄해 마지않으며 어려운 부탁을 한다. 그것은 곧 아델모라는 수사의 변사체 사건에 관한 것이다.

그 수도원은 하느님의 신성한 권능과 교회가 축적해 온 지상적 업적을 명백히 증명할 수 있는 온갖 조건을 다 갖추고 있었다. 뛰어난 건축 양식인 본관은 표사본 고전을 소장한 사서관이 있다. 수도원의 임무는 물론 하느님을 찬미하며 성덕을 쌓는 수도생활에 있지만, 이와 함께 지난 세기 교부들의 문헌을 수집, 필사하여 보존하는 사서관 운영을 핵심으로 하고 있다. 중세의 모든 학문 · 예술이 수도원 중심으로 이루어져 왔다는 것을 실증해 보여준다.

윌리엄 수사가 당도하기 전에 일어난 아델모 추락사를 비롯하여, 날이 감에 따라 연쇄적 타살체가 줄줄이 발생한다. 두 번째 학자 수사 베난티오가 돼지피를 담아 둔 항아리에 거꾸로 처박혀 죽은 사건이 일어나는가 하면, 보조사서 베렝가리오가 욕조에 빠진 익사체로 발견되기도 한다. 아델모라는 수사의 죽음에 대한 탐정적 · 수사적 활동을 벌이는 동안 거듭해서 살인 사건이 7일 동안 계속된다.

허튼 소문이 수도원 곳곳을 누비는 가운데서도 정작 사람들은 단서가 될 만한 것들은 모조리 감추면서 흔적들을 교묘하게 없앤다. 그러나 윌리엄은 아리스토텔레스의 논리학, 토마스 아퀴나스의 신학론, 로저 베이컨의 경험주의적 통찰력을 동원함과 아울러 자신의 기호학 지식을 십분 발휘하여 증거를 수집하고 비밀의 상징들을 해독하고 부호로 남겨진 필사본들을 판독하면서 신비에 싸인 수도원의 미궁 속을 헤쳐 나간다. 그러나 윌리엄 수사는 자신에게 맡겨진 임무를 완수하기도 전에 상상을 초월하는 범죄 사건들을 목격하고 크리스천 세계의 원수로 인지되는 악마를 만나게 된다. 즉, 수도원에서 남모르게 이루어지는 동성연애와 먹을 것을 구하러 몸을 팔러 오는 마을 처녀의 비리를 알게 된 것이다.

수도원의 비밀은 고해의 비밀처럼 영원할지도 모른다. 더군다나 음모와 세력 다툼의 물줄기가 그 어느 시절보다도 강했던 중세의 수도원은 미궁 속에 꼭꼭 잠겨 있는 세계이다. 그 안에서는 상식선에서 이해되는 자연적인 순서를 밟아 사건들이 전개되지 않은 숨겨진 의미의 미로를 헤맨다. 네 번째 피살체인 세베리노의 돌연한 죽음은, 이 사건 해결에 결정적인 단서를 제공하는 장본인이었기에 윌리엄 수도사는 망연자실한다. 게다가 다섯 번째로 신임 보조사서 말라카아가 독살체로 발견된다. 이에 수도원의 최고령인 수사는 「요한묵시록」에 따른 징벌이라는 견해를 제시한다. 그런데 자연과학에 대한 해박한 지식과 명징한 논리력을 갖춘 윌리엄은 네 명의 사체의 손가락에서 검은 얼룩이 묻어 있는 것을 발견한다. 그리하여 독살된 사실과, 그것이 잃어버린 이상한 서책과 밀접한 함수관계에 있음을 알아낸다. 윌리엄이 그것을 인지하자, 수도원 원장은 그에게 이 사건에서 손을 떼라고 엄격하게 말한다.

필사실은 수도원 도서실 안에 있다. 도서실의 서고는 수도원의 온갖 비밀을 간직하고 있는 닫힌 세계이다. 필사실은 서고에 비해서 그래도 열려진 세계라 볼 수 있다. 열린 세계에서 닫힌 세계에 대한 호기심을 갖는 것은 당연하다. 윌리엄이 그 닫힌 세계를 두드리는 것은 단순히 호기심 때문이 아니다. 그곳에서 열린 세계를 파악할 수 있는 흔적들을 찾아낼 수 있다고 보기 때문이다. 미로처럼 설계된 서고에 있는 책들 가운데는 사악한 기록물들도 있다. 윌리엄이 파악하고자 하는 진실의 열쇠를 쥐고 있는 그 무엇, 그것은 서고에 있는 한 권의 책이다.

일찍이 교회에서는 교리의 연구며 전파를 위한 목적으로 철학도 껴안게 되었다. 이러한 선상에서 수없이 많은 저술을 남긴 가장 숭앙받은 철학자가 아리스토텔레스이다. 『니코마스 윤리학』과 『시학』은 가장 큰 영향을 끼친 책들로서 교회에서도 큰 환영을 받았다. 그러나 사실 현재까지 알려진 바로는 『시학』에 '비극

론' 은 있으나 희극에 관련된 내용은 없는데, 14세기 당시에는 '희극론' 이 있었다
는 것이다. 인간은 즐거워지고 싶고, 웃고 싶고, 행복해지고 싶기 마련인데, 그것
을 너무 추구하다 보면 결국 교회로부터 멀어지고 하느님으로부터 멀어진다고 보
는 극단적 수구사상에 빠져 있는 수도원에서는 이를 용납할 수가 없었다. 심지어
는 『성경』까지도 그릇되거나 사악하게 해석되지 못하도록 라틴어만 고집하던 교
회였으니까 '웃음' 에 대한 부정적 편견 앞에 어쩔 수 없었을 것이다.

하지만 즐거움, 쾌락, 행복에 대한 인간의 갈망은 끝없이 이어지기 마련이다.
사람들은 죽는 줄도 모르고 그 책을 찾아 도서실 비밀 서고에 잠입한다. 이를 철
저히 사수하려는 호르헤라는 늙은 맹인 수사는 희극을 다룬 아리스토텔레스의
『시학』 2권에 독을 발라두었고, 수도원 내에서 금서로 분류된 이 책을 읽었던 젊
은 수도사들은 영문도 모른 채 죽었던 것이다. 이 모든 비밀은 결국 베이컨의 합
리적 경험 철학으로 무장한 윌리엄 수사에 의해 밝혀진다.

격노한 윌리엄은 외곬의 도그마에 얽매인 그릇된 호교론자 호르헤 수사를 질
책한다. "당신은 속았어. 악마라고 하는 것은 물질로 되어 있는 권능이 아니야.
악마라고 하는 것은 영혼의 교만, 미소를 모르는 신앙, 의혹의 여지가 없다고 믿
는 진리… 이런 게 바로 악마야!" 즉 교회가 금서로 경계하는 아리스토텔레스의
『시학』(2권)이 악마가 아니라, 그런 식으로 신앙을 수호하려는 호르헤가 바로 악
마라고 정의를 내린 것이다.

장님 호르헤를 잡으려는 찰나에 아드소의 손에 쥐었던 등잔이 날아가 양피지
로 된 서책에 불이 붙어 대화재가 발생한다. 그리하여 그토록 장엄하고 찬란한 정
신문화의 요람이었던 수도원은 깡그리 잿더미로 화한다. 원장과 호르헤가 불타
죽은 인과응보는 하느님의 뜻인지, 그 여부는 독자가 판단할 일이다.

4) 희곡

20세기 이탈리아의 희곡은 산문 문학의 흐름에 따른 양상을 보이면
서 다양한 형태로 나타났다. 특히 제2차 세계대전을 전후로 더욱 복잡
한 양상을 띠게 된다. 그리고 작가들도 한 장르만 고수하지 않고 시 · 소
설 · 희곡 등 다양하게 창작활동을 하였다. 가령 단눈치오, 이탈로 스베

보(Italo Svevo, 1861~1928) 등의 작가들도 시와 소설 그리고 희곡 작품을 가리지 않고 창작하였다. 또한 루이지 피란델로(Luigi Pirandello, 1862 ~1936)도 처음에는 소박한 시 창작활동을 하다가, 많은 단편과 장편소설을 썼고, 1934년 희곡으로 노벨문학상을 수상하였다.

피란델로의 작품을 통해서 20세기 전반기 이탈리아의 새로운 세대는 단눈치오의 국수주의적이고 유미주의적인 사상에서 벗어나, 인간의 가장 내면적이고 가장 심오한 문제에 대해 성찰하기에 이르렀다. 그만큼 피란델로의 작품의 중심에는 인간 영혼에 대한 내면적인 분석과 의식 및 무의식에 대한 연구가 자리 잡고 있는 것이다.

제2차 세계대전 이후의 이탈리아는 무솔리니의 독재 체제가 완전히 무너지고, 데 가스페리(Alcide De Gasperi, 1881~1954) 정부가 출현하였다. 그는 오랜 기간 동안 정치적 균형과 중도주의를 펼쳐 나갔다. 그러다가 1962년 실시된 선거로 중도좌파의 첫 정부가 출범했다. 그러나 여전히 정치적 비평 논쟁과 사회 문화의 강력한 개혁 요구에 관한 이론은 제기되었다.

이러한 시대적 상황 아래 당시의 이탈리아 문학은 무엇보다도 먼저 과거 문학을 재검토하고, 새로운 사회 참여의식과 새로운 책임의식을 나타내고자 하였다. 그리하여 전후 희곡 작품들은 본질적으로 퇴폐적인 측면들, 또한 인간적인 정신적 상황을 특징짓는 측면들을 포함하는 환경과, 그 환경이 가지는 한계와 상실, 기다림등을 테마로 삼았다. 그리고 이러한 내용을 단순한 공연물의 성격이라든가 대화 형식으로부터 벗어난 구조와 형식에 의해 전개시켰다. 이런 류의 작가와 작품으로는 우고 베티(Ugo Betti, 1892~1935)의 『양들의 섬에서 저지른 범죄』(Delitto all'isola delle capre, 1946), 『재판소의 부패』(1949), 『도망자』(La Fuggitiva, 1952~1953), 디에고 파브리(Diego Fabbri, 1911~1980)의 『원한』(*Rancore*, 1946), 『종교 재판』(*Inquisizione*, 1950), 『거짓말쟁이 여자』(*La bugiarda*, 1956) 등을 들 수 있다.

이 밖에 유명한 희곡 작가와 작품으로는 에두아르도 데 필립포(Eduardo De Filippo, 1900~1984)의 풍자적이면서도 화려하며, 냉소적이면서도 열정적인 인간성을 심리적 측면에서 다룬 『이 유령들』(*Questi fantasmi*, 1946), 『토요일, 일요일, 그리고 월요일』(*Sabato, domenica e lunedi*, 1959) 등이 있다. 또한 1997년 노벨문학상을 수상한 실험주의 작가 다리오 포(Dario Fo, 1926~)의 『제7극 : 조금 덜 훔쳐라』(*Settimo: ruba un po' meno*, 1964), 『우스꽝스러운 비밀』(*Mistero buffo*, 1969), 『어느 무정부주의자의 돌연한 죽음』(*Morte accidentale di un anarchico*, 1971), 『공짜예요, 공짜예요!』(*Non si paga, non si paga!*, 1974) 등이 있다.

■ 루이지 피란델로(Luigi Pirandello, 1862~1936) – 『작자를 찾는 6명의 등장인물』(*Sei personaggi in cerca d'autore*, 1921)

피란델로는 이탈리아 시칠리아 섬 남부 부근에서 태어났다. 그의 아버지는 광산을 소유하고 있었다. 1897년부터 로마의 여자고등학교에서 재직하다가 1922년 퇴직하였다. 1903년 산사태로 아버지와 장인의 광산이 무너지면서 피란델로는 심각한 경제적 타격을 받았다. 궁핍한 경제 상황과 불행한 결혼생활은 피란델로에게 큰 영향을 미쳤으며 그의 작품에도 영향을 주었다.

피란델로는 우수한 단편소설을 많이 썼지만, 거의 50세가 되어서는 희곡 작품을 쓰기 시작하였다. 그에게 세계적 명성을 안겨준 작품은 희곡 『작자를 찾는 6명의 등장인물』이었다. 이 연극의 뜨거운 반응은 전 유럽으로 급속하게 퍼져나갔다. 그 후 발표한 『헨리 4세』(*Enrico IV*, 1922)도

관중들의 좋은 반응을 받았다. 이후 『고 맛티아 파스칼』(*Il fu Mattia Pascal*, 1904)의 상연을 마치고 돌아오는 길에 폐렴으로 쓰러져 세상을 떠났다. 이밖에 『아내들의 여자 친구』(*L'amica delle mogli*, 1927), 『오늘 저녁 극작품이 공연되네』(*Questa sera si recita a soggetto*, 1930) 등이 있다.

1934년 필란델로가 노벨문학상 수상자로 지명되었을 때, 노벨위원회 대표는 "필란델로는 많은 독자들을 끌어들였으며, 또한 독자들에게 철학적 분위기가 물씬 나는 희곡을 사랑하게 만들었다."고 언급하였다.

그의 극 작품들은 소설에서와 동일한 세계를 보여준다. 그의 희곡 작품 속에는 소시민들, 지방 사람들, 가난한 사람들이 등장하고 있다. 그는 세련되고 귀족적인 언어적 형식을 배격하는 반면, 서민적인 언어를 사용하여 구체적이며 담론적인 명확성으로 등장인물들을 충실하게 묘사하였다. 중요한 것은 등장인물 묘사에서 그가 보여주는 특이할 정도로 강렬한 극적 효과로써, 비극을 높은 수준으로 끌어올렸다는 점이다.

『작자를 찾는 6명의 등장인물』은 전체 이야기가 우화적인 성격을 띠고 있어 독자 또는 관중들은 이야기 속으로 빨려 들어가면서 심오한 철학적 이치를 깨치게 된다. 작가는 관중들에게 참담한 가정의 비극을 보여준다. 관중들을 스토리에 놀라는 동시에 자신도 모르게 그런 비극이 발생한 원인을 생각하게 만든다. 이 희곡은 시적 분위가가 물씬 나는 진정한 희극이며 극장과 현실, 외형과 진상 사이의 진실과 허구를 설명하고 있다. 더 나아가 삶이 파괴된 시대에 사는 질책과 흥청거림으로 가득한 무대의 단편 속에 사는 사람들에게 절망에 가까운 소식을 전달해 준다. 작품의 줄거리는 다음과 같다.

감독과 한 무리의 젊은 남녀가 새로운 극을 리허설하고 있다. 그때 갑자기 6명의 이상한 사람들이 들어온다. 그들은 자신들을 극본에서 나온 6명의 등장인물이라고 한다. 극작가가 능력이 없어서인지 아니면 극본을 완성하길 원치 않아서인지는 몰라도 그것 때문에 그들 6명은 예술 세계에서 살아 숨 쉴 수 있는 완전한 생명을 얻을 수 없다고 한다. 6명이 감독을 찾아온 이유도 감독의 도움으로 극을 완성하여 자신들의 생명을 얻고자 함이다.

그들이 무단으로 작업을 중단시켜서 화가 난 감독은 그 미친 사람들을 빨리 쫓아 버리려고 한다. 그런데 이때 6명 사이에 격렬한 싸움이 일어난다. 그들의 다툼 속에서 감독은 전대미문의 가정 비극을 추론해낸다. 감독은 그들의 이야기에 점점 **빠져든다**. 그들이 처한 상황의 처음과 끝을 분명히 알 수 없는 상황에서, 감독은 원래 하던 리허설을 중단하고 이 6명의 등장인물을 무대에 올린다.

그렇게 6명의 진실이 밝혀진다. 원래 이들은 헤어진 부부와 4명의 이복형제다. 20여 년 전 아버지는 가난하지만 온순한 성격의 어머니를 아내로 맞아들인다. 그러나 그들의 결혼생활은 행복하지 않다. 다혈질인 아버지 때문에 어머니는 거의 무뎌질 대로 무뎌져 단순한 사람이 되었고, 그들 사이에는 의사소통이 되지 않는다. 어느 날 아버지는 아내가 고지식한 가난뱅이인 자신의 비서와 몰래 정을 통하고 있다는 사실을 알게 된다. 너무나 화가 난 아버지는 비서를 쫓아낸다. 그리고 자신의 아들도 고향으로 보내 버리자 외로웠던 어머니는 더욱 참기 힘들다.

그 후 아버지는 어머니에 대해 양심의 가책을 느끼고 그녀를 비서에게로 보낸다. 그러나 어머니와 비서의 생활은 고생스럽다. 어떤 심리인지 알 수 없지만 아버지는 그들을 수시로 경제적으로 도와준다. 특히 아버지는 비서와 어머니 사이에서 태어난 딸을 자주 학교까지 데리러 갈 정도로 좋아한다. 이런 상황을 달가워할 리 없는 비서는 어머니를 데리고 자신의 고향으로 떠나 버린다.

십수 년의 시간이 지난다. 어느 날 오랫동안 외로운 생활을 해온 아버지는 더 이상 참지 못하고 기루를 찾는다. 그런데 놀랍게도 그곳에서 그를 접대하려고 들어온 여인은 바로 아내와 비서의 딸인 자신의 양녀다. 어머니가 적절한 때에 나타나 다행히 근친상간이 벌어질 상황을 모면했지만, 그 일로 전 가족은 큰 고통과 수치심을 느낀다. 외지로 이사갔던 어머니와 비서는 거기서 다시 일남일녀를 낳았지만 얼마 지나지 않아 비서는 죽고 만다. 나약한 어머니와 3명의 아이들은 의지할 데가 없어, 할 수 없이 다시 원래 살던 곳으로 돌아와 어머니의 삯바느질로 생계를 유지해 간다. 그리고 생활이 너무 힘들어지자 딸은 기루에서 일할 수밖에 없었다.

그들을 불쌍히 여긴 아버지는 속죄하는 의미로 그 4명을 집으로 데리고 온다.

그런데 이미 장성한 아들은 부모가 자신을 버렸다고 생각하고 원망으로 가득 차있다. 이런 우울한 가족 분위기 속에서 어린 두 아이는 심각한 자폐증에 걸려 좀처럼 입을 열지 않는다. 어느 날 어린 딸이 정원에서 놀다가 연못에 빠져 죽고 만다. 동생은 공포와 자책감에 사로잡혀 총으로 자살하고 만다. 이야기가 여기까지 진행되자 무대 위에서는 정말로 총소리가 울리고 진행 중이던 극은 진짜 극으로 바뀐다. 연기자들이 사방으로 흩어지자 등장인물들도 보이지 않고 텅 빈 무대 위에 남은 것은 당황해하는 감독뿐이다.

■ 다리오 포(Dario Fo, 1926~) - 『어느 무정부주의자의 돌연한 죽음』(Morte accidentale di un anarchico, 1970)

다리오 포는 이탈리아 북부의 산지아노 시에서 태어났다. 아버지는 철도원이었고 어머니는 농사를 지었다. 그리하여 디리오 포는 어려서부터 사회 하층민들과 어울리면서 성장했다. 이후 밀라노의 한 미술학원에서 공부한 뒤 공학대학에서 건축을 공부하기도 하였다. 그러나 무대 예술을 향한 열정을 못 이겨 결국 공부를 중단하고 극 작품 창작과 연출의 길에 들어섰다. 그리하여 카페나 카바레 등의 소규모 무대에서 할 수 있는 극을 제작하였다. 이것이 훗날 그가 희곡을 쓸 때 큰 바탕이 되었다.

그의 극은 대부분 도전적이면서 정치나 시사를 예리하게 풍자하였다. 대표작으로는 『제7극 : 조금 덜 훔쳐라』(Settimo: ruba un po' meno, 1964), 『우스꽝스러운 비밀』(Mistero buffo, 1969), 『공짜예요, 공짜예요!』(Non si paga, non si paga!, 1974) 등이 있다. 『어느 무정부주의자의 돌연한 죽음』은 실화를 소재로 한 극이다. 1969년 밀라노 기차역에서 폭탄 사고가 발생했을 때, 경찰은 무정부주의자인 피넬리를 용의자로 지목했다. 그런데 피넬리가 취조를 받던 중 갑자기 밖으로 뛰어내려 죽는 사고가 발생했다. 이 의문의 죽음에 대하여 다리오 포는 좌파인사의 도움을 받아 사건의 진위를 알아낼 수 있었다. 그리고 이 사건을 극으로 만들어, 1970년 무대에 올렸고 큰 성공을 거두었다. 그리고 한림원에서는 그의 작품은 "충만한 생명력과 놀라운 기법, 광범위한 주제로 사람들에게 깊은 인상을 심어주었다."고 하면서 1997년 노벨문학상을 안겨주었다.

『무정부주의자의 돌연한 죽음』은 분명히 비극이다. 한 무고한 사람이 잡혀가 죽었고, 경찰은 그가 건물에서 뛰어내려 자살했다고 주장하지만, 수많은 중요한 증거들을 숨기고 있다. 하지만 포의 무대에서는 이 비극마저도 익살맞은 희극으로 표현된다. 희극의 효과를 강조하기 위해서 포는 의도적으로 미친 사내로 하여금 사건의 진상을 밝혀내게 하고 경찰의 황당하고 낯 두꺼운 엉터리 말들을 폭로하게 하는 것이다. 보기만 해도 우스꽝스러운 미친 사내가 과장된 행동으로 국가 기관의 대표적인 경찰의 어리석은 언행을 비웃음으로써, 더욱 강한 재미를 안겨주고 있는 것이다. 이 극의 구조로 포는 독특한 풍자 효과를 만들었다. 줄거리는 다음과 같다.

> 사기 행위를 했다는 혐의로 한 용의자가 잡혀 오고 베르토츠 형사 반장이 그를 취조하기 시작한다. 반장은 이 사기범이 이미 16번이나 잡혀 온 적이 있는 상습범이라는 것을 알아낸다. 하지만 용의자는 매번 무죄로 밝혀져 풀려났고 자신은 결백하므로 상습범이라는 말은 맞지 않다고 주장한다. 반장은 취조하면서 꽤나 애를 먹는다. 용의자는 박학다식했을 뿐만 아니라 언변도 매우 훌륭하여 반장은 반박조차 할 수 없을 때도 있다. 결국 반장은 고문을 하겠다고 협박하고, 용의자는 자신이 정신병 환자라며 의사의 진단서까지 꺼내 보인다. 그러면서 하는 말이 미친 사람을 고문할 경우에는 법적으로 문제가 된다고 말한다. 베르토츠 반장은 할 수 없이 용의자를 석방한다.
> 잠시 후 미친 사람은 자신의 서류를 가져 가려고 다시 취조실로 돌아온다. 하지만 베르토츠 반장은 때마침 급한 회의 때문에 자리에 없다. 미친 사람은 매우 기뻐하며 자기의 서류를 챙기고는, 책상의 다른 중요한 서류들을 엉망으로 흩어

놓는다. 미친 사람이 막 떠나려는데 전화가 온다. 미친 사람은 경찰서에 근무하는 사람인 척하며 전화를 받는다. 상대방은 조금도 의심하지 않고 로마 최고법원의 수석 판사가 어느 무정부주의자의 돌연사에 관해 알아보기 위해 들릴 것이라는 사실을 알린다.

미친 사람은 듣자마자 음모를 꾸미기 시작한다. 그는 전에 고관이나 주교, 정신과 의사인 척 한 적은 있었지만 판사로 가장해 본 적은 없었다. 이번에는 명예교수를 흉내 냈던 경험을 이용하여 판사로 가장해 국장과 반장을 속이기로 한다. 그는 책상 위에서 무정부주의자 관련 서류를 찾아서 훑어보기 시작한다. 그는 서류에서 많은 의문점을 발견하고는 회심의 미소를 짓는다.

미친 사람은 곧 담당 반장과 국장을 불러 자신을 판사라고 소개한다. 그들은 로마법원의 판사가 이렇게 빨리 올 줄 예상 못했기 때문에 놀라면서 매우 당황한다. 조사가 시작되고 미친 사람은 서류철을 들고 의문이 가는 부분을 국장과 담당 반장에게 추궁하기 시작한다. 기세에 눌린 국장은 자신들이 어쩔 수 없이 무고한 사람을 잡아들였음을 고백한다. 그리고는 권력을 남용하여 심하게 추궁하자, 무정부주의자는 궁지에 몰리다 못해 결국 건물에서 뛰어내려 자살했다고 말한다. 미친 사람은 로마 최고법원은 이미 사건의 진위를 다 알고 있다면서, 국민의 화를 삭이기 위해 어쩔 수 없이 두 명을 희생시켜야겠다고 말한다. 둘은 혼비백산하여 정신병자에게 도와 달라며 간청한다.

미친 사람은 웃으면서 최고법원은 그런 결정을 내린 적이 없고 그냥 농담을 한 것이라고 한다. 하지만 이 사건에 대한 기록은 반드시 고쳐야 한다고 말하자, 두 명은 가슴을 쓸어내리며 재빨리 사건 기록을 고친다. 고친 기록을 살펴보니 취조는 오후 8시에 끝났으며 무정부주의자는 밤 12시에 뛰어내렸다고 되어 있다. 또한 그들은 무정부주의자가 매우 낙심해 있었다고 주장한다. 하지만 이렇게 되면 그 무정부주의자는 충분히 마음을 가다듬을 시간이 있었던 것이다. 그럼에도 불구하고 그는 뛰어내렸으니 이야말로 '돌연사'라고밖에 할 수 없는 일이다. 국장과 반장은 손을 늦게 쓴 것이 아니라 실은 그를 살리려고 하지도 않았던 것이다. 이 기록 역시 말도 안 된다고 생각하고 미친 사람은 계속 추궁한다.

바로 이때 한 여기자가 국장과 반장을 취재하러 온다. 국장과 반장은 매체에서 자신들이 법원의 조사를 받고 있다는 사실을 알게 될까 봐 걱정돼서 미친 사람을 숨기려고 한다. 그러자 미친 사람은 그럴 필요 없이 자신이 퇴직한 상관인 척 하겠다고 한다. 그러나 기자가 들어와 중요한 질문들을 하고 정신병자까지 옆에서

빙빙 돌려 가며 말을 하자 사건의 진위가 조금씩 밝혀지기 시작한다. 사건의 실상은 국장과 반장이 취조 과정 중 때려서 무정부주의자가 숨지게 되었고, 이것이 알려질까 두려워 무정부주의자 스스로 건물에서 뛰어내린 것처럼 꾸몄던 것이다.

미친 사람은 한술 더 떠서 말하기를, 국장과 반장은 당국에서 이용하는 말에 지나지 않는다고 한다. 사실 폭발 사건과 무정부주의자는 무관하고, 모든 것은 당국이 자신의 계획을 우파에게 떠넘기기 위한 수작이라고 주장한다. 또 국장에게 말하기를 이미 대화의 모든 내용을 녹음해 두었으며 테이프를 몇 백 개로 복사하여 각종 매체와 당에 보내겠다고 말한다. 그러면서 의기양양하게 "이것 역시 하나의 폭탄"이라고 말한다.

ㄱ

20세기 서양 문학 연구

인쇄 2011년 6월 4일
발행 2011년 6월 10일

지은이 · 김혜니
펴낸이 · 한봉숙
펴낸곳 · 푸른사상사
주 간 · 맹문재
편 집 · 지순이

등록 제2-2876호
주소 서울시 중구 을지로3가296-10 장양B/D 7층
대표전화 02) 2268-8706(7) 팩시밀리 02) 2268-8708
이메일 prun21c@yahoo.co.kr / prun21c@hanmail.net
홈페이지 www.prun21c.com

ⓒ2011, 김혜니

ISBN 978-89-5640-827-9 93810
 값 48,000원

김혜니

현 국제대학 영상문예과 교수
이화여자대학교 학사 · 석사 · 박사 학위 취득

저서 『한국 근대시문학사 연구』, 『한국 현대시문학사 연구』, 『한국 근현대비
평문학사 연구』, 『비평문학의 이해』, 『박목월 시 공간의 기호론과 실
제』, 『내재적 비평문학의 이론과 실제』, 『외재적 비평문학의 이론과 실
제』, 『다시 보는 현대시론』, 『동양문학연구』, 『김혜니 교수 세계문학
에센스』(총16권), 『서양문학연구』 외 다수.